Valerie Radtke
Kindheit

Valerie Radtke

Ich suche Liebe

Roman meines
Lebens

•

Kindheit

Buchverlag Der Morgen
Berlin

Herausgegeben, bearbeitet und mit einem Nachwort
von Annelie Kaduk

ISBN 3-371-00013-3

3. Auflage, 1988
Fotomechanischer Nachdruck

Lizenznummer: 48-48/35/88
LSV 7001
Graphische Gestaltung: Hans-Joachim Petzak
Printed in the German Democratic Republic
Gesamtherstellung:
Druckhaus Aufwärts, Leipzig III/18/20–194/88
Bestellnummer: 695 537 1
01050

Mein großer Brief – und somit hat er begonnen

Es ist Weihnachten neunzehnhundertsiebenundvierzig – für mich ein verzweifelter Tag, vereinsamt sitze ich in einem kleinen Zimmer, das ich vor vierzehn Tagen hier in Grimma bei einer alten Frau bezogen habe. Es ist nicht die große Not unter den Menschen nach dem Krieg, nein, es hat einen anderen Grund, daß ich so verzweifelt bin, es ist auch kein Liebeskummer, mein Leben war arm und hart und ohne Zukunft, ich ging Liebeskummer aus dem Weg, aber zweimal verheiratet war ich, und beide Ehen geschieden ... Es fiel mir nicht leicht, eine geschiedene Frau zu sein, und ich habe mich immer wieder gefragt, liegt es an mir, daß meine Ehen nicht gehn, aber als ich beim Rechtsanwalt saß und der mir mit Betonung sagte, daß es Frauen gäbe, die ein halbes dutzendmal geschieden und keine schlechten Frauen waren, beruhigte ich mich, und ich war glücklich und leichten Herzens, ein neues Leben zu beginnen. Aber auch damit hat mein verzweifelter Tag nichts zu tun. Im April neunzehnhundertsiebenundvierzig hatte ich eine Unterleibsoperation in Wurzen gehabt, eine Versuchsoperation, das Leiden hatte ich von meinem ersten Mann, die Operation war gelungen, aber ich hatte einige Tage und Nächte geschrien, daß ich in allen Stockwerken zu hören war und eine Schwester kam und auf Brust und Leib drückte und der Chefarzt in der Nacht an meinem Bett stand. Ich hatte mich auf dem Operationstisch erkältet, andere bekamen Lungenentzündung und starben, und ich hatte starken Husten, daß ich mich wie ein Wurm zusammenzog, den Atem anhielt und große Perlen schwitzte. Sie versuchten es mit Wärmedecken. Der Oberarzt liebte seine Patienten wie sich selbst, aber die Frauen starben ihm in dieser Zeit nur so weg, sie starben auch, weil die Narben aufplatzten, es gab in dieser Zeit kein gutes Material, ich habe gesehn, wie die Frauen mit offenen Narben dalagen und das Loch im Bauch immer größer wurde. Ich hatte zu allem Glück gehabt, meine Narbe war trocken, aber ich konnte mich schwer erholen, ich bekam ausnahmsweise eine zusätzliche Lebensmittelkarte und täglich einen halben Liter Vollmilch für drei Monate. Aber das zu erzählen hat ja noch viel Zeit, denn meine Verzweiflung hat andere Gründe. Vereinsamt sitze ich im Zimmer, wie geistesabwesend starre ich vor mich hin, die Beine ausgestreckt, die Hände im Schoß liegend, nicht nur die Einsamkeit ist es, die mich zermartert, denn allein bin ich ja schon immer, als Kind ahnte ich, daß ich einmal allein bleibe, damals verstand ich es aber noch nicht, was das zu bedeuten hatte, daß sie alle so bös zu mir waren und ich sie so liebhatte. Ich erhebe mich langsam, gehe langsam zum Fenster. Es ist Heiligabend. In der Nähe und Ferne sehe ich die leuchtenden Christbäume in den Fenstern und denke, muß in den Familien aber Freude und Friede sein, alle haben sich lieb, bei uns zu Hause sah es nicht einmal zu Weihnachten an den Fenstern nach Liebe und Frieden aus. Ich drehe mich vom Fenster weg. Ach, wie bin ich einsam, wie bin ich verlassen. Ich weine und schreie. Warum seid ihr so garstig, habt ihr denn gar kein Herz für mich, könnt ihr denn Ruhe finden, was ihr mir angetan habt und was ich leide, warum könnt ihr mir so viel antun. Ich schreie noch lauter. Könnt ihr denn Ruhe finden, ich könnte euch kein Leid antun, was ich auch durch euch leide, ich bin mit euch immer versöhnt. Ich renne im Zimmer hin und her und schreie und weine, meine Einsamkeit und alles Unrecht über mich haben keinen Halt mehr. Ich zucke zusammen, ich erschrecke. Habe ich nicht zu laut geschrien, habe ich nicht zu laut geweint? Eine Totenstille im Zimmer, nur der Wecker tickt, Einsamkeit. Ich habe meine Geschwister vor Augen, sie sind alle gleich, sie sind alle der Mami nachgeraten, und doch bleiben sie beieinander. Warum seid ihr denn so garstig mit mir, warum könnt ihr mir so viel antun, ich habe euch trotzdem lieb, ich sehne mich nach euch, nur ein gutes Wort von euch. Und wieder erschrecke ich, aber alles ist still im Haus, alles hat sich lieb. Ich setze mich wieder auf meinen Stuhl, paar Tannenzweige in einer Vase habe ich auf dem Tisch stehen, ich weine, daß mir das Wasser über das Gesicht läuft, die Einsamkeit tut am Heiligabend so weh. Ich denke an meinen Sohn, ich denke in jeder Stunde an mein einziges Kind. Was ich gelitten habe und mußte es dem Vater lassen, er wird gegen mich erzogen, er soll nicht einmal wissen, wer seine Mutter ist, er soll mich hassen, es kann aber nicht sein, daß er mich hassen wird, ich habe ihn mit so viel Leiden ins Leben gegeben, er wird an seine Mutter denken, und eines Tages wird er vor mir stehen und zu mir wollen, das kann doch gar nicht anders möglich sein. Ich denke an einen jungen Burschen, der mir einmal sein Geheimnis verraten hatte, das er nur mir allein anvertraute, daß seine Eltern geschieden waren und er mit seiner jüngeren Schwester beim Vater blieb, der wieder geheiratet hatte. Aber der junge Bursche hat seine Mutter gesucht, und er hat sie lange suchen müssen, und zu mir hat er gesagt, daß er weiß, daß er mit seiner Mutter nicht das hätte, was er heute hat, aber sie ist meine Mutter, hat er gesagt, und dieses Geheimnis ließ er nur mich wissen, ich wußte gar nicht, warum der sonst so schweigsame Bursche mir das sagte, aber für mich war es ein Trost, daß mein Sohn wie dieser junge Bursche einmal vor seiner Mutter stehen wird. Meine Mutter war nicht gut, sagte der Bursche, aber ich liebe meine Mutter, weil es meine Mutter ist. Aber ich war eine gute Ehefrau und eine gute Mutter, es kann ja gar nicht anders sein, daß mein Sohn eines Tages vor mir steht.

Diese Gedanken trösteten mich am Heiligabend, und heute haben wir den einunddreißigsten Dezember, und wieder alle Einsamkeit und von keinem eine liebe Karte. Aber ich habe an euch gedacht, auch wenn ich von euch mit bösen Verleumdungen in den Schmutz getreten wurde, daß ich kämpfen mußte, wieder herauszukommen, ich habe trotzdem mit einer Karte an euch gedacht, aber ihr bleibt, wie ihr seid. Und wieder sitze ich am selben Tisch, auf demselben Stuhl, die Beine ausgestreckt, die

Hände schlaff im Schoß liegend. An diesem Abend will die Einsamkeit meine Brust zerdrücken, meine Brust will zerspringen, weil alles Gelebte in mir keinen Platz hat. Ich muß an den Albert denken, mein Bruder muß doch wissen, welche harte Zeit wir beide miteinander durchhalten mußten. Wenn ich an die Strapazen denke, als die Eltern neunzehnhundertzwanzig mit uns drei Kindern die Heimat verließen, zu Fuß mit dem Handwagen von Böhmen nach Westfalen tippelten, Monate waren wir unterwegs, und immer nur auf der Landstraße, wir lebten nur von den Stücken trocken Brot, die wir uns von Leuten betteln mußten, und für den Vater Zigarettenstummel aufheben, daß er zu rauchen hatte, und wo wir auftauchten, wurden wir für Zigeuner und Landstreicher gehalten, sie warfen mit Steinen nach uns, Albert und ich blieben oft vor Hunger und Ermattung auf der Straße liegen, aber der Vater ging mit Plüschhut und Spazierstock weitab, damit niemand merkte, daß er zu uns gehörte . . . Hat der Albert denn alles vergessen? Haben sie denn alles vergessen? Hätten wir denn nicht alle füreinander leben müssen, nach dem, was wir gemeinsam durchgemacht haben? Ich erschrecke wieder. Hab ich zu laut geweint, wenn mich jemand hört? Was wissen die Leute schon, was ich durchmache, was verstehen sie denn von meiner Herzensnot, wenn nur ein Mensch jetzt bei mir wäre, dem ich mich anvertrauen könnte, dann wäre mir leichter, nur ein Mensch, nur ein einziger, der mich versteht. Aber wer, wer, wer! Ich schreie, erschrecke, lausche, totenstill ist es, unerträglich still, nicht zum Aushalten still, wieder schreie ich. In meiner Brust will es zerspringen, ich muß sprechen, in meinem ganzen Leben hab ich so viel durchgemacht und immer nur geschwiegen, ich war nur allein und unter fremden Menschen, mit meinen Leuten blieb ich versöhnt, weil ich nie was gesagt habe, zu niemandem hab ich sprechen können, aber heute schrei ich nach einem Jemand. Aber wer, wer, wer! Ich muß schreiben, kommt mir in den Sinn, ja, schreiben werd ich, alles werde ich aufs Papier schreiben, damit mein Herz leer wird, und ich schreie, Ich halt es nicht mehr aus, diese Stille, von allen ausgestoßen, verlassen, ich halt es nicht mehr aus, ja, schreiben, schreiben!

Wie eine Erlösung sind diese Gedanken, ich suche nach Papier, aber ich finde nichts, ich wühle im Kohlenkasten und greife nach einem zusammengeknitterten Papier, schnell streife ich es glatt, setze mich an den Tisch. Ich hab es mit dem Schreiben eilig, aber nun weiß ich nicht, womit soll ich beginnen? Alles Durchlebte drängt auf mich zu, viel zu schnell kritzele ich Zeilen dahin, meine Hand fliegt nur so übers Papier, und das viele Wasser aus meinen Augen fällt darauf, ich schreibe in den Pfützen weiter und weiter. Ich höre ein starkes Rauschen, als ob Wasser in mein Zimmer eindringt, ich reiße meine Augen auf, drehe mich nach allen Seiten, kein Wasser, es kommt mir nur so vor. Was kann das nur für ein Rauschen sein? Ich beuge mich über mein Papier, sehe plötzlich Buchstaben, jeder Buchstabe will geschrieben sein, ich seh, wie sie auf den Tisch fallen, von oben herab kommen sie, sie hopsen zittrig durcheinander, es fallen immer mehr, und es rauscht wie Wasser, immer mehr Buchstaben, sie häufen sich, jetzt seh ich oben an der Decke ein großes Loch, ich sehe graue Säcke, aus denen die Buchstaben fallen, die Säcke werden nicht leer, Buchstaben rieseln wie Sand herab, und die Säcke bleiben doch zum Platzen voll, ein ohrenbetäubendes Rauschen, ein Zittern, Zappeln und Hopsen, ich komme zur Besinnung, Schreck und Angst überkommen mich, ich bin außer mir, springe auf, ringe die Hände, laufe auf und ab und schreie, Irrsinn! Dann halte ich ein und sage mir selbst, da kein Mensch da ist, der es mir sagen könnte, Nein, du bist nicht irrsinnig, dein Leiden hat nur in deiner Brust keinen Platz mehr, und ich beruhige mich langsam. Das Schreiben wird mir guttun, denke ich, so als ob ich einen guten Menschen alles von mir wissen lasse, aber meine eine Brusthälfte tut weh, weil ich nur schreibend mit meinen Geschwistern sprechen werde, und in der anderen Brusthälfte ist mir wohl, weil das Schreiben mir Trost geben wird. Ein Blatt Papier wird mich verstehen.

Ich denke zurück. Im März neunzehnhundertdreizehn erblickte ich in Seestadtl (Böhmen) das Licht der Welt, und es hieß, es sei ein Mädchen angekommen, und es sähe wie seine Mutter aus. Meine Mutter wurde von ihrer Mutter und Schwester gehaßt, sie hatte eine böse, schlechte Zunge, und weil ich wie meine Mutter aussah, konnte mich niemand leiden, sie sahen in mir alles Schlechte, und die Großmutter sagte bei meiner Geburt, Erwürg sie nur gleich, bring das alte Mensch um, du wirst nicht einmal bestraft . . . Wir waren acht Kinder, ich war die Zweitälteste, der Älteste war ein Halbbruder, den hat meine Mutter ledig in ihre Ehe gebracht, er ist neunzehnhundertzehn geboren, und mein jüngerer Bruder, der Adalbert hieß, ist neunzehnhundertvierzehn geboren, zuerst waren wir drei Kinder. Meine beiden Brüder waren sehr unverträglich, ich konnte mit ihnen nicht auskommen, und weil sie so böse waren, sehnte ich mich nach guten Geschwistern. Als einmal eine Zigeunerin mit einem kleinen Püschel im Arm zu uns reinkam, stellte ich mich sofort vor die Zigeunerin und bettelte, Ich möchte gern das Kind halten, und ich war überglücklich, als sie es mir in meinen Arm legte, und weil ich nur böse Augen kannte, die mich nie liebhatten, besah ich mir an dem fremden Kind immer nur die Augen. Hat es gute Augen, hat es böse Augen, hat es mich lieb, hat es mich nicht lieb? Die schwarzen Kullern sahen mich ganz ruhig an, daß ich sagte, Mami, guck mal, wie gut das Kind mich anguckt, Mami, das ist ein gutes Kind, und ich wandte mich an die Zigeunerin, die wegen der Drohungen von meiner Mutter nicht weiter als bis zur Tür gekommen war, Kann ich das Kind behalten, das ist ein gutes Kind, das hat mich lieb. Die Zigeunerin streichelte zärtlich meinen Kopf und sagte, Behalt es, wenn du es liebhast, ich schenk es dir gern, du bist ein gutes Kind, nimm es dir. Ich war überglücklich. Mami, ich kann das Kind behalten, schau nur, Mami, wie gut mich das Kind anguckt, Mami, das ist ein gutes Kind. Aber meine Mutter wollte mir das Püschel wegnehmen, sie sagte, Zu was brauchen wir fremde Kinder, wir haben selbst nichts zu fressen. Da schrie und sträubte ich mich und bettelte, Mami, ich geb dem Kind von meinem Essen, das ist mein Kind, schau nur, wie lieb es mich hat. Wütend riß mir meine Mutter das Püschel aus dem Arm und legte es mit Schimpf vor die Tür, und als ich verzweifelt weinte und es mir wiederholen wollte, gab sie mir einen Schleuderich. Die Zigeunerin war beleidigt, weil meine Mutter das kleine Püschel so einfach auf die Erde vor die Tür gelegt hatte, und sagte, Du bist eine böse Mutter, du hast ein böses Herz, und zu mir sagte sie, Du bist ein gutes Kind, du hast ein gutes Herz. Als die Zigeunerin mit dem kleinen Püschel gegangen war, konnte ich mich sehr lange nicht beruhigen, ich jammerte noch lange, Das war ein gutes Kind, das hat mich so gut angeguckt, unsere Kinder sind immer so garstig. Und als wieder eine Zigeunerin mit Kindern zu uns reinkam, stellte ich mich sofort vor diese Kinder, beguckte mir wieder ihre Augen. Haben sie gute Augen, haben sie böse Augen, haben sie mich lieb, haben sie mich nicht lieb? Ich sah ihre guten Augen und wandte mich sofort an meine Mutter, weil ich Angst hatte, daß die Frau mit den Kindern wieder weggeht, Mami, guck nur mal, wie gut mich diese Kinder ansehn, Mami, wir behalten diese Kinder, das sind gute Kinder, sag der Frau, sie soll die Kinder hierlassen. Meine Mutter war wieder bös und brüllte, Wir brauchen keine fremden Kinder, wir haben selber genug. Mami, die Frau soll unsere Kinder mitnehmen, unsere Kinder sind garstig, aber die hier, das sind gute Kinder. Unsere Kinder, die bleiben hier, unsere Kinder geb ich nicht her, unsere Kinder sind mir lieber als die dort. Ach, Mami, unsere Kinder taugen überhaupt nichts, wehrte ich ab, die Frau soll unsere mitnehmen, ich will diese Kinder haben, die haben gute Augen, die behalten wir. Meine Mutter war wütend und brüllte, Was sagst du, unsere Kinder taugen nichts, du taugst nichts, mit dir allein hab ich nur Ärger. Unsere Kinder, damit waren meine Brüder gemeint, es hieß nie anders als unsere Kinder, und ich gehörte von der Wiege an nicht dazu. Du bist ein böser Teufel, sagte die Frau zu meiner Mutter, du bist ja gar keine Mutter, du bist ein Teufel, und deine beiden Jungen sind geradeso böse Menschen wie du, deine beiden Jungen kannst du behalten, so einer Mutter möchte ich meine Kinder nicht lassen. Als die Zigeunerin mit ihren Kindern ging, rannte ich ihnen bis an die Haustür nach und weinte, Die guten Kinder sollen hierbleiben, die sollen unsere mitnehmen, die taugen nichts, die sind immer nur garstig, aber die haben mich so gut angeguckt. Ich konnte die guten Augen lange nicht vergessen und weinte und klagte, wie garstig unsere Kinder wären. Na, wart, versuchte es jetzt meine Mutter, dir werde ich helfen, unsere Kinder taugen nichts, unsere Kinder sind gut, nur du taugst nichts, und sie ließ mich leiden, daß sie mich weggeben wollte und sich dafür vom lieben Gott noch zehn solche guten Jungens geben ließe, und sie sagte, Mit der hab ich nur Ärger, wenn ich die nicht mehr hab, werd ich mich nicht mehr ärgern müssen und länger leben. Wir Kinder wurden von ihr jeden Schritt mitgenommen, und blieb sie auf der Straße stehen und unterhielt sich, interessierten mich jetzt noch mehr die Augen und Gesichter. Haben sie gute Augen, haben sie böse Augen, haben sie mich lieb, haben sie mich nicht lieb? Und wenn ich eine Zigeunerin an unserer Tür hörte, wollte ich sofort hinaus, aber meine Mutter riegelte die Tür zu, und ich war unglücklich und weinte wie nie, und kam doch mal eine zur Tür rein, wurde sie von meiner Mutter sofort rückwärts hinausgeschoben. Meine Mutter tat alle Tage, als gehörte ich nicht mehr zu ihnen, und ich mußte mir nur noch Schimpf anhören, Du bist ein altes Mensch, du taugst nicht, dich will ich nicht mehr haben, dich verschenk ich, aber niemand will dich haben, Jungens, daß ihr mir nicht mehr das Mensch anguckt, und meine Brüder hielten sich an ihrer Seite, sie bekamen von ihr liebevoll Stück Zucker, und ich durfte mit meinem ausgehungerten Magen zugucken und das Schmatzen mit anhören, und meine Mutter sagte dann, Euch zwei Jungen kann ich zu was brauchen, warum ich euch hab, weiß ich, aber zu was ich das Mensch hab, weiß ich nicht, und den beiden Jungen gefiel es, daß sie die Besten waren. Meine Mutter sprach jetzt nur noch davon, daß sie mich verschenken wollte. Wenn ich nur wüßte, wer mir das alte Mensch abnimmt. Nun hatte ich was zu leiden, sie wußte ja, daß mein Herz ihr ganz gehörte und ich ohne sie nicht auf der Welt sein wollte, drum tat sie, als gehörte ich nicht mehr zu ihnen, und sie sah mit dicken Lippen an mir vorbei. Ich war einsam und litt sehr, aber mit mal machte ich meine Augen weit auf, und nun frug ich sie alle Tage, Mami, hast du schon jemanden, dem du mich geben willst? Äh, wer wird dich denn haben wollen, ich hab dich am Hals und werde mich mein Leben lang mit dir ärgern müssen, will dich doch nicht mal der Teufel haben, ich bete alle Tage zum lieben Gott, daß dich der Teufel holen soll, aber nicht mal der holt dich, weil du dem zu schlecht bist. Ich war noch so klein, aber mein Inneres litt, daß ich so schlecht war, dabei hatte ich die Mami so lieb, und wenn ich sie weinen sah aus Liebeskummer, weil der Vater sich nichts aus ihr machte, weinte ich mit, und dann schlug er sie ja auch sehr, und weil sie von Mutter und Schwester ausgestoßen war, hatte ich Mitleid, so klein ich war. Aber als meine Mutter jetzt weiter nichts sprach, als mich zu verschenken, begann es in meinen vereinsamten Augen zu leuchten, und mehr und mehr zu leuchten. Ich war noch ein kleines Kind, ich ging noch lange nicht zur Schule, aber mir fielen an den Häusern die blitzenden Fenster auf, mit schönen Gardinen, und ich sagte, Mami, wie kommt es, daß bei den Leuten die Scheiben so blitzen, Mami, was hängt bei den Leuten an den Scheiben runter? Jässes, is das owwo ä bleedes Mensch, was wird es denn sein, Vorhänge sind es, und bei meiner nächsten Frage, da hieß es dann nur, Äh, leck mich doch in Arsch, was kümmert's mich, was die Leute machen, die Leute sind ja alle bleed, wie die, so will ich nicht sein. Stand irgendwo bei fremden Leuten eine Tür auf und ich wollte wissen, Mami, warum sieht es bei den fremden Leuten so schön aus, dann verbot sie mir streng, noch mal zu fragen, Noch einmal ein Wort, und ich reiß dir dein Schlund raus, oder sie drohte, Ich dreh dir die Gurgel um. Und als ich mir nun alle Tage anhören mußte, daß sie mich verschenken wollte, weil sie nicht wußte, wozu sie mich hätte, daß sie mich nur zum Fressen hätte, wagte ich mir nicht mal mehr, das Stück trocken Brot aus ihrer Hand zu nehmen, und ich nahm es ihr erst ab, wenn sie drohte, Los, freß, du schäbiges Mensch. Aber heute kam Freude in mein Herz, ich dachte an die schönen, sauberen Wohnungen und an die fremden Leute, die so ganz anders als wir aussahen und auch andere Augen und Gesichter hatten, in meinem unglücklichen Herzen sah es jetzt glücklich aus, daß ich bald zu solchen Leute gehörte, und ich konnte es schon gar nicht erwarten und frug, als gehörte ich schon gar nicht mehr hier rein, vorsichtig, bittend, Mami, hast du schon jemand gefunden, der mich haben will, und dabei dachte ich an Haarschleifen und schöne Kleider, und ich sah an mir herunter, wie ich aussah, ebenso verschmutzt und zerlumpt wie Zigeunerkinder. Meine Mutter gab auf meine Fragen keine Antwort mehr, weil sie merkte, wie sehr ich mich von ihnen wegsehnte, und in meinem Herzen wurde es traurig. Kam meine Mutter mit uns auf die Straße, da beguckte ich mir jetzt immer interessierter andere Augen und Gesichter. Haben sie gute Augen, haben sie böse Augen, haben sie mich lieb, haben sie mich nicht lieb? Die Augen, die auf mich runtersahen, hatten so was Weites für mich, ich flüsterte meiner Mutter ins Ohr, Mami, die Leute dort, die wollen mich haben, die gucken mich so gut an, geh hin, sag ihnen, daß sie mich mitnehmen sollen. Da fuhr meine Mutter herum, denn meine Fragen und mein Verlangen gingen ihr tüchtig auf die Nerven, sie hatte es sich nicht denken können, daß ich mich von ihr wegsehnte und nur noch von Haarschleifen und schönen Kleidern redete und zu den Leuten mit den schönen, sauberen Wohnungen gehören wollte, ach, ich war noch ein kleines Kind, ich ging noch lange nicht zur Schule. Darum sprach meine Mutter jetzt nicht mehr davon, mich zu verschenken, sie wurde immer böser, und ich wollte jetzt doch so gerne anderen Leuten angehören, aber ich wagte nicht mehr zu fragen, ich ging still hin und her, als gehörte ich nicht mehr zu ihnen, und meine Mutter hatte für mich hängende Augenlider und ein fremdes Gesicht, und die beiden Brüder machten um mich einen Bogen und schielten mit falschen Augen auf mich. Meine Mutter nahm uns überall mit hin, weil sie uns nicht allein lassen konnte, es war unter uns Schlägerei und Prügelei, und wenn sie mit uns in den Kaufladen kam oder wir am Bahnhof saßen, da dachte ich, daß ich mir die Leute selbst aussuchen könnte, und hatte ich sie geprüft, ging ich einfach von meiner Mutter weg zu den Leuten hin, ich stellte mich verschüchtert neben sie und zwischen sie, sah sehnsüchtig in ihre Gesichter und dachte, daß sie wüßten, warum ich zu ihnen gekommen war. Ich gehöre zu euch, nehmt mich mit, war meine Augensprache, aber die Leute lachten, sie wußten doch nicht, was so ein kleines verarmtes Kind in Lumpen von ihnen wollte.

Da merkte es meine Mutter, erschrocken sprang sie in die Höh und kam gerannt, riß mich weg, und ich sah stumm und mit Tränen zu den Leuten, bettelte stumm, Warum haltet ihr mich nicht fest, warum sagt ihr nicht, daß ihr mich haben wollt. Von jetzt ab hielt mich meine Mutter fest an der Hand, ihre Augen sahen jetzt immer nur mit Angst, ob ich noch neben ihr war, und es hieß von ihr, Daß du nicht von meiner Seite weggehst, wenn mit dir was passiert, da würde es mir von der Mutter und Miez schlecht ergehen. Sie und ihre Mutter und Schwester waren einander der Teufel, aber Angst hatte sie vor ihnen, und wenn mich die Großmutter und Tanti auch nicht leiden konnten, passieren hätte mir nichts dürfen. Leiden konnten sie mich von meiner Geburt an nicht, weil ich ein Mädchen war und wie meine Mutter aussah, und meine Mutter mußte sich von ihnen ihre Sünden anhören und haßte mich deswegen und dachte, sie müßte mich mißhandeln, aber passieren hätte mir nichts dürfen, da wäre es meiner Mutter schlecht ergangen, wie sie selbst sagte, und das tat meinem Herzen gut, daß meine Mutter jetzt mit mir gut und lieb war, jetzt sah ich zum erstenmal Sorgen in ihren Augen, und wenn ich bei den Kindern draußen war, sah ich sie öfter am Fenster, mit erschrockenen Augen, und wenn sie mich nicht gleich sah, schrie sie, daß es sich wie ein Angstgeschrei anhörte, Kinder, wo ist die Walli, und ich antwortete, Mami, ich bin hier. Jässes, bin ich erschrokken, Walli, daß du mir beim Haus bleibst, mach mir keine Sorgen. Ich rannte zu ihr hin, umarmte und küßte und drückte sie, was sie sonst nicht haben wollte, und sagte, Mami, ich geh von dir nicht fort, ich will immer bei dir bleiben, ich hab dich so lieb, meine Mami. Von hier an sagte sie nichts mehr, daß sie mich verschenken wollte.

Ich war noch so klein, aber ich habe nichts vergessen. Als ich sieben Jahre alt war, wir waren auf unserer großen Wanderschaft nach Westfalen und hatten bei einem Bauern in der Scheune für die Nacht Unterkunft, da fing ich über meinen großen Brief an zu sprechen, Mami, wenn ich mal wieder in die Schule geh, will ich weiter nichts lernen, ich will nur schreiben lernen, weil ich einen großen Brief schreiben will, muß ich gut schreiben können, Mami, ich will alles in einen ganz großen Brief aufschreiben, ich will mir alles merken, ich will es nie vergessen, ich will immer daran denken, und ich erinnerte mich an gestern und vorgestern und war schon neugierig, was es morgen und übermorgen zu sehen gäbe. Warum willst denn in einen Brief schreiben, murmelte meine Mutter, ich bin froh, wenn ich alles vergessen habe, nicht mehr dran denken brauch, und du willst in einen Brief schreiben? Oh, Mami, ich will immer dran denken, ich will es mir immer gut merken, und ich wollte von ihr wissen, ob sie schon wüßte, was morgen und übermorgen sein würde. Weißt du, Mami, wenn ich mal ganz alt sein werde, dann will ich noch immer dran denken, dann werde ich den großen Brief lesen, oh, Mami, und daran denken, wie es heute ist und wie es gestern war und was morgen sein wird, Mami, das schreibe ich alles in einen großen Brief, und wenn ich einmal ganz alt bin, seufzte ich, dann werd ich dann denken, wenn ich meinen großen Brief lese, wie garstig die Leute mit uns waren, derweil sind wir doch ordentliche Leute, nicht, Mami? Weil meine Mutter den bösen Leuten auf der Straße immer vorjammerte, daß wir ordentliche Leute wären und doch nichts dafür könnten, so arm zu sein, sprach ich es ihr heute nach, Nicht wahr, Mami, wir sind doch ordentliche Leute, wir können nichts dafür, daß wir so arm sind . . .

Während ich am Tisch sitze, werden meine Augen immer weiter, ich sehe mich in der Scheune im Stroh sitzen und höre mich sprechen, ich spreche von meinem großen Brief und bin sieben Jahre alt und komme durch mein Leiden und Durchgemachtes auf Einen-großen-Brief-Schreibenwollen, und mit diesem Bild vor Augen werde ich wieder ganz klar. Ein Buch muß ich schreiben, ein Buch, ja ein Buch schreiben, das ist mein Leben, darum habe ich so ein dramatisches Leben, ein Buch schreiben, und nur das Papier wird mir Trost geben, und zu den Menschen werde ich weiter schweigen. Ich sehe das Stück Papier auf dem Tisch, ach, das Stück Papier, das ich aus dem Kohlenkasten gesucht habe, ich möchte gleich wieder weinen, ein einfaches Stück Papier, Einwickelpapier, aus dem Kohlenkasten herausgewühlt und so zusammengeknüllt, daß es trotz aller

Mühe zerknittert bleibt, ich sehe das viele Wasser auf dem Papier, kein Buchstabe ist zu erkennen. So beginnt mein großer Brief, denke ich, und meine Tränen lassen sich nicht mehr halten, ich versuche zu lesen, was ich geschrieben habe, meine schweren Gedanken, die ich aufgeschrieben habe, nichts ist zu erkennen. Das ist mein großer Brief, denke ich, ein Stück zerknittertes einfaches Papier, aus dem Kohlenkasten genommen, und ich starre wieder auf einen Fleck, ich merke, wie kalt es im Zimmer geworden ist, ich müßte Feuer machen, die Wand glitzert vor Frost wie Silber, der Ofen raucht, es ist ein Ofen, den Waldarbeiter benutzten, beim Feueranmachen qualmt er, ich müßte das Feuer ausmachen, denke ich und bleibe nachsinnend auf meinem Stuhl sitzen. Da merke ich in meiner Traurigkeit ein Rascheln, das mich erschreckt, ich drehe mich zum Fenster um, ein Vogel, wenn er doch hereinkäme, ich wäre heute nacht zuwenigstens nicht allein. Vorsichtig gehe ich zum Fenster, ich bitte, Vögelchen, hab keine Angst vor mir, komm herein, ich bin so einsam. Aber es folgt meiner Bitte nicht und fliegt weg, und ich gehe ins Bett. Am Morgen liegt das zerknitterte Stück Papier mit den ungeschriebenen Zeilen auf dem Tisch, ich will es zur Erinnerung aufbewahren, denke ich, will nicht vergessen, wie mein großer Brief begann, aber ich habe keine Kraft und zerknülle es und werfe es in den Kohlenkasten. Ein richtiges Buch werde ich schreiben, das all mein Leid von meinem Herzen nimmt und es ruhig in mir wird. Aber erst wurde ich seelisch schwerkrank, daß mein Leben ein Dahinsiechen ist, und als ich es hinter mir habe, vergieße ich keine Träne mehr, als hätte ich an diesem Abend das ganze Wasser ausgeweint. Aufrecht gehe ich unter den Leuten, der Trost, daß ich schreiben werde, verleiht meinen Augen Schimmer, und meine Einsamkeit und Vergangenheit drücken mich nicht mehr so. Der Anfang ist nicht leicht, keinen Tag fällt mir das Schreiben leicht, weil ich alles noch einmal lebe.

Meiner Mutter ihr Vater namens Franz Povenz war von Beruf Maschinenwärter, das habe ich aus Urkunden. Er war Ungar und ist am einundzwanzigsten Juli achtzehnhundertzweiundsechzig geboren. Meiner Mutter ihre Mutter ist Julia Stanl, sie war von Beruf Hutmodistin und ist am neunzehnten Februar achtzehnhundertneunundsechzig geboren. Sie hatten zwei Töchter, Sidonia die Ältere und Marie, die zwei Jahre jünger war.

Mein Vater sein Vater namens Hermann Wirth war von Beruf Müttergehilfe, später Bergarbeiter, er ist geboren am siebzehnten Juli achtzehnhundertsechsundfünfzig. Mein Vater seine Mutter namens Juliane Klinger wurde am einunddreißigsten August achtzehnhundertachtundfünfzig geboren.

Mein Vater Josef Wirth, geboren am zweiten Dezember achtzehnhundertdreiundachtzig, war Bergarbeiter. Meine Mutter, Sidonia Povenz, geboren am fünfzehnten Juni achtzehnhundertneunundachtzig hatte keinen Beruf. Meine Eltern heirateten neunzehnhundertelf.

1

Mein Vater, der Josef Wirth, stammte aus einer kinderreichen Familie, sie wohnte in Brüx (Böhmen) in einem eigenen Haus, zehn Kinder waren sie gewesen, und er war der Älteste. Als seine Mutter starb, ging er noch zur Schule, es war nun niemand da, der sich um die Kinder kümmerte, so erzählte es mein Vater, der Josef hieß und Seff genannt wurde, er mußte sich um die kleinen Geschwister kümmern, weil der Vater zur Arbeit ging und von der Arbeit gleich ins Gasthaus. Der Seff wußte sich nicht mit den schreienden Geschwistern zu helfen, er klagte es dem Vater. Gib ihnen Brot zu essen, sagte der Vater, und der Seff stopfte den kleinen Kindern die Mäuler mit Brot voll, manches Mal brockte er das Brot in Kaffee ein und fütterte sie, aber die Kinder schrien weiter den ganzen Tag, und der Seff wußte sich nicht zu helfen, und der Vater sah überhaupt nicht auf die Kinder. Gib ihnen Brot, sagte er immer nur, und der Seff stopfte ihnen die Mäuler voll. Die Kinder lagen in den Betten, das Brot blieb im Mund, und der Seff wußte nicht, warum sie auf einmal die Augen verdrehten, er sagte es dem Vater, daß er nicht wüßte, was mit den Kindern wäre. Die rühren sich gar nicht mehr! Die Kinder waren an dem Brot erstickt.

Der Seff blieb allein übrig, und er weinte sehr. Da nahm ihn der Vater mit ins Wirtshaus, er ließ ihm Bier und Schnaps hinstellen und sagte, Seff, zeig es ihnen, wie du saufen kannst, und der Seff schluckte, ohne eine Miene zu verziehen, den Schnaps hinunter, denn er wollte dem Vater gefallen. Die Kumpane hatten höhnend ihre Freude, und der Vater war stolz auf seinen Seff. Da guckt ihr, was, wie der saufen kann! So kam es, daß der Seff es keinen Tag erwarten konnte, mit dem Vater ins Wirtshaus zu gehen. Dort lernte er auch das Kegelschieben, obwohl die Kugeln für seine kleinen Hände noch zu schwer waren, und die Kegeln richtete er auf, und beim Kartenspielen guckte er dem Vater über die Schulter. Vater, laß mich mitspielen. Du bist noch viel zu klein, sagte der Vater, da mußt du erst abwarten, bis du groß bist. Der Seff guckte zu und paßte auf, er lernte das Kartenspielen von klein auf.

Eines Tages hatte der Seff eine Stiefmutter, die Frau brachte zwei Töchter mit, sie war eine strenge Frau, er durfte nicht mehr mit dem Vater ins Wirtshaus gehen. Der Seff weinte sich deswegen die Augen aus, dann wurde er wütend auf die Stiefmutter und fing an, sie zu ärgern. Dem Vater klagte er Unwahrheiten über die Stiefmutter, und wenn sie vom Vater tüchtig Ohrfeigen bekam, freute sich der Seff. Der Vater sagte zur Stiefmutter, Du kannst den Jungen nicht leiden. Seinetwegen gab es viel Verdruß und Ohrfeigen. Als der Seff aus der Schule war, ging er mit dem Vater in den Schacht. Er zeigte dem Vater seinen sauren Kaffee und sagte, Guck, Vater, die Mutter hat mir schon wieder sauren Kaffee mitgegeben, und der Vater schlug die Stiefmutter und warf ihr vor, Du kannst den Jungen nicht leiden. Bis der Vater aufgepaßt und ihn dabei erwischt hatte, wie er Brot in dem Kaffee kochen ließ, nun wußte er, daß der Seff ihn belogen hatte.

Dann schickte der Vater den Seff auf eine Schule, er hätte Obersteiger werden können, der Vater war stets im Glauben, daß sein Sohn zum Unterricht ging. Ja, ja, Vater, sagte der

Seff, ich geh in den Unterricht, dabei ging er ins Wirtshaus, ihn lockten die Kellnerinnen hinein. Bis der Vater dahinterkam, daß der Seff von der Schule geschmissen worden war, und da der Seff obendrein immer besoffen nach Hause gekommen war und mit Stänkerei und Prügelei angefangen hatte, ärgerte sich der Vater und setzte ihn vor die Tür. Geprügelt hatte er die Stiefmutter des Seffs wegen schon lange nicht mehr. Sechzehn Jahre alt war der Seff gewesen, als er sein Bündel nehmen mußte und der Vater ihm sagte, Nur wenn du dich geändert hast, kannst du wiederkommen. Der Vater hatte sich getäuscht, der Seff trieb es immer so weiter. Sein Geld brachte er in die Puffs, aus der Arbeit wurde er geworfen, weil er immer besoffen war und Stänkerei und Prügelei anstiftete, und wenn die Leute den Seff kommen sahen, schlossen sie vor ihm alle Türen ab. Der besoffene Wirth-Seff kommt, hieß es dann, und keiner ließ ihn rein. Das war die Kindheit und Jugend meines Vaters, der Josef hieß und Seff genannt wurde.

Meine Mutter, die Sidonia, lebte mit ihrer Familie in Kommern, es war keine Stadt und kein Dorf und war dreißig Minuten Fußweg von Seestadtl entfernt. Sie hat mir erzählt, daß ihr Vater ein ruhiger Mann gewesen war, der oft kränkelte, und daß ihre Mutter, die Julia, die schönste Frau war und heißes Blut hatte. Sie war lebenslustig und untreu. Der Vater war sehr eifersüchtig. Er zeigte sich gerne mit seiner Frau, er war stolz auf sie, aber wenn sie spazierengingen und Burschen begegneten, mit denen die Julia in lustiger Unterhaltung sprach, dann gab es zwischen ihnen viel Verdruß.

Die jüngere Schwester von der Sidonia hieß Marie und wurde immer Miezi genannt, sie wurde von der Mutter verwöhnt, die Miezi wollte die Mutter nur für sich allein haben, sie verstand es mit ihr, und sie hielten ihr ganzes Leben zusammen. Die Siedl wollte die beiden ärgern und hielt es mit dem Vater. Die Schwestern vergönnten sich gegenseitig nichts Gutes, die Miezi hing der Mutter nur am Rock und durfte allen Willen haben, sie war immer der Mutter ihr Kleines, und die Siedl war die Große.

Der Vater wußte, daß seine Frau ihn in der Treue betrog,

die Hausleute hatten es ihm gesagt, aber sie stritt alles ab. Wenn der Vater zur Arbeit ging, flüsterte er der Siedl ins Ohr, Paß auf die Mutter auf und sag mir alles. Die Siedl beschlich ihre Mutter auf Fußspitzen, horchte an der Tür, guckte durchs Schlüsselloch, sie konnte dem Vater alle Tage etwas berichten, und der Vater glaubte ihr alles, und die Mutter bekam jedesmal Prügel. Er bettelte, sie sollte ihm treu bleiben, aber alle heftige Prügel half nichts. Wenn der Vater am Abend was vorhatte, wollte er immer gern, daß seine Frau mitging, meist mußte er allein gehen, weil sie nicht mitwollte, und wenn dann der Vater fort war, kam ihr Liebhaber.

Eines Abends hatte der Vater auch wieder was vor und bettelte sie sehr, daß sie mitgehen sollte, aber die Mutter hatte schon den ganzen Tag über Bauchschmerzen lamentiert, und am Abend hielt sie sich sogar mit beiden Händen den Bauch und stöhnte. Der Vater stand traurig da, er half ihr ins Bett und deckte sie gut zu und ging zu seiner Sitzung, aber er hatte keine Ruhe dort, weil sie gar so gejammert hatte, und er ging wieder nach Hause. Die Mutter erschrak, als der Vater so früh zurück war, Jässes, du kommst schon? Ich wollte sehn, wie es dir geht, ich habe keine Ruhe gehabt, sagte der Vater, und seine Augen gingen mißtrauisch herum. Plötzlich sah er zwei nackte Füße unter dem Sofa vorgucken. Die Mutter bekam das sofort mit und sprang vor Angst im Hemd zum Fenster naus und rannte nach Seestadtl zu ihren Eltern hin. Der Vater griff nach einem Stock, der ein Spazierstock aus Eiche war, und packte die Füße des Liebhabers, zog ihn hervor, verprügelte ihn so sehr, daß die Leute im Haus aus den Betten sprangen und herzukamen. Der Vater hätte den Liebhaber totgeschlagen, wenn die Leute nicht dazwischengegangen wären. Derzeit hatte sich die Mutter bei ihren Eltern versteckt, und als der Vater sie holen kam, zitterte und weinte sie, Nein, nein, du schlägst mich, ich habe Angst. Erst mit vielen guten Worten, daß er ihr nichts tun würde, konnte er sie überreden, wieder mit ihm nach Hause zurückzukommen. Ich tue dir nichts, sagte er, aber du mußt mir versprechen, daß du mir von heute an treu bleibst. Sie hatte immer noch Angst und wollte nicht mit ihm gehen, der Vater hatte sie aber so lieb und nahm sie in seine Arme und versprach ihr immer wieder, Ich verzeih dir, du darfst es nur nicht mehr machen, daß sie miteinander nach Hause zurückgingen.

In der ersten Zeit war sie auch wirklich eine treue Ehefrau, aber sie konnte es nicht lassen, immer wieder hatte sie Liebhaber. Die Siedl sagte es dem Vater, und die Mutter weinte sehr viel und rätselte, Ich möcht nur wissen, von wem er alles so genau weiß. Sie gab den beiden Mädchen Süßes zum Essen, daß sie nichts dem Vater sagten. Die Miezi schwieg, die Siedl konnte nicht schweigen, sie war schon immer ganz ungeduldig, daß sie dem Vater entgegengehen und ihm alles erzählen konnte, und die Mutter bekam Prügel, daß sie sich auf den Dielen wälzte, und die Siedl freute sich. Da fiel es der Mutter auf, daß die Siedl mit dem Vater immer flüsterte und daß sie ihm alle Tage entgegenging, jetzt war ihr klar, von wem er alles so genau wußte. Die lügt, sagte sie, du hast immer nur Lügen geglaubt. Das Mädchen lügt nicht, sagte der Vater, ich habe es ihr aufgetragen, daß sie auf dich aufpassen tut und mir alles sagt. Das elende Mensch hat dir immer nur Lügen erzählt, sagte sie. Wenn der Vater zur Arbeit ging, streichelte er die Siedl über den Kopf und sagte, Paß gut auf die Mutter auf. Vater, ich sag dir alles, was die Mutter macht, versprach sie mit käuzigen Augen. Die Mutter gab ihr was Gutes zu essen und bettelte, Siederle, sag nichts dem Vater, nein, aber die Siedl konnte die Zeit schon gar nicht abwarten.

So wurde die Siedl der Mutter ein Dorn in den Augen. Wenn der Vater nicht zu Hause war, ging es ihr sehr schlecht, sie wurde von der Mutter weggestoßen, verflucht, verwünscht, sie ließ sie hungern und schleuderte sie an den Beinen herum. Elendes Mensch, ich reiß dir deine Haare aus, dir soll es einmal in deinem Leben nicht gut gehn! Bei solch einer Mißhandlung passierte es, daß der Siedl eine Hüfte ausgekugelt wurde, so erzählte es meine Mutter, die die Siedl war, und von da an hinkte sie und wagte nichts mehr dem Vater zu erzählen. Die Mutter ging mit ihr nicht zum Arzt, mit dem Hinken, das blieb so, und wurde sie nun von der Mutter verschimpft, hieß es immer, Elendes, hinkendes Mensch, und die Miez nannte sie hinkendes Mensch, so wie sie es von der Mutter hörte. Ging die Mutter in die Stadt, wurde die Miez von ihr schön angezogen, sie nahm sie auf jeden Weg mit, aber bei der Siedl hieß es immer, Du altes hinkendes Mensch, du bleibst zu Haus, mit dir schäm ich mich, wie das aussieht, wenn du daneben herhumpelst, und die Miez sagte dasselbe. Nur wenn der Vater die Mutter sehr bettelte, durfte die Siedl mitgehen, sie mußte aber ein Stück hinter ihnen bleiben, daß niemand merkte, daß sie zu ihnen gehörte, und blieben sie an der Eisdiele stehen, mußte die Miez ihr das Eis hintragen, aber ja nicht bei ihr stehenbleiben. Die Mutter hatte die Siedl von kleinst an nicht leiden können, die Siedl hatte auch einen eigensinnigen Kopf, der immer durch die Wand wollte, und eine böse Zunge. Die Mutter verfluchte und verwünschte sie und hätte sie sich am liebsten vom Hals geschafft. Einmal mußte die Mutter einen Wäschebock hereinholen gehen, die Siedl rannte ihr wild nach, hierbei wurde sie von der Mutter so gestoßen, daß sie die Treppen hinunterkugelte und sich dabei die Zunge zerbiß. Die Zunge wuchs übereinander, und wenn die Siedl nun sprach, sah man die verknotete Zunge, und wenn die Siedl hustete, hing die Zunge heraus.

Bald konnte der Vater nicht mehr viel verdienen, weil er immer mehr kränkelte. Die Mutter mußte Heimarbeit machen. Sie brauchte viel für sich, sie zog sich gern schön an. Ihre Heimarbeit war Hütemachen. Sie färbte sie und ließ sie über dem Küchenherd trocknen. Die Siedl kam immer mit großem Hunger aus der Schule, das erste war, in den Topf gucken, der auf dem Ofen stand, einen Löffel hatte sie auch gleich bei der Hand, sie nahm sich keine Zeit, einen Teller zu holen, sie löffelte gleich aus dem Topf. An einem Tag wurde ihr danach sehr schlecht, sie mußte immerfort brechen, und das Ausgebrochene sah ganz rosa aus. Die Mutter ließ sich bei ihrer Arbeit nicht weiter stören, sie verachtete die Siedl nur mit Schimpf, Wer weiß, was das verfressene Mensch reingefressen hat, die elende Kanaliä, mit der hat man nur Ärger. Der Vater war besorgt, er wich nicht von der Siedl ihrem Bett, und es ging ihr immer schlechter, daß sie es mit der Angst bekam, sie müßte sterben, und sterben wollte die Siedl nicht. Vater, sagte sie, ich muß sterben, und der Vater streichelte sie. Weil es ihr immer schlechter ging und sie große Angst vor dem Sterben hatte, flüsterte sie, daß es die Mutter nicht hörte, Vater, die Mutter sagt immer, sie will mich vergiften, sie will mir Gift ins Essen geben, bestimmt hat sie mir Gift ins Essen gegeben. Der Vater sah erschrocken auf, Siederle, hat das die Mutter wirklich gesagt? Ja, Vater, das sagt die Mutter immer zu mir, weißt du, Vater, die Mutter kann mich nicht leiden, und da will sie, daß ich sterbe, Vater, ich will nicht sterben. Lügst du auch nicht, hat die Mutter das wirklich gesagt? Er streichelte ihr über den Kopf, dann stand er auf. Ahnungslos saß die Mutter über ihrer Arbeit, als er sie bei den Haaren faßte und tüchtig auf sie einschlug, an den Haaren zerrte er sie hin und her und schrie, Mörderin, Mörderin, du willst das Kind vergiften, Mörderin, Mörderin. Die Siedl hatte immer schon ansehen müssen, wie die Mutter vom Vater harte Prügel bekam, aber so wie heute hatte er die Mutter noch nie geschlagen, ihr wurde zum erstenmal angst, daß sie die Decke über den Kopf zog, um es nicht mit anzusehen, ihr tat die Mutter leid. Die Mutter bettelte den Vater, Hab Erbarmen mit mir, aber er hörte nicht auf und schlug auf sie ein wie ein Wilder, dann schleifte er sie bei den Haaren zu der Siedl ihr Bett. Wirst du dich jetzt um dein krankes Kind kümmern, schrie er, Mörderin! Mörderin! Die Mutter warf sich auf das Bett, umschlang die Siedl und flehte sie an, Siederle, mein Kind, ich hab dich doch lieb, wie kannst du nur zum Vater sagen, daß ich dich nicht leiden kann, ich will dich doch nicht vergiften, wie kannst du nur sagen, daß ich will, du sollst sterben, ich hab dich doch lieb, mein Siederle. Wie sah nur die Mutter aus, wie hatte der Vater sie zugerichtet, sonst hatte sie immer dickes, schönes Haar, jetzt hatte sie fast einen kahlen Kopf, die Haare lagen verstreut auf den Dielen herum. Aber auch der Siedl ging es schlecht, es wollte und wollte nicht besser werden, und wenn sie brach, sah es immer nur rosa aus.

Die Mutter kniete Tag und Nacht vor ihrem Bett mit gefalteten Händen, weinend, bittend, daß der Himmel mit allen

Heiligen sie erhören sollte. Laß mein Kind nicht sterben! Der Vater hatte Anzeige gemacht. Die Polizei war gekommen, und die Mutter warf sich der Polizei zu Füßen. Habt Erbarmen mit mir, es ist nicht wahr, das Mädchen lügt! Der Vater nannte sie nur noch Mörderin und wollte nicht, daß die Polizei mit ihr Erbarmen hätte. Die Beamten wollten vom Vater wissen, ob er ganz sicher wäre, daß das Mädchen die Wahrheit sprach, und er mußte schwören, daß es nicht log. Die Polizei sah, wie die Mutter zugerichtet war, sie nahmen sie nicht mit und erlaubten ihr, bei ihrem kranken Kind zu bleiben, bis es wieder gesund war. Der Siedl ging es nach und nach besser. Die Mutter schenkte ihr alles, was sie nur geben konnte, sie gab ihr gutes Essen, sie war so gut zu ihr, wie sie es noch nie gewesen war, und auch die Miez, die sonst nur an der Mutter ihrem Rock hing und aufpaßte, daß die Siedl nicht dazugehörte, war ganz anders, sie spielte mit ihr, was sie sonst nicht tat, und von der Mutter wurde sie umarmt und geküßt. Siederle, Siederle, mein Kind, ich hab dich doch lieb, wie kannst du nur sagen, wie kannst du nur den Vater so anlügen, du mußt es ihm sagen, daß es nicht wahr ist, sonst werde ich eingesperrt, und du hast keine Mutter mehr, sag ihm die Wahrheit, ich werde dich immer liebhaben und werde gut mit dir sein. Die Mutter weinte den ganzen Tag und redete auf sie ein, Siederle, wenn du keine Mutter mehr hast, geht es dir immer schlecht, die Heilige Mutter Gottes wird böse mit dir sein, sie läßt dich im Stich, und du wirst im Leben kein Glück haben, wirst immer allein sein, und niemand wird dir helfen, du brauchst deine Mutter. Die Siedl bekam es mit der Angst, daß sie keine Mutter mehr haben und ganz allein auf der Welt sein würde, keiner würde sie liebhaben, und immer würde sie Unglück haben, weil die Heilige Mutter Gottes böse auf sie war, weil sie ihre Mutter in den Kerker gebracht hatte, und da versprach die Siedl der Mutter, daß sie dem Vater sagen wollte, daß nichts von alledem wahr wäre, was sie von ihr gesagt hatte. Als der Vater von der Arbeit kam, sagte die Siedl, Vater, ich habe gelogen, und der Vater war böse auf sie, Da hab ich so ein Aufsehn gemacht, und er mußte mit ihr zur Polizei gehn, was ihm sehr peinlich war. Er bat die Mutter, sie sollte ihm verzeihen, er hielt sie im Arm und versprach ihr, daß er der Siedl nie mehr glauben würde, und die Mutter weinte. Ich habe es dir doch immer gesagt, daß sie lügt, und du hast ihr immer geglaubt. Das hätte ich von dir nicht gedacht, sagte der Vater traurig zur Siedl, daß du so lügen tust. Der einzige Mensch, der die Siedl liebhatte, guckte sie von diesem Tag nicht mehr an.

Der Vater kränkelte immer mehr und wurde bettlägerig und konnte nicht mehr aufstehn, Tag und Nacht jammerte er vor Schmerzen. Meine Mutter, was die Siedl war, erzählte, er hätte einen Batzen am Bauch gehabt, und der Arzt hätte nicht gewußt, wie er ihm helfen sollte, sicher war eine Geschwulst gemeint. Im ganzen Haus war sein Jammern zu hören, und nun ließ die Mutter ihn büßen, daß er sie immer so geschlagen hatte, sie ließ ihn in seinem Leiden den ganzen Tag allein, nahm ihren Strickstrumpf und ging zur Nachbarin und blieb den ganzen Tag weg, um sich sein Gejammere nicht anzuhören. Meine Mutter, die Siedl, meinte, daß ihre Mutter keine Kranken leiden konnte. Nur die Siedl allein war zur Stelle, wenn der Vater sie brauchte, und der Vater stöhnte, Kinder, ist eure Mutter aber hart. Da er nicht mehr aufstehn konnte, quälte ihn die Mutter sehr, sie sprach immerzu von Freiern, und manches Mal guckte sie zum Fenster naus und tat, als ginge einer von ihnen vorbei, und rief, Servus, Päpp, wo machst du hin, was machst du heute abend, ja, ich komme. Dabei war niemand draußen, und wenn die Siedl das dem Vater sagte, meinte die Mutter, die Julia, zu ihrem Ehemann, Du hast mir doch versprochen, daß du dem Mensch nichts mehr glaubst, du weißt, daß die Kanaliä nur lügt. Dann sah der Vater mal auf die Siedl und mal auf seine Frau, und er wußte nicht, wem er glauben sollte. In der ersten Zeit, wenn die Mutter den Vater so ärgerte, hatte er noch etwas Kraft und warf einen Schuh nach ihr, aber sie rannte nur kichernd zur Tür hinaus und rief, Hau mich doch. Sie frug nicht nach ihm, und er merkte, daß sie ihn loshaben wollte. Er wurde immer ruhiger und war froh, wenn sie mal bei ihm blieb, und wenn sie sich neben sein Bett setzte, mußte sie ihm aus der Zeitung was vorlesen. Die Julia kam aus einer Tagelöhnerfamilie, zehn Kinder waren sie gewesen, und alle waren fleißig und strebsam, und jedes von den Kindern hatte einen Beruf gelernt, so wie die Julia auch, aber vor allem Maurer, und alle Geschwister bauten füreinander Häuser in Seestadtl, für die Julia hatte ihr Bruder Päpp bei sich im Haus unterm Dach eine Wohnung ausgebaut, in die sie einziehen konnte, wann sie wollte. Meine Mutter, die Siedl, erzählte mir, daß es von der Mutterherkunft weit zurück ins Tschechische und Ungarische ging und daß sie Säufer waren, so auch die Urgroßmutter, die schon zum Frühstück mit heißem Bier und Brot eingebrockt anfing, aber fleißig und strebsam waren sie alle, wovon die Siedl und Miez nicht viel hatten, und schon als Kinder hatten sie tüchtig als Tagelöhner auf dem Gut arbeiten müssen. Deshalb hatten sie nichts in der Schule gelernt, und als die Julia mit vierzehn Jahren von der Schule kam, sagte der Lehrer zu ihr, Als Gi-Ga-Gans flog sie übern Hain, und als dumme alte Gans kam sie wieder heim. Was sie heute lesen und schreiben konnte, hatte ihr der Ehemann beigebracht, und wenn sie ihm am Bett aus der Zeitung vorlas, dann mußte sie jeden Buchstaben buchstabieren, und oft wußte sie nicht weiter, daß ihr der Vater helfen mußte. Weil sie keine Lust zum Vorlesen hatte, warf sie die Zeitung wütend auf die Erde und rief, Ich kann nicht lesen, ich lese nicht, dabei war der Vater so froh, wenn sie an seinem Bett saß und ihm was vorstotterte, das machte es ihm leichter, er hatte sie sehr lieb. Er wollte auch, daß sie ihm verzieh, und sagte, Julia, wenn ich heute noch einmal gesund wäre, ich würde dich nie mehr schlagen, verzeih mir, Julia, ich werde nicht mehr lange leben, sei nur ein bißl gut mit mir, nur noch ein bißchen gut, du hättest mir müssen halt treu sein. Aber die Mutter zeigte kein Erbarmen und ließ ihn allein. Ach, Julia, wie kannst du nur so herzlos sein, stöhnte der Vater bis zu seinem letzten Atemzug, und als es mit ihm zu Ende ging, erbarmten sich fremde Leute seiner. Die Mutter, was die Julia war, ließ sich nicht sehn und hatte nur mit kalter Stimme gesagt, Ich will sein Gejaule mir nicht anhörn. Die Siedl war noch ein Kind, als der Vater starb, sieben Jahre alt war sie gewesen.

Nach dem Tod des Vaters nahm der Onkel Päpp die Siedl zu sich. Er wohnte in Seestadtl in der Mühlstraße, so wie die Großeltern auch. Die Mühlstraße wurde immer Affenstraße genannt, es war eine kurze, breite Straße, zu beiden Seiten hohe Häuser und am Ende Zweifamilienhäuser, und dann führte sie aus der Stadt ins Verwilderte hinaus. In der Affenstraße stand immer alles am Fenster und guckte, wenn ein Fremder durch die Straße kam, deshalb wurde sie auch so genannt, und hier wohnte das primitivste Volk, und sie waren alle wie eine Familie, nur wer fremd war, hatte nichts zu lachen, weil er ihnen zu eingebildet war. Die Tante Emma machte Näharbeiten, sie konnte die Siedl gut gebrauchen, für die Kinder und alle Schmutzarbeiten. Die große Gusch, die werd ich ihr schon abgewöhnen, ich werd sie schon erziehen, versprach der Onkel Päpp der Mutter, und er war mit dem Riemen immer schnell zur Hand. Die Mutter ließ sich kaum oder gar nicht sehen, in dieser Zeit war sie von einem neunzehnjährigen Burschen schwanger. Die Siedl, was meine Mutter war, erinnerte sich, daß ihre Mutter sich bei den Eltern nicht sehen lassen durfte, sie wurde von ihnen Hure und Sau beschimpft. Aber die Mutter hatte Sehnsucht nach ihren Eltern, und deshalb hielt sie sich immer in der Nähe der Mühlstraße auf. Als die Julia einmal ihre Mutter in Kaufladen reingehen sah, stellte sie sich vor die Steinstufen des Ladens und wartete, und als die Mutter rauskam, fiel die Julia mit Bitten und Weinen über ihre Mutter her, Mutter, Mutter, hab mit mir Erbarmen, und sie lag vor ihr auf den Knien, hielt sie am Rocksaum fest, und als die sie verachtete und anspuckte und mit Füßen trat, rutschte sie ihr mit gefalteten Händen auf den Pflastersteinen nach. Die Julia bekam einen Sohn, das Kind starb in paar Tagen. Meine Mutter, die Siedl, meinte, daß ihre Mutter das Kind verhungern ließ, weil sie es nicht haben wollte. Derzeit ging es der Siedl beim Onkel Päpp sehr schlecht, sie sehnte sich nach ihrer Mutter zurück, und es war dann auch höchste Zeit, daß sie weggeholt wurde, so verlaust und verdreckt und abgemagert sie aussah. Die Siedl weinte verzweifelt an der Mutter ihrer Brust. Für die Mutter war es nicht leicht, für zwei Kinder zu sorgen, die Siedl mußte hungern, aber es war doch viel besser als bei dem Onkel Päpp. Die Miez freute sich, daß die Siedl wieder da war, und die Siedl freute sich, daß sie die Miez sehen konnte, aber bald stritten und schlugen sie sich wieder, die Miezi hatte Schutz bei der Mutter, das war ihr Kleines, und die Siedl war die Große.

Die Mutter heiratete wieder, als Brautkleid trug sie ein rosa Kleid. Die Mutter hat sehr schön ausgesehen, sagte die Siedl, die Mutter war eine schöne Frau, es war aber auch ein sehr schöner Mann, den sie geheiratet hatte, er war Tscheche. Aber von ihm bekam sie mehr Prügel, als zu essen, dieser Mann starb im Irrenhaus, und die Mutter heiratete bald darauf einen dritten Mann und hatte diesmal ein braunes Brautkleid an, in ihrer dritten Ehe hieß sie Böhm. Die Mutter sah sehr schön aus, und der dritte Mann sah auch sehr schön aus. Auf ihn war die Mutter sehr eifersüchtig. Wenn er am Abend nicht nach Hause kam, suchte sie ihn in allen Wirtshäusern, und hatte sie ihn gefunden und wollte, daß er mit nach Hause kam, wurde sie von ihm verspottet, auch ließ er es zu, daß die Kellnerinnen sie auslachten und verprügelten. Sie bekam kein Geld von ihm und mußte hungern und Schulden machen. Der Siedl zeigte dieser Stiefvater viel Liebe, weil er sah, daß die Mutter die Siedl nicht leiden konnte. Er nahm sie auf seinen Schoß, und die Siedl freute sich, wie gut er mit ihr war und daß sie die Miez und die Mutter ärgern konnte, und er alberte mit ihr herum, das ihr gefiel, weil sie gern ausgelassen war, und er beschützte sie, wenn die Mutter sie schlagen wollte. Die Miez konnte er nicht leiden, das der Siedl auch gefiel, und sie trieb die Reiterei auf seinem Schoß noch toller. Er brachte ihr alle Tage eine kleine Zuckertüte mit oder sonst was Gutes, dann saß sie auf seinem Schoß und ließ die Miez zugucken, die mit einem Stück trocken Brot auch zufrieden gewesen wäre. Wenn die Siedl den Stiefvater von weitem kommen sah, rannte sie ihm entgegen, oder sie holte ihn von der Arbeit ab und kam stolz mit ihm an der Hand nach Hause. Der Stiefvater schämte sich nicht mit ihr, weil sie hinkte, er sah mit ihr die Schaufenster an, kaufte ihr schöne Schuhe oder ein schönes Kleid.

Durch die Siedl kam der Stiefvater meist jeden Abend nach Hause, und kam er mal nicht, ging die Mutter zusammen mit der Siedl ihn suchen. Mit der Siedl war sie nur gut, wenn sie sie brauchen konnte. Aber an einem Tag ging dem Stiefvater seine Liebe zu weit. Die Siedl war mit ihm allein zu Haus, weil sie von der Mutter verstoßen und niemals mitgenommen wurde, sie war zwölf Jahre alt, als sie von ihm gebraucht wurde. Er verbot ihr, der Mutter etwas zu sagen und auch keinem anderen Menschen, und versprach ihr, Ich kaufe dir immer schöne Kleider und Schuhe und bringe dir immer was Gutes mit. Der Siedl war es schlecht, sie verlor viel Blut, sie hätte verbluten können, die blutige Wäsche versteckte sie unter dem Schrank. Das merkte die Mutter, Jässes, was ist denn mit dir, was hast du denn? Die Siedl schämte sich und wollte nichts sagen, sie weinte immer nur, bis die Mutter ihr alles Schöne versprach. Die Mutter mußte einen Arzt kommen lassen, und der machte eine Anzeige, daß der Stiefvater fünf Jahre Zuchthaus bekam. Der Stiefvater schwor der Siedl und der Mutter, daß er sie umbringen wollte, wenn er wieder rauskäme. Da hatte die Mutter große Angst, sie fand Tag und Nacht keine Ruh und kniete mit der Siedl vor dem großen Madonnenbild und betete, daß der Mann im Zuchthaus sterben sollte. Die Jahre vergingen, für den Stiefvater war noch ein halbes Jahr. Die Mutter weinte alle Tage vor Angst, sie betete nur noch und kam gar nicht mehr von ihren Knien hoch. Der Stiefvater starb dann doch noch, da war die Mutter froh. Das war ein schöner Mann, sagte meine Mutter, was die Siedl war, auf den war sie eifersüchtig und hat ihn nicht verlieren wollen.

Der große Mund und der Dickkopf waren der Siedl angeboren, sie änderte sich ihr Leben lang nicht, von keinem wollte sie sich etwas sagen lassen und war immer eigensinnig und ausfällig. Sie war vierzehn Jahre alt, als sie in Dienst kam, sie mußte mitverdienen, und wenn der Monat um war, kam die Mutter und holte den Lohn. Recht früh hatte sie das Tanzfieber in den Beinen, und obwohl die Mutter es ihr nicht erlaubte, schlich sie sich auf den Tanzboden, und als sie sechzehn

Jahre alt war, ließ sie sich von der Mutter nichts mehr sagen. Die Siedl hatte das gleiche Tanzfieber wie ihre Mutter, sie war nur noch unruhiger, und die Schönheit hatte sie auch von der Mutter geerbt, die gleichen schönen blonden, seidigen Haare und die schönen blauen Augen, die den Männern gefielen. Die Miez war keine Schönheit, Glotzaugen, ein breiter Mund, die untere Lippe war etwas dick, sie hatte auch keine schöne Nase, und ihr Gesicht brauchte Puder und Schminke, und sie roch nach Schweiß. Die Siedl hatte auch die schönen Hüften von der Mutter geerbt. Die Miez hatte keine Hüften, und ihre Beine waren etwas zu kurz für den Körper. Die Miez sah wie der Vater aus, ihre Haare waren dünn und zu glatt, ihr Temperament war auch nicht so auffällig, und wenn ihr etwas nicht paßte, rollte sie ihre trägen Glotzaugen. Die Siedl konnte lustig sein, auch wenn es in ihrer Brust drückte. Beide hatten von der Mutter ihr heißes Blut, nur daß die Siedl ihre Liebe ihrem Ehemann geben wollte und die Miez wie die Mutter alle haben wollte. Vor allem wollte die Siedl tüchtig lustig sein und alles mitmachen. Daß sie hinkte, daran stieß sich keiner. Wenn sie auf den Tanzsaal kam, fiel sie von einen Arm in den anderen, sie war gerne und am liebsten mit vielen zusammen, und wenn es für ihre lose Zunge recht lustig war, dachte sie, ihr gehöre die ganze Welt. Aber es konnte auch sein, daß sie mit ihrem großen Mund August unter ihnen war und sie es nicht merkte und nicht sah, wie über sie gelacht wurde. Zu der Zeit war sie bei einer Herrschaft in Stellung, wo sie drei Kinder zu beaufsichtigen hatte, und es war ihr alles einerlei, sie ließ die Kinder allein und ging zum Fasching. Da wurde sie von der Herrschaft gesehen, aber sie tanzte zum Trotz noch mehrere Runden. Am andern Morgen sagte die Herrin, Na, Siedl, ich glaube, Sie haben mir etwas zu sagen. Hätte sich die Siedl entschuldigt, wäre ihr verziehen worden, doch sie fuhr der Frau frech über den Mund, daß die sich bei der Polizei beschwerte, aber die Siedl behielt ihren frechen Mund und ergab sich in kein Bereuen und kein Entschuldigen, sie spielte noch die Beleidigte. So kam sie in eine Erziehungsanstalt, aber auch dort wollte sie sich nicht beugen, und zur Strafe wurde sie drei Tage und drei

Nächte allein in eine dunkle Zelle gesperrt. Sie wollte mit ihrem Kopf durch die Wand und sang lustig und laut ein Lied nach dem anderen, sie hatte eine schöne Stimme und kannte viele Lieder, und wenn sie ein Lied zu Ende gesungen hatte, wurde durch die Wand gerufen, Siedl, sing noch ein Lied. Heimlich weinte sie, aber sie sang weiter, manches Mal konnte sie vor Weinen nicht weitersingen, sie hielt sich mit beiden Händen den Mund zu und wand sich dabei wie ein Wurm. Als die drei Tage und Nächte vorbei waren, wurde sie gefragt, ob sie nicht mehr frech sein und von jetzt ab gehorchen wollte, da sagte die Siedl, Ich will gehorchen und nicht mehr frech sein. Lange Zeit konnte sie nicht lustig sein, immerfort hatte sie Angst.

Die Mutter war in der Zeit von Kommern nach Seestadtl in die Affenstraße gezogen, sie hatte eine Wohnung und lebte von Logieherren, das waren drei oder vier einfache Arbeiter, die auf dem Schacht arbeiteten und bei der Mutter lebten. Einen davon heiratete die Mutter, er war fünfzehn Jahre jünger als sie, von Beruf war er Bote und arbeitete im Kohlenschacht am Bagger. Er hieß Wenzel und kam aus Polen. Die Miez, die auch heimlich zum Tanz gegangen war, wurde mit sechzehn Jahren schwanger, sie mußte weit weg zu ihren Schwiegereltern, die Förster bei Joachimstal (Egerland) im tiefen Wald waren. Da hielt sie es nicht lange aus, sie fühlte sich so verlassen ohne Mutter, aber die konnte ihr nicht verzeihen, und als sie aus Joachimstal weglief und ihre Mutter sie nicht nehmen wollte, blieb ihr nichts anderes übrig, als zu ihren Großeltern zu gehn. Die Großeltern schimpften auf die Mutter, Kinder, eure Mutter ist eine Sau, aber sie hatten nur eine Stube als Wohnung, und deshalb mußte die Miez wieder zurück in den tiefen Wald bei Joachimstal. Die vielen sehnsüchtigen Briefe, die sie an ihre Mutter schrieb, blieben unbeantwortet. Als die Miez ihr Kind geboren hatte und es vier Wochen alt war, machte sie, ohne ihre Mutter noch mal zu sehn, nach Karlsbad als Kellnerin, sie ging in einen der verrufensten Puffs, es wußte sehr lange niemand, wo sie war. Da weinte sich die Mutter bald die Augen aus. An einem Tag kam von der Miez doch ein Lebzeichen, und dann kam sie selbst zu Besuch. Die Miez blieb bei der Mutter, sie wollte nie mehr fort von ihr. Nun gingen die Miez und die Siedl zusammen nach Görkau in die Spinnerei arbeiten, das anderthalb Stunden Fußmarsch von Seestadtl entfernt war. Die Siedl wohnte bei ihrer Mutter, bis sie mit einundzwanzig schwanger wurde, von einem Burschen, der noch nicht vom Militär frei war und von dem schon vier Mädchen Kinder hatten, die Siedl war die fünfte. Er machte seine Militärzeit, und die Siedl mußte zu seinen Eltern auf einen Bauernhof. In diesem Haus und Hof gab es viel Arbeit, und es gefiel der Siedl gar nicht, daß sie nicht fortgehen durfte und es immer nur arbeiten hieß, und mit Sehnsucht dachte sie an ihr lustiges Leben zurück. Aufs Feld wurde die Siedl nie mitgenommen, und so bekam sie mit, daß die Bauersleute ihren Geldstrumpf im Strohsack verborgen hielten, und als sie ihre paar Sachen in die Schürze einwickelte, um zu den Großeltern zu gehen, nahm sie das Gesparte im Geldstrumpf einfach mit. Sie wollte bei den Großeltern bleiben. Da kann ich zuwenigstens tanzen gehen, dort kann ich machen, was ich will, wenn sie auch schimpfen, kann ich meinen Kopf durchsetzen, dachte sie. Die Großeltern bekamen große Augen, aber sie stießen die Siedl nicht von sich. Es dauerte nicht lange, bis die Polizei vor der Tür stand. Der Junge von den Bauersleuten hatte die Siedl beobachtet, wie sie aus dem Strohsack den Strumpf mit dem aufgesparten Geld genommen hatte. Vor der Polizei hatte die Siedl wie immer ihren groben Mund. Der Junge lügt, sagte sie, ihr glaubt ihm seine Lügen, und weil sie so einen groben Mund hatte, wurde sie mitgenommen. Auch vor dem Richter gab die Siedl nichts zu und sagte, Der Junge hat den Geldstrumpf selbst gestohlen und schiebt es auf mich. Da wurde der Junge als Zeuge gerufen, und als er zur Tür hereinkam, krachten seine Schuhe beim Auftreten. Die Siedl schrie gleich los, Der lügt, der lügt, glaubt ihm nicht, und sie lachte im Spott hellauf, Hachachachacha, neue Schuhe haben sie ihm gekauft, damit er lügen soll, und mir wollt ihr es anhängen, nur weil ihr mich nicht leiden könnt, guckt nur, der Judas, der Verräter, und sie lachte, Hachachacha. Die Siedl dachte, mit Schimpf und Lachen könnte sie sich von dem Diebstahl losreißen, und sie verwünschte den Jungen, daß der Richter auf den Tisch klopfen mußte, aber sie ließ sich ihren groben Mund nicht verbieten. Ich kann sagen, was ich will! Bei den Bauersleuten sollte sie Abbitte tun, aber das wollte und wollte sie nicht, der Richter drohte mit einer harten Strafe, daß sie Angst bekam, und ihr harter Kopf, der immer nur durch die Wand wollte, mußte sich beugen, sie gab den Diebstahl zu und verriet, wo sie den Geldstrumpf vergraben hatte. Die fünf Monate Gefängnis bekam sie weniger des Diebstahls wegen, sondern für ihr hartnäckiges Leugnen und die rohen Beschimpfungen.

Am vierundzwanzigsten Dezember neunzehnhundertzehn wurde der Siedl auf der Gefängnisstation ein Sohn geboren. Lange wollte ihr kein Name einfallen, bis sie auf den Namen des jungen Gefängnisarztes kam, der immer so nett zu ihr war. Adolf sollte der Junge heißen, gerade wie der Doktor Steiner. Der Arzt sagte kein Wort dazu, ihm war es wohl nicht recht, und als Pate vom Adolf hatte er sich nie gefühlt.

Mit ihrem Kind ging die Siedl zu ihren Großeltern, sie hatten nicht viel Platz, aber der Mutter durfte sie nicht über die Schwelle kommen, und sie ging wieder nach Görkau in die Spinnerei arbeiten. Unterdes war die Miez wieder nach Seestadtl gekommen, sie hatte geheiratet, und ihren Ehemann hatte sie in Karlsbad in den verrufenen Puffs kennengelernt. Sie bekam eine gute Ehe und wurde von ihrem Mann auf Händen getragen. Am Abend kam die Siedl immer die Mutter besuchen, das wagte sie sich nur, weil ihr einer der Logieherren gefiel, einer mit einem schönen Schnurrbart, der der besoffene Wirth-Seff aus Brüx war, der von seinem Vater mit sechzehn Jahren aus dem Haus gejagt worden war und sich mit siebenundzwanzig Jahren noch nicht geändert hatte. Mit einem Mädchen hatte er ein Kind, die wollte den Seff nicht heiraten und hatte auch auf die Alimente verzichtet. Die Mutter merkte, auf welchen es die Siedl abgesehen hatte, und warnte sie, Daß du mir nichts mit dem anfängst, das ist ein Taugenichts! Und grade das war der Siedl ihr Reiz, sie war in den Schnurrbart und in die schönen großen blauen Augen verliebt, die so ruhig geradeaus sahn, und sie war beeindruckt von seiner ganzen Taugenichtsart.

An einem Abend, sie stand im Hof an der Ziegenstalltür, machte ihr der Seff den Heiratsantrag. Das eine Bein hatte er auf der Bank stehen, den Arm auf das Knie gestützt, mit der andern Hand scharrte er vom Hosenstall aus am Dickbein rauf und runter, mit so einer Stellung begann er seinen Heiratsantrag. Siedl hatte sich an die Ziegenstalltür gelehnt, sie sah in seine schönen Augen und auf seinen Schnurrbart, und vor Verliebtheit merkte sie nicht mal, daß er besoffen war. Horn Sä, aff meine Orm tat iech Sä tron, iech bie a seelnsguter Mensch, Sie wären's mit mir nicht berein, Sie kenne kuch, wo's Sä wullen, iech eß olles, was off 'n Tisch kommt, neer kaane Woonschmier, die eß iech nich, sunst kennä Sä mir olles off 'n Tisch hiestellen. So redete der Seff, und er scharrte dabei an seinem Dickbein rauf und runter. Der Siedl gefielen seine Augen und sein Schnurrbart und sein frisches rotes Gesicht, das ein Saufgesicht war, sein Haar war dunkel, Scheitel und Schnurrbart gepflegt, der Seff hielt auf sich, solange er lebte, und trug keinen andern Hut als einen aus Plüsch.

Da war noch ein Anton unter den Logieherren, der die Siedl gerne glücklich gemacht hätte, mit dem hätte sie eine gute Ehe haben können, aber den ließ sie laufen, der paßte ihr nicht, der war ihr zu ruhig und zu brav. Der Anton weinte, als sie für ihn verloren war, und warnte sie, Siedl, du stürzt dich ins Unglück, aber die Siedl warf ihren Kopf in den Nacken und sagte, Haa, ich mach, was ich will, ich nehm, wen ich will.

Die Mutter hatte Sorgen, daß die Siedl noch ein uneheliches Kind kriegen könnte, und richtete ihr, ohne daß sie davon wußte, eine Wohnung ein, in der gleichen Straße, ihr genau gegenüber, Wohnküche und Schlafstube, wer sich damals soviel Wohnraum erlauben konnte, dem ging es nicht schlecht, und der Mutter ging es nicht schlecht, seitdem sie die Logieherren bei sich wohnen hatte. Ich habe für dich eine Wohnung eingerichtet, sagte die Mutter zur Siedl, es wird besser sein, du heiratest, du hast schon ein Kind und keinen Mann dazu, so wird es besser sein, da hat dein Kind zuwenigstens einen Vater, ich bringe dir deinen Mann, du wirst gucken, wen ich dir bringe. Auch der Seff hatte von nichts eine Ahnung. Als er von der Arbeit kam, sagte die Mutter zu ihm, Horchen Sie, Josef, ich habe für Sie ein Zuhause, Sie gehören nicht mehr hierher, kommen Sie. Sie machte die Tür zu der neuen Wohnung auf und sprach, Siedl, so, hier bringe ich dir deinen Mann, Josef, hier sind Sie jetzt zu Hause, hängen Sie nur Ihr Hütl auf, Josef, hier gehören Sie jetzt hin. Die Mutter blieb noch eine Weile an der Tür stehen und hielt eine kleine mütterliche Sorge, daß er ordentlich sein und ihr keine Schande machen sollte, und die Siedl mahnte sie, Sei nicht so empfindlich, leg nicht jedes Wort auf die Goldwaage, und hab keinen Dickkopf, Josef, Sie müssen halt Geduld mit ihr haben, sie hat einen sehr dicken Kopf, sie will immer mit dem Kopf durch die Wand. Mit viel solchen Versöhnungen ließ sie die beiden allein und ging sehr zufrieden, daß sie was Gutes getan hatte, nach Hause zurück. In den ersten vier Wochen soll der Seff brav gewesen sein, er kam nach Haus und brachte sein Geld mit. Weil die Siedl ihn sehr liebhatte, war sie verlegen und tat immer so, als wäre sie nur mit ihrem Kind beschäftigt, dabei wollte sie von ihm nur in die Arme genommen werden, aber das tat er grad nicht, und so entstand in der Siedl ein eigenartiger Trotz, daß sie sich nur noch mit dem Adolf abgab und gar nicht auf den Seff sah, und damit hatte sie eigentlich ihre schlechte Ehe vom ersten Tag an selbst verschuldet.

Nach vier Wochen war Hochzeit, am ersten Pfingstfeiertag neunzehnhundertelf. Die Siedl war stolz, daß sie den Wirth-Seff zum Manne bekam. An ihrem Hochzeitstag war trübes, regnerisches Wetter, und diesem regnerischen, trüben, nebligen Tag gab sie die Schuld, daß sie kein Glück in ihrer Ehe hatte, und weil sie ein braunes Brautkleid anhatte wie die Mutter bei ihrem dritten Mann, von dem sie mehr Prügel, als zu fressen, gekriegt und der andere Frauen gehabt hatte, der Mutter gab sie allein die Schuld an ihrer unglücklichen Ehe. Als die Siedl mit dem Seff in der Hochzeitskutsche saß und sie zur Kirche fuhren, sah sie immer nur zum Fenster raus, in ihr war an diesem Tag keine Stimmung. Na, du redest heute gar nichts, sagte der Seff, und in ihm war nur Spott, was hängst dann heute deine Gusch? Die Siedl rührte sich nicht, es gab Tage für sie, da war sie in ihrer Empfindlichkeit traurig, und heute war sie es, weil die Mutter nur dem Seff ein schönes Gesicht gezeigt hatte und es immerfort nur Josef, Josef ging. Ach, ich weiß jetzt, spottete der Seff, warum du heute so eine Gusch machst, und weil er besoffen war, sagte er du zu der Siedl, an anderen Tagen sagte er wieder Sie zu ihr, Heute tut's ja regnen, und du bist ein Wettermensch, na ja, du bist halt ein Wettermensch. Die Siedl hatte ihm mal erzählt, daß sie bei regnerischem oder trübem Wetter immer schlechte Stimmung hatte. Da ist in mir keine Stimmung, hatte sie gesagt, aber wenn die Sonne scheint, kann ich lachen, singen, lustig sein, das Wetter liegt halt in mein Gemüt, bin holt ä Wettermensch! Die Siedl hatte ihm alles von sich erzählt, daß sie keine Mutterliebe hatte, auch vom Stiefvater ließ sie ihn wissen, daß sie mit zwölf Jahren sein Opfer gewesen und nur die Mutter schuld daran war, von der Erziehungsanstalt und dem Gefängnis erfuhr er und daß sie sich nie was hatte sagen lassen. Sie wollte von ihm bedauert werden, aber er machte sich nur lustig über sie und foppte sie sogar auf dem Weg zum Traualtar. Als sie mit der Kutsche vor die Kirche fuhren, erschrak die Siedl, vier Brautkutschen standen der Reihe nach hintereinander da, und ihre Kutsche war die fünfte und letzte, das war kein gutes Zeichen, und als sie an das Kirchentor kamen, sagte der Seff zu ihr, Na, überleg es dir, jetzt hast du noch Zeit zum Umdrehen, von mir kriegst du mehr Prügel, als zu fressen. Die Siedl wollte es nicht ernst nehmen, sie wollte gern verheiratet sein, in den Dienst gehen hatte sie keine Lust mehr, und die Miez war ja auch schon längst verheiratet, und sie war so stolz auf ihren Seff, daß sie nichts für Beleidigung nehmen wollte, sie war so froh, ihn zum Mann zu bekommen.

Zu Hause wurden sie von allen erwartet, die Großmutter hatte den Adolf auf dem Arm, der jetzt ein halbes Jahr alt war, von allen Seiten wurde ihnen gratuliert, aber sie bemühten sich mehr um den Seff als um die Siedl, so daß sie das Gefühl hatte, keiner kümmerte sich um sie. Sie riß den Adolf vom Arm der Großmutter und machte sich mit ihm zu schaffen, damit sie nicht so unbeachtet und allein hinterherlaufen mußte.

Du hast doch heute keine Zeit für dein Kind, sagte die Großmutter und wollte ihr den Adolf wieder abnehmen. Siedl, du mußt heute den ganzen Tag bei deinem Mann sitzen bleiben, sagte die Mutter, jetzt bist du verheiratet und gehörst zu deinem Mann. Aber die Siedl wollte sich immer nur mit dem Adolf beschäftigen. Die Mutter schimpfte sie aus und nahm ihr den Adolf weg. Aber was der Seff zu ihr gesagt hatte, als sie in die Kirche reingingen, daß sie mehr Prügel, als zu fressen, kriegte, das nahm die Mutter nicht ernst, sie lachte nur und meinte, Das hat er nur so gesagt, darfst halt nicht gleich so empfindlich sein, wenn er mal was sagt, darfst nicht immer gleich die Gusch hängenlassen bei jedem Wort.

Der Seff trank tüchtig, sein Kopf lag im Nacken, und er taumelte hin und her und wurde redselig. So hatte ihn die Siedl noch nicht sprechen hören. Er unterhielt sich aber nur mit der Miez und mit den anderen, die am Tisch saßen, die Siedl ließ er unbeachtet sitzen, hin und mal bekam sie von ihm unsanfte Ellenbogenstöße, als ob er beim Erzählen nicht genug Platz hätte. Weil er wußte, daß die Miez eine Kellnerin war, erzählte er ihr seine Abenteuer in den Puffs, er hatte keine andere Unterhaltung als nur von den Puffs, er wollte damit vor der Miez schöntun, und die verstand es mit ihm, mit ihren Glotzaugen, und wenn sie miteinander tanzten, wie er sie dann herumriß. Wenn die Siedl mit ihm tanzte, stolperte sie immerfort über seine Füße, er drehte sich so auf den Absätzen, daß sie stolpern mußte. Mit der Miez hatte er ganz anders getanzt. Nur bei ihr hatte er es so gemacht, und als sie nicht mehr tanzen wollte, schlug er sie ganz erbärmlich, daß die Mutter dazwischengehen mußte. Da packte der Seff die Mutter an den Haaren, und sie bekam von ihm tüchtige Prügel. Elende Krüppelhexe, hast mir deine elende hinkende Kanaliä angehängt, schrie er und zerschlug Geschirr und Stühle, und nirgends ließ er eine Scheibe heil.

Schon am Hochzeitstag sollte die Siedl mit dem Seff auseinandergehn, aber die Siedl freute sich, daß er die Mutter geprügelt und sie elende alte Hexe genannt hatte, das vergönnte sie ihr. Grade nicht, dachte die Siedl, ich bleib bei ihm, und sie ließ auf den Seff nichts kommen. Jetzt hat er der Mutter die Kuttln geputzt, das geschieht ihr ganz recht, wegen dere geh ich nicht von ihm weg, grade nicht!

Als der Seff hörte, daß sein Vater zu Besuch kommen und sich seine Frau und seine Wohnung ansehen wollte, hatte er Angst, und er bettelte die Siedl, daß sie nichts Schlechtes über ihn sagen sollte. Der Vater staunte, daß der Seff so ein Glück gefunden hatte. Die Mutter und die Siedl erzählten auch nur Gutes über ihn, und er freute sich, daß der Seff ein ordentlicher Mann geworden war, aber so richtig ging es ihm nicht in den Kopf, daß sein Sohn sich geändert und sein großes Glück gefunden haben sollte. Die Mutter und die Siedl sahen zum erstenmal den Vater vom Seff, er war ein großer, starker Mann, dagegen war der Seff ein Hering. Bevor der Vater wieder ging, legte er die Hände auf die Schultern seines Sohnes und sagte, Seff, versprich mir, daß du mir keine Sorgen machst, ich muß ja nur staunen, daß du so ein Glück gefunden hast, wenn du weiter ordentlich bist, sollst du auch dein Erbteil haben, aber zuerst muß ich wirklich davon überzeugt sein, daß du ein ordentlicher Mann geworden bist. Ja, ja, Vater, kannst dich schon drauf verlassen, sagte der Seff, und er atmete auf, als der Vater die Tür hinter sich zugemacht hatte.

Die Mutter hatte der Siedl zugeredet, von Seff wegzugehen, den Adolf wollte sie ihr aufziehn, aber davon wollte die Siedl nichts hören, weil sie den Seff zu gerne hatte. Die Prügel frischten die Liebe auf, war immer ihr Reden, und der Seff wußte, daß sie ihn mehr als ihr Leben liebte und nie von ihm weggehen würde. Darum machte er sich überhaupt nichts aus ihr. Wenn er nüchtern war, guckte er sie nicht an, und die Wärme in ihrem Bett suchte er nur, wenn er betrunken war, und sie war dann noch froh, wenn er zu ihr kam. Aus Prügel machte sie sich nichts, denn die Prügel von ihm machten ihre Liebe noch heißer, sie bildete sich was drauf ein und erzählte es überall herum, und kam doch einmal die Minute der Besinnung, ließ sie ein paar Tage den Kopf hängen, aber das verging schnell, weil sie dachte, Hauptsache, ich hab ihn. Dabei war der Seff nicht mal eine Schönheit, er war schlank, die zu großen Ohren standen ihm vom Kopf ab, eine breite, kräftige Nase hatte er, auf dem Nasenrücken einen Höcker und große runde Nasenlöcher, weil er mit dem ganzen Finger seine Nase ausputzte, aber das alles übersah die Siedl.

Zu Haus lag der Seff nur auf dem Sofa rum, las Zeitung oder schlief, und wenn es Geld gegeben hatte, blieb er fort. In der ersten Zeit machte es die Siedl wie ihre Mutter, sie suchte ihren Mann in den Wirtshäusern, und wenn sie ihn gefunden hatte, ließ sie den kleinen Adolf zur Tür reinlaufen. Geh hin zum Tati, sagte sie und blieb an der Tür stehen und dachte, sie machte dem Seff eine Freude, wenn der Junge zu ihm kam und ihn Tati nannte. Dabei konnte der Seff den Jungen nicht leiden und machte sich nur über ihn lustig. Der Adolf hatte krumme Beine und wurde deshalb von ihm nur Dragoner genannt. Guckt an, der Dragoner kommt, das wird einmal ein richtiger Dragoner, jetzt läuft er grad so wie du, hahahaha! Er tat dem Jungen weh, wo er nur konnte, mit den Knöcheln stieß er ihn am Kopf, sooft das Kind in seine Nähe kam. Die Siedl kam erst gar nicht dahinter, warum das Kind so schrie, bis sie mitbekam, daß er den Jungen quälte, und sie ihn von seinem Stiefvater fernhielt. Aber der Seff fand immer was. Als der Adolf noch nicht laufen konnte, rutschte er nicht wie die anderen Kinder auf dem Hintern, der Adolf rutschte auf dem Bauch. Gewöhnlich hatte er weiter nichts an wie nur ein Hemdchen. Wenn der Seff seine Karbidlampe säuberte, setzte er sich immer auf die Dielen. Plötzlich schrie der Adolf auf, und die Siedl wußte gar nicht, was mit dem Kind los war, warum es so schrie, erst wenn sie es aufhob und unter seinem nackten Bauch Karbid kochen sah, wußte sie Bescheid. Der Adolf hatte eine Pfütze auf die Dielen gemacht, genau auf die Stelle, wo Karbid lag, es zischte hörbar, und der Junge schrie erbärmlich. Sein Bauch war voller Brandstellen, immer und immer wieder kam es vor, daß der Junge aufschrie. Die Siedl getraute sich schon gar nicht mehr, ihn auf den Dielen rumkriechen zu lassen, sie kehrte den Fußboden, sah sich um, ob sie noch irgendwo einen Krümel Karbid entdeckte, dann erst ließ sie den Jungen runter.

Dennoch passierte jedesmal dasselbe. Der Seff wälzte sich vor Lachen und Freude. Ich seh den so gerne, wenn der die Gusch aufreißt, da ist er genauso schön wie du, du bist doch auch so schön, du bist doch eine Schönheit!

In der ersten Zeit gingen sie auch tanzen. Die Siedl tanzte für ihr Leben gern und ließ sich gerne mit ihm sehen, die Leute sagten zu ihr, Hast du aber einen schönen Mann. Wenn sie auf dem Tanzsaal waren, saß sie allein am Tisch, er tanzte am liebsten mit anderen Frauen, ab und zu tanzte er auch mit ihr, dann ließ er sie über seine Füße fallen und sagte, Mit dir kann ich nicht tanzen, und er rief dem nächsten zu, Du, horch, willst du nicht mit meiner Alten tanzen, gib mir deine, kriegst auch einen Schnaps, oder er schrie über den ganzen Saal, wenn die Kapelle zu spielen begann, Wer tanzt mit meiner Alten, der kriegt auch einen Schnaps spendiert. Da tanzten fremde Männer mit ihr, die von ihrem Mann mit Schnaps bezahlt worden waren, oder sie saß allein am Tisch, und der Seff kümmerte sich nicht um sie, er stand an der Theke und war besoffen. Wie ihr zumute war, wenn sie die Ehepaare so lieb zusammensitzen sah und die Männer ihre Frauen ehrten! Wenn die Musik spielte und sie niemand hören konnte, fing sie zu lamentieren an, Die Mutter hat schuld, daß es mir so geht, die hat mich zu einem Krüppel gemacht, sie hat mir mein Bein ausgerissen, sie ist schuld an meinem Unglück. So lamentierte die Siedl, wenn keiner sie hören konnte. Schweren Herzens mußte sie zusehen, wie ihr Mann mit anderen tanzte. Sie ging nach Hause, was sollte sie auch hier. Da, schaut, brüllte ihr der Seff hinterher, meine Olle, sie geht nach Hause. Wenn sie ihn in der Nacht kommen hörte, stellte sie sich schlafend, aber er wußte viel zu gut, daß sie nicht schlief, und fing an, sie zu ärgern, er sprach begeistert von einer Kellnerin, von einer kleinen schwarzen Jüdin, er zog sich vor ihrem Bett aus, er legte sich neben sie und schwärmte weiter von der kleinen schwarzen Jüdin und wie sie gewesen wäre. Die Siedl tat, als hörte sie nicht, dabei schlug ihr Herz zum Zerspringen. Den nächsten Morgen trotzte sie und redete nicht, das konnte sie gut, aber es nützte ihr nichts, weil er sich nichts aus ihr machte, und das kränkte sie noch mehr.

Waren sie wieder gut miteinander, gingen sie wieder tanzen, vorher versprach er ihr noch alles Gute, und kaum waren sie im Saal, hatte er alles vergessen, und am andern Morgen lag er auf dem Kanapee, und sie ließ den Kopf hängen und trotzte.

Nur wenn es Geld gab, redete die Siedl wieder mit dem Seff. Wenn er in der Nacht betrunken nach Hause kam, ging sie ihm freundlich und lächelnd entgegen und tat, als wäre nichts gewesen. Haa, da kannst du reden, was, elende Kanaliä, die ganze Woche hast du die Gusch hängenlassen, hast kein Wort mit mir geredet, nur mit deinem Dragoner, brüllte er herum und stieß sie, und sie ließ sich von ihm herumstoßen und anspucken und beleidigen. Deine alte Hexe hat mich mit dir verkuppelt! Ach, Josef, sagte da die Siedl und zwang sich zu einem Lächeln und zu guten Worten. Er verzog sein Gesicht zu einer Grimasse. Die ganze Woche brauchst du mich nicht, und heute bin ich Josääf, Josääf! Sie bückte sich und wollte ihm die Schuhe ausziehen, absichtlich saß er unruhig, während sie mit viel Mühe und Zärtlichkeit an seinen Schuhen knüpfte und sich nicht durch sein Hinundhergerutsche verärgern ließ. Josef, schau, du hast mir weh getan, weil du nicht stillhältst, sagte die Siedl. Was, du elende Kanaliä, dir werd ich helfen, empfindlich sein, schrie er, und sie bekam einen Tritt, und er schlug sie erbärmlich. Josef, Josef, hör doch auf, bettelte sie, und er äffte ihr mit einer häßlichen Fratze nach, Josääf, Josääf, ich werd dir schon helfen, Josääf, Josääf, die ganze Woche keine Gusch aufmachen, und heute Josääf, Josääf. Er gab ihr einen Schleuderich, daß sie mit dem Kreuz ans Kanapee flog und es ihr einen Stich ins Kreuz gab, daß sie dachte, es würde eine Fehlgeburt. Als er sich nicht mehr um sie kümmerte, schlich sie aus der Wohnung und rannte zur Mutter, mitten in der Nacht. Den Adolf auf dem Arm und hochschwanger stand die Siedl vor der Tür und weinte. Jässes, wo kommst du her, schrie die Mutter erregt, daß die Miez auch gleich munter wurde, sie hatte ihre Tür nebenan, denn sie konnte ohne die Mutter nicht sein. Die Mutter sah, wie der Seff die Siedl zugerichtet hatte, und wollte nicht, daß sie zurückkehrte. Den Adolf ziehn wir dir auf, sagte sie, und sein Kind gibst du ihm, soll er mit seinem

Kegel machen, was er will. Die Siedl zitterte am ganzen Körper vor Angst, daß er kommen und sie prügeln würde. Der Miez ihr Mann, der auf deutsch Adalbert hieß, und der Wenzel, der Mutter ihr Mann, hatten sich schon angezogen und warteten auf den Seff, sie wollten es ihm schon geben. Es dauerte auch nicht lange, da kam er, und er dachte, er könnte die Siedl weiterverprügeln, weil ihre Familie nicht zu ihr hielt. Elende Kanaliä, brüllte er, das ist der Dank, daß ich dich mit deinem Balg geheiratet habe! Da wurde er von dem Wenzel und dem Adalbert am Kragen und an den Füßen gepackt und hinausgetragen, die Miez lief nebenher und schlug mit dem Ausklopfer auf ihn drauf und schrie, Lump, elender, und folgte den Männern ins Freie und schlug ohne Pause auf ihn nieder. Der Seff wehrte sich nicht einmal, er ließ sich gefallen, daß sie ihn in ein steil abführendes Gäßchen schleppten, oben am Gäßchen stehenblieben, ihn hin- und herschaukelten, eins, zwei, drei zählten und ihn mit Schwung die Gasse hinunterwarfen. Der Seff unternahm nichts, er stand nur auf, klopfte sich den Schnee ab, denn es war Winter mit viel Schnee, griff nach seinem Hut und ging davon. Die Siedl hatte mit Mitleid vom Fenster aus zugesehen. Wartet nur, wartet nur, hatte sie zu den beiden Männern gesagt und zu der Miez und der Mutter. Gleich werden die Fensterscheiben klirren, das läßt er sich nicht gefallen, wartet nur, wartet nur, der läßt eure Fensterscheiben nicht ganz, ihr werdet was erleben. Die zwei Männer freuten sich schon, sollte der Seff nur kommen, sie würden ihm gerne noch was anderes geben, aber es blieb still, und kein Seff ließ sich blikken. Die Siedl war enttäuscht, daß der Seff sich das gefallen ließ, und am meisten ärgerte es sie, daß sie von ihrer Familie ausgelacht wurde, daß sie so dumm war und sich von ihrem Mann verprügeln ließ, und sie sagte zu ihnen, Ihr könnt ihn nur nicht leiden, das habt ihr nur gemacht, weil ihr ihn nicht leiden könnt, und sie dachte bei sich, daß die Mutter nur nicht vergessen konnte, daß er sie alte Hexe genannt und bei der Hochzeit geschlagen und beleidigt hatte. Ich weiß schon, warum ich nicht mehr zu ihm gehen soll, und grad geh ich zu ihm! Die Mutter und die Miez waren außer sich und schlugen die Hände über dem Kopf zusammen und sagten, Wenn man dir schon helfen will, wo wir es doch so gut mit dir meinen. Ich brauch von euch keine Hilfe, war ihre Antwort.

Der Seff guckte, als sie kam. Du kommst wohl wieder zu mir zurück, bist ein gutes Schaf, das hätt ich von dir nicht erwartet, mußt mich aber sehr gern haben, daß du bei mir bleibst! Aber ändern tat sich der Seff nicht, es wurde sogar noch schlimmer mit ihm, er brachte der Siedl kein Geld mit nach Haus, von der Wohnungseinrichtung, von den Möbeln und der Wäsche, mußte sie viel in der Pfandleihe versetzen, sie hatte in jedem Kaufladen Schulden, die sie nie bezahlen konnte, und hatte sogar angefangen, ihre schönen Figuren, die ihr die Mutter mit in die Ehe gegeben hatte, zu veräußern, dabei hatte sie kein Geld, um sie aus dem Leihhaus zurückzuholen. Alles hatte die Siedl verkaufen müssen, damit sie leben konnten, und eines Tages stand sie wegen Diebstahls vor Gericht. Den Adolf durfte sie mit ins Gefängnis nehmen, und die Strafe wurde ihr gemildert, weil sie hochschwanger war und zur Entbindung kam. Am sechsten März neunzehnhundertdreizehn wurde der Siedl im Gefängnis eine Tochter geboren, an einem Freitag kam sie zur Welt.

Als die Siedl mit ihrer Tochter nach Hause kam, war ihre Großmutter die einzige, die überglücklich war. Ohrringe mit himmelblauen Steinen mußten hereingemacht werden, und sie nahm der Siedl das Püschel aus dem Arm, legte es auf den Tisch und sah nach, ob kein Glied zuviel oder zuwenig und ob auch sonst alles dran war, die Finger und die Fußzehen zählte sie, mußte immerfort von vorn anfangen mit dem Zählen, weil sie sich ständig verzählte, sie erschrak, hopste jedesmal vor Schreck in die Höh, wenn es zuviel oder zuwenig war. Jässes, Jässes, lamentierte sie und fing wieder von vorne an mit dem Zählen.

Der Siedl ihre Mutter wollte keine Großmutter werden, über ihre Enkeltochter machte sie ein böses Gesicht und schimpfte, So ein altes Mensch kannst du am besten gleich umbringen, das wird nichts Gescheites, die bestrafen dich nicht einmal, wenn du das Mensch erwürgst. Zum großen Unglück sah das Kind auch wie die Siedl aus, hätte es wie die Miez ausgesehen, wäre es für das Kind ganz sicher wohler gewesen, aber es sah wie die Siedl aus. Nur der Siedl ihre Großmutter hatte Freude an dem Kind. Mit dem Namen für das Neugeborene wurden sie sich nicht einig. Da kam eines Tages die Großmutter aus der Stadt zur Tür reingestürzt, ganz außer Atem, sie war schnell nach Hause geeilt, um der Siedl zu sagen, daß sie dem Kind den Namen Valerie geben sollte, sie hätte gehört, daß oben im Schloß eine Prinzessin geboren worden war, die auf den Namen Valerie getauft wurde, Prinzessin Valerie, es war wohl eine schwedische Prinzessin gewesen.

Der Siedl gefiel der Name Valerie nicht so recht, sie meinte, das wär ein langweiliger Name, und der Seff, der Vater, hatte nichts anderes zu tun, als über den Namen zu spotten, Na, was macht denn die Prinzessin Valerie, oder heißt sie Valere, ach ja, Valerie heißt sie.

Da es der Siedl bei ihrem Mann immer schlechter statt besser erging, drang die Mutter darauf, daß sie von ihm weggehen sollte, Den Adolf ziehn wir dir auf, und dem versoffenen Kerl läßt du sein schäbiges Mensch, wenn der Adolf groß ist, kannst du ihn zurückhaben, er wird einmal dein Ernährer sein. Nach langem Hin und Her willigte die Siedl ein, zusammen mit der Mutter die Wohnung auszuräumen, nur die Wiege mit dem schlafenden Kind ließen sie in der leeren Stube zurück. Die Wohnung befand sich in einer schmalen Gasse, und genau gegenüber hatte die Mutter ihre Wohnung, die Siedl und die Mutter standen hinter der Gardine und wollten sehen, was der Seff für ein Gesicht machen würde, wenn er die leere Stube sähe und nur noch sein Mensch darinnen. Sie sahen den Seff ins Haus gehen und im Zimmer stehen, die Hände ratlos auf den Hüften und vor sich hin starrend. Bis jetzt schlief das Kind noch. Wenn das alte Mensch doch nur aufwachen möchte, beteten beide, und sie hatten ihre Freude. Wart nur, wart nur, jetzt ist sie aufgewacht, sie fängt schon zu schreien an, schrei nur, schrei nur, beteten beide, tüchtig, tüchtig, schrei fest, feste. Der Seff schaukelte die Wiege, und das Kind schrie, schrie. Die Mutter und die Siedl sahen, wie er es aufband und trocken machte. Schadenfroh, aber mit Neid beobachtete die Siedl ihn vom gegenüberliegenden Fenster aus, lieb redete er mit dem Kind, so kannte sie ihn gar nicht, und sie staunte und staunte, daß er so gut sein konnte, das hätte sie ihm nie zugetraut, ihr Wunsch war, daß das Kind tüchtig schrie und er sich nicht zu helfen wußte, sie wollte ihn ratlos sehn. Als das Kind weiterschrie, nahm der Seff es aus der Wiege und trug es auf dem Arm hin und her, wiegte es, eia wiewie, eia wiewie. Die Siedl paßte auf wie ein Luchs, neidisch, eifersüchtig, daß ihr ja nichts entging. Was er für Geschichten mit dem Kind macht, sagte sie, Mutter, guck nur, guck nur, der streichelt das Mensch sogar mit seinem Gesicht, und sie konnte es fast nicht mehr mit ansehn, wie lieb er mit seinem Kind war. Das Kind aber war nicht ruhig, und das vergönnte sie ihm, noch tüchtiger sollte es schrein. Dann sah sie, wie er mit ihm auf dem Arm dastand und zu überlegen schien, dann ging er mit ihm zur Tür hinaus. Wo geht er hin, wo will er mit dem Kind hin! Die Mutter wollte der rasenden Siedl den Weg verstellen. Ich will raus, ich will raus, schrie die Siedl erregt, ich muß wissen, wo er mit dem Kind hinmacht. Die Mutter schimpfte, Lauf dem Kerl nicht nach, soll er mit seinem Mensch hingehn, wo er will, vielleicht bringt er es um, und du bist das garstige Mensch los, das taugt doch nichts. Die Siedl zwängte sich an der Mutter vorbei und schrie, Ich muß hinterher, ich muß hinterher. Die Mutter hatte keine Kraft, sie zu halten. Wie eine Irre rannte sie hinaus, ihm auf der Straße nach, heimlich folgte sie ihm. Wo mochte er mit dem Kind hingehn, hatte er gar eine Hure, wo er hinwollte? Sie sah ihn in eine Haustür verschwinden. Aah, dort geht er rein, da hat er bestimmt eine Hure, mit der er rumhuren tut. Sie versteckte sich hinter der Tür, beobachtete ihn durch den Spalt, wie er über den Hof ging, auf eine Bank zu. Dort saß eine Frau mit einem Kind an der Brust, die die Siedl kannte. Sollte die gar mit ihm rumhuren, wunderte sie sich, weil sie es dieser Frau nicht zugetraut hätte. Na, wart nur, gut, daß ich es jetzt weiß. Der Seff war mit seinem schreienden Kind auf dem Arm auf die Frau zugegangen und bat, Marie, tätst nich mein Kind deine Brust geben, es schreit so, ich weiß mir nicht zu helfen, es wird bestimmt Hunger haben, die Siedl ist mir davongelaufen, das Kind hat Hunger. Aber ja, Seff, gib nur her, sagte die Frau und legte ihr Kind weg und nahm sein Kind an ihre Brust. Wart nur, elende Sau, dir werd ich schon helfen, dachte die Siedl, und sie wartete nur auf den Moment, wo sich der Seff umgedreht hatte und mit schnellen Schritten vom Hof verschwunden war, um aus ihrem Versteck zu springen. Die Frau wußte gar nicht, wie ihr so plötzlich geschah, sie bekam Watschen rechts und links. Elende Hure, dir werd ich helfen, schrie die Siedl und riß der Frau ihr Kind weg, spuckte ihr ins Gesicht und verschimpfte sie Hure und Sau. Aber Siedl, sei doch nicht so böse, wollte die Frau sie beruhigen, ich hab es doch nur gut gemeint, wie kannst du nur so bös sein. Halt nur deine Gusch, es ist gut, daß ich jetzt weiß, daß du auch mit ihm rumhuren tust, sagte die Siedl und ging mit ihrem schreienden Kind in ihre leere Stub zurück. Die Siedl zitterte vor Angst, daß die Frau dem Seff alles erzählen würde, bestimmt würde er sie dafür prügeln, sie zitterte vor Angst, als sie seine Schritte näher kommen hörte. Der Seff sagte kein Wort, er tat, als wäre überhaupt nichts gewesen, und weil er nicht selbst davon anfing, erzählte sie es ihm. Der Seff sagte nicht viel dazu, sagte nur, Du bist ane elende Krock, und die Siedl freute sich noch, daß er weiter nichts gesagt hatte, und vergönnte es der Frau, daß sie es ihr gegeben hatte. Warum war sie auch so bleed und hat es gemacht, sagte die Siedl, was meine Mutter war, später zu mir, warum hat sie dich an die Zitz gehängt, haa, ich werd euch schon helfen. Die Mutter schlug die Hände zusammen, als die Siedl die Stub wieder einräumte und sagte, Ich mach, was ich will, das geht niemand was an, was ich mach! Aber ihre Ehe besserte sich nicht, sie bekam Prügel, ob er nüchtern oder besoffen war, er ging schon lange nur allein fort und sagte niemals, sie sollte mitgehn.

Dem Seff und der Siedl ging es nicht gut, keine Wohnung hatten sie lange, sie konnten die Miete nicht bezahlen. Der Hauswirt räumte ihnen die Wohnung aus, und sie standen mit ihren Möbeln auf der Straße, bis sie in Seestadtl nirgends eine Wohnung mehr bekamen, und in jedem Kaufladen hatten sie

Schulden. So fingen sie an, die Ortschaften zu wechseln. Neunzehnhundertvierzehn wurde dem Seff und der Siedl ein Sohn geboren, sie wohnten zu dieser Zeit in Bruch, das als Vorort zu Oberleutendorf gehörte und weit weg von Seestadtl lag. Ein fremder Mann stand Pate, die Mutter und die Schwester waren bös mit der Siedl und wollten von ihr nichts wissen, der Sohn bekam den Namen Adalbert wie der Miezi ihr Mann, damit wollte sie sich wieder bei ihrer Schwester einschmeicheln. Ganz unverhofft kam der Siedl ihr Schwiegervater zu Besuch, er kam und wollte sich überzeugen, daß sein Enkelsohn seinen Namen, nämlich Hermann, bekommen hatte, denn so hatte es der Seff in einem Brief geschrieben. Die Siedl hatte wohl gesehen, wie der Seff einen Brief schrieb, aber was und an wen er geschrieben hatte, das wußte sie nicht, und es hatte sie auch weiter nicht gekümmert. Deshalb sagte sie ahnungslos zum Schwiegervater, daß ihr Sohn Adalbert, wie der Mann ihrer Schwester, hieße. Der Schwiegervater wunderte sich, Der Seff hat mir doch geschrieben, daß ein Sohn angekommen ist und er meinen Namen bekommen hat? Die Siedl horchte auf, sie wußte von allem nichts, der Seff hatte nicht mal danach gefragt, welchen Namen sie dem Sohn gegeben hatte, und sie ärgerte sich, daß er sich ihr nicht anvertraut hatte, aber sie konnte sich schon denken, warum er in aller Heimlichkeit dem Vater geschrieben hatte, auf einen Batzen Geld hatte er gehofft, das er ohne ihr Wissen verjubeln wollte. Der Schwiegervater war nicht dumm, er glaubte einem Brief nicht, er kam erst, um sich zu überzeugen, und er wurde enttäuscht. Wie die Wohnung runtergewirtschaftet war! Neunzehnhundertvierzehn hatten sie nicht mal mehr die Federbetten, auch kein Bettzeug mehr, auf dem Strohsack wurde geschlafen und sich mit einer einfachen Decke zugedeckt, nur ein paar Lumpen unterm Kopf. Vom besoffenen Seff waren die Stühle auseinandergerissen worden, kein Möbelstück war ganz, keine Wäsche mehr vorhanden, kein gar nichts, alles hatten sie für wenig Geld verkauft, wenn sie nur für einen Tag was zu essen hatten. Enttäuscht und verärgert ging der Schwiegervater zur Siedl ihrer Mutter und schimpfte, Da hab ich gedacht, daß er zuwenigstens eine ordentliche Frau bekommen hat, aber das ist ja Jacke wie Juppe! Ach, der Schwiegervater war verärgert und hat sich seitdem nie mehr sehen lassen.

Nirgends fühlte sich die Siedl so wohl wie in Seestadtl, wo ihre Mutter und ihre Schwester, ihr gutes Großmutterle und gutes Großvaterle wohnten, sie hatte immerzu Heimweh, seitdem sie von Seestadtl weg war, und bettelte die Miez, ihr doch wieder eine Wohnung in Seestadtl zu besorgen. Das tat die Miez dann auch, und die Siedl dachte, sie hätte das größte Glück gehabt, weil sie nun wieder in Seestadtl sein konnte. Von den Möbeln hatte sie nicht mehr viel, nur eine kleine Stub bezog sie, aber sie war mit allem zufrieden, sie war ja wieder in Seestadtl.

Die Siedl ging gern in die Stadt, sie horchte sich in den Kaufläden um, dort gab es immer lebhafte Unterhaltung und was zu hören. Wenn was Neues erzählt wurde, eilte sie sofort zu der Miez hin, um es ihr zu hinterbringen, die Miez ging nicht gern einkaufen, die Mutter besorgte es ihr mit, aber Klatsch hörte sie gerne. Als die Siedl an einem Tag in den Kaufladen kam, gab es ein Gelächter. Haben Sie auch schon gehört, sagte eine Frau zu der Siedl, was über den Kaiser für ein Witz aufgebracht ist? Ein spöttischer Witz über den Kaiser war in Umlauf, und jeder, der ihn hörte, lachte. An den Witz kann ich mich nicht genau erinnern, und ich weiß auch nicht, ob der Krieg grad begonnen hatte oder nicht. Auf jeden Fall wollte die Siedl gleich zu ihrer Schwester. Wenn ich ihr den Witz erzähle, wird die Miez aber lachen, stellte sie sich vor, und sie selbst lachte und lachte, sie lachte sehr gern und viel zuviel und war ganz außer sich vor Freude, daß sie ihrer Schwester was zum Lachen bringen konnte. Die wird ja horchen, die wird ja horchen, sagte sie und stürzte lachend zur Tür hinein, warf sich aufs Kanapee und strampelte mit den Beinen und erzählte ihr den Kaiserwitz. Die Miez blieb aber ganz ernst, vielleicht, weil ihr Mann, der Adalbert, Gendarm war und keine Witze über den Kaiser dulden durfte. Als die Siedl mit ihren drei Kindern schon zu Bett war, klopfte es ganz heftig gegen ihre Tür, und als sie aufmachte, standen drei Gendarmen vor der Tür. Die Siedl wußte sofort, daß sie von der Miez angezeigt worden war. Sie wollte nicht zum Verhör mitgehen, sie weinte und schrie verzweifelt, Nein, nein, ich geh nicht mit, ich weiß schon, ihr wollt mich einsperren, nein, ich geh nicht mit, ich habe drei kleine Kinder, es tut sich niemand um sie kümmern, sie müssen verhungern, wenn Sie mich einsperren. Es blieb ihr aber nichts übrig, sie mußte mitgehn und die kleinen Kinder allein in der Wohnung lassen. Die Gendarmen brachten sie in eine Einzelzelle. Wie eine Irre rannte sie in der Zelle umher, schreiend, weinend, Meine Kinder müssen verhungern, laßt mich zu meinen Kindern, es ist niemand da, der sich um meine Kinder kümmert, habt doch Erbarmen, gebt mir meine Kinder, dann könnt ihr mich einsperren, solange ihr wollt. Sie trommelte mit den Fäusten an die rauhen Wände und spürte nicht einmal, daß sie sich die Fingernägel blutig gerissen und die Hände abgeschürft hatte. Habt Erbarmen mit meinen Kindern, gebt mir meine Kinder, was haben denn die armen Kinder getan, daß sie so leiden sollen. Ihr Schreien schallte durch das ganze Gefängnis, in den Zellen war Aufregung, es wurde mit ihr geweint, und der Gefängniswärter schimpfte, Sie bringen mit Ihrem Geschrei das ganze Gefängnis in Unruhe. Er bekam von den Leuten keine Ruhe. Habt Mitleid mit der armen Frau! Die Gefängnistür wurde für die Siedl geöffnet, in Begleitung von Gendarmen konnte sie nach Haus gehn und ihre Kinder versorgen. Den Adalbert, den sie noch stillen mußte, durfte sie mit ins Gefängnis nehmen, und uns beide, den Adolf und mich, brachte sie zur Mutter. Dieser Gang mitten in der Nacht fiel ihr schwer, es zerriß ihr das Herz, sie wußte, daß die Mutter auf sie böse war, wenn sie mit der Miez was hatte. Daß die Miez ihr das hatte antun können! Mit verdrießlichem Gesicht öffnete die Mutter die Tür, aber als sie mitbekam, worum es ging, wollte sie niemand in ihre Wohnung lassen, und sie benahm sich dabei wie eine Furie. Mutter, Mutter, hab Mitleid mit mir, schrie und weinte die Siedl, Mutter, Mutter, ich hab doch niemand auf der Welt wie nur dich, sie warf sich ihr vor die Füße, hob bittend ihre zerschundenen Hände empor, Mutter, Mutter, sei eine Mutter zu mir. Die Mutter wollte sich nicht erweichen lassen, bis sich die Polizei einmischte. Was sind

Sie denn eigentlich für eine Mutter, haben Sie denn gar kein Herz im Leib? Da war sie bereit, den Adolf zu nehmen, für den Adolf hatten sie und die Miez immer Liebe. Aber das alte Mensch nehm ich nicht, die gib hin, wo du willst, bei mir bleibt die nicht. Die Siedl lag vor der Mutter auf den Knien. Mutter, hab mit den Kindern Erbarmen, was können die Kinder dafür. Die Polizei mußte ganz hart mit der Mutter werden, ehe sie mich bei sich behielt. Die Siedl wurde zu achtzehn Monaten verurteilt und kam ins Frauengefängnis Theresienstadt. Als die Großeltern davon hörten, haben sie tüchtig geweint, denn sie waren die einzigen, die zu ihr hielten und immer Mitleid mit ihr hatten, und in allem gaben sie der Mutter schuld. Der Großvater lief in der Stube auf und ab und rang die Hände und sagte in Verzweiflung, Das arme Mädchen, achtzehn Monate, achtzehn Monate, was wird sie denn noch alles durchmachen müssen. Dann setzte er sich an den Tisch und hatte den Kopf auf den Armen liegen. Die Großmutter dachte, er schlief, aber er war tot. Da bekam die Großmutter einen Zusammenbruch, paar Tage starrte sie an die Decke, hin und mal ein Lallen, als ob sie lachte, und dann starb auch sie. Der Siedl ging es im Gefängnis gut, sie hatte den Albert an der Brust und bekam deshalb gutes Essen, am Tage konnte sie mit ihm an die Luft gehn, nur Sorgen hatte sie um uns beide, sie wußte, daß es dem Adolf bei der Mutter und der Miez gut ging, aber an die Valerie mußte sie immerzu denken. Wie würde es ihr ergehen, würden sie das Kind prügeln und an ihm ihre ganze Wut auslassen?

Ich war klein geblieben und schwach, ich konnte nicht fest auf den Beinen stehen, immerfort fiel ich um, aber niemand hob mich auf. Äh, du dummes Mensch, wenn du dich nur erschlagen tätst, sagte die Mutter, die jetzt für mich sorgen mußte, solange die Mami im Gefängnis war, wie gerne möchten wir dich vom Halse haben, nicht einmal dem Teufel bist du gut genug, sonst hätte er dich schon längst geholt. Trotz meiner Unbeholfenheit und Schwäche, die durch die Unterernährung kam, mußte ich mir immer selbst helfen, dabei war ich das einzige Kind, das die Mutterbrust zeitig entbehren mußte, die Mami tat ihre Kinder lange an die Brust nehmen, und sie war immerzu schwanger, aus der Brust kam schon blaues Wasser, da steckte sie ihren Kindern noch die Brust in den Mund, nur mir nicht, weil der Albert gleich sechzehn Monate nach mir gekommen war, ich bekam die Flasche. Aber wen kümmerte das, wenn ich nicht selbst auf den Stuhl kam und er mit mir zu Boden stürzte und ich schrie. Äh, du bleedes Mensch, du hast ja zu nichts Geschick, möcht nur mal wissen, was aus dere wird, war der Mutter ihr Reden. Der Adolf war schon soviel älter als ich und immer noch nicht ganz stubenrein, aber in meiner Kinderstube kam es auch nicht so drauf an, wir konnten die Haufen auf die Dielen legen, drum trugen die Jungs immer Kleider, bis sie zur Schule gingen. Dem Adolf sein Platz war immer unterm Tisch, dort kauerte er wie ein Känguruh und drückte, daß sein Gesicht blaurot geschwollen war, die wäßrigen Glotzaugen raustraten und der breite Mund mit den unschönen Lippen aufgewulstet war, aber die Mutter war nicht weiter bös, wenn der Adolf unter den Tisch machte und sich seinen Haufen von allen Seiten interessiert beguckte, dabei hatte es sie viel Aufwand und Mühe gekostet, ihn auf den Topf zu bringen, und meist ging er ja auch dorthin. Wenn es soweit war, zog er sich ihn selbst unterm Tisch hervor, und wenn er fertig war, gehörte der Topf ihm, er nahm ihn sich zwischen die Beine, matschte drin herum, steckte sich den Mund voll, weil er glaubte, daß Kot was zum Essen wäre. Ich sah es von ihm und wollte auch hineingreifen. Nein, brüllte er, Sau, elende, mach dich weg, und wir stritten uns um den Topf, er zog hin, ich zog her. Wenn der Topf aber mal unterm Bett stand, weil vergessen worden war, ihn hinauszutragen, zog ich ihn mir hervor und machte es, wie ich es vom Adolf gesehen hatte. Die Mutter hatte ihre Freude dran, wenn sie mich so sah, und sie rief die Leute im Haus zusammen, Guckt nur mal, wie es dere schmeckt, freß nur, freß nur, wenn es dir schmeckt. Die Mutter war genauso schadenfroh wie der Vater zu Hause. Wenn der auf dem Sofa gelegen und sich um nichts gekümmert hatte und ich den Nachttopf vom Adolf zwischen den Beinen hielt, da wälzte er sich und lachte, das Gesicht zur Wand gedreht, er hatte am Zusehen ungeheuren Spaß gehabt. Laß sie doch fressen, wenn es ihr schmeckt, die wird einmal eine große Schönheit sein, hatte er zu der Siedl gesagt und gelacht und sich gewälzt, du wirst gucken, wenn die mal groß ist, was für eine Schönheit das geworden ist, du bist doch auch so schön, so eine Schönheit. Er wäre fast erstickt an seinem Lachen. Der Seff war geradeso wie die Mutter auch. Aber manchmal hatte die Mutter auch ein gutes Wort für mich. Wenn ich mal wieder vom Stuhl gefallen war, sagte sie, Wenn du nicht auf den Stuhl naufkommst, dann setz dich immer unten auf die Erde, da kann dir nichts passieren, und ich folgte gern, wenn es was Gutes war.

Ich kann mich auch erinnern, wie ich mir immer ganz allein mit der Flasche helfen mußte, Flasche mit Nuckel, aber die Flasche ging immer gleich kaputt, weil sie mir niemand hielt und meine Hände noch zu schwach waren, ich schrie und weinte um meine Flasche. Da brachte die Miez für mich eine große weiße Blechbüchse mit einem langen Schlauch, sie stellte sie mir zum Trinken hoch und steckte mir den Schlauch in den Mund und sagte, So, jetzt säufst du aus der Büchse, jetzt geht keine Flasche mehr kaputt, wenn das Mensch zu bleed ist und kann nicht mal eine Flasche halten. Die Mutter warf der Miez einen bösen Blick zu und nahm die Büchse mit dem Schlauch weg. Du wirst dich jetzt ans Kaffeetippl gewöhnen, sagte sie zu mir und hielt mir ein Kaffeetippl hin. Ich wollte aber den Schlauch und war ganz verzweifelt und schrie, Aus dem alten Scheißtopf trink ich nicht. Weil der Nachttopf aus Porzellan war und die Kaffeetippln auch, sah ich sie für Scheißtöpfe an, so wie ich es immer gehört hatte. Scheißtopf, aus dem alten Scheißtopf trink ich nicht, und ich wollte den Schlauch. Na, hört sich das einer an, sagte die Mutter, meine Kaffeetippln sind bei dere Scheißtöpp, aber sie war nicht böse, mal konnte sie auch gut sein, und sie versprach mir, Wenn du aus meine Kaffeetippln nicht trinken willst, kaufe ich für dich ein ganz schönes Tippl, aus dem wirst du ganz allein trinken. Ich beruhigte mich, weil die Mutter eine gute Sprache mit mir führte, und als sie mit einem neuen Kaffeetippl kam, setzte ich mich gleich auf die Diele und wartete gespannt. Na, guck, sagte die Mutter, ist das vielleicht auch ein Scheißtopf, und sie zeigte mir ein Kaffeetippl mit Goldrand und einem goldenen Hengst drauf und einem bunten Bild mit Prinz und Prinzessin als Liebespärchen. Es war ein kleines, leichtes Tippl, das ich selbst in der Hand halten konnte. Ich war gleich besessen hinter dem schönen Kaffeetippl her und rutschte immer auf den Dielen vor und zurück, und mit gespannten Augen verfolgte ich, ob ich wieder mein feines Kaffeetippl bekam, am liebsten hätte ich es gar nicht mehr aus der Hand geben wollen. Deshalb stellte mir die Mutter das Kaffeetippl in ihr gutes Büfett, hinter Glas, damit ich es immerzu angucken konnte, der Mutter war es auch nicht zuviel, wenn ich immer trinken wollte, ich war glücklich wie nie, und jedesmal blieb sie bei mir stehn, bis ich ausgetrunken hatte, und stellte das feine Tippl zurück in den Glasschrank zum Angucken. Als ich später die Mami an die Blechbüchse mit dem langen Schlauch erinnerte, war ihre Antwort grimmig, weil es eine Spülkanne von der Tanti gewesen war. Meist aber hatte die Mutter keine gute Laune, dann stieß sie mich von sich weg, verachtete mich, Du bist grad so ein Saumensch wie deine Olle. Den Adolf hatte sie immer lieb.

Am Tage ließ die Mutter uns oft allein, sie hielt sich gern bei der Miez auf. Ich weinte viel, weil der Adolf ein sehr garstiger, böser Junge war und ich ihn beim Spielen nicht stören durfte. Mach dich weg von mir, elende Sau, sagte er, und wenn der Adolf mit beiden Fäusten auf mich einschlug und mich beschimpfte, wie er es von der Mutter und der Tanti gehört hatte, war ich froh, wenn die Mutter es sah, und ich klagte es ihr. Äh, geh nur weg, du altes schäbiges Mensch, du wirst grad mal so ein Taugenichts sein wie deine Olle, sagte sie und kümmerte sich nicht weiter. Wenn mich einer leiden konnte, dann war es der Onkel Adalbert, der Miez ihr Mann, er war der einzige, der mit mir gut war. Er war Feldwebel-Gendarm und trug Uniform, früher soll er Fremdenlegionär gewesen sein, er trug einen schwarzen Schnauzer, der spitz nach oben gezwirbelt war. Ich wußte gar nicht, was das ist, ein Onkel, ich sah ihn bei der Mutter das erstemal. Der Onkel nahm mich gern auf seinen

Schoß, er brachte mir jedesmal eine kleine Zuckertüte mit, aber ich fürchtete mich vor ihm, er hatte so scharfe, strenge Augen. Die Mami sagte zu mir später, seiner Frau wäre er ein Pantoffel gewesen, und die armen Soldaten zitterten, wenn sie nur seine Schritte kommen hörten. Schon wenn der Onkel zur Tür reinkam, schrie ich und kroch der Mutter untern Rock, Mutter, ich hab Angst, und sie schimpfte, Nu, Jässes, habt ihr denn schon mal so ein bleedes Mensch gesehn. Der Onkel saß auf dem Kanapee und bettelte, Walli, komm doch zu deinem Onkerle, dein Onkerle hat dich so lieb, aber ich wich nicht von der Mutter ihrem Rock, alles gute Zureden half nichts, bis mich der Onkel einfach auf seinen Schoß nahm. Ich hab dich doch lieb, Walli, ich tu dir doch nichts. Ich durfte nicht schrein, dann drohte die Mutter mir, mein Herz klopfte, solange er herinnen war, und wenn er ging, atmete ich auf.

Als die Zeit kam und es hieß, Kinder, eure Mami kommt bald nach Hause, klang es mir fremd in den Ohren. Die Siedl, was die Mami war, hatte von ihren achtzehn Monaten Gefängnis in Theresienstadt ein halbes Jahr geschenkt bekommen, weil sie sich gut geführt hatte und auf die Kinder Rücksicht genommen wurde. Die Mami kommt nach Hause, hieß es, und ich wußte nicht, was Mami bedeutete, ich hing nur der Mutter am Rock. In den letzten Tagen durfte ich nicht mehr in ihre Nähe kommen. Jetzt kommt deine Mami nach Hause, jetzt gehörst du zu deiner Mami, sagte die Mutter, und ich verstand gar nichts. Dann sah ich eine Frau zur Tür reinkommen, in ganz verarmter Kleidung, einen Rock, der ihr bis auf die Füße reichte, Kopftuch auf dem Kopf, Purzelkorb auf dem Rücken, im Arm ein Kind. Ich beäugte sie, die Mutter und Tanti sah ich nur in guter Kleidung und nie mit einem Kopftuch. Kinder, das ist eure Mami, sagte die Mutter sofort, geht hin zu eurer Mami, nehmt sie um den Hals. Ich hielt mich mit beiden Händen an der Mutter ihrem Rock fest, verkroch mich hinter ihr, auch der Adolf blieb fremd stehen. Die Siedl, was meine Mami war, warf sich mitten in der großen Stub auf die Dielen und weinte vor Wut und Verzweiflung, Meine Kinder kennen mich nicht mehr, Mutter, Mutter, hilf mir, Mutter, hab Mitleid mit mir, ich kann doch nichts dafür, wenn ich kein Glück hab. Aber die Mutter machte keinen Schritt auf ihre Tochter zu, nur um uns Kinder bemühte sie sich und verlangte, wir sollten zu der Mami gehen. Die Siedl lag auf den Dielen und schrie wie ein Hund, der zu Tode geprügelt wurde, und die Mutter führte den Adolf zu ihr hin und sagte, Adolf, das ist deine Mami, nimm deine Mami um den Hals, zeig ihr, daß du sie liebhast, zeig ihr, daß du Freude hast. Als die Mutter mich hinführen wollte, blieb ich stehn, wo ich stand, ich wehrte mich, am liebsten wäre ich der Mutter ganz unter den Rock gekrochen, sie mußte sich von mir losreißen und weggehen, und ich durfte ihr nicht nachkommen. Du hast deine Mami, sagte sie, jetzt gehörst du zu deiner Mami, geh hin, zeig deiner Mami, daß du sie liebhast, und als das nichts nützte, fing sie an zu schimpfen, Äh, däs ist ä garstiges Mensch, was ich mich mit dere schon hab ärgern müssen, mit dere wirst du mal nichts Gutes haben, das Mensch taugt gar nichts. Mit eingezogenem Kopf stand ich da und sah nach der Mutter, die nichts von mir wissen wollte, und machte einen scheuen Blick auf das, was auf den Dielen lag. Der Adolf hockte bei der Mami, und sie richtete sich auf, streckte beide Arme nach mir aus. Mei Wallerle, komm her zu deiner Mami! Ich tippelte auf sie zu. Ich war froh, daß sich zwei Arme nach mir ausstreckten. Mei Wallerle, komm her zu deiner Mami! In ihrer Stimme war großes Leid. Die Mutter war ihr nicht einen Schritt entgegengekommen, und auch kein Trostwort sprach sie, nur, daß sie sich über mich beklagte. Die Siedl wußte, wenn ich von ihnen verachtet wurde, dann galt es ohne Erbarmen ihr, und sie schlang mich in ihre Arme und weinte herzzerbrechend, Meine Kinder, meine Kinder, daß ich euch wiederhabe, jetzt geh ich nicht mehr weg von euch, wir bleiben immer zusammen.

Ich hab mich an die Mami erst gewöhnen müssen, sie war unruhig, wenn sie mit uns Kindern auf der Straße lief, es war kein Spazierengehn, allweil blieb sie stehn und war in reger Unterhaltung, den Albert auf dem Arm, und der Adolf und ich rannten daneben oder hinter ihr her. Mein Kaffeetippl nahm ich immer mit, ich trug es in der Hand, und da geschah es, daß es mir aus der Hand fiel, ich hab tüchtig geschrien und geweint, aber es nützte mir nichts, der Mami lag nichts an dem feinen Kaffeetippl und an meinem Weinen, ich hab nie wieder so ein feines Kaffeetippl bekommen.

Den Vater, zu dem wir Tati sagten, sah ich in dieser Zeit nicht, ich wußte nicht einmal, wie er aussah, aber die Mami mußte uns drei Kinder bald wieder allein lassen, zum Winteranfang, als sie wegen Diebstahl wieder ins Gefängnis kam und nicht wußte, wohin mit uns drei Kindern. Damals wohnten wir in einem verrufenen Gasthaus, es hieß »Wirtshaus Zur Heimat« und stand an der Hauptstraße, am Stadtrand, und im obersten Giebel hatten wir eine große Stub. Die Tanti war in diesem Gasthaus Kellnerin und war doch verheiratet. Als ich erwachsen war, erfuhr ich von der Mami, daß die Miez mit ihrem Mann keinen Geschlechtsverkehr haben konnte, er hatte den chronischen Tripper und davon einen verbrannten Leberkopf, die Miez hatte sich von ihm scheiden lassen wollen, aber er liebte sie so und wollte mir ihr zusammenbleiben, daß sie blieb, aber er mußte ihr alle Freiheiten lassen. So trieb sie ihr Kellnerinnenleben weiter. Die Tanti wohnte im Gasthaus mit uns Tür an Tür, ihre richtige Wohnung hatte sie aber neben der Mutter. Die Mami hatte uns drei Kinder einfach allein lassen und sich drauf verlassen müssen, daß die Miez schon mal zu uns reingucken würde. Vorher hatten sie sich tüchtig gestritten, die Miez wollte nichts von der Siedl ihren Kegeln wissen, und die Mami redete uns mit Weinen zu, Haltet nur aus, bis ich wiederkomme, ich bin nicht lange fort, die Tanti kommt schon mal zu euch rein. Dann mußte die Mami gehen, sie machte die Tür zu und konnte uns drei Kinder nur dem Schicksal überlassen. Wir waren Tag und Nacht eingeschlossen, es war Winter, und wir liefen immer nur nackt herum. Ich kümmere mich nicht um euch, schimpfte die böse Tanti, wenn sie am Tag doch mal reinkam, und weil ihr der Lärm zuviel wurde, gab sie uns mal ein Stück trocken Brot. Wegen meiner krepiert, ihr elenden Griebln, ich kümmer mich um euch nicht, den ganzen Tag wollt ihr nur fressen, ihr seid grad wie eure Olle, die will auch immer nur fressen, sagte sie, und ich hörte, wie sie den Schlüssel rumdrehte und abzog. Für mich begann wieder Einsamkeit, der Adolf war sehr unverträglich, oh, der machte viel Lärm, und alles gehörte nur ihm, und er hatte immerfort Wut zum Platzen und schlug mit beiden Fäusten auf mich ein. Der Albert und ich haben den ganzen Tag nur geweint, und wenn sich die Tanti sehen ließ, klagte der Adolf ihr, daß wir ihn nicht in Ruh ließen. Die Walli ist die Schlechteste, die taugt überhaupt nichts, sprach der Adolf, so wie er es von der Mutter und Tanti gehört hatte.

Für uns Kinder war die Einsamkeit sehr groß, und das Fenster zur Hauptstraße war zu hoch, daß wir nicht einmal ein Dach sehn konnten, nichts weiter als Himmel. Mami, komm nach Haus, Mami, ich will zu dir, wo bist du so lange, meine gute Mami! Wir Kinder wußten uns vor Langeweile nicht zu helfen, der Adolf schob den Tisch unters Fenster und meinte, daß wir zum Fenster nausgucken wollten. Alle drei saßen wir auf dem Tisch, der Adolf machte das Fenster auf, hinunter auf die Straße eine mächtige Tiefe, hoher Schnee lag, und wir Kinder saßen nackt auf dem Tisch. Unten auf der Straße versammelten sich Leute, und ich schrie meine Einsamkeit heraus, Mami, wo bist du so lange, Mami, komm nach Haus, Mami, warum kommst du nicht wieder? Mit erregten Gesichtern sahen die Leute zu uns hinauf und schrien, Kinder, geht vom Fenster weg, ihr fallt runter. Erbärmlich weinte ich, Wir warten schon so lange auf die Mami, die kommt gar nicht mehr nach Haus, ich will zu meiner Mami! Da wurde von der Miez die Tür aufgerissen und geschrien, Ihr verfluchten, elenden Griebln, wer hat das Fenster aufgemacht, und sie schlug uns ganz erbärmlich, trat mit Füßen unsere Körper, elende Griebeln, ihr, wer hat das Fenster aufgemacht, elende Griebln, wenn ihr nur vrecken tät, und sie schlug und schlug uns. Dann nagelte sie das Fenster zu, daß wir es nicht mehr öffnen konnten, und ich stand vor dem Fenster, konnte weiter nichts sehn wie den Himmel, der mal grau war oder auch mal blau, ich stand dort und weinte den ganzen Tag, und hinter meinem Rücken der Lärm von dem Adolf. Bis eines Tages die ersehnte Mami zur Tür reinkam, ihr Gesicht sah betrübt und betroffen aus, sie hatte gar nicht gleich

Worte für uns. Warum seid ihr denn so nackt? Die Tanti hat uns nie was zum Anziehn gegeben, nur grad, daß von ihr der Nachttopf nausgeschafft oder die Haufen weggemacht wurden, wir bekamen mal ein Stück Brot, daß wir am Leben blieben, das war alles gewesen, was sie für uns getan hatte, wer weiß, wie der Anblick für die Mami gewesen war. Wir Kinder bestürmten sie mit Weinen, der Adolf hatte über mich zu klagen, und ich hing ihr am Hals und weinte. Mami, wo warst du so lange, Mami, wenn du wieder fortgehst, nimm mich immer mit, Mami, meine gute Mami, ich will immer bei dir sein. Sie mußte versprechen, daß sie mich immer mitnehmen würde, und ich erzählte ihr alles, was wir an Leid erfahren hatten, und sie hörte still zu, ihr Gesicht war so betrübt, als wollte sie weinen.

Hiernach mußten wir mit dem Vater, was der Tati war, zusammen gelebt haben, denn er war jetzt bei uns. Wir wohnten in einem hohen Haus, eine kleine Stub war unsere Wohnung, mit einem Fenster, das zum Hof hinausführte, breite, graue Steinstufen führten ins Haus. Wir lebten von Saisonarbeiten, die Mami freute sich immer, wenn der Tati irgendwo Gruben reinigen konnte, er bekam zuwenigstens ein paar Kronen für ein Brot. Am Schacht arbeitete er schon lange nicht, soviel ich weiß, wurde er überall hinausgeworfen. Wenn der Vater die Gruben mit noch einem ausleerte, stand meine Mutter mit uns Kindern immer daneben und wartete, bis die Arbeit fertig war, sie brachte ihm dann paar Zigaretten, die sie irgendwie aufgetrieben hatte, es waren immer zwei beim Grubenausheben, der Vater blieb lieber oben, und der andere Mann schöpfte unten die Eimer voll, der Vater mußte sie ihm abnehmen, dabei fiel ihm oft der volle Eimer aus der Hand, und dem Mann lief der Sudel über den Kopf. Macht nichts, macht nichts, sagte er, das Wasser wascht's wieder ab. Zu Hause amüsierte sich der Vater tüchtig und lachte den Mann aus.

Erst mit zwei Jahren habe ich das Laufen gelernt, und ich war noch sehr lange unsicher, mein Gesicht und die Knie waren immer aufgeschunden. Wenn ich auf die Erde plumpste, sahen die Kinder, daß ich keine Hosen anhatte. Ich wurde von ihnen ausgelacht. Die Jungens hatten ihre Freude daran, mir mein

Kleid über den Kopf hochzuheben, ich weinte und klagte es der Mami, aber ihre Antwort war nur kurz, Brauchst ja nicht zu den Kindern hingehn. Ihre Antworten war ich schon gewohnt, aber jedesmal zuckte ich zusammen. Ich ging nicht mehr auf den Hof zu den Kindern, ich sah ihnen vom Fenster aus beim Spielen zu, und wenn die Mami sagte, Geh doch auch zu den Kindern, du stehst den ganzen Tag nur am Fenster, schüttelte ich den Kopf und sagte, Ich bleibe lieber hier am Fenster und gucke zu, das ist viel schöner, Mami, weil ich es mir nicht mit ihr verderben wollte, ich getraute mir nicht, ihr zu sagen, warum ich nicht bei den Kindern sein wollte. Eines Tages brachte der Tati mit großer Freude ein paar Kaninchen nach Hause, er hatte sie geschenkt bekommen, und meine Mami schimpfte, was er mit den Viechern wollte. Wir haben doch selbst nichts zu fressen, sagte sie. Der Vater aber war begeistert, er meinte, daß das Futter vom Feld geholt werden könnte, und wenn sie groß und fett wären, hätten wir was zu essen. Meine Mami wollte nichts davon wissen, sie konnte sich nicht vorstellen, womit er die Tiere füttern wollte. Der Vater ging mit dem Buckelkorb, um auf einem Feld Klee zu stehlen, aber immer kam er mit leerem Buckelkorb zurück, so sagte er zu der Siedl, Geh du, du hast mehr Geschick als ich, und sie ging, weil ihr die Tiere leid taten. Zuerst nahm sie uns Kinder mit, aber da das Futter gestohlen werden mußte und sie nicht vom Flurenheger gesehen werden durfte und, wenn es drauf ankam, ausreißen mußte, konnte sie uns Kinder nicht länger beihaben. Sie brachte den Buckelkorb immer voll Grünes. Der Vater freute sich, Du bist ein gutes Schaf. Wenn wir mit dem Vater allein blieben, durften wir uns nicht zucken, jedesmal prügelte er uns, und wenn sie nach Hause kam, klagte er ihr, daß wir garstige Kinder wären und nicht folgten. Jedesmal, wenn wir wußten, daß wir mit dem Vater allein sein mußten, zitterten wir, möglichst schlichen wir uns vor ihr aus dem Haus und rannten ihr auf das Feld nach. So mußten wir das nächste Mal mitten in der Stub nebeneinander auf dem Stuhl sitzen und so lange sitzen bleiben, bis die Mami wiederkam. Das war immer eine Pein und Angst mit dem Vater allein, nicht mal geflüstert werden durfte, da flogen schon die Watschen, und wenn sie nach Hause kam, klagte er über uns. An einem Tag hatte er mich so gewatscht, daß es aus Nase und Mund blutete, angestrengt unterdrückte ich zuerst ein lautes Weinen, ich hatte Angst, er würde mich anbrüllen und mich so lange schlagen, bis ich ruhig war, denn wenn er uns schlug, durften wir nicht mal weinen. Aber dieses Mal hatte er kein reines Gewissen, das Blut lief mir aus Mund und Nase, ich saß mit anhaltend lautem Weinen da, meine Beine hingen kraftlos in der Luft. Oh, die Walli tut aber bluten, machte der Adolf, und der Albert saß steif zwischen uns. Der Vater drehte sich nicht um, er verbot mir nicht einmal das Weinen, und ich hatte so viel Mut, vom Stuhl runterzurutschen. Dä Walliä is vom Sessel runner gongä, quakte der Adolf, damit es der Vater wissen sollte. Der Vater war am Ofen beschäftigt. Zaghaft ging ich auf die Tür zu. Dä Walliä will naus, machte der Adolf wieder, und der Vater tat, als wäre er taub. Ich mußte mich angestrengt auf die Fußspitzen stellen, daß ich an die Türklinke kam. Dä Walliä gitt jetzt naus, sagte der Adolf, aber der Vater blieb taub. Ich machte die Tür hinter mir zu, kaum konnte ich mein Schluchzen anhalten. Von unserer Tür gingen Treppenstufen hinunter, ich war noch so klein und schwach, daß ich mich beim Hinuntergehn an dem dicken Eisengeländer mit beiden Händen festhalten mußte, ich schrie und weinte, Meine gute Mami, wo bist du so lange, meine gute Mami, ich will zu dir. Da kam die Mami, und als ich sie sah, schrie ich noch verzweifelter, streckte den einen Arm nach ihr aus, mit der andern Hand hielt ich mich am Eisengeländer fest. Mami, Mami, Mami, ich will zu dir. Jässes Maria, was ist denn passiert! Mami, Mami, der Tati hat mich gehaun, Mami, Mami, komm schnell zu mir, ich will zu dir. Zornig warf sie den vollen Buckelkorb von ihrem Rücken, beide Hände vor dem Gesicht, lag sie vor mir auf den Stufen und weinte, und ich stand oben auf der Treppe und streckte die Arme nach ihr aus. Mit großer Anstrengung stieg ich die Stufen hinunter, ich schlang meine Arme um ihren Hals, ich kroch ganz in ihren schluchzenden Körper hinein, und sie mußte ihre Arme um mich legen, dann nahm sie mich hoch, den Korb mit dem Gras stieß sie mit dem

Fuß fort, ihr Kopftuch, das auf der Treppe lag, hob sie auf. Blut von mir war auf den Steinstufen. Ich hielt meine Arme ganz fest um ihren Hals, als wollte ich sie nie mehr loslassen. Die Mami stellte den Vater zur Rede. Was hast du denn mit dem Madl gemacht? Der hab ich ein paar reingehauen, weil sie nicht die Gusch gehalten hat. Vom Nur-ein-paar-Reinhauen kann ihr Gesicht nicht so geschwollen sein und das Blut aus Nase und Mund laufen. Der Vater sagte darauf, Das Mensch taugt überhaupt nichts, du wirst schon mal sehn, was du von der hast, denn so hörte er es von der Mutter und Miez und sprach es nach. Meine Mami sagte, Von heut an kümmer ich mich nicht mehr um deine elenden Viecher, ich laß mir von dir nicht die Kinder prügeln, ich tät mich wegen dir auch noch einsperren lassen, wenn ich erwischt werde, und du prügelst mir dafür die Kinder. Die Eltern stritten sich noch eine ganze Weile, die Mami saß am Tisch und weinte, und ich wich nicht von ihrem Schoß, bei jedem Schritt folgte ich ihr, ich zitterte noch immer. Dem Vater tat es leid, daß er die Tiere verschenken mußte.

Lange wohnten wir in diesem Haus auch nicht, ich sah nur immer, daß unsere Haufen auf der Straße vor dem Haus standen, für die Nacht baute die Mami für uns ein Nest darin, und wir schliefen unter freiem Himmel, bis sie wieder ein Loch für uns gefunden hatte. Es ging aber andern Leuten auch wie uns, daß auf der Straße vor einem Haus paar Möbel zusammengestellt wurden und die ärmliche Familie dabei. Guckt, sagte meine Mutter, denen haben sie auch die Möbel auf die Straße gesetzt, weil sie keine Miete bezahlen können. Von hier zogen wir ins Siechenhaus ein, dort brauchten wir keine Miete zu bezahlen, denn das Siechenhaus war das Armenhaus in Seestadtl, aber es hieß im Volksmund nicht anders als das Siechenhaus. Es war für alte Leute gedacht, deren Beine sie nicht mehr tragen und die nicht mehr arbeiten konnten. Meiner Mami war die Hauptsache, daß sie keine Miete bezahlen brauchte, sie nahm nichts lange schwer, und kam mal was Gutes, da war es immer nur vom lieben Gott gegeben. Im Siechenhaus sah ich den Vater nicht bei uns, ich kann mich aber nicht erinnern, wo er hin war. Dieses Häuschen mit dem weißen Anstrich stand am Heiligen-Antonius-Platz, auf diesem großen Platz stand mitten darauf ein Stein des heiligen Antonius. Vom Siechenhaus aus mußte meine Mami wieder ins Gefängnis, und wir Kinder kamen zu der Mutter. Zum Verzweifeln einsam war es für uns Kinder, weil sie sich bei ihrer Schwägerin Emma in der Mühlstraße, die die Affenstraße genannt wurde, aufhielt. Ihr Mann war der Mutter ihr Bruder, der Siedl ihr Onkel Päpp, der jetzt im Krieg war. Die Mutter ging alle Tage mit ihrer Schwägerin Emma Ziegen hüten, und wir Kinder wurden in den kleinen Hof eingesperrt. Ringsherum standen schwarze alte Schuppen ohne Lücke, die Dächer waren mit Teerpappe bedeckt, und über uns der blaue Himmel und nichts zum Spielen, nur immer den Himmel ansehn, bis zum Abend, wenn die Mutter mit der Tante Emma und den Ziegen heimkam. Weil wir den ganzen Nachmittag schrien und weinten, nahm die Mutter dann die beiden Jungens mit, und ich blieb ganz allein zurück, im alten Hof, ohne ein bißl Spielzeug und gar nichts, ich konnte nur den ganzen Nachmittag auf der schwarzen verwitterten Bank sitzen, ich saß in aller Einsamkeit und Stille dort und weinte ohne Pause. Mami, komm doch bald nach Haus, meine gute Mami, wo bist du so lange, ich will zu dir, meine gute Mami, warum kommst du nicht. Und von nirgendher eine Stimme, nur der blaue Himmel über mir. Eines Tages war die Mami wieder da. Die Mutter hatte sich wieder über mich zu beklagen, Die beiden Jungens, das sind brave gute Jungens, aber das alte Mensch taugt nischt, mit dere hat man nur Ärger, warum hast du sie nur nicht gleich erwürgt, wie sie auf die Welt kam, aus dere wird so mal nichts Gescheites.

Hierauf wohnten wir in einem hohen Haus in einer Gasse, aber auch wieder ohne den Vater. Im Erdgeschoß wohnten einige andere junge Frauen, Ehemänner sah ich keine, die waren im Krieg, aber mein Vater nicht, das weiß ich genau. Am Tage ließ jede ihre Tür aufstehn, und eine lief zu der anderen, und sie hatten immer viel Lebhaftes zu erzählen. Die eine Frau, es war eine schöne mollige Frau, die hatte eine weiße Haut, ich sah sie am Tage barfuß und im kurzen Leinenhemd zu uns hereinkommen, ihr weißblondes Haar hing lose und zersaust am Kopf herunter, und ich frug meine Mutter, warum die Frau so im Hemd rumliefe, aber da bekam ich von meiner Mutter einen großen Anschnauzer, Was kümmert das dich, was hast du da hinzugucken. Die Frauen saßen am Tage viel bei uns in der Stube, und ihre Unterhaltungen waren nur über Liebelei, jede erzählte über sich, und am Tage sah ich russische Soldaten ein und aus gehen, und in der Nacht waren sie bestimmt auch da, denn darüber war am Tage ihre Unterhaltung. An einem Tage hörte ich sie von einem Igel sprechen, den sie im Hof gesehn hatten, den wollten sie fangen und schlachten. Am andern Tag brachten sie einen recht großen Igel zu uns rein, er sollte hier bei uns geschlachtet werden. Nun wußten die Frauen nicht, wie er totgemacht werden sollte. Eine meinte, Er muß ins Feuer geworfen werden, daß die Stacheln abbrennen. Aber zuerst muß er doch tot sein, meinte eine andere. Er muß mit einem Hammer auf die Nase geschlagen werden, meinte die eine, nur so kann er totgemacht werden, und dann ins Feuer werfen und die Stacheln abbrennen lassen. Der Igel lag wie eine dicke Kugel auf den Dielen, und die Frauen kauerten im Kreis um den Igel herum, jede hatte sich ihren Schürhaken geholt, weil kein Hammer da war. Es dauerte lange, bis der Igel sich bewegte und seine kleine schwarze Nase zeigte, und sofort wurde von jeder draufgeklopft. So ging es mit vielem Warten einige Male, bis Blut kam und der Igel sich nicht mehr aufrollte. Nun meinten die Frauen einstimmig, daß er tot wäre, und jede behauptete, von ihr hätte er den richtigen Schlag bekommen. Jetzt wurde das Ofentürl aufgemacht, für viel rote Glut war gesorgt worden, der Igel wurde reingeworfen. Aber kaum war das geschehen, da trampelte es unter der Ofenplatte, und ein jämmerliches Quieken war zu hören. Vor Aufregung rannten die Frauen durcheinander, sie wollten den Igel noch schnell aus dem Ofen ziehen, aber es war schon zu spät. Die Frauen ließen vor Mitleid ihre Köpfe hängen, und meine Mutter jagte alle hinaus, und sie schimpfte, Kommt mir ja nicht mehr mit so was in meine Stub. Als sie das bedauerliche Tier aus der Glut nahm, war es schwarz verkohlt.

Uns Kinder schickte meine Mutter in den Kindergarten, der kleine Albert war mir allein überlassen, und ich war selbst noch so klein. Wenn wir drei am Morgen in den Kindergarten kamen, passierte es oft, daß uns das Kinderfräulein nach Haus schickte, weil wir zu schmutzig waren. Wir Kinder gingen gern in den Kindergarten, aber meine Mutter, was die Siedl war, schlief am Morgen sehr lange. Am Abend war sie fortgegangen, wir Kinder mußten ins Bett und ruhig sein, und wann sie in der Nacht nach Hause kam, weiß ich nicht. Wir Kinder gingen oft in den Jägergarten spazieren, einstmals Fasangarten genannt, weil Fasane drin waren, der Jägergarten lag am Rande der Stadt, ein kleiner dünner Wald, man mußte über eine lange schmale Holzbrücke gehen, unter der Brücke floß die Biela, wenn wir spazierengehen wollten, sagte das Kinderfräulein zu uns Wirth-Kindern, Geht und laßt euch erst waschen, so kann ich euch nicht mitnehmen, und dann rannten wir zurück zur Mami, damit sie uns wusch. Meine Mutter gähnte dann immer wie ein verschlafener Löwe, spuckte kurz auf ihren Rocksaum und wischte damit über unsere Mäuler und schickte uns wieder fort. Aber das Kinderfräulein war nicht zufrieden mit uns und sagte, Euch kann ich nicht mitnehmen, ihr seid zu dreckig, ihr habt nichts Ordentliches an. Ich weinte jedesmal sehr und war traurig, so klein ich war, merkte ich, daß sie uns nicht haben wollte, und ich dachte an die anderen Kinder, die sauber waren und mit spazierengehen durften. Mami, warum bin ich immerfort dreckig? Dir werd ich gleich auf deine elende verfluchte Gusch drauflosdreschen, daß es dir vergeht, warum du immerfort dreckig bist, ich seh nischt, daß ihr dreckig seid, aber euch kann niemand leiden, weil ihr schäbige Kinder seid! Mit so einer Antwort machte sich meine Mutter von ihrer Schuld frei. Es war dann immer so traurig im Haus, kein Kind war da, alle wurden von dem Fräulein zum Spazierengehen mitgenommen, nur wir Wirth-Kinder wurden zurückgeschickt.

In dieser Wohnung waren wir auch nicht lange, ich sah unser Häufel immer nur vor dem Haus auf der Straße stehn, und meine Mutter rannte wieder nach einer Wohnung, aber in Seestadtl bekam sie keine mehr. Hiernach wohnten wir in Brüx, das zwei Stationen von Seestadtl entfernt lag, dabei wollte sie von Seestadtl nicht weg, aber niemand nahm sie mehr. Als wir nach Brüx machten, war der Vater wieder bei uns. In Brüx wohnten wir bei einem Jud auf einem großen Rittergut. Unsere Wohnung war gleich vorn am Toreingang, da befanden sich auch die Stallungen, es war eine Stube mit drei kleinen Fensterchen zum Hof hinaus. Es war ein großer Hof, mitten im Hof war ein großer Misthaufen und dahinter das Gutshaus. Aber wir Kinder kamen nicht mal bis zum Misthaufen, der Herr litt es nicht, daß wir Kinder uns auf seinem Hof sehen ließen. Ich hätte gerne gewußt, wie es weiter drinnen im Hof aussah, wenn ich aber schon an der Haustür stand, hörte ich den Herrn mit seinen Arbeitern brüllen, und ich traute mich nicht weiter, ich war noch so klein, aber ich wunderte mich über den Vater, der sich das gefallen ließ, und ich sagte es meiner Mutter, wie dumm der Tati wäre, und sie meinte, Wenn du mal wirst arbeiten müssen, wirst du auch nur auf den Knien rutschen, daß sie dich behalten und nicht fortjagen. In der ersten Zeit sah ich den Vater von weitem mit vielen Leuten auf dem Hof arbeiten, aber es dauerte gar nicht lange, da sah ich ihn nicht mehr, vielleicht hatte er keine Lust mehr, oder er hatte sich mit den Leuten gehadert, oder der Herr wollte ihn nicht mehr. Der Herr war gegen uns mißtrauisch, er beobachtete immer nur unsere Haustür. Nicht weitab von unserer Haustür war nämlich der Schweinestall. Ich hatte bis jetzt noch kein Schwein gesehen. Wenn uns der Hunger quälte, ging meine Mutter mit uns Kindern in den Schweinestall, manches Mal hatten wir Glück, daß uns der Herr nicht sah, und es war für uns ein Genuß, wenn wir die kalten Pellkartoffeln essen konnten. Ich besah mir dabei jedesmal die Schweine. Manchmal war der Weg auch umsonst, wir konnten keine Kartoffeln finden, und bei den Schweinen im Trog war auch nichts drin, und weinend mußten wir wieder umkehren, der Hunger tat so weh. Meine Mutter ging oft in der Schweinekiste nachgucken, mit hungrigen Augen warteten wir auf sie, manches Mal brachte sie in der Schürze welche mit, manches Mal kam sie auch leer. Und dann wurde sie noch vom Herrn gesehen, als sie Kartoffeln aus dem Silo holte. Sie hatte ein paar Kartoffeln fest an die Brust gepreßt, damit sie ja keine verlor, und wollte weglaufen, aber es gelang ihr nicht, und sie bettelte den Herrn, daß ihre Kinder Hunger hätten, doch der befahl, die Kartoffeln in den Trog zu werfen. Die Schweine hätten auch Hunger, meinte der Herr, die Schweine brauchten ihr Futter. Mit unglücklichem Weinen kam sie zu uns zurück, und wir Kinder weinten vor Hunger mit, der Bauch tat so weh, und es bestand keine Aussicht auf eine Mahlzeit. Der Herr paßte auf. Es war eine Pein, wenn wir wußten, dort bei den Schweinen gab es was zu essen, auch wenn es nur kleine, kalte Pellkartoffeln waren, und wenn man die Schale abzog, waren sie grün, und sie schmeckten bitter, aber wir hätten sie alle Tage essen können, und immer wieder versuchten wir, in den Schweinestall zu schleichen. Der Herr verbot meiner Mutter strengstens, uns auf den Hof und in den Stall zu lassen, meine Mutter ließ uns nicht mehr gehn, nicht einmal sie wagte es mehr. Wenn ich die Schweine quieken hörte, lief mir das Wasser im Munde zusammen, und ich sagte, Mami, horch, die Schweine kriegen wieder Essen, oh, Mami, geht es den Schweinen aber gut, die kriegen Essen, und vor Appetit rannte ich hinunter, stellte mich an die Haustür, guckte zum Schweinestall und horchte, wie die Schweine gefüttert wurden. Mami, ich hab doch auch so Hunger, die Schweine kriegen Essen, wenn sie Hunger haben. Und ich wünschte mir, ich wär ein Schwein. Die Schweine, die fressen, fressen, sagte meine Mutter böse. Das war aber für mich ein zu grobes Wort, ich wollte nicht fressen sagen, und ich sagte, Essen tun die Schweine und nicht fressen, die haben ja auch Hunger, und darum kriegen sie Essen. Wenn ich noch einmal von dir hör, daß die Schweine essen, hau ich dir paar auf deine Gusch, daß du weißt, Schweine fressen, sie essen nicht. Aber ich konnte fressen nicht sagen, weil ich es von weitem hören konnte, wie es ihnen schmeckte, daß mir das Wasser im Munde zusammenlief.

Meine Mutter schlich nur noch so umher, und eines Tages mußte sie im Bett liegenbleiben, ganz matt lag sie da, die Augen konnte sie nur schwer aufhalten, aber was meiner Mutter gefehlt hat, weiß ich gar nicht, es war wohl der große Hunger. Einen Arzt habe ich auch nicht gesehn, den Vater sah ich am Tag nur wenig zu Haus, und sie lag matt im Bett auf dem Rücken und stöhnte, Kinder, ich hab so einen Hunger, ich tät so gern mal was essen, vielleicht könnt ihr es doch versuchen, geht mal, vielleicht ist die Tür auf, vielleicht findet ihr ein paar Kartoffeln, wenn ich nur was zu essen hätte, ich hab so Hunger. Wir Kinder schlichen uns zum Schweinestall, wir hatten Glück, die Tür war auf, und ein paar Kartoffeln fanden wir auch, wir packten uns die Hände voll, drückten sie an die Brust, damit wir keine verloren, und rannten zurück. Voller Freude legten wir der Mami die Kartoffeln aufs Bett. Hier hast du, Mami, sagte ich ganz außer Atem. Sie lag auf dem Rücken und konnte sich vor Schwäche nicht aufrichten. Hat euch denn niemand gesehn? Nein, Mami, es hat uns niemand gesehn. Jetzt ist es mir gleich besser, sagte sie, weil sie gegessen hatte. Mami, sollen wir noch einmal zum Schweinestall gehn, vielleicht finden wir was. Nein, nein, wehrte sie ab, der Herr könnte euch sehn, und dann würde er mit uns keine Geschichten machen. Als sie wieder vom Krankenbett aufstand, war sie sehr mager geworden und ihr Haar sehr dünn, man konnte die Kopfhaut sehn, und Läuse hatten wir. Ich mußte sie meiner Mutter mit meinen kleinen Fingern vom Kopf absuchen und war begeistert, wenn ich sie ihr groß und klein auf den Tisch legen konnte und sie von ihr mit den Daumen geknackt wurden.

Eines Abends, als ich schon im Bett lag, hörte ich meine Eltern ein Geheimnis tuscheln, und in der Nacht wurde ich durch einen Lichtschein wach, meine Mutter kam gerade zur Tür herein. Oh, Mami, wo warst du? Du schläfst immer noch nicht, wirst du deine Gusch halten, weck die andern nicht auf, ich komme gleich wieder, sei nur ganz still, du machst die andern munter, sagte meine Mutter unwillig, und sie ging wieder hinaus, mit einer Petroleumlampe in der Hand. Um mich wurde es wieder dunkel, gespannt horchte ich, es dauerte eine Weile, bis sie mit dem Vater flüsternd hereinkam. Ich konnte an dem Abend nichts erfahren. Am Tage steckte meine Mutter Fleisch in den Topf, aber ich durfte nicht zusehen. Das haben wir geschenkt bekommen, sagte sie, weil ich wissen wollte, woher das Fleisch kam, aber es darf keiner erfahren, daß ihr kein Wort draußen redet. Mittags bekamen wir gekochtes Hühnerfleisch, es blieb mir in der Kehle stecken, so ungewohnt war es für mich, Fleisch zu essen. Mami, kann man das auch essen? frug ich. Äh, freß nur nei und halt deine Gusch. Wir durften uns dann nicht mal in die Nähe der Fenster wagen, unsere Fenster waren ohne Gardinen, ohne nichts, unsere Beleuchtung nur eine Petroleumlampe, ich merkte, daß meine Mutter immer nur Angst hatte und ein unruhiges Gefühl mit Zittern, sogar wenn wir mit anderen Kindern draußen vor dem Fenster spielten. Dann sah ich, wie der Vater mit einem Sack voll gerupfter Hühner auf dem Rücken fortmachte. Später habe ich von meiner Mutter erfahren, daß er sie in den Hotels verkaufte, Brüx war eine Großstadt, er brachte sie immer los, auch nach Seestadtl zur Mutter und Miez schickte sie ihn mit einem Sack voll, und die nahmen es gerne ab und bezahlten gut. Der Hühnerstall war unter unserer Wohnung, eine Treppe tiefer im Keller. Meine Eltern gingen immer zu später Stunde in den Hühnerstall, in unserer Stube sah ich einen Sack voll geköpfter Hühner, und in der Nacht wurden Federn verbrannt. Mir war klar, daß das Hühnerfleisch nicht geschenkt war, wie es meine Mutter am Anfang gesagt hatte. Sie hatte bei allem große Angst und Unruhe, der Vater aber lachte sie aus, er meinte, daß sie nicht gleich Verdacht haben könnten, wenn sie jemanden essen sahen. Die gerupften Hühner wurden weiterhin fleißig fortgeschafft. Da ich nun ihr Geheimnis mitbekommen hatte, wollte ich alles wissen. Ich durfte beim Rupfen mit dabeisein und wenn die Federn im Ofen verbrannt wurden, der Rauch stank nach verbrannten Federn, und meine Mutter hatte Angst, daß er uns verraten würde, aber in den Hühnerstall gingen sie allein. Mami, geht ihr heute abend wieder Hühner mausen? wollte ich wissen. Wirst du deine Gusch halten! Sie blieben am Abend lange auf, es war dunkel und unheimlich, ich fürchtete mich allein, aber ich mußte nachsehn und schlich die Holztreppe langsam und vorsichtig hinunter, die Kellertür stand weit auf, und im Hühnerstall sah ich einen schwachen Lichtschein. Ganz nackt stand ich hier auf der Treppe im Dunkeln, draußen war es Winter mit viel Schnee, mir war unheimlich, aber ich mußte runter, ich lauschte, von unten herauf hörte ich ihre Flüsterstimmen und das Flattern und Wimmern der Hühner, wenn ihre Köpfe abgeschnitten wurden. Es war unheimlich in der Stille und Dunkelheit, trotzdem kroch ich vorsichtig rückwärts auf allen vieren die Steinstufen hinunter. Die Eltern bemerkten mich erst, als ich dastand und sie halblaut frug, Mami, soll ich mit Hühner fangen helfen? Erschreckt fuhren die Eltern zusammen. Jässes, Maria und Joseff, bin ich jetzt über das Mensch erschrocken. Aber der Vater mußte lachen, und weil der Vater nicht böse aussah, blieb ich stehen. Mami, soll ich eine Henne fangen, ich kann es gut, soll ich dir eine geben? Wirst du deine elende Gusch halten, wenn uns jemand hört. Meine Mutter zitterte am ganzen Körper, aber der Vater mußte immerfort lachen. Dicht aneinandergedrängt sah ich die Hühner auf Stangen sitzen, mein Vater funzelte mit einer Taschenlampe herum und frug mich, Welche Henne hast du dir ausgesucht, oder willst du einen Hahn haben? Er lachte und machte seine Späße und gab der Mami die Hühner, die im Schlaf leicht gefaßt werden konnten, und sie stand mit dem Sack und dem Messer da, und vor ihren Füßen hatte sie einen Eimer stehen, in den sie die Köpfe fallen ließ. Sie drehte sich unruhig zu den Fenstern um und erschrak jedesmal, als hätte sie was gehört, sie schimpfte auf mich, daß ich schuld an ihrer Aufregung wäre. Plötzlich wurde es oben an der Haustür lebendig, ich hörte, wie sie mit Gewalt geöffnet wurde, viele Leute in guten Mänteln kamen die Treppe herunter, vornweg der Herr, sie kamen mit viel Lärm. Ach, haben die Leute gestaunt, sie bogen sich vor Staunen und Lachen, das war ein Gelächter, und der Herr brüllte. Der Vater stand hinter der Mami und sagte kein Wort, er überließ alles ihr, stand da wie ein unschuldiger Junge, und die Mami hatte alles allein zu verantworten, sie weinte viel Wasser und lamentierte. Nackt stand ich unter den Leuten, guckte in ihre Gesichter hinauf, suchte ihre Augen. Mit schnellen Schritten ging alles nach oben, auf mich achtete niemand, die Mami war als erste mit der Petroleumlampe vornweg gegangen, die ganze Schar lärmend hinterher, sie eilten alle hinauf in unsere Wohnung, der letzte Mann schlug die Tür zu und drehte den Schlüssel um. Schon beim Zuschlagen schrie ich angstvoll, die Tür wurde wieder aufgerissen, neugierig guckte der Mann die Treppe hinunter. Nackt stand ich vor ihm und guckte ihm freundlich ins Gesicht, und er stand verwundert da, guckte mit großen Augen auf mich herunter, ich war ja nackt, und das im kalten Winter, ich hatte lange weiße Haare, ein Gesicht wie Apfelblüte und eine Haut wie Milch, ich muß eine sonderbare Erscheinung für ihn gewesen sein. Oben im Zimmer schlugen die Leute über den bunten Haufen Federn und die Säcke voller geköpfter Hühner die Hände zusammen, einige staunten, einige mußten lachen, ich hielt mich unter ihnen und sah nur in ihre Gesichter. Warum weint die Mami? Warum schimpft der Herr so? Ich hörte ihn sagen, Wenn ihr euch ein Huhn oder auch zwei genommen hättet, da hätte ich euch verziehen, aber ihr wolltet ja den ganzen Keller ausräumen, ein oder zwei genügten euch nicht, nein, nein, ihr müßt sofort vom Hof.

Meine Mami hatte acht Wochen Gefängnis und der Vater sechs Wochen bekommen, und die ganze Zeit waren wir drei Kinder wieder bei der Mutter in Seestadtl, und keiner kümmerte sich um uns, nur wenn der Lärm zu groß wurde, steckte die Mutter ihren Kopf zur Tür rein. Der Albert und ich weinten und klagten über den Adolf, und der Adolf beschwerte sich über uns, wir hatten nur Hunger, und die Mutter schimpfte, Ihr wollt nur den ganzen Tag fressen, hier habt ihr noch ein Stück Brot, weiter kriegt ihr aber heute nichts mehr, und wir griffen gierig nach dem Stück trocken Brot und hatten es im Nu verzehrt. An ein warmes Essen kann ich mich nicht erinnern. Die Tanti sah ich nur in weißer Schürze, sie guckte uns überhaupt nicht an. Der Onkel saß auf dem Kanapee, und ich riß wieder vor ihm aus, wollte mich bei der Mutter verkriechen. Wenn Menschen mit mir gut sprachen, wollte ich sofort zu ihnen gehören, aber der Onkel konnte sich noch so viel Mühe geben, ich wollte von ihm nichts wissen, er konnte mich trotz des Hungers, den ich litt, nicht einmal mit einer Tafel Schokolade zu sich locken. Der Adolf stellte sich hin, sah auf die Tafel Schokolade, zog die Wange schräg und sagte, Dä Walli is owwo dumm, hm, hä. Ich nahm sie mit den Fingerspitzen aus seiner Hand, aber ich hielt mich von ihm weitab. Dem Onkel seine Augen waren mir widerlich. Wenn ich mir bei den fremden Leuten die Augen besah, verstand ich, ob sie für mich gut oder nicht gut waren. Wenn er seine Arme nach mir ausstreckte, daß ich schrie und wegrannte, und er mich dann doch auf seinen Schoß gezwungen hatte, da schmeichelte er mir und griff mit der Hand unter mein Kleid, das war alles, was ich anhatte, er schob seine Hand langsam an meinem Bein hoch und wollte dort mit der Hand spielen. Ich schämte mich sehr und befreite mich mit aller Gewalt und rannte zur Mutter, aber ich bekam von keiner Seite einen Schutz, ich wurde grob weggestoßen. Solange er mit seinem Finger in mir war, schämte ich mich, es der Mutter zu sagen und konnte nicht in seine Augen sehn, und wenn er weggegangen war, wollte ich mit der Mutter versöhnt sein und sagte, Mutter, der Mann mit dem schwarzen Schnauzer ist unartig. Da bekam ich Watschen. Guckt euch nur einmal an, so ein elendes, verfluchtes Mensch, genau wie ihre Olle. Und wenn der Onkel wiederkam, hatte er seine gierigen Augen nur auf mir, und ich hielt mich von ihm weitab, er konnte mich mit keiner Zuckertüte locken, und wenn er mich auf seinen Schoß holen wollte, hab ich geschrien und gestrampelt, und wenn er naus war, wollte ich mit der Mutter gut sein. Mutter, der Mann mit dem schwarzen Schnauzer ist unartig. Aber die Mutter wollte nicht verstehn, sie schlug mich mit allen bösen Verwünschungen.

Die Tanti sah ich alle Tage in weißer Schürze, bei ihr ging es lustig zu, die lauten Stimmen und das Grammophon hörte ich bis herüber, darum ließ uns die Mutter auch den ganzen Tag allein, und frühmorgens, oder war es Mitternacht, wurde ich dann oft wach. Mein Schlafplatz war das Kanapee in der Stube, wenn ich den Kopf hob, um zu gucken, was los war, sah ich die Mutter und die Miez im Zimmer. Oh, Tanti, hast du aber viel Geld, Tanti, oooh, wo hast du das viele Geld her? Wirst du dich niederlegen und schlafen! Ich legte mich gleich wieder um und blinzelte und hörte auf der Miez ihre Stimme, Das gehört mei Mutterle, das gehört mir, das gehört mei Mutterle, das gehört mir. Die Miez war in weißer Schürze, ich sah sie nur in weißer Schürze, sie saß auf einem Stuhl und zählte auf ihren Knien Geldscheine. Das gehört mei Mutterle, das gehört mir, das gehört mei Mutterle, das gehört mir. Bis sie die Scheine aufgeteilt hatte. Ich wurde in der Nacht oft wach, aber ich rührte mich nicht mehr, ich blinzelte nur noch und dachte, Oooh, hat die Tanti viel Geld, woher mag die Tanti nur so viel Geld herhaben?

Als die Zeit herankam und es hieß, Eure Mami kommt bald nach Hause, wollte die Mutter, daß zur Heimkehr der Siedl, was die Mami war, von uns ein Gedicht gelernt wurde. Wenn eure Mami kommt, sagt ihr jeder ein Gedicht auf, damit sie sieht, was ihr bei uns Schönes gelernt habt, denn die tut ja immer, als ob ihr bei uns nichts Gutes lernt. Die beiden Jungen begriffen ihr Gedicht sehr schnell. Dickl-Dackl-Hund, der wiegt sechs Pfund. Das war dem Albert sein ganzes Gedicht. Der Adolf mußte sagen, Abc, die Katze lief im Schnee, und als sie wieder rauskam, hat sie weiße Stieflein an. Weil sie mit mir grob waren, begriff ich von meinem Gedicht nichts, nicht einmal heute weiß ich ein Wort davon. Äh, die is ja bleed, die begreift doch sowieso nichts, hieß es gleich, und verschüchtert stand ich da, hörte zu, wie die beiden Jungens von der Mutter und der Tanti ihr Gedicht lernten, sie kümmerten sich nur noch um die beiden Jungen, mich ließen sie stehn. Dann hieß es, Morgen kommt eure Mami. Die Jungens mußten noch tüchtig üben, den ganzen Tag plapperten sie ihren Vers, weil sie ihn nicht vergessen wollten, denn sie wollten ja der Mami eine Freude machen und ihr obendrein zeigen, wie dumm die Walli war. Die Mami kam zur Tür rein, ein helles Kopftuch unter dem Kinn gebunden, ihre Kleidung reichte bis auf die Schuhe, ich habe immer nur alte Hutzelweiber in der Kleidung wie meine Mutter gesehen. Kinder, schaut, eure Mami, Alberterle, Dolfi, geht hin und sagt der Mami das schöne Gedicht, was wir euch gelernt haben. Aber niemand rührte sich vom Fleck, und die Mami lag wieder auf den Dielen und weinte, Mutter, Mutter, hab Mitleid mit mir, ich kann doch nichts dafür, daß ich kein Glück habe. Und von der Mutter hieß es, Kinder geht doch hin zu eurer Mami, das ist doch eure Mami, geht hin und nehmt sie um den Hals, zeigt ihr, zeigt eurer Mami, daß ihr sie gern habt. Sie führte den Albert und den Adolf hin zur Mami und sagte, Sagt euer Gedicht auf, daß sich die Mami freut! Aber sie blieben beide stumm, grade daß sie sich zur Mami setzten, weil sie auf den Dielen lag, und ich blieb verlegen stehn, zupfte an meinen Fingern, wartete, bis zu mir auch jemand sagte, Geh zu deiner Mami, das ist deine Mami, nimm sie um den Hals, zeig deiner Mami, daß du sie gern hast. Endlich hob meine Mutter ihren Kopf. Wo ist denn die Walli, komm, mei Wallerle, komm zu deiner Mami. Da war ich aber froh, daß jemand da war, der mich haben wollte. Hiernach erzählte ich meiner Mami alles, was ich bei der Mutter und Tanti gesehn und gehört hatte, ich war von klein auf sehr redegewandt, und das konnte an mir keiner leiden, aber wenn meine Mutter was hören wollte, hörte sie mir gerne zu, und sie versprach uns Kindern, daß wir ab jetzt immer zusammenbleiben würden, sie wollte uns immer nur bei sich haben, es sollte nicht mehr vorkommen, daß wir noch einmal zu der Miez und Mutter hinmußten. Nein, nein, Kinder, wir bleiben ab jetzt immer zusammen. Niemand freute sich so wie ich, und keiner konnte die Freude von sich geben wie ich, aber keiner brauchte die Mami auch so wie ich. Wallerle wurde ich nur von meiner Mami in großer Seltenheit genannt.

Wir hatten das Jahr neunzehnhundertsechzehn und wohnten wieder in Seestadtl in einem weißen, ganz länglichen, flachen Haus, es wurde das Matteg-Haus genannt, weil der Hausbesitzer Matteg hieß. Im Erdgeschoß hatten wir eine große Stube mit zwei Fenstern zur Straße raus, vor unseren Fenstern war ein kleiner Vorgarten, dann ein Feldweg, ein weites Feld. Selten kamen die Kleinbauern mit ihren Fuhrwerken vorbei, es war hier sehr abgeschieden. Von unserem Haus aus konnte ich geradeaus bis auf den Marktplatz, Staadtl genannt, sehen, geradeaus war auch die Kirche. Wenn ich auf den Staadtl wollte, mußte ich bergab gehen, Seestadtl senkte sich durch die Kohlenschächte.

Das Frühjahr hatte begonnen, die Sonne schien, und es lag kein Schnee mehr, wir Kinder spielten im Garten oder auf der Straße vor der Gartentür, manchmal schickte uns die Mutter auch in den Kindergarten. Ich ging sehr gerne in den Kindergarten, aber da wollte mich kein Kind bei sich haben, das Kinderfräulein war gut zu mir und hielt mich an der Hand bei sich. An einem Tag hörte ich, daß der Vater auf Urlaub kommen sollte. In Brüx beim Hühnermausen hatte ich ihn das letztemal gesehen, nach seiner Gefängnisstrafe wurde er sofort eingezogen. Durch diese Nachricht war meine Mutter in heiterer Laune, sie redete den ganzen Tag und sagte jedem, daß ihr Mann auf Urlaub käme, und wenn sie sich freute, dann redete sie von früh bis abends ein und dasselbe, laut und derb war ihr Gespräch, jeden ließ sie es wissen, daß sie dem Vater was zu Fleiß machen wollte. Ein Foto, auf dem sie mit Russen drauf war, hatte sie sich an die Wand gemacht, und wenn der Vater zur Tür reinkäme, sollte er sofort auf das Foto stoßen, und darüber war sie voller Jubel und konnte die Überraschung gar nicht abwarten. Dabei hatte sie sich das Foto nur von Frauen, die es mit Russen hielten, ausgeliehen, sie hatte einen angekreuzt, damit er Bescheid wußte, welcher ihr Hausfreund war, über den sie ihm im Brief an die Front geschrieben hatte, daß er so gut mit ihr und den Kindern wäre, ihr Kohlen reintrüge und Holz hackte und von dem sie erst wußte, was Liebe war. Dabei hatte sie gar keinen Freund, aber sie hatte so einen Haß, daß sie von ihm keine Liebe hatte, so erzählte es mir meine Mutter in späteren Jahren. Sie hatte gesehn, wie andere Frauen von ihren Männern geehrt und geachtet wurden, da wollte sie ihn eifersüchtig machen und ihn erziehen. Er hat es mir nie verzeihen können, sagte meine Mutter später zu mir, ich wollte meinen Kopf durchsetzen, und damit habe ich mir mein ganzes Leben verdorben. Wir drei Kinder spielten im Gärtl, da flüsterte der Adolf, Der Tati kommt. Als ich aufsah, flog das sehr niedrige Gartentürl zu, und obwohl ich noch so klein war, merkte ich sofort, daß der Vater schlechte Laune hatte, so wie er mit kurzen eiligen Schritten an uns vorbeiging, wie ein Fremder, nicht einmal einen Blick hatte er auf uns geworfen. Mein Herz klopft, flüsterte ich, ich hab Angst, der Adolf und der Albert, der noch gar nichts verstand, sagten mit, Mein Herz klopft, ich habe Angst. Kaum war der Vater eingetreten, hörte ich schon ihre Stimmen, die nicht gut waren, immer heftiger werden, und wir Kinder flüsterten, Die Mami und Tati streiten sich. Mein Gesicht wurde ganz heiß, als ich ein heiseres Quieken und das Klatschen und die Stimme vom Vater hörte, ich zitterte am ganzen Körper und sagte, Oh, der Tati haut die Mami. Sekunden blieben wir noch sitzen und horchten, das Schreien von der Mami hörte sich an, als ob ein Hund zu Tode geprügelt würde. Oh, der Tati haut die Mami! Ich fing zu weinen an. Ich geh jetzt rein zur Mami, der Tati tut sie haun. Und der Adolf stand auf und sagte, Ich geh auch mit rein, und der kleine Albert mit seiner langgezogenen Sprache, Iech gieh aa mit nei. Im Gänsemarsch gingen wir hinein, unsere Tür stand weit auf, und wir sahen sie auf dem Bett liegen, auf dem Bauch, die Arme hielt sie schützend über dem Hinterkopf, sie wälzte sich unter seinen Schlägen. Der Vater hatte seinen breiten Leibriemen in der Hand, er hatte ihn doppelt genommen und schlug fest auf sie nieder, und sie bekam die Schläge mit der breiten Metallspange ab. Wir Kinder stellten uns ans Kopfende vom Bett und schrien, was wir konnten, Mami, Mami, meine Mami, und ich schrie, als ob ich die Prügel bekäme. Darauf kam ein Mann herein und hielt den Vater zurück, und meine Mutter flüchtete schreiend, weinend aus der Stube und durch das Gartentürl, im Schmerz sich windend wie ein Wurm. Wir Kinder liefen ihr schreiend nach, der Adolf war gleich an der Mami ihrer Seite, stumm und mit langen Schritten lief er neben ihr her. Der kleine Albert war im Laufen noch nicht fest, er mußte immer noch geführt werden, er hielt sich mit beiden Händen an den Zaunlatten und tastete sich weiter und weinte, weil er mitwollte. Zuerst hatte ich ihn an die Hand genommen und mit fortgezogen, aber dann sah ich, daß die Entfernung zu der Mami immer größer wurde, sie drehten sich nicht nach uns um, sosehr ich auch schrie und weinte, da ließ ich den Albert stehn und rannte ihnen nach, drehte mich dann wieder zum Albert um, rannte zu ihm zurück und zog ihn an der Hand mit fort, und wieder ließ ich ihn stehn und rannte der Mutter und dem Adolf hinterher. Der Albert streckte seine Arme nach mir aus, weil er mitgenommen werden wollte, so klein ich noch war, ich ließ ihn in meiner Verzweiflung nicht allein, ich wollte ihn tragen und schlang meine Arme um seinen Körper, hob ihn hoch und wollte ihn so mit fortschleppen, aber bei jedem zweiten Schritt plumpsten wir auf die Erde. Der Adolf drehte sich um und sagte etwas zu der Mami, sie blieben stehn und sahen zu uns zurück, dann kam die Mami uns entgegen und nahm den Albert auf den Arm. Nun liefen der Adolf und ich an ihrer linken und rechten Seite, und sie weinte immer noch heftig, und ich weinte mit, als hätte ich Prügel bekommen, und der Adolf weinte auch. Mami, wo gehn wir jetzt hin? frug ich. Zur Kommandantur, sie sollen seinen Urlaub streichen. Vorn am Staadtl in einem großen Haus war die Kommandantur. Die Mami klopfte an eine Tür, da kam einer in Uniform heraus, ein Oberleutnant. Er machte ein entsetztes Gesicht, als er die Mami sah. Sie hatte ihren Oberkörper frei gemacht, die dünne weiße Bluse hielt sie vor ihrer Brust zusammen, der Rücken und die Oberarme waren tüchtig zugerichtet, auf dem Rücken und den Armen war keine heile Stelle, überall blutige Striemen, sie hob ihren Rock hoch und zeigte ihre zerschlagenen Oberbeine. Der Oberleutnant war gerührt wie ein Väterchen. Ich paßte auf alles gut auf, ich guckte in ihr Gesicht und war erschrocken, ihr Gesicht war so fremd und nicht zum Erkennen, und beim Nachhausegehen frug ich sie, Mami, warum sieht dein Gesicht so aus, dein Gesicht sieht so anders aus. Der hat mich mit dem Riemen ins Gesicht geschlagen, war ihre Antwort. Beim Nachhausegehen weinte sie aber nicht mehr, sie und wir Kinder wußten, daß er heute noch zur Strafe an die Front mußte. Sie warnte uns, daß wir uns nicht verplapperten, und mit guter Laune ging sie heim, und ich hielt mich nur an ihrer Seite, ich hatte Angst, daß er sie wieder schlagen würde. Der darf mir jetzt nichts mehr tun, flüsterte sie mir ins Ohr, aber ich ging nicht von ihrem Rock und sah verängstigt schief nach dem Vater, denn sie sang und lachte mit ihrem entstellten Gesicht, und ich flüsterte, Mami, sing nicht, sonst haut dich der Tati wieder. Der Vater war hinausgegangen, er stand am niedrigen Gartenzaun und unterhielt sich mit dem Mann, der ihn beim Prügeln zurückgehalten hatte. Ich habe die doch so verdroschen, sagte der Vater zu dem Mann, und horchen Sie nur, wie die schon wieder lachen und singen kann. Die Mami hatte am Fenster zugehört, sie lachte und meinte, Wenn du nur wüßtest, warum ich lache und singe. Es dauerte gar nicht lange, da hielt der Vater seine Depesche in den Händen. Oh, drum hast du so gute Laune, sagte er, und sie sang und jubelte ihm zur Antwort. Als er mit seinem Säckl hinausging, blieb er zwischen der Tür stehn und sagte, Na, wart nur, das wirst du mir noch büßen, das laß ich dir nicht geschenkt, aber sie jubelte und lachte als Antwort, und als er zum Gartentürl nausging, stand sie am Fenster und jubelte, lachte, sang fröhliche Lieder, bis er ihr aus den Augen entschwand.

Noch bevor das Jahr zu Ende ging, mußten wir aus dem Matteg-Häuschen, und unser Häufel stand wieder auf der Straße. Nervös lief meine Mami das ganze Seestadtl nach einer Wohnung ab, sie ging nicht gern von hier weg, ihre Mutter und die Schwester wohnten in Seestadtl, hier war sie geboren und aufgewachsen, wenn ihre Mutter und ihre Schwester von ihr auch nichts wissen wollten und sie nicht zu ihnen gehen konnte, so war sie doch in ihrer Nähe, es blieb ihr aber nichts übrig, sie mußte in einem Nachbardorf eine Wohnung nehmen. Bevor sie aber diese Wohnung gefunden hatte, schliefen wir unter freiem Himmel. Unsere neue Heimat hieß Hohenofen und wurde Hunnufen genannt, es war eine Dreiviertelstunde Fußweg von Seestadtl entfernt, wir wohnten mit vielen Familien in einem hohen Haus. Es gab auch dort viele Kinder, aber die Kinder durften meist nicht mit uns spielen, weil mit uns immer viel Verdruß war. Der Adolf war sehr unverträglich, alles wollte er haben, und nur er wollte recht haben, und wenn es nicht nach seinem Kopf ging, stampfte er wütend mit den Füßen, und wenn die erwachsenen Leute was sagten, hieß er sie in Orsch lecken und elende Sau, den Adolf konnte niemand leiden, und in die Hosen machte er noch immer, dabei sollte er doch in diesem Herbst zur Schule kommen. Die Leute hier im Haus wunderten sich, daß er niemals Mami zu meiner Mutter sagte, daß sie sich das gefallen ließe, und meine Mutter ließ die Leute wissen, daß ihre Mutter und ihre Schwester den Adolf verdorben hätten. Das wäre ja noch schöner, meinte ein altes Mütterchen, der muß Mama sagen, und meine Mutter erwiderte, Ich hab's schon mit Hungern versucht, ich hab nichts erreichen können, er sagt immer nur Siedl. Lassen Sie ihn nur mal auf einem Erbsensack knien, so lange, bis er Mami sagt, schlug das Mütterchen vor und brachte ihr ein kleines weißes Leinensackl mit Erbsen gefüllt, man hatte knapp mit den Knien drauf Platz. Nun mußte der Adolf mitten in der Stube auf dem Erbsensackl knien, und die Tür stand auf, damit er uns Kinder in aller Fröhlichkeit auf dem Hof spielen sah. Die Folter kann nicht groß genug sein, so bestimmte es die Alte, und meine Mutter folgte gern, und sie saß auf dem Stuhl und bewachte den Adolf, wehe, er stützte sich mit den Händen auf den Dielen ab, dann klatschte es derbe Kopfstübe, und wenn sie mit ihren Händen zuschlug, hörte ich es bis draußen auf dem Hof. Nur nicht aufstehn lassen, mahnte die Alte, so lange, bis er Mami sagt. Ich hörte den Adolf jammern, Aua, aua, meine Knie. Ich ging zur Tür, um ihm etwas Tröstendes zu sagen, Adolf, sag Mutter, wenn du nicht Mami sagen kannst, ich sage dann auch Mutter, und ich rief, Mutter, Mutter, sagt der Adolf schon Mutter zu dir? Nein, Mutter will er zu mir nicht sagen, hörte ich meine Mutter sagen, und wieder klatschte es Kopfstübe und wieder sein gequältes Schreien. Er rief nach mir, Walli, komm, Walli, aua, aua. Da eilte ich zu ihm hin, und meine Mutter schrie gleich, Schaust, daß du nauskommst, elende Kanaliä, verfluchte, ich will den elenden Krompen erziehn, da will ich allein sein, der darf nicht eher runter, bis er mir verspricht, daß er Mami sagt, nischt zu fressen kriegt der, dem wer ich's schon gebn. Aber ich ließ mich durch ihre Schläge nicht abhalten und redete mit ihr, daß ich in der Stube bleiben durfte. Walli, bleib bei mir, kam es klagend aus dem Adolf seinem Mund, und damit ich es mir mit meiner Mutter nicht verdarb, sagte ich, Nicht wahr, Mami, wenn der Adolf Mutter zu dir sagt, darf er mit uns spielen? Walli, ich kann es nicht, jammerte der Adolf, bleib bei mir, auu, auu, meine Knie tun so weh. Ich kauerte mich vor ihm hin und besah mir seine Knie. Vor ihm auf den Dielen lagen nasse Tropfen vom Weinen, ich streichelte seine Knie und sagte, Adolf, tut das weh? Da sprang meine Mutter auf und watschte mich und schrie, Elende Floriä, wirst du schaun, daß du nauskommst, mit dem Grauer noch Mitleid haben, weil er nicht Mami sagt, wie es alle Kinder tun, und dann schleuderte sie mich zur Tür naus. Nur nicht aufstehn lassen, hörte ich die alte Hexe sagen, von der die Folter kam, und da traute ich mich noch mal zur Tür und sagte, Mami, das ist aber nicht schön von dir, daß du machst, was die alte Hexe will, die will es ja nur haben, weil sie den Adolf nicht leiden kann. Meine Mutter drohte mir mit der Faust, daß ich schnell wegrannte, aber meine Worte müssen etwas genützt haben, denn es dauerte nicht lange, da kam der Adolf mit einer geschmierten Schnitte Brot heraus. Das Erbsensackl gab meine Mutter der Alten zurück. Der Adolf hatte ihr versprochen, daß er Mutter sagen wollte, wenn er groß wäre.

Ich kann mich erinnern, daß es uns in Hunnufen sehr schlecht erging. Im Herbst sechzehn, gleich nach der Pilzzeit, wurden wir alle vier krank, zuerst die Mami, dann wir drei Kinder, wir lagen mit einer schweren Grippe im Bett, keiner von uns konnte aufstehn, und im Haus getraute sich niemand zu uns rein. Was zu essen und zu trinken mußten wir doch mal haben, da kroch meine Mutter auf allen vieren zur Tür, hängte an die Türklinke eine Tasche, damit die Leute im Haus uns Semmeln reintun konnten. Alle Monate mußte meine Mutter nach Görkau, ihre Unterstützung holen, der Fußweg war etwa eine Dreiviertelstunde, wir hätten ja auch mit dem Zug fahren können, aber wer nicht viel Geld hat, der läuft eben. Der Tag, an dem die Mami ihre Unterstützung abholen mußte, rückte immer näher, das Geld mußte genau zur festgelegten Zeit und persönlich abgeholt werden, sonst verfiel es. Meine Mutter wimmerte alle Tage, Wie werd ich unsere Unterstützung holen können, wenn ich sie nicht hole, haben wir nichts zum Essen und müssen verhungern. Draußen war es kalt, und es regnete, nach Görkau mußte sie unbedingt. Im Haus waren ein paar größere Jungens, von diesen Jungens wollte sie sich im Handwagen nach Görkau fahren lassen, sie versprach ihnen ein Trinkgeld, den Handwagen borgte sie sich, dann zog sie sich warm an, um den Kopf wickelte sie sich einen breiten schwarzen Schal. Auf allen vieren und taumelig kroch sie hinaus, den kleinen Flur entlang, die Steinstufen hinunter und setzte sich in den Handwagen und mummelte sich in eine Decke ein. Das Rathaus in Görkau hatte vor dem Eingang sehr steile Steinstufen, auf allen vieren kroch sie mühselig hinauf, die beiden Jungens folgten ihr, hielten ihr die Haustür auf, und nochmals ging es Stufen, Gang und Treppe und noch mal einen Flur entlang, wie ein kranker Hund taumelig, wer sie sah, guckte ihr nach und lachte. Sie hatte ihr Geld geholt, aber sie war froh, als sie wieder zu Haus ins Bett rein konnte. Ein Arzt war nicht bei uns, meine Mutter sagte, Der Doktor geht nur zu den reichen Leuten, weil die Geld haben, den armen Leuten tut nur der liebe Gott helfen. Als der Albert noch nicht auf der Welt war, erzählte uns meine Mutter, hatten der Adolf und ich schweren Scharlach, wir sollten ins Krankenhaus, aber sie behielt uns zu Hause. Sie hatte Angst, daß wir sterben, denn es mußten viele an Scharlach sterben, sie legte sich zu uns beiden Schwerkranken ins Bett, legte sich zwischen uns, hielt die Decke fest, daß wir zugedeckt blieben, die Haut hatte sich geschält, und wir sahen ganz rot aus. Sie hatte uns gepflegt und mit uns im Bett gelegen und hatte sich nicht angesteckt. Von der Grippekrankheit wurden wir auch wieder gesund, das nach dem Reden meiner Mutter nur vom lieben Gott kam und von unserem Gebet, daß er immer gut zu uns bliebe. Der Winter war da und Weihnachten, bei uns war Weihnachten wie alle Tage, ich sah bei den Leuten einen Christbaum und wollte wissen, was das war und wozu so ein Baum gut sein sollte, da sagte meine Mutter, Wenn Weihnachten ist, kommt das Christkind zu den Kindern, die das ganze Jahr brav gewesen sind, die kriegen was geschenkt, der heilige Christ geht nur zu den guten Kindern. Mami, kommt er zu uns auch? Zu euch kommt er nicht, ihr seid keine braven Kinder, ihr folgt nicht, ihr könnt mich nur das ganze Jahr ärgern, und solche Kinder hat der liebe Gott nicht gern. Da war ich traurig, und als der Nikolaus kam und die Kinder ganz aufgeregt vom Strumpfraushängen sprachen, frug ich meine Mutter, warum die Kinder das machten, und meine Mutter sagte, Der Nikolaus kommt nur zu den braven Kindern, zu euch kommt er nicht, weil ihr nichts taugt. Ich hing trotzdem meinen Strumpf, wie ich es von den Kindern hörte, hinaus, vielleicht kommt der Nikolaus doch zu mir, dachte ich. Aber mein Strumpf mit den großen Löchern blieb leer. Ich war traurig und wischte mir die Tränen aus den Augen, und meine Mutter wieder, Euch kann niemand leiden, ihr taugt nischt, mit euch hab ich nur Ärger, bin neugierig, ob ich von euch mal einen Dank kriege. Kein grüner Zweig war bei uns zu sehn und auch keine Weihnachtsliebe. Meine Mutter hatte kein Interesse, sie gab immer nur uns Kindern die Schuld, daß der liebe Gott nicht auf uns sähe, und mit dieser Beschuldigung hatte sie uns immer vom Hals. Traurigen Herzens ging Weihnachten für uns vorbei, und das neue Jahr begann.

Es war ein strenger Winter. An einem Januartag wurden wir durch heftiges Klopfen geweckt. Meine Mutter ging zur Tür, öffnete, und ich hörte, Frau Wirth, Ihr Mann ist draußen, ich soll Sie fragen, ob er reinkommen kann. Es war das Hutzelweiblein aus dem Haus, mit der meine Mutter immer besonders freundlich tat. Ich hörte meine Mutter sofort in einen Weinkrampf verfallen, der eher ein Freudenweinen war, denn sie liebte ihn mehr als ihr Leben, und sie lauschte, was das Hutzelweib vom Vater zu erzählen wußte, daß er eine schwere Verwundung gehabt hatte, die Kugel war in die Hüfte gegangen und auf der anderen Seite wieder naus, er war gerade mit dem Leben davongekommen. Schwarzfarbige hatten ihn auf einer Bahre in Sicherheit gebracht, ihnen verdankte er sein Leben, denn als sie ihn über eine Brücke trugen, war es dort mit Gas verseucht, er bekam von einem Schwarzfarbigen die Gasmaske, und der ließ auf seine Unterhose Urin und band sie sich vor den Mund, zum Lohn ließ der Vater am Abend sein Essen hinaustragen. Jetzt hatte er Genesungsurlaub und wußte nicht, wohin, er hatte uns in Seestadtl gesucht, dort erfuhr er, wo er uns finden könnte, und nun stand er draußen vor der Tür. Die Alte ging hinaus und frug auf Geheiß meiner Mutter, ob er sie schlagen tät, weil er es ihr geschworen hatte. Unterdes schrie ich, Mami, laß ihn nicht rein, wir wollen ihn nicht mehr, und der Adolf weinte verzweifelt. Ich hab Angst, wenn der wieder bei uns bleibt, geh ich fort von euch, ich geh zur Mutter und Tanti, da kann er mir zuwenigstens nichts tun. Auch die Mami tat, als ob sie ihn nicht mehr wollte, aber die Alte sagte, Wo soll er denn hingehn, der liebe Gott wird Sie bestrafen, er war doch an der Front und ist schwer verwundet. Meine Mutter tat, als folgte sie nur der Alten, und ging ihn holen, ohne auf uns Kinder zu achten. Oh, die Mami holt jetzt den Tati rein, ich hab Angst, kam es aus unseren Mündern. Wir Kinder saßen ratlos aufrecht im Bett, starrten uns mit aufgerissenen Augen an. Oh, ich hab Angst, wimmerte der Adolf. Ich hab auch Angst, sagte ich zitternd. Iech aa, machte der Albert. Der Adolf sprang aus dem Bett, als er sie kommen hörte, aufgeregt suchte er ein Versteck. Ich hab Angst, ich hab Angst, ich versteck mich, der darf mich nicht sehn! Adolf, ich versteck mich auch mit, ich hab auch Angst, sagte ich. Der Adolf kroch unter unser Bett und weinte verzweifelt. Daß ihr nichts sagt, daß ich hier versteckt bin, sonst haut er mich. Ich suchte auch ein Versteck, ich zitterte am ganzen Körper. Die Eltern und die Alte standen noch im Hausflur, wir hörten sie miteinander sprechen. Ich konnte kein Versteck finden, um mich unsichtbar zu machen. Adolf, ich komm mit zu dir unters Bett, bettelte ich. Nein, nein, komm nicht, es ist kein Platz, und dann wird er mich sehn, wehrte sich der Adolf, aber ich wollte mit zu ihm unters Bett und zwängte mich drunter, kaum daß ich nach Luft schnappen konnte. Der Albert kam aus seinem Bett herüber. Iech hoo aa Angst, sagte er und wollte sich auch verstecken, er legte sich gleich neben mich, aber neben das Bett, so daß er zu sehen war, und meinte, hier würde ihn der Tati nicht finden. Der Adolf weinte wie ein winselnder Hund, Alberterle, du kannst dort nicht liegenbleiben, die sehn uns doch, Walli, geh du auch weg, hier ist kein Platz, die finden mich, ich hab

Angst. Aber ich blieb bei ihm unterm Bett. Die Stimmen und Schritte kamen immer näher, den Albert scheuchte ich weg, da kauerte er sich unter den Tisch. Pst, pst, wimmerte der Adolf, seid jetzt ganz ruhig, sie kommen jetzt. Die Tür wurde aufgemacht, und die Mami rief, als käme sie selbst zu Besuch, Kinder, Kinder, wo seid ihr denn! Da war dem Albert seine Stimme unter dem Tisch zu hören, Mami, iech hoo Angst. Wo bist du denn, mein Klaano, komm her, mei Alberterle, der Tati ist hier, komm, komm, mei Alberterle, du brauchst keine Angst zu haben, der Tati tut dir nichts, wo sind denn die andern beiden, die Walli und der Adolf? Der Albert war unter dem Tisch hervorgeholt worden, und er hielt den Vater umarmt, wie es die Mami wollte, und antwortete mit seiner tiefen langgezogenen Stimme, Di hoom sich vosteckt, Mami, do Adolf liegt unnerm Bett un dä Walli aa. Der Adolf winselte gleich wie ein Hund, der geprügelt wurde. Komm doch vor, mei Adolferle, lockte ihn meine Mutter, du brauchst doch keine Angst haben vor dem Tati, no, no, Tati, du haust den Adolf nicht mehr, du hast ihn gern, nicht wahr? Ach, Adolf, ich werde dich doch nicht haun, ich hab dich gern, mei Adolf, komm vor unterm Bett, hab keine Angst, dei Tati tut dir nischt, versprach der Vater. Nein, nein, ich hab Angst, wimmerte der Adolf, ich bleib hier liegen, ich hab Angst. Wir kamen nicht vor, wir weinten, und alles gute Zureden brauchte viel Zeit. Dann kam ich vorgekrochen. Der Vater kniete vorn an der Tür und wartete auf uns Kinder, er streckte mir seine Arme entgegen. Walli, komm doch zu dein Tati, komm, hab dein Tati gern. Zögernd und mißtrauisch ging ich auf ihn zu, scheu umarmte ich ihn. Der Adolf ließ sich noch lange betteln. Dann endlich stand er auch da, aber er winselte immer noch. Geh hin zum Tati, der Tati tut dir doch nichts, bemühte sich die Mami, sie mußte ihn mit Gewalt zum Stiefvater schieben, aber er schrie und wehrte sich. Komm, mei Adolferle, zu dein Tati, dei Tati tut dir doch nischt, zeig, daß du mich gern hast, Adolf. Adolf, hab den Tati gern, nimm den Tati um den Hals, Adolf, sagte die Mami immerzu. Der Adolf legte seine Arme um den Stiefvater seinen Hals, und sein Stiefvater versprach ihm, daß er ihn nie mehr hauen und nur noch gut zu ihm sein würde, dabei kniete er und weinte wie ein kleines Kind, weil die Kinder so große Angst vor ihm hatten und von ihm nichts wissen wollten und erst gezwungen werden mußten, ihn gern zu haben, und es nicht von Herzen kam. Die Alte, die bis jetzt weinend dabeigestanden hatte, verabschiedete sich, wir Kinder konnten wieder ins Bett gehn. Ich konnte meine Augen nicht zumachen, die Petroleumlampe brannte, und ich sah zu, wie des Vaters Gepäck auseinandergenommen wurde, ein großer Haufen schmutziger Wäsche lag mitten in der Stub. Die Eltern waren mit dem Auspacken beschäftigt. Ob Läuse in der Wäsche sind? meinte meine Mutter. Ich lag wie verlassen im Bett, ich paßte auf, ob der gute Tati was zu essen mitgebracht hatte, ich hatte doch Hunger und flüsterte meiner Mutter ins Ohr, Mami, hat der Tati uns was mitgebracht? Äh, was soll der Tati denn mitbringen, der hat doch selbst nischt. Ich sah enttäuscht auf den Wäschehaufen. Das kann doch gar nicht sein, dachte ich, daß der Tati gar nichts zu essen mitgebracht hat, wo ich so 'n Hunger habe. Die Eltern hatten mit sich zu tun, den Albert hatte meine Mutter mit zu uns ins Bett gelegt, nun lagen wir zu dritt in dem schmalen Bett, die beiden Jungen schliefen schon, die Petroleumlampe wurde ausgeblasen, die Eltern legten sich auch schlafen, ich hörte meine Mutter weinen und schluchzen, dem Vater sein Flüstern hörte sich rauh und raschelnd an. Als ich die Mami weinen hörte, riß ich meine Augen weit auf und war ganz munter. Mami, was ist? Denn wenn ich sie weinen hörte, hatte ich Angst, und mit aufgerissenen Augen lauschte ich ins Dunkel. Auf mein Rufen kam keine Antwort, und weil ich keine Antwort bekam, schlief ich ein. Am Morgen lagen die Eltern noch nebeneinander im Bett, meine Mutter hatte glückliche Augen. Als erstes war meine Sorge, Mami, warum hast du im Bett geweint? Äh, ich werd geweint haben, dummes Luder. Ich sah ihre glücklichen Augen, so glücklich hatte ich sie noch nie gesehn, da war ich beruhigt.

Ob der Vater länger zu Haus war und wie wir mit ihm lebten, weiß ich nicht mehr, ich weiß nur, daß wir ihm alle Tage zeigen sollten, daß wir ihn gern hatten. Meine Mutter wollte es so, und das alte Hutzelweiblein aus dem Haus sah ich viel vor unserer Tür stehn, ihr Sprechen galt den Eltern zu einer guten Ehe. Als der Vater wieder an die Front mußte, weinte meine Mutter ganz verzweifelt, die Eltern hielten sich in den Armen und küßten sich und sagten sich gute Worte, und das alte Hutzelweiblein stand auch mit bei uns herinnen an der Tür und hielt das Taschentuch an die Augen, wir Kinder umarmten den Vater und drückten ihn zum Abschied. Von diesem Tag an sah ich meine Mutter wieder nur zur Erde sehn, kaum daß sie die Augenlider hob, und weinen. Ich durfte sie nicht stören. Ich will allein sein, geh weg von mir, sagte sie, und ihr Ton war schroff, und ich durfte ihr nicht zu nahe kommen. Die Alte stand viel bei ihr herinnen und weinte mit ihr. In der Nacht wurde ich wach durch ihr Weinen und Schluchzen. Was ist das nur, dachte ich und hob meinen Kopf und sah meine Mutter vor zwei brennenden Kerzen, die auf einem Stuhl standen, mitten in der Stube, sie kniete vor den Kerzen, ihre spitzgefalteten Hände gegen die Wand haltend, weinte und betete sie im Flüsterton, rang verzweifelt ihre Hände, Arme, den Körper. Ich erschrak. Mami, was ist, warum tust du weinen, Mami? Und ich sprang aus dem Bett und stand neben ihr. Verlegen war sie vor mir. Das verstehst du doch nicht, Walli, da bist du noch zu klein, weißt du, ich bete für den Tati, ich bin schuld, daß der Tati an der Front ist, ich habe ihm versprochen, daß ich für ihn zur Heiligen Mutter Gottes bete, daß sie ihn beschützen tut, daß sie ihn wieder nach Haus bringen soll, nur die Heilige Mutter Gottes kann helfen, wenn sie nicht will, passiert dem Tati nichts, ich bin schuld, ich hab es gemacht, daß er an die Front muß. Behutsam wurde ich von meiner Mutter ins Bett gelegt, es tat mir in meiner Brust wohl, daß die Mami für den Tati betete, daß er wieder nach Haus kommen sollte, und ich legte mich mit meinem Gesicht zur Wand, hörte auf ihr verzweifeltes Beten und Sprechen mit der Heiligen Mutter Gottes und schlief ein. Jede Nacht wurde ich von neuem wach, aber ich störte sie nicht mehr, ich wußte, daß sie allein sein mußte, wenn sie mit der Heiligen Mutter Gottes redete.

Als Frühjahr geworden war und ich eines Morgens aufwachte, lag der Vater bei der Mutter im Bett, ich hatte sein Kommen nicht bemerkt, ganz glücklich lagen die beiden Gesichter nebeneinander. Oh, Mami, du hast heute aber ein schönes Gesicht, du siehst heute ganz anders aus als sonst! Aber ich war für sie nur ein dummes Luder, und über meiner Freude, daß es ihr gut ging, begann bei ihr das Brechen, das war immer das Zeichen, daß in neun Monaten bei ihr der Storch einzog. Im Haus wurde der Vater von allen Leuten bewundert, sie hielten ihn für einen sehr netten Mann. Ich sah ihn auf dem Hof Holz hacken, und die Leute im Haus staunten, was er für ein schöner Mann war und daß er so ordentlich aussah, es konnte doch gar nicht sein, was die Mutter über ihn Schlechtes erzählt hatte. Wenn der Vater mit der Mami allein in der Stub war, hatte ich keine Ruh, alleweil rannte ich hinein, machte die Tür langsam auf und zu und blieb an der Tür stehn, guckte von einem zum andern. Streiten sie sich, oder sind sie gut? Was willst du denn, frug meine Mutter und drehte sich mir zu, und ich ging zu ihr und flüsterte ihr leise ins Ohr, Mami, haut dich der Tati wieder? Äh, na, der haut mich nicht mehr. Was will die denn? frug der Vater. Äh, die freecht mich, äb dä mich wieder haue tust. Verschüchtert sah ich zu ihm hin, seine Augen warteten, daß ich zu ihm käme und ihn umarmte, noch nie habe ich solche Augen bei ihm gesehn, ich ging aber nicht zu ihm, das Gute in seinen Augen reichte mir nicht ganz aus. Daß die Kinder vor mir so eine Angst haben, hörte ich den Vater sagen, als ich über die Schwelle zum Hof nausging. Als der Vater wieder von uns Abschied nehmen mußte, begleitete ihn die Mami zur Haltestelle. Von diesem Tag an war sie mit den Leuten im Haus unverträglich, vielleicht, weil sie zuviel Gutes über den Vater sprachen und nicht glauben konnten, was die Mutter von ihm Schlechtes erzählt hatte, nicht einmal mit dem alten Hutzelweiblein, mit der sie sich bisher am besten verstanden hatte, kam sie mehr aus. Und an einem Tag wurde unsere Stub ausgeräumt und unsre Möbel auf die Straße gestellt, nervös lief meine Mutter mit uns Kindern durch Hunnufen, den Albert auf dem Arm, und wir beide liefen weinend neben ihr her.

Meine Mutter hatte gehört, daß in der Nähe von Brüx, in Saaras, Baracken standen, in denen russisches Militär lag, aber in einigen Baracken waren auch Familien untergebracht, die keine Miete zu bezahlen brauchten. Die Mutter lief mit uns Kindern bei kaltem Regenwetter in Brüx von einer Behörde auf die andere, sie wurde unfreundlich abgewiesen, als wäre unbekannt, daß Familien in diesen Baracken wohnten, bis sie zuletzt einen Beamten gefunden hatte, der sich für sie bemühen wollte. Es war für uns Kinder ein weiter Weg nach Saaras. Im Dunkeln kamen wir an, die Baracken wirkten lang und schmal, in ihrem Innern ein schmaler Gang und zu beiden Seiten eine Stub an die andere. Meine Mutter war überglücklich, als für uns eine kleine Stub gefunden wurde. Kinder, Kinder, rief sie voller Glück, jetzt geht es uns wieder gut, wir haben eine Wohnung und brauchen keine Miete zu bezahlen, seht, der liebe Gott verläßt uns nicht.

Die Baracken an der Brüxer Straße wurden von Familien bewohnt, und jede Familie hatte eine Stub, die Baracken weiter hinten waren von russischem Militär belegt, mit Stacheldraht abgezäunt. Man kam nur über einen Brettersteg zu den Baracken, sonst versackte man im Schlamm. Wenn man über den Steg ging, sprangen große lange Ratten wie ein Blitz unter den Holzstufen hervor, Bisamratten wurden sie genannt, es kam auch vor, daß sie über die Füße sprangen. Es wimmelte in den Baracken nur so von Ungeziefer. Jede Familie mußte ihren Ofen selbst bauen, aus Ziegeln und Lehm, jeder mußte sich selbst kümmern. Im Gang sah ich immer nur weißen Nebel, und aus den Fenstern quoll der Rauch, ich konnte kaum etwas sehen und fand oft unsere Stubentür nicht, jedesmal erschrak ich, wenn ich die Tür aufmachte und fremde Leute in der Stube sah. Meine Mutter hatte sich auch einen Ofen zusammengebaut, neben dem Ofen hatte sie immer feuchten Lehm zu liegen, und wenn der Lehm vom Ofen abbröckelte, klebte sie die Ritzen wieder zu, der Lehm mußte feucht sein, dann haftete er, wenn er aber trocken war, fiel er wieder runter, und der Rauch quoll aus allen Ritzen. Wir hatten eine sehr kleine Stube, das Fenster war nur ein Guckloch.

Die russischen Soldaten ließen sich von den Frauen ihre Wäsche waschen, sie kamen mit ihrem Packl schmutziger Wäsche unterm Arm. Schickt mir auch ein paar her, sagte meine Mutter, denn sie wollte sich auch gerne was verdienen, und Brot gaben sie auch. Die Frauen sprachen von einem kleinen, sehr dreckigen Russ', von dem niemand Wäsche annahm, weil er so dreckig war und Läuse hatte, er käme immerfort und bettelte, sagten die Frauen, aber sie würden immer vor ihm die Tür zuschließen. Frau Wirth, der dreckige schwarze Russ' kommt jetzt, daß Sie keine Wäsche von ihm annehmen! Aber meine Mutter verschloß die Tür nicht, und er kam zu uns rein mit seinem Bündel unterm Arm und frug, ob sie seine Wäsche waschen würde. Von Ihnen nehme ich keine Wäsche an, die Frauen sagen, Sie haben Läuse, sagte meine Mutter. Da blitzten seine schwarzen Augen, und er schrie, Ich kann doch auch nichts dafür, wenn ich so dreckig bin, so dreckig sein muß und Läuse hab, und mit Wutgeschrei haute er sein Bündel auf unseren Tisch und machte zur Tür naus. Meine Mutter bückte sich schnell und hob die herumliegende Wäsche auf, damit sich die Läuse nicht verliefen. Von den Frauen wurde sie ausgeschimpft, daß sie ihm die Wäsche nicht hinterhergeworfen hatte, aber sie meinte zur Antwort, Der arme Kerl tut mir leid. Nach ein paar Tagen kam der Russ' zur Tür hereingeschlichen, zögernd kam er, guckte verängstigt, ob er sein schmutziges Bündel sah, aber meine Mutter hatte seine Wäsche gewaschen und gebügelt. Da hatte der Russ' aber eine Freude gehabt.

Die Russen kamen gern zu uns, meine Mutter war mit ihnen immer sehr gesprächig, tschechische und russische Sprache sind sich ähnlich, drum konnten sie sich gut verständigen. Sie sagte später oft, daß wir verhungert wären, wenn wir die Russen nicht gehabt hätten, sie hatten uns oft Brot gebracht und hatten selbst nicht viel zu essen. Das Wäschewaschen war für meine Mutter eine schwere Arbeit, sie wusch ja nicht allein für die Russen, sondern auch für die Soldaten aus der Kaserne. Jede Nacht stand meine Mutter am Wäschebock, wir Kinder schliefen bei Ofenqualm und Wäschegestank, und ich wurde oft munter und sah ihr zu, wie sie müde und mit hängenden Schultern am Wäschebock stand, die Wäsche auf einem Brett rumpelte und bürstete, weil der Dreck so schlecht nausging. Ihre Finger waren schon ganz aufgewaschen. Sie kämpfte mit ihren müden Augen, die Lider fielen ihr immer wieder runter, die Tränen liefen über ihre Wangen, fast wollte sie vor Müdigkeit umfallen, ihr Körper wankte, sie stützte den Ellbogen auf den Wäschebock. Ich kann halt nicht mehr, murmelte sie und weinte, die Wäsche muß morgen fertig sein, von jetzt an nehm ich aber nicht so viel an, aber sie kommen halt und betteln, da kann ich nicht nein sagen. Ich wollte sie trösten. Mami, wenn ich groß bin, helfe ich dir beim Waschen. Ich muß ja, wimmerte sie, wenn wir nicht verhungern wollen, sie bringen uns ja zuwenigstens wieder Brot, und paar Kronen krieg ich auch wieder. Wenn sie mit der Wäsche fertig war, wurde diese in den Korb gelegt und in die Kasernen geschafft. Eine Zeit konnten wir alle Tage in der Küche Essen holen. Der Adolf ging mit einem Blechkrug Knödel, Fleisch und Soße holen, sehn durfte das aber keiner, die Knödel wurden mit der Faust in den Krug hineingedrückt, so dick waren sie, und wir sind zu Hause immer über das Essen hergefallen. Immer wieder wurde ich in der Nacht munter und sah meine Mutter müde, matt, als wollte sie umfallen, ich mußte zusehn, wie sie litt, und konnte ihr nicht helfen, weil ich noch lange nicht groß war, aber schlafen konnte ich auch nicht. Schlaf doch, sagte meine Mutter, dann spürst du zuwenigstens den Hunger nicht, aber ich konnte nicht und wollte mich mit meiner Mutter unterhalten. Mami, hat der liebe Gott uns auch gern, Mami, müssen wir immer so arm bleiben? Es ist besser, wenn wir arm bleiben, antwortete meine Mutter, da kommen wir zuwenigstens zum lieben Gott in Himmel, und die Reichen kommen alle in die Hölle, drum haben die Reichen ja auch Angst vorm Sterben, weil sie wissen, daß sie in die Hölle kommen, aber wir armen Leute sterben gern, im Himmel geht es den armen Leuten gut. Mami, ich hab halt sooo Hunger, Mami, wenn der liebe Gott uns nur zuwenigstens bißl Essen gäbe? Und weil Nikolaus und Weihnachten war und der liebe Gott nur die Reichen beschenkte, wünschte ich mir vom lieben Gott weiter nichts, als daß er uns immer Essen gäbe, das andere könnte er ja ruhig zu den reichen Leuten bringen. Meine Mutter wollte nicht, daß ich so redete. Halt deine Gusch, sonst schimpft der liebe Gott, wenn er dich so reden hört! Halb weinend und verzweifelt sagte ich, Das ist aber nicht schön vom lieben Gott, das alles nur den Reichen gehört, um uns Arme kümmert er sich überhaupt nicht, wenn ich doch soo Hunger habe. Wirst du ruhig sein, wenn das der liebe Gott hört, läßt er uns im Stich, und uns geht es noch schlechter. Ach, ich will lieber in die Hölle kommen, sagte ich da mit Vorwurf, das ist gar kein guter, lieber Gott, und ich weinte. In dieser Zeit fiel mir auf, daß meine Mutter einen dicken Bauch bekam, ihre Kugel wurde immer dicker. Mami, von was kommt es, daß dein Bauch so groß und rund wird, woher hast du so einen Ranzen? Ich bekam keine Antwort. Aber von dem Kind sah ich nichts, eines Tages war ihr Ranzen nicht mehr dick, und auch auf meine Fragen bekam ich keine Antwort. Neunzehnhundertachtzehn sah ich den Vater ganz kurz zu Hause, es hieß, der Krieg wäre bald aus, und alle freuten sich auf diesen Tag. Meine Mutter hatte wieder einen dicken, runden Bauch, der alle Tage dicker wurde, und ich streichelte ihren Bauch, ich besah ihn mir von allen Seiten, weil ich es nicht fassen konnte. Mami, der Bauch ist seit gestern schon wieder dicker, gestern war er noch nicht so dick, was ist drin in deinem Ranzen? Wirst du jetzt deine elende, gottverfluchte Gusch halten, wehe, du kümmerst dich noch einmal drum, dann reiß ich dir deine Gusch auseinander, laß den Bauch doch dicker werden, was kümmert's dich!

Noch vor Kriegsende war der Vater wieder zu Hause, ich sah ihn unter uns und wußte nicht, wann er gekommen war. Er guckte mich überhaupt nicht an, ich guckte in sein Gesicht und dachte, daß er in Hunnufen doch ganz anders zu uns gewesen war, seine Augen sahen wieder so aus, wie ich sie kannte, und meine Mutter hatte auch sehr schlechte Laune, wie ich es auch von ihr kannte. Dem Vater ging ich, wie es immer gewesen war, aus dem Weg. Wir wohnten noch in der sehr kleinen Stub in der Baracke, aber die Russen kamen nicht mehr zu uns, und jetzt spürten wir noch mehr den Hunger, aber auf unser Lamentieren wurde nicht geachtet, und gut war mit mir auch niemand mehr. Die Russen hatten immer so gute Gesichter, sie streichelten mich und hatten mich lieb, aber jetzt kamen sie nicht mehr, doch wir Kinder warteten noch immer auf sie, wir kannten sie damals alle beim Namen, wir frugen alle Tage und immerfort nach ihnen, Mami, warum kommen sie nicht mehr zu uns? Meine Mutter verbot uns, nach den Russen zu fragen, wegen dem Vater, aber das verstanden wir nicht, wir weinten viel Wasser und frugen immer wieder, Mami, warum bringen sie uns kein Essen mehr, warum kein Brot mehr, ich hab sooo Hunger.

Lange blieben wir in der sehr kleinen Stub nicht mehr, es wurde in der Baracke eine große frei, mit drei Fenstern nach der Straße raus, in der kleinen Stub hatten wir nur den Stacheldraht und die Baracken vor Augen, jetzt konnten wir sogar die Fenster aufmachen und sahen die Elektrische auf der Hauptstraße vorbeifahren, sie fuhr zwischen Brüx und Saaras. Unsere kleine Stub blieb leer stehen, in der großen Stub war unser Möbelzeug kaum zu sehen. Die Leute, die von hier weggemacht waren, hinterließen uns einen besseren selbstgebauten Ofen, er hatte auch Ritzen, aber er war doch besser gebaut als von meiner Mutter.

Hier in den Baracken war oft was los, und ganz besonders bei uns, der Familie Wirth. Den Vater sah ich viel besoffen, in der Nacht brachte er sich seine Saufkerle mit her, und die Schnapsflaschen wurden auch mitgebracht. Solange er nicht zu Haus war, durfte von uns keiner schlafen gehn, wenn er dann in der Nacht kam und wir Kinder schliefen doch, warf er uns aus den Betten. Dann standen wir nackt herum, zitternd vor Angst und Kälte, die Mutter mußte bei ihm stehnbleiben und ihm zeigen, wie gern sie ihn hatte, aber sie weinte, weil er doch nicht nach ihr frug und andere Frauen ihm lieber waren.

Jetzt, wo der Vater zu Hause war, gab es auch manchmal ein warmes Essen, Knödel mit einer komischen Soße, und wenn ich von dem Mittagessen wußte, hatte ich schon große Angst wie vor Prügel und sagte, Mami, ich kann es nicht essen, darf ich es stehenlassen? Nischt wird, brüllte der Vater, alles wird gegessen, was auf den Tisch kommt, wehe dir. Meine Mutter mit ihrem dicken Bauch saß auf dem Kohlenkasten neben dem Ofen, weil sie sonst nirgends mehr Platz hatte, sie sagte kein Wort, zwischen ihnen war es wieder so, wie ich es kannte. Mir quoll es aus den Augen raus, ich brachte die Knödel nicht hinter, da frug ich die Mami, Darf ich mich auf den Kohlenkasten setzen, ich frier so? Meine Mutter sah mich besorgt an, weil jetzt alle Tage Kinder an Unterernährung starben, und ich durfte mich zu ihr setzen. Was ich in den Mund steckte, nahm ich mit der andern Hand heimlich wieder raus und ließ es in den Kohlenkasten fallen. So, jetzt bin ich fertig, sagte ich und stellte aufatmend meinen Teller auf den Tisch. Der Adolf murkste mit seinem Essen, daß ihm die Augen rausstanden. Heute bin ich mal Kaiser, sagte ich, denn beim Essen hieß es immer, wer zuerst fertig war, ist der Kaiser, und der zweite der König und der dritte der Edelmann, es wollte darum immer jeder als erster mit dem Essen fertig sein. Ha, heute bin ich mal Kaiser! Da wollte der Adolf auch gleich am Ofen sitzen. Ich ließ meine Mutter nicht aus den Augen, und als sie die Knödel im Kohlenkasten liegen sah, machte sie erschrocken, Jää, wer hat denn die?, aber weiter kam sie nicht, sie hatte in mein angstvolles Gesicht gesehen und schwieg sofort. War ich froh, denn ich hätte die Knödel bestimmt herausholen und essen müssen. Meine Mutter ließ mich auch weiter am Ofen sitzen, aber sie weinte oft, Du wirst keinen Hunger mehr haben, wenn du keinen Tag mehr was essen tust, ich seh schon kommen, daß du auch sterben tust, was werden die Mutter und Miez sagen, die werden mir die Schuld geben, und ich kann doch gar nichts dafür, daß es uns so schlecht geht.

Wenn der Vater von der Arbeit nach Hause kam, hin und wieder hatte er mal eine Kurzarbeit, dann blieb er gerne vor dem Fenster einer starken, molligen Frau stehen, sie unterhielten sich immer in guter Laune. Meine Mutter sah es jeden Tag, denn sie stand am Fenster und ließ ihn nicht aus den Augen, aufgeregt rannte sie den Gang entlang, stand an der Haustür und schimpfte und war nervös, und wenn der Vater dann zu uns kam, konnte sie sich nicht beruhigen, sie schimpfte die Frau Hure, weil sie nicht wollte, daß er sie beachtete. Das ist eine ordentliche Frau, schimpfte der Vater zurück, du taugst nischt. Meine Mutter war verzweifelt, sie schrie und weinte, Eine Frau, die in meinen Augen eine Hure ist, auf die läßt er nischt kommen und sagt, du taugst nischt!, und ihr Mund schimpfte, ohne Luft zu holen. Dann redete sie nicht mehr mit ihm, aber wenn er nicht zu Hause war, sah ich sie nur weinen und mit uns Kindern tüchtig grob sein. Der Vater frug trotzdem nicht nach ihr, er stand weiter bei der Frau am Fenster und lachte und war mit ihr in guter Laune, und wenn er dann nach Hause kam, gab es alle Tage neue Szenen. Am Tage wurde die Frau von meiner Mutter verschimpft, doch die gab keine Antwort. Manches Mal ging sie an unseren Fernstern vorbei. Guckt, Kinder, das ist eurem Tati seine Hure, guckt mal, guckt mal, hier ist sie, pfui, pfui. Meine Mutter spuckte aus. Mit verheirateten Männern huren, Kinder, spuckt aus vor der Hure, sagt Hure. Die Frau gab keine Antwort, sie guckte nicht mal zu uns herüber. Sie hatte eine Beinprothese. Einmal hängte diese Frau vor ihren Fenstern Wäsche auf, denn im Sommer war hier kein Schlamm, da hörte ich meiner Mutter ihre Stimme bis hinein in die Stub, sie rief nach uns Kindern, und ich rannte schnell zur Haustür. Ich sah meine Mutter und die beiden Jungens mit Steinen nach der Frau werfen, so daß sie nicht zum Wäscheaufhängen kam, und meine Mutter schrie Hure! und warf mit Steinen, und der Adolf, der es der Mami zeigen wollte, wie er zu ihr hielt, hob die größten Steine auf und schrie, Alte Hure, Sau, elende!, so wie es die Mami wollte. Der kleine Albert warf auch mit. Walli, komm her, schmeiß die Hure mit Steinen, forderte meine Mutter mich auf, schaut, Kinder, das ist die Hure, spuckt aus, Kinder, sagt Sau zu ihr. Wir taten alles, wie es die Mami wollte. Schmeißt auf die Hure, schmeißt die Steine auf ihren Holzknochen, haut ihren Holzknochen kaputt, schrie meine Mutter. Die Frau sagte nur kurz, daß meine Mutter bestraft werden und auch einmal nur ein Bein haben sollte. Vor ihr lagen schon ein Haufen Steine, sie konnte sich nicht vom Wäscheplatz fortbewegen, weil immerzu neue Steine geflogen kamen. Plötzlich stand ich mit einem großen Stein vor ihr, den Stein zum Werfen hoch in der Hand, da sah mich die Frau so gut an und beugte ihren Oberkörper zu mir vor. Walli, komm, wirf den Stein weg, tue es nicht, was deine Mami sagt, komm, Walli, sei brav, wirf den Stein weg. Ich hatte der Frau ins Gesicht gesehen, hatte ihre guten Augen gesehen und konnte den Stein nicht werfen und drehte mich zu meiner Mutter um. Hau ihr drauf den Stein auf ihren Holzknochen, schrie sie, hab keine Angst, ich bin ja hier, die darf dir nichts tun, hau hin, hau hin den Stein! Wieder sah ich der Frau ins Gesicht, hinter mir der Mami ihre Rufe. Mami, das tut doch weh, rief ich, Mami, ich schmeiß keine Steine, die Frau hat gesagt, ich soll nicht mit Steinen schmeißen, die Frau hat so gute Augen, Mami, das ist doch eine gute Frau. Ich blieb stehn und rührte keinen Stein mehr an. Als der Vater am Nachmittag von der Arbeit kam, rief die Frau ihn zu sich ans Fenster heran. Anschließend kam er in schnellen Schritten zu uns. Der Adolf war zum Unglück grad herinnen. Wo ist der Adolf, war sein erstes Wort. Oh, hat der Adolf Prügel gekriegt, ihn am Genick und Bein packend, warf er ihn auf die Ofenplatte, auf und nieder, ach, was hat er an diesem Tag mit dem Adolf gemacht, die Mami konnte ihm den Adolf nicht entreißen, und sie bekam mit Prügel und Vorwürfe, daß sie keine gute Mutter wäre und nichts tauge und noch nie was getaugt hätte, sie und der Adolf lagen dann auf den Dielen wie erschlagen, und auf Befehl des Vaters mußte der Adolf sofort zu der Frau gehn und Abbitte tun und sagen, daß er es nie wieder tun würde.

Unterdes kam die Zeit, daß der Storch einzog, und meine Mutter lag noch im Wochenbett. Ein Junge war angekommen. Bei unserem katholischen Glauben ist es so Brauch, daß das Kind vor dem ersten Sonntag getauft wird, sonst hat es kein Glück, so heißt es, und bei der Taufe liegt die Wöchnerin meist noch im Bett. Das Brüderchen bekam den Namen Josef wie der Vater und wurde auch Seff genannt wie der Vater. Am Tauftag sah ich außer der alten Hebamme niemand bei uns, die alte Hebamme trug das Kind in die Kirche, der Vater mußte in sehr schlechter Laune mitgehn, sie mußten nach Brüx reinlaufen. An diesem Tag war der Vater sehr betrunken, und er schrie und brüllte, denn es war ihm nicht recht, daß sein Söhnchen seinen Namen bekommen hatte, und meine Mutter bettelte die Hebamme, daß sie bei ihr bliebe. Der Vater stichelte, Josef hat sie ihn heißen lassen, meinen Namen hat sie ihm gegeben, ihren Russenbalg nennt sie Seffl, ich bin nicht der Vater, warum hast du ihm denn nicht seinen Namen gegeben, von dem du ihn hast, meinen Namen, das leide ich nicht, Russenhure, ich bin nicht der Vater. Die alte Hebamme wich nicht vom Bett meiner Mutter, sie versuchte, den Vater zu beruhigen, aber er war unbändig und schrie immerfort, Die Russenhure schlag ich tot, ihren Russenbalg, wo ist er, ja, wie sie ihn neben sich liegen hat, von dem weiß sie ja erst, was Liebe ist, die Hure, ich schlag sie mit ihrem Russen tot, meinen Namen hat sie ihm gegeben. Er warf einen Hammer nach ihr, der an die Deckenlampe flog, nur gut, daß die Stub sehr groß war, die Lampe fiel klirrend von der Decke. Als die alte Hebamme ihn abwehren wollte und sich schützend über der Mutter ihr Bett legte, daß er dem Kind und der Wöchnerin nichts tun konnte, schlug er mit den Fäusten die alte Frau. Auf ihr Hilfeschreien kam ein Nachbar hinzu. Aber Herr Wirth, was machen Sie denn? Der Vater brüllte, In meiner Wohnung laß ich mir nichts verbieten, raus, und bevor der Mann seinen Kopf aus der Tür zurückziehen konnte, hatte der Vater sie zugedrückt, mit seinen Händen und einem Knie stemmte er sich gegen die Tür, sein Gesicht war dabei zu einer Fratze verzogen, und er hätte den Kopf des Mannes zwischen der Tür zerquetscht, wenn nicht andere Leute aus der Baracke dazugekommen wären. Der alten Hebamme ihr Gesicht war dick geschwollen. Sie sagte, daß sie schon viele Kindtaufen mitgefeiert hätte, aber so was wie hier wäre ihr noch nie passiert. Von meiner Mutter wurde sie gebettelt, daß sie keine Anzeige machen sollte, die Hebamme versprach es ihr, aber ihr Ehemann war so erzürnt, daß er Anzeige machte. Der Vater bekam eine Gefängnisstrafe. Da war meine Mutter auch noch böse und beleidigt auf die Hebamme.

Als der Vater im Gefängnis war, ging sie ihn mit uns Kindern oft besuchen, sie versorgte ihn mit Brot und ließ uns Kinder noch mehr hungern. Jetzt muß ich für den Tati sorgen, der hat auch Hunger! Wir Kinder durften über Hunger nicht klagen, er bekam Brot und was zu rauchen, und sie mußte zusehn, wie sie mit uns vier Kindern am Leben blieb. Den Seffl hatte sie an der Brust, mehr konnte sie dem kleinen Kind nicht geben, wir Großen lagen auf dem Strohsack und wimmerten vor Hunger. Neben uns wohnte eine Familie, die hieß Ebert und war eine sehr dreckige Familie. Sie hatten drei Jungen, die älter als ich waren, zur Schule ging keiner von ihnen, ich sah sie nur nackt, draußen ließen sie sich selten sehn, sie hatten eine ganz weiße Haut und dicke Bäuche, das waren keine dicken Bäuche, das waren schon Wampen. Ich wollte von meiner Mutter wissen, warum die Ebert so dicke Bäuche hatten, aber meine Fragen gingen ihr auf die Nerven, ich konnte von ihr keine Antwort bekommen. Einmal sagte meine Mutter, Beim Ebert drüben, dort liegen Brotreste rum, aber sie sind so dreckig, ich ekle mich vor ihnen, die Jungens scheißen in der Stube rum und sind doch schon so groß, wenn ich das Brot zusammensuchen tät, würde ich es waschen und Suppe davon kochen, hätten wir zuwenigstens wieder mal was gegessen. Wenn wir Kinder was vom Essen hörten, waren wir munter und bettelten die Mami, sie sollte die Frau fragen, ob wir das Brot zusammensuchen könnten, und da ging sie fragen, und die Frau hatte auch nichts dagegen. Das Brot wurde von uns aus allen Ecken und unter den Betten und aus dem Kohlenkasten herausgesucht, und ich war froh, daß ich die harten Brotrinden, die neben den Scheißhaufen lagen, aufheben durfte. Die drei Jungens waren sonst immer tüchtig laut, aber als wir hineinkamen, setzten sie sich auf das Fensterbrett, die Beine angezogen, als hätten sie vor uns Angst, ganz still verhielten sie sich, jeder auf einem Fensterbrett, das Gesicht zur Scheibe gerichtet, nur ab und zu machten sie einen ruhigen Blick zu uns hin, und ich sah nur auf ihre nackten, dicken weißen Wampen. Wenn die Ebert-Kinder sich mal draußen sehn ließen und ich sie ansprach, rannten sie scheu davon, aber auch ich war ja immer nackt, mit ebenso einem Bauch, und meine Mutter erinnerte mich öfter, Walli, drück nur deinen Bauch nicht so raus, es sieht doch gar nicht schön aus, wenn ein Mädchen so einen Bauch hat, und ich zog dann den Bauch ein und schob meinen Hintern raus, aber mein Bauch blieb. So weit war es mit uns gekommen, daß wir froh waren, bei diesen Leuten, vor denen wir uns ekelten, die Brotreste in allen Ecken zusammenzusuchen, fast schämte ich mich vor den drei großen Jungens, die älter als ich waren. Darum ging ich leise auf Fußspitzen und wagte kaum, zu ihnen zu sehn, aber sie saßen auf den Fensterbrettern wie artige Hundeln, leise ging ich auf Fußspitzen und hob das schmutzige Brot mit den Fingerspitzen auf, zeigte es meiner Mutter und flüsterte, Mami, kann ich das nehmen? Sie besah es sich mit ekligem Gesicht von allen Seiten, und wenn es zu schmutzig war, schüttelte sie den Kopf. Meine Mutter wusch das Brot ein paarmal, es wurde in Wasser, Salz und Kümmel gekocht, und weil es sehr hart war, dauerte es sehr lange, wir konnten es gar nicht erwarten, und ich weinte schon vor Ungeduld. Als die Suppe fertiggekocht war, nannte sie meine Mutter Bettelsuppe. Ich wollte von meiner Mutter wissen, warum sie Bettelsuppe hieße. Na, weil es Bettelbrot ist, sagte sie. Danach plagten wir alle Tage die Mami, Geh doch heute mal zu den dreckigen Ebert nüber, vielleicht liegt wieder Brot rum, frag Frau Ebert, ob wir nicht wieder Brot suchen können. Manchmal ging meine Mutter nachsehen, obwohl sie genau wußte, daß nichts mehr daliegen konnte. Wir werden wohl nicht mehr am Leben bleiben, meinte sie, wenn das so weitergeht, verhungern wir, es macht ja nichts, Kinder, im Himmel geht es uns gut, dort brauchen wir keinen Hunger mehr leiden, und alle Tage hörte ich von ihr denselben Trost, daß wir im Himmel keinen Hunger mehr leiden brauchten.

Einen Tag brachte sie ein paar weiße Bohnen mit nach Haus, die sollten abends gekocht werden, und morgens hätten wir dann was zu essen gehabt. An diesem Abend ging ich gerne schlafen, ich wollte, daß die Nacht schnell herumging. Aber als ich am Morgen aufwachte, hörte ich meine Mutter kichern und lachen, und der Adolf weinte ganz jämmerlich, und als ich meine Augen richtig aufmachte, sah ich den Albert mit dem Bohnentopf neben der Mami im Bett sitzen. Sie hatte es nicht gemerkt, wie der Albert über sie weg aus dem Bett gestiegen war und sich den großen Topf voller Bohnen geholt hatte, sie war erst über dem Kratzen im Topf aufgewacht. Was machst du denn? hatte sie gefragt, und mit seinen großen Augen, die wie beim Vater immer größer wurden, der Albert sah ja ganz wie der Vater aus, und in seiner langgezogenen Sprechweise sagte er, Mami, iech wullt neer ä mull kusten. Die ganzen Bohnen hatte er aufgegessen, es war nur noch etwas auf dem Boden, was er zusammenkratzte, er war vier Jahre alt und hatte so viel in seinen Magen hineingebracht. Iech hoo Hungo kott, Mami! Und die Mami wälzte sich im Bett vor Lachen, wie er ganz ruhig neben ihr saß, den großen Topf zwischen den Beinen und den Löffel in der Hand. Iech wullt neer mull kusten, Mami, sagte er und guckte sie mit seinen großen starren Augen wie der Vater an, wenn er sich verstellte. Ich begann verzweifelt zu weinen, Oh, der hat alles zsamm gefressen, oh, ich hab so 'n Hunger, und der Adolf neben mir heulte wie ein Hund. No, wenn iech hoo Hungo kott, sagte der Albert immer wieder. Ich sprang aus dem Bett und rannte zu ihm rüber und wollte ihn verprügeln. Seine Augen wurden vor Unbehaglichkeit noch größer und starrer, und meine Mutter nahm ihn schnell in die Arme, damit ich ihm nichts tun konnte, sie konnte sich vor Lachen nicht beruhigen und vertröstete uns, daß sie ein Brot besorgen wollte, wir hatten schon ein paar Tage nichts gegessen. Da kann ich dem Tati heute mal kein Brot geben, sagte sie, ich kann ihm heute nur Zigaretten bringen, und das Brot essen wir mal. Von dem Brot kriegt der Albert aber nischt, schrien wir beide, der Adolf und ich. Iech hoo Hungo kott, antwortete der Albert mit großen Augen, weil er von Brot hörte und nichts abkriegen sollte. Hast du so ein Hunger gehabt, sagte die Mami, mei armes kleines Alberterle. Joo, Mami, iech hoo Hungo kott. Der Adolf und ich konnten uns nicht beruhigen, wir weinten, der Hunger zog uns die Gedärme zusammen, und als die Mami mit dem Brot kam, machte der Albert große Augen. Der hat die ganzen Bohnen gefressen, der darf nischt von unserm Brot abkriegen, schrien wir. Aber die Mutter gab dem Albert doch ein Stück Brot, und der Albert griff danach, ängstlich auf uns beide guckend, weil wir bös auf ihn waren. Hast Hunger, mei Jungerle, sagte die Mami, hast Hunger, nich? Hm, Mami, iech hoo Hungo.

Immer noch litten wir großen Hunger, meine Mutter hatte immer nur Angst, daß wir sterben könnten, sie weinte viel. Der Vater lief stumm hin und her und hatte für uns keinen Blick. Er hatte eine Kurzarbeit gefunden, ihm ging es gut, weil er dann Geld hatte. Wenn er in der Nacht betrunken kam, wollte er jedesmal den kleinen Seff totschlagen, den er nicht anders wie Russ' nannte. Er brachte fremde Männer mit, hier bei uns wurde weitergesoffen und Karten gespielt, und mit meiner Mutter stichelte er, weil er sie gern schlagen wollte. Du, meine Olle hot ä Russ' im Bett lien, sagte er seinem Saufkumpan, guck nur, guck, dort hat sie ihn liegen, von dem weiß sie erst, was Liebe ist, denkt nur, meinen Namen hat sie ihrem Russ' gegeben, die elende Russenhure! Er wurde immer lauter, bis er aufsprang und sich auf sie stürzte. Meist hatte meine Mutter den kleinen Seff schon zu Leuten gebracht, damit er ihm nichts tun konnte Ah, wie sie um ihren Russ' Angst hat, sagte er dann, und er schlug sie, daß sie sich auf den Dielen wälzte. Dir elenden Kanaliä laß ich nichts geschenkt! Das war sein Schwur gewesen, als er an die Front strafversetzt wurde, daß sie ihn eifersüchtig machen wollte, hat er ihr nie verziehn. Die Männer mußten dazwischengehn, und es kam zur Prügelei, Gläser und Flaschen klirrten. Beim Kartenspielen und Saufen rief er auch nach uns Kindern, Kommt mal her, sagt mal, wie der Russ' heißt, mit dem eure Mutter im Bett gelegen hat, ihr wißt doch, nicht wahr, ihr habt es doch gesehen? Der Albert nickte mit dem Kopf, aber ich konnte mich nicht entsinnen, daß einer bei meiner Mutter im Bett gelegen hatte, nur der Albert nickte immer. Er war schon als kleines Kind so, daß er sprach oder antwortete, wie es gehört werden wollte. Nicht wahr, Alberterle, der hieß Grischa, wollte der Vater wissen, das war nämlich der kleine schwarze dreckige Russ' gewesen, den wir Kinder am allerliebsten hatten, und der Albert, wie es seine Art war, zog die Luft tief ein, mit aufgeblasenen Nasenlöchern und die großen Augen noch mehr geweitet, machte er, Hm, dieser kleine Russ' war am meisten bei uns. Ja, der Albert hat es gesehen, stichelte der Vater, daß er bei ihr im Bett gelegen hat, der kleine schwarze Russ'. Die Mami hatte es dem Albert verboten, den Namen des kleinen schwarzen Russ' zu nennen, er sollte sagen, daß er ihn nicht wüßte, aber der Albert wurde vom Vater im Halbschlaf aus dem Bett gezerrt, wie ein Schlachttier, meine Mutter konnte dem Jungen nicht helfen, der Vater stieß sie mit Fußtritten weg, daß sie auf den Dielen kullerte, in einer Hand schleppte er den verschlafenen Jungen, der gar nicht wußte, wie ihm geschah, und erbärmlich zu schreien anfing. Sag ihnen mal, wie der Russ' heißt, der mit der Mami geschlafen hat! Der Albert zitterte, hilflos nach der Mami schreiend, die Hände nach ihr ausgestreckt, aber sie konnte ihn nicht wegreißen, sie konnte nur dastehn und zusehn und betteln, Josääf, Josääf, laß doch das Kind, ach, Josääf, laß doch das Kind in Ruh. Wirst du sagen, wie er geheißen hat! Ich weiß nicht, schrie der Albert und streckte seine Arme nach der Mami aus, zitternd, weinend, Mami, Mami. Die Olle, die hat wohl gesagt, du sollst nichts sagen, was, wirst du es sagen, drohte der Vater, und jedesmal, wenn der Albert sagte, Ich weiß nicht, nahm der Vater seinen Kopf zwischen die Beine und klatschte ihm tüchtig was auf seinen nackten Hintern. Dem Albert quollen vor Angst und Pein die Augen aus dem Kopf, und meine Mutter stand an der Seite, wagte sich nicht näher und weinte und bettelte. Sie bettelte auch die fremden Männer an, daß sie ihm das Kind wegnehmen sollten. Ich konnte nur dem Vater erzählen, daß die Russen gut mit uns gewesen waren und daß ich sie sehr liebhatte. Aha, du fängst wohl schon an, deine Unschuld zu verschenken, deine Unschuld gehört mir! Das mit der Unschuld sagte er, weil meine Mutter mit zwölf Jahren ihre Unschuld an den Stiefvater verloren hatte, aber ich verstand nicht, was der Vater meinte, und ohne zu zittern, ließ ich ihn ein und dasselbe hören, Oh, die waren gut mit mir, ich hab sie alle liebgehabt, die haben mich gestreichelt. Er wollte ja wissen, was ich über die Russen wußte, und ich konnte ihm nur dies eine erzählen. Die Mami und wir Kinder machten hier in den Baracken was durch, denn er hatte auch keine Ruh, wenn er nüchtern war, und immer wollte er nur prügeln. Na, wie schön war denn die Liebe, mach es mir doch mal vor, hast es mir doch schreiben können, kannst es mir auch vormachen. Das mußte sich meine Mutter ständig anhören, und da ich nicht von ihrer Seite wich, lebte ich so alles mit.

Wir Kinder waren sehr matt, wir lagen im Bett auf einem dünnen Strohsack, paar Lumpen unterm Kopf und eine einfache graue Zudecke. Hatten wir mal was zu essen, lamentierte meine Mutter, daß es nicht für alle reichte. Mami, eßt ihr euch satt, ich esse, was übrigbleibt, sagte ich dann, ich hatte gar keinen Hunger mehr, mich beschäftigte nur noch, daß ich nicht mehr lange leben würde, und ich sah zum Himmel auf, ich konnte es schon gar nicht mehr abwarten, bis ich dort oben war, so viele Kinder waren schon beim lieben Gott, und mein Vater brüllte, Hast du schon mal essen müssen, was übrigbleibt, hä!, und ich hatte ein Glück, daß ich nicht Prügel von ihm dazu bekam. Mein Gesicht war damals voller gelber, feuchter Grinden, und ich litt unter starken Ohrenschmerzen, ich lamentierte so sehr, daß meine Mutter mit mir zu einem Arzt gehen mußte. Als der Arzt in meine Ohren sah, war er ganz erregt, es hörte sich so an, als ob er meine Mutter ausschimpfte. Sie stand da und weinte verzweifelt, und auf dem Nachhauseweg sagte sie zu mir, Du sollst operiert werden, ich laß dich nicht operieren, ich weiß bestimmt, daß du stirbst. Ich mußte weiter meine Ohrenschmerzen ertragen. An Ausschlag litten wir alle, und zu einem Arzt wurde deswegen nicht extra gegangen, und wir bekamen trotzdem Kopfstücke und Prügel, Rücksicht wurde darauf nicht genommen.

Wenn der Vater nüchtern war, weil er kein Geld hatte, dann war er meist zu Hause und lag auf dem Kanapee, mit dem Gesicht zur Wand gedreht, oder er lästerte, oder wir mußten seine stinkigen Schweißfüße krabbeln. Er hatte sich immer mit einer dünnen Decke zugedeckt, nur seine Füße ließ er raushängen. Wir mußten mit unseren Fingern durch seine Zehen hin- und herfahren. Guckt, Kinder, sagte er zu uns, hier habe ich noch einen dritten Fuß, und ich sah, wie dieser Fuß die dünne Decke hochschob. Wir Kinder wirtschafteten an diesem Fuß herum und wollten wissen, was das für einer wäre, aber unter die Decke durften wir nicht greifen. Das ist der Mami ihr Liebesknochen, sagte der Vater, und wir wollten wissen, was ein Liebesknochen wäre. Fragt nur die Mami, die weiß es, die sagt es euch. Wir bestürmten die Mami, aber die schimpfte auf den Vater, was er mit uns Kindern anstellte. Er hatte seine spöttische Freude und lachte kindisch, Fragt nur die Mami, die will ihren Liebesknochen alle Tage haben, wenn sie ihn nicht kriegt, hat sie schlechte Laune, und meine Mutter war beleidigt. Er hatte tüchtig stinkige Schweißfüße, ich beobachtete oft, wenn er seine Schuhe auszog, wie er mit den Fingern zwischen den Fußzehen rumbohrte und dabei vor Genuß das ganze Gesicht verzog, daß der Mund auf der Wange stand und wie eine häßliche Fratze aussah, und wenn er zwischen den Zehen genug gebohrt hatte, bohrte er weiter in der Nase rum, und dann mußten wir Kinder ihm seine Füße krabbeln. An mir hatte er seine besondere Freude, weil ich immer sagte, Das stinkt so, ich kann es nicht riechen, und ich sah dabei schutzsuchend nach der Mami. Er brüllte, Wirst du meine Fußzehen und meinen Liebesknochen kitzeln, ich werd dir schon helfen, und innerlich jauchzte er dabei vor Genuß, weil es mich ekelte. Mit einem komischen Lachen sagte er zu mir, So einen Liebesknochen wirst du auch bald kennenlernen, und über sein Gelächter wuchs mir sein dritter Fuß zu auffällig, und ich faßte ihn nicht mehr an und suchte Schutz bei meiner Mutter. Aber die beiden Jungens hatten ihre Freude, daß sie ihm die drei Füße kitzeln durften, besonders der Adolf strengte sich an, und als er noch ein Lob vom Vater bekam, wollte er es nur noch machen. Dä Walli is dumm, die socht, däs tut schtinken, iech riech gar nischt, daß es schtinkt, sagte er und freute sich, daß es dem Vater gefiel. Ja, der Adolf, der kann es am besten, höhnte der Vater.

Im Herbst neunzehnhundertachtzehn war mein erster Schultag, ich war fünf Jahre alt und kam als einziges Kind ohne Mutter und ohne Schiefertafel in die Schule. Von Saaras nach Brüx rein war es für ein Kind weit zu laufen und auch nicht ungefährlich, denn in der Stadt waren Unruhen, Brüx war eine

Großstadt, es war Lärm, und Scheiben klirrten, damals wollten Tschechen und Deutsche einander vertreiben, aber meine Mutter machte sich um mich keine Sorgen. Als ich am ersten Schultag nach Hause fand, habe ich sehr geweint, aber meine Mutter wurde bös, meine Klagen wollte sie nicht hören. Alle Tage frug das Fräulein von der Schule nach einer Schiefertafel, meiner Mutter ihre Antwort war nur, Ich hab kein Geld. Der Adolf, der in eine andere Schule ging, frug mich, ob mich auch die Kinder immer hauen täten, aber in der Schule tat mir kein Kind was, ich sah ihnen auch nur zu, wie lustig sie waren, nur wenn ich nach Saaras kam, lauerten immer ein paar größere Jungens hinter einer Mauer, aber vor denen bekam kein Kind Ruhe, sie schlugen uns kleine Kinder und beschimpften uns Deitschaken und spuckten uns an. Alle Tage weinte ich meiner Mutter vor, daß die Kinder von ihrer Mami abgeholt würden. Mami, warum hast du mich nicht abgeholt? Äh, dazu hab ich keine Zeit, wer wird dir schon was machen, oder wenn sie eine ganz böse Zunge hatte, sagte sie, Geschieht dir recht, sollen sie dich nur prügeln, warum taugste nischt. Als der Winter kalt wurde, wir liefen bis in die Wintermonate mit bloßen Füßen umher, mußten wir von der Schule fernbleiben, das Fräulein hatte gesagt, wir sollten zu Hause bleiben. Der Adolf war froh, dabei hatte er vom Stiefvater am meisten auszustehn. Die Mutter und Tanti wollten ihn zu sich nehmen, aber die Mami vergönnte ihnen den Adolf nicht und sagte immerzu, Nein, nein, zu denen geb ich meine Kinder nicht, bei denen werden die Kinder nur verdorben, bei denen hören und sehen die Kinder nichts Gutes, nein, nein, war immer ihr Reden, aber dann kam doch alles ganz anders.

Im Frühjahr konnten wir auch wieder in die Schule gehen, der Vater bekam Kurzarbeit beim Straßenbau. In der Nachmittagszeit mußte der Adolf ihm immer Zigaretten bringen. An einem Tag wußte die Mutter nicht mehr, bei wem sie Geld für seine Zigaretten borgen sollte, außerdem war sie beleidigt, daß er nicht einmal zu ihr sagte, sie sollte ihm die Zigaretten bringen. An diesem Nachmittag steckte eine junge Frau den Kopf zur Tür rein, aufgeregt. Frau Wirth, Frau Wirth, der Adolf kriegt heute abend von ihrem Mann Hieb. Der Mann von dieser Frau arbeitete auch beim Straßenbau, sie trug ihrem Mann alle Tage was zu trinken und zu essen naus. Frau Wirth, Frau Wirth, Ihr Mann, der hat geschimpft, der ist wütend, er hat auf Zigaretten gewartet, der Adolf hat sie bringen sollen, wenn Ihr Mann heute nach Hause kommt, will er den Adolf dreschen. Meine Mutter brachte dem Vater große Opfer, Dank hat sie nie bekommen, für ihn war es immer noch zuwenig, und nun wollte er einfach seine Wut am Adolf auslassen. Jässes Maria, Adolf! Meine Mutter war aufgeregt und weinte verzweifelt und rannte nervös hin und her. Jässes Maria, Adolf! Der Adolf drückte vor Angst die Augen aus den Höhlen, tippelte hin und her, seine Brust keuchte, sein Gesicht war dunkelrot und zuckte, und er schrie, Ha, haa, ich hab Angst, wenn ich nur wüßte, wo ich hinlaufen soll, ich hab Angst, ich hab Angst. Je näher der Feierabend kam, um so größer wurden seine Angst, die Aufregung und Verzweiflung, und die junge Frau steckte ihren Kopf wieder zur Tür rein und wollte wissen, Frau Wirth, Frau Wirth, was werden Sie denn machen? Mit dem Adolf hatten alle in der Baracke Mitleid, und er in seiner Verzweiflung schrie, Ich leg mich unter die Elektrische, ich bleib nicht zu Haus. Da hatte ich einen Einfall. Adolf, renn doch nach Seestadtl zu der Mutter und Tanti, die haben dich gern. Wie erlöst aus der Qual sprang er in die Höhe und rief, Ja, die Walli hat recht, ich geh zur Mutter und Tanti, ich mach, was die Walli sagt, bei der Mutter und Tanti kann mir zuwenigstens nichts passieren. Die Mami sah ein, daß ihr weiter nichts übrigblieb, als den Adolf zu lassen, und sie wusch ihm sein Gesicht, schnell mußte alles gehen, die Angst wirbelte sie beide hin und her, und sie borgte sich Geld für den Zug, nach Seestadtl war es die zweite Station, von Saaras nach Brüx und zum Bahnhof war es ein großes Ende zu laufen, und in kürzester Zeit fuhr der Zug, daß der Adolf sich dazuhalten mußte, wenn er ihn noch erwischen wollte. Das Geld für den Zug hielt er in der Hand, die er zu einer Faust zusammendrückte, damit von dem Geld nichts verlorenging, und sauste zur Tür naus. Sag der Mutter und Tanti schöne Grüße von mir, rief die Mami dem Adolf hinterher, und ich rannte ihm bis zu den Holzstufen nach. Adolf, Adolf, kommst du wieder? Ich sah ihn seine Beine werfen, im Lauf drehte er sich um, blieb aber nicht stehn, nur daß er auf mein Rufen antwortete, Nein, ich komm nicht mehr zu euch, und fort ging es wie der Wind. Jetzt hatte die Mutter nur noch Angst vor dem Vater, weil sie ihm keine Zigaretten geschickt hatte. Der Vater hatte schon unterwegs erfahren, daß der Adolf vor ihm zur Mutter und Tanti nach Seestadtl geflüchtet war, und als er zur Tür hereinkam, tat er, als wäre gar nichts gewesen, er frug nicht einmal, warum ihm der Adolf keine Zigaretten gebracht hatte. Da glaubte meine Mutter, die junge Frau hätte sie angelogen, und sie eilte zu ihr hin, es konnte ihr gar nicht schnell genug gehn, um sie auszuschimpfen. Die Frau weinte sich über meine Mutter die Augen aus, und von ihrem Mann bekam sie Schimpf, daß sie sich eingemischt hatte. Dann fiel meine Mutter über mich her, Du elende Kanaliä, du bist schuld, aber das laß ich dich schon büßen, und sie schrieb gleich an die Mutter, daß sie ihr den Jungen zurückschicken sollte. Aber die Mutter und Tanti gaben den Adolf nicht mehr her, und darüber war meine Mutter sehr bös und sehr nervös. Die junge Frau, die dem Adolf nur helfen wollte, hatte vor ihr keine ruhige Stunde mehr.

Der Adolf hatte dann wohl doch Sehnsucht nach uns, jedenfalls kamen die Mutter und die Tanti mit ihm nach Saaras. Wir Kinder spielten gerade vor der Haustür, da hörten wir es von der Straße herüberrufen, Alberterle und Walli, und als wir unsere Köpfe hoben, sahen wir die Mutter und die Tanti mit dem Adolf auf der gegenüberliegenden Seite der Allee stehen, die Tanti winkte uns mit einer Tafel Schokolade. Vor Freude sahen und hörten wir nichts mehr und fegten über die Straße, daß wir beinahe vor die Straßenbahn gelaufen wären, wir sahen nichts weiter wie den Adolf, Adolf. Die Mutter und die Tanti wehrten uns ab, Geht weg, geht weg, ihr macht uns dreckig, pfui Teufl. Nicht einmal die Hand durften wir dem Adolf geben, weil sie so schwarz war, und paar Schritt Abstand sollten wir halten. Die Mutter und Tanti rangen die Hände, weinten und bogen ihre Körper vor Fassungslosigkeit, wie schlimm wir aussahen. Der Adolf war einen Schritt näher gekommen, in seiner Stimme war Heimweh nach Walli und Albert, einen Schritt vor uns blieb er stehen, wir drei guckten uns an, zu sprechen wußten wir nicht viel, es war wie eine Grenze zwischen uns. Hm, Adolf, bist du aber schön, sagte ich. Ich schämte mich vor ihm, weil er ganz anders aussah und so ruhig vor uns stand, er hatte ein rundes Gesicht bekommen, hatte einen dunkelblauen Anzug an mit Schillerkragen, einen kleinen Spazierstock hielt er in der Hand. Was macht die Mami, frug er, tut sie denn immer noch so viel weinen? Er zwinkerte mit nassen Augen, und sein Gesicht zuckte. Ich nickte. Hm, die Mami weint immer, Adolf, kommst du wieder zu uns? Nein, die Mutter und Tanti geben mich nicht mehr her, aber wenn ich mal groß bin, dann komm ich wieder zu euch, ja, ich wollte euch vorher nur gerne noch einmal sehen. Die Tanti und die Mutter hatten indes mit Arme-auf-und-nieder-Werfen und Lamentieren zu tun gehabt, Du heiliger guter Gott im Himmel, du, wie sehn denn nur die Kinder aus!, aber als wir die Mami heranrufen wollten, wehrten sie ab, Nein, die darf nichts wissen, daß wir hier sind, ihr könnt es ihr nachher sagen, wenn wir fort sind. Plötzlich hatten sie es sehr eilig, sie hatten Angst, daß die Mami den Adolf zurückfordern würde. Der Albert bekam die Tafel Schokolade in die Hand gedrückt, die die Mami zu Hause aufteilen sollte. Alberterle, nicht wahr, du nimmst die Tafel Schokolade, sagte die Tanti, wenn wir sie dem Mensch geben, die tät sie zsamm fressen, das Mensch taugt doch überhaupt nischt, die wird gradso wie ihre Olle. Ich hing meinen Kopf, weil ich mich vor dem Adolf schämte, aber der Adolf sah mit Mitleid und Geschwisterliebe auf mich, als wollte er sagen, Die Walli ist nicht schlecht, ich hab die Walli gern. Solche Gedanken las ich aus seinem Gesicht. Die Mutter und Tanti zogen den Adolf von uns weg, wir sollten ihm wieder nicht die Hand geben, aber der Adolf reichte uns seine weiße Hand, wenn sich die beiden Frauen auch vor Ekel halb umbrachten. Wir drei standen uns immer noch gegenüber. Ob wir uns noch einmal wiedersehen? Komm, Adolf, komm, sonst kommt die Mutti und holt dich, komm, die darf uns nicht sehn, drängelten die Mutter und die Tanti. Also, da wer ich nur jetzt gehn, sagte zu uns der Adolf, und mit nassen zwinkernden Augen trennte er sich von uns, rückwärts gehend, und solange wir uns sehen konnten, winkten wir uns zu. Dann rannten der Albert und ich wieder über die Straße, außer Atem rissen wir die Tür auf und riefen, Mami, Mami, die Mutter und Tanti waren mit dem Adolf draußen. Was, die Mutter, die Miez, wo sind sie? Als wäre ein Feuer ausgebrochen, rannte sie hinaus und kam nach einer Weile mit enttäuschtem Gesicht zurück. Warum habt ihr mich denn nicht gerufen? Wir durften nicht, war unsere Antwort. Oh, meine Mutter war hier, schrie sie verzweifelt und preßte beide Hände vor das Gesicht, weinte und warf sich aufs Bett, das Gesicht nach unten, Mutter, Mutter, Mutter, und als sie sich wieder aufgerichtet hatte, stöhnte sie weiter, Mutter, Mutter, Mutter, daß wir ganz hilflos waren. Wie weh mag ihr das Herz vor Verlangen nach der Mutter getan haben. Dann nahm sie dem Albert die Tafel Schokolade aus der Hand und teilte sie auf, und ich erzählte ihr, daß der Adolf so fein ausgesehen hätte, daß er gesagt hätte, er hätte jetzt viel Essen, und Schokolade könnte er so viel essen, wie er wollte. Sie hörte zu und gab uns Schokolade. Der Albert sollte auch dem Vater ein Stück hintragen, aber der lehnte energisch ab. Der Adolf war nicht mehr bei uns, aber dem Vater sein Liebesknochen und seine stinkigen Schweißfüße mußten von Albert und mir weitergekitzelt werden. Schau her, wie sie es jetzt schon verstehn, was ein Liebesknochen ist, sagte er und lachte im Spott und im Hohn und schielte mit so komischen Augen zur Mami hin.

Ich kam noch immer ohne Schiefertafel in die Schule, bis das Fräulein meine Mutter in der Stadt traf und es ihr selber sagte, da bekam ich die erste Schiefertafel und einen Stift zum Schreiben. Das waren meine ganzen Schulsachen. Für was anderes gebe ich kein Geld aus, sagte meine Mutter, ich brauch keine Gelehrten, mir ist die Hauptsache, daß ihr mal arbeitet und Geld verdient. Bei einer Prügelei verlor ich meine Schiefertafel und meinen Stift, sie rissen sie mir weg und zertrampelten sie, zu Hause bekam ich von meiner Mutter deswegen Prügel, und in der Schule mußte mir das Fräulein wieder eine Tafel borgen, eine neue bekam ich nicht. Weil uns Kindern von den größeren Jungen aufgelauert und wir alle Tage geschlagen wurden, ging ich mit einigen anderen Kindern über viele Umwege nach Hause, aber die meisten fuhren wegen der Unruhen zwischen den Deutschen und Tschechen mit der Elektrischen oder wurden von ihren Müttern abgeholt, dabei waren es alles arme Kinder aus den Baracken, nur meine Mutter war niemals da, nur eine bangte nie um ihre Kinder. Oft mußte ich allein nach Hause gehen, und vor Angst wußte ich nicht, wie ich es machen sollte, und kam erst spät über viele Umwege durch einen Wald nach Hause. Jedesmal war meine Mutter sehr wütend auf mich, sie konnte es schon gar nicht erwarten, daß ich zur Tür reinkam, da bekam ich Kopfstücke, daß meine Nase blutete. Sie stellte mir eine Blechschüssel mit kaltem Wasser hin, und ich mußte meine Nase in das Wasser stecken, um das Blut zu stillen, mitunter packte sie vor Wut meinen Haarschopf und drückte mein Gesicht so tief in die Schüssel, daß ich keine Luft bekam. Wirst du hochziehn, wirst du hochziehn, elende Kanaliä, verfluchte, schrie sie und drückte meinen Kopf in die Schüssel, und mit der anderen Hand drosch sie heftig auf mich ein. Anschließend gab sie mir den Kinderwagen in die Hand, und naus damit, wenn ich aus der Schule kam, war der kleine Seffl mir allein überlassen. Und alle Tage wieder legte sie mir ans Herz, daß ich mich mit dem Nachhausekommen beeilen sollte, und sagte ich, Ich habe Angst vor den Kindern, die mit Steinen werfen und uns auflauern, dann sagte sie, Äh, du wirst halt nischt taugen, umsonst werden sie dich nicht schlagen. Manches Mal brachte ich ihr Blumen mit, wenn ich den Umweg durch den Wald gegangen war, das war ein Wohltun, der Weg durch den Wald und die bunten Blumen, ich pflückte einen dicken Strauß, ich wollte meiner Mutter eine Freude machen. Aber sie riß den Mund weit auf, Schmeiß das Zeugs weg, bring mir nich mehr so 'n altes Zeugs nach Haus, komm mir nicht mit dem Zeug rein, wo warst du, elende Kanaliä, den ganzen Tag hab ich gewartet, daß du den Seff nehmen tust, elende Fetze, du. Meine Umwege mußte ich aufgeben, und wenn ich Glück hatte und bis kurz vor die Baracken kam, war da immer die hohe Mauer, hinter der sich die großen Jungens versteckt hielten, an dieser Mauer kam ich keinen Tag gut vorbei, ich wurde immer mit Steinen beworfen und geschlagen. Einmal kam mir ein großes Mädchen aus den Baracken entgegen, schon von weitem rief sie, Walli, du kriegst heute Hiebe von deiner Mutti, oh, die schimpft, die wartet schon so lange auf dich, und vor Angst und Verzweiflung klopfte mein Herz, ich lief schneller, und Tränen traten mir in die Augen, ich mußte an den Adolf denken, wie gut es ihm jetzt ging, ihm tat niemand mehr was. Von weitem hörte ich schon ihr böses, höhnendes Organ, am Fenster stand sie und drohte mir mit ausgestreckten Armen und Fäusten. Komm mir nur nach Haus, dir werd ich heut aber helfen, elende Kanaliä, den ganzen Tag nicht nach Haus kommen, hab ich euch denn nur zum Fressen! Sie wollte von mir keine Gründe hören, sie stand vor den wackligen Holzstufen und wartete. Ich sah sie ihre Zähne fletschen, mit den Augen funkeln und mit der Faust drohen. Kaum daß ich herangekommen war, streckte sie von oben ihren langen Arm herunter, packte mich an den Haaren und zog mich die drei, vier Stufen hinauf, schleifte mich den Gang entlang, dabei drosch sie in mich hinein, schleuderte mich in die Stub und riß an meinen Beinen hin und her, sie stampfte mit den Füßen auf meinem Körper herum und schrie, Ich zerlatsch dich, du sollst nicht mehr aufstehen können, elende Bestiä. Sie packte mein Bein, drehte und ruckte es. Ich reiß dir deine Haxe raus, meine Mutter hat mir auch meine Haxe rausgerissen, wie es meine Mutter mit mir gemacht hat, so mach ich es jetzt mit dir. Ihre Stimme steigerte sich und wurde immer schriller, Hinken sollst du, meine Mutter hat auch einen Krüppel aus mir gemacht, nicht mehr aufstehn sollst du, du mußt es büßen, und sie trampelte weiter auf meinem Körper herum. Unsere Fenster waren offen, davor hatten sich die Leute aus den Baracken versammelt, meine Mutter drohte zu ihnen hinüber, Ich mach mit meinen Kegeln, was ich will, und wenn ich sie umbringe, das geht niemand was an, ich muß sie füttern, daß sie was zu fressen haben, ich kann machen, was ich will, es hat sich niemand drum zu kümmern, was ich mit den elenden Vreckern mach. Dann ließ sie von mir ab, und ich blieb lange auf den Dielen liegen, sie kümmerte sich nicht um mich, und als ich mich erhob, war es wie jedesmal, ich probierte als erstes, ob ich laufen konnte oder ob ich hinkte, und wenn ich merkte, daß es noch ging, freute ich mich, und aller Schmerz war vergessen. Guck, Mami, guck mal, ich kann noch richtig laufen, ich brauch fei nich hinken wie du, Mami, rief ich. Sie warf mir ein paar Blicke zu, als wollte sie von vorne beginnen, aber plötzlich warf sie sich auf das Strohsackbett, mit dem Gesicht in die Decken, und schrie, Mutter, Mutter, Mutter, was hast du mit mir gemacht, du bist schuld an meinem Unglück, du hast mir mein Bein ausgerissen, du hast mich zu einem Krüppel gemacht, du bist schuld, daß ich einen Mann habe, der mich nicht gern hat, schon als kleines Kind hast du mich verflucht, jetzt muß ich so leiden. Dann setzte sie sich auf, hob ihre ringenden Hände zum Himmel. Ach, Heilige Mutter Gottes, Heiliges Josefferle, was hab ich nur getan, daß ich so leiden muß, was hab ich getan, daß ihr mich so strafen tut! Die ganze Zeit stand ich neben dem Bett und zitterte um sie vor Liebe und Mitleid. Am andern Tag erzählte ich wie so oft alles dem Fräulein in der Schule, denn das Fräulein war immer gut zu mir, gab mir manches Mal von ihrem Frühstück, einmal sogar eine große gelbe Birne, und wer mit mir gut war, dem lief ich vorn und hinten nach, zu dem hatte ich Vertrauen. Schon wenn das Fräulein ins Schulzimmer kam und sich an ihr Pult setzte, war ich bei ihr, legte meine Arme um ihren Hals und weinte, Fräulein, meine Mami will mir meine Haxen ausreißen, Fräulein, das tut so weh, die Mutter hat meiner Mami auch die Haxen ausgerissen, und jetzt hinkt meine Mami, sie will, daß ich auch hinke. Ich weinte und hielt das Fräulein umarmt, und sie duldete es, weil sie ja sah, wie zerschunden mein Gesicht war. Immer lief es gleich ab, sobald die Tür aufging, tappte ich auf sie zu, sie wußte dann immer schon Bescheid, mitunter war ich so schmutzig, daß ich stank, ich merkte selbst, wie sie sich schon von weitem sträubte, und ich rief voller Angst, Fräulein, ich will Ihnen nur was sagen, und wenn sie dann sagte, Ich weiß, Walli, aber geh nur auf deinen Platz, blieb ich stehen, hielt meine Hände vor die Augen und schluckte. Die Kinder lachten und schrien durcheinander, Die will dem Fräulein erzählen, daß ihre Mami ihr die Haxen rausreißen will. Das gab den Kindern Spaß, weil sie es nicht kannten, aber ich blieb stehen und schluchzte. Das Fräulein sprach mit meiner Mutter, aber meine Mutter sagte, daß sie mir nichts glauben sollte, ich würde nur lügen. Sie können ihr ruhig mal paar reinhaun, daß sie sich das Lügen abgewöhnt, sagte meine Mutter. Aber das Fräulein glaubte ihr nicht, das merkte ich, weil ich ihr die ganze Zeit ins Gesicht gesehen hatte. Nach dieser Mißhandlung rührte mich meine Mutter nicht mehr an, sie gab mir nicht einmal Kopfstücke, und ich brauchte dem Fräulein nichts mehr klagen. Neunzehnhundertneunzehn war es, als ich begann, der Mutter ihr Opfer zu werden und ich Mißhandlungen über mich ergehen lassen mußte, aber ich hab sie immer nur liebgehabt, ich konnte ihr nichts nachtragen und war mit ihr immer gleich versöhnt. Wenn sie ihre stummen Tage hatte und ich sie mit hängenden Augenlidern sah, dann schimpfte ich auf den Vater, Mami, wir lassen den alten Tati nicht mehr rein, es wird viel schöner sein, wenn er nicht mehr bei uns ist. Derweil litt sie aber nur Liebeskummer, mit allem andern wäre sie ja zufrieden, nur daß sie ihn gleichgültig ließ, damit konnte sie sich nicht abfinden. Weil ich wußte, daß sie auf mich wartete, rannte ich von der Schule gleich nach Hause, ich wollte ihr all meine Liebe geben, den bösen Jungens hinter der hohen Mauer konnte ich entwischen, und außer Atem rief ich von weitem, Mami, ich bin schon da, Mami, hast du schon auf mich gewartet, denn ich sah sie am Fenster stehen, und ohne viele Worte brachte sie den Seffl im Kinderwagen, und ich fuhr mit ihm draußen herum. In der Schule lernte ich überhaupt nichts, keine Schiefertafel, kein Buch, und zu Hause hatte ich mich nur um den kleinen Seffl zu kümmern, und deshalb blieb ich im ersten Schuljahr sitzen. Alle konnten sich freuen, nur ich weinte, und im zweiten Schuljahr war ich auch wieder ohne Schiefertafel und ohne Buch. Der Albert kam mit in die Schule. Bisher hatte ich mich von den Kindern schlagen lassen, ich hatte immer nur Angst vor ihnen, aber als der Albert geschlagen wurde und ich sah, daß er weinte, nahm ich alle Kräfte zusammen und hatte schnell einen Stock in der Hand und schlug blitzschnell auf die Kinder ein, ich wußte, daß ich keine Angst zeigen durfte und mich wehren mußte. Wenn wir an die Mauer kamen, wo sich die großen Jungen versteckt hielten und auf uns Deutsche warteten, hatte ich schon vorher Steine in mein Kleid gesammelt, und sobald sich die Köpfe über der Mauer sehn ließen, warf ich mit Steinen, ich traf sie an den Köpfen und im Gesicht, und kamen sie hervor, um mich zu schlagen, da war ich so flink mit dem Steinewerfen, daß sie nicht an uns herankonnten. Die Jungen schimpften uns Deitschaken, und ich rief Behmaken. Jetzt wußte ich, daß mir niemand half und ich mich allein wehren mußte.

In der Seestraße war ein kleines Kloster, jeden Sonntagmorgen kamen paar Nonnen in die Baracken, sie klopften wie Heilige an jede Tür und frugen, ob sie die Kinder mitnehmen könnten. Alle Kinder gingen gern mit, auch wir Wirth-Kinder, die am ärmsten in der Kleidung waren. Aber für die Nonnen war das nicht wichtig, und sie nahmen uns ebenso lieb wie alle anderen Kinder auf. Wir hatten in dieser Zeit sogar Schuhe zum Anziehen, die immer mit Ofenruß geschwärzt wurden, bevor wir weggingen. Von früh bis abends waren wir in dem Kloster, wir bekamen Essen, auf dem Hof wurden Spiele gemacht. Ich freute mich immer schon auf den nächsten Sonntag, aber nur wir Wirth-Kinder konnten nicht jeden Sonntag dabeisein. Meine Mutter hatte am Morgen keine Lust zum Aufstehn, sie meinte zu uns, Ihr braucht ja nicht jeden Sonntag dabeizusein, und da sie zu den Nonnen oft unhöflich war, haben sie bald nicht mehr an unsere Tür geklopft. Wenn die Kinder am Abend vom Kloster kamen, hatten sie über den schönen Sonntag immer ganz helle und glückliche Augen. Sonst war unser Leben hier in den Baracken immer das gleiche, es war wieder Weihnachten geworden, ich dachte an den Adolf, wie gut es ihm ging, und war traurig, weil mich die Mutter und Tanti nicht leiden konnten. Weihnachten sah es bei uns wie jedes Jahr aus, in meiner Brust war es so traurig, und alle Kinder hatten Freude, das tat am meisten weh. Im Winter gingen wir auch nicht zur Schule, wir hatten ja nichts zum Anziehn, aber meine Mutter meinte leichthin, Äh, für was braucht ihr auch in die Schule gehn, Gelehrte werdet ihr sowieso keine, ihr müßt mal arbeiten und Geld verdienen, arbeiten braucht ihr nicht lernen, arbeiten werdet ihr immer können. Ich lag matt vor Hunger auf dem Strohsack, niemand war lieb zu mir, kein freundliches Wort, meine Mutter war immer bös und hatte schlechte Laune. An einem Mittag hatten wir etwas gegessen, wovon mir schlecht wurde. Als ich über meine Übelkeit klagte, jagte mich meine Mutter mit falschen Augen und dicken Lippen davon. Ich mußte brechen, es kam aus meinem Mund gespritzt, und es hatte nicht viel gefehlt, sie hätte mein Gesicht im Ausgebrochenen herumgewischt, so wütend war sie auf mich. Weil ich es nicht besser verstand, sagte ich, Mami, deine Mutter hat dich vergiften wollen, nicht wahr? Meine Mutter riß die Augen auf, erschrocken sagte sie, Daß du mir ja zu keinem Menschen so was sagen tust, ich tät dir deine Gurgel umdrehn. Mami, ich sag zu niemand was, sagte ich, weil ich merkte, daß sie mich doch liebhatte und mich nie vergiften würde.

Im Jahre neunzehnhundertzwanzig machte eine Familie nach der andern aus den Baracken weg, sogar die dreckigen Ebert waren nicht mehr da. Viele Familien wanderten damals nach Deutschland aus, um dort zu arbeiten. Die Stuben blieben leer zurück, nur von meinen Eltern hörte ich nichts, daß sie ein Ziel hätten. Aber an einem Tag hörte ich sie tuscheln, und ich bekam mit, daß der Tati von seinem Vater noch sein Erbteil zu kriegen hätte. Wenn er es jetzt gäbe, meinte meine Mutter, wär uns aus der großen Not geholfen, jetzt ist unsere Not am größten, jetzt wäre uns mit Geld geholfen. In den Vater kam ein heimliches Leben, er lief unruhig hin und her und um sie herum, seine großen Augen waren dazu noch größer geworden. Sein Vater wohnte in Brüx, sie hätten gut zu ihm hingehen können, aber schriftlich ließ es sich besser bitten, ich hatte den Großvater noch nicht zu sehn bekommen, die Eltern kamen niemals über seine Schwelle, weil er sie beide verachtete, aber auf diesen Bittbrief hin kam er sofort. Ich lag matt auf dem Strohsackbett, da sah ich den Großvater zur Tür reinkommen, ich sah ihn sich auf einen Stuhl setzen und hörte ihn sagen, Ich werde dem Seff sein Erbteil auszahlen. Er ging sofort, ohne sich einmal nach uns Kindern umzudrehen. Als der Großvater die Tür hinter sich zugemacht hatte, flatterten meine Eltern wie die Bienen, sie waren sich einig wie selten, es war ein Tuscheln zwischen ihnen, das meiste kam von meiner Mutter. Ich freute mich, aber es war in mir ein ungutes Gefühl, denn der Vater sollte sein Erbteil abholen kommen, und solange ich den Vater kannte, war er noch nie mit Geld nach Hause gekommen. Am Morgen machte sich der Vater fertig, er eilte, als ob der Zug auf ihn wartete, und die Mami hatte mit ihm immer nur zu reden und zu reden, er konnte gar nicht richtig hinhören, am liebsten wäre er gleich zur Tür nausgeflogen. Meine Mutter rief ihm noch zum Schluß hinterher, Josääf, daß du mit dem Geld auch nach Hause kommst, und er drehte sich schnell zurück und versprach, Jo, iech kumm schon hamm, und weg war er. Ich begann sofort zu weinen, Mami, warum läßt du den Tati allein das viele Geld holen, warum gehst du nicht mit? Sein Vater hat nicht gesagt, daß ich mitkommen soll, und der Tati hat auch nicht gesagt, daß ich mitkommen soll, und von selbst konnte ich auch nicht sagen, ich geh mit, da wär der Tati beleidigt, sagte sie, und ich fing daraufhin zu weinen an, Der Tati wird das Geld bestimmt wieder versaufen, und wir werden weiter Hunger haben. Der Tati kommt schon nach Haus, der kann doch das viele Geld nicht versaufen, wo es uns jetzt so schlecht geht, das getraut er sich nicht, tröstete mich meine Mutter. Doch der Vater kam nicht nach Haus, an diesem Tag nicht, am zweiten Tag nicht, und am dritten Tag auch nicht. Ich lag auf dem Strohsack und weinte den ganzen Tag, in der Nacht konnte ich nicht schlafen, und meine Mutter sagte nur, Wein nur nicht, morgen ist er bestimmt hier. Am vierten Tag bettelte ich, Mami, geh doch zum Großvater, sag es ihm, daß der Tati mit dem vielen Geld noch nicht hier ist, oder hol ihn, du weißt, in welchem Puff der Tati ist. Er wird schon nach Hause kommen und Geld übrig haben, war nur ihre Antwort. Am fünften Tag am Vormittag kam er dann wie ein Dieb zur Tür rein, als ob die Tür nicht weit genug aufginge, und als erstes sagte er,

Mein ganzes Geld ist gestohlen, ich hab nur ein Bier trinken wollen, mein Geld ist weg. Meine Mutter begann zu weinen, Josääf, ich hab es dir doch gleich gesagt, komm erst nach Haus mit dem Geld, Josääf, warum hast du nicht gehorcht. Er stand am Tisch mit seinen großen, starren Augen, die vom Saufen ganz entzündet waren. Ich drehte mich weg, drückte mein Gesicht vor Verzweiflung und Hunger an die Fensterscheibe, damit ich nicht aufschrie, ich durfte mir nicht anmerken lassen, wie sehr ich litt, aber meine Mutter hatte sich gleich beruhigt. Für die letzten Heller hatte er ihr ein Kopftuch mitgebracht, aus Leinen, blau und weiß gemustert, wie es von den ältesten und einfachsten Frauen getragen wurde, und ein Paar ganz einfache braune Strümpfe. Sie war mit ihm versöhnt, denn es war das erste Geschenk von ihm, das erstemal, daß er an sie gedacht hatte, und die Strümpfe zog sie sofort an, wenn sie ihr auch zu klein waren, und alles war gut, und sie versprach ihm, daß der Großvater nichts erfuhr, und sie schrieb an den Großvater, daß der Vater mit dem Geld nach Hause gekommen wäre. Aber der alte Vater hatte doch die Wahrheit erfahren, und von da an waren sie beide für ihn Ausgestoßene. Auch die Mutter und die Tanti erfuhren von dem verschwendeten Erbteil, dreiundsiebzigtausend Kronen hatte er in fünf Tagen durchgebracht, und sie verachteten und verfluchten die Siedl, was meine Mutter war.

Für uns ging das alte Leben immer weiter, in die Schule wurden wir nicht mehr geschickt. Dem Vater ging es immer gut, solange er eine Kurzarbeit hatte und er sich besaufen konnte, und wenn er in der Nacht mit seinen Saufkerls hier saß, dann gab er mit seinem Erbteil an, das er versoffen hatte, und er lobte sein gutes altes Schaf, was die für ihn alles tat, und wenn er dazu lachte, hatte er häßliche Augen. In den Baracken sollten wir nicht wohnen bleiben, es hieß, alle Familien müßten raus, und eine Familie nach der andern machte weg, in unserer Baracke waren wir grad noch mit einer Familie übrig. Bisher hatte sich um die leerstehenden Baracken, die während des Krieges vom russischen Militär belegt waren, kein Amt gekümmert, viele Leute kamen und holten sich mit Handwagen Sachen aus den Baracken, Türen und Fenster wurden eingebrochen, es sah aus, als hätten dort Wildschweine ihr Unwesen getrieben. Als meine Mutter mitbekam, daß die Baracken geplündert wurden, kam sie auf die Idee, auch nachzusehen, ob sie was gebrauchen könnte, und sie ging, um sich von dem Übriggebliebenen was herauszunehmen. Sie fand unter Lumpen und Stroh noch ein paar alte graue, schmutzige Decken und ein rotes Inlett, das war alles, was sie gefunden hatte, und sie schimpfte und beklagte sich, daß die Leute vor ihr schon alles ausgeräumt hätten. Von dem roten Inlett wollte sie mir ein Kleid machen, und der Vater spottete darüber, daß ich vor den Leuten so rumlaufen wollte. Die Leute wissen doch nicht, daß es ein Inlett ist, meinte meine Mutter. Ich ließ ihr keine Ruh, sie sollte mir unbedingt das Kleid aus dem roten Inlett zum Ersten Mai fertignähen, paar Tage zuvor hatte sie mir nämlich erzählt, Wer zum Ersten Mai ein rotes Kleid anhat, den haben die Kommunisten lieb, weil sie denken, das ist auch ein Kommunist. Sogar in der Nacht ließ ich ihr keine Ruhe. Mami, machst du mir das Kleid? Am Tage vor dem Ersten Mai hatte sie angefangen zu nähen und das Kleid wieder weggelegt, weil sie keine Lust hatte, und ich weinte und bettelte, daß sie es noch am Morgen des Ersten Mai fertignähte, mit der Hand und mit groben Stichen. Die Musik von der Demonstration kam immer näher, und ich wurde immer unruhiger, aber mit meiner Mutter mußte ich vorsichtig sein, weil ich sie nicht in schlechte Laune bringen wollte, aber kaum daß sie die letzten Stiche gemacht und mir das Kleid über den Kopf gezogen hatte, rannte ich eiligst hinaus. Auf den Vater sein Schimpfen hörte ich nicht, ich wollte der Demonstration zeigen, daß ich ein Kommunist wäre, damit sie mich liebhätten. Die Demonstration kam von Brüx die Straße herauf, ich blieb am Straßenrand stehn und guckte jedem ins Gesicht. Ich habe ein rotes Kleid an, sagten meine strahlenden Augen, aber niemand achtete auf mich, und ganz traurig ging ich zu meiner Mutter und sagte, Mami, die haben mich gar nicht angeguckt. Deshalb brauchst du doch nicht weinen, meinte meine Mutter, Kinder sehen sie halt nicht, aber wenn du mal groß bist, dann haben sie dich gern. Das beruhigte mich, und ich wollte schnell groß werden. Der Vater schimpfte mit mir, daß ich endlich das Inlett ausziehen sollte, was das für eine Schande vor den Leuten wäre. Heute hatte ich nicht mal Angst vor dem Vater. Das ist ein rotes Kleid, ich bin ein Kommunist, sagte ich und setzte mich vor die Haustür auf die schwarze verwitterte Bank, dort hielt ich mich auf, damit ich dem Vater aus den Augen kam, und ich trällerte den ganzen Tag vor mich hin.

Auf dem Amt wurde bekannt, daß die Baracken geplündert worden waren, und man hatte sofort die Leute in Verdacht, die in den Baracken lebten. Die Beamten machten Kontrollen, und alle Sachen mußten zurückgegeben werden, die Leute in den Baracken wurden als die Alleinschuldigen angesehen und bekamen Gefängnisstrafen, und meine Mutter sollte für die alten Decken, die gar nichts wert waren, acht Wochen ins Gefängnis. Nun wußte sie wieder nicht, wo sie uns Kinder lassen sollte. Da sie von ihrer Mutter und ihrer Schwester nichts erwarten konnte, ging sie nach Brüx aufs Amt, überall weinte und bat sie, daß sie mit uns Kindern Mitleid haben und uns solange in ein Waisenhaus geben sollten. Zur Antwort bekam sie immer nur die gleiche unhöfliche Antwort, daß ihre Kinder in die Erziehungsanstalt gehörten. Sie war ganz verzweifelt. In eine Erziehungsanstalt gebe ich euch nicht! Mami, warum willst du uns denn nicht in eine Erziehungsanstalt geben? wollte ich wissen. Dort kann ich euch nicht reingeben, dort geht es euch sehr schlecht, was würde die Mutter und Tanti sagen, wenn sie das hörten, wo ihr seid, nein, nein. Im stillen wünschte ich mir, daß wir in die Erziehungsanstalt kämen, ich dachte für mich, wenn ich ein braves Mädchen wäre, hätten sie mich bestimmt gern, und es wäre bestimmt besser als zu Hause. Der Vater machte sich aus allem nichts, wenn die Mutter weinte, sagte er, Warum hast du auch die Decken genommen, hättest's ja nicht machen brauchen. Die Eltern machten sich gegenseitig Vorwürfe und waren bös aufeinander, sie redeten nicht mehr miteinander, und es sah aus, als ob der Vater uns gar nicht mehr brauchte, bei den größten Sorgen tat er so, als gehörte er nicht zu uns, und pfiff ein leichtes Liedchen. Da kam die Mutter zu dem

Entschluß, mit uns Kindern und ohne den Vater nach Deutschland zu machen, sie wollte in Deutschland beim Bauern arbeiten. Als der Vater nicht zu Hause war, räumte sie die Stub aus, bei den Nachbarn tauschte sie Gerümpel für einen Handwagen, paar Kronen bekam sie vielleicht auch noch dafür, den Handwagen brauchten wir für die Wanderschaft, drei Säcke stopfte sie mit Wäsche voll, das war alles an Habseligkeiten, die wir auf unsere Wanderschaft mitnahmen. Wir gehen allein! Darüber war ich voller Freude. Der Handwagen stand schon lange fertig vor der Haustür, die Mutter stand in der leeren Stub. Mami, komm doch fort, was machst du denn noch, sonst kommt der Tati, und wir müssen ihn mitnehmen, wir nehmen ihn doch nicht mit, nicht wahr, Mami? war mein Reden. Sie stand am Ofen, guckte wie eine Stumme auf die Ofenplatte, stand und blieb stehen. In meiner Brust begann das Herz zu klopfen. Will denn die Mami den Tati mitnehmen? Sooft wir hereinkamen, ich konnte den Abmarsch schon gar nicht mehr erwarten, schickte sie uns immerfort naus. Guckt, ob der Tati kommt, und wieder, Guckt, ob der Tati kommt. Mami, nehmen wir den Tati denn mit? Äh, nein, ich will halt nur wissen, ob er kommt. Da kam der Albert außer Atem in die Stub gestürzt. Mami, der Tati kommt jetzt.

2

Haltet nur noch aus, Kinder, bis wir in Westfalen sind, dann ist unsere Not vorbei, sagte meine Mutter, und der Albert und ich weinten um die Wette, denn wir durften nicht von der Deichsel weg, dabei war der Handwagen mit den drei Säcken drauf so schwer, daß uns schon nach den ersten Tagen unserer Wanderung die Beine nicht mehr tragen wollten, und unsere Füße waren abgestoßen und wund, die Sonne brannte auf uns nieder, Hunger und Durst quälten uns, aber ohne Erbarmen mußten wir an der Deichsel bleiben, die Mutter sagte, Kommt nur, kommt nur, wenn es auch weh tut, hebt eure Füße, dann stoßt ihr euch an keinem Stein, und sie schob mit einer Hand den Wagen, trug den Seffl auf dem Arm, ihr war alles allein überlassen, und sie tat alles nur für ihn.

Der Vater spazierte mit Plüschhut und Spazierstock nebenher, er trug ja nur Plüschhüte, er sorgte für sein gutes Aussehen, noch vor der Abreise hatte die Mutter ihm Geld gegeben, damit er sich in Brüx einen neuen Plüschhut kaufen konnte, er hielt Abstand, ging entweder vor oder hinter unserem Wagen, er schämte sich mit uns und wollte nicht, daß Leute auf den Gedanken kämen, er gehörte zu uns. Kein Wort sprach er, für ihn waren wir einfach nicht da. Wenn wir vor Hunger und Schmerz nicht weiterkonnten und hinter ihm zurückblieben, dann ging er ungerührt weiter, und kamen wir in Orte rein, verschwand er ganz aus unseren Augen. Aber in den Dörfern und Städten, durch die wir zogen, mußten wir uns für ihn nach Zigarettenstummeln umsehen, und wenn wir Hunger hatten, sollten wir uns Stückl Brot selbst betteln. Meine Mutter hatte sich das alles so einfach vorgestellt, weil sie sich auf die Heilige Mutter Gottes verließ und dachte, die Leute würden uns schon alle Tage genug zum Sattessen geben, aber wir waren zum Betteln nicht zu bewegen, daß sie selbst betteln gehen mußte, aber sie nahm es nicht so schwer. Der Vater tauchte erst wieder auf, wenn wir auf die Landstraße stießen, manches Mal saß er im Straßengraben und wartete auf uns, oder wir warteten auf ihn, dann nahm er von uns die aufgesammelten Zigarettenstummeln und aß von unserem Bettelbrot, es war nicht viel, was die Mutter von den Leuten bekommen hatte, er bekam von ihr den größeren Teil, weil er der Tati war, und da er sich etwas weiter von uns weggesetzt hatte, mußte es ihm eines der Kinder hintragen, und wenn wir aufbrachen, ging er wieder abseits am Straßenrand, als gehörte er nicht zu uns.

Mit einem Handwagen und drei vollgestopften Säcken hatten wir uns im Sommer neunzehnhundertzwanzig auf die Wanderung nach Deutschland gemacht, im März war ich sieben Jahre und der Albert im Juli sechs Jahre alt geworden, der kleine Seff war noch nicht älter als ein Jahr. Am Anfang hatten wir Glück gehabt, ohne Aufsehen und Gefahren waren wir über die Grenze gekommen. Kinder, wir sind jetzt in Deutschland, hatte meine Mutter gesagt, aber wir haben noch einen weiten Weg vor uns, der Tati will auf dem Schacht arbeiten. Bis Magdeburg waren wir mit dem Zug gefahren, dann hatte das Geld nicht mehr gereicht. Kinder, es ist noch sehr weit, aber das nützt nichts, der Tati will gerne auf dem Schacht arbeiten, Kinder, wenn der Tati Arbeit hat, geht es uns gut, so hatte meine Mutter geredet, und sie kam gar nicht aus dem Schwärmen heraus, wie gut es uns ginge, wenn der Tati erst mal auf dem Schacht Arbeit gefunden hätte. Der Vater wollte unbedingt ins Ruhrgebiet, wo die Zechen waren, auch wenn er wußte, daß neunzehnhundertzwanzig eine unruhige Zeit war, die Schächte streikten, vielleicht war für ihn das Tippeln auf den Landstraßen eine Abwechslung, denn als junger Bursche hatten ihn schon einmal die Zigeuner mitgenommen, als er mit sechzehn vom Vater hinausgeworfen worden war, er hatte seine weiße Haut mit Speckschwarte eingefettet und in der Sonne bräunen lassen, damit er zu ihnen paßte, eine Weile hatte ihm das Zigeunerleben gefallen, dann zog es ihn zurück nach Böhmen. Darum kannte er das Ruhrgebiet und dachte, heute wäre es noch wie vor zwanzig Jahren. Wir waren an einen Wegweiser gekommen, vor dem meine Eltern haltmachten, weil sie sich unschlüssig waren, welchen Weg sie einschlagen sollten, sie hatten einen Paß für Deutschland und Belgien. Für den Vater hatte meine Mutter einen Paß mitbesorgt, nie hätte sie ohne ihn die Heimat verlassen, aber zu uns Kindern hatte sie gesagt, Wir gehn ohne ihn, er wird nicht erfahren, wohin wir gehn, und ich war so glücklich gewesen, daß er nicht mehr bei uns sein würde. Schaut, Kinder, hier geht es nach Belgien! Meine Mutter hatte auf die Landkarte gezeigt, die sie sich vor der Abreise besorgt hatte. So weit ich sehen konnte, ging die Straße geradeaus, es kam mir vor, als wäre die Straße ohne Ende. Schaut, Kinder, wenn wir wollen, können wir auch nach Belgien, aber das ist ein weites Stück, ihr werdet es nicht aushalten, so weit zu laufen. Als ich die Mutter so sprechen hörte, hatte ich es mit der Angst bekommen, denn ich konnte jetzt schon nicht mehr, und ich sagte, Mami, wir bleiben in Deutschland. Gut,

Kinder, die Walli hat gewählt, wir bleiben in Deutschland. Der Weg ins Ruhrgebiet wurde sofort angetreten. Kinder, kommt nur, wir müssen sehn, daß wir schnell vorwärts kommen, wenn wir dort sind, haben wir es geschafft, dann wird es uns gut gehn, plauderte meine Mutter ununterbrochen, und durch ihre Begeisterung wurden wir zwei Kinder aufgemuntert und hatten für eine Weile unseren Durst und Hunger und die schmerzenden Glieder vergessen.

Aber die Straße war ohne Ende, und wir durften die Wagendeichsel nicht aus der Hand geben, die Mutter trieb uns an, und wir waren vor Hunger und Durst so schlapp. Nur einmal sagte die Mutter zum Vater, Du siehst doch, daß sie nicht mehr können. Die sollen den Wagen ruhig ziehen, war seine Antwort, und er ging weiter abseits von uns am Straßenrand. Dann hatte er es sich doch anders überlegt, er übernahm den Wagen, und wie ein Pferd, das einen Hieb versetzt bekommen hatte, rannte er plötzlich los. Josääf, doch nicht so schnell, wir kommen nicht nach, rief meine Mutter. Er blieb stehen, wartete, bis wir außer Atem heran waren, dann hieß es von ihm, Für euch ist es besser, ihr zieht den Wagen, sonst nehmt ihr euch zuviel Zeit, ich müßte mich nur immer nach euch umdrehn, gucken, wo ihr bleibt, nein, nein, nehmt ihr nur den Handwagen. Die Mutter war sich mit dem Vater einig, daß wir Kinder wieder die Deichsel übernahmen, sie zeigten kein Mitleid mit uns. War es warmes Wetter, litten wir an Hitze und Durst, regnete es, dann waren wir naß und durchgefroren, und wenn der Abend kam, mußte meine Mutter die Bauern anbetteln, daß sie uns in ihren Ställen oder Schuppen oder Scheunen übernachten ließen. Für so ein Nachtlager auf Stroh mußte sie viel betteln und weinen, Nur ein bißl Stroh, mehr brauchen wir ja gar nicht! Jeden Abend wurde es schwerer, bei einem Bauern unterzukommen, wir wurden ja für Gesindel, Landstreicher, Zigeuner gehalten. Tagelang hatte es schon in Strömen geregnet, wir waren durchnäßt und froren, und es wurde wieder Abend, und immer noch hatten wir keine Unterkunft gefunden, überall waren wir abgewiesen worden. Meine Mutter weinte, Vielleicht finden wir im Nachbardorf gute Leute, Kinder, tut nur beten, daß die Heilige Mutter Gottes uns hilft. Ich verbiß mir das Weinen und verbiß mir den Schmerz und betete gehorsam.

Spät war es, als wir bei einem Bauern unterkamen. Nach langen Bitten hatte er uns auf seinen Hof gelassen, er hatte unser Weinen bis in seine Wohnung hinein gehört. Mit erschrockenen Augen sahen der Bauer und seine Leute uns in den Hof einziehen, er zeigte Erbarmen und wies uns ein Nachtlager in seinem Perdestall zu. Die Wärme im Pferdestall tat uns wohl, aber vor den Pferden hatte ich Angst, sie stampften unruhig, weil sie von den Fliegen belästigt wurden. Mami, können sich die Pferde losreißen? Meine Mutter fuhr mir gleich über den Mund, Sei froh, daß wir hierbleiben können. Die Pferde stampften und verscheuchten die Fliegen, und ich saß nackt im Stroh und sah meiner Mutter zu, wie sie unsere nassen Kleider zum Trocknen ausbreitete. Der Vater lag ausgestreckt da und starrte an die Decke, der Albert war nackt wie ich und hatte sich mit Stroh zugedeckt, der kleine Seffl war vor Erschöpfung gleich eingeschlafen. Es war die Wärme von den Pferden, die uns so guttat. Ich saß im Stroh, in jeder Hand eine Fußzehe, und schaukelte mich vor und zurück und wollte mit meiner Mutter sprechen. Mami, wird unser Zeug auch bis morgen trocken sein, wollte ich wissen, denn ich graulte mich vor den feuchten Sachen. Weiß nicht, sagte sie, aber anziehen müßt ihr es, wir haben ja weiter nichts. Aber dem Vater, dem hatte sie einen Regenschirm besorgt, damit sein Plüschhut nicht durch den Regen verdorben wurde. Ich saß im Stroh, und die Wärme tat wohl, und mich interessierte so vieles. Mami, mit was für Viechern werden wir noch alles zusammen schlafen? Ich erinnerte sie an Pferde, Schweine, Schafe und an die Ratten, die auf uns herumrannten, als ob sie mit uns ihr Spiel treiben wollten. Mami, hast du den Bauern gefragt, ob hier Ratten sind? Sie war kurz angebunden. Äh, hier sind keine Ratten. Mami, warum gucken die Leute so bös auf uns, warum sind die Leute nicht gut mit uns? Äh, kümmer dich nicht um die Leute, was weiß ich, wie die uns angucken. Dabei tat sie beschäftigt und wurde mit dem Ausbreiten unserer Sachen gar nicht fertig, sie wendete sie mal so und mal so, dabei hörte ich sie murmeln und murmeln, sie klagte über unsere Not, die uns alle Tage mehr drückte, und daß sie im Leben immer nur alles verkehrt gemacht hatte. Ich hab halt kein Glück, hörte ich sie sagen, und daß sie wohl von ihrer Mutter und ihrer Schwester verhext worden wäre, daß es ihr nicht gut gehn durfte. Ach, Mami, seufzte ich, wenn ich mal groß bin, schreib ich alles in einen großen Brief, mit was für Viechern wir geschlafen haben und daß die Leute sagen, wir sind Zigeuner, nicht wahr, Mami, wir sind keine Zigeuner, wir sind nur arme Leute. Warum willst du denn alles in einen großen Brief schreiben? Mami, wenn ich mal groß bin, will ich es immer lesen, ich will mir alles merken, und deshalb schreib ich es in so einen großen Brief. Ich breitete meine Arme aus. Mami, in so einen großen Brief, Mami, ich will mir immer alles merken. Meine Mutter schüttelte nur den Kopf, sie konnte nicht einsehen, wozu so ein großer Brief gut sein sollte. Zum Schlafen kuschelten wir uns ins Stroh, das Schlagen und Stampfen der Pferde erschreckte mich. Äh, die tun dir nischt, die sind ja angebunden, die sind froh, wenn sie ihre Ruhe haben, beruhigte mich meine Mutter, aber ich lag zitternd da und jammerte, Mami, Mami, die Pfer kumme. So ging es die ganze Nacht, und meine Mutter mußte mir ihre Hand auf den Mund drücken, damit ich das schlafende Gesinde und den Tati und die Geschwister nicht weckte.

Am andern Tag regnete es noch immer, ein unfreundliches Wetter war es, daß meine Mutter den Bauern bat, ob wir bei ihm den Regen abwarten könnten. Der Bauer erlaubte es. Der Vater hackte für ihn Holz und bekam zu essen dafür, aber meine Mutter mußte ins Dorf betteln gehn, sie kam mit leeren Händen zurück. Die Leute hier sind geizig, klagte sie, nirgends wollen sie was geben, geht nur selber, Kinder, bettelt euch Stückl Brot, vielleicht haben sie mit euch mehr Mitleid, sagt aber nicht, daß wir aus Böhmen sind, die Böhmischen kann hier keiner leiden, weil die Krieg gemacht haben, sagt nur immer, wir sind Österreicher, da ist es nicht ganz so schlimm. Wir wollten nicht allein gehen, der Vater mußte erst mit uns schimpfen und uns zum Tor hinausjagen. Verängstigt blieben der Albert und ich vor dem Tor stehen, wir besprachen, was wir tun sollten, keiner von uns wollte sich ein Herz fassen und die Leute um ein Stückl Brot anbetteln, denn die Leute blickten uns so böse hinter ihren Fenstern an. Geht betteln, schimpfte der Vater ohne Erbarmen, vorher braucht ihr nicht zu kommen. Es nützte nichts, wir mußten zu den Leuten hin, und sie frugen uns, was wir denn wollten, wer wir wären, und wir beide flüsterten mit Scheu, Wir sind Österreicher, wir haben so Hunger, geben Sie uns bitte Stickl Brot. Da jagten sie uns weg, und überall guckten Leute aus den Fenstern. Wir standen gerade beschämt vor einem Haus, wo wir von einer Frau verjagt worden waren, lachend, spöttisch hatte sie über die Straße ihrem Nachbarn zugerufen, Die haben Hunger, die wollen Stückl Brot haben, die sagen, sie wären Österreicher. Alles lachte, und die Kinder liefen auf der Straße zusammen, und da schrien die Leute, Kinder, los, schlagt die Österreicher, und mit einem Geschrei und Jubel fielen sie über uns her. Schlagt sie, schlagt sie, wurde aus den Fenstern gerufen, schlagt sie tot, feste, feste. Ich konnte mich aus dem Getümmel wegreißen, aber der Albert lag wie unter einem Ameisenhaufen. Ich konnte ihm nicht helfen und rannte, so schnell mich meine Beine tragen konnten, zur Mutter, schreiend, weinend, Mami, Mami, komm schnell, die hauen alle den Albert, die haun den Albert tot. Als die Mutter dem Albert zu Hilfe kam, lag er wie tot auf der Erde und die Kinder auf ihm drauf, und die Leute an den Fenstern hatten ihre Freude, als meine Mutter mit den vielen Kindern fertig werden mußte und noch aufzupassen hatte, daß sie von ihnen nicht auch noch Prügel bekam, sie wurde angespuckt, die Kinder schrien, Lumpengesindel, Landstreicher, Zigeuner, und die Leute an den Fenstern klatschten lachend Beifall. Wir sind doch keine Zigeuner, mir sei holt nur orme Leit, weinte meine Mutter in ihrer Verzweiflung, wir können doch auch nichts dafür, daß wir so erbärmlich aussehn, wir sind halt arm, wir sind ordentliche Leit. Sie wurde von den Leuten weiter ausgelacht und von den Kindern mit Steinen beworfen, daß wir zusehn mußten, wie wir uns in den Hof retteten, die Kinder gaben keine Ruhe, sie rüttelten am Hoftor, daß man meinen konnte, sie reißen es aus den Angeln. Zigeuner, Lumpengesindel, schrien sie, Steine flogen in den Hof und krachten gegen das Tor, Zigeuner, Lumpengesindel, naus mit euch Landstreichern, raus, ihr Zigeuner. Der Bauer hatte Angst um sein Tor, er schimpfte mit den Kindern, aber es nützte nichts, und gegen Abend war der ganze Hof voller Leute, die mit dem Bauern schimpften, daß er Landstreicher beherbergte, ein Lärm und Geschrei war das, sie verlangten, daß unsere Familie sofort den Hof verlassen sollte. Der Vater war herinnen im Stall, er tat, als ginge ihn das alles nichts an, nur meine Mutter zeigte sich den Leuten, sie weinte und sagte immerzu, Wir sind doch keine Landstreicher, wir sind doch nur, wir sind doch nur arme Leute. Die Leute wollten kein Erbarmen zeigen, sie wollten uns verachten und anspucken, sie wollten uns Lumpengesindel aus dem Dorf haben und uns mit Steinen verjagen. Ich kann auch nichts machen, sagte der Bauer zu meiner Mutter, die Leute sind sehr böse auf mich, weil ich Sie hierbehalten habe. Meine Mutter weinte verzweifelt und bettelte, Haben Sie doch etwas Mitleid mit uns. Da sprach der Bauer noch mal mit den Leuten, die aber kein Einsehen zeigten, trotzdem gab er meiner Mutter nach und behielt unsere Familie noch eine Nacht, aber morgens, bevor das Dorf wach wurde, sollten wir den Hof verlassen. Am nächsten Morgen regnete es noch immer, kalt war es, und ich hatte mein Kleid an, das über Nacht nicht trocken geworden war. Als wir zum Tor nauszogen, guckten hinter den Gardinen die Leute verächtlich auf uns, und meine Mutter blieb immer stehen und rief zu ihnen, Wir sind doch nur arme Leute, wir können doch auch nichts dafür, daß es uns so schlecht geht. Komm endlich fort, rief der Vater halblaut, hast gehört, komm fort, was stellst dich denn hier rum, die Leute horchen nicht auf das, was du sagst.

Wo wir auch hinkamen, ob in Dörfer oder Städte, überall machten wir großes Aufsehen, deshalb wollte meine Mutter, daß wir schneller laufen, und betteln gingen wir möglichst außerhalb der Orte. Meiner Mutter fiel es nicht mehr so leicht wie am Anfang unserer Wanderschaft und uns Kindern erst recht nicht, wir sagten lieber, daß wir keinen Hunger hätten. Vor den Ortschaften sagte meine Mutter jedesmal, Kinder, strengt euch nur mal bißl an, lauft schnell, daß uns die Leute nicht so angucken. Wenn wir über eine Kreuzung mußten oder eine Auskunft haben wollten, versammelten sich Leute um uns, lachten, staunten und wunderten sich über unser Aussehen. Was sind denn das für Leute, wie sehn denn die aus? Meine Mutter rief, Jässes Maria, kommt nur schnell, fort von hier, guckt, wie die Leute über uns lachen, Jässes Marieäller. Dabei war sie es, die ständig wollte, daß wir uns nach Zigarettenstummeln umsahen, sie selbst lief sogar mitten auf die Straße, wenn sie welche sah, und sie sagte, Wir wollen nur für den Tati ein paar Stummel suchen, der hat schlechte Laune, wenn er wieder was zu rauchen hat, ist seine Laune besser, Kinder, bückt euch, Kinder, hebt den Stummel auf. Mit uns hatte sie kein Mitleid, nur um den Tati hatte sie Sorge, aber er ging weitab, folgte uns mit seinem Spazierstock, Plüschhut und mit steifem Hals wie ein Amtsschimmel.

Einmal kamen wir auf einen Bauernhof am Rande eines Dorfes, der hinter grünen schattigen Bäumen lag, ich sah einen sauberen großen Hof mit buntem Federvieh, daß ich am liebsten geblieben wäre, und als wir ins Haus reintraten, sah ich eine große, blitzsaubere Küche, überall war es so sauber, wie ich es bisher nirgends gesehen hatte. Eine Bäuerin trat aus der Tür, eine große starke Frau mit breiten Hüften, auf dem Kopf eine Sonnenhaube. Meine Mutter bettelte sie um etwas Essen für uns Kinder an. Der Vater ruhte sich derzeit im Straßengraben aus und wartete darauf, daß wir für ihn etwas mitbrachten. Die Bäuerin war Witwe und hatte keine Kinder, wohl deshalb hatte sie es auf mich abgesehen, vielleicht gefielen ihr meine aufgeweckten Augen und mein Staunen, wie schön es hier war, ich staunte ja über den großen Obstgarten mit den vielen Bäumen und Blumen und alles andere, und sie bat meine Mutter, Lassen Sie mir das Mädchen hier, bis Sie ein festes Unterkommen gefunden haben. Meine Mutter wollte aber nicht und sagte mit Ablehnung in der Stimme, Die kann ich Ihnen nicht lassen, wer soll dann den Handwagen ziehn, wenn ich sie Ihnen laß. Ich sah der Bäuerin liebevoll ins Gesicht, meine Augen strahlten dabei wie Sonnen, denn ich wollte, daß sie mich bei sich behielt, aber meine Mutter sagte nur kurz angebunden zu der guten Frau, Ich brauch das Mädchen zum Handwagenziehn. Tun Ihnen die Kinder nicht leid, das Mädchen hätte es gut bei mir, versuchte es die Bäuerin noch einmal, da wurde meine Mutter richtig böse, Kommt, Kinder, fort, die ist ja bleed, die wird denken, ich wer dich hierlassen, wer soll dann den Wagen ziehn. Beim Hinausgehen sah ich der guten Bäuerin hilfesuchend ins Gesicht, am liebsten hätte ich mich gewehrt, und meine Mutter schimpfte, Das könnte der so passen, und du, denkst vielleicht, es geht dir gut, tüchtig arbeiten mußt du, ausnützen würd sie dich, nein, nein, das gibt es nicht, und überhaupt, ich brauch dich zum Handwagenziehn.

Der Albert hätte im nächsten Dorf bei einem älteren Ehepaar ohne Kinder sein Glück haben können, sie hatten Ziegen, die der Albert unbedingt hüten wollte, sie hätten ihn gerne genommen. Ob sie ihm auch eine Peitsche kauften, wollte er wissen, denn wenn er Ziegen hüten sollte, brauchte er eine Peitsche. Lachend versprach ihm das Ehepaar eine Peitsche, so großen Gefallen hatten sie an ihm. Der Albert wollte von Geburt an Peitsche und Pferde haben, aber heute wäre er auch mit Ziegen zufrieden gewesen, und noch lange phantasierte er von den Ziegen und der Peitsche. Da versprach der Vater dem Albert, Du kriegst noch was viel Schöneres, wir kaufen dir einen Esel, mit dem kannst du spielen, und wenn dir deine Beine weh tun, brauchst du nicht zu laufen. Der Albert war gleich tüchtig begeistert für den Esel, er war ganz außer sich, als der Vater ihm eine Peitsche dazu versprach. Wenn der Albert einen Esel kriegt, was kriege ich dann, Mami, war meine Frage. Du kriegst eine Puppe, sagte der Vater, die größte Puppe, die es gibt, die kaufen wir dir. Für eine Puppe schwärmte ich seit meiner Geburt, bis heute hatte ich noch nicht die kleinste Puppe gehabt, es hieß immer nur, Dazu geb ich kein Geld aus, und auch der Heilige Christ schenkte mir zu Weihnachten trotz Beten keine Puppe. Oh, Mami, haben wir auch Geld dazu? Der Vater sagte, Freilich haben wir Geld, dabei verzog er sein Gesicht so höhnisch, und meine Mutter riß vor Lachen ihren Mund weit auf. Wo haben wir denn das viele Geld her? frug ich mit großen Augen. Das ist egal, woher wir es haben, sagte der Vater, der Albert kriegt einen richtigen lebendigen Esel und du eine große, richtige lebendige Puppe. Wenn ich auch nicht so recht an Esel, Puppe und viel Geld glauben konnte, freuen tat ich mich wie der Albert, und unser Hunger und Durst und aller Schmerz waren vergessen, wir unterhielten uns lebhaft über Esel und Puppe. Dem Albert war keine Gesprächigkeit angeboren, er war meist still und mit allem zufrieden, aber heute fand er viele Worte, er versprach mir sogar stolz, daß er mich auf seinen Esel aufsitzen lassen wollte, wenn mir die Füße weh taten. Wir beschleunigten unseren Schritt, weil Hoffnung da war, daß in der nächsten Stadt unsere Wünsche erfüllt wurden, aber in der Stadt meinten die Eltern, daß es hier keine Esel gäbe, wir müßten zusehen, daß wir schnell weiterkämen, um in der nächsten großen Stadt einen Esel zu kaufen. Ich sah Puppen genug in den Schaufenstern, sehr schöne sogar, aber mein Vater sagte, Das sind keine schönen Puppen, die sind nicht lebendig und können nicht Mama sagen. Beim Weitergehen überlegte ich, dann drehte ich mich um und wollte wissen, ob es lebendige Puppen überhaupt gäbe. Freilich, sagte der Vater, und du sollst so eine lebendige Puppe haben. Im stillen zweifelte ich an den Worten des Vaters, ich kannte seinen Spott, doch ich wollte gerne an eine Puppe glauben, mir war leichter ums Herz mit ein bißchen Hoffnung auf etwas Schönes. Ein paar Tage konnten uns die Eltern an der Nase rumführen, bis ich mitkriegte, daß sie uns verdummten und auslachten. Albert, flüsterte ich, der Tati und die Mami lügen uns an. Mami, schrie der Albert gleich, die Walli sagt, ich krieg keinen Esel, Mami, hau der Walli paar in die Gusch. In diesem Moment erfuhr er vom Vater ein lautes Spottgelächter. Mit dem Esel bist doch du gemeint, du selbst, und die Walli kriegt ihre lebendige Puppe, sogar viele, wenn sie sie haben will, die Walli kann ja mal die Mami fragen, wie lebendige Puppen gemacht werden, sagte der Vater und lachte mit verzerrtem Gesicht. Obwohl ich nichts verstand, fühlte ich mich verspottet und war beleidigt, aber die Eltern hatten ihren großen Spaß, sie lachten sich miteinander gesund, meine Mutter blieb sogar mitten auf der Straße stehen und hielt sich vor Lachen ihren Bauch und bog sich auf und nieder, den Mund dabei weit aufgerissen, er wollte vor Lachen gar nicht mehr zugehn.

Weil wir uns für Esel und Puppe so beeilt hatten, kam bald darauf die Erschöpfung, unsere Füße und alles am Körper tat uns weh, aber die Eltern kannten kein Mitleid, es hieß nur immer, Lauft nur, kommt, kommt, lauft, wir müssen sehn, daß wir weiterkommen. Vor den Dörfern schickten uns die Eltern betteln, sie jagten uns wie Hunde davon. An jeder heiligen Figur, an der wir vorbeikamen, mußte ich einen Knicks machen und mich bekreuzigen. Es kamen Straßen und Orte, da befanden sich an jedem Haus der Christus am Kreuz oder eine kleine Kapelle oder sonst eine heilige Figur, wir kamen aus dem Knicksen, Verbeugen und Bekreuzigen gar nicht mehr raus, weil die Mutter es so wollte. Hier wohnen fromme Leute, hieß es von ihr, hier werden wir Glück haben. Aber grad an solchen Stellen waren für uns die Türen verschlossen, und böse Augen folgten uns hinter den Gardinen, auf Fragen nach Stückl Brot wurde nicht mal geantwortet. Weil wir ständig nach Essen fragen, wurde meine Mutter wütend, ihr Reden war dann immer, Von meinen Griebln stirbt keiner, andern Leuten sterben die Kinder, aber daß mal bei uns so eine elende Griebl eingeht, nein, die bleiben alle am Leben, die sind gesund, die haben Bier und Schnaps in sich, die sind alle nur im Suff gemacht, die sterben nicht, die hab ich ewig am Hals. Der Albert weinte mit mir um die Wette, und der kleine Seff weinte mit uns, er mußte ständig auf dem Wagen ruhig sitzen, und es war heiß, daß die Sonne auf sein Köpfchen brannte, mit beiden Händchen wühlte er in seinen langen blonden Locken, die so seidig schön wie bei einem Engel waren und die die Mutter ihm nicht abschneiden wollte, weil sie stolz darauf war, er weinte verzagt und wollte nicht mehr stillsitzen. Meine Mutter ließ ihn hier und da mal paar Minuten auf die Straße, dann tippelte er gleich an den Straßengraben und wollte mit den Blumen spielen, aber sie hatte keine Geduld mit ihm, setzte ihn sofort zurück in den

Handwagen und drängelte, Komm nur, komm, wir haben keine Zeit für dich. Das Gesicht vom kleinen Seff glühte, er wühlte in seinen Haaren und hatte Hunger und Durst und weinte immerfort. Da begann der Vater wieder mit seiner alten Stichelei, er, der das Kind nie beim Namen nannte und auf ihn noch weniger als auf uns achtete, fing um ihn mit der Mutter an zu streiten. Horch, dein Russ', wie er schreit, dein Russ' hat Hunger, gib ihm doch was zu essen, hörst doch, wie dein Russ' Durst hat. Zu dieser Zeit gab meine Mutter dem kleinen Seff noch die Brust, aber es kam keine Milch mehr, ihre Kräfte waren ebenso ausgetrocknet wie unsere, und nur wegen dem Vater machten wir die weiten Strapazen. Ich sah mich nach ihm um, sah in sein häßliches, spöttisches Gesicht und konnte nicht begreifen, warum die Mutter so an ihm hing, seine Augen sahen aus wie bei einem Krokodil, seine breite Astnase hing runter, er hatte tiefe Falten, die sich noch mehr einkerbten, wenn er spöttisch lachte, oh, er hatte so ein häßliches Gesicht, und meine Mutter wollte ohne ihn nicht leben. Aber Josääf, hör doch auf, weinte sie, wenn er das Sticheln nicht lassen konnte, du weißt doch, daß es dein Kind ist. Hähähä, lachte er, von deinem Russ' weißt du ja erst, wie schön Liebe tut, horch, dein Russ', dein Russ', hast denn nicht bißl Mitleid mit ihm, von dem weißt du ja erst, wie gut Liebe tut. Jetzt stritten sich die Eltern alle Tage laut auf der Straße herum, einer machte dem andern Vorwürfe, und wir drei geplagten Kinder schrien um die Wette. Wenn es gar nicht mehr weitergehen wollte, saßen wir in einem Straßengraben, und meine Mutter sprach jetzt manchmal davon, daß sie bei einem Bauern bleiben und nur für Essen arbeiten wollte. Davon wollte der Vater nichts hören. Die sollen nur laufen, sagte er, die können schon, die haben nur keine Lust, die sind zu faul, denen wer ich mal Beine machen, du wirst doch nicht denken, daß ich beim Bauern als Knecht arbeite. So hörte ich die Eltern miteinander hadern und streiten, hinterher guckten sie sich nicht an und sprachen kein Wort miteinander, und wenn meine Mutter dann betteln ging und mit uns das Essen teilte, gab sie dem Vater nichts ab. Geh du selbst betteln, sagte sie, damit du weißt, wie es ist, warum soll ich immer nur gehn, ich hab es jetzt auch mal satt. Manches Mal ging der Vater auch, und wenn er wiederkam, hieß es von ihm, Die Leute geben nichts, überall, wo ich hinkomme, sind die Türen verschlossen. Wenn er nicht hinhörte, meinte meine Mutter zu uns Kindern, Der ißt alles selber, der denkt nur an sich, auf uns hat der keine Sorge, der lügt.

Wir kamen durch ein Dorf, da wurde von einer Hochzeit gesprochen und daß wir dort bestimmt zu essen kriegten. Wir waren darüber sehr glücklich, seit dem vorigen Tag hatten wir nichts im Magen und eine schlechte Nacht hinter uns. Wir waren die Nacht über in einem Spritzenhaus untergebracht gewesen, auf harter, kalter Erde mit ein paar Bund Stroh, die Ratten waren so lebendig gewesen, daß ich nur noch schrie. Der Bürgermeister hatte uns mißtrauisch im Spritzenhaus eingeschlossen, erst früh am Morgen ließ er uns raus, dabei war er unfreundlich gewesen und hatte gefordert, daß wir sofort das Dorf verließen. Bevor meine Mutter in das Hochzeitshaus hineinging, holte sie uns drei Kinder, sie rechnete fest damit, daß wir zu essen bekämen. Als wir in das Haus reinkamen, hörten wir schon den Hochzeitslärm, und es dauerte eine Zeit, bis sich eine Frau sehen ließ, der meine Mutter gleich etwas von unserer Not vorlamentierte. Unfreundlich und ohne ein Wort gab die Frau ihr zwei Stücken Kuchen. Meine Mutter guckte enttäuscht, sie hatte mit mehr gerechnet und frug, ob sie nicht noch Kuchen für die Kinder bekäme, aber die Frau schüttelte nur den Kopf und schickte uns hinaus. Ein paar Schritt von der Haustür entfernt blieb meine Mutter stehn und murmelte vor sich hin, Eine Hochzeit haben sie, und dann ist nich mal bißl was zu essen für so arme Leute übrig, und sie verfluchte und verwünschte das Brautpaar, Die sollen grad kein Glück haben! Das tat mir leid, und ich frug meine Mutter, ob so ein Fluch in Erfüllung ginge. Wenn man einem Brautpaar was Schlechtes wünschen tut, das geht schon in Erfüllung, meinte meine Mutter, die sollen kein Glück haben, ich wünsche ihnen alles Schlechte. Oh, Mami, tut dir das denn nicht leid? Äh wo, wie soll mir denn das leid tun, haben die Mitleid mit uns, zwei Stückl Kuchen, und das bei einer Hochzeit. Meine Mutter konnte sich lange nicht beruhigen, sie schimpfte den ganzen Weg über, bis der Vater sagte, Na, hör nur bald wieder auf damit. Aber die dürfen kein Glück haben, sagte sie immer noch mal, die werden schon sehn, wenn es ihnen schlecht geht.

Das Dorf hatten wir hinter uns liegen, es war schon dunkel geworden, da sah meine Mutter in der Ferne abseits von der Hauptstraße ein Licht blinkern. Guckt mal nüber, dort muß was sein, sagte sie, vielleicht haben wir heute doch noch Glück, und sie ging allein dem Licht nach. Als sie zurückkam, rief sie schon von weitem, Kinder, wir können hierbleiben, es ist ein Fach im Schweinestall leer, wir können uns Stroh hineintun, ich habe den Leuten versprochen, daß sie vor uns keine Angst zu haben brauchen, hab schwören müssen, daß wir ordentliche Leute sind.

Ich war überglücklich, daß wir im Warmen und Trocknen sein konnten. Ich schlief dicht an der Bretterwand, ein Schwein steckte seinen Rüssel durch ein Astloch und röchelte und schnupperte, ich streichelte den Rüssel und vergaß Hunger und Schmerz dabei. In der Nacht schnarchte der Vater mit den Schweinen um die Wette. Ich war glücklich, als meine Mutter früh den Bauern frug, ob wir ein paar Tage hierbleiben könnten, und der Bauer es erlaubte. Meine Mutter war sehr dankbar, weil sie mit uns Kindern nicht mehr weiterkonnte, der Vater aber nicht, er hätte ohne Rücksicht auf uns Kinder gleich weitergemacht. Die Eltern arbeiteten in diesen Tagen auf dem Feld, meine Mutter kannte die Arbeit, aber der Vater hatte im Leben noch kein Feld gesehen, und für ihre Arbeit bekamen wir zu essen, aber ich wurde keine Mahlzeit richtig satt, nicht weil es vielleicht nicht genug gab, wir waren sehr ausgehungert. Der Bauer hatte drei Jungens, die etwas älter als ich waren, sie spielten gerne mit uns, und sie waren mit uns immer gut, wenn wir zusammen waren, wurde herumgetollt, und niemand hatte etwas dagegen. Nur meine Mutter schimpfte, Da seid ihr nicht müde, was, da tun euch keine Füße weh, aber klagt mir nur nachher, wenn ihr wieder laufen müßt, da wer ich euch aber helfen. Ach, Mami, wir bleiben hier, sagte ich. Ich wer euch helfen, denkst vielleicht, wir arbeiten hier umsonst, der Tati will auf den Schacht, viel Geld verdienen. Dem Bauern war es recht, daß meine Eltern auf dem Feld mithalfen. Mittags ging meine Mami mit zwei Frauen hinaus auf die Weide, Kühe melken, mit einem kleinen Milchkarren ging sie ein Stück die Landstraße entlang, dann über einen vergrasten Weg zur Weide, und übermütig rannten wir Kinder hinterher. Die Jungens vom Bauern waren sehr wild, aber wir verstanden uns gut, kaum daß die Jungen aus der Schule kamen, suchten sie uns, auf Hof, Wiesen und Garten tollten wir, niemand zeigte uns ein unfreundliches Gesicht. Als wir auch einmal auf dem Hof hinter der Scheune herumsprangen, hörte ich den Seff schreien, ein großer weißer Hahn hockte auf seinem Kopf, diesen Hahn kannte ich schon, er konnte keine Kinder leiden, jedesmal, wenn wir in seine Nähe kamen, plusterte er sich auf. Ich nahm meinen ganzen Mut zusammen und packte den bösen Hahn. Böse und aufgeplustert flog er mich an. Auf mein Angstgeschrei kamen die Jungen um die Ecke gerannt. Oh, warte, du, dafür bekommst du jetzt deine Strafe, riefen sie und sperrten den Hahn in eine Kiste, die sie im Hühnerhaus abstellten. Bevor sie aus dem Stall gekrochen kamen, suchten sie in den Nestern nach Eiern, sie wollten, daß wir sie mit ihnen zusammen austranken, die Jungen hatten das weg, daß ich staunen mußte. Ich hatte nur das Gelbe getrunken, das Eiweiß ließ ich auf die Erde fallen, dem Seffl gab ich auch nur das Gelbe, ich teilte das Ei und ließ es ihm einfach in den Mund fallen. Als wir zurück auf den Hof kamen, hatten die Eltern Feierabend, wir gingen an dem Bauernehepaar vorbei, und meine Mutter war ganz erschrocken, verängstigt und verlegen sah sie zu den Bauersleuten hin, aber denen fiel nichts auf. Kinder, was habt ihr denn gemacht, was werden die Leute von uns denken, sagte sie, als wir mit ihr allein waren. Dem kleinen Seff war das Eigelb am Munde heruntergelaufen, und auch unsere Münder waren mit Eigelb verschmiert. Jässes, Mariaäller und Josefferle, was werden die Leute nur von uns denken, die haben es doch bestimmt gesehn, wie ihr ausseht, die jagen uns von ihrem Hof und sagen, wir sind Spitzbuben. Aber die Bauern verloren kein Wort über das Vorgefallene. Ein paar Tage waren vergangen, als mir der Hahn in der Kiste einfiel, es ließ mir keine Ruhe, und ich rannte zum Hühnerstall und kroch durch das Hühnerloch, langsam hob ich den Deckel von der Kiste hoch, das arme Tier lebte noch. Erschrocken und mit Mitleid guckte ich auf den Hahn, ich hob ihn aus der Kiste heraus, streichelte ihn, er war leicht wie eine Feder, und als ich ihn niedersetzen wollte, fiel er erschöpft auf die Seite, wie ein Wurm schlängelte sich sein Hals, mit seinen Beinen zappelte er und gab es wieder auf, den Schnabel hielt er aufgesperrt. Ich kroch mit ihm durch das Hühnerloch, legte ihn ins Gras, und heißhungrig zupfte er das Gras, fiel aber immer wieder zur Seite, und immer wieder zupfte er an den Grashalmen. Ich schob ihm den Wassernapf dicht an den Schnabel, er wollte trinken, aber der Kopf fiel zur Seite, er versuchte es immer wieder. Ich mußte seinen Schnabel ins Wasser halten, es war, als wollte er den ganzen Napf aussaufen, und ich streichelte und bedauerte ihn. Dann endlich konnte er zuwenigstens schon sitzen, gierig zupfte er an den Grashalmen und pickte die Körner, die ich ihm vor den Schnabel legte, nach und nach ging es ihm besser, er schaukelte schon auf den Beinen. Ich war sein Lebensretter, und der Hahn hat uns nie wieder etwas getan. Kommt, wir gehen wieder in den Hühnerstall, Eier austrinken, forderten uns die Jungen auf, aber wir wollten nicht, weil die Mutter uns gemahnt hatte. Die Jungen krochen ohne uns in den Stall, sie kullerten uns die Eier durch das Hühnerloch. Wieder kamen wir mit eigelbverschmierten Mündern auf den Hof, an den Bauersleuten vorbei, und meine Mutter erschrak wieder, Kinder, ihr wart doch schon wieder im Hühnerstall, ich hatt es euch verboten. Das schlechte Gewissen ließ ihr keine Ruhe, sie erzählte es der Bauersfrau auf dem Feld, aber die hatte nur gelacht. Drei Wochen hielten wir uns bei dem Bauern auf, es tat ihnen leid, als wir wieder weg wollten, sie hätten uns gerne Wohnung gegeben und uns in allem unterstützt, aber der Vater wollte auf dem Schacht arbeiten. Ein letztes Mal streichelte ich vor dem Einschlafen den Rüssel des Schweines, auch die Bauernjungen waren am letzten Tag nicht mehr so wild, sie trauerten auch, und als wir dann am Morgen mit unserem Handwagen aus dem Hof fuhren, folgten uns die Bauersleute und die drei Jungen bis auf die Landstraße, dort verabschiedeten sich die Eltern, wir Kinder taten das gleiche. Betrübt standen die Jungen neben ihren Eltern und sahen uns nach, und ich winkte, solange ich sie sehen konnte.

Für den Albert und für mich begannen von neuem die Strapazen, bald taten unsere Füße weh, aber meine Mutter wollte davon nichts hören, sie schimpfte ohne Rücksicht, Ich hab es euch immerfort gesagt, warum habt ihr nicht auf mich gehört, jetzt lauft nur, mit euch hab ich kein Mitleid, und wenn die Sonne schien, redete sie vom lieben Gott, wie gut er es doch mit uns meinte, und wenn es regnete und kalt war, hielt sie uns mit Versprechungen an der Deichsel, Kinder, wenn wir es geschafft haben, geht es uns gut, jetzt müßt ihr schon noch eine Weile aushalten. Wir kamen in eine Gegend, wo wir jeden Tag Mönche trafen. Das sind ja Mönche, war meiner Mutter ihr Freudengeschrei, oh, Kinder, Heilige kommen uns entgegen, vom lieben Gott geschickt, das sind nämlich dem lieben Gott seine Diener, die haben die armen Leute gern, die geben uns was. Die Mönche gingen mit gesenkten Köpfen und gefalteten Händen stumm an uns vorbei, aber zuvor hatten wir gesehen, wie sie sich in lauter Unterhaltung befanden, und jetzt auf einmal so stumm wie Heilige und auf der äußersten anderen Straßenseite. Geht, Kinder, gebt ihnen die Hand, das sind Heilige, sagt, Gelobt sei Jesus Christus, sagt, daß ihr Hunger habt, von denen kriegt ihr was, forderte meine Mutter uns auf. Ich sträubte mich, nur der Albert ging. Als er den Mönchen entgegenrannte, Gelobt sei Jesus Christus sagte und seine Hand ausgestreckt hinhielt, achtete kein Mönch auf ihn oder nahm seine Hand, stumm und immer zur Seite blickend, gingen sie an uns vorbei, fast so, als hätten sie Furcht. Meine Mutter konnte es nicht fassen. Guckt euch nur mal an, was fürchten die sich, das wollen Heilige sein, wir sind doch arme Leute, vor uns braucht sich niemand zu fürchten, Heilige sollen armen Leuten was geben, und die verstecken sich einer hinter dem anderen, so etwas wollen heilige Leute sein, wartet nur, ich werde mich beschweren über euch. Meine Mutter konnte sich gar nicht beruhigen und rief ihnen immer wieder nach, Beschweren werde ich mich. Hör nur schon wieder mal auf, sagte der Vater, aber ich hörte meine Mutter noch lange über die Heiligen, die dem lieben Gott seine Diener sind, schimpfen. In dieser Gegend trafen wir oft Mönche, und es passierte immer das gleiche, in weiter Ferne sahen wir sie noch sehr lustig, sie unterhielten sich laut und hatten die ganze Breite der Straße eingenommen, sobald sie uns erblickten, stutzten sie, und wenn sie an uns vorübermarschierten, dann nur stumm und im Gänsemarsch dicht am Straßenrand, ja, es war schon so, daß sich sogar dem lieben Gott seine Diener vor uns fürchteten.

In dieser Klostergegend gab es nur fromme Leute, an jedem Haus oder Gehöft stand am Wege eine Heilige Mutter Gottes oder der Heiland am Kreuz, wir mußten beim Vorbeigehen uns dem Heiland zudrehen, einen tiefen Knicks machen und uns bekreuzigen, dabei waren unsere Gesichter andächtig. An der Straße unter einem schattigen Baum hing der liebe Heiland am Kreuz, und mit großer Hoffnung ging meine Mutter auf den ersten Bauernhof. Kinder, in diesem Dorf werden wir Glück haben, hier sind nur fromme Leute, sagte sie, aber wo sie auch reinwollte, die Türen waren verschlossen, und sobald man sie erblickte, ließ man die Kettenhunde von der Leine, zähnefletschend kamen sie auf sie zu, und meine Mutter mußte zusehen, wie sie vom Hof runterkam. In anderen Gehöften konnten die Hunde an der langen Kette den ganzen Hof ablaufen. Keiner kümmerte sich um meine Mutter, und wenngleich sie sich auch in großer Gefahr befand, daß sie um Hilfe schreien mußte, nicht einmal der Kopf wurde nach ihr umgedreht. Und jeden Abend die große Sorge, wer uns über Nacht behalten würde.

Spät am Abend kamen wir in eine große Stadt, Ahlen hieß sie. Da wir Kinder nicht weiterkonnten, wandte sich meine Mutter in ihrer Not an die Polizei, die uns in eine Herberge in der Nähe des Bahnhofs schickte, und ohne Übernachtungskosten durften wir bleiben. Viele Leute hielten sich schon längere Zeit in der Herberge auf, es waren keine alten Leute, die Männer im Alter des Vaters, wir waren die einzige Familie und meine Mutter die einzige Frau unter den vielen Männern.

Den Tag verbrachten die Leute in der einfachen, sehr düsteren Gaststube. Durch eine hohe breite Flügeltür ging es die Treppen hinauf in die Schlafzimmer, die morgens immer zur vorgeschriebenen Zeit verlassen sein mußten, die Flügeltür blieb verschlossen bis zur Schlafenszeit, denn am Tage durfte sich niemand auf den Zimmern aufhalten. Ums Bettenmachen und Zimmersäubern brauchten wir uns nicht zu kümmern, alles war sehr sauber. Wir bekamen in der zweiten Etage ein kleines Zimmer mit zwei Betten zugewiesen, der Albert mußte mit dem Vater schlafen, und ich lag mit dem Seff und der Mami im zweiten Bett. Am Tage gingen die Leute wie wir betteln, auch wir Kinder wurden zum Betteln geschickt, aber vergeblich, uns jagten sie überall unfreundlich weg. Einige von den Herbergern fuhren alle Tage mit dem Zug in die umliegenden Dörfer, am Abend kamen sie zurück, verkauften ihr erbetteltes Brot, tauschten es gegen Zigaretten, das Geld wurde versoffen und im Kartenspiel verjubelt. Der Vater saß neben uns und sah sehnsüchtig zu den Kartenspielern hinüber, die ihr Glas Bier vor sich zu stehen hatten. Unter ihnen war auch ein Mann mit einem Bein bis oben weg, er lief auf zwei Krücken, und meiner Mutter war er unheimlich und nicht sympathisch. Er stellte die verrücktesten Sachen an, zeigte, was für Kunststücke er mit seinen Krücken machen konnte, und oft machte er sich über die Leute lustig, bei denen er betteln ging. Er hätte auch eine Prothese haben können, aber ohne Prothese erregte er mehr Mitleid, sagte er einmal in der Gaststube, dabei lachte er. Dieser Mann hatte meiner Mutter angeboten, mit ihr zusammen über die Dörfer betteln zu gehen, aber meine Mutter wollte nicht, auch wenn der Vater mit ihr deswegen böse war, sie fuhr lieber allein wie die anderen frühmorgens mit dem Zug, aber sie kam immer mit viel weniger zurück. Die anderen brachten Speckschwarten mit, die sie in der Küche abgaben, sie bestellten sich für paar Pfennige extra eine Erbsensuppe und löffelten am Tisch ihren Teller Erbsensuppe mit Schwarte drin. Nur wir hatten selten was, und das wenige ließ meine Mutter dem Tati. Der Tati muß arbeiten, hieß es von ihr, ihr könnt euch was betteln, wenn ihr Hunger habt. Der Vater hatte auf dem Bau

Arbeit bekommen, und die Mutter sorgte dafür, daß er seinen Erbsenbrei bekam. Wenn der Vater seinen Teller auslöffelte, guckten wir Kinder ihm hungrig auf den Mund, daß er uns schroff frug, Wart ihr heute schon betteln? Die Leute geben uns nichts, sagten wir. Ich werd euch schon helfen, ihr seid nur zu faul, daß ihr mir heute betteln geht und nicht immer nur auf die Mami wartet, was sie bringt, ihr seid groß genug, heute abend will ich wissen, ob ihr betteln wart. Als der Vater dann das erste Geld brachte, warnte ihn meine Mutter verängstigt, Joseff, daß du dich nicht mit an den Tisch setzen tust. Er verrenkte sich bald den Hals nach den Kartenspielern, er hielt es nicht mehr aus und sagte, Ah, ich werd doch mal hingehn. Joseff, bleib hier, flehte sie ihn an, aber ihr Flehen half nichts. Was ist denn schon weiter dabei, meinte er kurz und ging an den Tisch, an dem dröhnender Lärm und gute Laune beim Kartenspiel war und die vollen Biergläser standen. Aus diesem Abend wurden mehrere, er saß dann jedesmal mit an dem Tisch. Wenn wir schlafen gingen, bettelte meine Mutter halb weinend, daß er mit schlafen kommen sollte, aber er wurde grob, er fühlte sich wohl, hier hatte er die richtige Gesellschaft gefunden, und wenn er besoffen war, nannte er die Mutter vor allen Leuten Russenhure und daß sie seinen Namen ihrem Russ' gegeben hatte. Im Zimmer saß sie auf ihrem Bettrand und weinte unglücklich, und wenn der Vater hochkam, stank das Zimmer nach seinem Fusel, und er ließ der Mutter keine Ruhe. Der Mann mit den Krücken ließ nicht locker, als ob er was von meiner Mutter wollte, er drängelte sie, mit ihm zusammen über die Dörfer betteln zu gehen und daß sie auch ein Kind mitnehmen sollte, er würde sie als seine Frau und sein Kind ausgeben, das machte sich immer gut vor den Leuten, die würden dann mehr geben, und am Abend würden sie dann teilen. Meine Mutter wollte nichts davon wissen, aber der Vater war dafür, daß sie sich dem Mann anschließen sollte, lange haderten die Eltern, bis sie nachgab. Frühzeitig ging sie mit dem Mann zusammen weg. Den Albert und mich hatte sie indes in der Schule angemeldet. Wenn ihr nicht betteln gehen wollt, könnt ihr auch zur Schule gehen, dann wird es euch nicht langweilig, und ihr vergeßt den Hunger, war ihre Meinung, und zu der Lehrerin hatte meine Mutter gesagt, sie wollte uns von der Straße weghaben.

Bei der Lehrerin war ich von Anfang an nicht gut angesehen, sie nannte mich nur das schmutzige Ding, und manchmal sagte sie auch mit verächtlichem Gesicht, Pfui, und die Kinder aus der Klasse mußten sich von mir fernhalten. Wie die Puppen, schön und sauber, saßen die Mädchen in ihren Bänken und drehten sich die Hälse nach mir um. Wenn die Lehrerin neben meiner Bank stand und mich spöttisch frug, Wo warst du gestern, du warst doch nicht hier?, sagte ich verschämt und kaum verständlich, Fräulein, ich mußte betteln gehn. Lauter, wo warst du, forderte sie von mir. Ich schämte mich und blieb still. Wirst du es laut sagen, was du gestern gemacht hast, wir wollen es alle hören! Ihre Stimme wurde immer schriller, und ich ließ meinen Kopf immer tiefer hängen. Da schlug sie mich mit dem Rohrstock so lange, bis ich es laut herausschrie, daß ich betteln gehen mußte, und alle es deutlich hören konnten. Wenn wir in der Pause antreten mußten, durfte ich nur weit hinter der Reihe nachkommen. Geht von dem schmutzigen Ding weg, schrie die Lehrerin. Auf dem Hof stand ich allein an eine Wand gelehnt und sah verängstigt den herumspringenden Kindern zu, ich wurde von ihnen umzingelt und verspottet, verlacht und angespuckt. Pfui, das schmutzige Ding hat keine Hosen an, schrien sie, und mit langen Ruten hoben sie mir mein Kleid hoch oder schlugen mich, und ich mußte mir alles gefallen lassen. Jeden Tag bekam ich von der Lehrerin mit dem Rohrstock Schläge, aber meiner Mutter erzählte ich nichts, ich wußte ja ihre Antwort im voraus, Du taugst nichts, du elende Kanaliä, die haben ganz recht, sollen sie dich nur dreschen. Weil es alle Tage kein Leben in der Schule war, bettelte ich, Mami, wann machen wir denn wieder fort von hier, Mami, wir können doch schon morgen von hier fortmachen, hier ist es doch gar nicht schön. Es war für uns Kinder wirklich kein Leben, meine Mutter ging alle Tage betteln, frühzeitig fuhr sie mit dem Zug und kam erst gegen Sonnenuntergang zurück, und der Vater verbrauchte sein ganzes Geld für sich allein. Wir müssen erst warten, bis der

Tati fortwill, war ihre Antwort, dem Tati gefällt es hier, und ohne ihn können wir nicht fortmachen, wir brauchen ihn. Aber Mami, wir brauchen doch den Tati gar nicht, wir bleiben allein, wenn ich groß bin, arbeite ich und werde dir viel Geld geben. sagte ich. Hm, du wirst mir viel Geld geben, wer weiß, wie es bis dahin ist, der Tati muß bei uns sein, ohne ihn machen wir nicht weg. Mami, der ist doch alle Tage besoffen und tut dich hauen. Du hast deine Nase nicht reinzustecken, sagte sie schroff, und wenn sie so sprach, wußte ich, daß ich still zu sein hatte. Von den Prügeln alle Tage mit dem Rohrstock sagte ich ihr kein Wort, und mit viel Angst ging ich jeden Morgen zur Schule. Erst wenn die Schule aus war, ging es mir besser, mit Vorliebe ging ich durch den großen Park mitten in der Stadt, ich hatte viel Langeweile und war den ganzen Tag mir allein überlassen. Das Grün der Bäume, das Gras und die bunten Blumen, das war für mich was Gutes, wie was zu essen, das ich mir gerne mit der Schiefertafel unter dem Arm suchte. Ich hatte schön meine eigene Bank, sie stand versteckt in einer Ecke, ringsherum hohes Gras und Blumen, und selten kam hier jemand vorbei. Alle Tage freute ich mich auf meine Bank, hier war es still, und nach dem Schulweg war es mein Platz bis zum Abend, hier machte ich auf meiner Schiefertafel Schulaufgaben, ich versuchte auch was anderes zu schreiben, es tat mir leid, daß ich kein Lesebuch hatte, wie gern hätte ich was draus abgeschrieben, manches Mal schrieb ich auf die Tafel, was mir grad einfiel, oder ich malte den Park, das Gras mit den Blumen, die Wege, die Bäume, dabei zog ich die Beine hoch. Eine Frau ging vorbei, die ich nicht bemerkt hatte. Wirst du deine Beine runtertun, pfui, wie du dasitzt, schäm dich, schimpfte sie plötzlich los, und erschrocken ließ ich meine Beine runterrutschen. Als die Frau weggegangen war, zog ich sie aber wieder rauf und malte weiter den Park mit den Blumen, dem Weg und den Bäumen. Am Abend erzählte ich meiner Mutter von dem schönen Park, sie hörte ohne Interesse zu, mit einem Ohr war sie nur beim Vater, der wie alle Abende am Kartentisch hockte und nur selten nüchtern war, sie wußte, daß er bald wieder mit den Leuten Streit bekommen und in schlechter Laune hinaufkommen und mit ihr stänkern würde, um seine Wut an ihr auszulassen und sie mitten in der Nacht zu prügeln.

Als ich ein andermal im Park auf meiner Bank saß, kam ein junger Bursche um die hohe Hecke, er blieb stehen, sagte irgendwas, was ich nicht verstand, ich zog meinen Kopf ein und rutschte noch mehr zusammen, aber meine Beine hatte ich vergessen runterzunehmen, ich dachte, wenn ich mein Gesicht hinter meinen Knien versteckte, sähe er nichts, und ab und zu schielte ich über meine Knie zu ihm hinüber. Er lockte mich und winkte, und er hatte eine lange Spitztüte aus der Tasche gezogen, und weil ich nicht kam, hielt er sie mir entgegen und sagte, Komm, hast. Es war mir unheimlich, mein Herz klopfte immer höher, ich dachte an die Aufklärung von meiner Mutter, Wenn dich ein Mann anredet, daß du nicht hingehst. Und weil ich nicht hinkam und nichts von ihm annahm, aß der Bursche, um mir Appetit zu machen, und dabei lockte er, Komm her, und weil ich nicht kam, wollte er zu mir, aber bevor er sich versah, war ich aufgesprungen und auf und davon, Tafel und Stift hatte ich vor Angst fallen gelassen, und ich rannte und schrie, was ich konnte. Ich begegnete Leuten, denen ich in meinem Dialekt entgegenschrie, Datt hinten is ä Moo, der will mo wos mochen. Mit finsteren Mienen gingen die Leute an mir vorbei, weil sie mich nicht verstanden, sie sahen nur das Kind in schmutzigen, zerrissenen Lumpen, aber paar Leute blieben stehen, und einer frug den andern, Was sagt denn das Kind, und einige verstanden dann doch und wollten von mir wissen, Wo ist denn der Mann, zeig ihn uns doch. Ich zeigte mit dem Finger in die Richtung. Wer ist denn nur das Kind, frugen wieder andere, und alle guckten überall herum, wo denn der Mann sein könnte, aber bald verdünnten sie sich wieder, und keiner kümmerte sich weiter um mich. Aber ich konnte mich nicht beruhigen und zitterte am ganzen Körper, ich lief auf eine Frau zu und rief, Hallo, Frau, datt hinten is ä Moo, der will mo was moch, aber die Frau ging mit gerunzelter Stirn weiter, und ich war erst frei von der Angst, als ich die Hauptstraße erreicht hatte. Niemals wäre ich wieder in den Park gegangen. Am andern Tag wollte ich es der Lehrerin erzählen, aber die amüsierte sich schön mit den Kindern über mich, es war eben nicht das Fräulein, das ich in Brüx in der Schule hatte. Meiner Mutter erzählte ich nichts vom Vorgefallenen, was hätte sie auch geantwortet, Nu, Jässes, jeder Mann will dir nicht was tun. Von klein auf verstand ich schon, daß ich auf mich selbst aufpassen mußte. Von nun an spielte ich mit dem Albert zusammen in einem trockenen, breiten Graben, gegenüber von der Herberge, wir spielten mit Geschirr und Scherben, beides trugen wir aus der Abfallkuhle zusammen, wir liefen auch viel durch die Straßen, weil wir eben Langeweile hatten. Eine Zeitlang kam zu uns ein kleines Mädchen, sauber wie eine Puppe, sie spielte mit mir, zur Schule ging sie auch schon, sie wohnte in einem ganz großen Haus gleich neben der Herberge. Paar Tage ging es gut, bis die Mutter das Mädchen bei uns bemerkte und es mit sich nahm, auf mich guckte die Frau sehr böse, und sie schimpfte die Kleine aus, Sollst doch nicht zu dem schmutzigen Ding gehen, ich habe es dir doch verboten. Zuerst weinte das Mädchen, weil sie gerne mit mir zusammen war, und in der ersten Zeit rief sie von ihrem Balkon zu mir herunter, Ich komme zu dir spielen. Sie kam aber nicht, weil ihre Mutter sie nicht herunterließ. Ein andermal rief sie, Ich darf nicht zu dir runterkommen, meine Mama will es nicht haben, die sagt, du bist so schmutzig. Das nächstemal spuckte sie über den Balkon und schrie, Du hast Läuse, pfui, du bist ein altes schmutziges Ding. Traurig schaute ich zu ihr hinauf, und da sie auf mich spuckte und mich mit allen möglichen Beleidigungen beschimpfte, rief ich hinauf, Du bist dumm, und deine Mama ist auch dumm, Läuse hast du und deine Mama, ich hab keine Läuse. Da kam die Frau zornig auf den Balkon und schimpfte mit mir, und das Mädchen bekam ich von dem Tag an nicht mehr zu sehen.

Der Albert und ich beobachteten immer die Sonne, und wenn die Sonne im Westen noch nicht ihren bestimmten Stand hatte, sagte ich, Jetzt kommt die Mami noch nicht, wenn die Sonne dort drüben ist, dann muß sie bald kommen. Meine Mutter kam immer mit ein und demselben Zug, und wenn es soweit war, liefen wir zum Bahnhof, guckten angestrengt, ob sie mit dem Seffl unter den vielen Leuten dabei war, wir erkannten sie am Seffl, dessen silbriges Köpfchen schon von weitem schimmerte, dann rasten wir los, Mami kommt, die Mami kommt, schrien wir, und der kleine Seffl freute sich, wenn er uns sah, sie mußte ihn vom Arm herunterlassen, und er kam uns entgegengetippelt. Mami, hast du was, Mami, hast du heute viel gekriegt, riefen wir schon von weitem. Einmal hatte sie uns ein kleines Spielzeug mitgebracht, sie hielt es in der Hand hoch, fast hätten wir die Leute umgeworfen. Oh, die Mami kommt, oh, die Mami hat was in der Hand, ich hab es gesehen! Beim Näherkommen sah ich, daß sie eine kleine Puppe hielt. Oh, die Mami hat eine Puppe! Sie kam gar nicht dazu, ihren Arm herunterzulassen, denn ich war schon an ihr hochgesprungen wie ein Hund nach dem Wurstzippel und riß ihr die Puppe aus der Hand. Für den Albert hatte sie ein kleines Pferd, das auf einem Brett mit Rädern stand, ein Pferd, das war dem Albert sein ein und alles, nur die lange Peitsche hätte noch gefehlt, einen kleinen Ball hatte sie auch noch mit. Die Sachen hätte sie beim Vorbeigehen spielenden Kindern weggenommen, erzählte sie uns. Haben sie denn das nicht gesehn, wollte ich wissen. O ja, die haben es schon gesehen, aber ich hab mich einfach gebückt und hab es aufgehoben, ich dachte, das nehm ich für euch mit, ihr seid so arm und habt noch nie Spielzeug gehabt, die Eltern können den Kindern ja wieder was kaufen, die Kinder haben geschrien, aber ich hab gemacht, daß ich schnell fortkam, jetzt habt ihr zuwenigstens auch mal was zum Spielen. Ich drückte die Puppe an mich, niemals hätte ich sie wieder hergeben wollen, und der Albert mit seinem kleinen Pferdchen redete nur von der Peitsche, die ihm noch zu allem Glück fehlte. Für uns beide war dies der glücklichste Tag im Leben. Jeden Tag rannten wir ihr mit unserem Spielzeug entgegen und riefen von weitem, Mami, hast du uns heute wieder was mitgebracht. An einem Tag kam sie ganz niedergeschlagen aus dem Bahnhof, sonst rief sie uns schon beim Namen, wenn sie uns sah, und winkte, jetzt sah sie besorgt aus. Mami, was ist? Ach, Kinder, heute ist mir was Schlimmes passiert, ich habe unsere Ausweispapiere verloren, und sie fing zu weinen an, nicht mal vor den vielen Leuten konnte sie ihre Tränen zurückhalten. Ich habe nur den Mann in Verdacht, jammerte sie und meinte den Mann mit den Krücken, er war mir ja immer schon nicht sympathisch, ich wollte nicht mit ihm betteln gehen, aber der Tati hat es so haben wollen, daß ich mit ihm zusammen geh, ich hab müssen, wie er hat wollen, sonst hätt ich keine Ruh vor ihm gehabt, und sie weinte und hatte große Angst. Ich getrau es mich gar nicht zu sagen, er wird schimpfen, und was werden wir ohne Papiere anfangen, oh, das ist ein Gauner, murmelte meine Mutter, wie er immer tun kann, so erbärmlich, die Leute glauben ihm, und hinterher macht er sich über sie lustig, ich hab nur ihn in Verdacht, er hatte es auf unseren Paß abgesehn, der war ja auch für Belgien gültig, ich hab es gleich geahnt, daß er etwas im Schilde führt. Meine Mutter bangte nun, daß wir ohne Ausweispapiere nach Böhmen zurückgeschickt würden, und dort wartete das Gefängnis auf sie, aber ihr blieb nichts anderes übrig, alles Weinen und Angst vor der Polizei half nichts, sie mußte es melden. Sie gab an, daß sie den Mann mit den Krükken in Verdacht hätte, beim Verhör gab der Mann nichts zu, doch kurz danach war er aus der Herberge verschwunden. Meiner Mutter kostete es Tränen und Bitten, bis sie Ersatzpapiere bekam, sie kosteten viel Geld, und Geld hatten wir nicht, da der Vater alles versoff, also mußten wir in der Herberge abwarten, bis soviel Geld für neue Papiere zusammen war. In dieser Zeit mußten wir wieder mehr hungern, nur dem Vater ging es gut, der saß weiter am Abend bei seinen Saufbolden am Spieltisch, er frug nicht danach, was wir litten, für ihn hätte es ewig so weitergehen können, er trank und trank und gab sein Geld aus und wußte, wie nötig wir es brauchten. Wenn Schlafenszeit war, ging meine Mutter mit uns hinauf, jedesmal ging sie auch zum Vater und bettelte, Josääf, Josääf, komm schlafen, du weißt doch, daß wir das Geld brauchen, aber er kam nie mit hinauf, er blieb sitzen, bis er vom Herbergsvater zur bestimmten Stunde dazu aufgefordert wurde, dann kam er mit schlechter Laune, und wie immer suchte er Streit, um sie zu schlagen. An einem Abend hatte ihn meine Mutter nicht gehört. Er war noch auf Toilette gewesen, bevor er sich ins Bett legte, betrunken, wie er war, konnte er nicht zurückfinden, er torkelte im Dunkeln in fremde Zimmer und wurde dann von den Leuten grob angefahren und rausgeschmissen, und als er dann endlich in unser Zimmer gefunden hatte, hatte er eine Stinkwut auf meine Mutter, er fiel über sie her, trommelte mit beiden Fäusten auf sie ein. Da kamen Männer zu uns ins Zimmer, ganz nackt waren sie, jeder mit einem Stock in der Hand, und sie verdroschen den Vater, und während sie ihm auf diese Weise Vernunft beibrachten, suchte meine Mutter eilends Messer und Schere zusammen, damit er nichts anstellen konnte, zog Matratzen und Federbetten die Treppen hinunter, holte uns Kinder aus den Betten und verschwand aus dem Zimmer. In der unteren Etage standen Räume leer, weil die Maler drin arbeiteten, dort wollte sie sich mit uns Kindern verstecken. Sie flüsterte, Kommt nur, Kinder, wir schlafen heute hier unten, und sie suchte alle Türen ab, aber nirgends steckte ein Schlüssel. Kinder, Kinder, jammerte sie verzweifelt, was werden wir machen, es ist ja alles verschlossen, und immer wieder probierte sie die Türklinken, Kinder, flüsterte sie, wir müssen sehen, daß wir uns verstecken, wenn er uns sucht, dann geht es uns allen schlecht, Kinder, Kinder, wo sollen wir nur hingehen, und wieder tastete sie im Dunkeln die Türen ab, oh, hier ist eine auf. Wir fielen in der Kammer über Eimer, Sandhaufen und Farbtöpfe, die die Maler abgestellt hatten. Geradeaus von der Tür entdeckte meine Mutter ein Fenster. Oh, das ist gut, sagte sie, da springen wir hinaus, wenn der Vater uns findet. Wir legten uns auf unsere Matratzen. Wenn nur ein Schlüssel an der Tür wäre, jammerte meine Mutter, daß uns angst und bange wurde, der bringt uns um, wenn er uns findet. Eine Leiter stützte sie gegen die Tür, Farbtöpfe, Eimer und alles, was sie im Dunkeln finden konnte, türmte sie davor auf, und immer wieder probierte sie, ob die Tür gut verbarrikadiert war. Wenn er merkt, wir sind hier drin, Kinder, dann sind wir verloren! Der kleine Seff war inzwischen eingeschlafen, er hatte den Husten. Zitternd hatte sie sich zu uns gelegt. Kinder, schlaft nur nicht ein, wenn was ist, daß ihr gleich munter seid, horcht nur, ob ihr was hört, und sobald der Seff hustete, verschloß sie seinen Mund mit der Hand, und vor Todesangst legte sie sich jedesmal mit ihrem ganzen Körper auf ihn drauf und zog die Decke über seinen Kopf und jammerte, Seffl, Seffl, du verrätst uns, wenn der auf dem Gang ist, hört er es sofort. Nothalber hatte sie schon das Fenster geöffnet, und horchend lagen wir nebeneinander, zitternd mit Zähneklappern, sie weinte und wimmerte immer nur, und auf einmal fuhr sie in die Höhe. Horcht, ich glaub, er sucht uns schon! Mir klopfte mein Herz, als wollte es zum Mund rausspringen. Ich glaub, er kommt, wimmerte sie. Vorsichtig erhob sie sich und ging an die Tür lauschen, dabei wimmerte und weinte sie, als wäre sie ihm schon ausgeliefert. Als sie sich dann wieder zu uns legte, rief sie halblaut und in Angst nach ihrer Mutter, Hilf mir, Mutter, Mutter, warum muß es mir so schlecht gehen. Wie verloren erhob sie sich. Kinder, kommt, steht auf, wir wollen uns alle hinknien und zur Heiligen Mutter Gottes beten, kommt hierher, Kinder, vor das Fenster, und dem Seffl deckte sie die Decke über den Kopf, damit sein Husten nicht gehört wurde. Vor dem offenen Fenster knieten wir drei nebeneinander. Kinder, betet, Kinder, betet, er ist gleich hier, Heilige Mutter Gottes, beschütze uns. Wo ist die Russenhure, die schlag ich jetzt tot, hörte ich bis herein sein dumpfes Gemurmel, und seine Schritte kamen näher, und sein Gemurmel wurde immer deutlicher, Wo ist die Russenhure, die schlag ich jetzt tot. Aber ein Wunder, auf einmal hörte ich fremde Stimmen, nicht weit weg von unserer Tür, und dann Totenstille. Ich hör nichts, flüsterte meine Mutter, was das nur für Leute gewesen sind, sie lauschte und lauschte, und endlich durften wir einschlafen. Am andern Morgen erfuhren wir, daß die Polizei in der Nacht den Vater abgeholt hatte, sie ließen ihn aber am gleichen Tag wieder laufen. Meine Mutter gab gerade dem Seffl die Brust, als er zur Tür hereinkam, sie erschrak, aber blieb mit dem Seffl an der Brust sitzen, weil sie sich dachte, er wäre längst ausgenüchtert. Er schlug gleich mit einem Stock auf sie ein und schrie, Du elende Hure, dir werd ich helfen. Aber Josääf, Josääf, hör doch auf. Sie flüchtete mit uns aus der Herberge, und den ganzen Tag liefen wir von einem Versteck ins andere, nur um dem Vater nicht unter die

Augen zu kommen, wir liefen durch die Stadt, und als es Abend geworden war, wußten wir nicht, wo wir schlafen sollten, in die Herberge trauten wir uns nicht zurück. Der Tati wird mich wieder schlagen, der hat jetzt Wut auf mich, weil sie ihn heut nacht eingesperrt haben, Kinder, Kinder, wo werden wir heute schlafen, jammerte meine Mutter. Zum Glück fanden wir einen Schuppen, meine Mutter setzte sich mit dem Albert und dem Seff auf Kisten, ich in einen Handwagen, ich hatte meine Beine angezogen und das Kleid, so weit es ging, über die Knie gezogen, ich hatte große Angst vor Ratten, im Handwagen fühlte ich mich etwas sicher, mit der einen Hand hielt ich meine Mutter fest. Im Schuppen knisperte und rappelte es, und mit aufgerissenen Augen starrte ich in das Dunkle und horchte, mir war es unheimlich, aber es war immerhin besser, als in der Nacht auf der Straße herumzulaufen. Zitternd vor Kälte und vor Angst, drückten wir uns aneinander, es war eine grausame Nacht, und wir waren froh, als sie vorbei war, noch im Dunkeln verließen wir den Schuppen und den Hof. Unsere Arme und Beine waren wie eingerostet, und ganz steif waren wir von der Kälte. Und wieder liefen wir den ganzen Tag herum und wußten nicht, wohin. Am Abend wollte meine Mutter mit uns zurück in die Herberge, sie wagte sich nicht hinein, lange standen wir davor, bis sie den Albert hineinschickte. Er kam mit frohem Gesicht zurück. Der Tati hat gesagt, wir sollen reinkommen, er tut dir nichts! Wir waren froh, daß wir wieder im Bett liegen konnten, und die Eltern waren wieder versöhnt, als wäre nichts gewesen. Spätabends hörte ich den Vater rufen, Siedl, Siedl, soll ich zu dir kommen? Äh, wart nur, bis die Kinder schlafen. Unterdes war ich eingeschlafen, aber ich wurde wieder wach, weil das ganze Bett zitterte. Mami, was ist das, daß ich im Bett so zitter? Ich merkte, daß der Vater bei uns lag. Keiner von beiden rührte sich. Warum der Tati nur mit in unserem Bett ist, wunderte ich mich und lag mit großen Augen und hellen Ohren da. Später merkte ich, wie der Vater in sein Bett zurückging, und früh frug ich die Mami, warum der Tati bei uns gewesen war und das Bett so gewackelt hatte, da verzog meine Mutter das Gesicht und sagte, Äh, du bist ja bleed.

Und als ich sie wieder fragen wollte, schnauzte sie mich an, Wirst du deine gottverfluchte Gusch halten, wer weiß, was du geträumt hast, daß du mir ja draußen nichts erzählst, und sie drohte mir böse mit der Faust.

Zwei Tage hatte ich in der Schule gefehlt, und als das Fräulein wieder wissen wollte, wo ich die Zeit über gewesen war, gab ich keine Antwort. Da kam sie mit ihrem Rohrstock und schlug mir auf Rücken und Gesäß, als wollte sie mich totschlagen. Wirst du jetzt reden, wo du warst, warst wohl wieder betteln, sagte sie spöttisch, Betteln ist wohl schöner als Lernen, du altes schmutziges Ding, dir werde ich das Sprechen schon beibringen. Ich schrie wie auf der Folter, Mami, Mami, aua, Mami, Mami, aua, Mami, komm her zu mir. Das Fräulein schlug ohne Pause auf mich ein. Warum bist du nicht in die Schule gekommen, wirst du jetzt reden, du altes faules Schmutzding, pfui, wie du aussiehst, vor dir ekelt man sich ja! Ich brüllte jetzt laut, daß es alle hören konnten, Mein Tati hat meine Mami gehaun. Noch lauter, forderte das Fräulein. Ich mußte es ganz laut schreien, daß mein Vater meine Mami gehauen hatte. Kinder, habt ihr es alle gehört? frug das Fräulein, und sie antworteten mit Ja. So, und deswegen bist zu Hause geblieben, und sie schlug weiter auf mich ein. Alle Kinder drehten ihre Köpfe zu mir, in ihren Gesichtern las ich zum ersten Male keinen Spott. Ich konnte nicht mehr richtig auf der Bank sitzen, mein Hintern und mein Rücken taten so weh, in der Pause lehnte ich mich gegen die Wand und weinte und wälzte mich. Mami, Mami, meine Mami, aua, aua, jammerte ich, Mami, meine Mami. Die Schulkinder hatten sich vor mir versammelt, standen und machten ernste Gesichter, den Kopf schräg, niemand von ihnen hatte ein Lächeln im Gesicht, eher Mitleid. Auch hierüber ließ ich meine Mutter nichts wissen, ich wünschte nur immer, daß wir bald fortmachten, hier war es kein Leben für mich. Inzwischen hatten wir auch das Geld zusammen, um uns die Ersatzpapiere von der Polizei zu holen, danach machten wir uns endlich wieder auf die Reise, und ich war so froh, daß wir mit dem Handwagen weiterkonnten. Wir waren schon einige Tage unterwegs, da sah meine Mutter die Striemen auf meinem Körper. Oh, wer hat dich denn so geschlagen? Nun erzählte ich ihr, wie schlecht ich in der Schule behandelt worden war, und heulte grad so schmerzlich auf, als würde ich wieder von dem Fräulein geschlagen. Warum hast du mir nichts gesagt, ich hätt dich doch nicht in die Schule geschickt, sagte meine Mutter, aber der Vater, der auch die Striemen auf meinem Körper gesehen hatte und mich weinen hörte, sagte kein Wort dazu.

Unsere Kräfte ließen bald wieder nach, wir konnten nicht mehr, manches Mal versuchte meine Mutter den Handwagen zu ziehen, da kamen wir beide nicht nach, unsere Beine, unser ganzer Körper waren matt. Wenn ihr zurückbleiben wollt, zieht nur wieder den Wagen, da kommen wir zuwenigstens schneller fort, schimpfte meine Mutter, und wir mußten die Deichsel wieder in die Hand nehmen und wurden getrieben. Los, zieht, daß wir fortkommen! Die Eltern stritten sich, brüllten auf der Straße herum, und wir Kinder jammerten. Meine Mutter bekam es langsam satt mit dem Vater, der war schon so weit gegangen, sie mit seinem Handstock auf den Rücken zu schlagen, um sie anzutreiben, der Vater wollte ins Ruhrgebiet, obwohl er doch in Ahlen und anderswo gesagt bekommen hatte, daß dort gestreikt wurde, aber er hörte nicht darauf, er wollte unbedingt im Schacht arbeiten.

Wir kamen in ein reiches, schönes Dorf mit Asphaltstraßen. Meine Mutter sagte, Hier muß ich nur Geld betteln, wir müssen wieder etwas Geld haben, mal sehen, der Tati läßt keine Ruhe mehr, er will sich seine Haare schneiden lassen, ich muß jetzt sehen, daß mir die Leute Geld geben. Freudestrahlend kam sie und rief, Ich habe Glück gehabt, die Leute sind hier gut, sie haben Geld gegeben. In der Hinterstube eines einfachen Gasthauses warteten wir auf den Vater, der in Plüschhut und mit Spazierstock und mit der Zigarette in der einen Hand zum Haarschneiden gegangen war. Erschöpft saßen wir vor einem Glas Limonade, und ich war glücklich, daß ich ausruhen konnte, ich spürte fast meine Müdigkeit nicht mehr. Mami, vielleicht können wir hierbleiben, bat ich sie, frag doch mal die Leute. Wir warten jetzt nur auf den Tati, dann geht's weiter. Die Leute, die in der Gaststätte saßen, ließen kein Auge von uns, sie hatten mitgehört und hatten für uns ein mitleidiges Lächeln. Ich ließ meinen Kopf hängen, ich schämte mich wegen ihres schroffen Tons, meine Mutter hatte immer gerne vor Fremden einen großen Mund, besonders wenn sie wie jetzt schlechte Laune hatte, weil der Vater so lange auf sich warten ließ. An einem der Tische saßen neben anderen Leuten ein Ehepaar und ein ganz junger Bursche, der anscheinend besonderen Gefallen an mir gefunden hatte, er lächelte mich immer nur freundlich an, manches Mal lächelte er auch noch mehr, und auch das Ehepaar, sicher seine Eltern, beobachteten mich immerzu und sahen freundlich auf mich. Mami, guck nur, flüsterte ich ihr ins Ohr, wie der Junge mich immerfort angucken tut. Du gefällst ihm halt, flüsterte sie zurück, die Leute am Tisch haben gesagt, daß du ein schönes Mädchen bist und gar nicht zu uns paßt. Das gefiel mir nicht, aber meine Mutter bekam dadurch gute Laune und meinte, Ich muß mal sehen, ob ich noch ein paar Pfennige zusammenbringe, ich will mal gucken, ob es noch für eine Haarschleife reicht, und sie suchte ihre paar erbettelten Pfennige zusammen und ging mit dem kleinen Seff auf dem Arm eine Haarschleife kaufen. Ganz stolz und glücklich war mir zumute, weil meine Mutter nur selten so lieb und gut zu mir war, es war für mich ein schönes Gefühl, wenn sie um mich Besorgtheit zeigte. Es dauerte nicht lange, und sie kam mit zufriedenem Gesicht wieder zurück, sie kämmte mein weißes, silbriges Haar gut aus, ich hatte glattes Haar und wie meine Mutter eine Locke auf der Stirn, und sie band mir die dunkelrote breite Schleife ins Haar. Schade, daß wir so arme Leute sind, flüsterte sie traurig, du gehörst in schöne Kleider und nicht in diese Lumpen und zu dem Leben, wie wir es haben, da paßt du nicht rein, aber ich kann es halt auch nicht ändern, daß es uns so schlecht gehen muß, sei du nur einmal anders, wie ich bin. Ich umarmte meine Mutter, auch wenn der Junge und seine Eltern keinen Blick von uns ließen, ich drückte sie fest und küßte sie auf die Wangen, ich sah ihre feuchten Augen und streichelte ihr Gesicht und sagte, Mami, wenn ich mal groß bin, soll es dir immer gut gehen, mein ganzes Geld gebe ich dir. So lieb, wie ich sie jetzt hatte, das ließ sie sich von mir auch nur selten gefallen, und der junge Bursche hatte jetzt noch größere Augen auf mich. Als dann der Vater kam, war sofort unter den Eltern vor allen Leuten Haderei, weil er so lange weggeblieben war, und mir waren dabei aller Übermut und alle Freude vergangen. Mit unfreundlichen Worten an uns zwei Kinder verließen wir das Gastzimmer, ich machte noch einen kurzen traurigen Blick zu dem Tisch, an dem der junge Bursche mit seinen Eltern saß. Durch das große Gastzimmer schlenderten wir schnell hindurch, damit uns die Leute nicht so beguckten, ja, und die Eltern stritten und brüllten sich alle Tage nur noch an, der Vater prügelte die Mami sogar auf offener Straße, einer gab dem anderen die Schuld, der Vater spazierte dann mit seinem Handstock und Plüschhut, den er sich noch in Ahlen gekauft hatte, wie ein feiner Herr weitab von uns, und wir Kinder weinten nur noch, weil wir mit unserer Kraft am Ende waren, und auch kein Schimpfen und Treiben half mehr, nur dem Vater, dem gefiel es, er wollte durchaus ins Ruhrgebiet, auch wenn jeder ihn davon abhielt, er wollte immer nur weiter. Die sind nur zu faul zum Laufen, denen wer ich mal Beine machen, brüllte er auf der Landstraße rum, aber nur gut, daß es meine Mutter auch satt hatte. Die Eltern sprachen kaum noch miteinander, sie guckten sich nicht mehr an. An einem großen Dorf, das Hemmerde hieß, machten wir halt, den Handwagen ließen wir beim Vater stehen, die Mutter ging allein mit uns drei Kindern ins Dorf, und unterwegs vertraute sie uns an, Ich will jetzt hier bei einem Bauern Arbeit suchen, jetzt hab ich es satt, soll er doch allein weitermachen, ich bleib jetzt mit euch hier, und wenn ich nur für das Essen arbeite, ich hab immer nur gemacht, was er wollte, aber jetzt ist es aus, soll er nur weitertippeln, wir bleiben hier.

3

Von Hemmerde aus wurden wir nach Steinen geschickt, das zwanzig Minuten zum Laufen war, in Steinen gab es paar große Güter, dort gäbe es bestimmt Arbeit, hatte man uns gesagt. Das größte und reichste Gut, das einer Familie Schulze Steinen gehörte, nahm uns auf. Zuerst hatten die Schulze Steinen nichts von uns wissen wollen, aber meine Mutter ließ sie von unserer Not wissen und was wir Kinder aushalten müßten, da ließen sie sich erweichen. Wir kamen mit unserem Handwagen durch ein breites eisernes Gutstor, gleich im ersten Gebäude in einer kleinen Kammer über dem Pferdestall bekamen wir Unterkunft. Die Kammer, wo Pferdegeschirr hing, wurde für uns ausgeräumt, und wir konnten uns Stroh holen, das wir auf der Erde ausbreiteten, paar graue Pferdedecken zum Zudecken gab man uns. Wir Kinder waren überglücklich vor Freude, und ich kugelte mich im Stroh herum, meine Mutter war emsig dabei, um es uns auf dem Stroh gemütlich zu machen, nur der Vater saß rum, die Beine angezogen, den Plüschhut noch auf dem Kopf, seine Arme und der Kopf lagen auf seinen Knien, er hatte eine Wut, daß wir nicht weitertippeln wollten, aber meine Mutter ließ nicht mit sich reden, und wir waren lustig und kümmerten uns nicht um den Vater. In Schüsseln konnten wir gleich Essen holen. Der Vater sah nun ein, daß die Mami ernst machte, ihm blieb weiter nichts übrig, als zu bleiben, allein weitertippeln, dazu hatte er wohl keinen Mut, aber es war ihm anzusehen, daß er sich vorgenommen hatte, nur ein paar Wochen hierzubleiben und dann mit uns weiterzumachen. Ich will bei keinem Bauern bleiben, ich will auf den Schacht, sagte er und ging hinunter und ließ sich Arbeit geben. Im stillen freute sich meine Mutter, daß er nachgegeben hatte. Mein Vater ging dann alle Tage mit den Männern aufs Feld, eine Sense auf der Schulter, Getreide mähen, er hatte noch nie eine Sense gehalten und bekam bald Blasen an den Händen, so daß er stöhnte und lamentierte und kein Essen anrühren wollte, und in der Früh kroch er erst auf allen vieren, weil sein Kreuz so schmerzte, er erhob sich nur mühsam und schimpfte dabei immerfort. Die Schulze Steinen hatten viele Leute beschäftigt, die meisten wohnten ein Stück abseits vom Hof in Katen, die auch den Schulze Steinen gehörten. Alle Arbeiter hatten vom Hof eine Kuh bekommen, nur wenn ein Kalb geboren wurde, mußten sie es an den Herrn abgeben, Schweine hatten sie und Geflügelzeug, sie bekamen Futter zugeteilt und durften sich Heu machen. Auf dem Gut lebten noch polnische Schnitter, die vom Frühjahr bis Herbst hier arbeiteten, sie hatten unter den Speichern ihre kleinen Stuben. Dann hatten die Schulze Steinen noch viele Arbeitsleute, die aus Werl, einer kleinen Stadt in der Nähe von Hemmerde, kamen, und jeden Morgen trafen Sträflinge aus Hemmerde in geschlossenen Reihen zum Arbeiten ein. Es dauerte auch nicht lange, da wurde für uns eine Wohnung in einem der hinteren Stallgebäude frei, unsere Wohnung war eine große Stube mit zwei schmalen hohen Fenstern und starken Gittern davor, die Decke war sehr hoch, wahrscheinlich war es früher ein Speicher gewesen. Drei Betten, ein Tisch, paar Stühle, es waren ganz alte Möbelstücke, ein kleiner Ofen, Strohsäcke für die Betten, als Kopfkissen ebenfalls ein Strohsack, paar alte dunkle Pferdedecken zum Drauflegen und Zudecken bekamen wir, und an die Wände und die Tür wurden große Nägel eingeklopft, damit wir Kleidungsstücke aufhängen konnten. Wir Kinder waren mit der Mami überglücklich, nur der Vater hatte ein brummiges Gesicht und redete alle Tage vom Fortmachen, aber meine Mutter blieb fest und sagte, Ich bleibe hier, ich getrau mich vor den Leuten nicht mehr, wegen der Kinder, mit ihnen können wir keine Strapazen mehr aufnehmen, ich hab müssen genug von den Leuten anhören. Ich war froh, wenn ich meine Mutter dem Vater so antworten hörte, und noch mehr freute ich mich über zwei Schwalben, die jeden Abend zu uns hereinkamen und auf der Lampe saßen. Auch meine Mutter war über diesen Besuch vor Freude außer sich, niemand durfte sich rühren, wenn sie in unserer Stube oben auf den Deckenbalken saßen, sie sagte zu uns, Schwalben bringen Glück, wer Schwalben in der Wohnung hat, hat Glück. Die Schwalben waren überhaupt nicht scheu, sie bauten sich sogar ein Nest in unserer Stube. Kinder, die Schwalben bringen uns Glück! Als die Schwalben ihre Jungen ausgebrütet hatten und die schon fliegen konnten, hatten wir jeden Morgen ein Schwalbenkonzert, sie flogen dicht über unsere Köpfe hinweg, und meine Mutter sagte immerzu, Seht, ihr Kinder, der liebe Gott läßt uns halt doch nicht im Stich, er hilft uns immer wieder. Nur der Vater war unzufrieden und schlecht gelaunt.

Es gab bei den Schulze Steinen nicht viel zu essen, aber es war besser als betteln gehen. Eine Bimmelglocke gab das Zeichen zum Essen und auch wieder zum Aufbrechen, die Leute erhoben sich sofort und gingen hinaus, denn der Herr wartete schon im Hof, beide Daumen hinter den Hosenträgern, drehte sich nach allen Seiten und beobachtete den Himmel. Herr Schulze Steinen war ein ruhiger, einfacher Mann mit Strohhut auf dem Kopf und immer hemdsärmlig, so folgte er seinen Pferdegespannen, manches Mal nahm er auch den Hund Greif mit auf die Felder. In der Ernte stakte er selbst die Garben auf den Wagen, er war immer mit den Arbeitern zusammen. Die Arbeitsleute bekamen ihr zweites Frühstück in einem Korb mit auf das Feld, und auch für den Nachmittag wurde ihnen das Vesperbrot im Korb mit auf das Feld gegeben. Wir Kinder hatten nur dreimal am Tag zu essen, morgens holten wir auf einem Blechteller für jeden eine Sirupschnitte, der Blechteller mußte immer gleich zurückgetragen werden. Von dem Sirup waren die Schnitten ganz steif, wenn ich reinbiß, war es, als ob ich in Leder biß. Die Arbeitsleute auf dem Feld bekamen zum zweiten Frühstück nichts anderes. Das Mittagessen holten wir in Schüsseln, die Kartoffeln in einer Schüssel für alle, das Weitere ebenso, und das Geschirr mußte nach dem Essen zurückgebracht werden. Am Abend gab es immer das gleiche, Pellkartoffeln mit Quark. Sonntags war das Essen bißl besser, am Abend gab es geschmiertes Brot und paar dünne Wurstscheiben, Pudding auch noch, aber nicht viel, ich hatte ja auch immer nur großen Hunger, aber immer besser als mit dem Handwagen auf der Landstraße herumziehen. Wenn der Albert und ich das Essen von der Küche holten, durften wir nur bis an die Tür kommen. Ich sah eine große Küche, Köchinnen, Kochlehrmädchen liefen mit weißen Häubchen und weißen Schürzen herum, und Frau Schulze Steinen ohne Schürze und Häubchen war die Herrin, die ihnen auf die Finger guckte. Ich sah, wie sie einem Mädchen, das gerade die Brote fürs Feld zurechtmachte, das Messer aus der Hand nahm und selbst schmierte, sie strich mit dem Messer einmal ganz dünn über die Brotscheibe, in einer Minute hatte sie paar Scheiben fertig, dann gab sie dem Mädchen das Messer in die Hand und paßte auf, daß sie es genauso machte. Alle Mädchen in der Küche liefen vor der strengen Herrin so, als hätten sie Angst vor Prügel, aber ich, in meinen schmutzigen Lumpen und vor den Menschen verängstigt, wollte vor der strengen Herrin nie Angst haben, wenn ich ein weißes Häubchen auf dem Kopf und eine weiße Schürze hätte, dann brauchte ich vor ihr doch keine Angst zu haben, dachte ich bei mir. Du wirst dich schon wundern, sagte meine Mutter, du mit deinem Eingebildetsein. Von Eingebildetsein verstand ich nichts, aber die verängstigten Mädchen in der Küche konnte ich nicht verstehn. Frau Schulze Steinen war eine feine und schöne Frau, Brust und Taille waren geschnürt, sie hatte breite Hüften und hinten viel Fleisch, meine Mutter behauptete aber, sie hätte sich Federkissen in ihre Hosen eingenäht, um eine schöne Figur zu haben. Frau Schulze Steinen hatte blondes, etwas krauses Haar, ein rundes, volles Gesicht und einen Zwicker auf der Nase. Drei Söhne hatte sie, Heinz, der älteste, war Arzt in Unna, er sah wie seine Mutter aus und war auch so stolz, der zweite Sohn Ernst war achtzehn Jahre alt und sah wie sein Vater aus und war auch so einfach und fühlte sich mit den Arbeitern gleich, der dritte Sohn war Kurtchen, er war etwas älter als ich und sah auch wie der Vater aus und war auch so einfach wie er, er hatte einen Hauslehrer, er war immer gerne mit uns zusammen, aber auch nicht alle Tage, er mußte viel lernen, wenn er aber draußen war, tobte er sich tüchtig aus.

Meine Mutter arbeitete mit anderen Tagelöhnerinnen im Garten. Wir durften nicht mit ihr zusammen sein, das hatte Frau Schulze Steinen so befohlen, wir Kinder liefen den ganzen Tag vereinsamt auf dem Hof herum, das störte Frau Schulze

Steinen auch, und wenn sie uns erblickte, rief sie, Kinder, macht, daß ihr fortkommt. Der Seffl war noch sehr klein, er weinte den ganzen Tag, wir Kinder wußten nicht, wo wir uns aufhalten und wie wir die Tage verbringen sollten. In die Stallungen oder Scheunen durften wir nicht, aber wir gingen doch, und wenn wir Hunger oder Durst hatten, versuchten wir aus einer Futterkiste Rübenschnitzel zu essen, oder wir tranken uns mit Wasser voll. Aber das klebrige Futter blieb nicht in meinem Mund, auch der Seff zog ein saures Gesicht, nur der Albert, der zeigte uns, wie es ihm schmeckte. Und wenn wir uns in die Nähe des Birnbaums auf dem Hof wagten, um heruntergefallene Birnen aufzuheben, stand Frau Schulze Steinen am Fenster und rief, Ihr Kinder, werdet ihr wohl die Birnen liegenlassen. So hielten wir uns meistens vor der Gartenhecke auf, weil wir die Mami dort wußten, es beruhigte uns schon, wenn wir ihr Organ hören konnten. Mich zog es besonders zu der Hecke, weil mir in dem Garten ein Baum aufgefallen war, ein Apfelbaum, der unweit von der Hecke stand, es war kein großer Baum, aber große und dunkelrote Äpfel hingen daran. Mami, im Garten steht doch so ein schöner Baum, der hat ganz rote Äpfel, was ist das für ein Baum, wollte ich zu Hause wissen. Das ist ein Baum aus dem Paradies, er gehört dem lieben Gott, das ist der Baum, von dem die Eva gestohlen hat, sie dürfen nicht abgeruppt und gegessen werden, weil der Baum dem lieben Gott gehört, die sind nicht zum Essen, die sind giftig, wer sie essen tut, muß sterben. Wie kommt denn da aus dem Paradies der Apfelbaum in den Garten von Schulze Steinen, wenn er doch dem lieben Gott gehört? Na, sie haben sich eben einen Baum aus dem Paradies einpflanzen lassen, aber weil die Eva von diesem Baum gestohlen hat, steht er nur zum Angucken da, wer sie essen tut, kommt in die Hölle. Wenn ich die großen dunkelroten Äpfel am Baum hängen sah, hätte ich doch ganz gerne mal probiert, ob ich wirklich sterben müßte, durch unseren Hunger hätte uns drei Kinder nichts abgeschreckt, aber ich wäre halt die Eva gewesen. Schon von ganz weitem hörten wir ihre Unterhaltung, sie erzählte ohne Pause, und die Frauen lachten und quiekten, meine Mutter redete viel zuviel, und zu

Hause schimpfte sie viel zuviel, ihr Mund mußte immer was zu tun haben. In der ersten Zeit hatte sie uns erlaubt, daß wir uns vor die Gartenhecke setzten, das war für uns etwas Zerstreuung, wenn wir nur in ihrer Nähe sein konnten, waren wir zufrieden. Da hörte ich, womit sie die Frauen unterhielt, sie erzählte ihnen aus der Ehe, ich hörte mit, wie sie einmal sagte, Und wenn er in der Nacht besoffen nach Hause kommt, wärmt er seine Hände bei mir unterm Bett. Frau Schulze Steinen gefiel es nicht, daß meine Mutter so viel redete, und sie sagte, Frau Wirth, Sie erzählen zuviel, man hört Sie nur, können Sie denn nicht mal bißl ruhig sein, Sie halten die Leute von der Arbeit ab. Am Abend klagte meine Mutter dem Vater, daß sie nicht einmal reden dürfte, und der Vater sagte, Das geschieht dir ganz recht, warum hältst du deine Gusch nicht, du mußt ja den Leuten alles erzählen, dich kann man ja schon von weitem hören, und immer nur dich. Ich halt meine Gusch nicht, ich kann reden, soviel ich will, sagte meine Mutter trotzig, die denkt wohl, weil sie uns aufgenommen hat, kann sie mir befehlen und verbieten, was ihr nicht paßt, ich laß mir von dere nichts verbieten, ich bestimme über mich selbst. Der Vater schwieg dazu, und sie konnte und konnte sich nicht beruhigen. Frau Schulze Steinen litt es auch nicht, daß wir vor der Gartenhecke saßen. Wir hatten Angst vor ihr und gehorchten sofort, manches Mal hatte ich den kleinen Seffl schlafend im Arm, sie hatte kein Erbarmen, ich mußte ihn aus dem Schlaf reißen und mit den Kindern verschwinden. Doch wir kamen immer wieder zur Gartenhecke hin. Die Frauen, die mit der Mutter zusammen arbeiteten, konnten uns nicht leiden, und weil sie meine Mutter nicht für voll nahmen, machten sie ihren Spaß mit ihr, sie sagten, Frau Wirth, Sie müssen Ihre Kinder erziehen, wenn sie nicht gehorchen, nehmen Sie einen Stock und hauen sie tüchtig durch. Meine Mutter wollte ihnen dann zeigen, was sie konnte, in Eile brach sie eine Rute ab, kroch durch ein Heckenloch und rannte auf uns zu und brüllte, Na, wart nur, euch elenden Griebeln werd ich jetzt helfen, und die Frauen lachten ihr hinterher und spornten sie an, Verhauen Sie sie nur tüchtig, tüchtig, feste müssen die es kriegen. Meine Mutter schlug ziellos mit der Rute auf uns ein. Euch werd ich helfen, macht ihr, daß ihr fortkommt! Die Frauen lachten. Tüchtig, tüchtig, Sie müssen Ihre Kinder erziehen, Frau Wirth. Der kleine Seffl bekam am meisten ab, weil er nicht weglaufen konnte. Nur tüchtig, nur tüchtig, riefen die Frauen hinter ihr her, die brauchen es. Standen wir wieder an der Hecke, brüllte sie schon von weitem, Elende Griebeln, kommt mir ja nicht her. Lassen Sie die Kinder ruhig rankommen, sagte eine Frau, die Krämer hieß, zu ihr und brach ihr schon eine Rute ab, hier haben Sie, Frau Wirth, Sie müssen Ihre Kinder tüchtig verhauen, und schon kam meine Mutter durchs Heckenloch gekrochen und uns entgegengehumpelt und schlug ohne Erbarmen auf uns ein und zeigte den Frauen, was sie konnte. Wenn meine Mutter in den Garten zurückkam, frugen die Frauen, Na, Frau Wirth, haben Sie denn Ihre Kinder erzogen? Och, denen hab ich es aber gegeben, die werden schon noch parieren lernen, die sollen mir nur heute unter die Augen kommen. Nur ein einziger hatte uns Kinder lieb, das war der Greif, der große braune Jagdhund an der Kette, mit wedelndem Schwanz begrüßte er uns, er hatte immer Freude, wenn er uns sah, bei ihm hielten wir uns viel auf, er leckte uns die Gesichter, der kleine Seffl konnte ihn an seinen langen Schlappohren ziehen, der gute Greif legte sich auf die Seite, als wollte er sich als Spielzeug hergeben, und der Seffl kugelte sich auf ihm herum, zog ihn an seinem kurzen Schwanz und umarmte ihn. Wurde es dem Greif zuviel, spazierte er langsam in seine Hütte und ließ nur den Kopf und seine Vorderpfoten sehen. Der kleine Seff folgte ihm, erst kroch er mit den Beinen und auf dem Bauch in die Hütte, dann lag er neben dem Greif, steckte seinen Kopf aus der Hütte, seine Hände über die Schwelle hängend, so wie es der Greif tat. Sogar Frau Schulze Steinen mußte lachen, sie verbot uns nicht, mit dem Greif zu spielen, aber sie fürchtete, daß er den Seff beißen würde, aber da war der gute Greif viel zu verständig. Jeden Abend beklagte sich meine Mutter über die Frau Schulze Steinen. Die denkt wohl, weil sie uns aufgenommen hat, kann sie mich kommandieren, und der Vater freute sich darüber, weil er darauf wartete, daß die Wanderschaft weiterging. Aber Frau Schulze

Steinen mußte doch ein Herz für uns Kinder gehabt haben, sie jagte unsere Familie nicht vom Hof, auch wenn ihr manches nicht recht war. Meine Mutter erzählte den Frauen im Garten weiter aus ihrem Leben, wie untreu sie gelebt hatte und daß ihre Schwester nichts taugte, alles erzählte sie den Leuten, alles mußten sie von ihr wissen, und nur sie war ohne Fehler und hatte nie Glück gehabt, sie redete und redete und achtete nicht auf die Mahnungen der Frau Schulze Steinen und daß die Frauen von ihrem Erzählen schon genug hatten, sie wurde von ihnen nur noch verspottet und verlacht. Alle Abende klagte sie dem Vater, daß die Frauen falsch wären, sie wüßten nicht, wie schlecht es ihr im Leben gegangen war und was sie alles schon hatte durchmachen müssen. Die haben ja gute Männer, was verstehen denn die, war immer ihr Reden. Bist doch selbst schuld, sagte der Vater, warum bleibst denn immer wieder bei mir. Da weinte sie, weil der Vater sie in ihrer Verzweiflung ließ, aber von ihm aus hätte sie sich die Augen ausweinen können, er kümmerte sich nicht um sie, und das tat ihr am meisten weh, sie konnte sich von ihm keine Liebe erwerben.

Die Gartenarbeit hatte meine Mutter aufgegeben, weil sie sich nicht mehr unter die Frauen traute, aber zu Hause wurde sie noch nervöser, sie schimpfte den ganzen Tag und hatte schlechte Laune, denn der Vater war auf dem Feld mit Dienstmägden zusammen, er erzählte von ihnen alle Tage und lobte sie, weil er wußte, daß er meine Mutter damit ärgern konnte, und sie ließ dann ihre Wut an uns aus. Wenn sie mein trokkenes, struppiges Haar kämmte, tat sie es ohne Rücksicht mit einem Kamm, der nur noch ein paar Zinken hatte. Wutverbissen hackte sie auf meinem Kopf herum, und das genügte ihr nicht, sie packte mit der Hand mein Haar und schleuderte mich hin und her. Dem armen Seffl ging es mit dem Haarkämmen wie mir, schon vorweg hielt er seine Händchen schützend über seinen silbrigen Lockenkopf und weinte, Aua, Mami, au, Mami. Der kleine Seff war ein schönes Kind, die schönen großen blauen Augen, alle auf dem Hof hatten ihn gern. Wir Kinder hatten keine gute Stunde, sie schimpfte nur noch, oder sie hing den Kopf und die Augenlider, ihr Gesicht sah aus wie bei Regenwetter, von früh bis abends liefen wir draußen herum, wußten vor Langeweile nichts anzufangen, und Frau Schulze Steinen schimpfte nur auf uns, jagte uns fort, sooft sie uns sah. Sie mahnte meine Mutter, daß sie uns beiden Großen in die Schule schicken sollte, damit wir was lernten. Was soll ich denn den Kindern anziehen, lamentierte meine Mutter, die brauchen in keine Schule, ich brauche keine Propheten, die können mal arbeiten und Geld verdienen. Dabei wollte meine Mutter nur ihre Ruhe haben, und sie wurde durch das Alleinsein und ohne Beschäftigung immer nervöser. Da sie Liebe und Interesse an Federvieh hatte, frug sie einmal Frau Schulze Steinen, ob sie es versorgen dürfte, und Frau Schulze Steinen freute sich, daß meine Mutter das Geflügel übernehmen wollte. Meine Mutter wußte vor Stolz und Freude nicht, wohin. Seit wir die Heimat verlassen hatten, schrieb sie das erstemal wieder an ihre Mutter und an ihre Schwester Miez, ausführlich hatte sie geschrieben, was für gute Leute uns aufgenommen hatten und wie gut es uns ging. Eines Tages kam ein Kriminalbeamter, er legte vor uns auf den Tisch einen anonymen Brief und sagte, Frau Wirth, Sie werden zu Hause steckbrieflich gesucht, warum, aus welchem Grund haben Sie Ihre Heimat verlassen? Meine Mutter hatte über die Schulter des Beamten einen langen Hals gemacht, ein kurzer Blick genügte, und sie wußte, von wem der Brief gekommen war. Als hätte sie der Schlag getroffen, schrie sie in höchster Verzweiflung auf, Oh, das ist meiner Schwester ihre Schrift, das hat meine Schwester geschrieben, oh, meine Schwester hat einen anonymen Brief geschrieben, sie rannte erregt in der Stube umher, rang ihre Hände und lamentierte, Was hab ich für eine garstige Schwester, wegen ihr hab ich schon so viel durchmachen müssen. Der Beamte hatte mit meiner Mutter großes Mitleid und ließ sie ungeschoren, darauf schrieb meine Mutter an die Miez, daß sie ihre Schrift erkannt hätte, und die Miez schrieb zurück, ihre Verdächtigungen stimmten nicht, aber die Polizei käme alle Tage zu ihr und wollte wissen, wo sie steckte, und sie wüßte schon gar nicht mehr, was sie ihnen sagen sollte. Auch Frau Schulze Steinen war auffallend mißtrauisch geworden, mit finsterer Miene zählte sie ihr Federvieh und tastete es nach Eiern ab, meine Mutter konnte ihr nichts mehr recht machen, bis meine Mutter einmal zu ihr sagte, Frau Schulze Steinen, wenn Sie zu mir kein Vertrauen haben, dann gebe ich diese Arbeit ab. Das wollte Frau Schulze Steinen auch nicht, und sie ließ ihr wieder mit vollem Vertrauen das Geflügel. Meine Mutter hatte die Miez in Verdacht, daß sie auch der Frau Schulze Steinen einen anonymen Brief geschrieben hatte, darüber weinte und klagte sie den ganzen Tag und hatte schlechte Laune und war nervös, dabei war sie böse und überaus empfindlich, und wir Kinder hatten es auszustehen.

Sie hatte auch Heimweh, denn Deutschland war nicht Böhmen, und sie sagte oft, Hier sucht der Teufel seine Großmutter nicht, und meinte, daß es hier kein Leben für sie war, denn sie brauchte anderes, wie der Vater auch, sie wollte unter lustigen Leuten sein, wollte singen, lachen, Humoriges, das ins Ordinäre ging, und streiten mit den Menschen, fluchen, daß sich die Bäume bogen. Das war ihr Leben, und das fehlte ihr. Die Abende waren immer sehr langweilig, der Vater ging meist weg, meine Mutter ließ ihm das wenige Geld. Da sie Angst hatte, er könnte sich mit anderen Frauen abgeben, fing sie an, das ganze Hofpersonal zu uns einzuladen, und sie kamen alle gerne, weil für sie das Leben ebenso langweilig war. Am Abend war bei uns das ganze Hofgesinde versammelt, und sie kamen alle Abende, auch der zweite Sohn von Schulze Steinen, der Ernst, kam zu uns rein und machte alle Späße mit, ihm gefiel es unter den einfachen Leuten besser als bei seiner feinen Familie. Hier war immer alles in froher Laune, nicht nur die Dienstmädchen kamen, nein, auch alle Köchinnen, fast jede brachte sich einen Stuhl zum Sitzen mit, oder sie saßen auf dem Schoß eines anderen, es wurde gelacht, es wurde gesungen, sie machten Spiele, Schinkenklopfen, und wer noch nicht küssen konnte, der lernte es hier. Beim Küssenlernen wurde sich der Reihe nach eingehenkelt, ein Mädchen, ein Mann, ein Mädchen, ein Mann, jeder außer meinen Eltern machte mit und mußte mitmachen, jedes Mädchen hatte an jeder Seite einen Mann, und jeder Mann hatte an jeder Seite ein Mädchen, es wurde geküßt von linker Seite und rechter Seite, und wenn unter ihnen ein junges Bürschel war, das sich noch beim Küssen schämte, wurde es mit Gewalt in die Reihe gezogen, wurde von zwei Mädchen eingehenkelt und festgehalten, und wenn es zum Küssen an der Reihe war und seinen roten Kopf zurückzog, na, da sagte das aufgeweckte Mädchen zu ihm, Komm her mit deiner Gusch, und knallte ihm einen drauf, und von der anderen Seite machte es das andere Mädchen ebenso, Gib mir deine Gusch her, und in paar Tagen hatte der junge Bursche sich ans Küssen gewöhnt, und alle hatten ihren Spaß an ihm, wie gut er es schon konnte. Im Winter wurden die Mädchen von den Burschen, einer an den Beinen, einer am Kopf, hinausgetragen und mit Schnee eingeseift. Das war ein Gequieke, daß es Frau Schulze Steinen bis ins Bett hörte, sie verbot dem Personal, daß sie zu uns kamen, auch ihrem Sohn Ernst verbot sie es, aber sie kamen trotzdem alle, und beim Quieken blieb es auch weiterhin, Frau Schulze Steinen mußte erst richtig böse werden und schimpfen, Die Leute müssen früh aufstehen und den ganzen Tag arbeiten, früh hat keiner ausgeschlafen, und keiner will aufstehen. So kamen nach und nach immer weniger, bis niemand mehr bei uns reinschaute. Da erdachte sich meine Mutter was anderes, die jungen Mädchen an sich zu ziehen, sie sagte zu ihnen, daß sie Karten legen und ihnen die Zukunft voraussagen könnte. Am Abend wagten sich die Mädchen nicht herein, weil Frau Schulze Steinen aufpaßte, sie kamen heimlich am Tage. Jetzt werde ich Ihnen sagen, ob er es mit Ihnen aufrichtig meint, sagte meine Mutter zu dem Fräulein Erna, der Köchin, die auch zu ihr gekommen war, sie war ein schlankes, ruhiges Mädchen mit roten Haaren und hatte Bekanntschaft mit einem Verwalter. Das Fräulein Erna sprach von Heiratsabsichten. Ich werde Ihnen sagen, ob er Sie auch wirklich heiratet, sagte meine Mutter zu ihr, und nachdem sie die Karten angeschaut hatte, sagte sie, Er meint es mit Ihnen nicht ehrlich, das habe ich ja gleich gewußt, oh, der hat eine andere, Sie hat er für eine Woche, und die andere liebt er, er hat die andere nur am Tage und des Sonntags, weil er sie schonen will, Sie glauben ihm alles, was er sagt, aber das andere Mädchen, von dem Sie gar nichts wissen, wird er heiraten. Meine Mutter erzählte allen jungen Mädchen, denen sie die Karten legen sollte, das gleiche, und sie gingen dann mit traurigen Gesichtern von ihr fort, am Tage sah ich sie mit traurigen Gesichtern und verweinten Augen, und doch kamen sie wieder und wollten von ihr die Zukunft wissen. Das Fräulein Erna sah ich in der Küche umhergehen, manches Mal sah ich sie hinter einer Säule stehen und weinen. Das sagte ich meiner Mutter, und die kicherte wie eine böse Frau, ihre Augen glänzten vor Schadenfreude, als sie sagte, Ich hab ihr Karten gelegt und hab ihr erzählt, daß der Verwalter sie zum Narren hält, die Mädchen glauben mir alles. Mami, kannst du richtig Karten legen? Ach woher, ich kann es überhaupt nicht, ich verstehe überhaupt nichts davon, ich will sie nur gerne am Bandel herumführen. Mami, tut dir denn das nicht leid, wenn die weinen tut? Och, das tut mir nicht leid, ich will es ja haben, grade, grade erzähl ich ihnen lauter Lügen. Aber bald kam zu uns niemand mehr, und die Eltern hatten wieder Langeweile, sie gingen stumm aneinander vorbei. Solange ich sie kannte, hatten sie miteinander wenig zu reden, meine Mutter redete oder klagte gerne, das interessierte den Vater nicht, und er sah beiseite, meist war es auch so, daß sie böse miteinander waren, wir Kinder durften uns nicht rühren, es war dann still wie in der Kirche.

Wir Kinder konnten im Winter, wenn es kalt geworden war, nicht hinaus, wir hatten nichts an den Füßen und nichts auf dem Leib, paar Holzschuhe in holländischer Form, vorn spitz, die hatten wir für das Notdürftigste, meist hielten wir uns den ganzen Tag im Bett auf und wickelten uns in Decken ein, mit den Kindern, die gerne mit uns spielten und mit ihren Schlitten kamen, konnten wir nicht hinaus. Weihnachten war gekommen, am Heiligen Abend war bei uns wie immer kein grüner Tannenzweig zu sehen, aber Frau Schulze Steinen hatte uns sagen lassen, daß wir alle ins Gutshaus kommen sollten. Es war schon Abend, ein paarmal hatte sie ein Mädchen geschickt, es würde auf uns mit der Feier gewartet, aber meine Mutter und der Vater hatten keine Lust. Meine Mutter ging dann doch mit uns Kindern, damit Frau Schulze Steinen nicht böse wurde, aber sie lamentierte vorher, Jässes Maria, wie wir aussehen, ich schäme mich hinüberzugehen. Mit dem Seffl auf dem Arm und uns beiden nebenher ging sie über den dunklen Hof in das Wohnhaus. Frau Schulze Steinen kam uns auf der Treppe entgegen und frug, Wo ist denn Ihr Mann, er sollte doch auch mitkommen? Meine Mutter sagte eine Entschuldigung, und Frau Schulze Steinen führte uns in das beste Zimmer. In der Mitte stand ein sehr langer Tisch, und alle Arbeiter, die zum Hof gehörten, standen um ihn herum, jeder hatte ein Häufchen Geschenke vor sich liegen. Frau Schulze Steinen zeigte uns unseren Platz am langen Tisch. Ich wußte nicht, wo ich zuerst hinschauen sollte, so etwas hatten meine Augen noch nicht zu sehen bekommen, ich stand da mit offenem Mund. Von der Erde bis zur Decke reichte der Tannenbaum, er glitzerte, wo ich nur hinschaute. Liebevoll faßte mich Frau Schulze Steinen an den Schultern und führte mich zum Tisch und sagte mit guter Stimme, Bleib hier stehen, Walli, ja. Stumm guckte ich auf den Tisch, aber immer wieder drehte ich mich zu dem glitzernden Christbaum um, und Frau Schulze Steinen drehte mich mit weichen Händen zum Tisch herum. Alle sangen Weihnachtslieder, mit großen Augen sah ich in das Gesicht von Frau Schulze Steinen, weil sie so eine schöne Stimme hatte, sie sang wie ein Engel, Stille Nacht, heilige Nacht. Meine Mutter begann zu schluchzen und dann laut zu weinen, das Singen wurde unterbrochen, alle am Tisch begannen zu weinen, sogar Frau Schulze Steinen wischte sich die Augen, sie kam zu uns, liebevoll und freundlich, und sagte, Frau Wirth, Sie können jetzt nach Hause gehen, und sie begleitete uns die Treppe hinunter, ein Mädchen mußte uns die Päckchen tragen, und ich blieb vor dem Christbaum stehen und konnte meine Augen schwer von ihm abwenden. Als wir in unsere Stube kamen, tat der Vater, als läge ihm nichts an den Geschenken, die wir für ihn mitgebracht hatten, es war Unterwäsche, er guckte nicht mal hin. Ich hatte zwei dunkelblaue wattierte Hosen und einen dunkelblauen Wollstoff bekommen, der für meine Mutter und für mich für ein Kleid reichte und für den Seffl und den Albert zu einem Anzug, es waren für uns alle noch mehr Sachen dabei und für jeden ein großer bunter Teller mit verschiedenem Obst und Gebäck. Die Kleider und die Anzüge nähte meine Mutter mit der Hand zusammen, die Hosen wurden mit großen weißen Knöpfen an das obere Teil angeknöpft. Frau Schulze Steinen freute sich, als sie uns Kinder in den Kleidern sah.

Als der Winter vorüber war, gingen wir auch nicht in die Schule. Meine Mutter mußte in dieser Zeit bei der großen Wäsche im Waschhaus mithelfen. Wir Kinder liefen herum und wußten nicht, was wir anfangen sollten, der Seffl war ein unruhiges Kind, er war zweieinhalb Jahre alt, aber bei der Arbeit durften wir die Mami nicht stören. An einem Tag regnete es in Strömen, und wir Kinder stellten uns mal hier und mal da unter, auch zum Waschhaus rannten wir rüber. Vor der Tür des Waschhauses hatte sich ein Dienstmädchen einen Eimer mit kochendheißer Seifenlauge zum Auskühlen hingestellt, sie wollte sich darin ihr weißes Kleid auswaschen. Als wir über die Schwelle traten, kullerten paar Mädchen ein Faß ins Freie, um darin Regenwasser zum Spülen aufzufangen. Achtung, riefen sie, geht weg, geht weg! Der kleine Seff stand ihnen im Wege, und er wurde gerade von dem einen Mädchen, dem der Eimer mit der Lauge gehörte, zur Seite gestoßen, so fiel er rückwärts mit seinem Hinterteil in die kochendheiße Seifenlauge. Ich sah ihn strampeln und schreien, aber ich war acht Jahre alt und noch ungeschickt und dumm und half ihm nicht sofort aus dem Eimer, erst eines der Mädchen zog ihn heraus und gab ihn mir auf den Arm. Der Seffl strampelte und schrie, und meine Mutter, die am Wäschekorb stand, hatte von alledem nichts gemerkt, sie hörte erst, als das eine Mädchen rief, Frau Wirth, der Seffl ist in heißes Wasser gefallen. Sie drehte sich um und schrie auf, als sie sah, was passiert war, sie packte ihn, riß ihm die Kleider vom Leib, nackt hatte sie ihn auf dem Arm liegen und rannte mit ihm hinaus in den strömenden Regen, sie rannte mit ihm auf und ab und schrie und weinte. Auf seinem Körper wurden Blasen wie eine Faust so groß. Ein Mädchen zog sie zurück in die Waschküche, weil Wasser, der kalte Regen, nicht gut auf dem Verbrühten wäre. Frau Schulze Steinen ließ ihren Bruder, Doktor Küse, aus Hemmerde kommen. Der Seffl mußte gepudert und in Tücher eingewickelt werden, und wenn die

Tücher erneuert und der Seffl ausgewickelt wurde, stank er fürchterlich. Das Dienstmädchen, das an dem Unglück schuld hatte, hieß Fräulein Luise, sie war über das Geschehene sehr unglücklich, sie kam und bat meine Mutter um Verzeihung, sie hätte es nicht gewollt, sagte sie, und meine Mutter gab nach. Der Seffl wimmerte Tag und Nacht. Als er das erstemal Wasser lassen wollte, mußte erst die große runde Blase durchgestochen werden, dann lief es aus ihm raus wie aus einer Gießkanne. In vier Wochen war beim Seffl alles abgeheilt, der ganze Körper sah sauber aus, aber er wimmerte Tag und Nacht, Wehweh, aua, Wehweh, grad so, als ob sie ihm sein Haar ohne Rücksicht auskämmte, Wehweh, aua, Mama, Wehweh. Kein Essen nahm der Seffl an, sein Gesicht wurde immer weißer und spitzer, sogar der Vater, der nie danach frug, ob wir ein Stückl trocken Brot zum Essen hatten, und der den Seffl bis zu diesem Tag nicht bei seinem Namen genannt hatte, brachte ihm Schokolade mit, aber heute konnte er es nicht mehr essen, alles schob er mit vor Schmerz verzerrtem Gesicht von sich weg. Bis zu diesem Tag hatte der kleine Seffl kein Spielzeug gehabt, nun brachte der Vater ihm ein kleines Pferdchen mit, er hielt den Seffl auf seinem Schoß und war besorgt um ihn. Der Seffl nahm das Pferdchen wohl in die Hand, legte es aber wieder weg und wimmerte und krampfte mit beiden Händchen an seinem Geschäftchen. Mama, Wehweh, aua, Mama, Wehweh. Die Hosen sind ihm zu eng, die Hose reibt ihm, sagte der Vater. Meine Mutter hatte sie ihm aber von vorn bis hinten schon aufgerissen, sie mußte sie ihm ganz ausziehen. Der Vater behielt den Seffl auf dem Schoß, das habe ich vorher nicht einmal gesehen, und wie er heute Seffl sagen konnte, Mei Sefferle, mein gutes Sefferle, ging es immerfort. In dieser Zeit mußte der Vater selbst ins Krankenhaus nach Dortmund, ein Auge wurde ihm operiert, beim Obstpflücken war ihm eine Birne drauf gefallen, so hörte ich es von ihm, und als wir allein waren, ging es dem Seffl immer schlechter. In der Nacht fürchteten wir uns, und wenn es am Abend spät genug war, daß niemand was merkte, holte meine Mutter den Greif von der Kette, er kam zur Tür hereingesprungen und wußte vor Freude nicht, zu wem er gehen sollte, er sprang von einem Bett zum anderen. Aber in der einen Nacht, als es dem Seffl ganz schlecht ging, war der Greif nicht bei uns, Frau Schulze Steinen hatte es verboten, den Hund von der Kette zu nehmen, und meine Mutter getraute sich nicht mehr, ihn zu uns zu holen. Nun jaulte er draußen. Es war schon lange kein Arzt gekommen, um nach dem Seff zu sehen, aber es ging ihm immer schlechter, und meine Mutter wimmerte, Es ist doch alles abgeheilt, man sieht doch überhaupt nichts mehr, was er nur hat, daß er immerfort wimmern tut. Der Seffl lag fest im Bett, und wenn sie ihn mal aufheben wollte, schrie er auf, und beim Wasserlassen jammerte der Seffl, Aua, Mama, Wehweh. Nachts wurde ich aus dem Schlaf geweckt, als ich die Augen aufmachte, stand meine Mutter vor meinem Bett. Walli, steh auf, flüsterte sie, dem Seffl geht es heute so schlecht, komm, steh auf, setz dich mit zu mir, daß ich nicht allein bin, ich fürchte mich so. Mit einem Satz war ich aus dem Bett. Meine Mutter drückte mich auf einen Stuhl. Walli, es hat geklopft, es hat dreimal ganz fest geklopft, und der Türdrücker wurde auf und nieder gerissen, grad so, als ob jemand zu uns reinwill, ich bin raus gucken gegangen, ob jemand draußen ist, es war niemand da, nur ganz finster war es, oh, Walli, hab ich mich gefürchtet, hab schnell die Tür zugeschlossen, was das nur gewesen sein mag, Walli, schau nur mal den Seffl an, so liegt er schon die ganze Zeit. Dicke Schweißperlen sah ich auf seinem Gesicht, und sein Körper raste auf und nieder. Greif nur mal an seine Stirn, bat meine Mutter, wie er schwitzt, und sie meinte, daß das Schwitzen von dem Aufundniederwerfen käme, er hätte Herzkrämpfe, und da müßte er sich tüchtig plagen. Ich strich mit meiner Hand über seine Stirn. Oh, Mami, ist der Schweiß aber kalt, und meine Mutter streichelte ihn und sagte, Mein armes Sefferle, ist es denn noch nicht bald vorbei? Mit dem Seffl wurde es nicht besser, und meine Mutter lief in der Stube hin und her und schrie und schrie, Mutter, Mutter, Mutter, mei Sefferle ist krank, ich möchte ihm gerne helfen, ich weiß nicht, was ich machen soll, Mutter, Mutter, was soll ich machen, wie soll ich dem Seffl helfen. Wieder kam sie zu seinem Bett, streichelte ihn. Mei Sefferle, wenn ich dir nur helfen könnte. Dann horchte sie. Was nur eigentlich mit dem Greif ist, wie er draußen winselt und stammelt? Mit ringenden Händen lief sie wieder hin und her und schrie, schrie und weinte, Mutter, Mutter, du bist schuld, daß ich meinem Seffl nicht helfen kann, du hast mir ja nichts gelernt. Dann beruhigte sie sich etwas und sagte zu mir, Ich hab mal gehört, daß man Glas über den Krämpfenden legen muß, es hilft und geht zurück, wir können ja ein Fenster aushängen und es über den Seffl legen. Aber hier in der Stube war kein Fenster auszuhängen, weil Gitter davor waren, und aus der Stube traute sie sich nicht. Schade, schade, jammerte sie, aber ich muß ihm doch helfen. Mami, weck Frau Schulze Steinen, vielleicht kommt ihr Bruder, der Doktor Küse aus Hemmerde, sagte ich, vielleicht kann er dem Seffl helfen. Ach, was du denkst, wie kann ich mich unterstehen, solche Leute mitten in der Nacht im Schlaf zu stören, nur weil bei uns jemand krank ist, wir sind zu arme Leute. Aber Mami, wenn doch der Seffl so krank ist, da sagt bestimmt keiner was. Nein, nein, das kann ich mir nicht erlauben, da sind wir zu arme Leute, die täten mich schön angucken, wir müssen warten bis morgen früh. Meine Mutter wollte nichts von meinem Ratschlag wissen, aber sie war so gepeinigt, daß sie unbedingt eine Fensterscheibe ranschaffen mußte. Sie überwand ihre große Furchtsamkeit und verschwand ins Dunkle, und ich mußte an der Tür aufpassen und horchen. Draußen pfiff und weinte der Greif jämmerlich, seine Kette klirrte und klapperte, und im Bett lag der Seffl von Krämpfen geschüttelt. Endlich kam meine Mutter mit einem Fensterflügel zurück. Nun kann ich dem Seffl wenigstens helfen, sagte sie, mei Sefferle, gleich, gleich, und sie versuchte die Scheibe über seinen Körper zu legen, dann beobachtete sie ihn. Dicke Perlen standen auf seinem Gesicht, und die Brust flog rasend auf und nieder. Es müßte doch jetzt nachlassen, jammerte sie, doch als sie sah, daß sich nichts änderte, nahm sie das Fenster von ihm und fing wieder an zu schreien und rang ihre Hände und lief hin und her, Mutter, Mutter, Mutter, der Seffl muß so leiden, was soll ich nur machen. Draußen hörte ich die Hähne krähen, jede Stunde hörte ich sie krähen, das dumpfe Krähen durch die

Wand hörte sich schauerlich an, und die Stille danach war noch schrecklicher. Gegen Morgen wurde der Seffl ruhiger, er schmiß sich kaum noch umher, zuletzt war es nur noch ein Stöhnen, Hm, hm, hm, und das Stöhnen wurde immer leiser, bis es nur noch ein Hauchen war, dann lag er still, nichts mehr war zu hören. Meine Mutter wischte ihm den kalten Schweiß ab. Jetzt wird er aber gut schlafen, meinte sie, er hat sich so abgemartert, jetzt kannst du schön schlafen, mei Sefferle. Es war morgens um halb fünf, als sie mich ins Bett schickte. Den Seffl ließ sie so liegen, wie er war, sie wollte seinen Schlaf nicht stören, und behutsam legte sie sich neben ihn. Als ich aufwachte, sah ich meine Mutter mit einem Stück Spiegelscherbe in der Hand, sie hielt sie dem Seffl vor den Mund, nahm sie weg und guckte auf die Scherbe drauf und fing an zu weinen, Mei Sefferle, du tust doch schlafen, du kannst doch nicht tot sein. Ich stand sofort neben ihr. Mami, was ist? Sie ließ mich auf den Spiegel sehen, den sie von Seffl seinem Mund genommen hatte, dann hielt sie die Scherbe wieder vor seinen Mund und sah wieder drauf. Er kann doch nicht etwa tot sein, nein, nein, er ist nicht tot, er schläft nur noch ganz fest? Sie rührte den Seffl an und sagte, Es ist so komisch, er muß sich doch mal bewegen, nein, nein, er ist nicht tot, ich sehe Hauch, ich tät ihn ja gerne mal aufheben, aber er schreit immer so, als ob ihm was weh tut, ich will ihn lieber liegenlassen, bis er ausgeschlafen hat. Meine Mutter saß auf dem Bettrand mit der Spiegelscherbe in der Hand und war wie wahnsinnig, Walli, vielleicht siehst du jetzt was? Mami, ich sehe keinen Hauch, es ist wirklich nichts. Unterdes war es draußen hell geworden. Meine Mutter wollte nicht glauben, daß der kleine Seffl tot war, und sie rief ein Dienstmädchen heran und gab ihr den Spiegel. Schauen Sie, sehen Sie Hauch, nicht wahr, es ist Hauch drauf? Weinend drehten sich die Mädchen um, gingen stumm hinaus, dann kam die Pflegeschwester, die die alte Mutter von Frau Schulze Steinen betreute, sie nahm Seffls Hand und ließ sie fallen und sagte, Tot. Meine Mutter schrie, Der Seffl soll tot sein, der Seffl soll tot sein? Sie rannte hin und her. Nein, nein, er ist nicht tot, das ist nicht wahr, mei Sefferle is nich tot. Sie hörte nicht auf die Vorwürfe der Schwester, warum sie nicht Bescheid gesagt hätte, daß der Seff solche Schmerzen litt, und Frau Schulze Steinen kam und wischte sich die Augen und sagte auch, Frau Wirth, warum haben Sie nicht in der Nacht gerufen, wir hätten dem Kind doch helfen können. Ich ging zum Greif, der so traurig aus seiner Hütte guckte, und streichelte ihn, er leckte meine Hände und fuhr mit der Zunge in mein Gesicht. Greiferle, der Seffl ist tot! Frau Schulze Steinen wollte nach Dortmund telefonieren, um den Vater heranzuholen, aber meine Mutter wollte mit uns Kindern selbst ins Krankenhaus fahren. Von weitem wollte der Vater schon wissen, was mit dem Sefferle war, und zum erstenmal sah ich den Vater weinen, sein Auge war operiert worden und dick verbunden. Er ließ sich Urlaub geben, und als er dem Arzt erzählte, warum, sagte der, Warum haben Sie das Kind nicht mitgebracht, wir hätten ihm doch helfen können. Zu Hause gingen wir zuerst in die Stube, in der der Seffl aufgebahrt lag. Oh, der Vater hat geweint! Er legte sich über den Sarg, mit seinem Gesicht streichelte er den Seffl, meine Mutter hielt den Vater fest. Ich sah zum erstenmal einen Mann weinen, mir war unheimlich, und ich rannte hinaus. Bei der Beerdigung gingen die Hofarbeiter, Frauen und Männer, und die von der Küche hinter dem Sarg, der Leichenzug ging zum Friedhof nach Hemmerde, es wurde viel Wasser geweint, weil alle den Seffl sehr liebgehabt hatten, er hatte schöne große helle Augen, jedem hatte er freudig ins Gesicht gesehen, und wenn sie mit ihm sprachen, gab er Antwort, er war ein schönes Kind. Den Anzug mit den großen weißen Knöpfen nahm er mit ins Grab, und von Schulze Steinen bekamen wir Blumen und Kränze. Als der Sarg hinuntergelassen wurde, hat meine Mutter auf der Erde gelegen, beide Arme in das Grab gestreckt und hat geschrien, Mei Sefferle, mei Sefferle, mei armes Sefferle, ich bin schuld, daß du so hast leiden müssen, mei armes Kind, mei Sefferle.

Danach schickte uns meine Mutter in die Schule, weil die Leute immerfort zu ihr sagten, daß sie uns in die Schule schikken sollte, ich war neun Jahre alt und der Albert acht, wir mußten im ersten Schuljahr anfangen, weil wir zuviel versäumt hatten. Auf dem Schulweg führten wir uns an der Hand, und war die Schule aus, führten wir uns auch an der Hand, in den Pausen blieben wir immer beieinander, und weil wir weißes Haar hatten, nannten uns die Kinder Großvater und Großmutter, nur gut, daß wir zu Weihnachten den Stoff geschenkt bekommen hatten und wir dadurch anständige Kleidung anhatten. Seit dem Seffl sein Tod fühlte sich meine Mutter kränklich, der Doktor Küse stellte bei ihr Gallensteine fest, sie sollte operiert werden, aber davon wollte sie nichts hören, denn sie war auch noch schwanger. In dieser Zeit fuhr sie öfter nach Unna zum Arzt. Eines Tages, als sie wieder mal in Unna war und wir auf dem Heimweg von der Schule waren, sahen wir, wo das Gehöft der Schulze Steinen lag, dicken Rauch und Feuer aufsteigen, die Straße war voller Leute, ich hörte sie sagen, daß es bei Schulze Steinen brennt, und als wir ankamen, war vieles niedergebrannt, Scheune, Kuhstall, Pferdestall war weg, nur das Wohnhaus und der Schweinestall waren noch stehengeblieben. Ein Kurzschluß beim Häckselschneiden in der Scheune war schuld am Brand. Meine Mutter weinte, als sie das Unglück sah, Meine armen Hühnerlen, meine armen Putterlen, denn auch sie waren mitverbrannt, und auch der Greif war nicht mehr am Leben. Frau Schulze Steinen erzählte, daß keiner an ihn gedacht hatte und er mitverbrannt war, und meine Mutter weinte verzweifelt, Armer Greif, mei Greiferle, er war immer so gut mit meinem Sefferle.

Meine Mutter schrieb der Miez das Leid über den Seffl und über den Brand auf dem Hof. Die Miez konnte ihr antun, was sie wollte, aber die Siedl, meine Mutter, kam immer wieder von selbst, sie hatte großes Heimweh nach ihrer Schwester und Mutter und bat die Miez, daß sie uns doch mal besuchen sollte, der Adolf möchte auch mitkommen, und sie lockte ihre Schwester mit den vielen schönen Männern, die hier auf dem Hof waren, durch den Brand waren noch mehr fremde Arbeiter hier, sie würde ihnen so viel von ihr erzählen, daß sie ganz neugierig wären. Meine Mutter schrieb ihrer Schwester so oft, daß es dann hieß, die Tanti wollte mit dem Adolf zusammen kommen, und eines Tages, als wir aus der Schule kamen, liefen uns schon Kinder entgegen und riefen, Ihr habt Besuch, eure Tanti und euer Bruder sind gekommen. Der Adolf hatte unser Wiedersehen nicht abwarten können und hatte sich von den Kindern den Weg zeigen lassen und war uns entgegengekommen, er begrüßte uns vor der Schule, und wir freuten uns, als wir den Adolf sahen, und er freute sich über uns, und wir gaben uns die Hand. Wie Fremde standen wir voreinander und wußten nicht, was wir sprechen sollen. Dann erzählte er von seiner Reise, wir gingen nach Hause, und Kinder, die ihm den Weg nach Hemmerde zur Schule gezeigt hatten, liefen mit, sie waren alle neugierig, und der Albert und ich wußten kein Wort zu sprechen. Der Adolf war so ein feiner Junge geworden, und wir waren so arme Kinder. Zu Hause saß die Tanti wie eine feine Dame mitten in der Stube auf einem alten morschen wackligen Stuhl. Ich fiel der Tanti um den Hals und blieb neben ihr stehen, meinen Arm über ihre Stuhllehne. Mit Glotzaugen horchte sie, was meine Mutter halb im Weinen über unsere Strapazen erzählte, und der Adolf, der horchte mit Interesse zu, dem konnte man nicht genug erzählen. Laß es dir nur von der Walli erzählen, sagte meine Mutter zum Adolf, die weiß es besser als ich, und der Adolf hielt sich nur an mich, wollte alles wissen, und ich erzählte. Der Vater guckte mich nur böse an, am liebsten hätte er mir Kopfstücke gegeben, aber der Adolf horchte gespannt zu, das Kinn in die Hand gestützt, dabei nachsinnend, als ob er sich die Bilder vorstellte, und wenn ich was Trauriges erzählte, zwinkerte er mit den Augen, und sein Gesicht zuckte, und wenn ich was zum Lachen erzählte, dann lachte er. Die Tanti horchte, und fassungslos frug sie immerzu, Ist das wahr, was die Walli erzählt? Ach, die Kinder haben schon was durchgemacht, die können was erzählen, antwortete meine Mutter mit schweren Seufzern. Halt nur jetzt bald mal deine Gusch, schrie der Vater böse, aber ich erzählte weiter, ausführlich und genau. Da der Adolf nicht genug kriegen konnte, tröstete ich ihn, Adolf, wenn ich groß bin und einmal richtig schreiben kann, schreibe ich alles, alles in einen ganz großen Brief, nicht wahr, Mami, wenn ich groß bin, schreib ich alles in einen großen Brief, Adolf, dann kannst du den Brief lesen. Zum Schlafen bekam die Tanti zusammen mit dem Adolf das Bett, in dem der kleine Seffl gelitten hatte, es war noch dasselbe Stroh, der Vater schlief mit der Mami und ich wie immer mit dem Albert. Am andern Tag kaufte sich die Miez sofort weiße Bettwäsche und bezog ihr Bett. Meine Mutter mußte nun dafür sorgen, daß sich viel Besuch bei uns sehen ließ, die Männer, die den Hof aufräumten oder die Stallungen wiederaufbauten, wurden eingeladen. Wenn die Miez über den Hof ging, zogen alle Männer vor ihr die Mützen, das gefiel ihr und machte sie stolz, im Leben hatte vor ihr noch niemand den Hut gezogen, wer sie kannte, hatte mit dem Finger auf sie gezeigt. Haben Sie aber eine feine Schwester, sagten alle hier zu meiner Mutter, das sieht man Ihnen gar nicht an, daß Sie so eine Schwester haben. Die Miez hatte sich fein herausstaffiert, das Haar war gelb gebleicht und mit falschen dicken Zöpfen ausgefüllt, die Männer kamen gerne zu uns, denn meine Mutter machte ihnen den Mund wäßrig, Ihr könnt Bier und Schnaps trinken, soviel ihr wollt, und am Abend ging es lustig und laut zu, Bierkästen und Schnapsflaschen von allen Sorten standen bei uns im Zimmer. Vom Hofpersonal wagte sich keiner zu uns rein, ihnen war es von Frau Schulze Steinen verboten worden, und sie paßte alle Abende auf. Im August wurde uns ein Brüderchen geboren, mit großer Freude sah ich auf das kleine Bündel, das neben meiner Mutter im Bett lag, ich war nur ein wenig unzufrieden, weil ich mir eine Schwester gewünscht und alle Tage Storch, Storch, du Bester, bring mir eine Schwester gerufen hatte. Hast halt nicht alle Tage Quark nausgelegt und Zukker draufgestreut, meinte die Tanti. Wir haben doch nicht jeden Tag Quark und Zucker, weinte ich, aber meine Mutter tröstete mich, daß wir das nächstemal bestimmt ein Mädchen bekämen. Das Brüderchen bekam den Namen Josef und wurde Päppi genannt, als Pate wurde vom Vater und von der Mutter ein Tagelöhner gewählt, den alle den blöden Filip nannten, meine Eltern hatten ihn ausgesucht, weil er sich von ihnen ausnutzen ließ und sie ihm schon viel Geld schuldeten.

Die Miez hatte sich für ledig ausgegeben und sich Jahre jünger gemacht, und die Männer machten ihr um die Wette den

Hof. So ging es Abend für Abend bis spät in die Nacht, und der kleine Seffl, der im selben Bett gelitten hatte, war vergessen. Die Sauferei holte die Miez am Tage mit dem Adolf zusammen aus Hemmerde. Ihr Haar trug sie elegant mit einem ausgestopften hohen Dutt und einem langen breiten Pfeil drin, das kannte in dem Dorf Hemmerde niemand, vielleicht auch in der Stadt Unna und Dortmund nicht, wenn sie durch Hemmerde ging, rannten ihr die Kinder hinterher. Die Miez hatte in dieser Zeit viele Liebesabenteuer, sie wechselte andauernd ihre Bekanntschaften, dann lernte sie einen kennen, der auf dem Bau bei Schulze Steinen arbeitete, er war still und zurückhaltend und sprach wenig, er hieß Fritz Schulde. Meine Mutter sagte, daß er es nicht ehrlich mit der Miez meinte, aber die Miez brauchte auch nur Abenteuer, sie hatte ja ihren Mann, der ihr alles erlaubte, und Geld zum Leben schickte er ihr genug, aber in den Fritz Schulde war die Miez sehr verliebt, er war lang und schlank und hatte Grübchen, die von der Miez fortwährend abgeküßt wurden, auch auf der Straße, wenn sie eingehängt gingen, sie machte bei ihm auf kindlich und leckte an ihm wie eine Katze herum. Die Miez ging auch bald mit ihm in sein Elternhaus nach Hemmerde und wohnte bei der Familie Schulde. Meine Mutter war darüber sehr verärgert, und sie warnte die Miez, Du bist dumm, die haben es auf dein Geld abgesehen. Ihre Post ließ die Miez zu uns schicken, weil ihr Mann nicht erfahren sollte, daß sie bei ihrem Liebsten wohnte, und nach Hause schrieb sie immer, daß ihr die Luft guttäte und nur die Luft hielte sie hier zurück und daß es ihr eben so gut gefiele, und ihr Mann schrieb, Bleib nur, solange es dir gefällt. Er ließ auf seine Frau nichts kommen und schickte ihr fleißig Geld. Die Siedl vergönnte ihr das Glück nicht, sie wollte ihre Ehe auseinanderbringen, aber sie schaffte es nicht, denn die Miez hatte einen Mann, der zu ihr hielt und von der Mutter geliebt wurde. Als die Miez in Hemmerde wohnte, kam sie nur noch zu uns die Post holen. Meine Mutter wußte, daß der Miez ihr Mann in jedem Brief Geld schickte, und bald machte die Miez große Augen, daß sie keine Post mehr bekam. Die Briefe sind halt an der Grenze unterschlagen, meinte meine Mutter, die haben eben gemerkt, daß Geld drin steckt. Aber ich wußte von dem Geheimnis, sie hatte es mich wissen lassen, daß sie drei Briefe mit Geld unterschlagen hatte. Zur Abwechslung gab sie der Miez wieder mal einen Brief. Außerdem schrieb meine Mutter anonyme Briefe an deren Mann, was die Miez hier für ein Leben triebe. Für das unterschlagene Geld kaufte meine Mutter feine weiße Bettwäsche, der Albert und ich bekamen einen Mantel, feste Schuhe und warme Strümpfe, mein Mantel war fein und orangefarbig, Mütze und Schal mit Bommel und zartrosa und flaumigweich und leicht, auch einen Schulranzen bekamen wir. Zuerst wagte meine Mutter uns von den neuen Sachen nichts anzuziehen, aber wir lamentierten alle Tage, daß es so kalt wäre, so daß sie sagte, Äh, soll sie's doch ruhig merken, sie steckt ihr ganzes Geld nur in fremde Leute rein, statt daß sie uns mal was geben tut. Die Schulkinder erkannten uns nicht wieder, stolz gingen wir beide Hand in Hand zur Schule, den ganzen Weg über erzählten wir uns was Schönes und waren so froh. Die Bettwäsche wurde auch über die Strohsäcke gezogen. Soll sie es doch sehen, meinte meine Mutter gleichgültig, beweisen kann sie mir ja nichts. Die Miez starrte mit Glotzaugen auf die weißen Betten und auf unsere Kleidung, aber sie frug nicht weiter, und von da an kam die Post nicht mehr zu uns. Bald fuhr sie auch wieder nach Seestadtl zurück. Nur für kurze Zeit, sagte sie, im Frühjahr komme ich wieder. Die Siedl glaubte nicht daran, sie sagte, Ihr Mann wird sie diesmal nicht mehr fortlassen, ich habe ihm die Augen ordentlich geöffnet. Den Adolf wollte die Miez gerne wieder mit zurücknehmen, aber meine Mutter ließ das nicht zu. Die Miez war untröstlich, immer wieder kam sie und bettelte den Adolf, Komm mit nach Hause zur Mutter, du hast es ihr doch versprochen, daß du wieder mit zurückkommst, sie will dir auch eine Ziehharmonika kaufen. Der Adolf stand ratlos da, er wußte nicht, was er machen sollte, meine Mutter hatte ihn schon die ganze Zeit von der Miez ferngehalten, damit er nicht mit ihr zu tun hatte. Den lasse ich nicht mehr mit zu denen, hatte sie gesagt und dem Adolf alle Tage zugeredet, Geh nicht mit der Tanti zurück, bleib bei uns, hier ist es doch viel schöner als bei der Mutter, äh, und eine Ziehharmonika kauf ich dir auch, die Mutter lügt dich an, sie will nur haben, daß du zu ihr zurückkommst, und uns flüsterte sie zu, Kinder, seid nur recht gut mit dem Adolf, und sorgt euch ein bißchen um ihn, er soll nicht mit der Tanti zurückmachen, ihr müßt immer zu ihm sagen, er soll hierbleiben. Wir taten, was unsere Mutter von uns verlangte, und der Adolf sagte dann zu der Miez, Ich bleibe bei der Walli und dem Albert, ich will nicht mit zurück. Die Tante weinte verzweifelt, Was wird die Mutter sagen, wenn ich dich nicht zurückbringe, die hat dich wollen gleich nicht mitlassen. Aber die Miez mußte mit viel Bedauern um den Adolf allein zurückfahren. Die Mutter aus Seestadtl schickte gleich einen Brief, darin schimpfte sie die Siedl aus, warum sie ihr den Adolf nicht zurückgeschickt hätte, sie hätte Kinder genug, die sie nicht ernähren könnte, aber meine Mutter ließ sich das nicht gefallen und schrieb einen Brief zurück, und viele böse Worte gingen hin und her. Sie hatte lange zu tun, bis sie mit ihrem Ärger fertig wurde, sie weinte und schimpfte und hatte schlechte Laune und beklagte sich, wie garstig alle mit ihr wären.

Von Schulze Steinen bekamen wir eine Gutswohnung in Hemmerde, das war neunzehnhundertzweiundzwanzig, in ein Zweifamilienhaus, auf jeder Seite eine Familie, zogen wir ein. Unsere Nachbarn hießen Renalder. Der Mann arbeitete bei Schulze Steinen als Schweizer. In der ersten Zeit kam er einige Male zu uns rein. Er hatte zwei große Töchter, schon verheiratet, und die jüngste, die Gretl hieß, machte ihm den Haushalt, da seine Frau kurz vor unserem Herkommen gestorben war. Die Gretl hatte einen festen Freund und wollte bald heiraten. Eines Abends kam der Schweizer Renalder mit einem schönen Polenmädchen an der Hand zu uns rein, an der Tür blieb er stehen und hielt eine Rede, daß alle weinen mußten, daß seine Frau tot war, die Gretl ihn verlassen würde, er allein war, nun hätte er noch einmal wählen müssen, und hiermit stellte er die Frau vor, die er heiraten wollte. Das junge Polenmädchen war verschüchtert und sah nur zur Erde. Als der Schweizer Renalder ausgesprochen hatte, machte er eine Verbeugung, alles klatschte, einer war mit einer Ziehharmonika da, ein Walzer erklang für den Schweizer Renalder und sein Glück. Im gleichen Jahr machten er und seine junge Frau nach Gelsenkirchen, dort hatte er eine Schweizerstelle angenommen, und in seine Wohnung zog eine Familie Mahn. Der Mann arbeitete wie mein Vater als Knecht, die Frau blieb zu Hause. Frau Mahn war sehr fromm, und wenn sie mal nicht sonntags zur Messe ging, dann hielt sie sie für sich, sie sang viele Kirchenlieder, die zu uns herüberschallten. Dabei verrichtete sie die Hausarbeit, die Mahns waren sehr reinlich, ich bewunderte die gepflegte Wohnung. Deshalb und weil sich Frau Mahn mit meiner Mutter nicht viel abgab, konnte meine Mutter sie nicht leiden. Mit dieser neuen Wohnung war uns ein großes Glück gegeben. Auf dem Hof war ein kleiner Stall, in dem eine Kuh und paar Schweinchen Platz hatten, und im Haus war auch noch ein kleiner Stall, unsere Wohnung hatte fünf Räume, oben drei Schlafkammern, unten kam man gleich in die Küche, und nebenan war eine Stube, zum Aufhalten und zum Schönen, so wie man es gerne hatte, und neben der Küche war außer dem Stall noch ein Verschlag, wohl für Feuerung, hier führte eine steile Leiter auf den Heuboden. An den Hof grenzte ein kleines Rasenstück mit Obstbäumen, ein Apfelbaum, ein Pflaumenbaum, ein Kirschbaum und ein breiter Holunderstrauch, und dann kam man in unseren Garten. Zwischen dem Rasenstück und dem Garten floß ein schmaler Bach mit einem Holzsteg drüber, der Bach führte in den Straßengraben. Im Garten standen paar Stachelbeersträucher, Himbeersträucher, Johannisbeersträucher und Holundersträucher. Für unseren Umzug hatten wir die nötigen Betten, Tisch und Stühle vom Herrn dazubekommen, Strohsäcke und Pferdedecken, es raschelte so schön auf den frischgestopften Strohsäcken, und wenn die Strohhalme durchstachen und es auch weh tat, dankte ich der lieben Mutter Gottes für das Zuhause. Meine Mutter konnte über alles ihre Freude kaum bändigen, sie redete und redete, vom Gemüsebauen und Verkaufen redete sie und daß uns mit dieser Wohnung ein großes Glück gegeben war. Seht, ihr Kinder, sagte sie, der liebe Gott hat uns geholfen, seht, der liebe Gott läßt uns halt nicht im Stich. Nur dem Vater war es nicht recht, er sagte gleich, Hier bleib ich nicht lange. Er wollte die Arbeit auf dem Schacht nicht vergessen, nur gut, daß meine Mutter fest blieb, denn wenn es nach dem Vater gegangen wäre, wären wir nur in der Welt umhergezogen. Zuerst ließ meine Mutter uns Kinder nicht mal in den Garten, immerzu sagte sie, Daß ihr mir nicht in den Garten geht, dort geh nur ich ganz allein hin, ihr versteht nichts, ihr tätet mir nur alles kaputtmachen. Sie warf ihren Kopf hoch, es war ja ein Stolz und ein Glück, das sie vom lieben Gott bekommen hatte, schon immer hatte sie sich einen Garten gewünscht, und jetzt war ihr Wunsch in Erfüllung gegangen. Im ersten Jahr verkaufte sie Gemüse und Kartoffeln, aus der Stadt kamen Hamsterweiber, so nannte meine Mutter diese Frauen, die bei uns viele Stunden saßen, es gefiel ihnen am besten bei uns. Meine Mutter kochte mit Begeisterung einen großen Topf Pellkartoffeln, die sie mit Salz aßen, und wenn sie wiederkamen, stand schon der Topf Pellkartoffeln für sie bereit, sie brauchten sich nur noch an den Tisch zu setzen. Immer mehr Hamsterweiber tauchten bei uns auf, und sie erzählten nur Klatsch, aber das tat meiner Mutter gut, und sie konnten die Kartoffeln nicht genug loben, und wenn die Hamsterweiber sich verabschiedeten, gingen sie mit gefüllten Rucksäcken und Taschen davon. Meine Mutter war rege und beschäftigt, sie warf ihren Kopf hoch, nie hätte sie sich träumen lassen, daß für sie mal eine Zeit käme, wo sie etwas verschenken konnte. Aber ihre große Begeisterung für den Garten hielt nur im ersten Jahr an, die anderen Jahre blieb er verwildert liegen. Die Schulze Steinen hatten den Eltern auch Gräben verpachtet, da hätten sie Heu machen können. Zuerst war meine Mutter auch begeistert, der Vater mähte das Gras, und wir Kinder mußten es alle Tage wenden, manches Mal ging auch meine Mutter mit. Im ersten Jahr konnten sie paar Fuder Heu verkaufen. Vieh hatten wir ja nicht, Kuh und Schweine hatten sie nicht nehmen wollen. Dazu hab ich keine Lust, war meiner Mutter ihre Antwort gewesen, also wurde das Heu im ersten Jahr verkauft, im nächsten Jahr hatte der Vater wieder gemäht, und wir Kinder wendeten es alle Tage und machten Haufen, aber in diesem zweiten Jahr blieben die Heuhaufen liegen, meine Mutter kam nicht mehr raus, um es abzuholen, und so wuchs Gras über die Heuhaufen. Herr Schulze Steinen sagte es dem Vater, daß es schade um das Heu wäre. Was ihm mein Vater geantwortet hatte, weiß ich nicht, aber von nun an blieben die Gräben liegen, kein Gras wurde gemäht, und Herr Schulze Steinen mahnte meinen Vater wieder, warum wir uns nicht um die Gräben kümmerten. Aber alles Zureden nützte nichts, die Eltern ließen die Gräben und auch bald unseren Garten verwildern, das Unkraut schoß so hoch, daß es über meinen Kopf ging. Äh, Scheiß, sagte meine Mutter, ich hab keine Zeit, soll werden, was will damit. Seit wir in Hemmerde wohnten, bekamen wir von Schulze Steinen Deputat, jeden Samstag konnten wir es abholen, es war immer etwas Sirup dabei, paar Wurstzippeln und noch anderes, wir gingen immer alle drei, das Deputat abholen, und da wir oft Hunger hatten, naschten wir unterwegs. Auch einen Liter Milch bekamen wir jeden Tag, den der Vater immer am Abend mitbrachte. Jeden Samstag sollte das Deputat abgeholt werden, wir holten es schon am Freitag ab, in der anderen Woche wurde es am Donnerstag abgeholt, und in der Woche darauf versuchten wir es schon am Mittwoch. Die Schulze Steinen schickten uns ohne Deputat nach Hause. Meine Eltern gaben das Deputat ab, und der Vater bekam mehr Lohn dafür, die Eltern meinten, daß sie damit besser hinkämen, aber das war ein Irrtum, der Vater brauchte es für sich allein, für seine Zigaretten und Schnaps. Jetzt hatten wir tagelang nichts zu essen, und es war keine Hoffnung da, daß wir einmal wenigstens in der Woche satt zu essen bekamen, wir mußten immer nur zusehen, wo wir Brot geborgt kriegten, und bald standen in den Kaufläden Schulden, die immer höher wurden, wir wagten uns nirgends mehr hin, aber meine Mutter schickte uns Kinder weiter mit Bittbriefen in die Läden, daß sie uns noch was borgen sollten, und sie versprach, die Schulden zu bezahlen. Arbeiten mußten wir Kinder viel. Im Sommer gingen wir mit Kindern Ähren lesen, da war immer viel Spaß dabei, und wenn niemand auf dem Feld war, zogen wir die Ähren einfach aus den Hocken und hatten schnell viele zusammen, das Getreide ließen wir mit ausdreschen, ja, das gefiel meiner Mutter, und in der Kartoffelzeit gingen wir mit vielen Kindern zu den Bauern Kartoffeln lesen, da war auch immer Spaß, zwei Mark gab es für den ganzen Tag, Frühstück und Vesper waren dabei, ja, über das schwerverdiente Geld von uns Kindern freute sich meine Mutter, das Geld wurde uns alle Tage ausgezahlt. Auch beim Rübenausmachen waren wir dabei, wir hatten oft Kreuzschmerzen und wären gerne zu Hause geblieben, es war ja Herbst und schon kalt, und wir hatten geringe Kleidung an, aber meine Mutter hatte mit uns kein Erbarmen, sie schimpfte uns zur Tür hinaus, manchmal hatte der Bauer mit uns Mitleid und schickte uns nach Hause, aber das paßte ihr gar nicht.

Am Anfang besuchte uns das Fräulein Luise, das den unglücklichen Tod vom kleinen Seffl nicht vergessen konnte, sie hatte unterdes geheiratet und war aus Steinen fortgemacht, aber sie kam zu uns mit dem Fahrrad. Schon beim Hereinkommen liefen ihr die Tränen über das Gesicht, sie weinte, solange sie bei uns saß. In der ersten Zeit ging meine Mutter mit dem Fräulein Luise zusammen auf den Friedhof. Das Grab sah so verwildert aus, daß das Fräulein darüber erstaunt war. Ich kann das Gras nicht rausziehen, jammerte meine Mutter, wenn ich es rausziehen will, höre ich ihn schreien. Das Grab blieb so verwildert, wie es war, nur vom Fräulein Luise wurden Blumen auf das Grab gelegt, sie kam oft zu uns, aber meine Mutter ging nicht mehr mit zum Friedhof, und wenn sie aus der Tür war, brummelte sie mit schlechter Laune, Was die nur immerfort hier will, die kann doch so nichts mehr ändern, soll sie doch auf den Friedhof nausgehen, immerfort kommt sie und lamentiert mir den Kopf voll. Das Fräulein Luise hatte wohl ihre Unhöflichkeit gemerkt, sie kam nicht mehr zu uns, aber Blumen oder ein schöner Kranz lagen immer auf dem Grab vom kleinen Seffl.

Meine Mutter war in Hemmerde sofort mit der ganzen Nachbarschaft bekannt. Über der Straße, uns gegenüber, wohnte Frau Krämer, die mit meiner Mutter zusammen im Garten bei Schulze Steinen gearbeitet hatte, sie hatte drei Kinder, die sehr schlecht erzogen waren und sich den Eltern gegenüber viel erlaubten. Jetzt lamentierte meine Mutter, Das hättet ihr nie gemacht, was der ihre Kinder machen, und gerade die hat mich am meisten aufgehetzt, daß ich euch schlagen soll. Mami, da red doch nicht mit der Frau Krämer, sagte ich, und sie sagte daraufhin, Warum soll ich nicht mit ihr reden, jetzt ist alles längst vorbei. Frau Krämer holte bei uns immer Wasser für ihre große Wäsche, unser Wasser war weicher, und meine Mutter half ihr noch mit die Eimer rübertragen. Ich konnte meine Mutter nicht verstehen, weil Frau Krämer mit meiner Mutter nur Freundschaft hielt wegen des Waschwassers. Und im Nachbarhaus wohnte die Witwe Weischede, die auch bei den Schulze Steinen Gartenarbeiterin war, sie hatte viele Kinder und war die einzige Frau, die Mitleid mit uns Kindern zeigte. Meine Mutter mochte Frau Weischede auch nicht und sprach nur schlecht über sie, dabei war der wirkliche Grund der Vater, auf den sie immer eifersüchtig war. Bei einem Erntefest hatte der Vater sich sehr betrunken und war spät nach Hause gekommen, er hatte gute Laune gehabt und erzählte, wie es zugegangen war. Als alles betrunken gewesen war, hätte er mit noch einem anderen Knecht jedem Kerl ein Mädchen ins Bett gelegt, und am meisten sprach der Vater von der Helene Weischede, der Tochter von Frau Weischede, einem großen und kräftigen Mädchen mit lustigem Gesicht, sie war bei den Schulze Steinen auch im Dienst, über die Helene hatte der Vater seinen größten Spaß, und mit guter Laune erzählte er, Die hat immer geschrien, Herr Wirth, Herr Wirth, meine Apfelsine halte ich aber fest, meine Apfelsine geb ich nicht her, reißen Sie mir meine Apfelsine nicht raus, Herr Wirth. Meine Mutter hatte ihren Mund breitgezogen und gesagt, Hm, hast du ihr denn an ihre Apfelsine gegriffen, daß sie das schreien mußte? Nein, nein, hatte der Vater gesagt, ich hab sie nur zusammen mit dem Hubert dem Bernhard ins Bett gelegt, da hat sie immer geschrien, Meine Apfelsine, meine Apfelsine. Meine Mutter hatte den Mund breitgezogen, weil es ihr nicht paßte, was er erzählte. Däs soll doch ä Zwitter sei, hatte sie giftig gesagt, aber der Vater hatte nicht weiter darauf gehört, er war nur guter

Laune gewesen, daß er jedem Mann ein Mädchen ins Bett gelegt hatte. Das werd ich aber ihrer Mutter sagen, wie unverschämt die Helene sich auf dem Erntefest benommen hat, hatte meine Mutter gesagt und dem Vater Vorhaltungen gemacht, daß er als verheirateter Mann sich mit dem jungen Volk abgab. Frühmorgens war meine Mutter gleich zu Frau Weischede gegangen und hatte ihr erzählt, wie es auf dem Erntefest zugegangen war und daß die Helene die Allerschlimmste gewesen wäre. Es ist doch keine Art, wie sich die Helene mit verheirateten Männern aufführt. Frau Weischede horchte, was meine Mutter erzählte, und wollte gleich die Helene ausschimpfen. Von da an ließ meine Mutter an den Weischede-Mädchen kein gutes Haar mehr, und wer es bei ihr aushatte, der bekam keine Ruh mehr. Meine Mutter hatte schnell die ganze Nachbarschaft alles von sich wissen lassen, von dem Vater und daß er ihr keine Liebe gab und alles Schlechte aus ihrer Vergangenheit, aber sie bekam mit jedem schnell Streit, und es dauerte nicht lange, da war alles weit und breit in der Nachbarschaft mit ihr böse. Frau Krämer war die einzige, mit der sie noch gut konnte.

Die Miez kam noch einmal nach Hemmerde, um ihren Fritz Schulde zu sehen und den Adolf wieder mitzunehmen, weil die Mutter sehr mit ihr geschimpft hatte. Dem Adolf ging es bei uns gar nicht so gut, wie die Mutter es ihm versprochen hatte, sie wollte ihn nie im Leben wieder hergeben, da konnten die Miez und die Großmutter noch so viel betteln, aber seine Ziehharmonika bekam er auch nie im Leben. Am Anfang hatte er alle Tage danach gefragt, bis er merkte, daß die Mutter ihn angelogen hatte, da hatte er geweint und zu ihr gesagt, Wäre ich doch lieber zu der Mutter zurückgegangen, bei der Mutter ist es viel schöner als hier. Aber dann hatte sich der Adolf mit seinem Leben abgefunden, der Adolf war ein guter, weicher Junge, und ihm stand noch viel Schweres im Leben bevor. Und als die Miez angekündigt war, hatte meine Mutter viel Beschäftigung. Schon bevor die Tanti angereist kam, wußte die ganze Umgebung Bescheid, jeden hatte sie wissen lassen, daß die Miez eine verheiratete Frau war und sich als ledig ausgab. Die hat einen Mann, der bleed ist und nichts merkt, sagte sie, und sie machte bei allen die Familie Schulde und die Miez schlecht, nur weil der Neid ihr Tag und Nacht keine Ruhe ließ. Sie faßte es nicht, daß eine verheiratete Frau von den Schulde ins Haus genommen und verehrt wurde. Wir Kinder mußten schon Tage vorher aufpassen, wann die Miez vom Bahnhof abgeholt wurde, und sie selbst hielt sich auch den ganzen Tag am Fenster auf. Die Miez sah sehr elegant aus, sie hatte einen schwarzen Plüschmantel an, auf dem Arm trug sie ein kleines junges Hündchen, langsam und stolz und ohne einen Blick zu uns ging sie, begleitet von den Schulde, an unseren Fenstern vorbei. Eine verheiratete Frau halten die aus und wissen, daß sie verheiratet ist, schimpfte meine Mutter hinter der Gardine, und halten sie trotzdem aus, das werde ich meinem Schwager schreiben, und da sie gegen die Miez nichts ausrichten konnte, drohte sie, Dere werd ich ihre Angeberei schon austreiben, den Leuten werde ich schon zeigen, daß sie ausgeputzt ist und jung und schön aussehen will, aber warte nur, wenn ich erst mal mein Kunststück gelernt habe, da werd ich dich blamieren vor allen Leuten. Von Stund an war ihre Tür verschlossen, ich durfte nicht zu ihr hinein, und wenn ich aus der Schule kam, steckte sie mir gleich den Päppi raus. Nur der Adolf wußte von ihrem Geheimnis. Ich sah, wie er freudig lachend aus dem Zimmer kam, sich auf den Rasen setzte und seinen Mund beim Lachen weit aufsperrte. Als ich dann doch einmal in das Zimmer kam, sah ich auf dem Tisch ein dickes Buch liegen. Mami, was liegt da für ein Buch? Da ließ sie uns alle kommen und vertraute uns ihr Geheimnis an, aber den Albert interessierte ja doch nichts, und der Päppi war zu klein, und der Adolf wußte schon Bescheid. Das dicke lange Buch war ein Hypnotisierbuch, das sie sich vom Versand hatte schicken lassen, sie wollte das Hypnotisieren lernen. Ich hatte mich schon gewundert, warum neuerdings Scheibengardinen vor den Fenstern waren, jetzt wußte ich den Grund, sie saß mit dem Buch am Fenster und durfte nicht von draußen gesehen werden. Ich will der Miez eins auswischen, sagte sie, die will ich blamieren, die wird sich gar nicht mehr auf die Straße wagen, die wird gar nicht wissen, daß ich sie in meiner Gewalt habe, die muß, wenn ich will, ihre falschen Haare rausnehmen und ihre falschen Zähne, ihre Kleider ausziehen und ihren ausgestopften Zitzelhalter, ganz nackig muß sie sich ausziehen, wenn ich es haben will, daß es alle Leute sehen. Mit großen Augen hörte ich meiner Mutter zu und sagte, Da muß sich doch die Tanti vor den Leuten schämen. Das will ich ja auch, sagte meine Mutter, die soll sich ja auch schämen, ich will sie blamieren, und dann muß sie auf allen vieren zu mir hergerutscht kommen. Meine Mutter war freudig weiter beim Hypnotisieren, und auch der Adolf hatte Spaß daran, daß sie die Miez unter ihren Willen zwingen wollte. Sagt ja nichts dem Tati, was ich vorhabe, sagte sie, sonst tät der schimpfen, ich will es ihm erst sagen, wenn ich es kann. Dann jagte sie uns wieder naus und schloß sich ein, aber ich sah zu, daß ich meiner Mutter nicht von der Seite wich, aber sie selbst ließ mich auch nicht gerne auf die Straße, besonders wenn die Tanti vorbeiging, weil sie Angst hatte, der Miez könnte was auffallen. Einmal stand ich hinter meiner Mutter am Fenster, als die Tanti vorbeiging, sie stand da mit geballten Fäusten auf die Miez gerichtet, ich bog mich ein wenig vor, um ihr ins Gesicht zu gucken. O Mami, wie du guckst, wie das aussieht? Laß mich in Ruh, ich muß es erzwingen, sagte sie und ballte gegen die Miez ihre Fäuste. Ich konnte mich nicht beherrschen und lachte und wälzte mich auf den Dielen. Mami, wie du guckst, Mami, wie das aussieht. Jässes, is dös ä bleedes Mensch, sagte sie unzufrieden. Ich konnte mich gar nicht beruhigen. Mami, wie das aussieht, wie du guckst. Von hier an gab sie verärgert ihr Studium auf. Äh, Scheiß, ich lerne es so doch nicht, sagte sie, ich kann machen, was ich will, es geht nicht. Meine Mutter meinte nämlich, daß die Miez sie am Bandel hätte und es ihr deshalb im Leben nicht gut gehen könnte. Sie war wieder sehr nervös und schrie den ganzen Tag herum, und wenn die Schulde bei uns vorbeigingen, wurden sie von ihr belästigt, daß es die ganze Nachbarschaft hörte. Die halten eine verheiratete Frau aus, die hat ihren Mann, er schreibt mir bald jeden Tag, ich soll auf seine Frau aufpassen. Alle Tage war Lärm auf der Straße, oh, die Leute bekamen was zu hören. Die Miez machte sich aus allem nichts, aber sie blieb diesmal nicht lange, und eines Tages war sie wieder fort. Bald danach hatte der Fritz Schulde eine andere Frau bei sich zu Hause, und als meine Mutter die zukünftige Frau vom Fritz sah, das war was für sie, jetzt hatte sie etwas, wo sie die Miez strafen konnte, das tat ihr gut. Oh, das werde ich der Miez schreiben, daß er eine andere hat, die muß es wissen, daß er sie betrügt! Die Miez schrieb und klagte, daß sie zu Hause viel Ärger hätte, die Mutter wäre böse mit ihr, weil sie den Adolf nicht mitgebracht hätte. Das gefiel meiner Mutter noch mehr. Lange Zeit schrieb die Miez nicht mehr, die Siedl konnte schreiben, sie ließ nichts mehr von sich hören. Nun hatte meine Mutter wieder schlechte Laune. Manchmal, wenn ich nachts aufwachte, sah ich sie traurig, sie schluchzte verzweifelt, wälzte sich vor Heimweh und Herzleid. Mami, was ist? Sie gab mir keine Antwort. Wenn des Nachts Jugendliche vorbeigingen, die vom Vergnügen kamen und ohne Leid lustig waren, dachte sie wohl an ihre Jugend, wie gerne sie gelacht und gesungen hatte. Wenn die Nacht so still war und die heiteren Stimmen bis in unsere Kammer zu hören waren, lag ich mit großen offenen Augen da, atmete tief auf und nieder und starrte ins Dunkle an die Decke, wenn ich auf der Straße die Schritte von einem glücklichen Liebespärchen hörte, die ein Lied miteinander sangen, klang es für mich schon so unheimlich einsam, und mir wurde noch einsamer zumute, wenn sich in der Stille der Nacht meine Mutter wälzte und ich sie flüstern hörte, Mutter, Mutter, ich bin so unglücklich, Mutter, hab doch Mitleid mit mir, und je weiter sich das Pärchen entfernte und ihre Stimmen immer leiser wurden, um so einsamer wurde mir zumute. Waldeslust, oh, wie einsam schlägt die Brust, meinen Vater kenn ich nicht, und meine Mutter liebt mich nicht, wenn ich mal gestorben bin, tragt mich zum Friedhof hin und singt aus voller Brust die Waldeslust. Dieses Lied, so sagte meine Mutter immer, wäre für sie gemacht. Manches Mal wurde auch von der fröhlichen Jugend auf dem Heimweg das Lied Wer das Scheiden hat erfunden, hat an Liebe nie gedacht gesungen. Solange wir in Hemmerde wohnten, gab es viele Nächte für mich, daß ich über meiner Mutter ihrer Verzweiflung wach wurde. In ihren traurigen Stunden wünschte sich meine Mutter immer, wenn sie mal tot wäre, müßte an ihrem Grab das Lied Die Waldeslust, oh, wie einsam schlägt die Brust gesungen werden.

Unser erster Sommer in Hemmerde war vergangen, es wurde Herbst, unsere Mäntel, die wir von der Miez ihrem Geld bekommen hatten, sah ich nicht mehr, gewiß waren sie in der Unordnung verkommen, so wie die schöne Mütze mit der dikken Bommel und der lange Schal. Mit den Schuhen war es ebenso, sie waren von uns getragen worden, bis sie von den Füßen fielen, Schuhpflege oder einen Schuster, das kannten wir nicht, wir gingen das ganze Jahr nur barfuß, und als die Erde schon gefroren war, mußten wir früh barfuß zur Schule, wir drei weinten und klagten, der Adolf sagte in seiner Sorge, Bei der Mutter hab ich nicht barfuß laufen brauchen, bei ihr hab ich immer Schuhe zum Anziehen gehabt. Meine Mutter reagierte dann immer wie ein bissiger Hund. Wenn es zu kalt wurde, mußten wir von der Schule wegbleiben, bis wir dann paar Holzschuhe bekamen. Der Albert und ich waren jetzt im zweiten Schuljahr und der Adolf in der dritten Klasse, er war auf Geheiß meiner Mutter zurückversetzt worden, obwohl er gut gelernt und den Stoff schon gekannt hatte. Der Albert und ich lernten bei dem Fräulein Wesemann, die immer gut zu mir war, und der Adolf beim Lehrer Berghof, und dann gab es noch den Oberlehrer Dinklo, ein ganz Stolzer, er hatte die sechste, siebente und achte Klasse zusammen. Der Lehrer Berghof war noch nicht lange hier, er war fünfunddreißig Jahre alt und Junggeselle, er sah immer aus wie ein Gutsbesitzer, seine Kleidung war im Sommer wie im Winter Stiefel mit Stiefelhosen, er war breit und stark. Er heiratete bald die einzige Tochter von einem pensionierten Lehrer, das hatte der Oberlehrer Dinklo besorgt, ein schönes Mädchen mit lebhaftem Temperament. Wir hatten kein Lesebuch, kein Rechenbuch und was sonst noch gebraucht wurde, meine Mutter wollte nichts davon hören, sie wurde jedesmal böse. Ich kann keine Schulbücher kaufen, wo soll ich das Geld hernehmen! Mit der Handarbeit war es auch so, wir Mädchen hatten in der Woche zweimal eine Stunde Handarbeit, ich saß immer beschämt da, weil ich nichts mithatte, und hatten wir Sport, lachten die Kinder alle über mich, Oh, die hat keine Hose an, und das Fräulein Wesemann sagte, Valerie, an die Turnstange kannst du nicht gehen, du kannst nur hier stehenbleiben. Vor Scham wurden meine Augen feucht. Daß niemand die Valerie auslacht, weil sie keine Hose anhat, mahnte das Fräulein Wesemann. Der Adolf hatte gute Noten auch ohne Schulbücher, im Singen hatte er eine Eins und ich, ein Mädchen, hatte im Singen eine Fünf, ich habe mich immer so geschämt, wenn sie alle auf mich guckten, und hab das Lied nur gebrummt, aber zu Hause, da sang ich mit schöner Stimme. Wenn mich meine Mutter so singen hörte, meinte sie, Ich möcht nur wissen, warum du eine Fünf im Singen hast, du hast doch so eine schöne Stimme. Ich hatte in allen Fächern nur schlechte Noten, aber das Fräulein Wesemann hatte mich in die zweite Klasse kommen lassen und den Albert ebenfalls. Valerie, du mußt jetzt aber viel lernen, mahnte sie mich, und ich nickte kräftig, weil ich froh war, daß ich nicht vorn in der Eselsbank sitzen mußte, aber es fehlten halt die Schulbücher. Manches Mal fanden wir Kinder, die uns Bücher für die Schularbeiten ausliehen, dann ging ich gerne zur Schule, aber bald taten sie es nicht mehr, sicher weil wir sie beschmutzt hatten. Wir Wirth-Kinder hatten in der Schule nichts zu lachen. Bei den anderen Kindern war alles so sauber und in Ordnung, aber meiner Mutter durften wir damit nicht kommen, wir hatten kaum ein Stück Kernseife zum Gesichtwaschen. Wenn ich mich zur Schule fertigmachte und ich frug, welche Strümpfe ich anziehen sollte, weil alle zerrissen waren, schrie sie drauflos, Was kann ich dafür, daß ich kein Geld hab und keine Wolle zum Stopfen kaufen kann, geh nauf, im Korb sind Strümpfe, such dir paar raus, warum seid ihr auch solche reitigen Teufel und reißt alles kaputt. Der Albert und ich kramten dann im Korb nach Strümpfen, stritten uns um halbwegs gute Strümpfe, auch wenn sie verschieden waren, mit dem Fuß wußten wir uns schon zu helfen, die Ferse mit dem großen Loch zog ich nach oben auf den Spann, die fehlenden Strumpfbänder wurden einfach von einem anderen Halter abgerissen. Die Strümpfe hingen mir am Bein, weil die Strumpfbänder nach einer Weile locker wurden, ich band sie dann immer so fest, daß sie mir ins Fleisch schnitten. An Kleidung hatte ich nur ein zerlumptes schmutziges Kleid und ein Leinenhemd, das ich Weihnachten von den Schulze Steinen bekommen hatte. Wenn es zu kalt war, ließ ich mein Kleid im Bett an, und früh ging ich so, wie ich aussah, in die Schule. Unsere Holzschuhe waren bald durchgeschlurft und hatten große Löcher, unsere Füße wurden immer klitschnaß. In der Schule wollte niemand neben mir sitzen, und in der Pause auf dem Hof war ich auch allein. In der ersten Zeit war ich immer mit dem Albert zusammen, aber der Albert konnte sich schnell mit den Kindern anfreunden, er brauchte mich bald nicht mehr. Traurig und verängstigt lief ich hinter ihm her, auch wenn ich weinte, kümmerte er sich nicht um mich, und zogen mir die Kinder mein Kleid über den Kopf, so tat er, als ginge es ihn nichts an, ich suchte Schutz bei beiden Brüdern, aber keiner stand mir bei, und zu Hause weinte und beschwerte ich mich, aber der Adolf und Albert meinten, Was geht das uns an, denkst vielleicht, wir raufen uns wegen dir mit den Kindern rum, fällt uns gar nicht ein. Wenn der Albert oder Adolf Hilfe brauchten, blieb ich neben ihnen und weinte. Wir hatten viele Kinder gegen uns, weil wir so armselig aussahen und die Eltern kein gutes Leben führten, das war im ganzen großen Dorf Hemmerde bekannt. Am Anfang begleitete uns meine Mutter in die Schule, weil wir uns vor den Kindern fürchteten, dann hatte sie keine Lust mehr, und sie sagte, Wehrt euch, laßt euch nichts gefallen, da war ich früher anders, ihr seid so bleed und laßt euch von den Kindern auf den Kopf scheißen, macht, daß ihr nauskommt. Wenn die Schule aus war, machten die Kinder mit uns ihr Treiben, von allen Seiten wurden wir verlacht, oder der Fuß wurde uns gestellt, wir hatten Angst und weinten, und von weitem sahen wir ihren Kopf am offenen Fenster. Wenn ich später kam, schimpfte sie, Na, endlich kommst du, wo warst du denn heute wieder so lange? Mami, ich hab müssen noch nachsitzen, weil ich keine Schularbeiten gemacht hab, und das Gedicht mußte ich auswendig lernen. Sie war unruhig und hörte mir nicht zu. Na, komm nur jetzt schnell, ich hab mich den ganzen Tag mit dem Päppi herumgeplagt, hab weiter nichts machen können, und jetzt schaut, daß ihr nauskommt, ich will jetzt allein sein, ich hab ein schönes Buch, nicht mal Zeit hab ich dazu. Das sagte meine Mutter immer, wenn ich aus der Schule kam und mich um den Päppi kümmern sollte. Ich will lesen, hieß es von ihr, ich hab so weiter nichts von meinem Leben, Liebesschwarten, ha, da hab ich zuwenigstens was auf der Welt, do denk ich immer, des bie ich, ich hab so keine Liebe, da les ich Liebesromane und denk, des bie ich. Aber ich hatte mächtigen Hunger, früh gab es nicht viel oder auch nichts, zum Frühstück auf dem Schulhof versteckte ich mich, weil ich kein Essen mithatte, und wenn ich in der Schulbank saß, donnerte mein Magen, daß ich jedesmal erschrak, und wenn ich nach Hause kam, guckte ich zuerst auf den Herd und frug, Mami, hast du was gekocht? Ich hab heute nichts gekocht, war meist ihre Antwort, ich hab gar nicht gewußt, was ich heute kochen soll. Wenn ein Topf auf dem Herd stand, guckte ich sofort hinein und hatte den Löffel in der Hand. Einmal lag ein Weißkohlkopf im Topf, grob in vier Teile geschnitten, sie hatte sich nicht viel Zeit genommen, das Kraut feinzuschnippeln, das war schon zuviel Arbeit. Bei anderen Leuten hatte ich einmal auf dem Tisch eine große Schüssel mit Grünem stehen sehen, und weil ich nicht wußte, daß es Salat war, frug ich meine Mutter, ob die Leute Gras essen. Laß dich nur nicht auslachen, sagte sie, von wegen Gras, Salat wird's gewesen sein, laß nur niemand hören, daß du nicht mal weißt, was Salat ist. Im Garten hatten wir Salat stehen, der schon sehr hochgeschossen war, und meine Mutter sagte, Jässes, ich muß nur mal Salat machen, damit du weißt, was Salat ist, und am andern Tag gab es Salat. Wir drei Großen hatten jeder einen Teller voll vor uns stehen. Da freßt, daß ihr mal wißt, was Salat ist, sagte sie. Es waren große Blätter, und sie klebten mir am Gaumen und an den Zähnen fest. Jässes, is däs ein bleedes Mensch, schimpfte sie mit mir, hast doch wollen Salat essen, und jetzt hast nicht mal Geschick zum Fressen. Ich entdeckte einen toten Regenwurm. Oh, Mami, ein Regenwurm in meinem Salat? Äh, was kann ich dafür, wenn ein Regenwurm drin ist, freß nur und halt die

Gusch. Oh, noch ein Wurm und noch ein Wurm, Mami, wie kommen die Regenwürmer in den Salat? wollte ich wissen und legte die Würmer auf den Tellerrand, auch die beiden Jungen paßten auf und fanden genug. Freßt se mit nei und haltet eure Guschen, ich will jetzt kein Wort mehr davon hören, schimpfte sie. Mami, kann man Regenwürmer essen? Freß se nur nei und halt endlich mal deine Gusch. Wir drei sahen uns an, keiner war sich sicher, ob man Regenwürmer essen konnte. Regenwürmer kann man bestimmt nicht essen, flüsterte ich. Iech eß se lieber nich, sagte der Adolf neben mir, und der Albert sagte, Ich eß se aa nich.

Wenn ich aus der Schule kam, erzählte ich meiner Mutter alles, was wir gemacht hatten. Von einem Schulbuch wollte sie ja nichts hören, und wenn ich weinte, wurde sie grob, aber zuhören tat sie gern, und weil ich kein Schulbuch hatte, sehnte ich mich immer nach den Stunden mit Erdkunde und Naturgeschichte, da erzählte der Lehrer von Kriegern, Römern, Griechen, Germanen. Der Germane soll der erste Kulturmensch gewesen sein, so habe ich es in der Schule gelernt, auch ein Bild mit einem mächtigen Urmenschen brachte er, diese Stunden waren mir die schönsten, und meine Augen wurden vor Lauschen ganz weit. Du kannst so schön erzählen, sagte meine Mutter, ich höre dir gerne zu. Einmal mußte ich ihr eine ganz traurige Geschichte erzählen, die wir vom Fräulein Wesemann hatten. Da waren zwei Schwestern, die eine Schwester war gut und so sauber, und die andere war eine böse Frau, niemand wollte von ihr was wissen, nicht einmal ihre gute Schwester. Die böse Schwester hatte sich viele Kinder angeschafft, sie war eine böse und faule und liederliche Mutter, sie ließ ihre armen Kinder hungern und hat nichts für sie gewaschen und geflickt, sie ließ ihre Kinder dreckig und zerrissen herumlaufen, und sie stritt sich mit allen Leuten. Aber die gute Schwester, die hat sich nicht viel Kinder angeschafft, die hatte nur zwei Kinder, und der ihre Kinder brauchten nicht Hunger zu leiden, die war fleißig, hat gewaschen und immer gleich alles geflickt und ließ ihre Kinder nicht dreckig und zerrissen rumlaufen. Die Kinder von der faulen Mutter waren ganz erbärmliche Kinder, die Leute hatten Mitleid mit ihnen, das waren ganz arme Kinder und nur, weil sie eine faule, liederliche Mutter hatten. Die schlechte Mutter machte ihre gute Schwester schlecht, sie erzählte den Leuten Unwahrheiten, aber ihr glaubte niemand was, weil sie wußten, daß sie lügt, und weil sie ihre Kinder hungern und lumpig herumlaufen ließ. In der Schule war es ganz mäuschenstill gewesen, als Fräulein Wesemann diese Geschichte erzählte. Alle Kinder hatten über die traurige Geschichte Mund und Nase aufgesperrt und sagten, Oh, die armen Kinder, und auf die gute Schwester hatten die Kinder großen Neid, weil es ihr so gut ging. So, Kinder, jetzt habe ich euch eine traurige Geschichte erzählt, hatte das Fräulein Wesemann gesagt, und jetzt sagt mir, wie ihr einmal werden wollt, wenn ihr verheiratet seid und selber Kinder habt, wollt ihr eure Kinder auch hungern lassen? Alle Kinder schrien durcheinander, Wir wollen wie die gute Schwester werden. Ich hatte mit heißen Wangen zugehört und hob meinen Finger und sagte zum Fräulein Wesemann, Ich will auch einmal wie die gute Mutter werden. Das ist schön, Valerie, sagte das Fräulein Wesemann, Kinder, daß ihr euch diese Geschichte von den zwei Schwestern immer merkt, wenn ihr einmal groß seid. Die Kinder schrien durcheinander, sie waren ganz aufgeregt über die armen Kinder, die von der bösen Mutter so mißhandelt wurden. Ich erzählte meiner Mutter die Geschichte nur halb, aber sie wurde schon zornig. Sag der alten Hexe, die soll mich am Arsch lecken. Ich wußte nicht, warum meiner Mutter diese Geschichte nicht gefiel und warum sie auf das Fräulein so böse war, denn jedesmal, wenn ich ihr erzählte, was das Fräulein Wesemann uns gesagt hatte, hieß es von ihr, Die alte Hexe tut euch verdummen, und ihr glaubt ihr alles, das ist des Teufels Braut, darum ist sie auch alte Jungfer geblieben, wenn er sie doch bald in die Hölle holen tät, damit ihr euch von dem weißkäppigen Mond, damit meinte sie die grauen Haare von dem Fräulein, damit ihr euch nicht mehr von ihr verdummen lassen braucht. Meine Mutter hatte ihr dann sogar mal einen unverschämten Brief geschrieben, in dem stand, daß sie unterm Rock stinken würde. Der Albert hatte ihr mal erzählt, daß das Fräulein Wesemann beim

Schularbeitennachgucken mit einem Rohrstock in der Hand oben auf unseren Tischen entlanglief, zwölf Kinder saßen in einer Bank, und die Tische waren sehr lang, und wenn einer nicht schön genug geschrieben hatte, bekam er mit dem Rohrstock paar auf den Rücken, und weil das Fräulein Wesemann immer so lange weite Kleider trug, kam es vor, daß ein Kind den Kopf unter ihrem Rock stecken hatte, dem Albert war das auch passiert, und er hatte gesagt, daß es sehr darunter gestunken hätte, na, das war was für meine Mutter. Auch wenn das Fräulein Wesemann uns Geschöpfe die Ohren langzog und mit der anderen Hand Ohrfeigen gab, war sie immer gut zu mir gewesen, viel besser als der Lehrer Dinklo, bei dem wir immer nachsitzen mußten und der uns mit ekligem Gesicht und Verachtung anguckte und schimpfte, Was wollt ihr in meiner Klasse, pfui Teufel, wie ihr ausseht, was seid ihr bloß für Leute. Auch der Lehrer Berghof, in dessen Klasse wir versetzt wurden, oder der Pfarrer, der den Adolf nicht leiden konnte, waren längst nicht so gut. Von den Lehrern wurden wir oft strafend angeguckt, auch wenn wir Wirth-Kinder nicht zur Messe gingen, wir hatten ja nichts Ordentliches anzuziehen, aber besonders der Adolf, der ein ruhiger, guter Junge war und in dessen Augen immer nur Ängstlichkeit war, hatte zu leiden. Er ging jetzt das letzte Jahr zur Schule, und er wurde verspätet noch zur ersten heiligen Kommunion geschickt. Der Adolf hatte nichts anzuziehen, er weinte schon viele Wochen vorher, Was soll ich anziehen, wenn ich bei der Mutter wäre, die wüßte, was ich anzieh. Da hatte meine Mutter den Einfall, daß er zum Pfarrer gehen sollte. Ich schreib dir auch auf, sagte sie, daß du nichts zum Anziehen hast, der Pfarrer hat bestimmt was für dich, der freut sich doch, wenn du die heilige Kommunion mitmachst. Der Adolf hatte nicht Lust, mit einem Bettelbrief zum Pfarrer zu gehen, aber was blieb ihm schon übrig. Er brachte ein Paar alte Stiefeletten mit, eine abgetragene Hose und eine Jacke. Der liebe Gott sieht nicht auf das, was du anhast, hatte der Pfarrer gemeint, er sieht nur auf dein Herz. Aber der Adolf wollte von den geschenkten Sachen nichts anziehen. Wie ich hier rumlaufen muß, das ist eine Schande, sagte er und sträubte sich mit Händen und Füßen, aber meine Mutter hielt große Ehre auf die Sachen vom Pfarrer. Was denkst du, sagte sie, wie schön das ist, wenn du zur heiligen Kommunion kommst und der Pfarrer sieht, du hast seine Sachen an, da kannst du doch stolz sein. Dem Adolf blieb nichts übrig, er hatte mit den großen unmodernen Stiefeletten und der komischen Hose zur heiligen Kommunion gehen müssen, allein mußte er in die Kirche gehen, und von den Kindern wurde er komisch beguckt, und als die Kirche aus war, rannte er als erster zur Tür hinaus, weil er nicht wollte, daß ihn so jemand sah, nie wieder wollte er die Sachen anziehen, der Pfarrer sollte sie sich wieder zurücknehmen. Aber Adolf, wie kannst du nur so reden, meinte meine Mutter, der Pfarrer hat doch ganz recht, wenn er sagt, der liebe Gott guckt nicht, wie du aussehen tust, bei dem ist die Hauptsache, du hast ein gutes Herz. Ich scheiß auf das gute Herz, wenn ich nur für das Gespött aussehen soll, sagte der Adolf und warf die viel zu großen Stiefeletten von seinen Füßen weg, die Kleidung ebenso, er konnte sich nicht trösten, weinte den ganzen Tag, daß er sich bald die Nase wegriß. Sein Feiertag war für ihn ein verzweifelter Tag, ihm blieb allein sein beschämtes Herz. Wenn der Adolf wieder nicht zur Messe ging, nahm der Pfarrer sich den Adolf vor, vor Wut rot im Gesicht, frug er, Na, warum warst du schon wieder nicht in der heiligen Messe, da gehst du zur heiligen Kommunion, und in die Kirche gehst du nicht? Ich hab nichts zum Anziehen, antwortete der Adolf. Was sagst du, du hast nichts zum Anziehen, du undankbarer Bengel, und er schlug ihm rechts und links ins Gesicht und packte ihn am Haarschopf und hob ihn auf und nieder, schüttelte ihn hin und her, und immer wieder bekam er von links und rechts derbe Ohrfeigen. Ich erzählte zu Hause, was der Pfarrer mit dem Adolf machte, da schrieb meine Mutter an ihn einen groben Brief, daß bei uns zu Hause, sie meinte mit Zuhause Böhmen, daß bei uns zu Hause nicht einmal ein Ochsenknecht mit seinen Ochsen so umginge wie hier der Pfarrer mit den Kindern, sie schrieb auch, daß er sich seine Stiefeletten und Kleidung abholen könnte. Der Pfarrer war beleidigt über den Ochsenknecht und sagte uns Kindern, er wollte unsere

Mutter verklagen, aber getan hat er es nicht, und geschlagen hat er den Adolf auch nicht mehr.

Da wir alle Tage zu Hause klagten, daß wir vor den Kindern keine Ruhe hätten, sagte der Vater, daß wir uns wehren sollten. Wenn ihr noch einmal mit Weinen nach Hause kommt, bekommt ihr von mir tüchtig Haue. Ich hatte meine Angst und Schüchternheit schon längst verloren, wer mich verspottete oder mir zu nahe kam oder den Adolf oder Albert mißhandelte, der bekam es mit mir zu tun, ich wehrte mich mit meinem Federkasten und, wie die Mutter geraten hatte, mit Pfeffer in die Augen streuen. Kein Kind wagte, mir was zu tun, und von meiner Mutter ließ ich mir auch nicht alles mehr einreden. Manchmal in der Nacht, wenn das ganze Bett zitterte und ich wach gerüttelt wurde, merkte ich, daß der Vater bei uns war. Morgens frug ich meine Mutter, was er gewollt hätte, da verzog sie ihr Gesicht und drohte mir mit der Faust. Daß du mir ja nichts draußen erzählst! An einem Morgen machten die beiden Jungen lange Hälse, und der Albert rief, Oh, Mami, was liegt da vor deinem Bett, und dann lauerten wir drei Kinder vor den Spuren, die der Vater hinterlassen hatte, und rührten mit unseren Fingerspitzen drin herum, weil wir ja gerne feststellen wollten, was das war. Alle Tage waren die Spuren vor ihrem Bett, und weil ich immer wissen wollte, warum der Tati in der Nacht bei uns war und das Bett so wackelte, hatte sie einen großen Haß auf mich, und eines Tages machte sie einen langen Hals und starrte verwundert auf die Dielen und sagte, Ich möcht nur mal wissen, von wem das Zeug ist, und ich mit meinem großen Mund war am vorlautesten, Mami, das ist nur vom Tati. Sie starrte mich böse an und sagte, Paß nur auf, wenn ich dir was auf deine Gusch haue, und am anderen Morgen machte sie großen Lärm, Heut liegt wieder solches Zeug vor meinem Bett, Walli, das ist bestimmt von dir, mit dir muß ich mal zum Doktor gehen. Ratlos und mit erschrockenen Augen stand ich da und ließ mir von ihr den Hader geben, damit ich meinen Dreck wegwischen sollte. Und der Albert, der ihr immer recht geben wollte, sagte, Eijo, Mami, von der Walli ist dies und schiebt es auf andere, nicht wahr, Mami, wer weiß, was das für eine Krankheit ist. Vor Scham hatte ich ein heißes Gesicht, trotzdem sagte ich schnippisch, Von mir ist es ja doch nicht, das weiß ich. Aber ich hatte doch Angst, es ging mir sehr zu Herzen, daß mit mir was sein könnte, ich guckte mich jede Minute an, und am anderen Morgen nahm ich von selbst den Hader und wischte die Spuren weg, und ich sagte auch nichts mehr davon, daß in der Nacht wieder das Bett gewackelt hatte. Draußen auf der Straße war ich sehr böse, ich rief die Weischede-Kinder mit Schimpfnamen und quälte meinen Hund Flocki. Den hatte ich an einem Wintermorgen bei uns im Stall gefunden, und er war ein wachsames, treues Hündchen, und es gefiel ihm trotz der Armut bei uns. Es hielt sich immer unter uns Kindern auf, und dem kleinen Päppi wich er nicht von der Seite, es war ein gutes Tier, und trotzdem wurde es von mir gequält. Wenn wir auf dem Hof rumsprangen, machte es alles mit, und ich packte es am Schwanz und drehte mich im Kreise, beim erstenmal hielt es still, aber beim nächstenmal wollte es seinen Schwanz nicht mehr hergeben. Frau Krämer, die mich beobachtet hatte, rief, Walli, das tut ihm doch weh, das darfst du nicht machen. Ich war zornig auf Frau Krämer und brummte, Gerade reiß ich dir deinen Schwanz aus. Flocki lag etwa drei Schritt vor mir auf dem Bauch, und als ich die bösen Worte gesagt hatte, kam er auf dem Bauch angekrochen, er streckte seinen Kopf vor und leckte meine Hände und mein Gesicht, da tat er mir leid, jetzt fühlte ich, daß ich ihm weh getan hatte, und wollte ihn beruhigen, Mein, mein Hunderle, mein Flockerle, ich reiß dir dein Schwanzerle nicht raus, und ich streichelte über seinen Kopf. Da sprang er freudig an mir hoch, fuhr mit der Zunge über mein Gesicht, er sprang und freute sich mit mir, es war, als hätte er meine guten und bösen Worte verstanden. Gequält habe ich ihn nicht mehr, aber gut war ich mit ihm auch nicht immer, so ist es, wenn die Eltern nichts sagen und sich nicht um die Kinder kümmern, und bei uns im Hause gab es manche Ereignisse, die mich so böse und verdrießlich machten. Aber wenn ich auch sehr frech war, meinen Brüdern stand ich immer bei, auch wenn sie mir in meiner Not nie geholfen haben.

Einmal kam ich dazu, als Kinder auf der Dorfstraße den Adolf eingekreist hatten, viele Jungen hatten den Adolf in der Mitte und hatten seine nackten Beine zur Zielscheibe für ihren Ball genommen, wenn sie warfen, sprang der Adolf jedesmal in die Höh, der Ball traf trotzdem immer seine Beine, daß sie schon ganz rot waren. Ich drängte mich durch, und als ich in seine nassen, hilfesuchenden Augen guckte, ging ich schreiend auf die Jungen los, daß sie aufhören sollten mit diesem Spiel, sie donnerten weiter den Ball an seine nackten Beine. Da faßte ich nach meinem Federkasten und schimpfte, Laßt ihr den Adolf jetzt in Ruh, denkt ihr vielleicht, das tut nicht weh, und ich schlug auf die Köpfe, daß es nur so krachte. Die Jungen dachten gar nicht ans Zurückschlagen, sie hatten auf einmal Angst vor mir, und der Kreis löste sich auf. Schimpfend stand ich vor dem Adolf, der weinte und sich mit der einen Hand seine roten Beine rieb und mit dem anderen Handrücken die Augen. Ich bekam erst richtigen Zorn auf die Jungen, sie hatten Glück, daß sie sich aus dem Staub gemacht hatten. Wartet nur, schrie ich, so laut ich konnte, hinter ihnen her, wenn ich euch erwische, ich schlag euch kaputt, ihr elenden Hunde, oh, wenn ich euch kriege, laß ich euch nicht mehr am Leben. Wirst du wohl deinen Mund halten, sagte eine Frau mit bösen Augen zu mir. Die haben meinen Bruder gequält, das laß ich mir nicht gefallen, schrie ich die Frau an, und zu den Jungen, Ich laß euch nicht mehr am Leben, so hatte ich es von meiner Mutter gehört und sprach es nach. Warte nur, ich werde es deinem Lehrer sagen, daß du töten willst, sagte die Frau. Ich habe gar nicht gesagt, daß ich töten will, ich mache sie alle kaputt, wenn ich sie erwische, und den Adolf schrie ich an, Und du bist so dumm und läßt dir alles gefallen. Der Adolf hatte die ganze Zeit kein Wort gesprochen und nur geweint und sich die Beine gerieben. Ihr elenden Hunde, wenn ich euch morgen erwische! Am andern Tag wußte es der Lehrer Berghof. Valerie, was hast du denn gestern gesagt, du willst töten, ist das wahr, daß du töten willst? Ich schüttelte den Kopf und sagte, Das mache ich nicht, aber ich lasse meinen Bruder nicht quälen. Aber du hast doch gesagt, daß du töten willst! Ich habe nur gesagt, ich mache euch kaputt. Damit hast du doch gemeint, daß du töten willst? Nein, das habe ich nicht gemeint, ich lasse meinen Bruder von niemandem quälen. Mit unzufriedenem Gesicht ließ der Lehrer von mir ab, und als wir den Pfarrer im Unterricht hatten, berichteten ihm die Kinder gleich beim Eintreten, daß ich töten wollte. Ich hing meinen heißen Kopf, und der Pfarrer kam zu mir und frug, Valerie, du willst also töten? Die Kinder schrien durcheinander, jeder wollte es dem Pfarrer erzählen. Seid ruhig jetzt! Alles war still, und mit der Hand unter meinem Kinn hob er meinen Kopf hoch. Ist das wahr, daß du töten willst? Die Kinder lügen, sagte ich, ich lasse nur meinen Bruder nicht quälen. Der Pfarrer war niemals böse mit mir gewesen, ich hatte das Gefühl, daß er mich liebte, ebenso auch der Lehrer. Den Kindern antwortete der Pfarrer, Die Valerie ist ein gutes Mädchen, sie wird niemals ans Töten denken, niemand von euch darf sagen, daß die Valerie töten will, das wäre von euch eine große Sünde, die der liebe Heiland nicht vergibt. Die Kinder saßen stumm mit hängenden Köpfen in ihren Bänken. Aber solange wir in die Schule gingen, gab es Raufereien. Ich konnte ja in Ruhe meinen Weg gehen, aber die beiden Brüder mußte ich oft verteidigen, und wenn ich sie in Not sah, fürchtete ich mich nicht mal vor erwachsenen Leuten, und ich wehrte mich mit allen Mitteln, ich schlug mit dem, was mir gerade unter die Hand kam, und blitzschnell trat ich gegen Schienenbeine, ich spuckte, ich wehrte mich mit allem. Die Erwachsenen regten sich dann auf, schimpften und mischten sich ein, sie wollten mir den Stock wegnehmen oder mir den Weg vertreten, da spuckte ich die Erwachsenen an, und wollte mich jemand mit dem Stock schlagen, zog ich meine Holzschuhe aus und warf sie ihnen ins Gesicht. Aber hinterher bekam ich dann von meinen Geschwistern Vorwürfe, warum ich so roh war, und später spielten sie friedlich mit den Kindern, vor denen ich sie verteidigt hatte.

Meine Mutter hatte in der Zeitung gelesen, daß der Tierzuchtverein von Hemmerde jemanden suchte, der sich um die Ziegenböcke kümmerte, und sie bewarb sich sofort. Sie war schon im voraus außer sich vor Freude und schwärmte von früh bis abends und alle Tage dasselbe, daß sie bald viel Geld verdienen würde. Drei Böcke, an der Leine geführt, brachten sie zu uns, zwei große, starke und einen kleineren. Platz genug hatten wir ja, und Hafer, Stroh und Heu wurden uns geliefert. Meine Mutter kaufte gleich eine kleine Ziege für uns dazu, ein kleines, übermütiges Tier, das auf dem Tisch, und wo es nur hinkonnte, herumsprang, paar Hühner hatten wir in dieser Zeit auch und Kaninchen, die wie unsere Ziege frei im Haus umherliefen. Überall saßen sie, und wenn eins sein Ei legen wollte, dann beobachtete meine Mutter die Henne beim Legen und jammerte dabei, Guckt nur, wie schwer sie es hat, guckt nur, guckt nur. Hühner hatten wir nur einmal, sie bekamen alle die Pest, aber das merkte meine Mutter erst, als sie tot dalagen. Im Frühjahr kamen die Leute aus Hemmerde und Umgebung mit ihren Ziegen anmarschiert. Meist brachten sie Männer, weil sich die Frauen schämten. Am Fenster mußten wir aufpassen, und wenn von weitem eine weiße Ziege schimmerte, riefen wir erfreut, Mami, es kommt schon wieder jemand. Meine Mutter zitterte vor Begeisterung, und einen Spaß hatte sie, daß die Leute zu ihr kommen mußten, die sonst mit ihr böse waren. Siehste, wie die Leute reden können, wenn sie uns brauchen, sagte sie und warf ihren Kopf hoch. Manches Mal mußten die Leute am andern Tag wiederkommen, weil die Böcke schon zuviel gesprungen hatten. Jeden Abend teilte sich meine Mutter mit dem Vater das eingenommene Geld. Hast, Josääf, sagte sie, das gehört dir, schau, was ich heut hab eingenommen, und sie erzählte ihm mit glänzigen Augen, wie sie es gemacht hatte, daß die Ziegen stillhielten, daß sie sie einfach auf ihren Schoß nahm und der Bock es dann leichter hatte. Aber den Vater interessierte das nicht, er war mit seinen Gedanken schon woanders. Langsam griff er nach dem Geld und steckte es ein, er ging in der Stube hin und her, pfiff sich ein Liedchen. Ich werde bißchen rausgehen, sagte er, und ohne noch ein weiteres Wort zu sagen, zog er sich Jacke an, Hut auf den Kopf, und schon war er über der Schwelle. Ich bin nicht lange, sagte er noch. Kaum war er weg, fuhr meine Mutter aufgeregt hoch,

Kinder, geht ihm mal nach, laßt euch von ihm nicht sehen, guckt mal, wo er hingeht, schnell, daß ihr ihn verfolgen könnt. Der Albert und ich taten, was sie sagte, der Adolf hatte keine Lust, der klagte schon damals immer über starke Kopfschmerzen, und wir sahen den Vater ins Wirtshaus gehen, unterm Fenster beobachteten wir, wie er mit Männern zusammensaß, und gingen wieder nach Hause. Meine Mutter wartete schon mit unruhigen Augen und war gespannt, aber wir hatten ihr nichts zu erzählen. Hatte meine Mutter mal einen Tag, an dem sie nicht viel einnahm, gab sie dem Vater trotzdem die größere Summe, sie legte ihm das Geld hin. Hast, Josääf, das gehört dir, und ihre Augen glänzten, und ihr Gesicht strahlte. Wenn du heute nicht viel hast, sagte der Vater, da gib mir mal heute nichts. Aber nein, Josääf, nimm es nur, morgen wird es schon wieder besser sein, und sie zählte ihm die Scheine in die Hand. Es waren immer viele, es war ja Inflationszeit, und meine Mutter hatte Freude über die vielen Scheine, und sie war jedesmal neugierig, wieviel Scheine mehr es am nächsten Tag sein würden. Jeden Abend ging der Vater ins Gasthaus, und in den Kaufläden blieben die großen Schulden stehen, und in der Schule blieb der Lehrer paar Schritt vor uns stehen und machte runde Nasenlöcher. Wirth, nach was riecht ihr denn eigentlich? Wir hingen unsere Köpfe, gaben keine Antwort, und die Kinder riefen, Die stinken nach Ziegenböcken. Ich wagte meinen Kopf nicht zu heben, um nicht in das unwillige Gesicht des Lehrers zu sehen, und die Kinder hielten sich die Nasen zu und gingen weitab von uns, wir wurden verlacht, aber meine Mutter meinte, Was die nur haben, Ziegenböcke müssen doch auch sein.

Meine Mutter fütterte die Ziegenböcke immer selbst. Das Heu holte sie vom Boden, und weil sie nicht wollte, daß es auf die Erde geworfen wurde, da lag so viel Unrat und Dreck herum, hielt sie es unterm Arm, wenn sie die sehr hohe und steile Leiter hinunterstieg. So passierte es, daß ihr einmal schwindlig wurde, sie war ja im dritten Monat schwanger, sie suchte mit dem Fuß die nächste Sprosse, rutschte ab und stürzte von der Leiter. Sie muß eine Zeitlang besinnungslos auf dem

Boden gelegen haben, niemand war im Haus, der ihr hätte helfen können. Der Adolf hörte sie dann schreien, und als er sie aufheben wollte, jammerte sie, Adolf, mein Bein, mein Bein ist gebrochen. Der Doktor Küse kam und schiente es und sagte, daß sie sofort nach Unna ins Krankenhaus sollte. Da sie nicht einmal ein sauberes Hemd zum Anziehen hatte, schickte sie den Adolf zu einem Nachbarn, ein Nachthemd und ein Kleid borgen, und sie zog das fremde, duftige weiße Leinennachthemd an und das Kleid gleich darüber. Mein Vater weinte, so nahe ging es ihm mit der Mutter. Er hatte einen Landauer besorgt, um sie ins Krankenhaus zu fahren. Was solle denn mit den Kindern werden, frug er sie, die können doch nicht allein zu Hause bleiben, die werde ich wohl derweil ins Waisenhaus geben. Was, ins Waisenhaus, schrie meine Mutter, untersteh dich ja nicht, die Kinder bleiben hier, die Walli soll zu Hause bleiben und auf den Päppi aufpassen, der Päppi war wohl fünfzehn Monate alt, und ich war erst elf, meine Mutter konnte sich gar nicht beruhigen. Du willst die Kinder ja nur naus haben, schrie sie, weil du dir Menschern reinnehmen willst, das könnte dir so passen, die Kinder bleiben zu Hause, oder ich geh nicht ins Krankenhaus. Meine Mutter war sehr eifersüchtig, in der ganzen Straße war das schon bekannt, und sie wurde deswegen oft von den Frauen ausgelacht, und es hieß immer, Ihren alten Kerl, den nimmt Ihnen niemand weg, um den brauchen Sie keine Angst zu haben, den haben Sie ganz allein. Der Vater ließ ihr den Willen. Wenn du es durchaus willst, sagte er, dann sollen die Kinder meinetwegen zu Hause bleiben. Noch auf dem Kutscherbock, als der Vater schon die Pferdeleine in der Hand hielt, mahnte sie uns, Tut mir nur aufpassen, Kinder, paßt auf, ob er recht viel fortgehen tut und ob er Weiber mit reinbringt, deshalb will er nämlich, daß ihr nicht zu Hause bleibt, das könnte dem so passen, dem wer ich helfen!

Der Vater hatte es schwer, mit allem allein zurechtzukommen. Die Ziegenböcke wurden vom Verein wieder abgeholt. Was aus unserer kleinen Ziege geworden ist, weiß ich gar nicht. Ich mußte von der Schule wegbleiben und versorgte den Päppi, es war für mich mit meinen elf Jahren keine leichte Aufgabe.

Mittags kam der Vater abgehetzt nach Hause, er hatte nur eine kurze Pause, und in dieser Zeit mußte er für uns Kinder kochen. Sein erstes Wort war immer, wenn er zur Tür reinkam, Was kochen wir heute, wir müssen doch was essen, und hatte er das Mittagessen auf dem Tisch stehen, aß er eiligst ein paar Bissen, sprang wieder auf, und fort war er, dann sah ich, wie er zur Arbeit rannte. Die Schulze Steinen nahmen dabei schon Rücksicht auf ihn, alle Gespanne waren schon längst auf dem Feld, wenn er kam. Was soll das nur werden, klagte er, die Mami hätte euch doch ins Waisenhaus lassen können, aber die mit ihrem dicken Kopf, was die nur davon hat. Am Abend brachte er immer für den Päppi Milch mit, weil der noch an die Brust gewöhnt war und den ganzen Tag und die Nacht nach der Mutter jammerte, Mami, Ditti, Mami, Ditti, hörten wir ihn den ganzen Tag klagen. Frau Weischede brachte eine Flasche mit Nuckel, weil der Vater ihr erzählt hatte, daß er sich mit dem Päppi keinen Rat mehr wüßte. Zu mir meinte er, daß ich ihm mit dem Mittagessen helfen könnte. Wenn ich komme, daß dann alles schneller geht. Er wollte Kartoffelknödel machen, Knödel aß er sehr gerne, die Kartoffeln sollte ich schon vorkochen. Ich machte es, wie er sagte, aber der Vater ließ auf sich warten, da stampfte ich selbst die Kartoffeln, schüttete Wasser hinein, stampfte und stampfte, und der Brei wurde immer dünner. Mein Herz klopfte vor Angst, was würde der Tati sagen, und ich hatte Angst vor seinen Kopfstücken. Außer Atem kam er zur Tür herein. Ich stand noch am Kartoffeltopf und sagte ihm schnell, was passiert war, Ich weiß gar nicht, wie das kommt, der Brei wird immer dünner. Der Vater war nicht böse, er freute sich, daß ich es ihm leicht machen wollte, und sagte gutmütig, Walli, bei Kartoffelknödeln kommt kein Wasser rein. Er hatte viel Mehl in den Kartoffelbrei reinrühren müssen, daß er wieder dicker wurde, und mit großen Augen paßte ich auf, wie der Vater das machte. Siehst du, Walli, so mußt du es machen, wenn du paarmal aufpassen tust, dann kannst du es bald, wenn die Mami es dir schon gezeigt hätte, aber die hat doch gar keine Sorge, von der wirst du überhaupt nichts lernen. Aber von den Kartoffelknödeln konnte er nur wenige Bissen nehmen, er mußte das Essen stehenlassen, um schnell wieder zur Arbeit zu laufen.

Zuerst fuhr er immer allein, die Mutter im Krankenhaus besuchen, nur den Päppi nahm er mit, und wenn er nach Hause kam, schimpfte er immer, Die Mami will haben, daß ich euch auch mitbringe, die hat mit mir überhaupt nicht geredet, hat nur den Kopf hängenlassen und eine Gusch gezogen, Walli, du mußt Wäsche waschen, damit ich euch mitnehmen kann, alles ist so dreckig. Wäsche waschen, dachte ich, wie muß ich denn das machen? Ich hätte gerne Frau Weischede gefragt, wie ich das machen müßte, aber die Mami hatte ausdrücklich gesagt, daß Frau Weischede bei uns nichts zu suchen hätte, aber weil der Vater wieder frug, Na, Walli, wann wäschst du denn eigentlich mal Wäsche, weichte ich die Kleidung in alle Schüsseln und Töpfe, die wir hatten, und dachte, das würde genügen. Frau Weischede sagte nach einigen Tagen, Walli, du darfst die Wäsche nicht so lange im Wasser liegenlassen, du mußt die Wäsche auch waschen, die stinkt ja schon. Ich rieb die Wäsche mit den Fingern aus, zog mir eine Leine und hängte die Wäsche auf. Ich freute mich, wie schnell die Wäsche trocken wurde. Walli, sagte Frau Weischede wieder, du darfst die Wäsche auch nicht schmutzig aufhängen, du mußt die Wäsche spülen. Auch Frau Krämer guckte so komisch von ihrem Haus aus zu mir rüber. Ich war gekränkt, daß Frau Weischede mir das gesagt hatte, aber der Vater freute sich am Abend und sagte, Na endlich, hast mal gewaschen, und ich freute mich, daß der Vater mit mir zufrieden war. Frau Weischede, die in unserer Tür stand, sagte dem Vater, daß ich die Wäsche dreckig aufgehängt hatte, da bekam er ein trauriges Gesicht. Die Weischede fühlten sich bei uns bald heimisch. Seitdem die Mutter nicht da war, kamen sie zu uns borgen, was sie vorher nie gemacht hatten, die Frieda, was die Älteste von Weischedes war, kam lustig herein. Herr Wirth, haben Sie etwas Speck? Und der Vater gab alles, was sie haben wollten, aber ob sie es auch wiederbrachten, weiß ich nicht. Als der Vater wieder mal einen Sonntag mit schlechter Laune aus Unna kam, beschloß er, Sonntag fahrt ihr alle mit ins Krankenhaus, soll sie ihren Willen haben. Vor dem Wegfahren gab es ein hastiges Hin und Her, und der Vater sagte immer, So wie ihr ausseht, kann ich euch doch nicht mitnehmen, das ist eine Schande, aber soll sie nur ihren Willen haben.

Die Mutter lag in einem Dreibettzimmer, und als wir in der Tür standen, guckte sie schon gespannt, sie hatte sehr auf uns gewartet. Sie schrie auf, hielt sich die Hände vors Gesicht und weinte, Oh, wie sehen denn die Kinder aus, und sie warf sich aufs Kopfkissen und wälzte sich hin und her. Wir standen nur stumm vor ihrem Bett, warteten, bis sie sich beruhigt hatte, und als sie von uns wissen wollte, ob wir denn nichts zu essen bekämen, gaben wir keine Antwort, unsere Gesichter waren stumm und ernst. Der Vater hatte getrunken, und er redete laut, Ich hab es dir doch gesagt, daß man sich mit ihnen nicht auf der Straße sehen lassen kann. Dann wollte die Mutter, daß wir ihr was erzählten. Na, Kinder, sagte sie, erzählt nun auch mal was. Aber wir wußten nichts zu sprechen. Ich hatte damals gerade wieder Läuse, mir lief es kalt und heiß über den Rücken, der Vater hatte mir verboten zu kratzen, und wenn ich es doch tat, schrie er, Walli, kratz doch nicht so auf deinem Kopf, wenn ich das noch einmal sehe, hau ich dir paar auf die Finger. Das Gesicht verzerrt, hielt ich mich mit beiden Händen am Stuhlsitz fest, Schweiß lief mir über meine Stirn, Schüttelfrost fuhr über meinen Körper, daß ich es bald nicht mehr aushielt. Mami, darf ich mal rausgehen? No, geh nur mal naus, komm aber gleich rein! Kaum hatte ich die Tür hinter mir geschlossen, scharrte ich schon mit beiden Händen auf dem Kopf, ich starrte aus dem Fenster und scharrte, bis die Mutter nach mir rief und ich wieder mit verzerrtem Gesicht und juckigem Kopf an ihrem Bett saß. Ich hörte, wie der besoffene Vater wie am Schnürchen erzählte, den Kopf im Nacken, daß sein Adamsapfel noch mal so groß war, er schaukelte auf seinem Stuhl hin und her, die Haarsträhnen hingen ihm in die Stirn. Ich schämte mich für ihn vor den Leuten. Als wir wieder weggingen, hielten wir uns immer hinter ihm, aber er bekam schnell mit, daß wir nicht neben ihm waren, weil wir uns mit ihm schämten, da drehte er sich um und schrie, ohne auf die Leute Rücksicht zu nehmen, Soll ich euch Beine machen, hierher kommt ihr, und dann gab es Kopfstücke mitten unter den vielen Leuten. Wenn er uns prügelte, durften wir nicht weinen. Verängstigt liefen wir neben ihm her, und wenn ich auf dem Kopf kratzte, gab es Kopfstücke, daß ich paar Schritte vorstolperte. Deine Finger hack ich dir mit der Holzhack weg, wenn ich noch einmal sehe, daß du kratzt, schimpfte er. Als wir kurz vor dem Bahnhof waren, machte der Päppi, Tati, Aa, Tati, Aa, und der Vater setzte ihn ab, hob ihm das Kleid hoch und sagte, Scheißerle hierher, Päppi, aber der Päppi fand nicht gleich den richtigen Platz. So tänzelte der Vater mit ihm auf dem Weg hin und her und redete dem Päppi zu, No, scheißerle nur jetzt, Päppi, und die Leute guckten den beiden erstaunt nach. Da sah ich plötzlich den Oberlehrer Dinklo daherkommen, Falten auf der Stirn und mit finsterem Gesicht kam er langsam dahergeschritten, wir schämten uns schrecklich. Wir grüßten, als er an uns vorbeiging, er gab keine Antwort. Wer war denn das, wollte der Vater wissen. Das war der Oberlehrer Dinklo, Tati, antworteten wir gehorsam. Was, das war der Oberlehrer Stinkloch. Nein, Tati, Dinklo heißt er. Äh was, Dinklo, Stinkloch heißt er, Sie, Herr Lehrer Stinkloch, kommen Sie mal her, schrie der Vater dem Lehrer hinterher, und der Lehrer beschleunigte seine Schritte, um außer Sicht zu kommen. Der Adolf sprang vor Spaß von einem Bein aufs andere und lachte, Huhuhu, das war sein Lachen, und der Albert biß sich auf die Unterlippe, weil er Angst vor dem morgigen Schultag hatte, und ich war sehr froh, daß ich nicht zur Schule brauchte.

Frau Weischede merkte dann, daß ich Läuse hatte, und brachte mir einen Kamm. Walli, du hast Läuse, sagte sie, hier hast du einen Staubkamm und kämm dich damit. Ich tat es sofort, ich freute mich, daß Frau Weischede so gut zu mir war, und ich kämmte mir über einem Stück Papier die Haare aus, Läuse fielen herunter, als ob ich sie mit einem Löffel runtergekratzt hätte. Frau Weischede half mir in vielem, was ich nicht wußte. Meine Füße brannten und schmerzten, zwischen den Fußzehen war es rot entzündet, und um die Nägel war es geschwollen, und weil ich weinte, kam Frau Weischede und guckte sich meine Füße an. Walli, du hast Schweißfüße, du mußt sie in kaltem Wasser waschen und darfst deine alten Strümpfe nicht tragen, sagte sie und brachte mir Paar dünne wollne, die ich alle Tage auswaschen sollte. Ich war dankbar und folgte ihren Lehren gerne.

Jedesmal, wenn der Vater mit uns ins Krankenhaus gehen mußte, war das gleiche Theater, der besoffene Vater mit seinem Quakorgan und wir Kinder, ausgehungert und mit tiefen Schatten unter den Augen, daß alles auf uns guckte. Die Mutter hatte immer einen Teller Brot für uns stehen, sie hatte sich Brotreste von den Patienten geben lassen, und wir stopften das Brot immer gleich in den Mund und kauten mit beiden Backen, und die Mutter suchte unsere Köpfe nach Läusen ab. Wenn der Vater mal rausging, bestürmte sie uns mit Fragen, Was macht der Tati, geht er viel fort, hat er Menschern, habt ihr was gemerkt, Kinder, sagt mir alles, was ihr wißt. Einmal hatte ich mich verplappert und hatte gesagt, daß Frau Weischede so gut zu mir war, mir einen Staubkamm gegeben hatte und mir vieles im Haushalt zeigte. Was, Frau Weischede hat dir einen Lauskamm gegeben? Sie regte sich gleich tüchtig auf, Wie kommt denn die zu uns rein, was hat die bei uns zu suchen, und sie machte dem Vater gleich Vorhaltungen, und jedesmal bei unseren Besuchen bestürmte sie uns mit Fragen, Was macht der Tati, geht er fort, bringt er Menschern mit? Ich sagte kein Wort mehr, aber die Jungen erzählten ihr von der Weischede-Frieda, daß sie bei uns geschlafen hatte, in einer Nacht war die Frieda mit ihrem Baby zu uns gekommen, sie hatte Haderei mit ihrem Stiefvater gehabt, und der Vater hatte der Frieda gleich ein Bett gegeben, wir mußten zusammenrücken. Die Frieda sah gar nicht so traurig aus, und ohne Scham hatte sie sich vor uns und dem Vater ausgezogen und hatte im kurzen Hemd dagestanden, das ihr gerade über die Schinken reichte, sie hatte eine schöne weiße Haut und gute Form, und in der Nacht, als das Baby sehr unruhig gewesen war, weil es vom Ungeziefer gepeinigt wurde, wärmte der Vater die Milch für das Baby auf und machte alles nach ihren Wünschen. Von dieser Nacht erzählten die Jungen der Mami, obwohl der Vater vorher gesagt hatte, daß sie den Mund halten sollten. Wir müssen froh sein, hatte er gesagt, wenn uns die Leute helfen und gut mit uns sind, das darf die Mami nicht wissen, weil sie das nicht versteht. Der Albert erzählte immer mehr, als wirklich passiert war. Die Mutter horchte gierig und mit spitzen Ohren und großen Augen. Mami, das ist nicht wahr, sagte ich. Eijo, Mami, das ist wahr! Das ist nicht wahr, ihr erzählt der Mami, was gar nicht wahr ist. Mami, glaub dere nichts, sagte der Albert, die lügt, die hält nur mit dem Alten zusammen. Wir stritten uns vor ihrem Bett, bis wir die Schritte des Vaters hörten, der kurz rausgegangen war. Meine Mutter, die lieber das Schlechte glaubte, hatte ihre Ellbogen auf das Kopfkissen gestützt und den Kopf auf die Hand und sah trotzig nieder. Na, was ist, machte der Vater, und als er ihr Gesicht sah und keine Antwort bekam, wußte er Bescheid. Habt wohl wieder der Mami was erzählt, was, schrie er, daß alles herguckte. Ich hab nichts erzählt, sagte ich, und die beiden Jungen ließen ihre Köpfe hängen. Wartet nur, wenn wir heute nach Hause kommen, euch werd ich's aber geben. Ich hab fei nichts erzählt, sagte ich noch einmal. Als die Besuchszeit zu Ende war, schob der Vater uns schroff zur Tür raus, und sie rief ihm noch hinterher, Daß du den Kindern ja nichts tust! Der Vater schimpfte den ganzen Weg über, und je näher wir dem Haus kamen, desto lauter und grober wurde sein Schimpfen. Der Adolf war vor Aufregung ganz rot im Gesicht, seine Augen quollen aus den Höhlen, ganz krumm ging er, das Kinn hing ihm runter, der Mund war geöffnet, sein Atem hastig, und dem Albert seine Augen wurden immer größer und starrer. Wir sahen uns an, und jeder wußte vom andern, was in seinem Herzen vor sich ging. Vor der Haustür setzte der Vater den Päppi ab, packte die beiden Jungen am Kragen, zog sie über die Schwelle in die Stube und warf sie mit voller Wucht auf die Dielen. Der Adolf und der Albert lagen nebeneinander auf dem Bauch, der Vater kniete auf dem Adolf und trommelte mit beiden Fäusten auf ihn ein, daß ihm die Knöchel weh taten, dann rutschte er zum Albert rüber und trommelte auf ihn ein, dann wechselte er wieder zu Adolf über. Ich stellte mich ans Fenster und sah durch die Scheibe, er keuchte vor Anstrengung, mir liefen die Tränen über die Wangen, und ich betete, Er schlägt die beiden Jungen tot, oh, hört er denn immer noch nicht auf. Erschöpft kroch er auf den Knien von einem zum andern, keuchte dabei, dann erhob er sich schwer und trat paarmal mit seinen Füßen in sie ein, beim Aufstehen gab er ihnen noch Kopfstücke, und mit Fußtritten scheuchte er sie ins Bett. Ich werde euch helfen, alles der Mami zu erzählen! Während die Jungen vom Vater Prügel bekommen hatten, durften sie sich nicht regen und keine Träne zeigen. Weinen hätte den Vater nur noch wütender gemacht. Der Vater wollte uns nie mehr mit nach Unna ins Krankenhaus nehmen. Soll die Mami böse sein, wie sie will, ihr bleibt ab jetzt immer zu Hause, mit euch kann man sich ja nicht sehen lassen! Jeden Sonntag kam er besoffen aus Unna, er kümmerte sich jetzt kaum noch um uns, auch kam es vor, daß er morgens öfter verschlief und zu spät zur Arbeit ging.

Als die Mutter ihren fünfunddreißigsten Geburtstag hatte, wollte der Vater uns mal wieder mit ins Krankenhaus nehmen. Er hatte die Idee, ihr ein Mittagessen mitzunehmen, Knödel und Schweinebraten mit Sauerkraut und frischen Salat dazu. Da wird sie sich bestimmt freuen, meinte er. Es war der erste Geburtstag, an den der Vater gedacht hatte, sonst hatte er immer nur seinen Geburtstag im Kopf, den er allein feierte. Ich mußte dem Vater tüchtig helfen, er hatte alle Hände voll zu tun. Walli, wasch den Salat, wasch ihn aber sauber, daß sich die Mami nicht beschweren tut, und ich wusch den Salat und drehte jedes Blatt um, Knödel, Schweinebraten und Sauerkraut und der gewaschene Salat kamen in die Tasche. Als wir dann vor ihrem Bett standen und der Vater das Essen für sie auspackte und stolz sagte, Hier zu deinem Geburtstag haben wir Knödel mitgebracht, winkte meine Mutter ab wie ein ungezogenes Kind. Äh, für was denn, ich hab keinen Hunger, ich hab genug zu essen. Für uns Kinder hatte sie kein freundliches Gesicht, sie hatte einfach schlechte Laune. Ich hab halt gedacht, sagte der Vater, daß du Freude haben wirst, kost nur zuwenigstens mal, daß du weißt, wie es schmecken tut, die Walli und ich haben gekocht, und mit Freude erzählte er ihr, wie ich ihm geholfen hatte, Was denkst du wohl, was die jetzt schon alles gelernt hat! Er hatte mich schon oft vor ihr gelobt, und er merkte gar nicht, wie sie das haßte. Sie sah nicht auf das Essen, sie hörte nicht, was der Vater erzählte, sie stocherte nur unzufrieden im Essen, mit gesenkten Augenlidern, als ob ihr nichts recht wäre. Ich beobachtete sie, weil ich wissen wollte, ob es ihr schmeckte, ich wartete darauf, daß sie sagte, Hm, das schmeckt aber gut, aber als sie den Salat sah, der nicht mehr so frisch aussah, schimpfte sie, Was soll ich mit dem verwelkten Zeug, soll ich das vielleicht auch mitessen? Siedl, die Walli hat den Salat gewaschen, was denkst du wohl, wie die mir geholfen hat. Da warf sie die Gabel weg und schob den Teller weg und schrie so laut, daß es alle im Zimmer mitbekamen, Oh, eine Schnecke, uuuh, eine Schnecke, weg mit dem Zeug, daß ich es nicht mehr sehe, pfui Teufel, so was bringt ihr mit ins Krankenhaus, und zu den Leuten im Zimmer sagte sie, Denken Sie sich nur mal an, ich hab doch Essen genug hier, und die bringen mir Salat mit einer Schnecke drin, pfui Teufel, so ein Zeug. Sie winkte ab und machte ein ekliges Gesicht, und alle drehten sich zu uns um und lachten. Aber in Wirklichkeit war keine Schnecke drin, sie wollte nur mein Lob vor dem Vater blamieren. Erschrocken sah ich drein, der Salat sah wirklich etwas welk aus, aber eine Schnecke, nein, auch der Vater guckte wie ich, ihm war es auch peinlich. Auf dem Heimweg war ich sehr niedergeschlagen, daß der Vater mich tröstete, Walli, wegen der Mami brauchst du nicht den Kopf hängenzulassen, was die sagt, das kann man nicht immer glauben. Ich habe doch den Salat gut gewaschen, sagte ich, ich hab jedes Blatt gewendet. Freilich hast du den Salat gut gewaschen, Walli, ich hab es doch gesehen.

Die Mutter sollte dann bald aus dem Krankenhaus entlassen werden. Sie hatte lange in Gips liegen müssen und immer über Schmerzen geklagt, das Bein sollte noch einmal neu in Gips kommen, aber sie wollte keinen Gips, sie hatte keine ruhige Minute mehr im Krankenhaus und jammerte dem Arzt was vor, daß sie nach Hause wollte, sie verlangte, daß er ihr das Bein abnehmen sollte. Das Bein war unterhalb der Wade gebrochen, und trotzdem wollte sie es. Der Arzt willigte ein, und auf ihr Verlangen hin wurde ihr der Fuß abgenommen. Meiner Mutter hatte es nichts ausgemacht, sie hatte in dem Moment nicht weit gedacht, sie war ja nicht einmal unfallversichert und hatte keinen Anspruch auf eine Invalidenrente, aber das war ihr einerlei, sie hatte nur eine Sorge, daß ihr Mann sie mit Menschern betrügen könnte.

Ich hatte bis dahin schon recht gut den Haushalt führen gelernt, der Vater war mit mir zufrieden. Paar Tage vor ihrer Entlassung kam eine feine Dame mit einem kleinen Mädchen zu uns ins Haus, sie frug mich, ob meine Mutter im Krankenhaus wäre und wie ich mit dem Haushalt allein zurechtkäme, sie lobte meinen Fleiß sehr, und dann gab mir die Dame ein kleines rundes Päckchen und sagte, Weil du so ein gutes Mädchen bist, dann ging sie wieder. Wer die Frau gewesen war, weiß ich bis heute noch nicht. Ich wickelte das Päckchen auf und sah zu meiner großen Freude zwei weiße seidige Trägerschürzen mit feiner Spitze. Noch nie hatte ich so was Schönes in meinen Händen. Nun hieß es, am nächsten Sonntag kommt die Mami nach Hause. Walli, seh fei zu, daß alles sauber ist, sagte der Vater, wenn die Mami kommt, ich hab ihr immer erzählt, daß es so sauber ist, aber sie hat es nicht geglaubt, wenn sie Sonntag kommt, soll sie sehen, daß es wahr ist. Ich gab mir große Mühe, ich putzte die Fenster, so wie ich es von fremden Leuten abgeguckt hatte, immer wieder stellte ich mich auf die Schwelle und guckte, ob an den Scheiben noch Schlieren zu sehen waren, und fing immer von neuem an zu polieren, ab und zu sah ich mir die zwei feinen weißen seidigen Schürzen an und wußte nicht, welche ich am Sonntag umbinde. Wenn die Mami kommt, wollte ich sie feierlich empfangen. Tisch und Stühle scheuerte ich mit Bürste und Seife, und die Dielen wurden auch kräftig gescheuert, so wie ich es bei Weischedes gesehen hatte, wenn ich an ihrer Tür stand und zuguckte. Hör nur schon bald auf, sagte der Vater, du wirst ja überhaupt nicht fertig. Aber wenn er mittags nach Hause kam oder abends, sah er mich nur fleißig arbeiten. Hör nur schon bald auf, sagte er, ist doch schön genug. Ich hatte die Wandschoner mit Sprüchen drauf wie

Eigener Herd ist Goldes wert, so wie sie früher über oder am Ofen hingen, gewaschen und zum Bleichen auf den Rasen gelegt. Das hast du bestimmt bei der Mami nicht gesehen, sagte der Vater. Nein, die Leute machen es immer so. Ich putzte und schrubbte mehr als nötig, es sollte so weiß aussehen wie bei Weischedes. Eine ganze Woche hatte ich schwer gearbeitet von oben bis runter das ganze Haus, den Fußboden in der Küche, der mit roten Ziegelsteinen gepflastert war, hatte ich schon lange vorher alle Tage mit Seifenwasser gebürstet, denn hier hatte meine Mutter den Tanz mit den Ziegenböcken und den Ziegen gehabt, und die Nässe, die die Tiere hinterließen, war in die Ritzen eingezogen, daß es in unserer Wohnung unmöglich stank. Nur die vertrockneten Haufen vom Päppi hatte ich liegenlassen, weil ich mich davor ekelte, ich sagte dem Vater das mit den vertrockneten Haufen vom Päppi. Die laß nur liegen, sagte er, die soll sie selbst wegmachen, was hat die Mami dem Päppi keine Ordnung beigebracht. Nun freute ich mich auf den Sonntag, ich konnte ihn schon gar nicht erwarten, denn Sonntag würde ich eine von den feinen Schürzen umbinden, ich probierte mal die eine, mal die andere an, und in der Nacht konnte ich vor Freude gar nicht schlafen. Auf unseren Tisch hatte ich ein weißes Bettlaken gelegt, wir hatten keine Tischtücher, und eine Blechbüchse hatte ich saubergemacht und Blumen reingestellt, und mit viel Freude im Herzen beguckte ich meine Arbeit und dachte daran, wie die Mami sich freuen würde. Dann kam der Vater, er blieb auf der Schwelle stehen, hatte die Hände in die Hüften gestemmt, seine großen Augen waren noch größer geworden, als er sagte, Hm, haben wir es aber schön, na, hast du dir aber Mühe gegeben, da wird die Mami Augen machen, bei der hat die Wohnung noch nie so schön ausgesehen, und er guckte auf die Dielen und schüttelte den Kopf, der Vater wußte vor Staunen nicht, was er sagen sollte. Dann fuhr er nach Unna, die Mutter holen.

Ich sah sie schon vom Fenster aus kommen, zwei Krücken unter den Armen und rund wie eine Kugel. Wie sieht denn die Mami aus, wunderte ich mich, kriegt sie denn ein Kind, oh, ein Kind, davon weiß ich doch gar nichts. Es wurde Zeit, daß ich ihr entgegenrannte, die Geschwister waren schon bei ihr, der Flocki war ihr wie ein Rasender entgegengerannt, vor Freude sprang er an ihr hoch, bellte und jaulte. Hatte der Hund eine Freude! Aber ich hatte schon am Fenster gespürt, daß sie schlechte Laune hatte, ihr Gesicht sah nicht freundlich aus, ihr Mund bewegte sich immerfort, als ob sie schimpfte. Der Vater war nüchtern und lief wie ein Stummer neben ihr her. Mit heißen Wangen band ich mir schnell eine der Schürzen um und rannte endlich hinaus auf die Straße ihr entgegen. Sie achtete auf mich überhaupt nicht, sie blieb an der Türschwelle stehen, streckte den Kopf vor und guckte hinein, und dann ging es los, Oi, Jässes Marierle, ich seh nicht, daß es schön aussieht, du lieber Gott, du, wie das hier aussieht, du Heilige Mutter Gottes im Himmel, du, na, pfui Teufel, und da sagst du, das wäre so sauber. Dann stand sie vor der Stube, schlug ihre Hände über dem Kopf zusammen und schrie, als ob Feuer ausgebrochen wäre, Jää, wie das hier aussieht, die Decke, die Decke fällt mir auf den Kopf, ich getrau mich doch gar nicht reinzugehen, ich hab Angst, daß mir die Decke auf den Kopf fällt, Jässes Mariä. Niemand von uns redete ein Wort, und niemand von uns hatte ein Lächeln im Gesicht, wir Kinder wie der Vater und der Vater wie wir Kinder. Sie setzte sich in den Lehnsessel am Fenster, dort saß sie, rund wie eine Kugel, und schimpfte immer wieder dasselbe, Das nennst du sauber, du hast mir erzählt, es ist sauber, und als sie mit mal die Blumen auf dem Tisch sah, brüllte sie, Was soll das Zeug hier auf dem Tisch, weg mit dem alten Zeug!, und sie schlug wütend die Büchse weg, daß sie auf die Dielen klirrte und die Blumen zerstreut herumlagen. Schmeiß mir das Zeug naus, was soll das auf dem Tisch! Das Laken riß sie vom Tisch runter und schleuderte es weg und riß den Mund ohne Pause weit auf und wiederholte immer das gleiche, Wer hat dich geheißen, du sollst das Tuch auf den Tisch legen, sie schrie so laut, daß die Nachbarn und Frau Weischede in der Haustür standen und miesgrämig guckten. Ich sah dem Vater ins Gesicht, er tat mir leid, daß er sich wegen meiner die böse Zunge anhören mußte, ich merkte, daß er es nicht länger ertrug, er lief in der Küche stumm hin und her, blieb mal vor der offenen Haustür stehen und sah auf die Blumen, die im Hof lagen und die ich mit so großer Freude und Festlichkeit gepflückt und für sie auf den Tisch gestellt hatte. Wir Kinder schlichen an ihr vorbei. Ich konnte gar nicht verstehen, warum sie so schimpfte, ich hatte mich doch so auf diesen Tag gefreut. Auf einmal erblickte sie an mir die feine weiße Schürze, sie riß die Augen auf, streckte ihren Hals vor, riß den Mund auf, Oh, was hast du denn da für eine Schürze um? Ich konnte vor Schreck nicht gleich antworten. Wo hast du die her, wer hat dir die gegeben, will ich wissen! Ich stotterte was von einer feinen Frau mit einem kleinen Mädchen, die bei uns waren. Was, eine feine Frau, und die war hier hinne, wie kommt denn die Frau hier rein, weißt du was von einer feinen Frau, von der die die Schürzen hat? schrie sie den Vater an. Er schüttelte den Kopf und kümmerte sich nicht darum. Ihr Kopf flog mißtrauisch hin und her. Wer war die Frau, war die schon öfter hier hinne, was wollte die eigentlich hier, wollte die dir denn nur die Schürzen geben, habt ihr sie denn schon öfter gesehen? Die Jungen sagten einfach, sie hätten die Frau schon öfter gesehen. Wie kommt die denn dazu, daß sie einfach reinkommt und dere die Schürzen gibt? Sie hat gesagt, weil ich so ein fleißiges Mädchen bin, sagte ich. Halt du nur deine Gusch, runter die Schürze, ich werd dir geben, so eine Schürze umzubinden, so etwas paßt überhaupt nicht zu dir, guck nur an, wie du aussiehst. Sie riß mir die Schürze runter, Ich muß erst wissen, wer die Frau ist, kümmert euch, wer die Frau ist, wer die Frau ist, muß ich wissen! Stumm lief der Vater hin und her, seine Hände kamen von den Hüften nicht runter, er starrte versonnen auf einen Fleck, und wir waren froh, als sich die Mutter nach und nach beruhigt hatte. Als es Zeit zum Schlafengehen war, hieß es von ihr, Na, und jetzt werde ich nur mal sehen, wie es oben aussehen tut, und sie kroch auf allen vieren die Treppen hinauf, und als sie die letzte Stufe erreicht hatte, war es dasselbe, sie schrie, daß man meinen konnte, Feuer wäre ausgebrochen. Ich hielt das nicht mehr aus und sagte, daß Frau Weischede mich gelobt hätte, bei uns sähe es schön aus, na, da hatte es ja Flammen geschlagen.

Das böse Geschimpfe hielt noch viele Tage an, es war nicht zum Aushalten. Wie gern wäre ich wieder zur Schule gelaufen, sollten doch mal die Jungen zu Hause bleiben, aber sie brauchte mich, ich mußte mir den ganzen Tag ihr Gebrüll anhören, und auf den Knien lag sie und wusch Wäsche, wie ein Hund auf allen vieren kroch sie herum und putzte alle Ecken aus und bellte und fletschte ihre Zähne und schimpfte, Da hat der gesagt, es ist alles sauber, du wirst Augen machen, du wirst Augen machen, bei der ist es sauberer als bei dir, dabei komm ich nach Hause, und überall liegt Dreck rum, pfui Teufel, wie das hier aussieht. Sie haßte mich, weil der Vater mich gelobt hatte. Dann kamen wieder Tage, wo sie nichts redete und mir keine Antwort gab, darunter litt ich am meisten, weil ich den ganzen Tag mit ihr zusammensein mußte, mit den anderen redete sie ja noch, aber mit mir viele Tage nicht, und auch die beiden Jungen ließen mich allein, sie hielten ja immer zu der Mutter. Es kam vor, daß sie mich einfach hinausjagte und mich nicht mehr ins Haus ließ, Schau, daß du fortkommst, ich will dich nicht mehr sehen, und wenn ich dann draußen im Regen stand und weinte und bettelte, sagte sie, Du darfst mir nicht mehr reinkommen, ich habe die Jungen, die sind besser als du, die sind mir lieber. Bei dem Vater fing sie an mich zu verleumden, und wenn er wissen wollte, was mit mir los war, daß ich so eine Gusch zog, warf sie den Kopf und hob ihre Augenlider nicht und sagte, Äh, das Mensch taugt nischt. Der Vater sprang jedesmal wütend auf und brüllte mich an, Ich werd dir helfen, deinen Schädel durchzusetzen, und er verdrosch mich mit harten Ohrfeigen und Kopfstücken, wirst du jetzt reden, wirst du jetzt reden, und sie verzog ihr Gesicht vor Schadenfreude. Einmal schlich ich mich in meiner Verzweiflung zu Weischedes, klopfte an die Tür. Frau Weischede, Frau Weischede, weinte ich, darf ich heute bei Ihnen schlafen? Kind, was ist denn passiert? Frau Weischede kam die Treppe heruntergeeilt, nahm mich mit in die warme, saubere Stube, und ich erzählte ihr, wie es bei uns zu Hause zuging, die Weischede-Kinder waren auch alle gekommen und wollten wissen, Was ist mit Walligen? Marsch ins Bett, die Walli bleibt heute bei uns, morgen werde ich mit ihrem Vater reden, sagte Frau Weischede, und ich bekam von ihr eine große geschmierte Schnitte Brot, und ich durfte meine Füße, Gesicht und Hände waschen. Am Morgen paßte Frau Weischede den Vater ab und bat ihn, nach der Arbeit bei ihr vorbeizukommen, sie hätte mit ihm zu reden. Ich blieb bis Mittag bei Weischedes, und als der Vater kam, sprach Frau Weischede mit ihm, und er nahm mich wieder mit nach Hause, ohne der Mutter ein Wort zu sagen. Wo warst du denn heute, schrie sie mich gleich an, was hast du für ein Kleid an, runter mit dem Fetzen, ich leid es nicht, daß du von andern Leuten was annimmst. Das Kleid behält sie an, sagte der Vater, sie hat es gekriegt, die Leute sind gut, soll sie es anbehalten. Die Mutter wagte es nicht, ihre Wut an mir auszulassen, aber sie blieb nur paar Tage ruhig, in ihr tobte die Wut, daß ich in der Nacht bei den Weischede gewesen war, und sie fing bald wieder an, mich hinauszujagen und dem Vater Verleumdungen zu erzählen, sie verhetzte ihn sogar, daß er mich prügeln sollte. Der Vater kannte sie wohl, aber er zeigte gerne seine Stärke, so prügelte er mich erbärmlich und jagte mich ebenso aus dem Haus. Die beiden Jungen standen am Fenster und freuten sich. Da ich mich nun auch nicht mehr zu Weischedes traute, schlief ich mal im Schweinestall und mal sogar in einem Straßengraben, und immer wieder und wieder bekam ich Prügel. Mein Herz tat mir weh, ich konnte nicht begreifen, was ich getan hatte, daß sie sich so über mich ärgerte, und ich suchte ihre Nähe, wollte mich anschmiegen. Einmal beim Bettenmachen wollte ich ihr zur Hand gehen, da riß sie mir den Bettzipfel aus der Hand. Weg, machte sie kurz, und sie tat, als brauchte sie mich nicht, auch wenn es ihr schwerfiel, weg, weg, machte sie und drehte sich zur Seite wie ein trotziges Kind und fing an, die Kammer zu fegen. Ihr beleidigtes Gesicht hing bis auf die Brust, und ich stand und guckte ihr zu, ich war ganz ratlos, aber ich blieb neben ihr und blieb hinter ihr. Da auf einmal ließ sie den langen Stielbesen fallen, daß er auf die Dielen krachte, sie ließ auch ihre beiden Krücken auf die Dielen poltern und schmiß sich aufs Bett. Mutter, Mutter, ich bin so unglücklich, Mutter, Mutter, warum muß ich so leiden, Mutter, meine Mutter, hab mich doch nur ein bißchen gern, ich bin ja so schrecklich unglücklich, Mutter. Verzweifelt weinte sie, und ich rannte vor Schreck in der Kammer hin und her und weinte auch, Mami, Mami, Mami. Als sie wieder zu sich kam, gab ich ihr besorgt ihre Krücken unter die Arme, und den Besen hob ich auf und kehrte den Rest schnell zusammen, ich wich ihr nicht von der Seite, denn ich liebte meine Mutter und hatte für sie ein weiches Herz, auch wenn sie den Vater noch so verhetzte.

Im Monat Oktober, einen Monat nach dem Krankenhaus, sollte meine Mutter niederkommen, doch vorher wollte sie in die Kirche gehen. Solange wir hier wohnten, war sie nicht in die Kirche gegangen, und hier waren alle Leute sehr fromm, daß sie fast alle Tage zur Kirche gingen. Sonntag gehe ich aber auch mal in die Kirche, sagte sie, ich habe es der Heiligen Mutter Gottes versprochen, wenn ich nach Hause komme, geh ich gleich den ersten Sonntag in die Kirche. Bis zur Kirche waren es zwanzig Minuten, und ich ging mit meiner Mutter vielleicht eine Stunde. Wie eine runde Kugel hing sie zwischen ihren Krücken, ein dunkles Kleid hatte sie an, ich sah überall Leute an den Fenstern uns nachgucken. Ich ging stolz neben ihr her, weil ich ihre Beschützerin war. Nach der Messe fühlte sich meine Mutter wie eine Heilige. Sehen die Leute zuwenigstens, daß wir auch in die Kirche gehen, sagte sie. Bis zur Entbindung hätte sie eigentlich im Krankenhaus bleiben sollen, aber sie wollte ja unbedingt nach Hause, ihre Sorge war nur der Vater, nun wollte sie auch zu Hause entbinden. Ein Bett aus den oberen Kammern mußte in die Stube runtergeschafft werden, sie kroch herum, wand sich und wimmerte und guckte uns alle mit Vorwurf an, und als es dann soweit war, jagte sie uns aus der Stube, sogar der Vater mußte raus. Es war Herbst und sehr kalt draußen, wir hatten nichts an den Füßen und nichts am Leib, aber reinkommen durften wir nicht. Naus, seid ihr schon wieder hinne, schrie sie, wenn wir in die Küche kamen. Die Geburt ging nicht einfach, von dem langen Liegen im Krankenhaus war das Kind angewachsen, bis auf die Straße hörte man ihre Schreie und ihr Lamentieren. Die Hebamme wollte nach einem Arzt schikken, aber sie wehrte sich, nur weil sie Angst hatte, daß sie wieder ins Krankenhaus müßte. Dann war das Kind da, und ich war traurig, daß es wieder kein Schwesterchen war, am liebsten hätte ich das Neugeborene umgetauscht, und der Vater lachte und scherzte, und meine Mutter hatte schlechte Laune darüber. Der Kleine bekam den Namen Hermann wie sein Großvater. Die Eltern schrieben auch gleich dem alten Vater, daß sie jetzt einen Hermann hätten, aber der alte Vater ließ nichts von sich hören.

Meine Mutter bekam eine Prothese. Die Schulze Steinen waren mitleidig gewesen, daß sie gerade mit dem gesunden Fuß ihren Unfall hatte, wo sie doch schon mit einem verkrüppelten Bein umherlief. Auch weil wir so arm waren, machten sie es möglich, daß meine Mutter Invalidenrente bekam. Doktor Küse, was der Frau Schulze Steinen ihr Bruder war, gab die Unterschrift, so als hätte meine Mutter bei Schulze Steinen gearbeitet und dort den Unfall gehabt. Aber die Eltern vergaßen das Gute schon im nächsten Moment, und die Invalidenrente, die sie alle Monate bekam, teilte sie mit dem Vater, und in jedem Kaufladen brummten große Schulden, und für Schulbücher oder Schreibhefte war kein Geld übrig. Als ich mitbekam, daß sie dem Vater wieder Geld gab, frug ich sie, Mami, du hast doch dem Tati Geld gegeben? Ich hab es ihm versprochen, sagte sie, daß ich das Geld mit ihm teile. Aber warum, Mami, warum gibst du ihm dein Geld, der tut es doch nur versaufen? Halt deine Gusch, was kümmert dich das. Wenn sie ihm das nächstemal Geld gab, murmelte sie halblaut, Nimm es, daß es das elende Mensch nicht sieht, dann drehte der Vater seinen steifen Hals langsam, seine Augen weiteten sich, und er machte so einen komischen Mund, wenn er zu mir sagte, Was hast du deine Gusch neizurecken, dir wer ich helfen. Dann ging er jedesmal fort und kam besoffen nach Hause. Gewußt hat es jeder im Ort, wie sie das Geld mit dem Vater teilte, um sich die Liebe von ihm zu erkaufen. Und wenn er das Haus verließ, schrie sie, Josääf, trink nur nicht so viel, nein, wenn du nach Hause kommst, nicht daß du besoffen bist, nein? Die ganze Nacht horchte meine Mutter am Fenster, und wenn sie ihn kommen hörte, hüpfte sie auf einem Bein zu ihrem Bett, um ihre Prothese anzuschnallen, manches Mal hatte sie die Prothese auch am Fenster stehen, daß sie mit dem Stumpf gleich hineinfahren konnte, eiligst stampfte sie hinunter. Josääf, wo warst du denn so lange, Josääf? lamentierte sie, und mit vielem liebevollem Zureden schleifte sie ihn die Treppen hoch. Sei nur ruhig, bettelte sie ihn, weck die Kinder nicht auf. Sie machte kein Licht, wenn sie ihn ins Bett brachte. Aber manches Mal wollte er nicht und brüllte, Licht will ich haben, warum ist hier kein Licht an, ich weiß schon, warum du kein Licht machen willst, wo ist der elende Hund, den jag ich hinaus, und er riß sich aus ihrer Umarmung, sprang wie ein Wildgewordener an das Bett vom Adolf und warf ihn aus dem Bett, daß er krachend auf die Dielen flog. Was will der faule Hund hier, brüllte er, der gehört nicht hierher, raus mit dir, und er trat in den Adolf hinein. Der Adolf in seiner Todesangst sah zu, daß er zur Treppe kriechen konnte, dann hatte er es fast geschafft, die Treppe schnell runter, die Haustür aufgemacht, meist war der Riegel von der Mutter schon zurückgeschoben, damit er schneller fliehen konnte. Bis hinaus auf den Hof verfolgte der Vater den Adolf mit Gebrüll. Nackt stand der Adolf draußen, und oft bei Kälte, und wußte nicht, wohin, auf den Feldern suchte er nach einer Strohfeime und verkroch sich dort bis zum Morgen. Mir ging es ja ähnlich wie dem Adolf, und hatte es der Vater mit mir, mußte ich auch zusehen, daß ich hinauskam, und mußte in der Nacht mit Angst und Grauen die Stellen aufsuchen, die nur vom Adolf gefunden wurden. Am Morgen lag der Vater bei ihr im Bett, entweder schnarchte er, oder sie waren sich einig, sie konnte so ruhig die Nacht überwinden, auch wenn einer von uns draußen war. Früh stand der Adolf meist am Mistfall, ganz krummgezogen von der Kälte, den Mund etwas offen, die Augen traten ihm vor Angst aus den Höhlen, er stand da und guckte auf die Haustür und wartete auf einen Wink von der Mutter. Wo hast du denn heute nacht geschlafen, frug sie ihn so leichthin, da geh nur jetzt rauf, gehst heute eben mal nicht in die Schule, und wir Kinder sollten dann für den Adolf eine Entschuldigung mitnehmen.

Ich ging jetzt wieder regelmäßiger zur Schule. Aber als der Hermann geboren war, brauchte meine Mutter mich zu Hause, aber manchmal hatte ich es nicht ausgehalten und wollte von meinen häuslichen Pflichten abgelöst werden, und ich hatte gebettelt, daß sie mich zur Schule lassen sollten und ich mich mit den beiden Jungen abwechseln wollte. Ich freute mich auf die Schule, ein dreiviertel Jahr hatte ich sie unterbrochen. Was werden die Kinder sagen, hatte ich mir gedacht, sie werden freundlich mit mir sein, sie werden mich an die Hand nehmen, neugierig werden die Kinder sein und fragen, Wo warst du so lange, Walli?, und der Lehrer wird sagen, Na, Valerie, bist du auch wieder da? Aber in der Schule kümmerte sich kein Kind um mich, ich sah, wie ein und das andere nur schiefe und böse Blicke für mich hatte, die Kinder lärmten, lachten und unterhielten sich, nur ich saß vereinsamt und mit schwerem Herzen in meiner Bank, und als der Lehrer Berghof hereingekommen war, legte sich seine Stirn und Nase sofort in Falten, so wie nebenbei sagte er, Bist du auch wieder da? und kümmerte sich nicht weiter um mich. Ich schämte mich und ließ den Kopf hängen, und was er dann den Kindern lehrte, war mir ganz fremd, und was er an die Tafel schrieb, konnte ich nicht lesen. Aber die Kinder wußten alles. Wie ein Trauerröschen saß ich hier, die Verlegenheit und Scham trieb mir den Schweiß auf die Stirn, mein Herz klopfte, und ich war froh, als Pause war, aber auch da kümmerte sich niemand um mich. Ich hatte genug von dem ersten Schultag, und die anderen Tage waren auch nicht anders, so daß ich wünschte, mit dem Adolf und dem Albert wieder zu tauschen. Aber von meiner traurigen Enttäuschung ließ ich mir nichts anmerken, Tränen hatte ich alle Tage in den Augen, die ich nicht sehen ließ, wie hätten mich die beiden Jungen ausgelacht, und meine Mutter hätte es mir vergönnt. Da meine Mutter schimpfte, daß die beiden Jungen überhaupt nichts taugten, der Albert immerfort nur das Spielen im Kopf hätte, dem Adolf alles zuviel wäre, durfte ich wieder zu Hause bleiben. Kurz vor Ostern zu den Zeugnissen schickte mich meine Mutter wieder zur Schule, So, jetzt kannst du in die Schule gehen, daß du noch was lernst. Aber der

Lehrer Berghof wußte nicht, was er mit mir machen und ob er mich versetzen sollte. Alle Kinder waren schon aufgerufen, alle saßen bereits auf ihren neuen Plätzen, nur ich ganz allein blieb vorn in der ersten langen Bank, was die Eselsbank war, sitzen. Der Lehrer hatte den Kopf auf die Hände gestützt und grübelte, ich sah, wie sehr er sich anstrengte, sein Gesicht war ganz rot, und an der Stirn schwollen zwei dicke blaue Adern. Was mach ich nur mit dir, Valerie, du hast doch überhaupt nichts gelernt, sagte er. Vor Spannung war eine Ruhe in dem großen Klassenzimmer, und mir klopfte mein Herz, und ich betete, Nur nicht sitzenbleiben. Ich saß mit nassen Augen da und hielt das viele Wasser zurück, ab und zu hob ich meinen Kopf und wußte nicht, was der Lehrer mit mir vorhatte. Er grübelte und sagte, Du kannst ja überhaupt nichts. Da ließen sich meine Tränen nicht mehr halten, sie liefen über die Wangen. Der Lehrer gab sich einen Ruck und sagte, Nimm deinen Schulranzen und geh nach hinten, setz dich neben Maria Buschmann. Sie war die vorletzte und ich die letzte. Sofort war ich aufgestanden und lief schleunigst nach hinten, und als ich mich leichten Herzens gesetzt hatte, sagte er, Valerie, du mußt jetzt aber auch tüchtig lernen, hörst du, sonst muß ich dich wieder in das dritte Schuljahr geben. Ich nickte kräftig, als wollte ich das nächstemal die erste sein, und ich nahm mir vor, viel zu lernen. Im neuen Schuljahr fehlte ich nicht so viel in der Schule, aber wir lernten nicht besser, uns fehlte es ja an allem, und außerdem gab es Tage für uns, wo sich der Magen vor Hunger krampfte, und nirgends mehr konnten wir borgen, und vor Hunger konnten wir manches Mal nicht in die Schule gehen. Hatte meine Mutter Aussicht, daß sie Brot bekam, gingen wir früh mit leerem Magen in die Schule, und in der großen Pause rannten wir nach Hause, wir schnappten uns das Brot, das schon bereit auf dem Tisch lag, und rannten wieder zurück, beim Rennen steckten wir das Brot in die Backen, wir mußten uns beeilen, von weitem hörten wir schon das Klingelzeichen. Ich war manches Mal so erschöpft, daß mich meine Beine nicht mehr tragen wollten, in meiner Brust stach es, daß ich nicht mehr atmen konnte, mein Mund war so trocken vom Rennen und wie Blei so schwer meine Beine. Ich drückte meine beiden Fäuste auf die Brust, und mit zitternden Knien kam ich auf den leeren Schulhof, und nun wieder die Angst vor der Klasse und dem Lehrer. Er lernte schon mit den Kindern und wollte wissen, woher wir denn kämen. Wir waren zu Hause, sagte ich, und wir ließen die Köpfe hängen. Los, geht auf eure Plätze, sagte der Lehrer. Zweimal war ich vor Erschöpfung auf der Straße zusammengebrochen, ich konnte nur noch weinen, aber keinen Arm und kein Bein heben, daß die Leute ratlos um mich herumstanden, sie wollten mich auf die Beine stellen, aber ich zitterte und war schwach von der Überanstrengung, die Leute schleiften mich zur Schule und übergaben mich dem Lehrer, und der Lehrer ließ mich auf eine Bank legen, ich brauchte nicht mitzulernen, und dann schickte er mich nach Hause. Alle Kinder, die sonst vor mir ausrissen oder sich die Nase zuhielten, sahen mit mitleidigen Augen auf mich.

Da wir solchen Hunger litten, hatte meine Mutter eine Idee, sie wollte Blumenkörbchen basteln und damit etwas verdienen. Die Leute werden sich freuen, sagte sie, so etwas kennen sie hier ja nicht, und sie verschaffte sich Seidenpapier in allen Farben und machte sich an die Arbeit. Mit den fertigen Körbchen wollte sie uns zu den Leuten schicken, aber wir wollten nicht, nur der Adolf ging mit so einem Korb in der Hand los, aber er kam mit dem Körbchen zurück, niemand hatte es ihm abkaufen wollen. Meine Mutter kam dann auf einen anderen Gedanken. Weißt du was, Adolf, du gehst zu den Leuten und sagst einfach, daß ich dich mit dem Körbchen schicke, ich möchte es verschenken, da können sie dich nicht einfach fortschicken, und umsonst nehmen sie es bestimmt nicht, die Leute hier schlachten Schweine und haben Hühner, wirst sehen, sie geben dir bestimmt was dafür. Der Adolf wollte zuerst nichts davon wissen, weil er überall ausgelacht wurde, aber da es ihm das Wasser im Munde zusammenzog von all den schönen Aussichten, die ihm die Mutter machte, wischte er seine Tränen mit dem Handrücken weg und ging mit dem Körbchen los. Ich stand am Fenster und hielt nach ihm Ausschau, und wirklich, er kam ohne Körbchen zurück, und in der Hand hielt er ein kleines Päckchen. Vor Aufregung hätte ich am liebsten die Fensterscheiben durchgestoßen. Der Adolf hatte Speck mitgebracht, jeder bekam davon eine Scheibe und aß sie auch sofort auf. Meine Mutter schickte ihn noch einige Male los, und nach ein paar Tagen schickte sie ihn noch mal zu den gleichen Leuten, aber der Adolf wurde immer öfter abgewiesen, und bald war es ganz aus mit dem Geschäft. Im April hatte unser Lehrer Berghof Geburtstag gehabt, jedes Kind legte ihm ein Geschenk auf das Pult, alle wollten dem Lehrer eine Freude machen, und wir trugen voller Stolz so ein Körbchen zu ihm hin. Nach dem Unterricht sollten einige Kinder die Geschenke hinüber in seine Wohnung tragen, der Albert und der Adolf drängten sich und wollten auch mit Geschenke hinübertragen helfen. Zu Hause wollte meine Mutter wissen, ob das Körbchen dem Lehrer gefallen hätte, Ach, der hatte so viele Blumen, machte der Adolf, daß er das Körbchen gar nicht bemerkt hat. Das war für meine Mutter aber gar nicht erfreulich. Bestimmt hat er dir was dafür gegeben, wollte sie wissen, und als der Adolf abwinkte, schimpfte sie, No ja, du dummer Hund, aber etwas hätte er dir schon geben können, so weiß er nicht einmal, von wem es ist. Und am gleichen Tag wollte sie den Adolf zum Lehrer Berghof mit noch einem Körbchen schicken, damit er etwas dafür gäbe. Der Adolf wehrte sich mit Händen und Füßen, Nein, nein, dorthin gehe ich nicht, ich schäme mich. Aber du brauchst dich doch nicht vor dem Lehrer zu schämen, sagte meine Mutter, du willst es ihm doch schenken. So elend ging es uns, aber ohne eine Widerrede gab die Mutter ihr letztes Geld dem Vater. Er kam nachts besoffen nach Hause, brachte meist Saufbolde mit, und sie war froh, wenn es so abging und sie keine Prügel bekam. Wir Kinder wurden dann aus dem Schlaf gerissen und mußten in die Finsternis hinaus zum Kaufladen Schnaps holen, und wenn dieser uns nichts gab, mußten wir weiterlaufen. Wir fürchteten uns und weinten viel Wasser und getrauten uns oft nicht weiterzugehen. Manchmal klopften wir bei Frau Weischede ans Fenster. Frau Weischede war die einzige Frau, die Mitleid mit uns zeigte, sie nahm mich immer in Schutz, auch wenn ich mich mit ihren Kindern gezankt hatte, mir durften sie nicht mit Schimpfnamen antworten, und wenn ich einsam auf dem Hof stand, machte sie das Fenster auf und befahl ihren Kindern, mit mir zu spielen. Frau Weischede frug ich, ob das Mariechen mitgehen darf. Die Kinder riefen gleich, Walligen, wir gehen mit, manchmal aber, wenn sie mitkommen sollten, hörte ich sie schimpfen, und Frau Weischede mußte befehlen, Ihr geht mit, die Wirth-Kinder müssen gehen, die fürchten sich, aber wenn wir mit den Weischede sehr böse waren und ich sie mit alte Fose und alte Hure beschimpft hatte, getrauten wir uns nicht zu klopfen und gingen allein durch die Nacht. Lange durften wir nicht wegbleiben, dann brüllte der Vater, wo wir so lange gesteckt hätten. Wenn wir den Kaufmann in der Nacht aus dem Schlaf holten, mußten wir jedesmal sagen, daß wir für den Besuch Schnaps holen sollten, denn sonst hätte der Kaufmann das Geld wegen unserer Schulden behalten und uns ohne Schnaps fortgeschickt. Es kam auch vor, daß wir in der Nacht zweimal nach Schnaps gehen mußten, und das ohne mit der Wimper zu zucken, und manches Mal ging meine Mutter mit, der Albert und Adolf wurden so schwer wach, nur mit mir hatte meine Mutter keine Not, mich konnte sie zu jeder Stunde wecken, und ohne Widerrede stand ich auf, der Adolf war ja auch meist krank, er klagte über heftige Kopfschmerzen und Glieder wie Blei. Wir gingen eingehenkelt miteinander, glücklich schmiegte ich mich an meine Mutter, es war ein gutes Gefühl, wenn ich mit ihr so gehen konnte. Den Vater ließ jetzt niemand so links liegen wie ich, ich zeigte ihm auch nur ein freundliches Gesicht und nahm ihn um den Hals, weil er es so verlangte, ich drückte ihn fest, gab ihm einen Kuß, aber ich tat das alles mit innerer Abwehr. Er wollte immer von uns wissen, ob wir ihn liebhätten, denn er merkte ganz gut, daß wir uns von ihm entfremdet hatten, das ärgerte ihn sehr, und wenn er betrunken war, bekam meine Mutter von ihm deswegen Prügel, und er sagte, sie würde uns Kinder von ihm abhetzen. Auch der Adolf mußte ihn immer um den Hals nehmen, aber von mir verlangte er es am allermeisten, und wenn er in seinem betrunkenen Zustand mal gute Laune hatte, lobte er die Schönheit von mir, Grad so hast du ausgesehen, Siedl, wart nur, wenn sie mal groß sein wird, hat sie deine Figur, die wird genauso, wie du es warst, du warst eine Schönheit, du bist es auch heute noch, und die Walli, guck sie dir mal an, sie ist jetzt schon so schön, wie ich dich kennengelernt hab, aber das eine kann ich dir sagen, bei der mußt du jetzt schon ein Schloß dranhängen. Meine Mutter machte beleidigt, Äh, hör doch auf, denn sie wußte, worauf er anspielen wollte. Na ja, ich weiß schon, machte der Vater mit gutgelaunter Miene, davon willst du ja nichts hören. Ob er nüchtern oder besoffen war, er sagte immer, Dere mußt du beizeiten ein Schloß dranhängen, und er wollte nichts anderes als damit die Mutter beleidigen. Einmal, es war schon morgens, hatte der Vater wieder jemand mitgebracht. Wer weiß, wen er da wieder mitgeschleift hat, schimpfte sie und stampfte die Treppen hinunter. Guten Morgen, hörte ich sie sagen, und dann machte sie ganz laut und verwundert, Oh, Sie sehen fei gradso wie meiner Mutter ihr dritter Mann aus, wissen Sie, meine Mutter ist nämlich das viertemal verheiratet, die hat ihre Männer alle in die Erde gebracht, was denken Sie, wie meine Mutter eifersüchtig um ihn war, oh, das war ein schöner Mann, gradso wie Sie hier, so hat er ausgesehen. Weißt, Wilhelm, machte der Vater mit spöttigem Gesicht, den hat sie nämlich geliebt, der hat ihr die Unschuld geraubt. Gleich zog meine Mutter den Kopf ein und sagte, Was konnte denn ich dafür, hätte sich meine Mutter um mich gekümmert, wäre es nicht passiert, und sie wandte sich an den Mann, um ihm gleich ihre ganze Geschichte zu erzählen, und der Vater spöttelte mit höhnischem, häßlichem Gesicht und falschen Augen. Wilhelm Reck, so hieß der Mann, den der Vater mitgebracht hatte, und er war Witwer. Seine Frau hatte sich im Kohlenkeller aus Eifersucht aufgehängt, einen Sohn hatte er noch, der bei seiner Schwester aufwuchs, der Wilhelm war bei einem Baumeister in Hemmerde in Arbeit, im Sommer als Maurer und im Winter als Laurer, er war fünfunddreißig Jahre alt und ein wirklich schöner Mann. Er hatte eine stattliche Figur, war nicht so ein trockener Bückling wie der Vater, der Wilhelm hatte ein echtes Rheinländer Gesicht, starkknochig, schöne große blaue Augen, glattrasiert, etwas dicke Lippen, aber ein schönes weißes Gebiß, nur die Nase war etwas eingedrückt wie bei einem Boxer, und er hatte einen graumelierten Lockenkopf. Er freundete sich mit uns an, weil er weiter niemand hatte, und wir Kinder mußten zu ihm Onkel Wilhelm sagen und du. Mich mochte er besonders gern, und er nahm mich oft auf seinen Schoß. Wenn ich dann auf meine Mutter guckte, gab sie mir mit fletschenden Zähnen und Augen Winke. Machst, daß du runterkommst, schau, daß du nauskommst, und laß dich vor ihm nicht sehen, und sofort schämte ich mich und sah zu, daß ich mich von ihm befreien konnte. Die soll nausgehen, die soll auf die Kinder aufpassen, sagte meine Mutter im herrischen Ton, als ob sie über mich verärgert wäre. Von dem Wilhelm hatte meine Mutter gleich viel Geld geborgt, und sie hatte es nicht zurückgegeben, bald getraute sie sich nicht mehr, von ihm zu borgen, und dann befahl sie mir, mich auf seinen Schoß zu setzen und mit ihm zu schmeicheln und Geld zu verlangen. Der Wilhelm liebte mich sehr, er kaufte mir alle Schulhefte und Bücher und brachte mir Paar feine Schuhe mit, und er gab mir auch Geld, wenn ich es verlangte. Seitdem der Wilhelm da war und ich alle Schulbücher hatte, kam ich auch gut in der Schule mit fort, und wenn nach der Schule meine Mutter schon am Fenster auf mich wartete, damit ich mich um die Kinder kümmerte, war bei mir nichts zu wollen, sie konnte toben und mit den Zähnen fletschen, ich machte zuerst meine Schularbeiten, übte lesen und lernte Gedichte und Lieder, und wenn das gemacht war, konnte sie von mir verlangen, was sie wollte. Aber dem Onkel Wilhelm war ich nicht besonders zugetan, und ich lachte ihn nur an, wenn ich was auf dem Herzen hatte, sonst ging ich stolz und mit finsterer Miene an ihm vorbei und zeigte ihm meine Verachtung. Wenn er bei uns war, saß er immer am Fenster und beobachtete uns Kinder auf der Straße, dann machte er meiner Mutter Vorwürfe, Siedl, für das Mädchen solltest du besser sorgen, wie du sie herumlaufen läßt, so sieht kein Kind aus, ohne Hosen läßt du sie laufen, sie ist immer nur unter Jungen und hat keine Hosen an. Er brachte mir selbst Hosen mit, und ich sollte ihn dafür drücken und küssen, und der besoffene Vater, der seinen Saufbolden jeden Wunsch erfüllen wollte, sagte mit grober

Stimme, Walliä, wirst du dem Onkel ä Schmotz gem. Aber ich wollte nicht, denn der Onkel Wilhelm war ja auch besoffen. Am liebsten hätte er gesehen, daß ich herinnen war und immerzu auf seinem Schoß saß. Walli, gib mir einen Kuß, bettelte er, zeig, daß du mich liebhast, und der Vater wieder, Walliä, wirst du dem Onkel Wilhelm einen Kuß geben! Ich war nicht dafür, wie sollte ich dazu Freude haben, wenn er mich auf seinem Schoß haben und von mir geküßt werden wollte. Er hielt auch meiner Mutter mehr als einmal vor, Die Walli ist genauso falsch wie du, wenn sie was von mir haben will, kann sie Onkel Wilhelm zu mir sagen, aber sonst guckt sie weg, genauso bist du, du bist mit mir nur freundlich, wenn du Geld haben willst. Er hatte ja recht, aber er verlangte zuviel von mir, ich tat doch nur schön mit ihm, weil mich meine Mutter dazu trieb. Geld brauchte sie alle Tage, und wenn der Wilhelm kam, wurde lamentiert, und der Wilhelm konnte nicht anders, als immer wieder Geld geben, und wenn sie sich nicht mehr getraute, flüsterte sie mir ins Ohr, Sag dem Wilhelm, er soll dir Geld geben, du brauchst ein Buch für die Schule, geh nur mal bißl schmeicheln mit ihm, für dich tut er alles. So war es auch, wenn ich mich auf seinen Schoß setzte, er legte mir gleich einen Taler hin, den ich sofort freudestrahlend meiner Mutter brachte, und dann verschwand ich hinaus auf die Straße zu den Kindern, und wenn ich zurückgerufen wurde, weil der Wilhelm keine Ruh ließ und ich neben ihm sitzen bleiben mußte, sah ich ihn zornig und unfreundlich an. Im Zimmer war dicker Rauch wie Nebel, und die Schnapsflaschen standen auf dem Tisch, und der besoffene Vater schaukelte seinen Kopf im Nacken, die Haarsträhnen hingen in der Stirn, der Schnurrbart hing runter. Walliä, du wirst jetzt neben dem Wilhelm sitzen bleiben, befahl der Vater, Wilhelm, die gehört zu dir, du wirst mein Schwiegersohn, du bleibst heute nacht hier, die Walli muß heute mit dir schlafen. Äh, hört doch auf, mischte sich meine Mutter ein, was wollt ihr denn mit ihr, laßt sie doch gehen, sie ist noch ein Kind, und auf ihr Augenzwinkern hin schlich ich mich hinaus und ließ mich nicht mehr sehen. Ich hörte den Vater mit seiner besoffenen Stimme meinen Namen rufen, Walliä, wirst du reingehen, du gehörst zum Wilhelm, aber ich rührte mich nicht, ließ mich auch vor dem Adolf und dem Albert nicht sehen, weil die mich verraten hätten.

In dieser Zeit machte meine Mutter noch mit einem Ehepaar Bekanntschaft. Die Frau war eine große Dicke, sie konnte nicht einmal über ihre Brust hinwegsehen, im Dorf hatte sie als einzige einen Bubikopf, ihr Gesicht sah gepflegt und bemalt aus. Ihr Mann war ein kleines, schwaches, blasses Männchen, das ihr bis unter die Achsel ging, er war Bahnwärter, man sah ihn immer in Eisenbahnerkleidung. Die Familie hieß Pagenkemper. Die Frau brachte ihren Mann alle Tage zur Arbeit und holte ihn auch wieder ab, sie gingen an unserem Haus immer eingehenkelt vorbei, und er hatte einen Handstock bei sich, weil er eine Beinprothese hatte. Meine Mutter hatte die Familie ganz einfach angesprochen, sie wollte von dem Mann wissen, wie er zu der Prothese gekommen war, und bei dieser Unterhaltung kamen sie sich so intim, daß die Pagenkemper die Einladung meiner Mutter annahmen. Ich staunte, als meine Mutter sagte, wer am Sonntag uns besuchen käme, ich kannte zwei Söhne der Pagenkemper, sie gingen mit mir in eine Klasse, der ältere hieß Franz, der junge Heinz, sie lernten beide gut und waren sehr sauber angezogen, daß ich sie immer bewunderte. Es gab noch einen Sohn, der Willi hieß, er lernte Buchdrucker, und ein kleines Töchterchen, das Lieschen. Meine Mutter machte für den Besuch sogar die Wohnung sauber. Die Pagenkemper brachten die beiden Jungen und das Töchterchen mit. Hier erfuhren wir, daß Frau Pagenkemper die zweite Frau war, die erste war kränklich gewesen und gestorben, Frau Pagenkemper hatte sie gepflegt, und nach deren Tod hatte sie den Mann mit den vier Kindern geheiratet. Das Lieschen wollte von mir nichts wissen, sie sah nur immer schief und abweisend auf mich und ging nicht von ihrer Mutter weg, und wenn sie mal auf den Hof kam, hielt sie sich nur an ihre Brüder, und wollte ich ihr zu nahe kommen, lief sie weg. Frau Pagenkemper kam aus der Großstadt, sie rauchte, und man sah es ihr an, daß sie sich an nichts stieß, sie fühlte sich wohl in unserer Gesellschaft und machte mit meinen Eltern auch bald Brüderschaft. Sie hieß mit Vornamen Bernhardina, Diena wurde sie gerufen, ihr Mann hieß Peter, für uns Kinder waren sie die Tante Diena und der Onkel Peter, und ihre Kinder mußten zu meinen Eltern Siedl und Josef sagen. Aber ich hatte nie Tante Diena und Onkel Peter zu ihnen gesagt, und die Pagenkemper-Kinder haben meine Eltern auch nie mit Vornamen genannt. Wenn die Pagenkemper bei uns waren, ging es immer lustig zu, vor Rauchnebel konnte man in der kleinen Stube bald nichts mehr erkennen. Herr Pagenkemper sah neben seiner Frau wie ein Hampelmännchen aus, aber sie machten sich nichts daraus, wenn die Leute ihnen nachsahen. Einmal hörte ich Frau Pagenkemper sagen, Wenn ich eins von meinen Beinen auf den Peter drauflege, sieht man ihn nicht mehr. Einmal machte mir Frau Pagenkemper die Schularbeiten, und als der Lehrer am anderen Tag unsere Schularbeiten nachsah, erkannte er gleich, daß ich sie nicht geschrieben hatte. Wer hat denn das geschrieben, wollte er von mir wissen. Frau Pagenkemper, sagte ich mit Stolz, damit auch jeder mitbekam, daß die Pagenkemper zu uns kamen. Der Lehrer guckte komisch und frug mich, Was, Frau Pagenkemper, wie kommt denn Frau Pagenkemper zu euch? Frau Pagenkemper kommt immer zu uns, sagte ich. Da wandte sich der Lehrer an den ältesten der Pagenkemper-Söhne, Franz, ist das wahr, daß eure Mutter zu den Wirth geht? Beschämt, mit rotem Gesicht und hängendem Kopf sagte er leise ja. Dann sagte der Lehrer ganz abweisend zu mir, Ich will nicht wissen, was Frau Pagenkemper kann, ich will wissen, was du kannst. In der Pause stand der Lehrer mit den Pagenkemper-Söhnen zusammen, und die beiden sahen sehr verlegen aus und gaben auf die Frage des Lehrers, wie das käme, daß sie bei den Wirth verkehrten, keine Antwort, und der Lehrer machte auch so ein komisches Gesicht, ich aber saß aufrecht und stolz in meiner Bank.

Im schönen Monat Mai gingen wir mit Frau Pagenkemper und ihren drei Kindern spazieren, uns hatte die Mami auch etwas sauberer gemacht, damit wir von den Pagenkemper-Kindern nicht so abstachen. Das Lieschen ließ die Hand ihrer Mutter nicht los und redete mit mir kein Wort. Wir gingen durch das Dorf, und der Lehrer stand grad an seinem Fenster und konnte nun sehen, daß wir mit den Pagenkemper zusammen waren. Wir kamen an dem Friedhof vorbei, wo der kleine Seffl lag, sein Grab sah zwischen den sauberen und gepflegten Gräbern vergessen und verwildert aus, aber paar Blumen lagen auf dem Hügel, das Fräulein Luise war die einzige, die den Seffl nicht vergaß. Von hier aus gingen wir in den Wald, die beiden Frauen saßen im Gras und stopften, und wir Kinder tollten im Gras umher, wir schüttelten die Bäume, daß die Maikäfer herunterpurzelten, sie hingen uns in den Haaren und am Körper, meine Mutter mußte sie mir aus den Haaren fitzen, die Maikäfer sammelten wir in Zigarrenkisten. Nur das Lieschen ging von ihrer Mutter nicht weg, so gerne sie mit uns gewesen wäre, aber sie hatte ein Grauen vor mir, daß ich sie anfassen könnte. Meine Mutter erzählte der Frau Papenkemper ihre Lebensgeschichte, und sie hörte meiner Mutter mit traurigen Augen zu und war von Mitleid gerührt, daß sie sich ständig die Augen trocknen mußte. Als wir nach Hause gingen, war die Diena sehr lieb und besorgt um meine Mutter. Von da an kümmerte sich Frau Pagenkemper viel um meine Mutter, sie schenkte ihr sogar Möbel, damit wir es in der Wohnung schöner hatten. Meine Mutter hatte in ihr eine richtige Freundin gefunden.

Bei uns ganz in der Nähe wohnte der Bauer Heckmann, eine junge Frau hatte auf den Hof eingeheiratet, die es gut mit mir meinte, sie hatte im Dorf erzählt, daß ich ihr gefiele, weil ich ein schönes Mädchen wäre, das in ordentliche Kleider gehörte, und wenn ich die Schule hinter mir hätte, wollte sie mich gern zu sich in Dienst nehmen, ich würde es bei ihr gut haben. Frau Heckmann hatte ein Söhnchen, Heinz-Ludwig, das ungefähr mit unserem Hermann im gleichen Alter war und mir sehr gefiel. Ich sah immer neidisch auf die Kinder, die den schönen Kinderwagen mit so einem schönen sauberen Baby herumfahren durften, und ich wunderte mich, daß Frau Heckmann diesen Kindern den Wagen überließ, denn die Kinder ließen ihn gleichgültig auf der Straße stehen und balgten sich herum, ohne sich um den kleinen Heinz-Ludwig zu kümmern. Paar Tage guckte ich mir das von unserer Haustür aus an, der Wagen stand verlassen da, er hätte auch leicht umkippen können, da nahm ich ihn einfach und fuhr ihn auf Heckmanns Hof, und die Kinder hatten nicht mal was gemerkt. Frau Heckmann kam gerade aus dem Haus, und ich sagte ihr, daß die Kinder sich nicht richtig um den Heinz-Ludwig kümmerten, da machte sie ein trauriges Gesicht, sie war dankbar, daß ich um das Kind gebangt hatte, und ihr Gesicht hellte sich auf, als ich sie frug, ob ich den Wagen rumfahren dürfte. Frau Heckmann freute sich, daß ich ein so gutes Mädchen war, und sagte, Walli, du darfst mit ihm fahren, wohin du willst, aber frag deine Mutter, ob sie es erlaubt, ihr habt doch selbst kleine Kinder. Ach nein, Frau Heckmann, meine Mutter braucht mich nicht, oh, ich hab unsere Kinder nicht so gern wie den Heinz-Ludwig, das ist ein gutes Kind. Frau Heckmann sah mir stumm ins Gesicht, aber sie wollte unbedingt, daß ich zuerst die Mutter frug, und da meine Mutter nichts dagegen hatte, fuhr ich stolz mit dem feinen Kinderwagen spazieren, an den Kindern vorbei, die sich aber gar nicht darum kümmerten, daß ich jetzt den Kinderwagen hatte. Einmal hatte Frau Heckmann meiner Mutter wollene Windeltücher ausgeliehen, weil sie Mitleid mit dem kleinen Hermann hatte, der gerade an Durchfall litt, sie hatte sie meiner Mutter angeboten, und meine Mutter brauchte sie erst wieder zurückzugeben, wenn der Hermann gesund war, aber so wie meine Mutter war, dachte sie nicht ans Zurückgeben, sie sagte, Die haben Geld und können sich neue kaufen. Aber nach Wochen schickte Frau Heckmann ihren Knecht zu uns, die Windeln holen, da erschrak meine Mutter, weil sie die Tücher erst zusammensuchen und waschen mußte, aber es nützte nicht viel, sie sahen fleckig und ungebügelt aus und mußten fast feucht mitgegeben werden. Frau Heckmann hatte geschimpft und über den Knecht meiner Mutter mitteilen lassen, ob sie sich nicht schämte, geborgte Sachen so zu ruinieren. Meine Mutter machte sich nichts draus, dafür schämte ich mich sehr und traute mich nicht mehr in die Nähe des kleinen Heinz-Ludwig, den ich gerne umsorgte. Aber Frau Heckmann trug mir nichts nach, sie wollte, daß ich mich weiter um ihr Baby kümmerte. Vor Stolz und Freude lernte ich in dieser Zeit besser, und jeden Tag, wenn ich aus der Schule kam, ging ich mit dem Schulranzen zu Heckmanns. Dort bekam ich gleich ein Mittagessen, ich lag mit dem Heinz-Ludwig im großen Obstgarten auf einer Decke und machte meine Schularbeiten, der kleine Heinz-Ludwig hatte seinen Spaß, wenn er auf mir rumkriechen konnte. Mir ging es gut bei Heckmanns, aber in der Schule konnte mich der Lehrer auf einmal überhaupt nicht mehr leiden, und ich bekam von ihm Prügel, alle Tage tanzte der Rohrstock auf meinem Rücken, dabei hatte der Lehrer böse Augen, er hatte gar nicht bemerkt, daß ich mir so viel mehr Mühe in der Schule gab. Frau Heckmann sah meine verweinten Augen und frug mich, ob ich Kummer in der Schule hätte, aber ich sagte ihr nichts, und am Nachmittag, wenn ich mich mit dem kleinen Heinz-Ludwig im Gras herumwälzte und er lachte und jauchzte, war alles vergessen. Frau Heckmann stand manches Mal am Fenster und freute sich, wie gut wir beide uns verstanden. Wenn ich am Abend nach Hause ging, überkam mich immer so ein komisches Gefühl, so ein abstoßendes, wenn ich schon von weitem das unverhängte Fenster sah, und wenn ich näher kam, schallte der Lärm wie aus einem wilden Affenstall, meine Geschwister schrien und kreischten, unter ihnen war immer nur Unverträglichkeit, und dazwischen das derbe Organ meiner Mutter. Am liebsten wäre ich bei Heckmanns geblieben, Frau Heckmann mußte jeden Abend drängeln, daß ich nach Hause ging, und mit dem Trost, daß ich am nächsten Tag wiederkommen durfte, ging ich endlich. Einmal sagte ich zu meiner Mutter, Ach, mir gefällt es gar nicht bei uns, bei den fremden Leuten ist es viel schöner. Na, wie haben es denn die fremden Leute, daß es dir dort besser gefällt, wollte sie wissen, und ich hob nur meine Schultern und sagte, Ich weiß auch nicht, bei den fremden Leuten gefällt es mir halt viel besser, die haben es so schön, und alles ist so sauber, und wenn ich bei uns zur Tür reinkomme, stinkt es. Meine Mutter fletschte die Zähne, Kinder, merkt ihr was, daß es bei uns stinkt, und der Albert und der Adolf riefen einstimmig, Ich kann nichts riechen, daß es stinkt. Wir sind halt arme Leute, sagte sie, und bei armen Leuten kann es nicht anders aussehen, aber ich zählte ihr all die Familien auf, die auch arm waren und bei denen es ganz anders aussah, und als ich noch anfing zu fragen, Mami, wie kommt das eigentlich, daß unsere Kinder so streitig sind, die fremden Kinder sind doch gut, und unsere, die schreien und streiten immerfort, da fletschte meine Mutter mich an, Ich weiß nicht, warum du unsere Kinder nicht leiden kannst, geh doch zu den fremden Leuten, wenn es dort besser ist, und komm meinetwegen gar nicht mehr nach Hause, möcht wissen, was du gegen unsere Kinder hast, und sie sah mich schief an, und ihre Augen schaukelten. Wenn meine Mutter mit ihrem uralten Kinderwagen zusammen mit Frau Pagenkemper nach Steinen spazierenfuhr, kam ich mit dem Kinderwagen der Heckmann mit, ich spazierte stolz neben ihnen. Der schöne Kinderwagen paßt gar nicht mit zu uns, meinte meine Mutter, und ich bot ihr meinen Wagen an, Mami, hier hast, nimm ihn mal, ich nehm deinen. Ach, behalt nur deinen Kinderwagen, ich fahre lieber meinen, der paßt besser zu mir. Mit dem kleinen Heinz-Ludwig war ich unzertrennlich, beim Mittagessen, wenn ich mit den Heckmann an einem Tisch saß, wollte er nur auf meinem Schoß sitzen und von mir gefüttert werden, ich mußte es mit dem gleichen Löffel tun, den ich in den Mund nahm, aus meinem Kaffeetippel wollte er trinken, und nur von dem Brot biß er ab, von dem ich aß. Manches Mal hatte ich Ausschlag im Gesicht, und ich frug Frau Heckmann, ob ich erst wiederkommen sollte, wenn mein Ausschlag weg war. Das tut nichts, Walli, sagte sie, mußt halt aufpassen, daß er nicht so nahe drankommt. Bei Bauer Heckmann waren Haus und Hof sauber wie eine gute Stube. Am Sonntag ging ich mit den Heckmann spazieren, stolz mit dem Kinderwagen nebenher, meine Mutter hatte mich dann aber zu baden, und ein frischgewaschenes Kleid mußte ich anhaben. An einem Sonntag hatte der Vater von Bauer Heckmann Geburtstag, er wohnte in einem andern Dorf. Walli, sagte Frau Heckmann, Sonntag sind wir eingeladen, da fährst du mit, wir werden dir ein Kleid nähen, das du anziehen wirst, und es wurde genäht und anprobiert, und am Tage vorher konnte ich das Kleid freudestrahlend über den Arm mit nach Hause nehmen. Es war aus orangefarbenem Stoff, Dirndlrock mit Trägern, eine feine weiße hauchdünne Bluse, Ärmel und Brust etwas bestickt, und zwei weiße breite Schleifen, Unterwäsche war für mich auch genäht worden, die Leinenhosen und der Unterrock hatten feine weiße Spitzen. Deine Mutter soll dir auch alles anziehen, sagte Frau Heckmann, hörst du, Walli. Ich nickte kräftig und wäre ihr vor Freude um den Hals gefallen, so was Feines hatte ich nur in den Schaufenstern gesehen oder an fremden Kindern, war das für mich ein Gefühl. Der Onkel Wilhelm hatte davon gehört, daß ich mit den Heckmann einen Besuch machen wollte, und er brachte mir Paar Sandaletten mit. Am Abend zuvor wurde ich von meiner Mutter richtig gebadet, das Haar gewaschen, sie konnte es vor lauter Wundern nicht fassen, daß ich von den Heckmann überall mit hingenommen wurde. Wir sind doch so einfache arme Leute, daß die so viel Geschichten mit dir machen, sagte sie und drehte dabei Bandeln in meine Haare, damit sie am Morgen lockig waren. Früh beim Aufstehen hatte ich vor Freude helle Augen, die wie die Sonne strahlten. Ich wurde von meiner Mutter angezogen, auch die Hosen, und die beiden Schleifen kamen ins wollige Haar. Ich sah wie eine künstliche Puppe aus, und als ich aus dem Haus ging, sah mir meine Mutter nach und rief noch, Walli, wirst du nicht so stolz gehen. Aber mein Herz tat es allein. Bei den Heckmann versammelten sie sich um mich und guckten mit großen Augen. Oh, bist du aber ein schönes Mädchen! Sogar der kleine Heinz-Ludwig guckte mich groß an. Heute ist deine Walli aber fein, nicht wahr, Heinz-Ludwig, meinte Frau Heckmann, und als er mich genug angeguckt und erkannt hatte, drückte er mich ganz fest an sich, als wollte er mich nicht mehr hergeben. Dann saß ich mit Frau und Herrn Heckmann in der offenen Kutsche, mit dem Heinz-Ludwig saß ich ihnen gegenüber, wir fuhren an unseren Fenstern vorbei, alle Geschwister und die Eltern standen am Fenster und winkten mir zu, aber ich sah nur kurz schräg zu ihnen hinüber, wie dreckig und vernachlässigt sie alle aussahen. Walli, wink doch deinen Geschwistern, sagte Frau Heckmann, und ich machte es nur ganz kurz. Wir kamen mit der Kutsche in ein Dorf auf einen großen

Bauernhof. Viel Besuch war da, der uns mit freudigem Jubel entgegenlachte. Ich hielt mich den ganzen Tag mit dem Heinz-Ludwig im Hof auf, und weil wir keinen Kinderwagen mitnehmen konnten, mußte ich ihn viel umhertragen, es war für mich ein anstrengender und langweiliger Tag. Zwei andere Mädchen in meinem Alter und ein größerer Junge trollten sich lustig auf dem Hof, aber keiner beachtete mich. Zum Mittagessen rief mich Frau Heckmann hinein, sie hatten alle schon gegessen, sehr viele Leute saßen an einer langen Tafel, und alles Geschirr stand noch drauf, dicker Rauchnebel stand im Zimmer, und es war ein Jubel und ein Trubel im Zimmer. Ich merkte, daß die Leute schon zuviel getrunken hatten, sie standen herum, lachten und unterhielten sich laut, Frau Heckmann ließ mich neben sich setzen, und ich sollte essen, sie sagte, Walli, du brauchst doch keine Angst zu haben, es tut dir niemand was, komm, iß schön. Ich habe keinen Hunger, sagte ich immer wieder. Das Mädchen ist sehr verschüchtert, sagte Frau Heckmann zu ihrer Tischnachbarin. Vor mir stand so viel Geschirr und lag Besteck, daß ich gar nicht wußte, was ich damit anfangen sollte. Frau Heckmann mußte mir erst den silbernen Eßlöffel in die Hand geben, es war mir so ein komisches Gefühl, einen Löffel in die Hand zu nehmen, und ohne den Kopf zu heben, löffelte ich schnell die Suppe von dem feinen Teller, bei dem nächsten Gang nahm ich Messer und Gabel, weil ich wußte, daß bei den feinen Leuten mit Messer und Gabel gegessen wurde, aber ich konnte damit nicht richtig umgehen. Frau Heckmann sagte, Du brauchst nicht mit Messer und Gabel zu essen, iß ruhig mit der Gabel. Das ist aber wirklich ein schüchternes Mädchen, wunderte sich die Tischnachbarin. Es sind ganz arme Leute, sagte Frau Heckmann ruhig und mit Mitleid. Das Kompott und auch die feine Mehlspeise rührte ich nicht mehr an, nur weil ich mich vor den vielen lustigen Leuten schämte und nicht wußte, wie ich Kompott und Mehlspeise essen sollte. Als wir am Abend zurückfuhren, frug Frau Heckmann mich, Na, Walli, wie hat es dir denn gefallen, wenn du jetzt nach Hause kommst, mußt du alles deinen Geschwistern erzählen. Ich nickte und sagte ja. Besorgt frug sie, Walli, hast du dich denn auch heute wirklich satt gegessen? Ach, ich hatte heute gar keinen Hunger, Frau Heckmann. So, machte sie, daß du aber nicht sagen tust, du hast nichts zu essen bekommen, du bist selbst schuld, du hast nicht essen wollen. Ich lächelte sie an und schüttelte den Kopf. Im Dunkeln hielt Herr Heckmann vor unserem Haus, und ich war glücklich, daß ich zu Hause war. Ein kleines Päckchen Kuchen hatte mir Frau Heckmann mitgegeben. Alle Augen waren gleich auf mich gerichtet, und sie fielen sofort über das Kuchenpäckchen her. Meine Mutter teilte dann auf, alle kauten mit vollen Backen und wollten von mir hören, wie es gewesen war, aber ich konnte nicht viel erzählen, ich war so erschöpft, meine Schultern und meine Arme und mein ganzer Körper taten weh, es war für mich ein anstrengender Tag gewesen. Hm, Walli, hast du heute viel zu essen gehabt, wollten die Geschwister wissen, wir haben den ganzen Tag an dich gedacht, die Walli hat es heute gut, hm. Ich ließ sie alle bei ihrem Glauben und sagte nur, daß ich sehr müde wäre. Der Onkel Wilhelm und die Frau Pagenkemper mit ihrem Mann saßen bei uns, sie waren alle sehr neugierig und wollten gerne was hören, der Wilhelm konnte seine Augen nicht von mir lassen. Siehst du, Siedl, sagte er, so mußt du dein Mädchen immer anziehen, du darfst sie nicht so herumlaufen lassen, so ein schönes Mädchen, wie ihr habt, ihr könnt doch nur stolz sein. Ich erzählte, daß Frau Heckmann mich überall mitnehmen wollte und daß ich von ihr öfter ein neues Kleid kriegen sollte. Meiner Mutter war es unfaßbar, sie staunte, und alle staunten, der Wilhelm und die Frau Pagenkemper sagten, Siedl, das ist ja kein Wunder, mit Walli können sie sich sehen lassen, sie sieht heute aus wie eine schöne Prinzessin. Jässes Mariä, hört nur auf, sonst bildet sie sich's wirklich ein, die ist schon so stolz genug, ihr hättet sie mal heute sehen müssen, sagte meine Mutter, wir sind arme Leute und werden es immer sein. Hiernach hörte meine Mutter im Dorf, daß Frau Heckmann gesagt hätte, daß sie mich gerne als eigen annehmen möchte, sie wollte für mich sorgen. Meiner Mutter gefiel es, daß die Frau Heckmann so viel für mich übrig hatte, aber vor allem wohl deshalb, weil sie es ausnützen wollte. Sie schickte von nun an die Kinder jeden Tag nach einer Schüssel Eier, wennschon – dennschon, auch nach Milch, sie konnte alle Tage was brauchen, sogar nach Brot kamen sie. Wenn wir Geld haben, wollen wir es bezahlen, sagte sie und verlangte alle Tage neu. Ich schämte mich, wenn ich sie schon in den Hof reinkommen sah, weil ich merkte, daß Frau Heckmann es nicht gerne sah, wenn meine Mutter borgen kam, und es dauerte auch nicht lange, da waren die Heckmann nicht mehr so gut mit mir. Ich weinte zu Hause, daß die Heckmann mich nicht mehr anguckten, aber meine Mutter scherte sich nicht darum. Unterdes hatte der Heinz-Ludwig auch laufen gelernt, der Großvater von den Heckmann konnte gut mit ihm allein fertig werden. Wenn ich jetzt kam, guckte mich niemand an, und ich mußte wieder nach Hause gehen. Nur wegen euch, weinte ich, alle Tage seid ihr borgen gekommen, sogar Brot habt ihr geholt und nicht bezahlt. Nu, Jässes, sagte meine Mutter, deswegen brauchst nicht zu knietschen, das braucht man bei solchen Leuten nicht so genau zu nehmen, die haben's ja. Meine Mutter machte sich keine Gedanken, daß ich durch sie die schöne Zukunft bei Heckmanns los war, und sie verbot mir sogar das Weinen.

Die Frau Pagenkemper, was die Tante Diena war, gab sich große Mühe mit meiner Mutter, sie wollte, daß es uns ein bißchen besser ging, und sie half, wo sie konnte. In der Pfingstwoche hatte sie sich vorgenommen, zusammen mit meinen Eltern unsere Wohnung schöner zu machen, Tapeten sollten an die Wände, denn unsere ganze Stube sah schon sehr schwarz aus, und sie half selbst mit, die Decke zu weißen, und Tapeten mit blauem Flieder sollten dran. Meine Mutter wurde vom Arbeitseifer der Tante Diena richtig angesteckt, sie waren fleißig bei der Arbeit, und ich hatte die Kinder zu behüten. Draußen auf der Straße war tüchtiger Verdruß, die ganze Woche über ging es schon mit den Weischede, auf der Straße war immer Gezank und Lärm, sogar in der Schule hatte mich der Lehrer schon zur Seite genommen und gefragt, warum wir uns immer mit den Weischede stritten, er wollte auch mit meiner Mutter reden, weil ich von ihr so schlimme Ausdrücke hatte. Zu Hause erzählte ich es meiner Mutter, und die sagte, Äh, der bleede

Lehrer, was geht das den an, was wir mit dem Pack haben. Die Weischede wurden weiterhin von uns belästigt, wir Kinder warfen uns mit Steinen, und wenn es uns gefährlich wurde, schrien wir nach der Mami. Meine Mutter verschimpfte dann die Erwachsenen und Kinder, dabei waren wir die Schlimmeren. An dem Tag, wo die Mutter mit der Tante Diena beim Tapezieren war, gab es auch Streit zwischen uns und den Weischede-Kindern. Der Vater war von der Arbeit gekommen und war gerade beim Holzhacken, als er den Streit zwischen uns Kindern mitbekam. Was ist denn hier eigentlich los, schrie er, hört denn das hier draußen nicht bald auf. Meine Mutter plärrte gleich los, daß die Weischede keine Ruh gaben, den ganzen Tag schon wäre mit ihnen Lärm auf der Straße. Ich kann nicht bei der Arbeit bleiben, plärrte sie, immerfort muß ich zum Fenster nausgucken und nausrenne. Da werd ich aber rübergehen, schrie der Vater, und werde mal Ordnung schaffen, daß das endlich aufhört. Bleib hier, Josääf, bleib hier, geh nicht zu dem Pack da drüben, schrie meine Mutter, aber der Vater machte so schnell nüber, daß sie ihn nicht zurückhalten konnte. Meine Mutter wußte schon, warum sie ihn nicht gehen lassen wollte, wir fingen ja immer den Streit an, und voll Unruhe und Eifersucht guckte sie alleweil zum Fenster raus und kam gar nicht mehr zum Tapezieren. Bei Weischedes in der Wohnung war kein lautes und böses Wort zu hören. Laß doch, Siedl, machte die Diena, die ihre Unruhe bemerkte, er wird schon noch kommen, kümmer dich doch gar nicht drum, wir wollen zusehen, daß wir noch heute fertig werden. Aber die Mutter guckte und guckte und fand keine Ruh, Wo er nur so lang ist, er kommt doch gar nicht mehr wieder? Aber Siedl, laß doch, er wird schon kommen. Aber meine Mutter wurde durch ihr Mißtrauen rausgetrieben, es hielt sie nicht zurück. Jetzt geh ich mal rüber, sagte sie, ich will wissen, was er bei dem Volk macht, das kommt mir verdächtig vor. Vor Eifersucht wie rasend, sah ich sie auf der Straße an unseren Fenstern vorbeihumpeln, die Arme dabei heftig vor- und zurückschleudernd, arbeitete sie sich vorwärts. Die Tür der Weischede war verschlossen, sie lauschte und horchte und hörte nichts, da trommelte sie gegen die Tür und schrie, Seid ihr hier drinne, aufmachen, ich will sehen, was ihr macht. Der Riegel wurde weggeschoben, aber nichts rührte sich, meine Mutter riß die Tür auf, und vor ihr stand der Vater, die Hände auf den Hüften, er hatte sich ganz Frau Weischede zugedreht, die dicht vor ihm stand und die Arme vor der Brust verschränkt hielt. Beide guckten vor sich nieder, keiner sagte ein Wort, sie standen voreinander und waren sich einig, als hätte es nie einen Streit gegeben, und meine Mutter wurde von ihnen gar nicht beachtet. Ha, hier seid ihr, ich hab euch wohl gestört, was, brüllte sie. Die beiden standen stumm, als hörten und sahen sie nichts. Dann sagte der Vater, Also, Frau Weischede, dann machen wir es eben so, nicht?, und Frau Weischede antwortete, Ja, Herr Wirth, so machen wir das, und sie gaben sich die Hand, als ob sie die besten Freunde wären. Der Vater ging an der Mutter vorbei und sah sie nicht, Frau Weischede schloß sofort ihre Tür hinter sich, ohne meine Mutter anzugucken. Die Mutter folgte dem Vater mit großem Lärm, aber er sprach kein Wort und tat, als ob er kein Interesse hätte, ihr eine Antwort zu geben, und die Mutter blieb auf der Schwelle stehen und lamentierte immer das gleiche, den ganzen Vorgang mit dem Riegel erzählte sie der Diena und daß sie beide auf die Erde geguckt hätten, weil sie kein reines Gewissen hätten. Was hast du denn mit der Frau Weischede gesprochen, Josääf, frug die Diena, um der Mutter ihr Geschrei zu mildern. Die Diena frug noch mal und ein drittes Mal, aber der Vater tat, als ob ihn alles nichts anginge, und meine Mutter konnte nicht aufhören, Ich hab sie beim Schönsten gestört, schrie sie, wenn du nur gesehen hättest, wie die miteinander dastanden. Hältst du jetzt deine elende, verfluchte Gusch, fuhr der Vater sie auf einmal an. Das war, als hätte der Vater ein Feuer geschürt, sie konnte überhaupt nicht mehr aufhören, Ich soll meine Gusch halten, wenn du dich mit so einer einsperrst, hab ich euch miteinander denn nicht erwischt? Der Vater brüllte jetzt, daß die Scheiben klirrten, Du bist ja schuld an allem, nur du machst den ganzen Verdruß, die Kinder stellst du an, daß sie die Erwachsenen mit Steinen werfen, Hure und Sau sagen, niemand kann sich auf der Straße vor euch blicken lassen, und was die Kinder für schlechtes Zeug von dir lernen, pfui, du willst eine Mutter sein, das ganze Dorf sagt, daß du keine Mutter bist. Die Diena versuchte die beiden zu beruhigen, aber keiner achtete auf ihre Worte, die Eltern kannten keine Grenze mehr in ihrer Wut, und plötzlich schlug der Josef mit beiden Händen auf die Siedl ein, und sie fiel auf die Dielen und brüllte und wehrte sich. Wirst du jetzt deine Gusch halten, schrie er und schlug ohne Pause auf sie ein, elender Griebel, du, ich erschlag dich. Sie saß auf dem Boden und spuckte und verachtete ihn, er konnte in sie hineinschlagen, wie er wollte. Der Diena gelang es, den Josef beiseite zu schieben und sich um die Siedl zu bemühen. Sei nur jetzt still, sonst haut dich der Josef noch mal, bettelte sie. Aber die Siedl war nicht ruhig, und der Josef sprang wie ein Blitz auf und schrie, Wenn du jetzt nicht endlich deine elende Gusch hältst, und er holte aus, daß sie wie ein Gegenstand auf die Dielen flog, ich erschlag dich, hast dein Lebtag noch nichts getaugt, elender Griebel, und meine Mutter riß den Mund auf, und ich hörte was von Huren und vom Hurenbock, sie konnte nicht ruhig sein, sie war wie ein wildes Tier, das nicht totzukriegen war. Die Diena schaffte es dann, den Josef aus der Tür zu schieben. Die Siedl saß auf den Dielen und vergrub ihr Gesicht in den Händen und schrie in größter Verzweiflung, Mutter, Mutter, Mutter. Weiter schrie sie nichts, und als die Diena sie aufrichtete, sagte sie, Elender Griebel hat er zu mir gesagt, das tat ihr mehr weh als die Prügel, wart nur, das wirst du mir einmal büßen müssen, es kommt schon mal eine Zeit, wo ich es dir auszahlen werde. Die Diena mußte das Tapezieren allein fertigmachen, auch den Dreck schaffte sie hinaus und scheuerte die Dielen, sie konnte erst spät nach Hause gehen. Wir Kinder schlichen herum, keiner wagte ein Wort zu sprechen, ich ging auf Fußspitzen, denn ich fürchtete mich am meisten, weil ich wußte, daß meine Mutter mit dem Vater die ganze Woche über nicht reden würde und daß dann bestimmt noch etwas hinterherkam. Pfingsten war es bei uns wie ausgestorben, wenn der Vater zu Hause war, gingen wir verängstigt an ihm vorbei und hielten uns an der Mami ihrer Seite, und das war dem

Vater sein Gift, daß wir dann nicht zu ihm kamen. Am Pfingstsonntag war er zeitig aufgestanden und fortgegangen, es wurde Mittag, und er war noch immer nicht da, wir weinten vor Hunger, denn wir hatten kein Stück Brot mehr im Haus. Meiner Mutter fiel dann ein, daß wir noch paar Pellkartoffeln hatten. Die werd ich einschneiden und Bratkartoffeln machen und grünen Salat dazu, sagte sie. Wir rannten hinaus in den Garten und rissen Salatköpfe raus, wir freuten uns auf das Mittagessen und waren miteinander einig, da sahen wir den Vater kommen. Kinder, bleibt herinnen, ja, geht nicht naus, jammerte meine Mutter, daß ich nicht mit ihm allein bin, sie wußte, daß er jetzt gefährlich war. Der Vater setzte sich gleich in den Opasessel, einen Gestank nach Alkohol strömte er aus. Na, Kinder, habt ihr denn heute was zu essen gehabt? frug er. Ja, Tati, machte der freundliche Albert, wir haben Bratkartoffeln. Er hatte gar nicht hingehört und redete einfach weiter, Das habt ihr nur eurer Mutter zu verdanken, daß ihr heute nichts zu essen habt, und plötzlich schrie er los, Na, was gibt es denn heute zu essen? Ich hab Bratkartoffeln mit Salat, antwortete sie ihm. Was, das soll ein Essen sein, brüllte er und sprang auf und schlug mit beiden Fäusten auf sie ein. Du elende Bestiä! Die Mutter hatte am Herd gestanden, einen Arm hatte sie auf der Herdplatte liegen, und der wurde von ihm so auf die heiße Platte gedrückt, daß sie vor Schmerz aufschrie und nur mit der anderen Hand nach dem Topf mit den Kartoffeln greifen konnte und ihm den an den Kopf schlug. Einen Moment taumelte er verdutzt zurück, mit beiden Händen seinen Kopf haltend, meine Mutter wollte in der Zeit zur Tür hinaus, er holte sie ein, packte sie am Hals und drückte sie in den Sessel. Mit einem Bein kniete er auf ihren Beinen, und mit beiden Händen um den Hals drückte er seinen Daumen in ihre Kehle. Ich rannte vor Angst auf den Hof, auf die Straße und wieder rein und schrie, Mei Tati macht meine Mami tot. Rein und raus rannte ich, und der Adolf, der oben in der Kammer im Bett gelegen hatte, weil er über heftige Kopfschmerzen klagte, kam im kurzen Hemd heruntergerannt. Aufgeregt und ratlos stand er vor dem Sessel, er wollte helfen, wußte aber nicht, wie, und schrie, Ich schlag ihn mit dem Beil tot, und er rannte in den Stall. Ich schlag ihn tot, ich schlag ihn tot! Mit erhobenem Beil stand er vor dem Sessel und hatte keinen Mut. Soll ich, soll ich, schrie er, ich schlag ihn tot, soll ich, soll ich. Er sah dabei ängstlich auf uns, dann warf er das Beil weg. Ich hol die Polizei, schrie er und rannte, so wie er war, im Hemd auf die Straße. Ich renn zur Polizei, ich renn zur Polizei, hörten wir ihn von weitem schreien. Nach kurzer Zeit kam er mit dem Polizisten Kosewinkel, unserem Nachbarn Herrn Krämer und dem Schmied Hollmann zurück. Herr Hollmann packte den Vater von hinten und zog ihn zurück, der Vater bekam von ihm Ohrfeigen, die er sich auch geben ließ. Meine Mutter schlich derzeit mit den Kindern aus der Wohnung. Der Polizist Kosewinkel nahm den Vater mit und ließ ihn im Gefängnis ausnüchtern. Das Gesicht meiner Mutter sah ganz entstellt aus, so blau und geschwollen, daß sie nicht aus den Augen gucken konnte, die Lippen beulten sich über den Zähnen, die Kehle tat ihr weh, und sie konnte nicht sprechen und nicht schlucken. Wir wagten uns nicht in die Wohnung zurück und gingen zu Pagenkempers und blieben dort über die Feiertage. Am ersten Werktag konnte meine Mutter ihre Rente abholen, und mit dem Geld fuhren wir nach Gelsenkirchen zum Schweizer Renalder, der mal bei den Schulze Steinen Schweizer und unser erster Nachbar gewesen war, jetzt war er bei einem Dreckbauern gelandet, der Hof war klein und unsauber. Über unseren Anblick waren die Renalder nicht gerade erfreut, ich merkte, daß die junge Frau uns nicht gerne sah, sie hatte eine saubere Wohnung, weiße Dielen und an den Fenstern Gardinen. Wenn sie ihr Baby trockenlegte, durfte ich nur von weitem zugucken, und kam ich zu nahe, hielt sie den Arm davor und sah böse auf mich, und ich verstand, was das heißen sollte. Als einmal der Bauer schimpfte, daß wir zuviel im Hof herumrannten, mahnte uns der Renalder mit freundlichem Gesicht, er zwang sich immer zur Freundlichkeit, aber seine Frau sah uns nicht gerne, und mit meiner Mutter redete sie nur, wenn sie angesprochen wurde, sie ließ es uns spüren, daß ihr unser Besuch nicht lieb war. Hier saß meine Mutter eine ganze Woche auf einem Fleck, dann hieß es, wir fahren zurück nach Hemmerde. Mir schien es nicht möglich, daß wir wieder in die Wohnung zum Vater zurückgehen wollten, ich dachte, daß wir nie wieder nach Hemmerde machten. Nach Hause und in den Ort trauten wir uns nicht, wir gingen zu den Pagenkemper. Die Diena war vielleicht erschrocken, als wir zur Tür reinkamen, Oh, ihr seid hier, Siedl, der Josef sucht euch, jeden Tag kommt er hierher, immerfort will er wissen, wo du bist. Die Diena hatte dem Vater nicht verraten dürfen, daß wir in Gelsenkirchen waren, sie war froh, daß wir wieder hier waren, der Vater war schon im Willen, nach Böhmen zurückzufahren, weil er meinte, uns dort zu finden. Die Diena holte den Vater, und der Albert mußte mitgehen. Vom Fenster aus sah ich, wie der Vater als erster vorneweg rannte und rief, Siedl, wo wart ihr denn, und er weinte wie ein Kind, Mei Päppi, mei Hermannerle. Er nahm die beiden Kleinen auf den Arm und küßte sie und weinte, und die Siedl weinte, die Diena weinte, und alles weinte, und die Diena gab ihm Lehren, die Mutter nicht mehr so zu schlagen, und der Vater hob seine Hand zum Schwur und sagte, Verblinden will ich, meine Hand soll steif bleiben, wenn ich sie noch einmal gegen sie erhebe. Das hat er schon immer gesagt, wimmerte die Siedl, und immer wieder hat er es doch getan. Die Diena begleitete uns eingehenkelt nach Hause, der Vater trug den Päppi auf dem Arm, der Päppi war ja sein Liebling, den kleinen Hermann trug ich und war stolz, mit dem kleinen Bündel neben meiner Mutter zu laufen. Die Diena war froh, daß unsere Familie wieder zusammen war. Auch mit den Weischede vertrugen wir uns besser, aber der Frieden blieb nicht für lange. Kurze Zeit danach wurde ich krank. Ich konnte nicht aufstehen, Arme, Beine und Kopf waren wie gelähmt, trotzdem mußte ich meiner Mutter nachts beim Windeln helfen. Als der Vater davon hörte, daß es mir nicht gut ging, kam er mit besorgtem Gesicht an mein Bett, aber meiner Mutter ihre Stimme hörte ich unten, Wer weiß, was sie gefressen hat und Wasser drauf gesoffen. Daß du heute nicht in die Schule gehst, sagte der Vater, und weil ich so einen Durst hatte, ging er Milch borgen. So habe ich den Vater selten gekannt, er war für mich zu den Leuten gelaufen, um Milch zu borgen, und er borgte selten und nur, wenn er es zurückgeben konnte. Hast, Walli, trink die Milch. Derzeit hörte ich meine Mutter dröhnen, Ja, da kann er tun wegen bißl Kopfschmerzen, da kann er sich kümmern, da rennt er bei den Leuten rum und tut erbärmlich, sonst kümmert er sich auch nicht um die elenden Kegeln, wie oft tut mir was weh, aber dann freut er sich nur noch. Der Vater wollte den Doktor holen, aber meine Mutter war dagegen. Am Nachmittag rief sie, Walli, komm jetzt runter, ich brauch dich zum Kind, den ganzen Tag kann ich nichts machen, los, runter. Ich konnte mich kaum erheben, da kam sie und riß mir die Decke weg, packte mich beim Haarschopf und schleuderte mich aus dem Bett, und mit der Krücke stieß sie nach mir. Am Abend kam die Diena zu uns, meine Mutter ließ nicht nach, mich zu verachten, und mir liefen die Tränen über die Wangen. Ach, laß doch das Mädchen in Ruh, sagte die Diena. Der Vater kam und guckte auch ganz erschrokken, daß ich auf war. Ich tat der Diena leid, und auch der Vater dachte sich sein Teil, aber um der Ruhe willen sagte er nichts. Die Diena zog mich mitleidig an ihre Seite, als ob sie über meiner Mutter ihre Art beleidigt wäre. Das Mädel ist krank, das sieht man doch, sagte sie mit Vorwurf, Siedl, wie kannst du so hartherzig sein. Von da an war es mit der Diena, als ob sie von meiner Mutter enttäuscht war, und meine Mutter trug der Diena nach, daß sie Mitleid mit mir gehabt hatte, sie konnte sie auf einmal nicht mehr leiden und wußte nur noch Schlechtes über sie zu reden. So kam es, daß die Diena sich nicht mehr so oft bei uns sehen ließ.

In dieser Zeit, so um fünfundzwanzig, sechsundzwanzig war es, daß der Vater seine Arbeit verlor, er wurde von Schulze Steinen vom Hof gejagt. Es hatte mit ihm sehr viel Haderei gegeben, zu Haus hatte er immer erzählt, er wollte es den Schulze Steinen schon zeigen, und er hatte dabei immer den großen Mund. Er wollte wohl, daß sie ihn fortjagten, weil er keine Lust mehr hatte, auf dem Hof zu arbeiten, am liebsten wäre er mit uns und dem Handwagen weitergetippelt. Der Handwagen wurde dafür immer noch gut aufbewahrt. Heute kam der Vater von Steinen nach Haus und erzählte der Mami, daß er der Frau Schulze Steinen so richtig die Meinung gesagt hätte, daß ihr Gesicht unter dem Puder ganz blau geworden wäre. Ist das der Dank, Herr Wirth, daß wir Sie von der Straße weggenommen haben, hatte sie gesagt, Sie können gehen, Herr Wirth. Darauf habe ich schon lange gewartet, Frau Schulze Steinen, soll mein Vater zu ihr gesagt haben. Nun saß er hier und erzählte den ganzen Vorgang und konnte sich nicht genug rühmen für seinen Mut. Meine Mutter stürzte nervös und stumm, ohne auf sein Erzählen zu achten, hin und her. Was wirst du jetzt machen, wo willst du jetzt Arbeit finden, und wenn die uns aus der Wohnung raussetzen? Der Vater wußte darauf keine Antwort, nun schwieg er nur noch verlegen. Meine Mutter schickte einen Bittbrief an Schulze Steinen, daß sie den Vater wieder arbeiten lassen sollten, das nützte aber nichts, die Schulze Steinen erlaubten nur, daß wir in der Wohnung blieben, bis wir was anderes gefunden hätten.

Der Vater war ohne Arbeit, und meine Mutter hatte in dieser Zeit alle Tage gute Laune, weil sie ihn bei sich hatte. Dann übernahm der Vater Saisonarbeit, er mußte Wasserleitungsrohre verlegen. Einmal mußte ich dem Vater Zigaretten bringen, da sah ich, was für eine schwere Arbeit das war, und der Chef war ein großer, ausgefressener Mann mit einer dicken blauen Nase, er war besoffen und hetzte die Männer hin und her, und die Männer galoppierten auf sein Gebrüll hin, ich staunte über den Vater, der bei der Arbeit ein ganz anderer war, nur heimlich gab er mir ein Zeichen, wo ich die Zigaretten hinlegen sollte. Für die Leute wurde Mittagessen in einem großen Topf an die Arbeitsstelle gebracht, es blieb immer was übrig, und die Männer und der Vater sorgten dafür, daß der Topf mit dem übriggebliebenen Essen zu uns reingebracht wurde, es waren jeden Tag grüne Erbsen mit großen Würfeln Speck darin, na, das war was Gutes für uns. Aber der Chef kam den Arbeitern auf die Schliche, und sie durften uns nichts mehr bringen. Als der Vater nach einer Woche Arbeit sein erstes Geld bekam, ließ er wieder auf sich warten, und in der

Nacht kam er mit seinen Saufbolden nach Haus, und so war es jeden Lohntag. Erst wenn der Vater schlief, suchte meine Mutter seine Taschen aus, sie suchte nach Geld, in Hosen, Jacke, Westentaschen, sie wendete alle Taschen um, hier und da fand sie paar Groschen, manches Mal noch einen zerknitterten Schein, und wenn sie alles ausgesucht hatte, zählte sie das Geld zusammen, und oft reichte es nicht mal für ein Brot. Wenn uns die Mutter nach Brot schickte, wollte jeder gehen, und wir gingen dann am besten alle drei zusammen, und unterwegs wurde das Brot rundherum abgefressen, jeder biß sich so viel ab, daß beide Backen voll waren, das Brot rissen wir uns gegenseitig aus der Hand, und wenn wir nach Hause kamen, wollte es keiner mehr tragen. Das blieb mir überlassen, ich steckte es ganz unter den Arm, legte es dann unauffällig auf den Tisch, daß es der Vater nicht sah. Meine Mutter wollte immer vor Schreck aufschreien, aber sie sah meine Augen und biß sich auf die Unterlippe. Wenn ich allein Brot holen ging, biß ich den ganzen Weg über vom Brot ab. Einmal begegnete ich einer Frau, die sagte, Walli, was machst du denn mit dem Brot, das darfst du doch nicht. Ich hab aber so Hunger. Aber du mußt doch das Brot ganz nach Hause bringen, deine Mutter wird dich hauen. Ach nein, meine Mutter haut mich nicht. Ich biß weiter von der Rinde ab, und die Leute guckten und schüttelten mitleidig die Köpfe. Aber Prügel haben wir zu Hause deswegen nie bekommen, und so schlecht der Vater auch war, dazu hat er nichts gesagt.

Der Adolf war Ostern aus der Schule gekommen, zuerst hatte er in der Schnapsbrennerei eine Stelle als Laufjunge bekommen, schwere Arbeit konnte er nicht machen, weil er schwach war und sicher für sein Alter zu klein. Was er verdiente, war nicht viel, das gefiel meiner Mutter nicht, aber zum Bauern wollte er in aller Welt nicht, er war kein Landarbeiter, und er wußte auch, daß die Arbeit beim Bauern für ihn zu schwer war. Ich will mich nicht von den Leuten fortjagen lassen, daß es heißt, ich bin faul, sagte er. Von der Mutter war ihm immerfort versprochen worden, daß er Elektromechaniker lernen könnte, den Wunsch hatte er schon, als er noch bei der Großmutter in Seestadtl gelebt hatte, und von der Mami wurde es ihm alle Tage versprochen, aber jetzt hieß es, Lernen kannst du nichts, du mußt Geld verdienen. Die Arbeit in der Schnapsbrennerei gefiel ihm gut. Morgens war seine erste Arbeit zur Post gehen, alle Pakete und sonstiges holen, und bei Kleinigkeiten mußte er mithelfen, zum Beispiel die Spirituosenkessel reinigen, wo Mund und Nase mit einem Maulkorb verbunden wurden. Auch diese Arbeit gefiel dem Adolf. Nur das eine war für ihn nicht leicht, daß die Arbeiter ihm Schauergeschichten erzählten und mit ihm Schabernack trieben, der Adolf glaubte ihnen alles, manchmal mußte meine Mutter sogar hingehen und sich über die Arbeiter beschweren, weil sie es mit dem Adolf zu doll trieben. Aber lange behielt der Adolf diese Stelle nicht, er hatte heimlich Pakete geöffnet und Lebensmittel rausgenascht, paarmal war er verwarnt worden, und er versprach immer wieder, daß er es nicht wieder machte, aber der Hunger war beim Adolf so groß, daß er es doch wieder versuchte, und am Ende wurde er fortgejagt. Meine Mutter machte sich nichts draus. Äh, weißt du was, Adolf, sagte sie, gehst eben betteln auf die Dörfer, wo dich niemand kennt, da bekommst du zuwenigstens jeden Tag etwas, und wir haben dann alle was zu essen, das ist doch viel leichter, als wenn du arbeiten sollst. Das sah der Adolf auch ein, er hatte es schon öfter tun müssen, als er noch zur Schule ging. Am Anfang hatte der Adolf auch viel Glück, er machte sehr frühzeitig und mit langen Schritten, einen großen Sack auf dem Rücken, aus dem Haus. Wenn wir kein Stückl Brot zu essen hatten, gingen der Albert und ich nicht in die Schule, wir warteten den ganzen Tag auf den Adolf. Am Nachmittag rannte ich viele Male hinaus in den Garten, guckte sehnsüchtig in die Ferne, ob der Adolf nicht schon zu sehen wäre, und wenn er nicht zu sehen war, ließ ich meine Schultern hängen, stöhnte leise auf, aber wenn er kam, den Sack auf dem Rücken, mit sehr langen Schritten, sein Oberkörper war beim Gehen immer nach vorn gebeugt, und er sank dabei in die Knie, dann schrie ich vor Freude, Der Adolf kommt, der Adolf kommt, und ich rannte ins Haus zurück. Bei Krämers bewegten sich die Gardinen, wenn sie unser Gejubel hörten, aber die Verhältnisse bei uns waren ja dem ganzen Dorf bekannt. Mit einem Freudengeschrei rannten der Albert und ich dem Adolf entgegen, und der Adolf freute sich. Adolf, Adolf, rief ich, hast du Glück gehabt, hast du gute Leute gefunden? Hatte er Glück gehabt, strahlte er, hatte er Pech, dann machte er ein trauriges Gesicht. Meist setzte er seinen Sack nieder, um uns was zu geben, aber wenn ich vorschnell in den Sack griff, weil ich es kaum erwarten konnte, sagte er, Gehst du weg, gehst du weg, und schleuderte meine Hand aus dem Sack. Wenn du nicht warten kannst, kriegst du überhaupt nichts. Nur er allein kramerte in dem Sack herum. Bitte, bitte, Adolf, gib mir was zu essen, bettelte ich und machte einen langen Hals. Er gab jedem von uns ein Stück Brot, viel sollte es nicht sein, weil er viel nach Hause bringen wollte, und nun tippelten wir beide brav neben dem Adolf. Im Nu war das Stückchen Brot verschlungen. Adolf, gib mir noch was, bettelte ich, und wenn er mit seinen Gaben im Sack zufrieden war, gab er uns noch mal was. Vor der Mutter schüttete er den Sack auf dem Tisch aus, und wir fielen wie junge Wölfe darüber her, der Adolf saß derzeit auf dem Stuhl und guckte uns zu, breitbeinig und mit den Beinen baumelnd, seine Hände gefaltet auf dem Schoß und mit feuchtzwinkernden Augen, die er immer hatte, wenn ihm was zu Herzen ging. Zuletzt dachte meine Mutter an den Adolf. Adolf, iß doch auch was, du mußt doch auch Hunger haben, komm nur, sonst ist alles weg. Ach, ich hab keinen Hunger, eßt nur, bis ihr satt seid, wird schon noch ein Stückl Brot übrigbleiben, morgen geh ich ja wieder, na gut, werd ich mir nur auch mal ein Stückl nehmen, ich hab heute den ganzen Tag nichts gegessen. Einmal hatte er zwei Stückchen Kuchen mitgebracht, das war für ihn eine Freude, Kuchen hatten wir in unserem Haushalt bis hierhin nicht gekannt, und von ihm war es auch ein Opfer, weil er doch selbst Hunger litt. Der Kuchen wurde geteilt, es bekam jeder eine Messerspitze davon. Wenn der Adolf Pech hatte, wollte er den Sack nicht absetzen, und zu Hause hatte er schlechte Laune, und er klagte, Die Leute wollen nichts mehr geben, sie hetzen die bissigen Hunde auf mich. Paarmal kam er mit einer außerordentlichen Freude nach Haus, er lachte den ganzen Weg über, kukuku war immer sein Lachen. Vor einem Bauerngut hatten Milchkannen gestanden, und da er großen Durst gehabt hatte, nahm er den Deckel ab und wollte trinken, und als er in die Milchkanne guckte, lagen fünf Stück gute Butter drin, die steckte er sofort in seinen Sack und machte, daß er fortkam, na, das war ja für den Adolf ein Freudentag. Von hier an guckte er jedesmal in die Milchkannen, aber so ein großes Glück fand er nicht alle Tage. Wenn wir den Adolf erwarteten und dann über seinen Sack herfielen, stieg der Vater stolz wie ein Hahn hin und her und tat, als wüßte er nichts, als verstände er nichts. Hast, Joseff, hast auch was, sagte dann meine Mutter, komm, iß. Er warf dann seinen Kopf hoch und machte mit komisch verzogenem Mund, Wo, wo, und seine großen Augen wurden dann noch größer, als ob er gerade aus einem Traum aufgewacht wäre. Der Adolf kam jetzt immer öfter traurig und nach langem Tagesmarsch nach Hause, und er klagte selbst über Hunger. Meine Mutter hatte eine innere Wut, daß er leer nach Hause gekommen war, und sie fletschte ihn an, Warum hast du dich nicht gekümmert, ich hab nichts. Dann saß der Adolf rot im Gesicht und mit feuchtzwinkernden Augen da, sein Gesicht zuckte, und der Vater stolzierte wie ein Hahn hin und her und pfiff sich gelangweilt ein Liedl durch die Zähne.

Da der Adolf nichts mehr brachte, gab meine Mutter ihn zum Bauern, dort mußte er als Knecht arbeiten. Er weinte bitterste Tränen und jammerte, Ich habe immer einen Beruf lernen wollen, mir wurde versprochen, daß ich Elektromechaniker lerne, wenn ich bei der Mutter wäre, könnte ich was lernen, aber hier, nichts habt ihr gehalten, die Mutter und Tanti waren zuwenigstens gut zu mir, aber was habe ich von euch, ihr habt für mich ja nicht mal ein Herz im Leib. Das ging meiner Mutter über die Galle, denn Vorhaltungen konnte sie nicht hören. Du elender Grampen, ich werd mir von dir was sagen lassen, schimpfte sie und warf mit dem Schürhaken nach ihm, da sie gerade im Ofen rumgestochert hatte. Für den Adolf brach keine gute Zeit an, bei dem Bauern fühlte er sich einsam und nicht gut behandelt, und als die ersten vier Wochen rum waren, ging meine Mutter hin, seinen Lohn abzuholen. Der Bauer behielt ihn auch nicht lange.

Der Winter war eingezogen. Von Landarbeit wollte der Vater nichts hören, und an Arbeit auf dem Schacht war nicht zu denken. So blieb er zu Hause. Wir litten bittere Not, in den Kaufläden waren Schulden, es war ja immer geborgt und nie ans Bezahlen gedacht worden. In der Schule wurde ich deswegen von zwei Mädchen, deren Eltern einen Kaufladen hatten, beschämt, sie schrien in der Stunde, in der Pause, auf dem Schulhof, auf der Straße und überall hinter mir her, Wirths, bezahlt bei uns eure Schulden, ihr könnt nur Schulden machen, aber bezahlen tut ihr nirgends, ihr seid Zigeuner, ihr gehört alle ins Gefängnis. Wir lebten jetzt nur von dem Onkel Wilhelm, aber als Maurer hatte der nur im Sommer Arbeit, im Sommer war er Maurer, im Winter Laurer, weil er auf den Frühling und auf Arbeit wartete, deshalb konnte er uns auch nicht viel geben. In dieser großen Not besprach sich der Wilhelm mit dem Vater, daß sie miteinander in den Straßen herumlaufen und Hunde anlocken wollten, um sie zu schlachten. Die beiden machten sich gleich mit einem Strick auf den Weg. Ich lauerte am Fenster und konnte es gar nicht erwarten, bis sie zurückkamen, und dann kamen sie tatsächlich mit einem Schäferhund an der Leine. Mami, die bringen einen Hund mit, schrien wir durcheinander vor Freude, so daß meine Mutter uns warnen mußte, es durfte doch niemand etwas ahnen. Gehorsam lief der Hund neben dem Vater und Onkel Wilhelm her, nur zögernd und mit eingezogenem Schwanz ließ er sich durch die Haustür ziehen, und als der Hund in der Stub stand, fielen wir Kinder über ihn her, zuerst vorsichtig, ob er auch nicht beißen würde, dann stürmisch und gierig. Jeder von uns wählte sich schon jetzt ein Stück zum Essen, die beiden Jungen hielten sich sofort an seine Schinken, und ich wollte eins von seinen Vorderbeinen haben, dann suchte ich mir aber lieber ein Stück von seinem Rücken aus. Der Hund zitterte am ganzen Körper, sein Kopf hing tief herunter, er sah uns mit vor Angst ganz weißen Augen an. Ich streichelte seinen Kopf, seinen Hals und sprach mit ihm, Du armes Hunderle, du sollst von uns gefressen werden, weißt du, wir haben halt so Hunger. Die beiden Männer hatten unterdes beraten, wie sie den Hund totbringen wollten, sie schleiften ihn in den Stall, meine Mutter schlug die Tür hinter ihnen zu. Ich hörte es paarmal hintereinander krachen, und der Hund schrie mit aller Kraft. Die Männer hatten seinen Kopf an der Leiter zwischen die Sprossen gebunden und wollten ihn mit der Axt auf die Schnauze treffen, aber dem Hund gelang es immer wieder, seinen Kopf zurückzuziehen, und das Krachen und Schreien von dem gequälten Tier wurde in der ganzen Nachbarschaft gehört, bei Krämers bewegten sich wieder die Gardinen, und meine Mutter rannte aufgeregt herum und schimpfte auf uns Kinder, Jässes Marie, was werden die Leute denken, ihr seid schuld, ihr habt ihn bedauert, deshalb kann er nicht sterben. Sie machte auch den Männern Vorwürfe, Ich hab es euch gesagt, schlagt den Hund gleich richtig tot, wenn ihr wieder einen Hund bringt, nehmt ihn gleich mit in den Stall, damit die Kinder ihn nicht erst zu sehen kriegen. Der Vater und der Wilhelm hatten dem Hund ungeschickt seinen ganzen Schädel zertrümmert, und er hatte qualvoll sterben müssen. Alle Tage fanden die beiden keinen herrenlosen Hund, deshalb gab meine Mutter ihnen einen Rat, sie hätte nämlich einen Mann gekannt, dem wären alle Hunde nachgelaufen, und das Fleisch verkaufte er, weil Hundefleisch sehr gesund war, niemand wußte, wie der Mann das anstellte, daß ihm die Hunde nachrannten, im Gasthaus hatte er einmal verraten, daß er von einer Hündin das Geschlecht in der Hand hielt und die Hunde damit anlockte. Die beiden Männer kicherten, als meine Mutter das erzählte, aber sie befolgten ihren Rat nicht, und mit der Zeit verstanden sie es besser, Hunde zu töten, vor allem zogen sie dem gefangenen Hund mit einem Strick das Maul zusammen, aber der Schädel war jedesmal zertrümmert. Einmal hatte sich ein Hund losgerissen, das war ja ein Lärm und eine Aufregung gewesen, seitdem wagten die Männer nicht mehr, auf Hundejagd zu gehen. In dieser Zeit hatte ich Würmer bekommen, daß sie an Oberbeinen und Hinterbacken krabbelten.

Wir hatten in dieser Zeit nicht mehr unseren Flocki, der war auf der Straße von Doktor Küse seinem Auto überfahren worden, Ali hieß unser neuer Hund, er war ein kleiner grauhaariger Kerl, der sehr am Adolf hing, aber den hatten wir auch nicht lange, weil er meine Mutter störte, die Hundesteuer und das Fressen waren ihr zuviel, und deshalb sagte sie dem Adolf, er sollte ihn erschießen. Der Adolf hatte neuerdings einen Revolver, den er in einem Mülloch gefunden hatte, aus Langeweile kramte er immer in Abfallkuhlen herum. Er hatte den Revolver geputzt und hergerichtet, es war schon ein gefährliches Ding, und er konnte mit ihm richtig schießen. Zuerst hatte er auf Steine und Vögel gezielt. Daß er den Ali erschießen sollte, darüber war der Adolf ganz begeistert, und er erzählte danach viel, daß er den Hund mit einem Schuß totgekriegt hätte. Er schoß jetzt mit dem Revolver in der Gegend herum, und wenn ihn jemand ärgerte, drohte er damit, bis meiner Mutter eines Tages so angst wurde, daß sie ihn in der Senkgrube verschwinden ließ. Darüber war der Adolf sehr wütend, und er suchte ihn überall und hatte ihn auch wiedergefunden. Wenn er jetzt den Revolver aus der Hand legte, versteckte er ihn gut. Einen Hund hatten wir auch wieder, einen schwarzen mit glänzigem Fell, und weil er so ein schönes und gutes Tier war, nannte ich ihn Prinz. Der Prinz litt Hunger wie wir, und wenn der Hunger zu groß war, lief er in der Gegend umher und stöberte in fremden Hühnerställen und Höfen herum, und es passierte, daß er eine Henne aus dem Nest holte oder eine Taube, einmal begegneten ihm Leute mit einem toten Ferkel im Maul, er hatte es aus dem Mist gegraben. Des is ä Bluthund, des is ä Bluthund, sagte meine Mutter, der is gefährlich, der seigt den Viechern das Blut aus. Meine Mutter konnte den Prinz nicht leiden, und er wurde oft mißhandelt und oben in die Kammer gesperrt, und wir konnten es nicht fassen, daß er dann von hoch oben runtersprang. Danach wollte der Vater immer seinen Saufbolden zeigen, wie mutig der Prinz vom oberen Geschoß sprang, er schloß Wetten darauf ab, und er quälte das arme Tier sehr, nur um es seinen Saufbolden zu beweisen. Trotz Hunger und Mißhandlung war der Prinz ein schönes und gutes Tier, und meine Mutter hatte einen Haß auf ihn, den ich nicht verstand. Soll ich ihn erschießen? frug der Adolf. Meinetwegen, schieß den Hund tot, daß er wegkommt, ich will ihn nicht mehr sehen, den Bluthund. Mit Steinchen hatte der Adolf den Prinz in die Augen getroffen, daß er gequält aufjaulte und die Leute, die in den Gärten arbeiteten, zusammenrannten, und der Prinz hatte sich vor Schmerz wie ein Kreisel gedreht, und der Adolf hatte mehrere Schüsse abgeben müssen, ehe er tot war. Der Adolf kam aufgeregt und begeistert zur Mutter und sagte, Junge, Junge, hatte der ein zähes Leben, und meine Mutter meinte, Is doch a kaa Wunno, der hott doch a nich schlecht gelebt. Von dem Hund Ali und dem schönen Prinz habe ich kein Fleisch gegessen, ich hab paar Tage geweint, daß der Adolf das Tier so gequält hatte. Den Revolver ließ meine Mutter verschwinden, denn der Adolf schoß ihr damit zuviel in der Gegend herum, die Polizei wäre uns sonst ins Haus gekommen oder sonstwas wäre passiert. Darüber war der Adolf sehr wütend, und er schimpfte, daß er für uns nicht mehr betteln gehen wollte und wir seinetwegen verhungern könnten, aber die Milch vom Seppl mußte er trotzdem holen gehen, ob er wollte oder nicht.

Der Seppl war ein Knecht, der sich wie der Wilhelm uns angeschlossen hatte, er arbeitete unten am Bahnhof auf einem riesigen Gut namens Nölle, dort war er Schweizer. Eines Abends hatte uns der Seppl mitleidig angesehen. Ach, die armen Kinder haben Hunger, das tut mir ja so leid, hatte er gesagt und sich was einfallen lassen. Jeden Morgen sollte einer von uns Kindern ganz frühzeitig zu ihm in den Stall kommen und Milch holen. Der Vater hatte dazu keine Lust und auch Angst, daß es nicht gut gehen würde, und die Mutter konnte wegen ihrem Bein nicht. Da geh halt ich, hatte der Adolf gesagt, wenn niemand gehen will. Zeitig frühmorgens ging er zum Seppl in den Stall, der wartete immer schon mit voller Milchkanne und schüttete sie gleich in Adolfs Eimer um, alles mußte immer ganz schnell und ohne viel Geflüster gehen, denn der große Herr Nölle ging frühzeitig durch die Ställe. Der Adolf hatte dafür den ganzen Tag im Bett bleiben und sich ausschlafen dürfen, und wenn ich früh in die Küche kam, stand die schöne weiße Milch in zwei Marmeladeneimern da, ich schöpfte als erstes mit einem Löffel die gelbe Sahne herunter und trank so viel von der Milch, bis ich satt war. Der gute Seppl tat aber noch mehr Gutes für uns notleidende Kinder. Als der Adolf eines Morgens zu ihm in den Stall kam, mußte er mit der Milch noch schneller als sonst nach Hause laufen, und mit unserem Handwagen sollte er noch mal wiederkommen, und als ich früh aufwachte, erfuhr ich mit großem Staunen und Freude, daß der Adolf vom Seppl ein Schwein hatte holen müssen, es war ein halbgroßes Schwein, es lag auf den Dielen. War das eine Freude, und in die Schule brauchten wir an diesem Tag nicht gehen, denn wir wollten helfen, die Borsten abkratzen. Das Schwein kam in den Holztrog, es wurde mit heißem Wasser gebrüht, dann kratzten wir alle mit Messern, der Vater mit seinem Rasiermesser, wir schnitten tief in das Fleisch, weil das Schwein in heißem Wasser lag und weich geworden war, die Borsten brachten wir deshalb nicht mehr herunter, es mußte mit den Borsten gekocht und gebraten werden, und beim Essen kratzte es mir auf der Zunge und im Hals. Dem Herrn hatte der Seppl gesagt, daß er ein junges Schwein abstechen mußte, weil es nicht gefressen hatte. Der Herr wollte wissen, wo das Schwein wäre. Ach, da oben ist eine arme Familie, die haben viele Kinder, die haben Hunger, denen hab ich es gegeben, hatte er gesagt, und der Herr war besorgt, weil das Schwein hätte krank sein können, und er machte dem Seppl Vorwürfe, daß er es nicht dem Tierarzt gezeigt hatte. Als der Seppl am Abend zu uns kam, lachte er über das ganze Gesicht. Na, Kinder, hat es euch geschmeckt, ach, ihr armen Kinder. Es dauerte nicht lange, da brachte der Adolf ein Kalb. Der Seppl hatte seinem Herrn wieder gemeldet, daß er ein Kalb abstechen mußte, weil es sich ein Bein gebrochen hätte, da wollte der Herr das Kalb sehen. Ach, das habe ich der armen Familie gegeben, die armen Kinder, die sollen es essen, die haben Hunger. Das war dem Herrn nicht recht gewesen, und er schimpfte mit dem Seppl, Das hätten wir auch selbst essen können, er verbot ihm, noch mal was zu verschenken. Mit dem Milchholen wurde es immer unsicherer, als hätte er schon was gemerkt, der Seppl wurde immer unruhiger, weil der Herr manchmal sehr früh im Stall auftauchte. Einmal wäre der Adolf dem Herrn beinahe in die Arme gelaufen, und es kam jetzt alle Tage was vor, und es wurde immer schwieriger, daß der Adolf keinen Mut mehr hatte, und wenn der Adolf etwas aufgab, mußte es schon ganz schlimm sein.

Der Onkel Wilhelm war auch weiter alle Tage unser Besucher, er hatte niemand, und da hielt er sich zu uns. Hatte er mal paar Pfennige verdient, wurde gesoffen, und somit hatte er bei uns seine zweite Heimat. Er wollte, daß sich meine Mutter scheiden ließ, ich hörte ihn immer zu ihr sagen, Siedl, was hast du denn von deinem Mann, du hast doch gar keine Liebe von ihm, laß dich scheiden, ich heirate dich. Meine Mutter wollte darüber nichts hören, und unfreundlich fuhr sie ihm über den Mund, daß er nicht immer davon anfangen sollte, aber er trug ihr nichts nach und tat weiter schön mit ihr. Es kann sein, daß er sie liebte, aber heute glaube ich eher, daß er sie meinetwegen heiraten wollte. Der Vater machte sich aus allem nichts, auch als sie es ihm erzählte, spottete er nur darüber. Der Wilhilm achtete nicht drauf, seine Sorge war nur, daß die Siedl mit ihm böse sein könnte. Einmal, als der Wilhelm auch im Sommer Laurer und kein Maurer war, beredete meine Mutter mit ihm, daß sie sich mit ihren Blumenkörbchen Geld verdienen wollte, sie hatte es schon einmal versucht, aber diesmal wollte sie damit nach Dortmund auf den Markt. Meine Mutter schwärmte und sah jetzt schon viel Geld auf dem Tisch liegen. Ja, die Leute werden gucken, sagte sie zum Wilhelm, so etwas kennen die doch gar nicht hier, und fleißig saßen sie miteinander an der Arbeit. Windeln, die sowieso nur Lumpen waren, hatte sie in schmale Streifen zerrissen, auch alte Bettwäsche, weil sie sich sowieso von dem Geld neue Bettwäsche kaufen wollte. Die Leinenstreifen brauchte sie für das Holzgeflecht, dann wurden die Körbchen mit Seidenpapier umwickelt, meine Mutter verstand es, von ihrer Mutter hatte sie sich einiges abgeguckt. Als sie eine große Zahl solcher Körbchen fertig hatte, brachte der Wilhelm seinen großen Reisekorb, darein wurden die Körbchen gepackt. Uns Kinder nahm sie mit, und der Wilhelm brachte uns zum Bahnhof. Das Geld für die Bahnfahrt gab er uns auch, er hatte es sich extra dafür geliehen. Es war ein kalter trüber

Nebeltag, und wir Kinder waren alle barfuß und in armseliger Kleidung und mit hungrigen Mägen, aber sie beschäftigte sich mit ihrem Plan, daß sie viel Geld machen wollte. Der wird vielleicht denken, sagte sie über den Wilhelm, weil er mitgeholfen hat, kann er recht viel Geld abkriegen, da wird er sich schmieren, ich brauch den nicht dazu, ich mach mir meine Arbeit allein. Als wir auf den Markt kamen, waren schon alle Stände aufgebaut, wir fanden keinen Stand, so daß wir uns am Ende auf einer breiten Treppe niederlassen mußten, meine Mutter stellte die Körbchen in der Reihe auf die Stufen, aber als sie sie auspackte, sah sie erschrocken und verlegen drein, denn das Seidenpapier war mit Fliegensommersprossen übersät, sie riß das Papier ab, verzweifelt und besorgt sah sie aus. Niemand achtete auf unsere Körbchen, und manche guckten nur aus Neugierde, es war ein trüber regnerischer Tag, und als die Polizei kam, mußten unsere Körbchen von der Treppe verschwinden. Kein Körbchen verkaufte meine Mutter, und sie klagte und lamentierte, daß alles umsonst gewesen wäre. Große nasse Tropfen fielen auch schon, ihr blieb nichts übrig, als die Körbchen wieder in den Reisekorb zu packen. In ihrer Enttäuschung begann meine Mutter die Vorübergehenden anzubetteln, daß sie ihr doch ein Körbchen abkaufen sollten. Sie ging mit dem Preis immer weiter runter, aber niemand blieb stehen, nur einmal eine Frau mit einem kleinen Mädchen. Das Kind wollte unbedingt so ein Körbchen haben, und meine Mutter gab sich große Mühe, sie hielt es dem Kind hin und sagte einen niedrigen Preis, fast wollte die Frau auf den Kauf eingehen, dann aber schüttelte sie den Kopf und riß das schreiende Kind mit sich fort. Meine Mutter lamentierte, daß wir wenigstens das Standgeld zusammenbringen müßten. Das viele Geld, klagte sie, und das viele Fahrgeld, und wir Kinder hatten großen Hunger, und kalt und regnerisch war es auch. Enttäuscht und niedergeschlagen fuhren wir mit dem Zug zurück. Der Wilhelm machte große, enttäuschte Augen, denn er hatte auch mit einem guten Geschäft gerechnet.

Der Seppl hatte viel Mitleid mit uns Kindern, aber er kam immer seltener zu uns, vielleicht, weil er sooft um Geld von uns angehalten wurde, aber wenn er da war, freuten wir uns und rannten zu ihm. Jupp, guck dir nur mal deine Kinder an, sagte der Seppl zum Vater, tun dir denn die armen Kinder nicht leid. Der Vater sagte darauf nur Spöttisches, daß alle auflachten. Wie kannst du nur so hartherzig mit den armen Kindern sein, Jupp. Der Seppl griff in die Hosentasche und hielt uns eine Mark oder auch einen Taler hin und sagte, Da habt ihr, Kinder, kauft euch was. Wir grapschten alle drei nach dem Geld. Von dem Onkel Wilhelm bekam ich nichts mehr, weil ich nicht auf seinem Schoß sitzen und ihn abküssen wollte, ich ging ihm aus dem Weg und hielt ihn auch nicht mehr um Geld an, auch wenn meine Mutter noch so drängelte, nein, das tat ich nicht mehr, mein Verstand wuchs mit mir, ich hungerte lieber und verzichtete auf ein Schreibheft oder ein Schulbuch. Aber den Männern, die mit meinem Vater kamen, fiel ich immer ins Auge. Jupp, hast du aber ein schönes Mädchen, sagten sie, und dann fing der Vater gleich mit Verkupplung an, ich sah den Vater und seine Saufkumpane verächtlich von der Seite an, nur den Seppl nicht, weil seine Liebe Mitleid und Herz war.

Wenn der Vater keine Arbeit hatte, war er den ganzen Tag über zu Hause, zu einer gemeinsamen Unterhaltung kam es bei den Eltern nie, solange ich sie kannte. Meist guckte der Vater aus Langeweile zum Fenster naus, oder sie haderten sich. Meine Mutter konnte den Mund nicht halten, und dem Vater seine Stimme wurde immer lauter, bis man den Streit auf der Straße hörte. Meine Mutter redete immer, als ob sie aus einem Buch ablesen tät, und der Vater lachte dann spöttisch dazu. Na, bist du jetzt fertig, wenn du fertig bist, dann sagst es mir, dann rede ich auch mal was. Wenn die Haderei zu derb wurde, ging ich hinein, blieb auf der Schwelle stehen, guckte von einem zum anderen. Streitet ihr euch, wollte ich von meiner Mutter wissen, und schroff und kurz kam es von ihr, Äh naa, wir streiten uns nicht, was willst du hinne. Ich hatte immer Angst um meine Mutter, denn meist folgten nach einem Streit Prügel. Mit einer Arbeit, wie es sich der Vater wünschte, sah es schlecht aus, und hörten die Eltern von einer Arbeit, dann lagen sie am Abend im Bett und sprachen nur davon. Kinder, heute müssen wir alle zur Heiligen Mutter Gottes beten, sagte meine Mutter, daß der Tati die Arbeit kriegen soll. Ich habe noch nie in meinem Leben gebetet, murmelte der Vater, aber heute bete ich auch mal. Ich lag auf dem Rücken, starrte an die Decke, die Hände spitz gefaltet auf der Brust, und ich bat die Heilige Mutter Gottes, Hab mich lieb, ich bin dein Kind, hilf uns, daß der Tati die Arbeit kriegt. Nach einer Weile war jeder mit seinem Gebet fertig, und der Vater meinte, daß er glaubte, die Arbeit wirklich zu bekommen, denn er hätte richtig gebetet, er hätte die Heilige Mutter Gottes vor dem Bett stehen sehen. Darüber war meine Mutter verärgert, denn sie merkte, daß er sie nur verspottete, und ich mußte auch lachen. Walli, schimpfte sie dann, wirst du aufhören mit Lachen, wenn es mit der Arbeit nichts wird, seid ihr schuld, weil ihr nicht aufrichtig mit der Heiligen Mutter Gottes redet. Die gute Hoffnung ging natürlich in Wind, der Vater bekam die Arbeit nicht, und meine Mutter gab uns die Schuld. Ein guter Tag für uns war immer nur, wenn meine Mutter ihre Rente abholte. Seht, ihr Kinder, wie gut es ist, daß ich die Griebelkreizer kriege, von was würden wir jetzt leben, und zum Vater sagte sie, Siehste, wie gut es ist, daß ich mir die Knochen hab abnehmen lassen. Aber die Rente war ja sehr schnell aufgebraucht, da sie sie immer mit dem Vater teilte.

Es half nichts, daß sie ihm alle Tage Schnaps kaufen wollte, den er zu Hause trinken sollte und nicht im Gasthaus. Wenn er nämlich besoffen war, tat er sich gerne im Gasthaus groß über die Opfer, die meine Mutter ihm zuliebe gebracht hatte. Meine Olle hat mich gern, da staunt ihr, was meine Olle mir alles zuliebe tut, erzählte er seinen Saufkumpanen und tat sich damit groß, wie oft sie es schon hatte wegmachen müssen. Das tut sie nur aus Liebe zu mir, ich habe eine gute Olle, das ist mein gutes, altes Schaf. Sie hatte in Westfalen schon paar Fehlgeburten gehabt, und der Vater sollte die Sachen hinterm Haus vergraben, einmal hatte er nur Erde draufgeworfen, und da war es passiert, daß der Hund Prinz die Nachgeburt auf die Straße schleppte, daß meine Mutter vor Schreck bald in Ohnmacht gefallen war. Im nachhinein ist mir gewiß, daß meine Mutter deswegen den Hund nicht mehr im Haus haben wollte und ihn vom Adolf erschießen ließ. Meine Mutter hatte sich oft in Gefahr gebracht, einmal dachte sie, es wäre ihr Ende, ihr Herz mußte tüchtig arbeiten, daß sie es noch einmal überstand, aber sie hatte eine starke Natur, und sie machte es mit dem Abtreiben weiter, aber der Vater hielt auch dann nicht den Mund, daß sie immer Angst haben mußte, eingesperrt zu werden, nicht nur wegen dem Abtreiben, sie hatte auch Angst, daß der Vater darüber redete, wie sie zu der Invalidenrente gekommen war, aber vor allem sollte er von den Menschern weg, sie meinte die Kellnerinnen, die immer mit ihm schöntaten. Aus Angst und Eifersucht sollte er seinen Schnaps zu Hause trinken, deshalb hatte sie es sogar versucht, Schnaps selbst zu kochen. Das Rezept hatte sie aus einem Katalog. In dieser Zeit war der Vater zu Hause jeden Abend besoffen, und sie suchte in seinen Taschen nach Geld und Liebesbriefen, sie fand heute nichts mehr, doch das konnte sie nicht glauben, es waren wirklich keine da, höchstens daß er sie selbst geschrieben hatte, um sie zu ärgern. Einmal wäre sie beim Schnapskochen beinahe verbrannt, der Schnaps kochte und lief über und in die Flammen, sie wollte mit einem Hader das Feuer ersticken, der Hader fing Flammen, und sie trampelte unbeholfen drauf rum und fing dabei selbst Feuer, Gott sei Dank, daß der Wilhelm da war und den Hader auf den Hof warf und auch den brennenden Topf, in dem der Schnaps zu Feuer geworden war, und der Wilhelm konnte auch ihre Kleider löschen. Das Schnapskochen gab sie auf, aber sie holte dem Vater von der Rente den Schnaps ins Haus, auch das nützte nichts, wenn er Geld hatte, kam er nicht nach Hause. Er hielt sein Wort nie.

Wenn er besoffen war, verkuppelte er meine Mutter, Wenn du mir einen Schnaps zahlst, kannst du heute mit meiner Alten schlafen, und meine Mutter trank jetzt oft zu Hause mit und blieb nicht immer nüchtern dabei. Die besoffenen Männer liefen ihr nach wie einer Hündin und betasteten sie, und sie lachte immerfort nur. Nehmt sie euch nur, ich geb sie euch, hörte ich den Vater sagen, aber nicht, daß er nur seine Frau für Schnaps hingeben wollte, mich wollte er auch verkuppeln. Der Mutter warf er vor, Du hast es auch gemacht, du hast als Kind schon gewußt, wo er reingehört, du hast es gern gehabt, aber ins Zuchthaus laß ich mich nicht bringen, bei dere will ich der erste sein, dere Unschuld gehört mir, schrie er, und zu seinen Saufbolden sagte er, dann kannst du sie kriegen, aber erst will ich ihre Unschuld haben, Walliä, wo ist die Walliä. Ich war schon längst draußen. Walliä, bist du ausgerissen, wirst du reingehen, Walliä. Einmal mußte ich auch aus der Wohnung flüchten, und der Vater taumelte mir auf den Hof und in den kleinen Stall nach. Walliä, bist du hier drin, wirst du rauskommen, Kanalliä, elende, wenn ich dich erwische, schimpfte er und torkelte im kleinen Stall herum. Ich gab keinen Laut von mir, auch meinen Atem hielt ich an, vor Aufregung blieb mir bald mein Herz stehen, ich preßte mich zitternd an die Wand und rückte weiter und merkte nicht, daß ich immer mehr auf die Sickergrube zukam. Ich flog plötzlich mit einem Angstschrei rückwärts hinein. Ich lag inmitten von Ziegenmist und verfaultem Stroh und totem Viehzeug, aller Unrat wurde ja in diese Grube geworfen, es war ein schwarzes, stinkiges Wasser, mein leichter Körper lag wie auf einer Eisscholle, ich war so leicht, daß ich zum Glück nicht absackte. Meine Mutter kam auf mein Schreien hinzu, und da sie selbst nicht nüchtern war, kam ihr mein Unglück zum Lachen vor und dazwischen des Vaters Stimme, Walliä, du hast zu tun, was ich dir befehle, ich bin der Vater und hab zu bestimmen, und meine Mutter lachend, Josääf, Josääf, sieh dir das an. Erst der Adolf, der erschrocken dazugekommen war, kniete nieder und faßte mit beiden Händen nach mir. Der Vater hatte von nichts was verstanden, er wollte mich noch verprügeln, weil ich ihm nicht gehorchte. Ein andermal wußte ich in Angst und Verzweiflung in der Nacht nicht, wohin, ratlos lief ich auf der dunklen einsamen Straße hin und her, dann entschloß ich mich, zu Weischedes zu gehen. Frau Weischede ließ mich herein, und ich erzählte ihr alles, was mein Vater verlangte, ich sollte mit einem Mann schlafen, daß er es aber als erster tun wollte, daß ich deshalb weggelaufen wäre. Ich weinte, und Frau Weischede wußte nicht, ob sie richtig hörte. Sie war eine sehr gute und verständige Frau und sagte, Walli, bald kommst du aus der Schule, dann kannst du von zu

Hause weggehen, und kümmere dich dann nie mehr um deine Eltern, das ist das beste für dich. Ich durfte die Nacht über bei ihr bleiben, und am nächsten Morgen zog sie mir ein sauberes Kleid an, ich getraute mich wieder nach Hause, aber als mich meine Mutter in dem Kleid sah, wußte sie, wo ich über Nacht gewesen war, und das machte sie so wütend, daß sie mir das Kleid, die Hosen und das Hemd vom Leibe riß. Runter, brüllte sie und riß an mir herum und steckte alles in den Ofen, ich werd dir helfen, zu fremden Leuten gehen und einem Schande machen, du hast wohl schon lange keine Prügel mehr gekriegt, aber heute geb ich es dir mal anständig, daß du es dir für dein Leben merkst, und sie packte mich bei den Beinen und brüllte, Ich reiß dir deine Haxen raus, und sie drehte an meinem Fuß, den sie mir schon mal ausgerenkt hatte, sie drehte und ruckte, und ich schrie vor Angst und Schmerzen. Nach dieser Mißhandlung blieb ich wimmernd mit meinem schmerzenden Bein liegen, sie mußte mich erst zum Aufstehen treiben, ich hatte große Schmerzen im Fuß und konnte nicht auftreten. Die Tante Diena, die grad zu Besuch war, schnürte mir den Fuß ganz fest und sagte zu meiner Mutter, Siedl, wie kannst du nur, sie ist doch so ein gutes Mädchen. Jässes Mariä, du kennst die nicht, wenn se ner der Teifel schunn boll huln tät, ich weiß nicht, wie ich das nichtstaugende Mensch loskriege. Du wirst noch froh sein, daß du sie hast, sagte die Diena. Als meine Mutter danach mal mit mir und allen Kindern auf der Straße ging, drehte sich meine Mutter um, sie hatte ein ganz rotes Gesicht bekommen und sagte, Jässes Mariä, die Leute bleiben ja stehen und gucken uns nach, und einer hat gesagt, so ein schönes Mädchen und tut hinken, guck doch, und die Mutter hinkt auch, schade um das schöne Mädchen. Meine Mutter hatte zornige Augen bekommen, und sie machte, daß sie mit uns von der Straße kam. Hinterher sagte sie zu mir, Jetzt gehst du mal mit deinem Fuß zum Doktor, daß ich es mir von den Leuten nicht immer anhören muß.

Unterdes war ich dreizehn Jahre alt, in der Schule hab ich nicht viel lernen können, es fehlten Schulbücher und Schreibhefte, mit der Handarbeit war es meist ebenso, alle Tage ging ich mit Angst und Herzklopfen zur Schule und verging meist vor Scham, weil es mir an dem Wichtigsten fehlte. Einmal, wir hatten bei Fräulein Wesemann Handarbeitsunterricht, und ich hatte kein Garn zum Stricken mit, sagte sie zu mir, Walli, was soll denn nur aus dir werden, du lernst doch überhaupt nichts, warum kümmert sich deine Mutter nicht um dich, jetzt kommst du schon bald aus der Schule und hast noch überhaupt nichts gelernt, was soll denn das mal werden mit dir. Mit heißem Gesicht saß ich da und schämte mich vor den schönen und sauber angezogenen Mädchen, die alle den Kopf nach mir umdrehten. Wie schmutzig ich war, ich sah es ja selbst, mein Kleid hing in Lumpen an mir herunter, und die Haare waren nicht ordentlich gekämmt. Sag deiner Mutter, sie soll es auch so machen, wie es jede Mutter macht, und hierbei erzählte das Fräulein Wesemann die Geschichte von der guten und der bösen Schwester, die ich von ihr schon im ersten oder zweiten Schuljahr gehört hatte, und danach forderte sie wieder alle Kinder auf, Wenn ihr groß seid, werdet eine gute Mutter, laßt eure Kinder nicht hungern und schickt sie nicht betteln, tut flicken und waschen und seid brav, dann kommt ihr zu was. Und alle Kinder riefen durcheinander, daß sie gute Mütter werden wollten, und ich sagte ganz aufgeregt und mit glühenden Wangen, Fräulein Wesemann, wenn ich groß bin, will ich auch wie die gute Schwester werden. Das ist schön von dir, Valerie, sagte das Fräulein Wesemann, daß du einmal wie die gute Schwester werden willst, du bist ja ein gutes Mädchen, ich glaube dir, und dann sagte sie noch zu mir, Valerie, du erzählst die Geschichte doch auch deiner Mutter? Als ich meiner Mutter mit der Geschichte von den zwei Schwestern kam, schimpfte sie, Erzählst mir schon wieder so 'n Zeug, was ich nicht hören will, die alte Hexe tut euch Kinder verdummen, und ihr glaubt ihr alles, wenn der Teufel sie doch nur schon bald holen tät, damit sie euch nicht mehr so verdummt, sonst bleibt ihr euer Leben lang so bleed, wie ihr schon seid, und schon hatte ich paar Kopfstücke. Aber ich machte mir alle Tage Gedanken, was aus mir werden sollte.

Wie der Adolf bekam auch ich verspätet die erste heilige

Kommunion, das ist das größte Fest in unserem Glauben, die erste heilige Kommunion und die Hochzeit. Die letzten vier Wochen vor dem großen Fest hatten wir Kommunionkinder alle Tage eine Stunde mit dem Pfarrer Unterricht. Er erklärte uns für die Beichte noch einmal genau die zehn Gebote. An einem Tage, als der Religionsunterricht zu Ende war, hielt mich der Pfarrer zurück, alle Kinder waren nach Hause gegangen, nur ich hatte auf meinem Platz bleiben müssen. Es war mir unheimlich zumute, so ganz allein in dem großen und so leeren Klassenzimmer. Hatte ich was Schlechtes getan, überlegte ich. Dann kam der Pfarrer zur Tür rein und setzte sich vor mir auf meine Bank, nahm mich zwischen seine Knie, und mit beiden Händen zog er meinen Kopf zu sich empor, ich mußte ihm direkt ins Gesicht sehen. So, Valerie, jetzt sind wir ganz allein, sagte er, du kannst doch sicher alle Gebote, nicht, du kannst mich jetzt fragen, was du nicht verstehst, ich erkläre dir alles, was du wissen willst, und du kannst mir alles sagen, was du auf dem Herzen hast. Ich zog meinen Kopf ein und zuckte mit den Schultern, ich versicherte ihm immer wieder, daß ich alles wüßte und ihm nichts sagen könnte. Der Pfarrer machte ein enttäuschtes Gesicht und ließ mich nach Hause gehen. Die Lehrer und der Pfarrer sahen mich in letzter Zeit immer mit so anderen Augen an, und ich hatte dabei ein beschämendes Gefühl. Meine Mutter hatte mir zur Kommunion von weißem Leinen ein Kleid zusammengenäht, das war das einzige, was ich in unserer Wohnung an Festvorbereitungen erlebte, das Kleid war nur mit großen Stichen zusammengenäht worden, und ich war froh, als ich von einem Mädchen aus meiner Klasse, die schon Kommunion gehabt hatte, zwei feine weiße Kleider geschenkt bekam, das war vielleicht eine Freude für mich, auch meine Mutter freute sich, weil es ihr Arbeit ersparte. Als der große Sonntag näher kam, wurde es in meinem Herzen immer trauriger. Ich sah auf der Straße die Mütter mit Kuchenblechen zum Bäcker laufen und wie sie mit großen Paketen vom Bahnhof kamen, die Wohnungen wurden gesäubert und die Fenster geputzt, und in unserem Haus blieb es, wie es alle Tage war. Traurig lag ich im Bett und weinte mich leise in den Schlaf. Warum tut die

Mami nicht auch Kuchen backen wie die Mütter alle, warum tut die Mami die Wohnung nicht fein machen wie alle Mütter? Ich dachte fest, daß es bei uns doch auch so sein müßte wie in den anderen Häusern, die sich auf das große Fest freuten und sich darauf vorbereiteten. Als der Sonntag herangekommen war, wurde ich von meiner Mutter angezogen, grimmig, brummig, ich hatte gebettelt, daß sie mit mir in die Kirche gehen sollte, und trotz ihrer schlechten Laune tat sie mir dann auch den Gefallen. Ich werd nur mal mitgehn, sagte sie, ich habe es der Heiligen Mutter Gottes sowieso schon lange versprochen. Ich war sehr glücklich, daß ich nicht allein gehen mußte, und lief stolz neben ihr her, und das Fest war für mich jetzt erst richtig schön und feierlich. Als wir uns der Schule näherten, wo sich alle Kinder versammelt hatten, ging sie wie eine Fremde von mir weg und am Schulhof vorbei gleich zur Kirche hinauf. Die Kinder hätten mich beinahe nicht erkannt, sie staunten alle, Valerie, oh, bist du heute schön, so schön soll dich deine Mutter jeden Tag machen, ja, Valerie, wenn du so aussiehst, dann sind wir mit dir auch nicht mehr böse. Daß mich die Kinder nicht allein stehenließen, wie es sonst war, machte mich frei und glücklich. Auch das Fräulein Wesemann lächelte, als sie mich so sah, sie mußte immerfort auf mich schauen. Ich fühlte mich am Tage meiner Kommunion so wohl, weil ich mich nicht zu schämen brauchte. Wir Kommunionskinder gingen zu zweit hintereinander in die Kirche hinein, die Kirche war voller Leute, verstohlen ließ ich meine Augen umherschweifen, aber dort, wo die Eltern ihre Plätze hatten, fand ich meine Mutter nicht, das machte mich traurig, einsam, enttäuscht. Die anderen Eltern lächelten ihren Kindern zu. Und als wir nach der Kommunion wie Heilige zu zweit hintereinander aus der Kirche gingen, standen die Eltern und die Leute vor dem Kirchenportal und warteten auf ihre Kinder, diese wurden von ihren Angehörigen in die Arme geschlossen und mit Blumen beschenkt. Ich drängelte mich an den vielen glücklichen Gesichtern vorbei, aber die Mami war nirgends zu sehen, es blieb mir nichts anderes übrig, als allein nach Hause zu gehen. Ich lief schnell, und als ich über unsere Schwelle kam, sah ich meine Mutter, als wäre sie gar nicht in der Kirche gewesen. Oh, Mami, wann bist du denn nach Hause gegangen, ich hab dich überall gesucht? Aber sie hatte schlechte Laune, und ich bekam nur die kurze und unfreundliche Antwort, daß sie sich in der Kirche ganz nach hinten gesetzt hätte. Wenn ich bete, will ich allein sein, hatte sie kurz zu mir gesagt. Ich wußte mir nichts zu denken, warum es mir nicht so gut ging wie all den andern Kindern. Nur die Rieka Weischede kam zum Gratulieren und beglückwünschte mich mit liebem Gesicht, und sie brachte mir ein eingerahmtes Heiligenbild. Auf dem Bild war Christus, der die erste heilige Hostie empfängt, ein Schutzengel hatte beide Hände auf seine Schultern gelegt. Ich hielt das Bild stolz und glücklich in meinen Händen und sagte, daß ich mir das Bild mein Leben lang aufheben würde und daß es niemand heute in die Hände nehmen sollte. Ich stellte es auf eine Kiste, und ich hoffte, daß noch mehr Geschenke dazukämen, die ich dann neben das Bild legen würde. Ich stand am Haus angelehnt und wartete auf Geschenke, aber niemand hatte einen lieben Blick für mich, nicht mal der Bauer Heckmann hatte an mich gedacht, bei ihnen standen Schulden für Eier, Milch, sogar Brot, und von Bezahlen war nie die Rede gewesen, die Heckmann sahen mich gar nicht mehr an, und sie hatten auch nicht mit paar Blumen an mich gedacht. Ich wartete bis abends, und als ich ins Zimmer kam, lag das Christusbild in Scherben auf dem Boden. Ich weinte und klagte, aber niemand bedauerte mich, sie lachten mich sogar aus, weil ich so auf Geschenke gewartet hatte, und meiner Mutter ihre lästerliche Zunge sagte, Da müßt ihr ganz andere Kinder sein, aber euch kann ja niemand leiden.

Unterdes wurde ich am sechsten März neunzehnhundertsiebenundzwanzig vierzehn Jahre alt. Das war ein stolzer Tag für mich, ich fühlte mich auf einmal ganz anders, es war mir, als wäre ich schon zwanzig Jahre alt oder noch älter, aber ich war stolz, und ich ging, wie zu jedem meiner Geburtstage, meine Veilchen pflücken. An meinem elften Geburtstag hatte ich sie gefunden, in einer Hecke, ganz versteckt, diese kleinen dunkelblauen Blüten, Veilchen, Veilchen, ich hatte mir diesen Platz gemerkt und ging jedes Jahr zu meinem Geburtstag hierhin. An diesem Tag war etwas in mir, vielleicht sah ich in der Ferne, daß ein hartes Leben auf mich wartete.

Am einunddreißigsten März war dann der Schulentlassungstag. Feierlich saßen wir Vierzehnjährigen zusammen in einem Klassenzimmer. In der letzten Zeit wollte der Lehrer immer schon wissen, was wir nach der Schule arbeiten wollten. Valerie, was wirst denn du machen, frug er mich. Ich wollte ja kochen lernen, ich hatte davon geträumt, nach der Schule bei den Schulze Steinen zu lernen, denn ich schwärmte von einer großen Küche, meine Eltern hatten es mir auch fest versprochen, aber als der Vater hinausgeworfen wurde, war dieser Wunsch dahin, und Bauer Heckmann würde mich auch niemals nehmen. Ich gehe als Dienstmädchen, sagte ich kurz dem Lehrer. An unserem Schulentlassungstag waren unsere Lehrer, der Pfarrer und das Fräulein Wesemann dabei, alle Kinder waren heute fein angezogen, sie sahen jetzt schon aus wie junge Fräulein, auch ich war heute etwas sauberer angezogen als sonst. Als die Feier zu Ende war, verabschiedeten wir uns. Verschüchtert gab ich auch jedem meine Hand. Jedem Schüler hatten die Lehrer Glück gewünscht, nur bei mir wurde nicht so viel gesprochen, mir guckten sie ins Gesicht, und es war ihnen anzusehen, daß sie sich frugen, was mal aus mir werden würde. Ich schämte mich vor ihren Gesichtern, und ich war froh, als ich draußen war. Mit meinen Holzschuhen klapperte ich nach Hause, ich streckte meinen Körper, weil ich jetzt ein Fräulein war. Die Abschlußrede bei der Schulentlassung hatte mich so groß und ernst gemacht. Als ich nach Hause kam, wartete meine Mutter schon auf mich. Zum Glück hatte sie heute mal gute Laune, es war ja auch ein wunderschöner Sonntag-Sonnentag. So setz dich mal hierhin, sagte sie, ich muß dir jetzt viel sagen, du bist jetzt kein Kind mehr. Dieser Satz machte mich noch ernster und noch größer, und ich hörte der Mutter aufmerksam zu, wie sie sagte, daß ich nicht mehr so wild und mit den Jungen rumrennen dürfte. Ein Mädchen darf nicht so ausgelassen sein, ein Mädchen muß zurückhaltend und stolz sein, hieß es von ihr, und sie erzählte mir noch mehr von den Burschen, die sich ein leichtes Mädchen nehmen und es dann auslachen würden. Ein

Mädchen muß stolz sein und sich nicht ausnützen lassen. Zum Heiraten haben sie andere, sagte sie. Heute kam sie mir zum erstenmal wie eine Mutter vor, sie gab mir Lehren, was ein Mädchen für ihr weiteres Leben wissen mußte. Auf meinem Schulentlassungszeugnis hatte ich nur Fünfen, das hieß mangelhaft. Als ich es nach Hause brachte, hat es meine Mutter gleich in den Ofen gesteckt und gemeint, Das brauchst du nicht aufheben, das kannst du doch keinen sehen lassen, und sie fing an, davon zu schwärmen, was sie für gute Zeugnisse gehabt hätte, sie hätte in der Schule immer gut gelernt. Immer habe ich auf dem besten Platz gesessen, mein Lehrer hat mich gern gehabt, er nannte mich so gerne bei meinem Namen, Na, Sidonia, hat er immer gesagt, dabei hab ich immer so eine große Gusch gehabt, und er hat mich trotzdem gern gehabt.

Für mich begann ein zweites Leben, und ich machte mir große Sorgen, was aus mir werden sollte. Du kannst bei mir genug lernen, meinte meine Mutter, aber sie wollte mich nur bei sich haben, weil sie mich im Haus und für die kleinen Geschwister brauchte. Ostersonntag neunzehnhundertsiebenundzwanzig hatte sie ein Mädchen geboren, endlich war ein Schwesterchen angekommen, das war eine Freude, es hatte lange silbrige Haare und große blaue Augen. Meine Mutter merkte sofort, daß sie einen anderen Mund als ich hatte, einen breiten, und auch eine ganz andere Nase, und Falten auf der Stirn, ein unfreundliches Gesicht konnte sie jetzt schon machen. Hm, das wird wohl mal so eine Schlange werden wie unsere Miez und Mutter, meinte meine Mutter, die gar keine Freude an dem neugeborenen Töchterchen zeigte. Von alldem wollte ich nichts hören, meine Freude war unbeschreiblich, große Pläne hatte ich mit dem Schwesterchen und sagte, Mami, die gehört mir ganz allein, wenn ich in Dienst geh, nehm ich sie mit, Mami, die gehört mir, niemand darf ihr was tun, ich werde immer auf sie aufpassen. Wart nur ab, wenn die mal groß ist, da wirst du sie kennenlernen, daß dir alles vergeht. Aber Mami, die ist doch so klein, ich hab sie so gern, sagte ich und guckte vor Glück immerfort in das Gesichtchen, und es gefiel mir gar nicht, daß meine Mutter von einer Schlange sprach. Der Vater kam am späten Nachmittag besoffen nach Hause, auf das Neugeborene war er gar nicht neugierig, er guckte nicht einmal hin, und meine Mutter lag ebenso verdrießlich neben dem kleinen Püschel. Die Tante Diena kam und wollte gerne Pate sein und bettelte. So bekam das Kind die Namen Sidonia Bernhardina Marie, und von mir wurde sie gleich Mausi genannt, und mit diesem Kosenamen waren alle in der Familie einverstanden. Meine Mutter lamentierte noch lange über die Namen, weil das Kind doch lieber nur hätte Marie heißen sollen wie die Miez. Seitdem sah ich die Tante Diena überhaupt nicht mehr, und nur weil sich meine Mutter mit dem Namen so launig hatte, dabei war die Tante Diena immer so verständig gewesen, sie hatte die Leute reden lassen und sich mit uns vor ihnen gezeigt. Nach paar Wochen stellte sich heraus, daß der Mausi die Zunge angewachsen war, aber meine Mutter wollte die Zunge nicht vom Arzt lösen lassen und sagte, Die Zunge bleibt, wie sie ist, ich lasse nicht vom Doktor dran rumbitzeln, wer weiß, was der macht, daß sie dann überhaupt nicht mehr sprechen kann. Ich bettelte meine Mutter so lange, bis ich mein Schwesterchen zum Arzt tragen konnte, denn Kinderwagen hatten wir keinen, wir bekamen erst später einen alten geschenkt, der lange bei Leuten auf dem Dachboden gestanden hatte, mir hatte es das Schwesterchen zu verdanken, weil ich um es so besorgt war.

Die Freude war groß, als der Vater wieder mal Arbeit für ein halbes Jahr oder noch länger bekommen hatte, und auch der Adolf konnte bei der gleichen Firma anfangen, es war Kurzarbeit im Straßenbau. Dem Adolf gefiel die Arbeit gut, und am Freitag war immer Lohntag, und sie verdienten zusammen viel Geld. Der Adolf bekam in dieser Zeit seine Wunschkost, seine Leibspeise war Schinkenflecke, das sind selbstgemachte Nudeln, aber nicht lange Nudeln, sondern in Vierecke geschnittene und mit Schinkenstücke vermengte, alle Tage bekam der Adolf sein Wunschessen und eine große Schüssel Pudding von mir gebracht. Dem Vater war es meist egal, was er für ein Essen bekam, nur die Zigaretten, die waren ihm wichtig. Am Monatsende, da konnte ich ihnen nicht so ein gutes Essen bringen, weil alles Geld verbraucht war, der Vater und Adolf setzten sich dann immer abseits, und die Arbeiter dachten dann, was für ein gutes Essen sie hätten, daß sie es nicht zeigen wollten, dabei war es das vom vorigen Tag, Nudeln, die schon sauer waren und die meine Mutter mit einem Schuß Essig verfeinert hatte. Meine Mutter war jetzt dafür, daß ich sauber und schön angezogen ging. Du mußt dich jetzt immer schön anziehn, du bist jetzt ein Fräulein, sagte sie, wenn du jetzt alle Tage dem Tati und Adolf das Essen hinbringst, sehen dich viele Männer an, da mußt du schön aussehn. Ich hatte ja Gott sei Dank auch bessere Kleidung, denn ich hatte hin und mal der Mutter nach Seestadtl geschrieben, Meine liebe gute Mutter, ich bin jetzt aus der Schule, bitte, schick mir ein Kleid, ich möchte mich gerne schön anziehn. Na, das wird der Mutter ja gefallen, sagte meine Mutter, wenn ich auch so schreiben tät, würde ich mich mit der Mutter besser verstehen. Auf meine Briefe antwortete die Mutter sogar, und weil sie in der Schule nichts gelernt hatte, schrieb sie immer mit drei Zeilen eine Seite voll, und meine Mutter sagte, Walli, schreib wieder mal der Mutter, du kannst es so gut, so will sie es haben. Aus Seestadtl wurden uns dann paar Säcke mit abgetragenen Kleidern geschickt, darunter war auch ein Dirndlkleid, wenn ich das anhatte, sagten die Leute, ich sähe aus wie die schönste Puppe. Ich zog das Dirndl gerne an und bettelte meine Mutter oft, daß ich in ihm spazierengehen durfte. Ich lief durch das ganze Dorf und war stolz und guckte an den Mädchen vorbei, die mich in der Schule angespuckt und weggestoßen hatten, denn heute als Fräulein war ich schöner und feiner gekleidet als sie. Jedes Kleid, das die Mutter schickte, paßte wie nach Maß, auch ein selbstgearbeitetes Strickkleid, es war aus feinem weißem Garn, der Rocksaum hatte einen schmalen hellgrünen Streifen. In dem Kleid gefiel ich meiner Mutter so, aber das zog ich nicht gerne an, weil es so auf Taille war und die Brust ohne Büstenhalter, wenn dann die Brust wippte, schämte ich mich, aber meine Mutter meinte, das wäre gerade schön bei einem Mädchen, wenn die Zitzeln wackeln. Über ihre Meinung ärgerte ich mich sehr. Am Geldtag freute sich der Adolf immer, und er brachte das ganze verdiente Geld mit nach Hause. Er trug es immer in seiner Faust, damit er es auch nicht verlor, und wenn er über die Schwelle kam, legte er es gleich auf den Tisch. Der Vater kam nicht nach Haus, sein Weg war gleich ins Gasthaus, und er wollte, daß der Adolf mitging, und wenn der Adolf ablehnte und sagte, Die Mami wartet aufs Geld, beschimpfte er ihn, Du bist ein Scheißkerl, du bist überhaupt kein Mann, ein Mann muß man sein. In der Nacht kam er besoffen und nicht allein, und hier wurde weitergesoffen und grimmig über den Adolf hergezogen, weil er nicht mit ins Wirtshaus kam, der Vater stänkerte und stichelte, ja, wenn der Adolf mit ihm gesoffen hätte, wäre vielleicht alles in Ordnung gewesen, aber weil der Adolf solide war, konnte er ihn nicht leiden. Der Adolf rauchte auch nicht, und das konnte der Vater an ihm auch nicht leiden, und er stänkerte und warf ihn oft genug in der Nacht vor die Tür. Gelebt aber wurde hauptsächlich vom Adolf seinem Geld. Alle Abende versoff der Vater auch das Geld vom Adolf, und ich wurde von ihm wie immer für Schnaps verkuppelt. Wenn der Vater nüchtern war, ließ er mich in Ruhe, und ich ging an ihm vorbei wie an einem Fremden. Für meine Ehre wollte ich schon selbst sorgen, das hatte ich mir geschworen.

Einmal kam er gegen Morgen nach Hause, es muß ein Sonntagmorgen gewesen sein, im Wirtshaus hatte er wohl wieder bekanntgegeben, Ich habe eine schöne Tochter, jedem gefällt sie, wer mir einen Schnaps zahlt, kann mit nach Hause gehen und soll mit ihr schlafen. Er hatte fünf junge Burschen mitgeschleppt, und sie fühlten sich bei uns gleich zu Hause, sie waren sauber und gut gekleidet, sauberer Kragen und Schlips. Der eine meinte, Jupp, du hast ein schönes Mädchen, sie gefällt mir, ich würde sie sofort heiraten. Am andern Tag hörte meine Mutter im Ort, daß dieser Bursche von seiner Mutter Ohrfeigen und Schimpfe bekommen hatte, nur weil er bei uns zu Hause gewesen war. Von diesem Tag an hielt es mich nicht mehr zu Hause. Ich will in Dienst, drängelte ich, ich will arbeiten, ich will was lernen. Meine Mutter wollte davon nichts wissen, Du gehst nicht in Dienst, ich brauch dich zu Haus. Ich fuhr ihr über den Mund, Ich will was lernen, ich werde älter und kann überhaupt nichts, und hier bei uns lerne ich nichts. Ich ekelte mich vor dem Vater und vor meiner Mutter, zu dem Vater sagte ich schon lange nicht mehr Tati, mir wollte es zu Hause nicht mehr gefallen, es zog mich zu ordentlichen Leuten und zu einem geordneten Haushalt. Das trug mir meine Mutter nach, solange sie lebte, ließ sie es mich büßen. Na, wart, das vergeß ich dir nie, sagte sie, du kannst von mir nichts lernen, sofort werde ich mich kümmern um eine Stelle für dich, so schnell wie möglich mußt du jetzt raus, dir will ich helfen, zu Haus kannst du nichts lernen. Mir war ein Stein vom Herzen gefallen, aber bei meiner Mutter klang jedes Wort wie eine Verwünschung. Von diesem Tag an lief ich nur noch wie eine Fremde herum, meine Mutter gab sich die größte Mühe, mir zu zeigen, daß sie mich so schnell wie möglich raushaben wollte, es waren harte Tage, meine Geschwister machten einen Bogen um mich und sahen mich mit falschen Augen an, und die Mausi durfte ich nicht anrühren. Du hast mich beleidigt, das werde ich dir im Leben nicht verzeihen, haa, lallerte sie schadenfroh, du wirst noch manches Mal zurückdenken, wirst gerne wieder zu Hause sein wollen, aber komme mir nur, rein kommst du mir nicht mehr. Ich suchte nach freundlichen Gesichtern, neidisch sah ich auf die Rieka Weischede, die jetzt bei Heckmanns im Dienst war, dick und schön war sie dort geworden, mit strahlendem Gesicht ging sie an mir vorbei. Das hätte ich haben können, dachte ich bei mir und unterdrückte meine Tränen. Von all den bangen Sorgen fühlte ich mich erst befreit, als an einem Sonntagvormittag ein Mann die Treppen raufkam. Er war Bauer aus einem anderen Dorf und hatte gehört, daß ich eine Stelle suchte, er besah mich freundlich von oben bis unten, er machte mir einen guten Eindruck, und als er fort war, freute ich mich, daß ich bald aus dem Räuberloch herauskommen würde.

Als der Tag herangekommen war, an dem ich zum Bauern sollte, hatte ich nicht viel Kleidung zum Mitnehmen, eine kleine Pappschachtel war alles, ich hatte Holzschuhe holländischer Art an meinen Füßen und mein Dirndl auf dem Leib, nicht einmal Arbeitsschürzen hatte ich mit. Meine Mutter hatte mir versprochen, daß sie mir von dem ersten Geld, das ich verdiente, welche kaufen wollte. Zusammen mit den Kindern brachte sie mich in meinen ersten Dienst, sie hatte keine gute Laune, den ganzen Weg über brummte sie vor sich hin, und die Kinder bekamen von ihr fortwährend Kopfstücke. Wir kamen in ein großes, schönes, sauberes Dorf. Den Bauern brauchten wir nicht erst suchen, paar Schritte nur, da sah ich den großen sauberen Bauernhof, und die Bäuerin war eine schlanke Frau mit schneeweißem Haar, sie hatte zwei kleine Kinder um sich, sie sah gar nicht wie eine Bäuerin aus, und später bekam ich auch mit, daß sie auf kein Feld und in keinen Stall kam, sie war schwerhörig. Kaum trat meine Mutter in die saubere Küche, redete sie mit ihrem derben Organ und in ihrem Dialekt drauflos, ich weiß gar nicht, was sie alles erzählte. Die Bäuerin stellte wortlos eine große Schüssel Eier hin, ein großes Stück Speck und legte Geld dazu. Meine Mutter hörte sofort auf mit dem Reden, nahm die Eier, den Speck und das Geld und ging ohne Abschied und ohne ein gutes Wort für mich, nur fort, nur fort war auf einmal ihre Eile. Wir müssen jetzt gehen, daß wir nach Hause kommen, sagte sie, kommt, Kinder, und sie streckte ihren langen Arm aus und schob die Kinder aus der Küche, daß sie stolperten, sie schimpfte drauflos, Na, poß auf, fliech nich hie, hoppto dee kaa Gschick zum Laafm. Sie sah erbärmlich aus, so wie sie sich beim Schieben mit dem ganzen Körper auf den Sportwagen stützte und mit ihrem Fuß schwer und lang nachzog und mit dem anderen in kurzen Schritten nach innen schlenkerte. Der Wagen fiel fast auseinander, hier und da fehlten Schrauben, die sie durch Bandeln ersetzt hatte, sie hingen um den ganzen Wagen herum. Ich wußte, daß sie mich kein Wort mit den Geschwistern sprechen ließ, weil sie mir mein Herz absichtlich schwer machen wollte, ich stand wie zurückgeblieben da. Der Bauer merkte, wie mir zumute war, und sagte, Du bleibst nicht allein, übermorgen kommt noch ein Mädchen.

Das Mädchen wurde von dem Bauern erwartet, sie wurde mit ihren Eltern gleich in die gute Stube geführt, und das kränkte mich, weil sie meine Mutter und Geschwister an der Küchentür hatten stehenlassen. Gertrud war ihr Name, und sie kam aus Dortmund, sie hatte ein rundes Gesicht mit kleinen Grübchen in dicken Wangen, sehr blaß sah sie aus, hatte hellblonde Haare wie ich und die Zöpfe wie ich in Schnecken auf die Ohren gelegt. Sie sah mich mit großen, ruhigen Augen von der Stirn bis zu den Fußspitzen an. Na, sagte der Bauer freundlich zu mir, das ist das neue Mädchen, jetzt bist du nicht mehr allein, ihr werdet miteinander arbeiten, nicht wahr. Ich nickte lächelnd, aber das Mädchen sagte kein Wort, sie hatte ein stummes Gesicht, daß ich Angst hatte, daß sie nicht gut sein würde. Aber dann kam das Mädchen mit hellen, freundlichen Augen aus der Stube raus und auf mich zu, sie frug mich etwas, und im Nu waren wir gute Freundinnen. Kammer und Bett hatten wir nur eins, aber ein breites Bett, daß wir miteinander Platz hatten. Wir verstanden uns gut und waren miteinander vergnügt und lachten. Als ich am ersten Abend mit der Gertrud im Bett lag, klagte ich es ihr, daß meine Mutter und ich nicht in die gute Stube geführt worden waren. Die Gertrud sah, daß ich gekränkt war, und sagte, Walli, sei doch nicht böse, glaub mir, das ist wirklich unbedeutend, nicht wahr, Walli, wir wollen uns doch immer gut vertragen, wir müssen miteinander arbeiten, da dürfen wir nie böse zueinander sein, und ihre großen Augen sahen mich dabei ängstlich an, daß ich gleich wieder versöhnt war. Die Gertrud war im ganzen Wesen viel freier als ich, man merkte, daß sie aus besseren Familienverhältnissen kam, ich hatte immer nur Angst und war viel zu zurückhaltend. Ich fühlte auch, daß meine Mutter für keine Ehre angesehen und ich dadurch zurückgesetzt wurde. Die Gertrud hatte es gut, sie konnte immer in der Küche helfen, ich aber mußte mit zwei Knechten auf dem Feld, in der Scheune und im Stall arbeiten. Die Gertrud konnte sich alle Tage sauber anziehen, und wenn ihre Eltern kamen, wurden sie vom Bauern großartig begrüßt und in die gute Stube geführt, und die Gertrud ging auch sonst hinein, sooft sie wollte, und hinterher frug sie mich ängstlich, Walli, bist du böse, aber ich lächelte und sagte, Ach, nein, Gertrud, wie kann ich denn böse sein, daß ich mich beklagt habe, das war nur eine Dummheit von mir, ich wünschte, ich hätte auch solche Eltern wie du.

Gleich am ersten Arbeitstag hatte sich die Gertrud gewundert, warum ich keine Schürze hatte. Sorgt denn deine Mutter nicht für dich, sieh nur, wie du aussiehst? Beschämt hing ich meinen Kopf und sagte, Meine Mutter will mir erst noch paar Schürzen kaufen. Ich war noch keine vierzehn Tage hier, da stand der Hermann außer Atem vor der Haustür und sagte, Walli, die Mami steht vorn an der Straße, du sollst mal hinkommen. Das war für mich eine aufregende Freude, ich ließ alles stehen und liegen und rannte zu meiner Mutter, aber ihr Gesicht sah nicht freudig aus, so wie ich es gerne gehabt hätte, sie frug nicht, wie es mir ging oder ob es mir gefiel, sie sagte nur kurz, Du bist jetzt vierzehn Tage hier, laß dir Vorschuß geben, für das Geld kaufe ich dir dann auch Schürzen. Ich ging gehorsam Vorschuß verlangen, und ich bekam ihn ohne weiteres und rannte freudig zurück, und diesmal lächelte meine Mutter, daß ich gleich frug, ob ich am Sonntag zu Besuch nach Hause kommen dürfte, aber sie winkte ab und sagte, Was willst du denn zu Hause, bleib nur dort, und ohne ein gutes Wort und ohne Abschied schob sie die Kinder mit ihrem langen Arm davon. Betrübt sah ich ihr nach, wie sie sich mit ihrem schauerlichen Sportwagen entfernte, ihren Kopf nervös rüber und nüber warf und ununterbrochen mit den Kindern schimpfte, und wenn sich eins von ihnen nach mir umdrehte, streckte sie sofort ihren langen Arm aus und puffte es, daß es stolperte. Die Gertrud, die aus Neugierde ans Tor gekommen war, kam mir mit großen Augen entgegen. Walli, war denn das deine Mutter, und wem gehören denn die vielen kleinen Kinder? Das sind meine Geschwister, sagte ich. Aber Walli, war das deine Mutter, von der du mir erzählt hast? Ich nickte. Ja, das ist meine Mutter. Oh, Walli, wie sieht denn deine Mutter aus, seid ihr denn so arme Leute?

An meinem freien Sonntag wollte ich nach Hause, ich ging in Holzschuhen, die ich auf dem Feld, Hof und Stall anhatte, und in meinem schon ganz verschmutzten Dirndlkleid. Aber Walli, machte die Gertrud erstaunt, willst du denn so nach Haus gehen, hast du denn auch keine Schuhe, wie kann dich deine Mutter nur so laufen lassen. Sie sah mir am Fenster traurig nach. Als ich nach Hause kam, sah ich von weitem unsere Kinder, die sich auf der Straße im Staub kugelten, sie kamen mir entgegengelaufen, um zu sehen, ob ich was mitgebracht hatte, da meine Hände leer waren, kümmerten sie sich nicht weiter um mich. Meine Mutter hatte keinen Blick für mich übrig. Was willst denn hier, ich hab dir doch gesagt, daß ich dir die Schürzen bringe, ich habe das Geld von dir für was anderes ausgeben müssen. Ich ging bald wieder, und die Gertrud war froh, daß ich so schnell zurückgekommen war. Walli, daß du wieder da bist, ich hab auf dich gewartet und hab geweint, du hast es gut, du kannst alle Sonntage nach Haus, ich hab es weit und kann nicht oft zu meinen Eltern, und im Bett erzählten wir uns was, die Gertrud wollte immer gerne alles wissen, wir verstanden uns gut, wir lachten und waren vergnügt, aber von meinen Eltern wußte ich ihr nichts zu erzählen. Walli, das ist nicht wahr, sagte sie immer, schau, ich erzähl dir auch alles, und sie wollte beleidigt sein. Da sagte ich ihr, Gertrud, du darfst nicht böse sein, du verstehst das nicht, wie es bei uns zu Hause ist, was würdest du von mir denken. Sie sah mich mit ihren großen Augen an und frug, Walli, ist es denn wirklich so schlimm, Walli, dann will ich nicht mehr fragen.

Unterdes war ein Monat vergangen, meine Mutter kam und holte das Geld, und sie brachte mir zwei Trägerschürzen, die ganz dünn und billig waren, daß ich sie bei meiner Arbeit kaum gebrauchen konnte. Ich wusch sie mir alle Tage aus und band sie ungebügelt um. Wenn ich auch schmutzig und zerlumpt aussah, niemand schimpfte mit mir, und alle hatten mit mir ein gutes Gesicht. Es gefiel mir nur nicht, daß ich mit meinen vierzehn Jahren so schwer arbeiten mußte. Ich war nur mit den beiden Knechten zusammen, aber gut waren sie mit mir, und wenn ich mit dem Rübenhacken nicht nachkam, halfen sie mir, auch im Stall. Der Bauer hatte viele Kühe, die lose im Stall rumliefen, am ersten Tag starb ich bald vor Angst, als ich melken lernen mußte, davon waren mir in der ersten Zeit meine Arme geschwollen und hart, und meine Finger taten weh, ich konnte sie nicht auf- und zumachen, aber alle Schmerzen überwand ich mit Zähnezusammenbeißen. Ich richtete mich in jeder

Arbeit schnell ein. Die Gertrud klagte oft am Abend im Bett, Walli, mir gefällt es hier überhaupt nicht, hier werde ich nicht lange bleiben, und ich durfte nicht daran denken, daß ich auch lieber wegwollte, aber ich mußte mir einreden, daß es mir gefiel, und meine Mutter durfte über meine Gefühle nichts wissen, sie wartete seit dem ersten Tag auf so einen Moment, ich sagte ihr immer, Mir gefällt es, mir geht es gut. Die Gertrud und keinen Menschen ließ ich über mein Alleinsein wissen. Als meine Mutter mich hierherbrachte, hatte sie mir auf dem ganzen Weg immer erzählt, Sei ordentlich, sei nicht frech, keine Gusch machen, wenn die Leute mal was sagen, wenn sie sehen, daß du ordentlich bist, haben sie dich gern, wenn sie sehen, du hast nichts, sind sie gut mit dir und geben dir was, mußt immer schöntun mit den Leuten, als ich jung war, oh, mich haben sie alle gern gehabt, und mir haben sie immer viel gegeben. Ich war schon eine Weile hier, das Kleid, das ich bei Sonnenschein und Regenwetter trug, war verschlissen, und die Holzschuhe, in denen ich gekommen war, waren durchgeschlurft, daß ich barfuß laufen mußte. Aber niemand hatte mit mir Erbarmen, und meine Mutter, die alleweil kam und Vorschuß verlangte, wollte meine Lumpen nicht sehen, und ich durfte nichts davon sagen, sonst zeigte sie mir ihre zwei langen Zähne. Geben dir die Leute nichts, das ist ein Zeichen, daß sie dich nicht leiden können!

In der Gertrud steckte ganz anderes Leben als in mir. Nach dem Feierabend stellte sie sich immer unten ans Straßentor, ich sollte mitgehen, aber ich meinte, Das sieht für ein anständiges Mädchen nicht aus. Nach der Arbeit sah ich Knechte und Dienstmädchen auf der Straße, sie gingen sich den Abend vertreiben, sie lachten und waren lustig, und wenn ein Mädchen neu und fremd war, vergaß es bald die Einsamkeit, sie wurde aufgenommen von den vergnügten Mädchen. Die Gertrud suchte solches Leben, und ich war mehr für das Solide. Sie wollte mich immer mit vor das Tor haben, aber da ich nicht ging, stellte sie sich allein hin und wartete auf Anschluß. Wenn ich des Sonntags nach Hause ging, war die Gertrud den ganzen Nachmittag einsam und wartete mit großer Sehnsucht auf mich. Wenn sie mir entgegenkam, stöhnte sie immer, Ach, wenn ich nur auch nach Hause gehen könnte so wie du, du hast es gut. Einmal weinte sie, Ach, gut, daß du da bist, Walli, ich hab es gar nicht erwarten können, nächsten Sonntag geh ich mit dir, nimmst du mich mit, Walli, wird deine Mutter auch nichts sagen? Ich konnte auf ihre Bitte nicht nein sagen, aber in meinem Herzen war ich sehr verlegen, und als der Sonntag heran war, gingen wir Hand in Hand, ich schämte mich, weil die Gertrud fein aussah wie ein Fräulein und ich mit meinem verschmutzten Kleid daneben, wir gingen durch mein Dorf, verlegen und ungemütlich war mir zumute, und doch zog es mich nach Hause, ich hatte nur Angst, was die Gertrud bei mir zu Hause sehen würde, ich fühlte, daß sie noch keine Ahnung hatte. Dann sah sie meine Geschwister vor unserem Haus, und ich merkte ihre Unruhe. Walli, in dem Haus wohnen deine Eltern, wo du jeden Sonntag hingehst? Ihre Stimme klang unsicher, und sie drückte sich an mich. Als wir ins Haus kamen, nebelte uns gleich Gestank ein, der Anblick war für mich was Gewohntes, es ekelte mich ja selbst, aber die Gertrud, die rannte plötzlich davon wie von Menschenfressern verfolgt. Oh, Walli, ich hab Angst! Ich stand und starrte in den Raum, ich sah meine Mutter nicht mehr ganz nüchtern, sie kicherte nur immerfort und streckte dabei ihre knorplige Zunge zwischen den beiden langen Zähnen heraus, ihre Kleider waren liederlich und schmutzig, ihr Gesicht rot vom Alkohol, die struppigen Haare hingen ihr um den Kopf und im Gesicht, zwei Männer waren über sie her, und sie lachte und kicherte, Geht weg, geht weg, und der Vater sprach zu seinen Kumpanen, Dir gehört sie heute nacht, aber einen Schnaps mußt du mir dafür geben, mei Lieber, du wirst sehen, wie die es kann. Sein Kopf lag weit im Nacken zurück, daß der Kehlkopf stark heraustrat, und dann die große krumme Nase und das rote Gesicht, die Haare so strähnig. Ich konnte die Angst der Gertrud nachfühlen. Niemand achtete auf mich, bis die Kinder kamen und riefen, Walli, du sollst kommen, das Mädchen steht auf der Straße und weint. Traurig ging ich aus dem Haus, die Gertrud war aufgeregt und drängelte, Komm nur schnell von hier fort. Wir gingen schweigend unseren Weg zurück, und die Gertrud war außer sich, Walli, ist denn das dein Zuhause, gehst du jeden Sonntag in dieses Haus hinein, Walli, was sind denn das für Leute, die da gesessen haben? Ich ließ nur meinen Kopf hängen und gab kein Wort zurück.

Die Gertrud hatte in den ersten Tagen zu tun, das Gesehene zu vergessen, sie war nicht mehr das lustige Mädchen, und wenn der Sonntag kam, war sie traurig und kam nicht mehr mit mir mit. Einmal, als sie mich am Sonntagabend wieder voller Sehnsucht von zu Hause erwartete, kam sie gar nicht aus dem Staunen heraus. Was hast du denn heute Schönes an? Ich mußte mich vor ihr mit meinem feinen Kleid, dem feinen Hut und den Strümpfen und den feinen Schuhen nach allen Seiten drehen. Glücklich und begeistert erzählte ich ihr, daß heute die Eltern ganz anders als sonst zu mir gewesen wären, sie wären mal ohne Besuch und sich einig gewesen. Die Leute hatten dem Vater gesagt, daß er so ein schönes Mädchen hätte und daß er dafür sorgen sollte, daß es nicht so zerlumpt und schmutzig herumliefe, und der Vater hätte es sich zu Herzen genommen und wäre nach Unna gefahren und hätte einen Kleiderstoff gekauft, einen teuren, und gleich so viel, daß meine Mutter auch ein Kleid davon bekommen hätte. Es war ein feiner seidiger Stoff, heller Untergrund mit großen lila Fliederblüten gemustert. Als ich diesen Sonntag nach Haus kam, wurde ich mit dem Schönen überrascht, und meine Mutter hatte es schon mit den Fingern genäht, es war fertig zum Anziehen und paßte auch. Ein Paar schwarze Lackschuhe, hellgraue seidene Strümpfe, einen Glockenhut, der mit lila Seide überzogen war, zum Kleid passend, hatte er auch gekauft. Das war aber eine seltene Überraschung, und ich fühlte mich mit den Eltern richtig glücklich, und der Vater redete immer wieder das gleiche, daß die Leute ihn auf der Straße angesprochen hätten, daß er so ein schönes Mädchen hätte und wie er sie laufen ließe. Sorgen soll ich für meine schöne Tochter, sagte er, daß sie gut und ordentlich angezogen geht, Herr Wirth, Sie können stolz sein auf ihr Mädchen, tut Ihnen das nicht leid, wie sie rumläuft, Herr Wirth, sagen die Leute und kommen zu mir, wie lassen Sie denn Ihr Mädchen laufen, für mein Mädchen werde ich jetzt sorgen, die Leute sollen mir nicht nachsagen, daß mein Mädchen zerlumpt rumlaufen tut, jawohl, ich bin stolz auf meine Tochter. Die Geschwister hatten mich ganz anders angesehen, und meine Mutter ließ den Vater reden, sie kroch nur herum, als hätte sie sich was zuschulden kommen lassen. Die Gertrud war außer sich und sagte, Oh, da sind deine Eltern doch gar nicht so schlecht, wie ich dachte, ja, wenn du so aussiehst, Walli, da gehe ich auch Sonntag wieder mit dir, darf ich, nimmst du mich mit, weißt du, Walli, es ist doch wirklich nicht schön, wenn ich so allein hier bin. Am Sonntag spazierten wir Hand in Hand nach Hemmerde, die Gertrud sah den ganzen Weg auf mich und sagte immer wieder, Walli, wie schön du bist. Heute fühlte ich mich gut neben ihr, ich wußte, daß sie sich mit mir heute nicht schämen brauchte. Ich ging mit ihr angefaßt durch das ganze Dorf bis zu unserer Haustür. Die Gertrud hielt meine Hand fest und drückte sie, als sie mit mir in die Stub ging. Heute war sie wieder gefüllt mit Säuferlärm, den ich schon von weitem gehört hatte, und der Gertrud ihre Augen wurden immer größer, in der Stub schreckte sie zusammen und rannte wie der Wind und mit einem Angstschrei davon. Mit meiner Mutter konnte ich kein Wort reden, seit dem vergangenen Sonntag war sie wie verwandelt, sie sah mich mit bösen Augen an und schrie, Bist denn schon wieder hier, möcht wissen, was du immerfort willst, und ich hörte dem Vater seine betrunkene Quakstimme, Hab ich nicht eine schöne Tochter? Herr Wirth, Herr Wirth, sagen die Leute auf der Straße zu mir, Sie haben ein schönes Mädchen, komm her, Walli, gib jedem ä Schmotz, die wird genau wie ihre Mutter, ihre Mutter, die hat schon als Kind gewußt, was Liebe ist, die hat es mir ja erst gezeigt. Ich machte, daß ich hinauskam. Den ganzen Weg über war die Gertrud außer sich und sprach in einem fort das gleiche, Die Leute, die bei euch sind, sind doch gar keine richtigen Menschen, oh, ich habe es noch einmal kennengelernt, wie es bei euch zugeht, oh, was du für eine Mutter hast, wie die aussieht, nein, nie wieder möchte ich das erleben, nein, so was. Sie hielt mich nicht mehr an der Hand, lief mit gestrecktem Hals, immer nur geradeaus sehend, und schnell vor mir her. An diesem Abend redeten wir nicht mehr viel miteinander, wie Fremde gingen wir aneinander vorbei, ich litt dabei sehr, und ich litt noch mehr, weil ich merkte, daß die Gertrud nicht mehr das vertraute Mädchen war. Dabei hatte sie sich mit mir versöhnt, sie hatte zu mir nach paar Tagen gesagt, Walli, ich habe es mir überlegt, du kannst ja gar nichts dafür, wie es deine Eltern machen, du bist ein ordentliches Mädchen, daß du nichts zum Anziehen hast, ist ja nur deiner Mutter Schuld, die immer nur das Geld holen kommt. Die Gertrud fand in dieser Zeit Anschluß bei anderen jungen Mädchen, die sie abends auf der Dorfstraße traf, sie war jetzt keinen Tag mehr einsam, paarmal frug sie noch, Walli, willst du auch mitgehen, es ist doch viel schöner mit anderen Mädchen zusammen. Ich guckte aus dem Fenster und sah die Mädchen warten, und als sie mich sahen, machten sie keine freundlichen Gesichter, sie riefen auch nur nach der Gertrud. Vielleicht wollen sie mich gar nicht mithaben, sagte ich. Du kannst schon mitgehen, ich bin doch auch dabei, sagte die Gertrud, und mit bangem Herzen ging ich mit ihr zu den Mädchen hin. Die Gertrud wurde stürmisch empfangen, um mich kümmerten sie sich nicht, und an ihren Gesichtern merkte ich, daß ich nicht beliebt war. Jeden Abend standen die ausgelassenen Mädchen am Eingang und warteten auf die Gertrud. Walli, willst du denn nicht mitgehen? frug sie wieder, und diesmal sagte ich, Nein, ich bleibe lieber hier. Warum denn, geh doch mit? Ich glaube, Gertrud, die Mädchen wollen mich nicht dabeihaben. Dann mußt du eben hierbleiben, wenn du nicht willst, sagte sie und sprang die Treppen hinunter. Ich saß einsam am Fenster, hörte das Freudengeschrei der Mädchen, Tränen hatte ich in den Augen, wie gerne wäre ich unter ihnen gewesen, aber unter diese sorgenlose Munterkeit paßte ich nicht, und ich ging ins Bett und weinte. Die Gertrud brauchte mich nicht mehr. Wenn ich jetzt nach dem Feierabend heraufkam, war sie meist schon fein angezogen, ich sah ihr nur noch am Fenster heimlich und traurig nach, wenn ich auch so lustig sein könnte wie die Mädchen und die Gertrud, wie gut sie zu ihnen paßte. In dieser Zeit wurde mein Herz noch schwerer und einsamer.

Manchmal, wenn ich nach Hause kam, saß der Adolf da und

weinte und lamentierte kläglich. Er arbeitete als Knecht bei einem Bauern in einem anderen Dorf. Meine Mutter verschimpfte den Adolf und nannte ihn nicht anders als einen faulen Hund. Du hast nur keine Lust zum Arbeiten, wenn die Leute mit dir zufrieden sind, dann sind sie auch nicht grob, und der Adolf weinte über ihre herzlose Ungerechtigkeit. Ist denn niemand, der mich versteht, sagte er, und damit meinte der Adolf, daß seine Mutter für ihn ein Herz haben müßte, daß sie es war, die ihn verstehen müßte, aber sie hatte eine Freude, ihn zu quälen, grad so, wie sie es mit mir machte, aber ich weinte nicht, zeigte ihr immer nur ein frohes Gesicht. Vinning, so hieß das Dorf, wo der Adolf arbeitete, und Vildhausen der Bauer, und der war mit dem Adolf nicht zufrieden und wollte ihn wieder los sein. Als meine Mutter wegen Geld hinkam, klagte der Bauer über den Adolf, und dann sagte er, Wenn sie uns das Mädchen geben, behalten wir auch den Jungen. Der Bauer wußte, daß mein Bauer auf mich nichts kommen ließ. Geben Sie uns Ihr Mädchen, dann behalten wir den Jungen! Und meine Mutter befahl mir, meine Arbeit aufzugeben und zu Vildhausen zu gehen. Der Bauer und die Bäuerin waren traurig, als ich ging, sie sagten, Walli, warum willst du von uns weg, gefällt es dir denn nicht, bleib bei uns, sag uns, was dir bei uns nicht gefällt, du sollst auch mehr Lohn kriegen, und sie warnten mich vor dem Bauern Vildhausen. Du wirst nicht lange dortbleiben, du sollst bei uns jetzt schon den Lohn bekommen, den eine Großmagd hat. Die Gertrud kam und machte große Augen, als sie hörte, daß ich wegmachte, und sie meinte, Ich beneide dich, Walli, daß du von hier weggehen kannst, mir gefällt es hier auch nicht mehr.

Meine Mutter und Geschwister brachten mich wieder auf meine neue Arbeitsstelle. Als wir an den Hof kamen, wurde es mir doch ein bißl bang, ich merkte sofort von außen, daß der Hof keinen freundlichen Eindruck machte, ich bereute jetzt schon, daß ich mich von meiner Mutter hatte überreden lassen, und als wir in den Hof reinkamen, wurde mir himmelangst, und ich sagte, Oh, Mami, ist das aber ein Dreckbauer. Was du immer solche Einbildungen hast, wehrte meine Mutter ab. Der

Bauer Vildhausen und seine Frau hatten uns schon vom Fenster aus gesehen, und wie wir in der Küche standen, kam die Bäuerin mir wie eine Hexe vor, schleichend, die Arme über dem Bauch, kam sie über die Schwelle, sie hatte ein Magenleiden, und ihre zugekniffenen Augen verzogen sich zu einem Lächeln, ihre Stimme war heiser, in ihrem Mund paar verfaulte Stumpen, und der Bauer war ein großer Mann, liederlich und schmutzig in der Kleidung, mit einem ungepflegten großen Schnurrbart und einer langen Pfeife im Mund. Ich merkte mit Bangen, daß ich einen großen Fehler gemacht hatte. Meine Mutter nahm wieder Eier und Geld mit, unterwegs hatte sie schon davon gesprochen, wieviel sie für meinen Eintritt kriegen würde. Als sie es bekommen hatte, wurde sie noch gesprächiger, sie redete mit Händen und Füßen, aber der Bauer und die Bäuerin lächelten nur müde. Na also, dann auf Wiedersehen, sagte meine Mutter, jetzt wollen wir mal machen, daß wir wieder nach Haus kommen, also los, Kinder, kommt, und mit der Hand gab sie jedem einen auf den Rücken, und sie bekamen noch mehr unsanfte Stöße, als sie nicht schnell genug aus der Küche kamen. Ich hatte sie über den Hof bis zum Tor begleitet, weil ich gerne mit meiner Mutter ein paar Worte über die neue Arbeitsstelle gesprochen hätte, aber sie hatte nur mit den Kindern zu schimpfen, und zu mir sagte sie, Wehe dir, ich höre was über dich, daß die Leute sich beschweren. Vor allem hatte der Adolf Freude, daß ich nun da war, schon als ich kam, war er mir entgegengerannt, packte mit beiden Händen meine Hand und schüttelte sie tüchtig. Du bist da, Walli, das ist aber gut, und seine Augen wurden dabei ganz naß, und an seinen Wimpern blieb das Wasser hängen, daß dann immer aussah wie Rauhreif. Du wirst den Grobian schon kennenlernen! Als meine Mutter abzog, standen Bauer und Bäuerin wieder am Fenster und sahen mit einem gelangweilten Lächeln uns zu.

Die Großmagd lernte ich gleich am selben Tag kennen, sie hieß Johanna, war zwanzig Jahre alt und ein großes starkes Mädchen mit einem vorlauten Mund, daß ich gar nicht wußte, wer hier was zu sagen hatte. Mit ihr mußte ich die Kammer und das Bett teilen, aber es war ein schmales Bett, und wenn sie sich mit hereinlegte, hatte ich kaum Platz, nur gut, daß ich an der Wand lag. Am Essentisch in der Küche gab die Großmagd mit ihrer kreischenden, frechen Stimme den Ton an, nur der zweite Knecht, der Fritz hieß, hatte keine Angst vor ihr, er sagte ihr immer die Meinung, und auch dem Kochmädchen, das Lenchen hieß, sagte er die Meinung, aber er war kein Streithals, nein, er war ein gerechter und guter Junge, und seine Brüllerei blieb ohne Bösigkeit, ich habe am Tisch immer sehr lachen müssen. Die Großmagd legte sich Handtücher unter den Büstenhalter. Was hast denn da für eine große Brust? sagte der Fritz. Was kümmert dich das, schrie ihn die Großmagd an. Aber du hast doch was dahintergestopft, sagte er, hach, nur weil sie eine große Brust haben will. Ich will meine Brust warm halten, schrie sie. Der Fritz lachte. Du willst zeigen, was für eine große Brust du hast. Die Großmagd warf dem Fritz wütende Blicke zu, der Fritz konnte gar nicht aufhören mit dem Lachen, und ich mußte auch lachen, nur der Adolf saß immer still dabei. Die Großmagd tat sich groß, als wäre sie Herrin auf dem Hof, aber der Fritz ließ sich von ihrem Mund nicht beeindrucken. Der Adolf wurde bei der Arbeit sehr schikaniert, ich konnte mir ja auch keinen Respekt verschaffen, aber bei der Arbeit erlaubte sich die Magd über mich nichts zu sagen, aber wenn sie mit dem Fritz und dem Adolf zu garstig umging, dann sah ich nur auf, und das hatte soviel zu sagen, als hätte ich paar ordentliche Worte gesprochen. Der Adolf meinte immer wieder, Walli, es ist nur gut, daß du hier bist, jetzt können sie zuwenigstens mit mir nicht mehr machen, was sie wollen, und der Fritz sagte, Na, Adolf, jetzt hast du zuwenigstens deine Schwester, deinen Beschützer, bei dir. Dem Adolf wurden gleich seine Augen feucht, und am liebsten wäre er nur neben mir gewesen. Ich sah, wie der Adolf arbeitete, wie er rannte und immer gleich zupackte und auf Befehle wartete, es konnte ihm keiner nachsagen, er wäre ein fauler stinkiger Hund, er hatte nur sehr wenig Kraft, und wenn der Adolf in dem richtigen Beruf gewesen wäre, den er sich gewünscht hatte, dann wäre er auch tüchtig und selbständiger und gesünder geworden, aber statt dessen blieb der Vater zu Hause, Landarbeit kam für ihn ja nicht in Frage. Ich sah, daß mich meine Mutter mit dieser Stelle ins Garn geführt hatte, aber ich sagte nichts, ich fand mich damit ab, und es war gut so, daß ich für den Adolf hiersein konnte. Zum Unterhalten war sonst hier niemand, ich machte meine Arbeit und sprach nur das, was sein mußte. Wenn der Bauer und die Bäuerin grinsend auf mich sahen wegen meiner schlechten Kleidung, sah ich an ihnen vorbei. Jeden Morgen gab es das gleiche, Haferschleimsuppe in Wasser und Salz gekocht, zwei dünne Sirupschnitten dazu, sie waren meist ausgetrocknet und zäh und steif wie Leder. Dem Fritz machte es immer Spaß, die Großmagd zu ärgern, weil ich mich gleich am ersten Tag auf ihren Platz gesetzt hatte, es hatte mir niemand was gesagt, nicht einmal die Großmagd hatte es sich getraut, mich von ihrem Platz zu vertreiben. Beim ersten Frühstück bekamen wir gleich unser zweites mit, zwei dünne Scheiben Brot mit Wurstfett drauf, der Adolf hatte immer großen Hunger, die Haferschleimsuppe schob er weg, er konnte sie nicht hinterbringen, ich gab ihm meine zwei Sirupschnitten und auch mein zweites Frühstück, daß er gleich aufaß, ich hungerte, aber ich konnte seine Augen nicht sehen, wie sie auf mein Brot guckten. Die Großmagd wollte gleich über den Adolf den großen Mund haben, aber ich sagte, Lassen Sie ihn doch, wenn er die Suppe nicht essen kann, wenn zuwenigstens etwas Milch und Zucker dran wären, die Suppe würde ja nicht mal den Schweinen schmecken. Sie gab keine Antwort, und der Fritz stand mir bei, So ist es recht von dir, Walli, man muß nicht alles mitmachen, und er beschwerte sich ebenso über das Essen. Da hatte die Großmagd wieder den großen Mund, weil sie zum Bauern hielt und eine Herrendienerin war. Zu Mittag gab es wie zu jedem Mittag dasselbe, hier sagte man Himmel und Erde dazu, Kartoffelstücke mit kleinen harten Birnen zusammengekocht, der Fritz sagte dann immer zum Lenchen, wenn sie in die Küche kam und für die Herrschaft Essen nachholte, Das ist ein Schweinefutter, wie du uns kochst, kannst du denn gar nichts andres kochen wie alle Tage das gleiche, und sie antwortete, daß er froh sein sollte, daß er überhaupt noch was zu essen kriegte, und als das Lenchen mit der Schüssel Salzkartoffeln durch die Tür ging, schrie der Fritz hinter ihr her, Gib denen da drinne das Schweinefutter, was du für uns gekocht hast. Ich habe mitgelacht, nur die Großmagd wollte nicht lachen, aber der Fritz leerte den Mund aus, sooft das Lenchen aus der Tür kam. Des Sonntagsfrüh gab es dasselbe, zwei klebrige steife Sirupschnitten ohne Haferschleimsuppe und ohne ein zweites Frühstück, mittags Salzkartoffeln, ein wenig Fleisch und geringe Soße.

Auf meiner neuen Stelle hatte ich nicht so schwer zu arbeiten, morgens, nachdem der Stall ausgemistet war, wußte ich nichts zu tun, und ich frug die Großmagd, ob ich mit Melken anfangen konnte. Kannst du das? frug die Johanna erstaunt, und sie staunte, wie ich melken konnte. Das hätte ich dir nicht zugetraut. Kühe hüten mußte ich hauptsächlich, das war keine schwere Arbeit, jeden Morgen nach der Stallarbeit ging ich mit den Kühen hinaus auf die Weide. Wenn ich die Kühe über den Hof trieb, waren der Adolf und der Fritz mit dem Bauern schon tüchtig auf dem Hof beschäftigt, er trieb sie zur Arbeit an, und die Jungen mußten springen, der Adolf sah mir traurig nach, sie waren immer nur mit dem Alten zusammen, sie konnten sich bei ihm nicht schnell genug bewegen. Ihr faulen Stinkäser, euch hat man nur zum Fressen hier, zum Arbeiten seid ihr nicht zu gebrauchen! Die Kühe waren schon zum Tor hinaus, ich mußte stehenbleiben und den beiden Jungen zusehen, sie füllten gerade auf der einen Seite vom Gehöft Säcke und mußten sie über den Hof tragen, ich sah, wie sie sich abmühten, bis sie endlich die schweren Säcke auf ihre Rücken bekamen, und wenn das geschafft war, taumelte jeder mit seiner Last über den Hof. Der Fritz hatte etwas mehr Kraft als der Adolf, aber er hatte es auch nicht leicht. Dem Adolf fiel vor Schwäche der Sack vom Rücken, plumps, und der Sack mitsamt dem Adolf lag auf der Erde. Die Großmagd mit der Bäuerin standen an der Haustür und lachten laut auf, die Johanna hatte noch was im Spott zu schreien, und der Bauer hatte ebenfalls seine Freude und lachte mit, hm, hm, hm, der Adolf walkte mit dem schweren Sack herum, um ihn wieder auf den Rücken zu kriegen, und ich sah die Angst in seinen Augen, ach, der arme Adolf, die

Mutter müßte ihn mit nach Hause nehmen, dachte ich und rannte zu ihm hin, aber es gelang uns beiden nicht, den Sack auf seinen Rücken zu bringen. Unser Anblick machte dem Bauern noch mehr Spaß. Wir schleppten zusammen den Sack fort, dem Adolf liefen vor Anstrengung die Tränen, und sein Gesicht war dunkelrot. Adolf, ich laufe heute abend nach Hause, sagte ich, die Mami muß dich nach Hause holen, ich laß ihr keine Ruh, und ich streichelte sein verzweifeltes Gesicht und rannte den Kühen nach, die schon längst fort waren. Die Johanna hatte schon geschrien, Alte Sätte, paß lieber auf deine Kühe auf, sie nannte mich immer alte Sätte, und ich wußte nicht, was das bedeutete.

Nach ein paar Tagen kam eines meiner kleinen Geschwister auf den Hof und sagte, Walli, du sollst mal naus zum Tor kommen, die Mami ist dort. Ich warf alles weg und rannte, der Adolf stand schon bei der Mutter und trat verzweifelt von einem Bein aufs andere, und die Mutter verzog ihr Gesicht böse, weil der Adolf sich nicht traute, Vorschuß zu verlangen. Wir haben schon seit gestern nichts gegessen, sagte die Mutter, und der Adolf weinte und sträubte sich, Ich geh nich, ich geh nich, die tun mich immer nur verhöhnen, wenn ich Geld verlange, nein, nein, die geben keinen Vorschuß. Meine Mutter konnte mich kaum ansehen, als sie sagte, Walli, dann mußt du halt sehn, daß du Vorschuß kriegst, wenn der Adolf nicht will, der Vati hat das ganze Geld versoffen, und was ich hatte, mußte ich ihm auch noch geben, ihr wißt ja selbst, wie er ist. Mami, du gibst ihm immer dein Geld zum Versaufen, sagte ich mit Vorwurf. Was will ich denn machen, blitzte sie mich mit ihren trüben Augen an, es sah aus, als wollte sie weinen. Sie tat mir leid, sie tat mir ja immer leid, auch wenn sie noch so falsch und unberechenbar war. Mami, ich bin doch aber erst paar Tage hier, da kann ich nicht jetzt schon ankommen. Einer von euch muß sich was geben lassen, du oder der Adolf, sagte sie, und das klang wie ein Befehl. Ihr müßt halt mit den Leuten bißl schönreden, die geben euch schon, ich kann ohne Geld nicht nach Hause gehen, nicht mal bißl Salz haben wir, borgen können wir nirgends mehr. Ich bekam große Sorgen, als ich sie so reden hörte, ich ging zum Herrn und der Frau, sosehr es mich auch graute. Der Bauer und die Frau hatten am Fenster gestanden und uns zugesehen, und als ich zur Tür reinkam, drehten sie sich nicht einmal zu mir um. In mir war ein ekliges Gefühl, als ich anfing, um Vorschuß zu bitten, ich stand eine ganze Weile auf der Schwelle, die beiden Alten achteten überhaupt nicht auf mich, als hätte ich gar nichts gesagt, sie krächzten sich nur gegenseitig an und schlichen um mich herum. Vor Scham kam mich das Weinen an, ich bat noch einmal um Vorschuß, aber der Bauer mit seiner Pfeife im Mund machte Hm, hm und sie Hää, hää, da drehte ich mich um und rannte zurück. Ich schämte mich zu sehr, daß ich wie ein Bettler auf der Schwelle gestanden hatte und sie mir nicht einmal Antwort gaben. Meiner Mutter war es unmöglich, daß sie sich umsonst auf den Weg gemacht haben sollte. Kinder, lamentierte sie, was werden wir in den nächsten Tagen essen, und sie sah auf uns mit Vorwurf, als ob der Adolf und ich schuld wären, daß sie hungern mußten, und ohne Gruß schlenderte sie davon. Sie kam erst am Geldtag wieder, aber ich war froh, daß mein Reden geholfen hatte, sie nahm den Adolf vom Bauern weg, aber der Grund war wohl eher, daß sie ihn zum Bettelngehen brauchte. Ich hatte in der ganzen Zeit an meine alte Arbeitsstelle gedacht, ich wollte wieder zurück, man würde mich bestimmt wieder aufnehmen, mich schreckte nur die schwere Arbeit, hier wußte ich, was ich zu tun hatte, auf die Kühe aufpassen. Ich hatte es auch nicht leicht, aber ich war ruhig und wurde nicht nervös wie der Adolf, an allen sah ich nur stolz vorbei, und der Fritz stand mir bei, so gut er konnte. Aber ich hatte auch einiges auszuhalten, besonders von der Johanna. Ich hatte ja immer nur eine Kleidung, und wenn die beim Kühehüten naß wurde, mußte ich sie über Nacht im Kuhstall trocknen lassen, morgens zog ich sie klamm wieder an, sie war dann warm und stinkig. Wenn ich in die Küche kam, hielt sich die Johanna die Nase zu und schrie, Mensch, Sätte, mach, daß du rauskommst, du stinkst, und die Bäuerin krächzte vor Vergnügen. In der Nacht fand ich keine Ruhe zum Schlafen, ich war durchgefroren, fortwährend drückte mich das Wasser, die

Johanna wurde ungemütlich, weil ich ständig rausmußte, jedesmal die Treppe runter durch die Küche in den Kuhstall, kaum war ich wieder im Bett und wurde warm, war es wieder höchste Eisenbahn, und immer im Hemd und barfuß. Weil die Johanna murrte, traute ich mich schon gar nicht mehr aus dem Bett, und da passierte es, daß ich das Wasser nicht mehr halten konnte, es gurrlte durch den Strohsack, daß ich vor Schreck den Atem anhielt. Nun nannten sie mich auch alle noch Bettpisse. Alle hatten Freude daran, mich zu verlästern, nur der Fritz blieb ernst und sagte, Mach dir nichts draus, die sind hier alle so garstig und schlecht.

Im Winter mußte ich in der Scheune Getreide dreschen helfen. Da war mein Platz an der Strohpresse, ich begriff schnell, wie man mit der Nadel das Band einfädelte und das gedroschene Stroh bündelte. Die Strohbunde mußte ich auf den Hof tragen, sie waren schwer, aber auch damit wurde ich fertig, ich mußte die Bunde schichten, das machte ich mit der Hand, und als die Miete immer höher wurde, sollte ich die Gabel benutzen, aber sosehr ich mich auch anstrengte, ich brachte kein Bund nach oben. Die Bäuerin stand mit verschränkten Armen auf dem Hof, und ihr Lächeln war gemein wie bei einer alten Hexe, der Alte stellte sich daneben, seine krumme Pfeife im Mund, sie guckten zu, wie ich mich beim Staken abquälte. Da erbarmte sich der Sohn vom Bauern, der wie ein Knecht auf dem Hof arbeitete, er spießte die Bunde mit Leichtigkeit auf, als ob es gar nichts wäre, ich sah ihm zu und sagte, Danke schön!, aber ich merkte sofort, daß ich was Dummes getan hatte, mein Dankeschön machte ihnen Spaß, sie konnten sich gar nicht genug darüber amüsieren. Ich versuchte es wieder mit der Gabel, aber ich schaffte es nicht. Alte Sätte, kreischte die Großmagd. Da bekam ich so eine Wut und warf die Bunde hin und schrie zurück, Alte Henne, komm runter und mach es selbst! Sie stand nämlich am Dreschkasten und hatte weiter nichts zu tun, als dem Sohn die Garben aufgeschnitten hinzulegen und sie in den Dreschkasten zu schieben, mich machte es rasend, daß ich zu tun hatte und von allen Seiten nur schadenfroh beobachtet wurde. Der Fritz sagte nachher, Walli, das hast du richtig gemacht, du mußt es ihnen zeigen und nicht nur ruhig bleiben, und als sich die Johanna wieder mit mir anlegte, hieß ich sie ein andermal im Arsch lecken, die beiden Alten sollten auch mal sehen, daß ich obenauf bliebe, und als die Großmagd sich über mich aufregte, sagte ich, Mit dir kann man nur reden wie mit einem Nachttopf. Da lachten die beiden Alten nicht mehr, sie zogen sich schnell zurück in ihre Wohnstube und machten die Tür hinter sich zu.

Ich war sehr einsam hier auf dem Hof, aber zu Hause war es auch nicht viel anders, niemand freute sich auf mein Kommen. Ich brachte den Geschwistern immer meine Sirupschnitten mit, im Nu waren sie verzehrt, und dann hatten sie keine Augen mehr für mich. Der Adolf saß zu Hause auch nur traurig herum, und meine Mutter schimpfte nur mit ihm und machte Vorwürfe, daß er nicht einmal zum Betteln taugte. Der Adolf saß breitbeinig da, seine Hände zwischen den Knien, er zwinkerte nervös mit den Augen, und mit weinerlicher Stimme sagte er, Was kann denn ich dafür, wenn mir die Leute nichts mehr geben wollen, überall, wo ich hinkomme, hetzen sie die Hunde auf mich.

Ich weinte jedesmal, wenn ich fortmußte, ich war immer sehr froh, wenn mich die Mutter hier schlafen ließ und ich früh erst zum Bauern mußte. Abends fürchtete ich mich vor dem Weg, aber es kam nur selten vor, daß ich hier schlafen durfte. Geh du nur fort, hättest längst fortgehen können, wo es noch hell war, sagte sie nur. An einem Sonntag wollte und wollte ich nicht gehen, ich weinte und klagte, aber meine Mutter zeigte kein Erbarmen, Dich nehm ich nicht mehr nach Haus, dir kann es schlecht gehen, wie es will, du sollst spüren, wie es unter Leuten ist, hast mich mit den kleinen Kindern im Stich gelassen, hast gesagt, du willst nicht mehr zu Hause sein, weil du hier nichts lernst, du willst bei den Leuten was lernen, da bleib nur unter den Leuten und lerne, was du willst, du wirst noch manches Mal an zu Hause zurückdenken, aber bei mir ist es aus, von mir kannst du keine Hilfe kriegen, nur fort mit dir, naus, naus, fort, fort, hier ist für dich kein Platz. Langsam zog ich mir meinen Mantel an, ich setzte mich wieder und rührte mich nicht, wie ausgestoßen saß ich hier unten in der Küche und frug mich, wie mein Leben weitergehen sollte, und ich hoffte, daß mich meine Mutter hierbehielte. Wenn ich es nur fertigbringen würde, dachte ich, nie mehr was von mir hören zu lassen, aber ich schaffte es nicht, ich konnte mich nicht von ihnen trennen, aber ich nahm mir vor, ihr nicht mehr mein Geld zu geben, aber wenn sie schöntat, würde ich ihr doch alles geben, was sie verlangte, das wußte ich. Lange saß ich so, die Kälte zog über meinen Rücken, ich löschte das Licht, ich mußte mich damit abfinden, daß ich nicht hierbleiben konnte. Plötzlich hörte ich meine Mutter die Treppe herunterpoltern, Schaust, daß du nauskommst, schrie sie, komm von mir aus nicht mehr nach Haus. Aber ich blieb sitzen und ging erst los, als der Morgen kam. Der Schnee knirschte, und die Kälte zog meinen Körper zusammen, Tränen liefen über meine Wangen, im Freien weinte ich mich aus, hier unterwegs konnte mich niemand hören. Und doch war ich am kommenden Sonntag wieder zu Hause. Ich konnte mit der Bösigkeit nicht leben, ich mußte mich wieder versöhnen, mit verstellter froher Laune kam ich zur Tür rein. Meine Mutter guckte erstaunt, am Sonntag hatte sie mich fortgejagt mit harter Verachtung, und heute war ich schon wieder da. Aber sie jagte mich nicht wieder fort, ich kam aus dem Staunen nicht mehr raus, als ich sie sagen hörte, ich müßte nicht mehr zum Bauern Vildhausen, ich könnte hierbleiben, weil wir aus Hemmerde fortmachten. Die Schulze Steinen hatten uns schon lange die Wohnung gekündigt, und sie wollten nun die Eltern mit Macht hinaus haben, um einem anderen Arbeiter Wohnung zu geben. Die Gemeinde wollte uns keine Wohnung geben, wir waren ja verrufen, und der Vater hatte sich um etwas anderes kümmern müssen. Als er was gefunden hatte, stellte uns die Gemeinde sogar Pferd und Wagen und Kutscher. Ich freute mich, daß wir von hier wegkamen.

Unsere neue Heimat hieß Heeren-Werve, sie war kein eigentliches Bauerndorf, der Ort hatte breite Ausfallstraßen, war groß und sauber, Heeren-Werve bestand aus zwei Ortsteilen, unsere Wohnung war in Werve. Am Ende des Ortes machte die Fuhre vor einem Häuschen mit einem verwilderten Vorgarten halt. Ein großer Brunnen stand davor, der schlecht verdeckt war, und ich merkte sofort, daß hier keine feinen Leute wohnten. Der Vater mußte sich erst überzeugen, ob wir auch richtig waren, er war betrunken gewesen, als er sich mit der Hausbesitzerin wegen der Wohnung einig geworden war, aber er konnte sich an das Haus nicht erinnern, nur die Frau würde er wiedererkennen. Meine Mutter hatte keine Geduld, und sie haderte mit dem Vater, zum Glück kam aus der Haustür eine kleine dicke Frau mit finsterem Gesicht, und mir war so, als ob sie nichts von unserem Einzug wissen wollte. Aber nachdem meine Mutter ihr vorjammerte, Mir sein doch ordentliche Leit, mir sein halt neer arme Leit, ihr braucht fier uns kaane Ongst homm, da ließ die Frau uns in ihr Haus ein. Unsere Wohnung bestand aus drei Räumen, eine große Stube mit Fenstern zur Straße raus und in der oberen Etage zwei Schlafkammern, jede ein kleines Fenster nach hinten zu. Man sah in einen großen Obstgarten, und dahinter schimmerte ein einsames Bauerngehöft. In die Kammern kamen unsere Betten und in die große Stube der kleine morsche, wacklige Tisch und ebensolche Stühle, die große Kiste, der Opasessel, Möbel, die wir von den Schulze Steinen und der Tante Diena hatten, ein kleiner Herd stand hier, das war alles in der großen Stube. Der Tisch blieb ohne Tischtuch, die Fenster ohne Gardinen, und am Abend wurden sie wie immer mit paar Lumpen verhängt. Ich mußte mit bei den beiden Jungen im Bett liegen, dabei war der Albert vierzehn Jahre alt und war Ostern aus der Schule gekommen, und der Adolf wurde achtzehn, und ich war im März fünfzehn Jahre alt geworden. Dem Adolf war es nicht recht, und er schimpfte, Schäm dich, als Mädchen bei den Kerls mit im Bett zu liegen, das ist eine Schande, schämst du dich denn gar nicht? Er lag in der Mitte und drängelte absichtlich mit Armen und Beinen und sagte, Ich hab gar keinen Platz, ich kann mich gar nicht bewegen. Dabei lag ich schon auf der harten Bettkante, und wenn ich aus dem Bett plumpste und mich wieder mit dazulegen wollte, machte er keinen Platz. Meiner Mutter blieb nichts übrig, sie mußte mich wieder mit in ihr Bett nehmen, und der Hermann kam ans Fußende. Wir Großen mußten nun zusehen, daß wir Arbeit bekamen. Der Adolf wollte von einem Bauern nichts wissen, er wollte in der Industrie arbeiten, aber meine Mutter meinte, daß er sich nicht so um Arbeit beeilen müßte, er könnte ja wieder betteln gehen. Aber viel Lust hatte er nicht, und Gebetteltes brachte er auch immer nur wenig nach Haus. Ich wollte zu keinem Bauern mehr, sondern träumte von einem Privathaushalt. Nur der Albert wollte zu einem Bauern, so alt er war, schwärmte er von Pferden und Peitsche. Für den Vater kam Landarbeit nicht in Frage, er wollte jetzt sehen, daß er auf einem Schacht Arbeit bekam. Meine Mutter hatte ihre hohe Invalidenrente, nur hin und mal mußte sie zu einer Überprüfung, sie ärgerte sich immer tüchtig, weil sie ihr jedesmal die Rente kürzten, sie meinte, daß sie sich besser verstellen müßte, daß der Stumpf schmerzte, aber sie könnte halt nicht so gescheit sein wie so viele andere, und so kam sie jedesmal um ein paar Prozente. Das ging ihr sehr nahe, und sie erzählte von einem Mann, der sich blind gestellt hätte, weil er Rente haben wollte, und als die Ärzte sich überzeugen wollten, ob er auch wirklich blind wäre, ließen sie ihn aufs Schienengleis stellen, und ein Zug kam auf ihn zugefahren. Aber der Mann hat es verstanden, sagte meine Mutter, der hat sich nicht gerührt, sie haben ihn für blind anerkennen und ihm eine Rente geben müssen.

In Heeren-Werve hatte meine Mutter mir versprochen, daß sie sich von nun an mehr um mich kümmern wollte, ja, sie sah eben einen Schaden für sich, wenn sich fremde Leute meiner annahmen, und sie kannte mich, daß ich gern bei ihr war, wenn sie mit mir gut war. Aber wir hatten keine Arbeit und nur trocken Brot zu essen, und meine Mutter frug überall nach Arbeit für uns, und alle Tage las sie die Zeitung. Dort standen viele Inserate, daß Mädchen für den Haushalt gesucht wurden, aber sie mußten was können, und ich konnte nichts, aber Vorhaltungen wagte ich meiner Mutter nicht zu machen, ich sorgte mich nur im stillen, was aus mir werden sollte. Landarbeit war sehr schwer, und wenn man so arm und schwach war, lief man nur zum Gespött umher. Meine Mutter wollte keine Advokaten und Gelehrten in der Familie haben, wenn wir was für die

Schule verlangt hatten, hieß es, Die Hauptsache, ihr könnt arbeiten und Geld verdienen, und jetzt war es soweit, daß es für uns nur die schwerste Arbeit gab, für die unsere Kräfte nicht ausreichten. Ich hatte das Leben bei uns zu Hause so satt, und ich suchte selbst in der Zeitung die Inserate ab, und wenn eine Dienstmagd beim Bauern verlangt wurde, machte ich die Augen zu, am liebsten las ich die Inserate Haushalte. Bei den Haushaltungen stand immer mit Betonung, Bubikopf ausgeschlossen, die Damen stellten keine Mädchen mit Bubikopf ein, in der Zeit war so was noch ganz neu, ein Mädchen mit solcher Frisur wurde für kein anständiges Mädchen gehalten, oder die Damen hatten selbst Bubikopf und wollten nicht mit ihren Dienstmädchen verglichen werden. Mit klopfendem Herzen stand ich am Fenster und hatte Angst um unser Leben, es hatte sich ja nichts verändert, ich mußte eine Arbeit finden, das war mein einziger Ausweg, ich klagte keinen Tag über Hunger, auch nicht, wenn meine Mutter ihre Rente von der Post holte und sie diese wie immer mit dem Vater teilte und wir für das Restgeld trocken Brot bekamen. Ich hatte mir vorgenommen, nichts mehr zu sagen. Aber meine Blicke, die genügten meiner Mutter schon, da blitzten ihre Augen böse. Hast, Josääf, sagte sie, nimm es nur gleich und steck es weg, daß das elende Mensch es nicht erst sieht. Ja, der Vater brauchte von ihr aus nicht arbeiten zu gehen, dann hatte sie ihn zuwenigstens immer bei sich, aber er ging ja trotzdem in die Gaststätte. Meine Mutter gab sich viel Mühe, nach Arbeit für mich zu fragen, da hörte sie, daß bei einem Bauern ein Dienstmädchen gesucht wurde, ich war darüber erfreut und auch nicht, mein Traum war eben, in einem Haushalt zu arbeiten. Meine Mutter redete und redete, Du kannst in keinem Haushalt arbeiten, weil du nichts kannst, geh nur zum Bauern, für dich gibt's nur da Arbeit. Ihr festes Bestimmen hörte ich mir stumm an, und in meiner Brust drehte sich die Angst. Zu dem Bauern, der Grollmann hieß und mich nehmen wollte, war meine Mutter zuerst allein gegangen. Ich will erst mit dem Bauern allein reden, sagte sie, und wenn sie was wollte, konnte sie es den Leuten gut ins Herz hineinreden, aber sie erzählte immer viel zuviel und Überflüssiges.

Frau Grollmann war sehr überrascht und glücklich, als sie mich sah. Sie haben mir gar nicht gesagt, daß es so ein schönes Mädchen ist, für die Landarbeit ist sie aber zu schade, es wird ihr bei uns gut gehen, sagte Frau Grollmann mit freundlichem Lächeln, und meine Mutter bekam eine gute Anerkennung, eine große Schüssel Eier, ein großes Stück Speck, ein großes rundes Bauernbrot und dazu noch Geld. Frau Grollmann war eine sehr gute und ruhige Frau. Nur die Schwiegermutter war wie eine Hexe so böse, daß auch Frau Grollmann mit der Alten keinen Frieden hatte. Meine Mutter ging zufrieden nach Hause, und Frau Grollmann ging mit mir zur Tenne, über den Kuhstall führte eine Holztreppe zu meiner Kammer hinauf, es war eine schöne, saubere Kammer, und wenn ich zum Fenster hinaussah, sah ich eine große Wiese mit Obstbäumen. Morgens wurde ich mit Rufen geweckt, und hörte ich nicht, kamen sie und klopften an die Tür. Der Stall war nicht groß, vier Kühe und zwei Pferde, einen Knecht hatten sie nicht. Frau Grollmann hatte fünf Kinder, das sechste war unterwegs. Auf dem Hof lebte noch der Schwager, der im Streit mit seinem Bruder lag, er wohnte mit seiner Mutter zusammen und arbeitete nicht mit auf dem Hof, er war Trinker. Es muß viel Streit unter den Brüdern gegeben haben, denn wenn Frau Grollmann an ihrem Schwager vorbeiging, lachte er und spuckte zur Seite und sagte, Ja, ja, ist traurig, aber wahr. Wer weiß, was das Böse zwischen den beiden Brüdern war, beide tranken gerne, und oftmals standen sie sich auf der Tenne wie zwei Kampfhähne gegenüber, und Frau Grollmann kam schnell hinzu, sie rief ängstlich, Heinrich, Heinrich! und umfaßte ihren Mann und schob ihn in die Küche. Der Bruder, der Hermann hieß, lachte dann nur gehässig, aber er war nicht schlecht, ich merkte, wie er den Kindern über den Kopf streichelte, wenn es keiner sah. Die Grollmann hatten Landwirtschaft, Gaststätte und Textilgeschäft. Den Stall machte Frau Grollmann mit mir zusammen, gegessen wurde an einem Tisch, nur die Oma und ihr lediger Sohn aßen getrennt in der Stube. Diese Stube machte Frau Grollmann morgens selbst sauber, sie heizte den Ofen und trug ihnen auch das Essen hinein, sie ließ mich das nicht machen, weil die Alte sehr böse war und sie nicht wollte, daß sie mich auszankte. Ich bekam vor ihr schon das Fürchten, wenn ich sie schleichen sah, wer weiß, wie alt sie schon war, ihr graues, faltiges Gesicht sah zum Fürchten aus, und wenn ich guten Morgen sagte, achtete sie nicht darauf, aber wenn sie sah, daß vom Kühlhaus die Tür nicht ganz zu war, schrie sie mich böse an, Mog däi Gellertür dau, däi ganden Floigen sitten im Geller. An meinem ersten Morgen war meine Arbeit Mistaufladen, zusammen mit einem Mann, der ab und zu beim Bauern Grollmann aushelfen kam. Mistladen war für mich die allerschwerste Arbeit, aber ich wollte mich nicht schwach zeigen, sofort nahm ich die Gabel und hielt mich dazu. Während der Mann die volle Gabel auf den Wagen warf, konnte ich mich noch so anstrengen, ich schaffte das nicht so wie er. Verstohlen sah ich, wie seine Hälfte höher und höher wuchs, ich schämte mich, weil ich vielleicht in seinen Augen faul war, aber der Mann merkte, daß ich einen eisernen Willen hatte und es trotzdem nicht schaffte, er sagte mehr als einmal im gütigen Ton, Die Arbeit ist zu schwer für dich, Mädl. Das beruhigte mich, trotzdem schämte ich mich, daß ich keine Kraft hatte. Am Abend konnte ich kaum meine Glieder bewegen. Wer das nicht erfahren hat, kennt nicht die Schmerzen, mir war, als wäre alles in mir gebrochen, ich stöhnte die ganze Nacht, und als ich geweckt wurde, hatte ich überhaupt nicht ausgeschlafen, und es kostete mich Kraft und Überwindung, aus dem Bett zu kommen, und meine Finger waren geschwollen, daß ich sie nicht geradekriegte. Aber ein Mensch kann, wenn es sein muß, alles. Was ich arbeiten mußte, darüber brauch ich nicht zu erzählen, in der Landwirtschaft gibt es alle Tage dasselbe zu tun. Düngerstreuen lernte ich noch dazu, am Anfang bekam ich den Düngerstaub ins Gesicht und in die Augen, und ich lief mit zerfressener Haut und entzündeten Augen herum, aber ich konnte es bald. Der Bauer Grollmann sprach viel Lob über mich unter den Leuten aus, und die Leute erzählten es meiner Mutter, wo sie hinkam, in den Kaufladen oder zum Bäcker, überall sagte man ihr, daß sie so eine schöne und fleißige Tochter hätte. Die Leute wollten wissen, warum ich beim Bauern arbeitete, ich würde doch zu keinem Bauern passen, und meine Mutter klagte dann, daß wir arme Leute wären und die Kinder Geld verdienen müßten. Meine Mutter konnte sehr traurig tun, und die Leute bedauerten sie dann sehr. Zu Hause erzählte sie, daß die Leute gefragt hätten, warum wir eigentlich so arm wären, ich wäre doch ganz ihr Ebenbild, man sähe jetzt noch, daß sie eine Schönheit gewesen wäre, sie hätte doch mehr Glück verdient. Meine Mutter klagte den Leuten, daß sie einen Mann hätte, der trinke, und dadurch kämen wir zu nichts. Alle Leute wunderten sich, und durch mich bekam sie Ansehen und gewann Vertrauen. Ich war immer sehr zurückhaltend, das sah man für fein und vornehm an, ich wurde von großer Herkunft gehalten, es hatten vor mir alle Achtung. Da Frau Grollmann wußte, daß ich gerne nach Haus ging, sagte sie am Abend zu mir, Geh nur, Walli, ich mach schon weiter, das brauchst du nicht mehr zu machen, geh nur jetzt nach Haus zu deiner Mutter und deinen Geschwistern, du hast sie alle sehr lieb, nicht wahr? Ich lächelte und war glücklich, denn meine allergrößte Sehnsucht war die kleine Mausi. Die Mausi gehört mir, war immer mein Reden, wenn sie größer ist, nehm ich sie mit, wo ich im Dienst bin, die Mausi gehört mir. Dann sagte meine Mutter, Wart nur ab, bis sie groß ist, dann wirst du's schon noch bereuen, die Mausi kommt nach der Miez, guck dir nur ihre Lippen an. Ich war empört, wie konnte sie so etwas sagen, wo ich sie so liebhatte, den ganzen Tag über dachte ich an die Mausi und wie lieb sie mich hatte. Wenn sie mich sah, streckte sie beide Arme nach mir aus, wir beide konnten es gar nicht erwarten, beieinander zu sein, sie wollte sofort auf meinen Arm, und sie drückte mich immer ganz fest. Nach der Stallarbeit ging ich in meine Kammer und säuberte meinen Körper vom Kopf bis zu den Füßen, jetzt konnte niemand mehr sagen, pfui, du altes Schmutzding, und meine Haare kämmte ich sorgfältig, machte mir Schnecken, einen Hornreifen hatte mir meine Mutter gekauft, und ich hatte ein neues Kleid an. Als ich paar Tage bei Grollmanns war, hatte ich einen Kleiderstoff von Frau Grollmann geschenkt bekommen, kornblumenblaues Leinen mit Rot und Weiß gemustert. Da hast du, Walli, ich schenk dir einen Kleiderstoff, hatte sie gesagt, weil du so ein tüchtiges und schönes Mädchen bist, deine Mutter soll es dir nähen lassen, du mußt was zum Anziehen haben, wenn du abends nach Hause gehst. Dankbar hatte ich den Stoff angenommen und ihn freudestrahlend meiner Mutter gegeben, daß sie mir sofort ein Kleid nähen sollte. War das eine Freude gewesen, als das Kleid am nächsten Abend ausgebreitet lag, und es stand mir so gut. Oh, wie schön du aussiehst, hatte meine Mutter gemeint, was werden die Leute sagen, wenn sie dich jetzt sehen, überall wird geredet, daß du so ein schönes Mädchen bist, aber wenn sie dich jetzt sehen, oh, du bist so schön. In ihrem Ton war Traurigkeit gewesen, auch in ihren Augen sah ich Nasses, es war wegen unserer Ähnlichkeit. Als ich mich mit dem Kleid der Frau Grollmann vorstellte, warf sie bei meinem Anblick die Arme in die Höhe und rief, Ach, bist du ein schönes Mädchen, ach, wie du in dem Kleid gut aussiehst. Frau Grollmann wunderte sich auch, daß meine Mutter das Kleid so schnell fertiggenäht hatte, und am anderen Tag bekam ich von ihr noch einen Kleiderstoff. Als ich meine neuen Kleider trug, war meine Haltung vornehm, ohne daß ich es wollte, und alles drehte nach mir die Köpfe um, und jeder grüßte schon von weitem, und wenn Leute zusammenstanden, nickten sie mir freundlich zu, und ich nickte nur ganz kurz, kaum daß ich sie beachtete. Die große Verehrung war mir gar nicht recht, ich ging sehr ernst an den Leuten vorbei. Am Sonntag standen Mädchen am Tor und warteten auf mich, wir gingen dann spazieren, ich war immer etwas scheu und verschüchtert, und die Leute blieben stehen, um uns nachzuschauen. Meine Schüchternheit und Zurückhaltung war bei mir nie gewichen, es blieb immer etwas Furcht in mir, deshalb war ich ernst und sah immer an den Leuten vorbei.

Frau Grollmann wurde auch nicht ärgerlich, wenn ich für meine Mutter Vorschuß verlangte. Wenn der Monat um war, hatte ich mehr Lohn raus, als mir zustand, und es war immer schon der nächste Monat angerissen. Zu meiner Mutter konnte ich nicht nein sagen, auch nicht, wenn die Kinder allein kamen. Frau Grollmann gab jedesmal, ohne eine Miene zu verziehen, und ich freute mich, daß ich meiner Familie helfen konnte. Aber eines Tages sagte Frau Grollmann, denn mein Lohn war schon für den nächsten Monat aufgebraucht, und ich mußte den Lohn des dritten Monats schon im voraus nehmen, daß ich zwei Monate hätte schon umsonst arbeiten müssen, da sagte Frau Grollmann, Walli, was soll denn das werden, du kannst doch gar nichts schaffen, du hast doch von deiner Arbeit nichts, Walli, deine Mutter denkt nicht, du kannst ihr Geld geben, aber du mußt auch an dich denken. Frau Grollmann hatte so recht, ich verstand sie gut, aber ich konnte nicht nein sagen. Dem armen Albert ging es nicht anders als mir, er hatte auch eine Stelle, es war seine erste Arbeitsstelle, im Nachbardorf bei einem Bauern. Der Albert war sehr schwach und klein, die Rippen konnte man zählen. Auch da holte sie Vorschuß, aber die Holzschuhe, die er so nötig brauchte, wurden ihm immer nur versprochen, und jede Woche kam der Albert nach Hause gelaufen, und sein Weg war immer umsonst. An einem Sonntag standen für den Albert endlich ein Paar neue Holzschuhe da. Nun sah ich den Albert mit seinem Freund kommen, ich stand gerade am Gartentürl. Als der Albert die neuen Holzschuhe sah, freute er sich, und sein erstes Wort war, Ah, Holzschuh hab ich, endlich hab ich Paar Holzschuhe, und er atmete auf. Der Vater war besoffen, und als der Albert das sagte, fuhr er in die Höhe und brüllte, Was sagst du, endlich Paar Holzschuh, solln das wohl Vorwürfe sein, du elender Gauner. Der arme Albert hatte noch Glück, daß er im letzten Moment zur Tür naus entwischen konnte, der Vater rannte ihm bis auf die Straße nach, und er brüllte, Elender, verfluchter Griebl, du, auch noch die große Gusch haben, wenn ich dich erwische, ist das der Dank, daß man euch großgezogen hat? Meine Mutter kam mit den Holzschuhen in der Hand herausgehumpelt. Wo ist denn der Junge, er soll seine Holzschuhe mitnehmen. Nischt wird, der soll sie sich selber holen, wir werden dem elenden Gauner nichts nachtragen. Der Albert hatte Angst und weinte, er traute sich nicht, seine Holzschuhe zu holen. Willst du herkommen! brüllte der Vater, und dann schleuderte er die Holzschuhe dem Albert hinterher. Da hast du sie, hol sie dir und komm mir nicht mehr ins Haus! Sein Freund suchte die Holzschuhe auf der Straße zusammen, und ich dachte schon, daß der Vater herausspringen und den Freund verprügeln würde, aber der Bursche zeigte keine Angst, er blieb stehen und warf dem Vater nur einen verächtlichen Blick zu. Der Adolf hatte auch Arbeit gefunden, in einer Fabrik in Fröndenberg. Zum Bauern hatte er nicht mehr gewollt, er hatte die Nase voll. Es waren viele Kilometer Fußweg, und weil kein Geld für eine Wochenkarte übrig war, mußte er hin- und zurücklaufen. Ich blieb so manche Nacht zu Haus, weil ich um den Adolf bangte, in dieser Zeit wurde nämlich ein Düsseldorfer Mörder gesucht, die Menschen wurden in den Zeitungen gewarnt, und dem Adolf sein Weg führte gerade durch diesen Wald. Einmal fand er auf der Straße nach Fröndenberg einen Mann mit abgeschnittenem Kopf und ein andermal im Feld ein junges Mädchen, es getraute sich ja niemand spätabends auf die Straße, aber der Adolf mußte frühzeitig im Dunkeln zur Arbeit, und wenn er nach Haus kam, lag auch alles in tiefem Schlaf. Ich stand mit meiner Mutter oben am offenen Kammerfenster und lauschte in die Stille, nur das Schnarchen vom Vater hörte ich, und wir warteten auf den Adolf. Der wußte, daß wir am Fenster standen, und rief nach uns, wenn er näher kam. Ich antwortete ihm, weil ich für ihn der Beschützer war und ihm meine Stimme wohltat, ich rief in die Nacht hinein, Adolf, wir hören dich. Und jede Nacht hörte ich sein Rufen aus weitester Ferne, Ich kooomme!, und meine Mutter sagte jedesmal, Es ist ihm doch nichts passiert, die Heilige Mutter Gottes beschützt den armen Adolf. Dann bekam der Adolf ein Fahrrad geborgt, aber ohne Rücktritt, daß er nicht bremsen und nicht absteigen konnte, er mußte das Fahrrad in den Graben werfen, und das war nicht ganz ungefährlich. Weil die Straße sehr bergig war, konnte der Adolf nichts weiter tun, als die Beine in die Luft zu halten, und die Pedale rasten blitzschnell rundherum, er mußte den Lenker fester halten und sauste in so einer Geschwindigkeit, daß er gleich den nächsten Berg hinaufkam. Die Leute blieben stehn und sahen ihm nach, und die Autos hielten an der Seite. Aber dann gab der Adolf doch das Fahrrad zurück, und er mußte wieder zu Fuß nach Fröndenberg zur Arbeit. Der Adolf hatte immer großen Hunger. Wenn er von der Arbeit kam, war sein erstes Sagen, Hab ich denn morgen was zu essen mit für die Arbeit? Es gab meist nur ein Stückl trocken Brot früh, und das auch nicht immer, und das Brot mußte er mit zur Arbeit nehmen, damit die Arbeiter sahen, daß er Essen mithatte. Er war der einzige, der den ganzen Tag ohne Essen war und immer mit leerem Magen dabeisaß. Einige Arbeiter hatten mit ihm Mitleid und gaben ihm von ihrem Essen, und meiner Mutter war es so recht, sie sagte zum Adolf, Mußt halt immer bißl lamentieren, dann geben dir die Leute schon was. Der Adolf war darüber unzufrieden, er schämte sich. Das hörte meine Mutter nicht gerne, sie wurde dann grob und haderte. Dann versteckte sich der Adolf vor den Arbeitern, aber sie wußten auch so Bescheid, und eines Tages gaben sie dem Adolf einen Brief mit nach Hause, den meine Mutter lesen sollte, und als der Adolf am nächsten Tag wieder ohne Essen zur Arbeit kam, ließen sie ihn nicht arbeiten und gaben ihm einen zweiten Brief mit. Meine Mutter ließ den Kopf hängen, als sie ihn las. Von da an war der Adolf immer zu Hause, sie jagte ihn wieder zum Betteln hinaus. Der Albert war nicht lange beim Bauern, der schickte ihn nach Hause, weil er vom Albert die schwere Arbeit nicht verlangen konnte. Der Albert und der Adolf saßen traurig zu Hause und mußten sich den ganzen Tag das Geschimpfe meiner Mutter anhören, als wären sie schuld. Weil ihr nichts taugt, kann euch niemand leiden, schimpfte sie, aber wenn der Vater ihre Invalidenrente versoff, dann schwieg sie, wenn er vor anderen rumprahlte, Ich habe es nicht mehr nötig zu arbeiten, ich habe große Kinder, ich lasse meine Kinder für mich arbeiten, für was habe ich Kinder. Er brüstete sich sogar damit, daß er ein Dutzend Kinder voll machen möchte. Dann kann ich leben, sagte er, ich lasse nur noch meine Kinder für mich arbeiten. Allmählich kamen die Leute dahinter, daß die Eltern kein Mitleid wert waren, und sie sagten es meiner Mutter ins Gesicht.

Es sah so aus, als wollte der Vater sich um Arbeit bemühen, in der Zeitung suchte er alle Tage nach Arbeit. Als ich eines Tages auf der Diele beim Wäschetrog stand, guckte der Adolf über das halbe Tor, und ich freute mich, als ich ihn erblickte, ich freute mich ja immer, wenn ich jemand von ihnen sah, obwohl ich wußte, wenn sie herkamen, wollten sie nur was, und heute war es mir nicht möglich, ihnen Geld zu geben, weil ich schon so viel im voraus bekommen hatte. Walli, die Mami schickt mich her, sagte der Adolf, du sollst dir zehn Pfennig geben lassen. Empört fuhr ich auf und sagte ihm, Jetzt kommt ihr schon nur nach zehn Pfennig. Walli, der Tati hat in der Zeitung eine Arbeit gefunden, er hat geschrieben, jetzt braucht er eine Briefmarke, damit er den Brief wegschicken kann. Ich schämte mich, nach zehn Pfennig zu fragen, und schimpfte, Ihr kommt zu mir immerfort nur nach Geld, ihr wißt, daß ich mehr Geld raushabe, als ich verdiene, der Monat ist noch gar nicht um, und ich hab schon für die nächsten zwei Monate Geld raus, ich getrau mir nichts mehr zu verlangen. Aber Walli, zehn Pfennig kannst du dir noch mal geben lassen, daß die Mami die Briefmarke kaufen kann, es ist doch, weil der Tati wegen Arbeit geschrieben hat. Ich aber blieb fest und holte keine zehn Pfennig. Der Adolf zuckte mit den Schultern und sagte, Ist mir egal, dann kann der Brief eben nicht weggeschickt werden, und du bist schuld daran, und er rutschte vom Tor, und weg war er. Ich hatte ein unbehagliches Gefühl, weil ich ihnen nicht geholfen hatte, und ein inneres Heimweh, daß ich es nun mit ihnen verdorben hatte. In diesen Tagen ging ich nicht nach Hause, erst als der Sonntag kam, traute ich mich, aber ich blieb lieber draußen vor dem Fenster und rief mit verstellter guter Laune, Na, guten Tag! Die Kinder und meine Mutter gingen vom Fenster weg, als wollten sie sich schnell zurückziehen, ich merkte sofort, daß sie für mich keine gute Miene hatten. Guten Tag! rief ich noch einmal. Da sprang der Vater wie ein böses Tier in die Höh, mit zwei Sätzen war er am Fenster und wollte mich mit ausgestreckten Armen packen. Du hast hier nichts mehr zu suchen! schrie er, untersteh dich und komm rein, dir werd ich helfen, nicht mal zehn Pfennig kann man von dir verlangen. Blitzschnell war ich vom Fenster weg, und der Vater schimpfte mir noch lange hinterher. Ich ging schnell zu Grollmanns zurück in meine Kammer. Frau Grollmann merkte, daß mit mir etwas war, und frug, Walli, du hast doch geweint, was ist denn mit dir, o ja, du hast doch etwas, hast du denn zu Hause Ärger gehabt? Ich schüttelte den Kopf, ich sagte nichts von dem Vorgefallenen. Tagelang hatte ich große Sehnsucht nach meinem kleinen Schwesterchen, wenn ich sie mir nur holen könnte, dann hätte ich alles, dann ginge es mir gut, wenn sie doch erst groß wäre und zu mir halten könnte, ich würde nicht mehr allein sein und Heimweh haben. Mit vereinsamtem Herzen lag ich im Bett und wußte, daß ich mich erst wieder nach Hause trauen konnte, wenn ich Geld bekam. Schon in derselben Woche, ich war gerade im Stall, und es ging dem Feierabend zu, sah ich meine Mutter auf dem Hof stehen, mit all den kleinen Geschwistern stand sie beim Bauern Grollmann, und ich sah an seinem Gesicht, daß er keine Sympathie hatte, ihre Aufregung anzuhören. Ich sah das Unglückshäufchen, wie armselig sie alle aussahn, die Lumpenbekleidung, schmutzig und mager waren sie und barfuß, bei meiner Mutter schlamperte das schmutzige Kleid bis auf die Füße, und sie redete und warf die Arme in der Luft herum, schlecht sah sie aus, tiefe Löcher in den Wangen und spitze Knochen und dann die Haare, als käme sie gerade aus dem Bett. Es wunderte mich, daß sie nicht gleich ein Kind zu mir schickte, sie hatte nur Augen für den Bauern. Der ging mit finsterem Gesicht an mir vorbei und durch die Tenne. In seinem Gesicht bemerkte ich Unzufriedenheit. Endlich rief mich meine Mutter, Walli, komm nur mal her, denk dir nur mal an, der Vati ist wieder besoffen, ich sag's ja immer, er kriegt den Saufwahn. Natürlich, dachte ich, wenn du deine Invalidenrente mit ihm teilst, kann es nicht anders sein. Er kriegt den Saufwahn, jammerte sie, ich sag's ja, und ich mußte mir anhören, daß sie in der letzten Zeit immer große Furcht um den Päppi gehabt hätte, und der Päppi verstand sich gut mit dem Vater, er brachte den Vater auf andere Gedanken. In der letzten Zeit wollte der Vater immer mit dem Päppi Schlachten spielen. Der Päppi war von dem Vater seinen Erzählungen begeistert und wollte immer gerne wissen, wie man das machte, und der Vater wollte es ihm zeigen, es war so einfach, den Kopf auf den Stuhl legen und den Kopf weghacken. Das gefiel dem Päppi, und er war sich mit dem Vater einig, daß sie es probieren wollten. Der Vater hatte einen Stuhl hingestellt und sagte zum Päppi, Zuerst kommt der Mami ihr Kopf dran, du guckst zu, wie ich der Mami ihren Kopf abhacke, dann legst du deinen Kopf her, dann hacke ich erst deinen Kopf weg, paß aber gut auf, wie ich das mache, damit du mir meinen Kopf abhacken kannst. Der Päppi mit seinen sechs Jahren war verwundert und sagte, Aber Tati, wenn du mir meinen Kopf weghacken tust, dann kann ich doch deinen Kopf nicht mehr weghacken. O ja, Päppi, du mußt meinen Kopf weghacken, paß nur gut auf, wie ich es bei der Mami mache. Er stellte den Stuhl in die Mitte und wollte das Beil herholen, das immer unterm Ofen lag, nur gut, daß die Mutter es schon vorher unbemerkt weggenommen hatte, und während der Vater auf den Knien lag und unterm Ofen das Beil suchte, winkte sie den Kindern, und sie schlichen alle hinaus. So kamen sie zum Bauern Grollmann, dem meine Mutter bestimmt alles haarklein erzählt hatte. Der Bauer ließ die Mutter und die Geschwister in der Scheune übernachten, aber man sah ihm an, daß es ihm nicht recht war. Ich konnte mit meiner Mutter nicht viel reden, mit Vorwurf dachte ich, daß in jedem Geschäft große Schulden lagen und ans Bezahlen nicht zu denken war, sie hungerten den ganzen Monat, aber die Rente gab sie ihm zum Versaufen. Und als sie nicht aufhörte mit ihrem Jammern, daß er den Saufwahn kriegte und was sie ihm schon alles gesagt hätte, damit er das Trinken sein ließe, und alles nichts nützte, sagte ich zu ihr, Es wäre besser, du bekämst keine Rente, da könnte er zu keinem Saufwahn kommen. Meine Mutter guckte mich an, als wollte sie von mir nichts mehr wissen. Um uns brauchst du schon keine Angst zu haben, geh nur in dein Bett und schlafe ruhig, sagte sie mit unruhigen, bösen Augen und machte das Scheunentor vor mir zu. Ich konnte die ganze Nacht keine Ruhe finden, immerfort erschrak ich, sprang aus dem Bett und lauschte am Fenster, als würde noch Schreckliches geschehen. Morgens rannte ich gleich zur Scheune, aber ich sah und hörte niemanden. Herr und Frau Grollmann hatten kein freundliches Gesicht, und als ich Frau Grollmann frug, ob ich nach Hause rennen dürfte, erlaubte sie es mir, aber in ihrem

Gesicht stand Enttäuschung. Sie waren alle in der Stube, nur der Vater nicht. Ich erschrak. Was hatte er angerichtet! Der Vater hatte Schlachten gespielt, unsere Katze und zwei junge Hunde waren seine Opfer geworden, und da er das Beil nicht hatte finden können, hatte er die Tiere mit dem Feuerhaken erschlagen. Die Tiere lagen im Blut auf der schmutzigen Diele, alles über und über mit Blut verschmiert, das Fenster, die Wände, sogar an der Decke waren Spuren. Als ich mit offenem Mund und Augen dastand, verzerrte sich der Mund meiner Mutter, und ihre Augen flimmerten böse, Äh, Scheiß auf denn Viech, zu was brauchen wir Hund und Katz. Sie behandelte mich so, als hätte ich mit den zehn Pfennig schuld an dem, was hier passiert war. Was willst du überhaupt hier, hat es dir denn Frau Grollmann erlaubt, daß du herkommst, ich denk, du mußt arbeiten? Sie klagte weiter für sich, Ich sag's ja immer, der kriegt den Saufwahn, und ich sagte nur kurz und mit Vorwurf, Du gibst ihm ja das Geld, was soll er denn sonst mit dem Geld machen. Aber da mußte ich sehen, daß ich hinauskam, sie warf in höchster Wut den Feuerhaken nach mir. Erst nach Tagen kam eins der Kinder, um mir zu sagen, daß ich wieder kommen dürfte.

Unterdes hatte der Vater Arbeit bekommen, auf den Schächten hatten sie keine Leute, weil die Arbeiter streikten, es wurde gute Bezahlung für Arbeiter geboten, die in den Schächten arbeiteten. Der Vater fing in Dinslaken auf dem Schacht an, aber der Ort war weit weg, daß der Vater nur jeden Sonntag nach Hause kommen konnte und Montag früh wieder wegfahren mußte. Meine Mutter hatte mit ihm gesprochen, daß er das Geld nach Hause bringen sollte, so erzählte sie es mir, und der Vater hatte es ihr versprochen. Er war überglücklich, daß er Arbeit und Kollegen gefunden hatte, er versprach ihr alles, was sie ihm auch vorlamentierte. Als sein erster Besuchssonntag kam, fühlte sich meine Mutter wie ein junges Mädchen, das ihren Liebsten erwartete, sie ging auch zum Bahnhof, um ihn abzuholen. Sie hatte es ihm so versprochen. Die ganze Woche über sagte sie, Ob er wohl Wort hält und mit dem Geld nach Hause kommt, versprochen hat er es mir ja, aber er hält wohl sein Wort nicht, bin ja neugierig, ob er ein anderer geworden ist. Als der Zug anhielt, sah sie ihn aussteigen, sie schickte ihm die drei Kinder entgegen und sagte, Rennt schnell zum Tati, tut ihn fest drücken, dann freut er sich. Aber der Vater war so besoffen, daß er auf keinem Bein stehen konnte, sein Hut war wie immer in den Nacken gerutscht. Er wehrte die Kinder ab, Ja, ja, ich weiß, ihr wollt mich abholen. Meine Mutter durfte ihm kein trauriges Gesicht zeigen, sie mußte ihm entgegenlachen und tun, als freute sie sich, und sie ging mit ihm in die nächste Gaststätte rein, so wie er es wollte. Ich stand mit paar Mädchen, mit denen ich sonntags zusammen war, vor dem Gartentürl, der Albert und der Adolf auch mit paar Jungen. Ich sah sie zusammen kommen, bei jedem Schritt sank er in die Knie, er hatte mit sich zu tun, daß er nicht die ganze Straße einnahm, nur gut, daß sie nicht so breit war. Er erzählte ununterbrochen und flüsterte ihr ins Ohr, und dann sprach er laut, Mutter, wenn wir nach Hause kommen, gehn wir gleich miteinander ins Bett, die Leute sollen denken von uns, was sie wollen, die Leute lecken uns alle in Arsch, jawohl, in Arsch lecken sie uns, und die letzten Worte brüllte er raus. Das war ja ein Anblick. Ich sah es meiner Mutter von weitem an, daß sie sich vor den Leuten schämte, ihre Augen glänzten in äußerster Unglücklichkeit und Enttäuschung, ich sah es ihr an, daß sie am liebsten bitterlich geweint hätte. Sie winkte mir schon von weitem, daß ich weggehen sollte. Kaum war er in der Stube, hielt er sich nur an sie, er zog seine Sachen aus, die schon offene Hose, die nur noch runterzufallen brauchte, hielt er mit der einen Hand fest, er sagte, Komm nauf, daß du fei gleich naufkommst und mich nicht lange warten läßt. Äh jo, Josääf, sagte meine Mutter, ich komme schon gleich nach, geh nur derweil nauf, ich muß mich erst noch um die Kinder kümmern. Wehe, du läßt mich lange warten! Der Mutter ihr Gesicht zuckte, die untere Mundpartie verzerrte sich, die Augen sahen unruhig-bös nur zur Erde. Äh, ich muß mal zu ihm naufgehn und sehen, was er macht, sagte sie, ich kann ihn jetzt nicht allein lassen. Sie war lange bei ihm, und als sie runterkam, nahm sie sich Wasser in die Schüssel, seifte sich die Hände ein, daß die Haut schnurpste, ansehn konnte sie dabei niemand. Die beiden Jungen merkten nichts, sie frugen ja nicht und guckten nicht, nur am Abend im Bett amüsierten sie sich, wenn die Eltern nicht abwarten konnten, bis sie eingeschlafen waren. Paß nur auf die Kinder auf, sagte die Mutter, daß sie nicht heraufkommen und an der Tür stehen, die Nachbarn brauchen nichts erfahren. Aber die Kleinen wurden ungeduldig, brüllten und waren unverträglich, sie suchten nach der Mami, standen vor der Kammertür und schrien, Mami, wir wollen rein, Mami, mach auf. Aber es rührte sich nichts, und die Kinder schrien weiter und trommelten gegen die Tür. Die Hauswirtin und ihre Familie bekamen das mit, ich hörte bis herein ihr Gickern und Lachen. Frau Wirth, schämen Sie sich denn gar nicht vor ihren großen Kindern, mit so einem besoffenen Kerl gehn Sie am hellichten Tag ins Bett, den ganzen Nachmittag waren Sie mit ihm im Bett, Frau Wirth, daß Sie sich gar nicht schämen. Sie lachten und quiekten, und ihr Gelächter begleitete die Mutter beim Hinuntergehen. Vom Bahnhof holte sie den Vater nicht mehr ab. Geld bekam sie von ihm nicht viel, es reichte nicht mal für trocken Brot alle Tage. Dann war der Vater wieder ohne Arbeit, die Streiker ließen niemand arbeiten, hierauf fand er wieder über die Zeitung Arbeit am Schacht, und diese Zeit verging genauso, bis er dann wieder ohne Arbeit war.

Am Sonntag war bei uns zu Hause immer Leben, und im Sommer stand das Fenster weit offen, und die Gesellschaft saß im Kreis vor dem offenen Fenster. Stimmen dröhnten bis auf die Straße, es wurden unverschämte Lieder gebrüllt, der Vater konnte die Lieder nicht, aber er dirigierte sie lauthals mit. Wir hatten ein Grammophon, das meine Mutter über einen Versandkatalog auf Teilzahlung sich hatte schicken lassen. Sie hätte auf der Welt keine Freude, das bißchen Freude, das sie noch hätte, wäre die Musik, sagte sie, Musik hätte sie schon immer gerne gehabt, immer wenn sie Musik hörte, da ruckte und zuckte es an ihr herum. Das Grammophon leierte den ganzen Tag, und bald waren die Federn gerissen, dann wurde mit einem Finger die Platte gedreht, und jedes Lied jubelte sie mit, und wenn es nur ein Lalalala war. Wenn das Grammophon kaputt war, wurde es achtlos zur Seite geworfen und ohne Anzahlung von einer anderen Firma ein neues angefordert. Die Raten wurden nie abgezahlt. Früh beim Aufstehn wurde schon das Grammophon aufgezogen und gespielt bis zum Schlafengehn. Meine Mutter wollte Musik, Musik hören, sie sagte, Ich hab so weiter keine Freude, wenn ich Musik höre, da sehe ich mich als junges Mädchen, wie ich getanzt habe und glücklich war. Der Wilhelm war auch oft bei uns, er wollte für sein Leben gern bei uns bleiben, er meinte immer, wenn wir mal nach Haus zurück in unsere Heimat machten, wollte er mit uns kommen, und das wurde ihm auch von meinen Eltern versprochen. Meine Mutter borgte sich von ihm Geld aus, und er fühlte sich dadurch schon als halbes Familienmitglied, und der Vater machte ihn verrückt, was es bei uns in Böhmen für schöne Frauen gäbe, und wenn der Vater betrunken war, redete er von den schönen dicken Frauenbeinen und anderem, dann wollte er ein Lied darüber zusammensetzen, aber es wurde niemals ein Lied, er wollte es immer vorsingen, Bei uns im Beehmerlond, da sein scheene Maadlen, die homm paar scheene Baa und poor starke Orm. Dann wußte er nicht weiter und begann zu stottern. Die andern schrien, Jupp, sing weiter, wir wollen das Lied ganz hören. Ja, ja, ja, ja, wartet nur, ich hab es im Ohr, Olle, wie geht das Lied weiter, du kennst es doch auch. Äh, geht nur, das ist doch gar kein Lied, wehrte meine Mutter ab. Freilich, freilich, es ist ein Lied, ich komme nur nicht drauf, und weil ihm nichts mehr einfiel, schrie er, Ich weiß noch ein viel besseres Lied, und er sang, Am Tisch homm se gsch–, mit der Faust homm se nei kaut, dra walla lalla, Olle, wie geht's weiter, du singst es doch alle Tage. Ich stand manches Mal am Türl und wußte nicht, ob ich reingehen sollte, wenn doch, lief ich wie auf heißen Kohlen, und ich hielt mich weitab von dem Haufen, aber manchmal bemerkte mich der Vater doch, und dann wollte er mir das Tanzen beibringen. Er wollte es ihnen zeigen, wie bei uns zu Hause getanzt wurde. Er sprang auf, spuckte in die Hände, machte mit den Händen einen Klatscher und rief, Walli, komm, jetzt will ich dir mal das Tanzen lernen, bist schon so alt und kannst noch nicht mal tanzen, ich werd's dir zeigen, wenn mir mal nach Hause kommen, kannst du noch nicht einmal tanzen, und dann zerrte er mich und drückte mich fest an sich heran, durch meine Beine schob er sein Bein, so daß ich nichts anderes konnte als breitbeinig dastehen und den Hintern herausstrecken, ich konnte keinen Schritt machen, weil er mich immer noch mehr an sich ranzog. Betrunken war er klein, weil er in die Knie sackte und sich an mir festhielt, und er schrie, Komm her, Walli, Walli, komm doch her. Alles brüllte vor Lachen, und ich schämte mich ganz schrecklich. Er sprang mit mir her, er sprang mit mir zurück. So wird bei uns getanzt, behauptete er, und meine Mutter bog sich mit vor Lachen und rief, Geh nur, geh, so wird bei uns getanzt werden, das hab ich noch nie gesehn, wer weiß, wo du so getanzt hast, und als er nicht hören wollte, meinte sie, So wird er halt bei seinen Hurenmenschern getanzt haben, den kannten sie doch in jedem Puff. Zu mir sagte sie danach, Komm nur nicht mehr rein, wenn du weißt, daß er besoffen ist, es ist ja eine Schande für dich vor den Männern, wie der dich rumreißen tut. Der Adolf lachte paar Tage und noch länger darüber und machte es vor, wie er es vom Vater gesehn hatte. Walli, komm doch her, äffte er ihm nach und lachte und drückte dabei seinen Hintern raus.

Von unseren Kammerfenstern aus war ein halbzerfallenes Bauerngehöft zu sehen, die Besitzer waren gestorben, und es hieß, daß keine Erben da waren. So kam es im Herbst zur Versteigerung. Meine Mutter erzählte mir davon. Viele Leute sollen dagewesen sein, zum ersten, zum zweiten und so weiter. Meine Mutter stellte sich auch mit dazu, die kleine Mausi auf dem Arm, sie brauchte ganz nötig ein paar Stühle, die zwei oder drei, die wir von Hemmerde mitgebracht hatten, waren schon wacklig oder längst zu Feuerholz zerhackt worden, und der hohe rohrgeflochtene Opasessel war auch nicht mehr da, die große Stube sah leer aus, nur der kleine wacklige Tisch stand noch. Meine Mutter brauchte also Stühle, hatte aber kein Geld, sie zu kaufen, da bemerkte sie, daß der Bauer Grollmann mit einigen Männern zusammenstand und sich unterhielt. Nun ist es egal, dachte sie, wenn der Grollmann hier ist, kann ich bei der Versteigerung mitmachen, das Geld muß er mir geben. Sie war überzeugt, daß sie von ihm ohne weiteres das Geld bekam, vier Stühle hatte sie dann ersteigert, sie wurden für sie zur Seite gestellt, dazu kam ein großer Mehlkasten, wie sie früher bei den Bauern standen, sie wollte ihn als Truhe für Kleidungsstücke und sonstiges gebrauchen. Ihr Kopf ging immer unruhig, ob der Bauer Grollmann noch dastand. Hoffentlich bleibt er, dachte sie, wenn er nur hierbleibt, der darf nicht fortgehen. Und als eine Waschmaschine drankam, wünschte sie sich diese Waschmaschine von ganzem Herzen, sie dachte dabei an ihre Schwester, die Miez, und an ihre Mutter, daß sie bestimmt keine Waschmaschine hätten. Die werden horchen, wenn ich ihnen schreibe, daß ich eine Waschmaschine habe, dachte sie, und vor Begeisterung war sie ganz aufgeregt, und den Grollmann hielt sie dabei im Auge. Es waren mehrere, die sich um die Waschmaschine bewarben, aber meine Mutter ließ nicht nach, sie wollte sie unbedingt haben, koste es, was es wolle, und sie bekam sie dann auch, für einen teuren Preis. Herr Grollmann und die anderen lachten, wie sie um die Waschmaschine gekämpft hatte, aber meine Mutter merkte von alledem nichts, sie war nur froh, daß sie alle anderen überboten hatte. Dann sah sie wieder zum Bauern Grollmann hinüber, und aus Angst, daß er fortgehen könnte, ging sie gleich zu ihm hin und verlangte von ihm das viele Geld. Die Walli kann es ja abarbeiten, sagte sie zu ihm, als wäre es weiter nichts. Der Grollmann wußte vor Schreck nicht gleich, was er sagen sollte. Aber Frau Wirth, so viel Geld, wie lange muß denn da das Mädchen arbeiten, für so viel Geld? Aber meine Mutter meinte, daß das doch nicht so schlimm wäre, sie brauchte jetzt das Geld unbedingt, da sie sonst die ersteigerten Sachen nicht bezahlen könnte. Der Grollmann wehrte sich alleweile. Da muß ich erst mit der Walli reden, sagte er, ohne ihre Zustimmung kann ich Ihnen das Geld nicht geben, bedenken Sie nur mal, so viel Geld, ich muß erst sehen, was die Walli dazu sagt. Aber meine Mutter kannte mich zu gut. Ach, die Walli, die können Sie fragen, ich weiß, daß sie einverstanden ist. Der Grollmann kam aufgeregt zu mir und sagte mir von dem vielen Geld und wollte wissen, ob ich einverstanden wäre, ich sollte bedenken, daß ich sechseinhalb Monate dafür arbeiten müßte, und dazu käme ja auch noch der Vorschuß, insgesamt bekäme ich acht Monate keinen Lohn. Ich konnte nicht nein sagen, und Herr Grollmann war ganz außer sich, als ich zusagte, vor Erregung rannte er gleich in die Küche zu seiner Frau, und die kam zu mir und sagte streng und laut, Walli, deine Mutter hat ja überhaupt keinen Charakter. Als ich am Abend nach Hause kam, war meine Mutter noch ganz erregt, sie erzählte noch einmal laut den ganzen Vorgang der Versteigerung, es ging nur darum, wie sie die Waschmaschine ersteigert hatte. Einfache Leute konnten sich keine Waschmaschine leisten, und diejenigen, die Geld hatten, ließen sich ihre Dienstmädchen lieber am Waschbrett plagen, aber meine Mutter, die mußte eine Waschmaschine besitzen, ich wußte damals noch nicht einmal, wie eine Waschmaschine aussah. Der Stolz und die Freude bei meiner Mutter waren übergroß, ich glaube, sie hat vor Aufregung paar Nächte nicht schlafen können, vor allem aber vergönnte sie es ihrer Schwester Miez und ihrer Mutter, daß sie sich keine Waschmaschine leisten konnten, wo sie doch sonst alles hatten, was ihr Herz begehrte, aber zu einer Waschmaschine hatten sie es nicht gebracht. Damit fühlte sich meine Mutter zum ersten Male über ihnen, und darüber hatte sie ihre allergrößte Freude. Die werden sich ärgern, wenn ich ihnen das schreiben tu, so war immerzu ihr Reden. Aber die Waschmaschine stand bei uns nur rum, sie konnte sich das Geld für das Waschpulver gar nicht leisten.

Von diesem Tag an waren die Grollmann verändert, sie hatten für mich nur noch stumme Gesichter, und ich hatte ein Gefühl, als hätte ich mir was ganz Schlechtes zuschulden kommen lassen. Ich arbeitete jetzt noch mehr und noch schneller, ich gab mir Mühe, war freundlich und immer willig, ich wollte gutmachen, daß ich schon so viel Geld heraushatte. Am Essentisch saßen jetzt Herr und Frau Grollmann mit finsteren Gesichtern und guckten nur auf ihre Teller, kaum ein Wort wurde am Tisch gesprochen, sogar die Kinder saßen schweigsam da. Im stillen machte ich meinen Eltern Vorwürfe, daß sie mich in so eine Situation gebracht hatten, aber zu Hause ließ ich von allem nichts wissen.

Zu Hause war jetzt die liebe Not, von mir konnten sie lange kein Geld holen, den Kleinen konnte ich von meinem Abendessen nichts mitbringen, sie kamen zum Bauern Grollmann, um zu betteln, aber heimlich, daß sie von mir nicht gesehen wurden, sie kamen hintenherum durch die Haustür. Einmal kam ich dazu, als der Hermann in der Küche stand, schwach wie ein Strich, zerlumpte, schmutzige Kleidung, barfuß, obwohl es schon kalt war, es war ihm peinlich, daß ich dazugekommen war, und er ließ seinen Kopf hängen. In eine große schmutzige Stofftasche tat ihm Frau Grollmann Eier, Milch, sogar Brot. Es kam immer nur der Hermann, die andern sträubten sich, aber der Hermann spürte den Hunger auch am meisten, er weinte viel und krümmte sich vor Magenschmerzen. Ich staunte, wie es meine Mutter verstand, trotz hoher Schulden in den Läden ohne Geld was zu kriegen. Sie versuchte es in jeder Art, sie wartete, bis kein Kunde mehr im Laden war, dann ging sie hinein. Iech muß neer mull zu Ihne reikumme, unsere Walli tutt fei immerfort vun Ihne rede, schmeichelte sie dem Verkäufer, und zu mir sagte sie dann lachend, Ich brauch nur von dir anfangen zu reden, da kriegen sie ganz helle Gesichter, ach, die hören so gern, wenn ich von dir rede, ich mache sie ganz verrückt, und wenn ich naus bin, dann lache ich mir immer den Buckel voll. Mir war das alles nicht recht, aber sie tat es weiter und ließ es mich nicht wissen.

Im strengen Winter wurde es ganz schlimm, ich weiß gar nicht, wie sie ihn überstanden. Wenn ich nach Hause kam, sah ich meine Mutter ihren Stumpf in beiden Händen halten und vor Schmerzen wimmern. In der Wohnung war es immer kalt, es war kaum was zum Brennen da. Im Sommer und auch später waren sie auf der Halde gewesen, Brennzeug holen, mit dem Handwagen fuhren sie dorthin, und nach Hause kamen sie, den Wagen voll mit nasser schwarzer Schlacke, sie waren schwarz wie die Schornsteinfeger, meine Mutter ging vor Anstrengung fast mit der Nase am Boden, und der Päppi und Hermann taumelten griesgrämig hinterher. Die Arbeit mußte

sehr schwer gewesen sein, aber sie hatten dann zuwenigstens etwas Brennmaterial. Den Handwagen hatte meine Mutter immer noch aufbewahrt, sie meinte heute noch, daß wir ihn brauchen würden. Es bleibt uns nichts anderes übrig, sagte sie, wenn wir kein Glück finden, müssen wir eben wieder nach Hause machen. Mir schien es nicht möglich, was sie da sagte, aber der Adolf lachte und freute sich darauf, von ihm aus hätte es gleich losgehen können, nur ich war nicht dafür, weil ich mit Schrekken an die große Wanderung dachte. Ich geh nicht mit euch, sagte ich, ich will mein Glück hier finden, und ich dachte mit leichtem Herzen an meine Arbeitsstelle und daß ich bei Grollmanns versorgt war. Es war eine bittere Not zu Hause, auch dem Vater ging es nicht gut, wenn er nichts zu trinken hatte, saß er oft still in der Ecke, als ob er krank wäre. Mir ging es aber auch nicht gut, ich mußte schwer arbeiten, mit geringer Kleidung im strengen Winter. Die Wäsche wurde auf der Diele vor dem großen Tor gewaschen, die viele Wäsche wurde auf dem Waschbrett gerumpelt. Neben dem Dielentor war ein Wassertrog, im eisigen Wasser wurde die Wäsche gespült, und beim Waschen wurde ich naß, die Strümpfe waren an den Beinen angefroren, meine Oberschenkel, die Fußzehen und Fersen waren gefroren, und ich hatte offene Stellen. Obwohl ich Schmerzen litt, klagte ich nicht, ich merkte, daß Frau Grollmann keine Rücksicht mehr auf mich nahm. Beim Waschen war sie dabei, aber es wurde kein Wort gesprochen, und ihre Stirn war nur noch gerunzelt. Am traurigsten war für mich Weihnachten. Ich hatte darauf gehofft, daß die Grollmann mir zu Weihnachten etwas schenkten, ich dachte an die Kleinen, aber ich mußte sie enttäuschen, Heiligabend kam ich mir vor wie ein weggejagter Bettler. Meine Mutter hatte aber dieses Mal Verstand, sie sagte, Du hast ja auch so viel Geld weg, und wir holen immer noch, und bezahlen können wir ja doch nicht, sie können dir nicht noch zu Weihnachten was geben. Es waren acht schwere Monate für mich, aber nun hatte ich bald meine Schulden abgearbeitet, im April war ich damit fertig. Meine Mutter rechnete aber schon wieder mit Vorschuß, und alle Tage wurde sie unruhiger und wartete darauf, daß ich mit Geld kam. Aber kaum war es April, wurde ich vom Bauern Grollmann mit wenigen Worten nach Hause geschickt. Ich hatte in den letzten Monaten noch mehr und schneller gearbeitet, ich wollte gutmachen, daß meine Mutter keinen Charakter hatte, aber es wurde keine Rücksicht genommen. Als ich zu Hause ankam, machte meine Mutter erschrockene Augen, ich wollte nur noch weinen und mich mit meiner Mutter aussprechen, was nun werden sollte, aber ich hielt mich zusammen und schwieg lieber. Meine Mutter wußte, daß sie an allem schuld hatte, aber sie nahm es nicht schwer, daß ich von Grollmanns hinausgejagt worden war. Äh, Scheiß, bleibst eben zu Hause, sagte sie, verhungern werden wir deswegen nicht.

Aber es war eine große Not bei uns zu Hause, so kam es, daß meine Eltern immer öfter davon sprachen, daß wir zurück nach Böhmen machen wollten. Hierbei erzählte der Vater aus seiner Kindheit und über das Schlaraffenland. Er erzählte das Märchen, als ob es Wirklichkeit wäre. Wenn wir dorthin kommen, können wir uns vollessen, sagte er, und der Päppi wollte sofort mit dem Vater ins Schlaraffenland gehen, er faßte den Vater an der Hand und wollte ihn zur Tür hinausziehen. Der Vater meinte dann, daß es dorthin sehr weit zu laufen wäre, kein Zug führe dorthin, aber den Kleinen machte es nichts aus, sie konnten es nicht erwarten, bis der Vater mit ihnen ins Schlaraffenland zöge. Sie fanden Tag und Nacht keine Ruhe, immerfort redeten sie nur vom Schlaraffenland, oh, der Vater verdummte sie in ihrem großen Hunger und hatte seine Freude darüber, aber sie merkten wie der Albert und ich damals auf der Landstraße, daß es Lügen waren, und sie weinten ebenso wie damals der Albert und ich. So hör doch auf, Josääf, sagte meine Mutter, erzähl ihnen nicht solche Sachen, aber er lachte nur und fing dann von neuem an, vom Schlaraffenland zu erzählen, und wenn die Kinder weinten, daß nichts draus wurde, lachte er mit seinem Spottgesicht wie eine Fratze.

Auch meine Mutter sprach in diesem Monat April neunzehnhundertneunundzwanzig viel vom Nachhausemachen. Hier wird aus uns nichts mehr, sagte sie, wenn wir noch eine Weile hierbleiben, sind wir alle verhungert, wenn wir nur mehr Geld hätten, ich kann doch mit meim Fuß nicht mehr laufen, und sie sah todunglücklich auf die Erde. Aber ich wüßte was, ich geh aufs Finanzamt und sag, daß wir nach Hause wollen und kein Geld haben, die geben uns was. Da ich vom Bauern Grollmann weggejagt worden war, wollte ich auch nicht länger hierbleiben. Ich umarmte sie und küßte ihr ganzes Gesicht ab. O ja, Mami, tu das, wenn das geht, da können wir zuwenigstens von hier weg! In meiner Brust begann die Sonne zu scheinen. Meine Mutter stand unbeweglich da, Tränen liefen über ihr mageres Gesicht. Ich hab halt Angst, sagte sie, das Finanzamt würde schon für Geld sorgen, aber drüben ist das Gefängnis, die Miez wird nicht schweigen. Aber es war noch etwas anderes, was meine Mutter zermürbte, sie wäre schwanger, vertraute sie mir an. Wir müssen fort von hier, sagte sie, bevor es die Leute merken, die würden ja ausspucken vor mir, ich könnte mich vor Schande nicht mehr naustraun. Zum Wegtreiben hatte sie keinen Mut mehr, ohne Arzt war es nicht leicht, und sterben wollte sie auch nicht, sie hatte Angst vorm Sterben. Darum wollte sie so schnell wie möglich fort, aber zu Hause, in der Heimat, dort war auch nur die Hölle, das wußte sie. Die Gefängnisstrafe in Böhmen wäre in zehn Jahren hinfällig, und neun Jahre waren erst vorüber. Dem Vater war ihre Angst egal, er machte ein gehässiges Gesicht, wenn meine Mutter jammerte. Kinder, was ihr von eurer Mutter hört, sagte er, da braucht ihr nichts drauf zu geben, die hott se nich olle am Chrisbaam, und er schwärmte von früh bis abends vom Nachhausemachen, Da kann ich mal meine Gusch aufmachen, wenn mir mal was nicht paßt, aber hier muß ich meine Gusch halten, hier heißt es, du bist ein Ausländer. Wenn er nicht hinhörte, sagte meine Mutter, Der denkt ja nur an seine Saufkerln, hier hat er niemand mehr, die mit ihm zusammenpassen, hier kann er solche nicht finden, wie er sie zu Hause hatte, deshalb will er weg, nach mir fragt er nicht, die Hauptsache, daß er bei seinen Saufkerln ist. Kinder, schwärmte der Vater, ihr werdet sehen, wie schön es in der Heimat ist, laßt eure Mutter reden, die hott se nich alle am Chrisbaam. Beim Finanzamt hatte sie unterdes alles in Bewegung gebracht, um nach Böhmen zurückzukommen, es war der einzige Ausweg, sie ließ sich jetzt schon nicht mehr gern von den Leuten angucken, in jedem Kaufladen lagen hohe Schulden mit Anzeigen, wegen Betrug wurde sie bedroht, unser Hausherr verlangte Miete, solange wir hier wohnten, hatte er keine bekommen. Freundliche Gesichter gab es für uns hier nicht mehr. Ich ging selbst nicht gern auf die Straße, die Mädchen, mit denen ich öfter zusammen war, hatten sich alle von mir zurückgezogen, zuletzt war mir nur noch die gute Liesa geblieben, sie war ein verständiges Mädchen, eine suchte die andere, und ich wäre mit ihr bis an das Ende der Welt gegangen, aber wir beide durften auch keine Freundinnen mehr sein. Deine Eltern machen überall so viel Schulden, sagte die Liesa, und nirgends tut ihr sie zurückzahlen, die Leute sagen, daß ihr Betrüger seid, und was für ein Leben deine Eltern führen, und wenn dein Vater im Gasthaus betrunken ist, was er da alles rumerzählt, auch über dich, und was er mit dir machen will, oh, Walli, ich sag es dir lieber nicht, Walli, du kannst nichts dafür, du bist ein nettes Mädchen, aber du gehörst zu deinen Eltern, und deshalb dürfen wir nicht mehr zusammengehn. Dieses Geständnis machte mir die Liesa, und ihre Eltern sorgten dafür, daß ich bei ihr nicht mehr schlafen durfte und sie nicht mehr sah, dann kam sie nach Hamm als Kochlehrmädchen, und schreiben durften wir einander auch nicht. Betrüger wurden wir überall geheißen. Neuerdings, wenn sich meine Mutter ihre Invalidenrente von der Post abholen wollte, lauerten ihr die Geschäftsfrauen auf, sie hatten sich mit dem Postbeamten abgesprochen und stellten sich mit an den Schalter. Der Postbeamte legte das Geld so hin, daß die Geschäftsfrauen es greifen konnten, aber meine Mutter war schneller, sie legte ihre großen derben Hände auf das Geld und schrie, Dös is mei Grieblgeld, vun meine Grieblkreizer bezohl ich kaane Schuldn. Es kam zu einer Rauferei. Frau Wirth, das Geld gehört heute mir, sagte eine Geschäftsfrau, und meine Mutter war aufgeregt und schrie und weinte, Meine Grieblkreizer, die laß ich mir nicht wegnehmen, ich habe meine Hax dafür hergegeben, da seht ihn euch an, meinen Fuß. Die Frauen wichen zurück. Frau Wirth, wann wollen Sie denn die Schulden bezahlen? Wenn ich werd mal Geld übrig haben, aber von meine Grieblkreizer kann ich Ihnen nichts geben. Weinend kam meine Mutter nach Hause, sie war sich jetzt nicht mal mehr sicher, daß ihre Rente ihr nicht genommen wurde. Deshalb sollte keiner erfahren, daß wir nach Hause machen wollten.

Vor unserer Abreise holte meine Mutter noch einmal ihre Rente, wir fuhren nach Unna, der Vater bekam einen Anzug und Plüschhut, die beiden Jungen Anzüge, damit die Mutter sehen sollte, wie schön gekleidet wir waren, der Albert bekam mit fünfzehn seine erste lange Hose, bei der Mutter wäre das erste, daß sie gucken würde, wie wir aussahen und was wir anhatten. Schuhe mußten wir alle haben und vor allem ein neues Grammophon, sie ließ es sich über den Versand schicken, natürlich ohne Geld, auf Teilzahlung, das Grammophon wollten wir mit nach Hause nehmen, die Mutter sollte denken, daß wir eine schöne Wohnung mit guten Möbeln und schönen Sachen verlassen hätten, sie durfte doch nicht wissen, daß wir nichts besaßen, da wäre es gleich aus. Oje, oje, unsere Mutter, die kann fei bös sein, jammerte meine Mutter. Das Grammophon wollte nur der Adolf tragen, er freute sich und war stolz auf das schöne Stück, das er in unsere Heimat mitbringen konnte. Die Mutter wird aber Augen machen, sagte er stolz und mußte trotzdem über den Schwindel lachen, er mußte über alles lachen, wie wir die Mutter verdummen wollten. Und meine Mutter hatte sich mit allem Kummer abgefunden, jetzt, da wir uns auf die Reise vorbereiteten, war ihr ganz wohl ums Herz. Die Heimat, wie sich das anhört, unsere Heimat, Kinder, sagte sie, und der Vater sagte es, Kinder unsere Heimat ... Mir ging das Wort Heimat zu Herzen, ich war sechzehn Jahre alt und hatte von meinem Leben noch nichts Gutes gehabt, hatte mir keine Zukunft denken können, ich machte mir jetzt Pläne, ich wollte ja gar nicht viel, ich wollte ja nur einen Beruf oder eine Arbeit, die ich ausführen konnte, und vor allem Kleidung, daß sich vor mir niemand ekeln mußte. Wenn sich meine Mutter mit der Miez einig war und sie sich einander schrieben, schrieb die Tante, Schick mir die Walli her, ich kann sie zur Unterstützung brauchen. Von unserer Abfahrt durfte niemand etwas erfahren, nicht einmal der Onkel Wilhelm hatte eine Ahnung. Am Montagvormittag gingen der Adolf und Albert nach Heeren zum Bahnhof, um sich nach dem Zug zu erkundigen, der uns nach Unna bringen sollte, am Dienstagfrüh um sieben Uhr mußten wir in Unna am Bahnhof sein, dort sollten uns die Fahrscheine ausgehändigt werden. Das Amt hatte uns Fahrscheine bis Pürstein (Böhmen) bereitgestellt, Pürstein war die zuständige Gemeinde, die uns Wohnung stellen sollte. Aber darüber machte sich meine Mutter keine Gedanken, ihr Ziel war Seestadtl, hin zur Mutter und zur Miez. Meine Mutter sagte zu den Jungen, Guckt nur mal, ob ihr noch irgendwo ein Brot ohne Geld bekommt, in Heeren kennt euch keiner, ihr müßt eben sagen, daß wir erst hergezogen sind, vielleicht habt ihr Glück. Sie kamen jeder mit einem großen runden Brot unter dem Arm zurück, der Adolf sperrte den Mund weit auf und lachte schadenfroh, Km, km, km, haa, so war sein Lachen, rot war er vor Schadenfreude im Gesicht und ganz bleich die Nase, und die Jungen erzählten, daß sie bei zwei Bäckern Brot bekommen hätten. Wir freuten uns natürlich alle sehr, daß wir Brot zu essen hatten, und noch dazu, wo es nichts kostete, denn das Geld, das meine Mutter noch hatte, wollte sie für die Reise aufheben.

Dienstag frühzeitig verließen wir das Haus. Meine Mutter nahm Abschied von der großen schönen Waschmaschine, sie war stolz auf ihre Waschmaschine gewesen, wenn sie sie auch nur angeguckt hatte, sonst war ja nichts in der Wohnung als altes wackliges Gerümpel, die Stühle und der Tisch kamen noch am letzten Tag in den Ofen, da wurde zuwenigstens der Ofen noch mal warm, in den Wänden dicke Nägel, wo die Sachen immer dranhingen, einen Schrank hatte es bei uns nie gegeben. Meine Mutter schrieb noch auf einen Zettel paar Zeilen, die sie auf die Waschmaschine legte, darauf stand, daß sie die Waschmaschine für die Mietschulden nehmen sollten, dann war noch der Mehlkasten da und paar alte Betten mit stinkigen Strohsäcken drin, an Wäsche blieben nur Lumpen zurück. Meine Mutter blieb noch an der Tür stehen, mit einem kurzen traurigen Blick sagte sie, Die werden ja gucken, wenn sie die Tür aufmachen und hier reinkommen, wie das hier aussieht! Sie ließ den Schlüssel von innen stecken und machte die Tür zu, wir beide gingen als letzte hinaus. Die anderen warteten an der Kreuzung auf uns, der Albert fuhr den Sportwagen, in dem die Mausi saß. Warum die Mami nur den Sportwagen mitnimmt, dachte ich bei mir, die Mutter soll denken, daß wir eine feine Wohnung hatten, und wir bringen so einen Sportwagen mit? Der Adolf ging ganz gravitätisch mit seinem Grammophon, er war ganz stolz auf sein Eigentum, und der Vater stolzierte wie ein Hahn in seinem neuen Anzug und Plüschhut, wir alle waren vom Kopf bis zu den Füßen eingekleidet, aber das, was wir am Leibe hatten, war auch alles, was wir besaßen.

Nachwort

Aus einer lebensbedrohlich empfundenen Einsamkeit heraus begann Valerie Radtke im Dezember 1947 in einem möblierten Zimmer in Grimma in Sachsen ihren »Großen Brief« zu schreiben. Die Trennung von ihrem zweiten Mann, die Leiden nach einer schweren Operation, der Hunger und die Entbehrungen in den Nachkriegsjahren konnten ihren Lebensmut nicht brechen. Woran sie verzweifelt, ist das Eingeständnis ihrer Ohnmacht, die Liebe derer zu gewinnen, denen sie am nächsten stand, den Leidensgefährten, dem Kreis der Familie. Später schreibt sie: ». . . aber wie konnte ich mich nur trösten, daß ich meinen Geschwistern mit einem Buch über unsere Lebensgeschichte was Gutes tu . . ., die Lieben sollen sich ihrer Schuld bewußt werden und viel Wasser weinen.« Damals, vierunddreißigjährig, hilft sie sich selbst aus der Krise; schreibend trägt sie die Last der Vergangenheit ab, erinnert sich der beklemmenden Ängste, mit denen sie aufwuchs, durchforscht sich selbst in ihren Beziehungen zum Elternhaus, zu den Geschwistern, zu einer Umwelt voller Armut, Verrohung, Haß, Aberglaube und Hexerei.

Über dreißig Jahre vergehen, bis sie sich an die Gegenwart herangeschrieben hat. Zumeist schreibt sie in den Nächten, tagsüber arbeitet sie als Haushaltshilfe bei einem russischen Arztehepaar, als Hilfsschwester in einem Krankenhaus, später als Kreuzspulerin in einer Appreturweberei. Sie geht ihre dritte Ehe ein; ihr Mann ist Arbeiter bei der Wismut. Beide arbeiten im Schichtsystem: Wenn sie nach Hause kommt und er zum Schacht geht, setzt sie sich an ihren »Großen Brief« und legt erst die Feder aus der Hand, wenn ihr Mann zurückkehrt. Mit sechsundvierzig Jahren scheint sie erschöpft, ihre Kräfte lassen nach, zwei Operationen sind notwendig, immer häufiger muß sie die Arbeit unterbrechen, sie dann wegen Erblindungsgefahr ganz aufgeben. Sie schreibt weiter, überwindet eine erneute Schwäche ihres Lebenswillens, unternimmt eine Reise zu den Verwandten in die ČSSR, schont sich nicht, bis sie der unablässigen Anspannung unterliegt. In ärztlicher Behandlung wird ihre kranke Seele beruhigt, noch einmal sieben Jahre, dann hat sie sich über den Berg gebracht. Sie sagt: »Das Papier hat mich angehört, ihm habe ich alles anvertraut.« Und: »Man soll seine Geheimnisse wissen lassen, wenn man kein Herz aus Stein haben kann. Ich habe meine Vergangenheit für viele Menschen aufgeschrieben, aber nicht, um bemitleidet zu werden. Die Menschen sollen Erfahrungen aus meiner Vergangenheit nehmen, das ist das einzige, was mich beruhigt.«

Ihren Lebensbericht hat Valerie Radtke in dreißig linierten Bürobüchern vom Format A 4 mit der Hand niedergeschrieben, die Abschrift zählt über beinahe 10 000 Schreibmaschinenseiten.

Die Zahlen dokumentieren die starke Motivation der Autorin, lassen sowohl das Ausmaß ihrer inneren Not ahnen wie die Anstrengung, sich ihrer zu entledigen. Darüber darf nicht wie von einer Ausnahme gesprochen werden, keine Statistik sagt aus, wie viele Menschen sich ähnlich der Valerie Radtke einer Lebensmüdigkeit erwehren, ihren beschrittenen Weg für sich abrechnen, um einen neuen Ansatz zu gewinnen. Die annähernd Siebzigjährige tritt aus dem geschlossenen Raum einer intimen Konfliktbewältigung heraus. Sie wendet sich einem Verlag zu, überzeugt davon, daß ihre Probleme in Verhältnissen wurzeln, in die sie nicht allein gestellt war, »ein hoher Berg Buchstaben will für viele Menschen geschrieben werden«. Dieser Prüfung unterzieht sie sich, um auch um ihrer selbst willen Bestätigung zu erfahren. Valerie Radtke findet verlegerisches Interesse; sie erkundet Bereiche sozialen Verhaltens, die durch die neuere Literatur noch kaum erschlossen wurden. Die Erinnernde stützt sich auf ein Gedächtnis, dem nichts entgangen scheint, was mit eigenen Augen gesehen und mit eigenen Ohren gehört wurde. Vor allem aber ist sie eine urwüchsige Erzählerin. Ihr Bericht sagt aus, was ihr wichtig war, was ihrer Suche nach Liebe und Geborgenheit Hoffnung gab und wo sie sich in ihrer Würde verletzt fühlte und jedes Widerstandes ohnmächtig. Dieses Motiv reguliert ihr Erzählen, bestimmt die Richtung ihrer »Argumentation«.

Sie erinnert sich insbesondere jener Ereignisse und Episoden, in denen sie auf die eine oder die andere Weise zu reagieren gefordert war, und vollzieht die äußeren und inneren Vorgänge nach, unter denen sich menschliche Handlungsfähigkeit zu bewähren hatte. Erstaunlich die Genauigkeit der Rückbesinnung gerade auf verborgenste psychische Regungen, die wie unter einer durchsichtigen Haut aus den äußeren Reaktionen, den prallen Handlungsabläufen, den treffenden Dialogen und selbst winzigsten Gesten hervorscheinen.

Schreibmotiv und die besondere Befähigung der schreibenden Valerie Radtke gehen glücklich in eins. Die Autorin hat auf die ihr eigene Art sichtbar gemacht, was sie existentiell bedrückte. Sie beschwört, daß alles wahr sei, was sie geschrieben habe. Der »Große Brief« ist für sie ein Dokument, in das sie auch ihre Gedanken, Wünsche und Träume als authentisch einschließt. Es ist die Wahrheit, zu der sich Valerie Radtke durchgerungen hat: Was sie geschrieben hat, »muß vollständig sein, es ist mein Leben«. Doch allseitig aufgehellte Zeitgeschichte eines halben Jahrhunderts ist nicht zu erwarten. Die Autorin hat ihr angeborenes Talent in der ihr gegebenen Kraft gefordert, um sich der Herkunft ihres unbefriedigten Daseins bewußt zu werden. Dabei erkennt sie sich als Opfer von Verhältnissen, deren Erscheinungsformen sie eindringlich darzustellen vermag. Intuitiv gelangt sie zur Verurteilung jener Welt, in der ein Mensch des anderen Feind ist. Sie setzt ein Verständigungsmotiv dagegen, sie wünscht, daß alle Menschen die gleiche Sprache sprechen, um sich einander mitzuteilen. Das Utopische ihrer Wertvorstellungen durchschaut Valerie Radtke nicht. Ihre Urteile gehen unvermittelt aus eigenem Erleben hervor. Wissenschaftlich fundierten Einsichten aus der Geschichte der Arbeiterbewegung hat sie sich im Prozeß ihrer Selbstbefragung in Teilen spontan und mit naivem Blick angenähert.

Insbesondere dort, wo sie Schranken ihres Harmoniestrebens als Ausdruck in der Gesellschaft verwurzelter Widersprüche erkennt. Doch ist hier mehr Ahnung als Erkenntnis, mehr Tasten als Eingreifen, ein schwankender Balanceakt zwischen den »guten und den bösen Menschen«. Einem gesicherteren Urteil stehen der Autorin geringe Ausbildung entgegen, eine zur Überempfindlichkeit und Vereinseitigung neigende Reaktion im sozialen Verhalten, schließlich ihre zunehmende Abkapselung in der eigenen Lebensbewältigung sowie ein starker Drang zur Psychologisierung objektiv bedingter Vorgänge in der Gesellschaft, in denen letztlich das »Geheimnis« ihrer Einsamkeit vorbestimmt ist.

Die »Suche nach Liebe« ist für diese Familiensaga ein tragfähiges Leitmotiv. Denn was gesucht wird, scheint unauffindbar, gerade dort, wo es am hartnäckigsten erlangt werden will. Die Familie wirkt wie ein Zerrspiegel, der selbst gutwilligstem Annähern Bosheit und Gewalttätigkeit entgegenstellt. Hier sind Menschen mit allem geschlagen, was dem Proletarierleben die Hölle war. Da ist die ständige Existenzangst, der Kampf ums nackte Überleben, der geringe und unsichere Verdienst, ein stets übervölkerter Wohnraum, Furcht vor der Schwangerschaft, illegale Abtreibungen, Almosenabhängigkeit, kein Besitz außer den Lumpen am Leib und ein, zwei lädierten Möbelstücken, keine Fürsorge, Hunger, Alkohol und Prügel, aussichtslose Wanderschaften nach Arbeit, Abstieg in die Kriminalität, ins Lumpenproletariat. Darüber wird in eindringlichster Weise Zeugnis abgelegt.

Es ist die Geschichte entwurzelter Menschen, die objektiv durch die kapitalistischen Wolfsgesetze in Lebensnot gedrängt werden und subjektiv daran scheitern, eine proletarische Lebensweise »zu erlernen«. Sie vermögen sich nicht in die gesellschaftlichen Verhältnisse zu integrieren und Fähigkeiten zur Klassenauseinandersetzung zu erlangen, wie sie das fortschrittliche Proletariat unter gleichen oder im Wesen ähnlichen Bedingungen erwerben mußte und muß. Der Leidensweg ihrer Familie, den Valerie Radtke nachzeichnet, beleuchtet die vielfache Kraftanstrengung und moralische Größe nicht nur der

Autorin, sondern jener ungezählten Proletarier, die gerade in schwersten Zeiten auf ihre Solidarität setzten, ihre Wißbegier nicht einschläfern ließen, sich organisierten und auf eine dem Kapitalismus alternative Idee einschworen.

In Valerie Radtkes Familiendrama ist das Handeln der Personen durch frühkindliche Erlebnisse besiegelt. So erscheint das bittere Leben der Familie nahezu wie ein zwanghaftes Verdrängen und Abreagieren unterbewußt vorgerichteter Konflikte; dem Schicksal unentrinnbar ausgeliefert, da auch von »draußen«, außerhalb der Familie, keine Kraft hereindringt, die den Teufelskreis aufbrechen könnte, beziehungsweise keine als solche erkannt und angenommen wird. Die empfundene Kleinheit und Armseligkeit des eigenen Standes wird durch Unterdrückung, Großmannssucht, offenen Haß und zügellose Gewalttätigkeit im sozialen Beziehungsfeld der Familie kompensiert. Die Akte von Selbstzerfleischung, die Valerie Radtke schildert, gehen wie eine Erblast durch Generationen, die in verwandter Weise ihren geschmähten Platz in der Gesellschaft erleiden.

Der Vater der Autorin, Josef Wirth, verliert früh die Mutter, wird mit der Sorge um die vielen Geschwister überfordert, verfällt als Kind der Trunksucht, muß seine Berufsausbildung abbrechen und wird, sechzehnjährig, aus dem Elternhaus gewiesen. Er streunt mit Zigeunern durch Böhmen, dem Armenhaus Europas, und gelangt mit ihnen sogar bis ins Ruhrgebiet. Zeitweilig findet er Arbeit im Bergbau. Er lebt von der Hand in den Mund, vegetiert dahin, ein ungebildeter Gelegenheitsarbeiter. Sein Vaterbild bleibt ein gelungener Gegenentwurf zum eigenen Versagen: Der Vater arbeitet in einem anspruchsvollen Beruf, im Bergbau, besitzt ein Haus und ein Sparguthaben, strahlt Kraft und Sicherheit aus. Er verkörpert die Autorität, vor der sich der Sohn beugt. In der Ehe mit Sidonia, der Mutter Valerie Radtkes, der Frau, die seine Liebe sucht, ihm hörig ist, reagiert er das Unbehagen am eigenen Los in einem Taumel von Verachtung und Gewalt ab. Aus ähnlich vorbestimmter Konsequenz wird Valerie die Mutterliebe verweigert. Sidonia straft ihre Tochter mit Liebesentzug, den sie selbst als

Kind erlitten hat. Ihre Abhängigkeit von der Mutter wird in dem Maße genährt, wie die Mutter die immer wieder erbettelte Zuneigung abweist. Valerie Radtke schreibt: »Weil ich der Mutter so ähnlich sah, haßte mich die Großmutter.« Und Sidonia schließt sich ihrem Haß an, um der eigenen Mutter einen Beweis ihrer Liebe zu bieten. Das neue Opfer ist Valerie. Ihr unerfülltes Sehnen nach Anerkennung durch die Mutter ist ein zentrales Motiv ihrer bohrenden Selbstbefragung. Und im verallgemeinerten Sinn wird hier die Erkenntnis angebahnt, daß die Achtung der eigenen Persönlichkeit Arbeit an ihr einschließt. Die Befreiung aus dem Zwang widriger Umstände setzt voraus, daß sie durchschaut werden und ihre göttliche Setzung als Menschenwerk erkannt wird. Rückblickend auf die ersten Jahre der DDR schreibt Valerie Radtke: »Die Umstände waren gut geworden, nun mußte ich mir meinen Weg suchen. Vieles war möglich, und es lag an mir, was ich daraus machte. Aber weil ich die neue Welt noch nicht verstand, lagen für mich Steine im Weg.«

Der Weg Sidonias zu eigner Handlungsfähigkeit verliert sich in Rachegefühlen, ihre Hoffnung in Aberglauben und Hexerei. Sie und ihr Mann, beide können die Chance nicht wahrnehmen, aus einem Eingeständnis ihrer Schwäche eine solidarische Verbindung aufzubauen. Spät erkennt sie den Hintergrund seiner Großmannssucht, die Valerie Radtke in wundervollen Szenen darstellt, in denen sich das kümmerliche Schicksal eines Menschen abbildet, der des Alkohols, der Sexprotzerei und der Prügelorgien mit Frau und Kindern als Surrogaten für die zerstörende Empfindung seiner Minderwertigkeit im außerfamiliären Überlebenskampf bedarf. Bezeichnend, wie furchtsam er seinem Vater gegenübertritt, wie kleinlaut und geduckt er im Kreis seiner Kollegen beim Straßenbau gezeigt wird, wie widerstandslos er die Schläge erwachsener Männer einsteckt. Das Bild des Vaters vervollständigt sich, wenn er sich als Streikbrecher verdingt. Ein Mann, der, aus der traditionellen Familiengeborgenheit verstoßen, sein doppelt freies proletarisches Dasein nicht zu gestalten vermag. Ein Hauch proletarischen Bewußtseins wird sichtbar, wenn er die Landarbeit verschmäht, die Knechtsabhängigkeit von einem Bauern als entwürdigend empfindet. Ansonsten aber ist er all jenen Eigenschaften verhaftet, die der Klasse insgesamt zur historischen Bewältigung aufgegeben waren, wie Unbildung, Egoismus, Mangel an disziplinierter Arbeit. Kennzeichnend auch, wie in der Familie mit dem Geld umgegangen wird.

Sidonia und ihrem Mann ist gemeinsam, daß sie die sozialen Barrieren akzeptieren. Ihr Ideal ist nicht die von Ausbeutung freie Gesellschaft. Sie, die Bettler und Tagediebe, wünschen sich auf die andere Seite der Schranke. Wer der Stärkere ist, wird von Sidonia anerkannt, dem beugt sie sich. Nach ihrem Willen müßte Solidarität bestraft werden. Es erstaunt nicht, daß sie sich später, zur Zeit des Faschismus, von ihrem zweiten Mann trennt, weil er ein Tscheche ist. Sie setzt auf deutsche Kinder-Beihilfe, tritt der Nazipartei bei. Als Sidonia sich der Schwäche ihres Mannes Josef bewußt, sie seiner Feigheit gewahr wird, richtet sie ihr ganzes Sinnen und Trachten auf Rache, auf eine Bestrafung für seine Liebesverweigerung, mehr noch will sie das Objekt auslöschen, das ihrer Zuneigung unwürdig war. Ihr tiefster Schmerz rührt von der Täuschung her, der sie sich hingegeben hatte. Aber der Mann hat sich schon selbst zum menschlichen Wrack getrunken. 1933 stirbt er, fünfzigjährig, nach einem Unfall.

Die Liebe, nach der die Mitglieder der Familie vergeblich auf der Suche sind, hat viele Gesichter. Es sind die individuellen Entwürfe eines menschenwürdigen Daseins, die in der Realität nicht behauptet werden können. In einer Gesellschaft, in der das Glück des einen des Unglücks des anderen bedarf, der Starke auf den Rücken des Schwachen steigt, sind die Kinder im Mechanismus der Unterdrückung die wehrlosesten Opfer. Das Kind steht am Ende der Stufenleiter der Knechtschaft. Die Frau ist Dienerin des ausgebeuteten Mannes, das Kind beider Untertan. Hunger und körperliche Verelendung, Zwang zur Bettelei, ständige Erniedrigung und Hinnahme von ungezügelter Gewalt gehörten zum Kindheitsalltag Valerie Radtkes und ihrer sieben Geschwister. Zeitweilig war sie der Ernährer der Familie. Erst unter Druck gesetzt, willigt die

Mutter in den Schulbesuch ein. Nach der Überzeugung der Mutter genügt es, wenn einer seinen Namen schreiben kann. Es bezeichnet ihre beschränkte Sicht, wenn sie ihrer Tochter zur Heirat rät, weil sie dann ihr eigener Herr wäre und nicht mehr ausgebeutet. Das Mädchen vermag aus dem vorgezeichneten Kreis nicht auszubrechen. Es beugt sich unter der Erblast, aber an seinem aufrechten Gang hält es fest. Mit großer Empfindsamkeit reagiert sie auf Ungerechtigkeit, nimmt die Schwächeren in Schutz, ist aufmerksam und fürsorglich, bewahrt ihr Ideal, in dessen Erstrebung sie ihre Eigenart behaupten kann. Das macht sie zur Fremden in ihrer Familie. Ihr Gerechtigkeitssinn kann keinen Wandel der Verhältnisse bewirken, ihre Isolierung ist angebahnt, denn auch außerhalb der Familie wird ihre Gesinnung eher als störend denn als gebraucht empfunden. Kontakte zu politisch bewußter lebenden Menschen bleiben flüchtige Momentaufnahmen, die zwar ihre Träume von einer besseren Zukunft stimulieren, ihr aber gegen die Allmacht der bitteren Lebensumstände keinen Handlungshinweis geben können. Mit aller Kraft in den alltäglichen Broterwerb eingespannt, bleibt sie Dienerin, arbeitet bis zur Erschöpfung, ohne Anerkennung, ohne Liebe, ohne die Gemeinschaft zu finden, der sie sich zugehörig fühlen darf.

Aus tiefster Armut kommend, ohne Ausbildung, voll Sehnsucht nach menschlicher Wärme und sehr verletzbar in ihrem Gerechtigkeitssinn, ist sie für einen sozialen Aufstieg schlecht gerüstet. Als Halbwüchsige erlebt sie rund um die Uhr ihre totale Abhängigkeit vom Willen des Bauern, bei dem sie sich als Magd verdingte. Zum Arbeitstier, zur Unperson gestempelt, ist selbst die Verrichtung schwerster Arbeit nur dann der Beachtung würdig, wenn sie wie angewiesen befolgt wird. Ihrem frühesten Wunsch gemäß, kommt sie bald als Dienstmädchen unter. Eine Stellung, der sie bei wechselnden Herrschaften immer wieder ihre Integration in eine »ordentliche Familie« abzuzwingen trachtet. Mit diesem Ziel verbindet sie höchste Glückserwartung. Für ein gutes Wort verklärt sie ihren Stand. Es bedarf verschiedener Erfahrung, bis sie ihre Dienerschaft als Schmuckstück des sozialen Prestiges der Herrschaft, sich selbst als jeder Zeit austauschbare Ware Arbeitskraft erahnt. Dennoch, die Sehnsucht bleibt und der aus Not wiederholte Versuch, durch vorbildliche Dienste Liebe zu empfangen und als »guter Mensch« keiner Deklassierung ausgesetzt zu werden. Wo sie solche Hoffnung unterbrachte, dort konnte sie nicht gedeihen. Sie muß sich nach ihrem Maß im Elend behaupten, als Gelegenheitsarbeiterin, Küchenhilfe, Zimmermädchen, Reinigungskraft. Als Kellnerin hat sie auskömmlichen Verdienst, empfindet mehr Freiheit als anderswo, auch die zur Prostitution, der sie sich verweigert. Wieder erntet sie Unverständnis, ist wieder isoliert. Zwei Klosteraufenthalte, der Wunsch, Missionarsschwester zu werden, muten an wie Fluchtversuche vor dem drohenden Verschleiß ihrer moralischen Standhaftigkeit. Verschiedene Hilfsarbeiten in kleinen Fabriken bringen sie an die Solidarität Gleichbetroffener heran. Hier erlebt sie Gemeinschaftssinn, vermag sich anzuschließen, beweist ihre Lernfähigkeit und empfängt Vertrauen. Sie arbeitet gewissenhaft und gibt ihre Kräfte, ihre Leistung wird anerkannt. Vor der Entlassung in Krisenzeiten kann sie sie nicht bewahren. In zwei Ehen zerfällt ihr Traum von Geborgenheit und innerem Frieden am eigenen Herd. Die ersehnte Freiheit als Hausfrau bezahlt sie mit Abhängigkeit von den Wünschen des Mannes. Erfahrungen und kein Ende.

Mit der Niederschrift ihrer Erinnerungen erweist Valerie Radtke ihre Bereitschaft, das Kreuz des Lebens auf sich zu nehmen. Indem sie sich ihre Vergangenheit bewußt macht, legt sie ein Bekenntnis zum Leben ab, sucht nach ihrer Verantwortung in der Zeit, die über den Tag hinausgeht. Dieser Schritt erhebt sie über den beengten Horizont, nach dem die Eltern ihr Leben ausrichteten und in dem die Gesinnung ihrer Geschwister unbelehrt verhaftet blieb. Wozu erinnern? fragte die Mutter. Und ein Bruder sagt: Schriftsteller sind Verbrecher, weil sie erinnern. Die Schmähung des Erinnerns gibt der Furcht Ausdruck, daß auch ein anderes als das gelebte Leben möglich wäre. Denn keine Beschwörung widriger Umstände kann einen Freispruch von der eigenen Verantwortung erwirken. Valerie Radtke hat auf ihre Art die Herausforderung angenommen, indem sie immer wieder den Kopf erhob, sich mit tiefem Glauben an die Würde des Menschen einer unvermeidlich scheinenden Vorbestimmung des Schicksals entgegenstellte.

Für den Druck war eine Bearbeitung der Originalvorlage erforderlich. Bei einem derart umfangreichen Monolog nimmt es nicht wunder, wenn Wiederholungen auftreten und auch nicht alle Begebenheiten gleichermaßen literarisch bewältigt wurden. Der Autorin ureigenstes Anliegen war die Befragung ihrer Vergangenheit nach den Gründen ihres heutigen Befindens. Sie war als Schreibende auf der Suche, nicht wissend, welcher Einsichten sie sich bemächtigen würde. Sie konnte nicht anders verfahren, als jede Erinnerung dingfest zu machen, nichts auszusparen. Ihre Unsicherheit bei der Wertung eigenen Erlebens wird augenfällig, wenn sie nicht durchschaute Vorgänge mit Beschwörungen ausmalt, ein Jammern und Klagen anhebt, wo ihr das erfahrene Elend nicht begreiflich werden will, sie der Aussagekraft eines erinnerten Vorgangs mißtraut, tiefer empfindet, als sie es zu Wort bringen kann, und sogleich ein weiteres, ein ähnliches Erlebnis hinzuschreibt, hoffend, dadurch das Erlittene erlebbar zu machen. Aus der Sicht des Gesamtmanuskriptes war es in Übereinkunft mit der Autorin angebracht, einen tragfähigen Erzählstrang aufzuspüren und das Material teilweise neu zu ordnen und zu komprimieren. Es wurde versucht, die sprachlichen Besonderheiten der Autorin möglichst beizubehalten. Sie haben Anteil an der Eindringlichkeit ihres Erzählens.

Das vorgelegte Buch ist der erste Band der Lebenserinnerungen Valerie Radtkes und führt von der Zeit vor dem ersten Weltkrieg bis in das Jahr 1929.

Berlin, Oktober 1983 — Annelie Kaduk